T0055064

GEORGE R. R. MARTIN

EDITOR

WILD CARDS

EL COMIENZO

OCEANO exprés

WILD CARDS, EL COMIENZO

Título original: WILD CARDS I

Traducción: Isabel Clúa Ginés
Imagen de portada: Michael Komarck
Diseño de portada: Estudio Sagahón

D. R. © 2017, Editorial Océano de México, S.A. de C.V.
Eugenio Sue 55, Col. Polanco Chapultepec
C.P. 11560, Miguel Hidalgo, Ciudad de México
Tel. (55) 9178 5100 • info@oceano.com.mx

Primera edición en Océano exprés: junio, 2017

ISBN: 978-607-527-274-0

Impreso en México / Printed in Mexico

Para Ken Keller,
que salió de la misma raíz
de cuatro colores que yo.

Nota del editor
♣ ♦ ♠ ♥

Índice

Prólogo

De *Tiempos salvajes: una historia oral
de los años de posguerra*, Pantheon, 1979

por Studs Terkel

HERBERT L. CRANSTON: Años después, cuando vi a Michael Rennie salir de aquel platillo volador en *Ultimátum a la tierra*, me acerqué a mi señora y le dije: «Ese sí es el aspecto que debería tener un mensajero alienígena». Siempre he sospechado que fue la llegada de Tachyon lo que les dio la idea para esa película, pero ya sabe cómo Hollywood cambia las cosas. Para empezar, aterrizó en White Sands, no en Washington. No tenía un robot y no le disparamos. Teniendo en cuenta lo que pasó quizá tendríamos que haberlo hecho, ¿eh?

Su nave, bueno, desde luego no era un platillo volador y no se parecía absolutamente nada a los v-2 que habíamos capturado, ni siquiera a los cohetes diseñados por Werner. Violaba todas y cada una de las leyes de la aerodinámica y la teoría de la relatividad de Einstein, también.

Descendió de noche con su nave cubierta de luces, lo más bonito que he visto jamás. Aterrizó de golpe en medio del campo de pruebas, sin cohetes, hélices, rotores ni cualquier otro medio visible de propulsión. El revestimiento exterior parecía de coral o alguna clase de roca porosa con volutas y espolones, parecido a lo que podrías encontrar en una cueva de piedra caliza o en algún lugar en el fondo del mar mientras buceas.

Yo estaba en el primer jeep que se dirigió hacia él. Para cuando llegamos, Tach ya estaba fuera. Ahora Michael Rennie con ese traje espacial plateado tiene un aspecto adecuado, pero Tachyon parecía un cruce entre uno de los tres mosqueteros y un artista circense. No me importa decírselo, cuando salimos todos nosotros estábamos bastante asustados, los chicos de los cohetes y los cerebritos tanto como los soldados. Recordé aquella emisión del Mercury Theater, allá en el 39, cuando Orson Welles engañó a todo el mundo haciéndoles creer que los marcianos estaban invadiendo Nueva Jersey, y no pude dejar de pensar que quizás esta vez estaba ocurriendo de verdad. Pero una vez que los reflectores lo iluminaron, allí de pie delante de su nave, todos nos relajamos. La verdad es que no daba tanto miedo.

Era bajo, quizás un metro sesenta y dos, o sesenta y cinco, y a decir verdad parecía más asustado que nosotros. Vestía mallas verdes con botas incorporadas y una camisa anaranjada con aquellos volantes de encaje tan afeminados en los puños y en el cuello, y una suerte de chaleco de brocado plateado, muy ajustado. Su abrigo era de una pieza amarillo limón, con una capa verde que ondeaba tras él y que le llegaba a los tobillos. En la cabeza llevaba ese sombrero de ala ancha, con un largo penacho rojo que sobresalía, solo que cuando me acerqué vi que era una especie de extraña pluma puntiaguda. Su pelo le llegaba a los hombros; a primera vista, pensé que era una chica. También era peculiar: rojo y brillante, como alambre de cobre.

No sabía qué pensar de él, pero recuerdo que uno de nuestros alemanes dijo que parecía un francés.

Tan pronto como llegamos, avanzó penosamente en dirección al jeep, decidido, caminando fatigosamente por la arena con una gran bolsa bajo el brazo. Empezó por decirnos su nombre, y aún estaba diciéndonoslo cuando llegaron otros cuatro jeeps. Hablaba inglés mejor que nuestros alemanes, a pesar de tener ese extraño acento, pero al principio, cuando se pasó diez minutos diciéndonos su nombre, era difícil estar seguro.

Fui el primer humano que habló con él. Esa es la pura verdad, no me importa lo que cualquier otra persona le diga, fui yo. Salí del todoterreno y le tendí la mano y dije: «Bienvenido a Estados Unidos». Iba a presentarme, pero me interrumpió antes de que pudiera pronunciar una palabra.

—Herb Cranston, de Cape May, Nueva Jersey –dijo–. Un ingeniero aeroespacial. Excelente. Yo también soy un científico.

No se parecía a ningún científico que hubiera conocido, pero no lo tuve en cuenta, puesto que venía del espacio exterior. Me preocupaba más saber cómo estaba al tanto de mi nombre. Le pregunté.

Agitó sus volantes en el aire, impaciente:

—Leo su mente. Eso no tiene importancia. El tiempo apremia, Cranston. Su nave se hizo trizas –pensé que su aspecto lucía un poco preocupado al decir eso; triste, ya sabe, dolido, pero también asustado. Y cansado, muy cansado. Entonces, habló de su planeta. Por supuesto, ahora todo el mundo lo sabe, pero por ese entonces nadie sabía de qué demonios se trataba. Se había perdido, dijo, y necesitaba recuperar su nave y esperaba, por el bien de todos, que aún estuviera intacta. Quería hablar con nuestros líderes. Debió de leer sus nombres en mi mente, porque mencionó a Werner, Einstein y al presidente, solo que lo llamó «ese presidente suyo Harry S. Truman». Después se subió directamente a la parte trasera del todoterreno y se sentó.

—Lléveme hasta ellos –dijo–. De inmediato.

Profesor Lyle Crawford Kent: En cierto sentido, fui yo quien acuñó su nombre. Su nombre real, por supuesto, su patronímico alienígena era imposiblemente largo. Varios de nosotros intentamos acortarlo, recuerdo, usando tal o cual fragmento durante nuestros congresos, pero evidentemente esto suponía algún tipo de violación de etiqueta en su mundo natal, Takis. Continuamente nos corregía, con bastante arrogancia debo decir, como un anciano pedante que está aleccionando a un grupo de escolares. Bueno, teníamos que llamarlo de algún modo. Primero vino el título. Podríamos haberlo nombrado «Su Majestad» o algo así, puesto que decía ser un príncipe, pero los estadunidenses no nos sentimos cómodos con esa clase de cortesías y alharacas. También dijo que era médico, aunque no en el sentido que le damos a esa palabra, y debe admitirse que demostraba saber bastante de genética y bioquímica, lo que parecía ser su área de especialización. La mayor parte de nuestro equipo tenía estudios superiores y nos dirigíamos unos a otros en consecuencia, así que fue natural que también acabáramos llamándolo «Doctor».

Los ingenieros aeroespaciales estaban obsesionados con la nave de nuestro visitante, en particular con la teoría de su sistema de propulsión más rápido que la luz. Por desgracia, nuestro amigo taquisiano había fundido el dispositivo interestelar de su nave en su urgencia por llegar aquí antes que sus parientes, y en cualquier caso, se negó categóricamente a que cualquiera de nosotros, civil o militar, inspeccionara el interior de su nave. Werner y sus alemanes se tuvieron que conformar con interrogar al alienígena acerca del dispositivo, de un modo bastante compulsivo, pensé. Según entendí, la física teórica y la tecnología relativa a los viajes espaciales no eran disciplinas en las que nuestro visitante fuera especialmente experto, así que las respuestas que les dio no fueron muy claras, pero nos pareció comprender que el dispositivo hacía uso de una partícula hasta entonces desconocida que se desplazaba más rápido que la luz.

El alienígena tenía un término para la partícula, tan impronunciable como su nombre. Bien, yo tenía cierta formación en griego clásico, como todos los hombres doctos, y cierta gracia para la nomenclatura, si se me permite decirlo. Yo fui quien acuñó el término «taquión». Sea como fuere, los soldados complicaron las cosas y empezaron a referirse a nuestro visitante como «ese tipo taquión». La frase caló y desde ahí solo hubo un pequeño paso hasta doctor Tachyon, el nombre por el que acabó siendo conocido en la prensa.

CORONEL EDWARD REID, SERVICIO DE INTELIGENCIA DEL EJÉRCITO DE ESTADOS UNIDOS (RET.): Quiere que lo diga, ¿no? Cada maldito periodista con el que he hablado quiere que lo diga. Muy bien, ahí va. Cometimos un error. Y pagamos por ello, también. ¿Sabe que después faltó un pelo para que nos sometieran a todos a un consejo de guerra, al equipo de interrogación por completo? Eso es un hecho.

Lo jodido del caso es que no sé cómo podíamos esperar a hacer las cosas de manera distinta. Yo estaba a cargo de su interrogatorio. Debería haberlo sabido.

¿Qué es lo que sabíamos de verdad sobre él? Nada, excepto lo que nos contó él mismo. Los cerebritos lo trataban como si fuera el niño Jesús, pero los militares tenemos que ser un poco más cautos. Entiéndame, tiene que ponerse en nuestro pellejo y recordar cómo eran las cosas entonces. Su historia era completamente absurda, y no pudo probar un carajo.

Está bien, aterrizó en aquella nave espacial con aquella pinta tan curiosa, solo que no tenía propulsores. Era impresionante. Tal vez aquella nave suya *venía* del espacio exterior, como dijo. Pero tal vez no. Quizás era uno de aquellos proyectos secretos en los que los nazis habían estado trabajando, vestigios de la guerra. Al final tenían reactores, ya sabe, y aquellos V-2, e incluso estaban trabajando en la bomba atómica. Quizás era ruso. No sé. Solo con que Tachyon nos hubiera dejado examinar su nave, nuestros muchachos habrían podido averiguar de dónde venía, estoy seguro. Pero no dejaba que nadie entrara en aquel maldito cacharro, lo que me pareció más que sospechoso. ¿Qué estaba intentando ocultar?

Dijo que venía del planeta Takis. Bueno, nunca he oído hablar del condenado planeta Takis. Marte, Venus, Júpiter, eso sí. Y hasta Mongo y Barsoom. ¿Pero Takis? Llamé a una decena de los mejores astrónomos del país, y hasta un tipo de Inglaterra. «¿Dónde está el planeta Takis?», les pregunté. «No hay ningún planeta Takis», me dijeron.

Se suponía que era un alienígena, ¿no? Lo examinamos. Un examen físico completo, radiografías, un montón de pruebas psicológicas, de todo. Los resultados decían que era humano. Lo miráramos como lo miráramos, salía que era humano. No había órganos de más, nada de sangre verde, cinco dedos en las manos, cinco dedos en los pies, dos pelotas y un pene. El cabrón no era distinto de usted o de mí. Hablaba *inglés*, por amor de Dios. Pero quédese con esto: también hablaba *alemán*. Y ruso y francés y algunos otros idiomas que he olvidado. Grabé un par de mis sesiones con él, y se las pasé a un lingüista, quien dijo que el acento era centroeuropeo.

Y los loqueros, bah, tendría que haber oído sus informes. El clásico paranoide, dijeron. Megalomanía, dijeron. Esquizofrenia, dijeron. De todo. Quiero decir, a ver, ese tipo afirmaba que era un *príncipe* del *espacio exterior* con jodidos *poderes* mágicos que había venido, *él solito*, a salvar nuestro maldito planeta. ¿Eso le parece cuerdo?

Y deje que le diga algo sobre esos condenados poderes mágicos que tiene. Voy a admitirlo, era lo que más me molestaba de todo. O sea, Tachyon no solo podía decirte lo que estabas pensando, podía mirarte con aire divertido y hacer que saltaras encima de tu mesa y te bajaras los pantalones, quisieras o no. Pasé horas y horas con él todos los días, y me convenció. La cosa fue que mis informes no convencieron a los altos mandos, allá en el este. Alguna clase de truco, pensaron, nos estaba hipnotizando, estaba leyendo nuestra postura corporal, echaba mano de la psicología para hacernos creer que leía las mentes. Iban a enviar a un mentalista para descubrir cómo lo hacía, pero la mierda lo salpicó todo antes de que llegaran a hacerlo.

No pedía mucho. Lo único que quería era una reunión con el presidente para que pudiera movilizar a todo el ejército estadunidense para buscar una especie de cohete que se había estrellado. Tachyon estaría al mando, por supuesto, nadie más estaba calificado. Nuestros científicos más prominentes serían sus asistentes. Quería un radar y reactores y submarinos y sabuesos y máquinas rarísimas de las que nadie había oído hablar. Lo que fuera, lo quería. Y no quería tener que consultar con nadie, tampoco. Ese tipo vestía como un peluquero marica, si le digo la verdad, pero daba órdenes de una manera que uno podría pensar que tenía al menos tres estrellas.

¿Y por qué? Oh sí, su historia, era la maravilla. En su planeta Takis, dijo, un par de decenas de grandes familias dirigían todo el negocio, como la realeza, salvo que todos tenían poderes mágicos y dominaban a todos los demás que no tenían poderes mágicos. Esas familias pasaban la mayor parte de su tiempo enemistadas, como los Hatfield y los McCoy. Su grupo en particular tenía un arma secreta en la que había estado trabajando durante un par de siglos. Un virus artificial diseñado a medida para interactuar con la composición genética del organismo huésped, dijo. Él había formado parte del equipo de investigación.

Bueno, le seguí la corriente: ¿Y qué hace este germen?, le pregunté. Ahora quédese con esto: lo hacía *todo*.

Lo que se *suponía* que tenía que hacer, según Tachyon, era potenciar esos poderes mentales que tenían, quizá darles algún otro poder, hacerlos evolucionar hasta ser dioses, lo que segurísimo daría a su familia ventaja sobre las otras. Pero no siempre hacía eso. A veces, sí. Lo más frecuente era que matara a los sujetos de prueba. Siguió y siguió contándome lo mortífero que era ese material, y consiguió que me dieran escalofríos. ¿Cuáles eran los síntomas? pregunté. Conocíamos las armas bacteriológicas desde el 46; si estaba diciendo la verdad quería saber a qué nos debíamos atener.

No podía decirme cuáles eran los síntomas. Había toda clase de síntomas. Todo el mundo tenía diferentes síntomas, cada persona. ¿Usted ha oído hablar alguna vez de un germen que actúe así? Yo no.

Entonces Tachyon dijo que a veces convertía a la gente en monstruos en vez de matarlos. ¿Qué clase de monstruos? pregunté. De todo tipo, dijo. Admití que sonaba bastante mal y le pregunté por qué sus colegas no habían usado ese material con las otras familias. Porque a veces el virus funcionaba, dijo; remodelaba a sus víctimas, les daba poderes. ¿Qué clase de poderes? Todo tipo de poderes, naturalmente.

Así que tenían ese material. No querían usarlo con sus enemigos, y darles, quizá, poderes. No querían usarlo con ellos mismos y cargarse a la mitad de la familia. No estaban por la labor de olvidarse de él. Decidieron probarlo con nosotros. ¿Por qué nosotros? Porque éramos genéticamente idénticos a los taquisianos, dijo, la única raza así que conocían, y el bicho había sido diseñado para actuar sobre el genotipo taquisiano. ¿Y por qué éramos tan afortunados? Algunos de entre su gente pensaban que se trataba de una evolución paralela, otros creían que la Tierra era una colonia taquisiana perdida: no lo sabía ni le importaba.

Le importaba el experimento. Pensaba que era «innoble». Protestó, dijo, pero lo ignoraron. La nave partió. Y Tachyon decidió detenerlos por sí mismo. Los persiguió en una nave más pequeña, fundió su condenado dispositivo taquión y consiguió llegar aquí antes que ellos. Cuando los interceptó, lo enviaron a la mierda, aunque era de la familia y tuvieron una especie de combate espacial. Su nave quedó dañada, la de ellos se averió y se estrellaron. En algún lugar hacia el este, dijo. Los perdió a causa del daño que había recibido su nave. Así que aterrizó en White Sands, donde pensaba que conseguiría ayuda.

Registré toda la historia con mi grabadora de alambre. Después, Inteligencia Militar contactó con toda clase de expertos: bioquímicos y doctores y tipos que se dedicaban a la guerra bacteriológica, de todo. Imposible, dijeron. Totalmente absurdo. Uno de ellos me dio una conferencia entera sobre cómo los gérmenes terrestres nunca afectarían a marcianos, como en aquel libro de H. G. Wells, y los genes marcianos no nos afectarían tampoco. Todo el mundo coincidió en que esos síntomas aleatorios eran cosa de risa. Así que ¿qué se suponía que debíamos hacer? Todos nos reíamos mucho con chistes sobre la gripe marciana y la fiebre del astronauta. Alguien, no sé quién, le llamó *el virus wild card* en un informe y todos los demás nos apropiamos del nombre, pero nadie se lo creyó ni por un segundo.

La situación era mala, y Tachyon solo la empeoró cuando intentó escapar. Casi lo logró, pero como siempre dice mi viejo, «casi» apenas cuenta cuando se refiere a herraduras o granadas. El Pentágono había enviado a su propio hombre a interrogarlo, un coronel llamado Wayne, y al final Tachyon se hartó, supongo. Controló al coronel Wayne y sencillamente salieron juntos del edificio. Cada vez que los paraban, Wayne soltaba la orden de que los dejaran pasar y que el rango tiene sus privilegios. El titular era que Wayne tenía órdenes de escoltar a Tachyon de vuelta a Washington. Se apoderaron de un jeep e hicieron todo el camino de vuelta a la nave espacial, pero para entonces uno de los centinelas lo había comentado conmigo, y mis hombres estaban esperándolos, con órdenes directas de ignorar cualquier cosa que el coronel Wayne pudiera decirles. Lo volvimos a poner bajo custodia y lo mantuvimos allí, bajo férrea guardia. A pesar de sus poderes mágicos, no podía hacer mucho. Podía conseguir que una persona hiciera lo que quería, quizá tres o cuatro si se esforzaba de verdad, pero no con todos nosotros, y por entonces ya conocíamos sus trucos.

Quizá fue una maniobra estúpida, pero su intento de fuga le consiguió el encuentro con Einstein, con el que nos había estado dando lata. El Pentágono siguió diciéndonos que era el mayor hipnotizador del mundo, pero ya no me tragaba eso, y debería haber oído lo que el coronel Wayne pensaba de esa teoría. Los cerebritos también se estaban poniendo nerviosos. En cualquier caso, Wayne y yo juntos nos las arreglamos para obtener una autorización y poder llevar al prisionero a Princeton. Supuse que una charla con Einstein no podía hacer ningún daño, pero quizá le haría algún bien. Su nave estaba confiscada y ya habíamos obtenido de este hombre todo lo que podíamos conseguir. Se suponía que Einstein era el mayor cerebro del mundo y tal vez podía entender al tipo, ¿verdad?

Todavía hay quienes dicen que el ejército tuvo la culpa de todo lo que ocurrió, pero no es cierto. Es fácil ser sabio *a posteriori*, pero yo estuve allí, y mantendré hasta el día en que me muera que los pasos que dimos fueron razonables y prudentes.

Lo que más me desazona es cuando dicen que no hicimos nada para seguir el rastro del maldito globo con las esporas wild card. Quizá cometimos un error, sí, pero no fuimos idiotas, nos estábamos cubriendo las espaldas. Todas y cada una de las instalaciones militares tenían la orden de estar al acecho de una nave espacial que se hubiera estrellado y que pareciera una concha con lucecitas. ¿Es mi maldita culpa que nadie se la tomara en serio?

Créame, al menos, en una cosa. Cuando se desató el infierno, hice que Tachyon volara a toda prisa de regreso a Nueva York en un par de horas. Yo estaba en el asiento detrás de él. Aquel mequetrefe pelirrojo se pasó llorando la mitad del maldito trayecto por el país. Yo recé por Jetboy.

¡Treinta minutos sobre Broadway!

¡La última aventura de Jetboy!

♣ ♦ ♠ ♥

por Howard Waldrop

EL SERVICIO AÉREO DE BONHAM, EN SHANTAK, NUEVA Jersey estaba afectado por la niebla. El pequeño reflector de la torre apenas disipaba los oscuros remolinos de bruma.

Se oyó un sonido de neumáticos sobre el pavimento mojado delante del hangar 23. La puerta de un coche se abrió, un momento después se cerró. Unos pasos se dirigieron hacia el Área de Personal.

Solo una puerta. Se abrió. Scoop Swanson entró, con su Kodak Autograph Mark II y una bolsa con flashes y película fotográfica.

Lincoln Traynor se levantó de entre el motor del P-40, excedente del ejército, que estaba revisando para un piloto de una aerolínea, quien lo había conseguido en una subasta por 293 dólares. A juzgar por la forma del motor, debía de haber sido pilotado por los Tigres Voladores en 1940. En la radio del banco de trabajo se emitía un partido. Linc bajó el volumen.

—¿Qué hay, Linc? –saludó Scoop.

—Ey.

—¿Aún no se sabe nada?

—Ni lo esperes. El telegrama que envió ayer decía que vendría esta noche. Con eso me quedo tranquilo.

Scoop encendió un Camel con un cerillo de una caja de Three Torches que había en el banco de trabajo.

Expulsó el humo hacia el cartel de *Prohibido fumar* en el fondo del hangar.

—Eh, ¿qué es esto? –se dirigió hacia el fondo. Aún en los embalajes había dos largas extensiones de alas rojas y dos tanques subalares en forma de lágrima, de más de mil litros de capacidad–. ¿Cómo llegó esto aquí?

—El Cuerpo Aéreo las envió ayer desde San Francisco. Hoy llegó otro telegrama para él. Deberías leerlo también, tú estás escribiendo la historia —Linc le tendió las órdenes del Departamento de Guerra.

Para: Jetboy (Tomlin, Robert NMI*)
HOR:** Servicio Aéreo de Bonham
Hangar 23
Shantak, Nueva Jersey

1. A partir de este momento, las 1200Z horas del 12 de agosto del 46, ya no está en servicio activo en la Fuerza Aérea del Ejército de Estados Unidos.
2. Su nave (modelo experimental) (núm. servicio JB-1) queda, de ahora en adelante, dada de baja. No se recibirá más apoyo material del USAAF*** o del Departamento de Guerra.
3. Expedientes, menciones honoríficas y premios remitidos por separado.
4. Nuestros expedientes muestran que Tomlin, Robert NMI no ha obtenido la licencia de piloto. Por favor, contacte con CAB**** para cursos y certificación.
5. Cielos despejados y vientos de cola.

Para
Arnold H. H.
Cofs,***** USAAF

Ref.: Orden Ejecutiva # 2, 8 diciembre 41

—¿Qué es eso de que no tiene licencia de piloto? —preguntó el periodista—. Vi en el archivo, su expediente es del grueso de un ladrillo. Demonios, debe haber volado más rápido y más lejos, derribado más aviones que nadie: ¡quinientos aviones, cincuenta naves! ¿Y lo hizo sin licencia?

---

    * NMI: No Middle Initial.
   ** HOR: Hand Over Request.
  *** USAAF: United States Army Air Force.
 **** CAB: Civil Aviation Bureau.
***** Cofs: Chief of Service.

Linc se limpió la grasa del bigote.

—Sí. El muchacho era el mayor fanático de los aviones que puedas imaginarte. Por el 39, no creo que tuviera más de doce, oyó que había trabajo por aquí. Se presentó a las cuatro de la madrugada, se fugó del orfanato para hacerlo. Salieron a buscarlo. Pero por supuesto el profesor Silverberg lo había contratado, lo arregló con ellos.

—Silverberg. ¿El que mataron los nazis? ¿El tipo que hizo el avión?

—Sí. Un adelantado a su tiempo, pero raro. Armé el avión para él, Bobby y yo lo construimos con nuestras propias manos. Los nazis y los italianos y Whittle, en Inglaterra, habían empezado los suyos. Pero los alemanes descubrieron que algo estaba pasando.

—¿Cómo aprendió a volar el chico?

—Siempre supo, supongo –dijo Lincoln–. Un día está aquí ayudándome a doblar metal. Al siguiente, él y el profesor están volando por ahí a cuatrocientas millas. A oscuras, con aquellos primeros motores.

—¿Cómo lo mantuvieron en secreto?

—No lo hicieron, no muy bien. Los espías vinieron por Silverberg: lo querían a él y al avión. Bobby estaba fuera con él. Creo que él y el profe sabían que se estaba cociendo algo. Silverberg se resistió de tal manera que los nazis lo mataron. Luego vino el tufillo diplomático. Por entonces, el JB-1 solo tenía seis ametralladoras, no tengo ni idea de dónde las sacó el profesor. Pero el chico se encargó del coche lleno de espías, y de aquella lancha en el Hudson, llena de gente de la embajada. Todos con visados diplomáticos.

—Espera un segundo –Linc se paró–. Final de la doble jornada en Cleveland. En la Blue Network –subió el volumen de la radio metálica de Philco que estaba sobre el panel de herramientas.

«…*Sanders la pasa a Papenfuss, la pasa a Volstad, doble juego. Eso es todo. Así que los Sox pierden de nuevo ante Cleveland. Estaremos justo…*» –Linc la apagó–. Ahí van cinco billetes –dijo–, ¿por dónde iba?

—Los cabezas cuadradas mataron a Silverberg, y Jetboy se las devolvió. Se fue a Canadá, ¿no?

—Se unió a la RCAF,* oficiosamente. Luchó en la Batalla de Inglaterra, fue a China con los Tigres a combatir contra los japoneses, estaba de vuelta en Inglaterra cuando lo de Pearl Harbor.

* RCAF: Royal Canadian Airforce.

—¿Y Roosevelt lo fichó?

—Algo así. Ya sabes, es lo curioso de toda su carrera. Lucha durante toda la guerra, más que ningún otro estadunidense –desde finales del 39 al 45– y justo a última hora, se pierde en el Pacífico, desaparece. Durante un año todos pensamos que estaba muerto, y ahora vuelve a casa.

Se oyó un zumbido alto, agudo, como de un avión de hélices cayendo en picada. Venía de fuera, de los cielos nubosos. Scoop sacó su tercer Camel.

—¿Cómo puede aterrizar en esta sopa?

—Tiene un radar para todo tipo de clima, lo sacó de un caza nocturno alemán por el 43. Podría hacer aterrizar ese avión en una carpa de circo a medianoche.

Fueron a la puerta. Dos luces de aterrizaje atravesaron los jirones de niebla. Descendieron en la otra punta de la pista, giraron y volvieron por la superficie.

El fuselaje rojo brillaba bajo las cenicientas luces de la pista. El avión bimotor de ala alta se encaró hacia ellos y se detuvo.

Linc Traynor puso un juego de cuñas dobles en cada una de las tres ruedas del tren de aterrizaje. La mitad de la nariz de cristal del avión se levantó y se retrajo. El avión tenía cuatro cañones de 20 mm de calibre situados en la base de las alas, entre los motores, y una tronera con uno de 75 mm por debajo y a la izquierda del borde de la cabina. Contaba con un timón alto y delgado, y los elevadores traseros tenían forma de trucha de río. Las únicas insignias del avión eran cuatro estrellas no estandarizadas de la USAAF en un redondel negro, y el número de serie JB-1 en la parte superior derecha e inferior izquierda de las alas y bajo el timón.

La antena del radar que había en la nariz de la nave parecía un cacharro para asar salchichas.

Un chico vestido con pantalones rojos, camisa blanca y un casco azul y anteojos salió de la cabina a la escalera de descenso del lado izquierdo.

Tenía diecinueve, quizá veinte. Se quitó el casco y los anteojos. Tenía el pelo castaño claro, rizado, ojos de color avellana y era bajo y fornido.

—Linc –dijo. Atrajo hacia sí al hombre regordete con un abrazo y se pasó un minuto entero dándole palmaditas en la espalda. Scoop disparó una foto.

—Me alegro de tenerte de vuelta, Bobby —dijo Linc.

—Nadie me ha llamado así en años —dijo—. Suena muy bien escucharlo de nuevo.

—Este es Scoop Swanson —dijo Linc—. Te va a hacer famoso de nuevo.

—Preferiría echarme una siesta —estrechó la mano del reportero—. ¿Algún sitio por aquí cerca donde pueda conseguir huevos con jamón?

♣

La lancha se acercaba al muelle entre la niebla. Fuera, en el puerto, un barco acababa de limpiar sus sentinas y estaba volviendo a humear hacia el sur.

Había tres hombres en el amarre: Fred y Ed y Filmore. Un hombre saltó de la lancha con un maletín en las manos. Filmore se inclinó hacia él y entregó al tipo que estaba al volante un Lincoln y dos Jackson.* Después ayudó al del maletín.

—Bienvenido a casa, doctor Tod.

—Me alegro de estar de vuelta, Filmore —Tod vestía un traje holgado y llevaba puesto un abrigo aunque era agosto. Tenía el sombrero muy calado sobre el rostro, al que las pálidas luces de un almacén arrancaron un destello metálico.

—Este es Fred y este es Ed —dijo Filmore—. Están aquí solo por esta noche.

—Hola ¿qué hay? —dijo Fred.

—Hola —dijo Ed.

Volvieron al coche, un Mercedes del 46 que parecía un submarino. Se subieron en él, mientras Fred y Ed vigilaban los neblinosos callejones a uno y otro lado. Después Fred se puso al volante y Ed montó guardia a su lado. Con una escopeta recortada de cañón corto.

—Nadie me espera. A nadie le importa —dijo el doctor Tod—.

---

* Se refiere a los billetes de 5 y de 20 dólares cuyas efigies son, respectivamente, los presidentes Lincoln y Jackson. *N. de la T.*

Todos los que tenían algo contra mí han muerto o se han convertido en personas respetables y han hecho fortuna durante la guerra.
Soy un anciano y estoy cansado. Me voy a ir al campo a criar abejas,
apostar a los caballos y jugar a la bolsa.

—¿No está planeando nada, jefe?

—Nada de nada.

Giró la cabeza cuando pasaron bajo un farol. Le faltaba la mitad
de la cara; en su lugar, una placa lisa iba desde la mandíbula hasta el
sombrero, desde la nariz hasta la oreja izquierda.

—Ya no puedo disparar, por una razón: mi percepción de la profundidad ya no es lo que era.

—No me extraña –dijo Filmore–. Oímos que le pasó algo en el 43.

—Estaba en una operación diríamos que provechosa en Egipto,
mientras Afrika Korps se estaba desmoronando: sacar y meter gente
por una comisión en una flota aérea supuestamente neutral. Solo un
negocio marginal. Después me encontré con aquel aviador listillo.

—¿Quién?

—El chico que tenía un avión a reacción, antes de que los alemanes los tuvieran.

—A decir verdad, jefe, no estuve muy al tanto de la guerra. Los
conflictos territoriales los miro desde la distancia.

—Como debería haber hecho yo –dijo el doctor Tod–. Estábamos
saliendo de Túnez. En aquel viaje había gente importante. El piloto
gritó. Hubo una explosión tremenda. Lo siguiente, cuando volví en
mí, fue la mañana después y yo y otra persona estábamos en un bote
salvavidas en medio del Mediterráneo. Me dolía la cara. Me incor-
poré. Algo cayó al fondo del bote. Era mi ojo izquierdo. Me estaba
mirando. Supe que estaba en un aprieto.

—¿Ha mencionado a un chico con un avión a reacción? –preguntó Ed.

—Sí. Descubrimos más tarde que habían descifrado nuestro código y que había volado seiscientas millas para interceptarnos.

—¿Quiere vengarse? –preguntó Filmore.

—No. Eso pasó hace mucho tiempo. Apenas puedo acordarme de
ese lado de mi cara. Eso solo me enseñó a ser un poco más cauto. Lo
tomé como algo que curtió el carácter.

—Así que no hay planes, ¿eh?

—Ni uno –dijo el doctor Tod.

—Estará bien, para variar –dijo Filmore.

Contemplaron las luces de la ciudad al pasar.

♠

Llamó a la puerta, incómodo con su nuevo traje y chaleco café.

—Entra, está abierto –dijo una voz de mujer. Después, más ahoga-do–: estaré lista en un minuto.

Jetboy abrió la puerta de entrada de roble y entró en la habitación hasta rebasar la mampara de cristal que separaba los ambientes de la estancia.

Una hermosa mujer estaba de pie, en medio de la habitación, con el vestido a medio camino entre los brazos y la cabeza. Llevaba una combinación, liguero y medias de seda. Tiraba del vestido con una de sus manos.

Jetboy volvió la cabeza, ruborizado y desconcertado.

—Oh –dijo la mujer–. ¡Oh! Yo… ¿quién?

—Soy yo, Belinda –dijo–. Robert.

—¿Robert?

—Bobby, Bobby Tomlin.

Lo miró fijamente por un momento, tapándose con las manos, aunque ya estaba vestida del todo.

—Oh, Bobby –dijo, y fue hacia él y lo abrazó y le dio un gran beso en los labios.

Era lo que él había esperado durante seis años.

—Bobby. Qué alegría verte. Yo… yo estaba esperando a alguien. Algunas… amigas. ¿Cómo me encontraste?

—Bueno, no ha sido fácil.

Dio un paso atrás, alejándose de él.

—Déjame que te vea.

Él la miró. La última vez que la había visto ella tenía catorce, toda un marimacho, aún en el orfanato. Había sido una niña delgada de pelo rubio cenizo. Una vez, cuando tenía once años, casi le había pe-gado. Ella era un año mayor que él.

Entonces, él se fue a trabajar en el aeródromo y después a luchar con los británicos contra Hitler. Durante la guerra, le había escrito cuando había podido, después de que Estados Unidos entrara. Ella había dejado el orfanato y la habían enviado a un hogar sustituto. En el 44 le habían devuelto una de sus cartas, en la que se leía «Causa de devolución: destinatario desconocido». Después, él había desaparecido durante el último año.

—Tú también has cambiado –dijo.

—Y tú.

—Ahm.

—Seguí los periódicos durante toda la guerra. Intenté escribirte, pero no creo que te llegaran. Después dijeron que habías desaparecido en el mar y, en cierto modo, me di por vencida.

—Bueno, desaparecí, pero me encontraron. Y ahora he vuelto. ¿Qué tal te ha ido?

—La verdad es que muy bien, después de que me escapé del hogar sustituto –dijo. Una expresión de dolor apareció en su rostro–. No sabes cómo me alegro de haber huido de allí. Oh, Bobby –dijo–. Oh, ¡ojalá las cosas hubieran sido distintas! –empezó a sollozar.

—Eh –dijo, tomándola por los hombros–, siéntate. Tengo algo para ti.

—¿Un regalo?

—Sí –le entregó un paquete envuelto en un papel sucio, manchado de aceite–. Los he llevado conmigo los dos últimos años de la guerra. Estuvieron en el avión, en la isla. Lo siento, no tuve tiempo en envolverlos de nuevo.

Rasgó el papel de embalar inglés. Dentro había copias de *La casa en la esquina Pooh* y *El cuento de Perico, el conejo travieso*.

—Oh –dijo Belinda–, gracias.

La recordó vestida con la bata del orfanato, polvorienta y cansada después de un partido de beisbol, tirada en el suelo de la sala de lectura con un libro de Pooh abierto ante ella.

—El libro de Pooh me lo firmó el verdadero Cristopher Robin[*] –dijo–. Descubrí que era oficial de la RAF en una de las bases de Inglaterra. Dijo que normalmente no haría este tipo de cosas, que solo

---

[*] Se refiere a Christopher Robin Milne, hijo del autor de los libros de *Winnie the Pooh*, Alan Alexander Milne, inspirados en el osito de peluche del chico, al que el pequeño rebautizó como Winnie, el animal favorito del pequeño en el zoológico de Londres. *N. de la T.*

era otro piloto. Le dije que no se lo contaría a nadie. Eso sí, yo había removido cielo y tierra para encontrar una copia, y él lo sabía.

»Este otro tiene un poco más de historia. Regresaba cerca del amanecer, escoltando a algunos B-17 maltrechos. Alcé la vista y vi dos cazas nocturnos alemanes acercándose, probablemente estaban patrullando, intentando atrapar algunos Lancasters antes de que cruzaran el canal.

»Para abreviar, derribé a dos; acabaron cerca de un pueblecito. Pero se me había acabado el combustible y tuve que aterrizar. Vi un prado bastante llano con un lago en el extremo más alejado y allá fui.

»Cuando salí de la cabina vi a una señora y un perro pastor plantados en el borde del campo. Ella tenía una escopeta. Cuando estuvo lo bastante cerca como para ver los motores y los emblemas, dijo:

—¡Buen disparo! ¿No quiere venir a comer un bocado y usar el teléfono para llamar al mando de caza?

»Podíamos ver a los dos ME-110 ardiendo en la distancia.

—Eres el famoso Jetboy –dijo–. Hemos seguido tus hazañas en el diario de Sawrey. Soy la señora Heelis –me tendió la mano.

»Se la estreché.

—¿La señora de William Heelis? ¿Y esto es Sawrey?

—Sí –dijo.

—¡Usted es Beatrix Potter! –dije.

—Supongo que sí –dijo.

»Belinda, era aquella anciana corpulenta, con un suéter raído y un sencillo vestido viejo. Pero cuando sonrió, ¡juro que iluminó toda Inglaterra!

Belinda abrió el libro. En la solapa se leía

Para la amiga estadunidense de Jetboy,
Belinda,
De la Señora de William Heelis
(«Beatrix Potter»)
12 de abril de 1943

Jetboy bebió el café que Belinda le había hecho.

—¿Dónde están tus amigas? –preguntó.

—Bueno… ya deberían estar aquí. Estaba pensando en bajar al

teléfono del vestíbulo e intentar llamarles. Puedo cambiarlo, y nos podemos sentar y hablar de los viejos tiempos. De verdad que puedo llamar.

—No –dijo Jetboy–. Te diré qué haremos. Te llamaré más adelante, durante la semana; podemos quedar alguna noche que no estés ocupada. Sería divertido.

—Seguro que sí.

Jetboy se levantó para irse.

—Gracias por los libros, Bobby. Significan mucho para mí, de verdad.

—Me alegro mucho de volver a verte, Bee.

—Nadie me llamaba así desde el orfanato. Llámame muy pronto, ¿lo harás?

—Claro que sí –se inclinó y la besó de nuevo.

Se dirigió hacia las escaleras. Mientras bajaba, un tipo vestido con un *zoot-suit** –pantalones holgados, abrigo largo, reloj de cadena, corbata del tamaño de una percha, cabello peinado hacia atrás, apestando a Brylcreem y Old Spice– subía las escaleras de dos en dos, silbando «It Ain't the Meat, It's the Motion».

Jetboy lo oyó llamar a la puerta de Belinda.

Fuera, había empezado a llover.

—Genial, justo como en las películas –dijo Jetboy.

◆

La noche siguiente era silenciosa como un cementerio.

Entonces, los perros de todo Pine Barrens empezaron a ladrar. Los gatos chillaron.

Los pájaros echaron a volar aterrorizados, desde miles de árboles, en círculos, planeando en la noche oscura.

La estática se apoderó de todas las radios del noreste de Estados Unidos. Los aparatos de televisión destellaron, el volumen se incrementó al doble. La gente reunida alrededor de los Dumont de nueve

---

* Traje masculino, con pantalones holgados, de tiro alto y saco con hombreras prominentes que se hizo popular en Estados Unidos en los años treinta y cuarenta del siglo xx especialmente entre la población mexicoamericana y afroamericana. *N. de la T.*

pulgadas retrocedió de un salto a causa de la repentina luz y sonido, deslumbrada en sus propias salas de estar, en los bares y en las aceras frente a las tiendas de electrodomésticos de toda la Costa Este.

Para los que estaban fuera en aquella calurosa noche de agosto aun fue más espectacular.

Una fina línea de luz en las alturas se desplazó, centelleando, mientras caía. Luego se expandió, aumentando en brillo, se convirtió en un bólido verdeazulado, pareció detenerse, después estalló en una cascada de chispas que lentamente se desvanecieron en el oscuro cielo iluminado por las estrellas.

Algunos dijeron que vieron otra luz, más pequeña, pocos minutos después. Pareció flotar, después salió disparada hacia el oeste, apagándose en su vuelo. Los periódicos habían estado llenos de historias sobre «cohetes fantasmas» en Suecia todo aquel verano. Era la temporada.

Unas pocas llamadas a la oficina meteorológica de la Fuerza Aérea del Ejército recibieron la respuesta de que probablemente era una derivación de la lluvia de meteoritos de las Delta Acuáridas.

Afuera, en Pine Barrens, alguien sabía que no era así, aunque no estaba de humor para comunicárselo a nadie.

♥

Jetboy, vestido con pantalones holgados, una camisa y una chamarra de aviador café, cruzó las puertas de la Blackwell Printing Company. Había un brillante cartel rojo y azul sobre la puerta: Sede de Cosh Comics Company.

Se detuvo ante el mostrador de la recepcionista.

—Robert Tomlin, para ver al señor Farrell.

La secretaria, una empleada rubia y delgada, con lentes de ojos de gato que hacían que pareciera que en su cara hubiera acampado un murciélago, lo miró fijamente.

—El señor Farrell falleció en el invierno de 1945. ¿Estaba trabajando para nosotros o algo?

—Algo.

—¿Querría hablar con el señor Lowboy? Ahora ocupa el lugar del señor Farrell.

—Con quienquiera que esté a cargo de *Jetboy Comics*.

Todo el lugar empezó a temblar cuando las imprentas arrancaron en la parte trasera del edificio. En las paredes de la oficina había chillonas portadas de cómics, prometiendo cosas que solo ellas podían satisfacer.

—Robert Tomlin –dijo la secretaria por el intercomunicador.

—*Bzzzz zzzzzzzz* nunca he oído hablar de él *bzzz*.

—¿De qué se trata? –preguntó la secretaria.

—Dígale que Jetboy quiere verle.

—Oh –dijo, mirándolo–, lo siento. No lo había reconocido.

—Nadie lo hace.

♣

Lowboy parecía un gnomo al que le hubieran succionado toda la sangre. Era tan pálido como debía de haber sido Harry Langdon, como una mala hierba crecida en un saco de yute.

—¡Jetboy! –le tendió una mano que parecía un puñado de gusanos–. Todos pensamos que habías muerto hasta que vimos los periódicos la semana pasada. Ahora eres un auténtico héroe nacional, ¿lo sabes?

—No me siento como uno.

—¿Qué puedo hacer por ti? No es que no me alegre de conocerte por fin, pero debes de ser un hombre ocupado.

—Bueno, para empezar, me he encontrado con que los cheques por la licencia y los derechos no se han depositado en mi cuenta desde que se me declaró desaparecido y presuntamente muerto el pasado verano.

—¿Qué? ¿De verdad? El departamento jurídico debe de haberlo puesto en custodia o algo hasta que alguien lo reclamara. Voy a ponerlos al corriente ahora mismo.

—Bueno, me gustaría tener el cheque en este momento, antes de irme –dijo Jetboy.

—¿Eh? No sé si puedan hacer eso. Suena muy brusco.

Jetboy lo miró fijamente.

—Bien, bien, deja que llame. Contabilidad –chilló al teléfono.

—Ehm… –dijo Jetboy–, un amigo ha estado recogiendo mis copias. Revisé el contrato de propiedad y circulación de los últimos dos años. Sé que últimamente *Jetboy Comics* ha estado vendiendo quinientas mil copias por número.

Lowboy gritó algo más al teléfono. Colgó.

—Tardará un poco, ¿algo más?

—No me gusta lo que está pasando en el cómic –dijo Jetboy.

—¿Qué es lo que no te gusta? ¡Está vendiendo medio millón de copias cada mes!

—Una cosa: el avión se parece cada vez más a una bala. Y los dibujantes han pintado las alas hacia atrás ¡por el amor de Dios!

—Estamos en la Era Atómica, muchacho. Hoy en día a los chicos no les gusta que un avión parezca una pata de cordero roja con ganchos que le salen por delante.

—Bueno, siempre ha tenido ese aspecto. Y otra cosa: ¿por qué el maldito avión azul en los últimos tres números?

—¡No es cosa mía! Creo que el rojo está bien. Pero el señor Blackwell envió un memorándum, dijo que no más rojo salvo para la sangre. Es un gran legionario.

—Dígale que el avión debe tener el aspecto que le corresponde y ser del color que le corresponde. Además, se han eliminado los informes de combate. Cuando Farrell se sentaba en su mesa, el cómic iba de volar y combatir, de limpiar los cielos de espías: cosas reales. Y nunca hubo más de dos historias de diez páginas de Jetboy en un número.

—Cuando Farrell estaba en esta mesa, el libro solo vendía un cuarto de millón de copias al mes –dijo Lowboy.

Robert volvió a mirarlo fijamente.

—Sé que la guerra se ha acabado y todo el mundo quiere una casa nueva y emociones que les hagan salir los ojos de las órbitas –dijo Jetboy–. Pero mire lo que me encuentro en los últimos dieciocho meses…

»Nunca he combatido con nadie como el Enterrador en ningún lugar llamado la Montaña de la Muerte. ¡Y vamos! ¿El Esqueleto Rojo? ¿Mister Gusano? ¿El profesor Blooteaux? ¿Qué es eso con todas las calaveras y los tentáculos? O sea, ¿unos gemelos malvados llamados Sturm y Drang Hohenzollern? ¿El Mono Artrópodo, un gorila con seis codos? ¿De dónde saca todo esto?

—No soy yo, son los guionistas. Son un montón de locos que siempre toman Benzedrina y esas cosas. Además ¡es lo que los niños quieren!

—¿Y qué pasa con las crónicas sobre aviación y los artículos sobre héroes de aviación reales? Pensé que mi contrato exigía al menos dos piezas por número sobre hechos y personas reales.

—Tendremos que verlo otra vez. Pero te digo desde ahora que a los niños ya no les gustan esas cosas. Quieren monstruos, naves espaciales, cosas que hagan que se meen en la cama. ¿Te acuerdas? ¡También fuiste niño!

Jetboy tomó un lápiz de la mesa.

—Tenía trece años cuando la guerra empezó, quince cuando bombardearon Pearl Harbor. He estado en combate durante seis años. A veces creo que nunca fui un niño.

Lowboy calló un momento.

—Te diré lo que tienes que hacer –dijo–. Tienes que redactar todo lo que no te gusta del libro y enviárnoslo. Pondré al departamento jurídico a darle vueltas, y trataremos de hacer algo, resolver las cosas. Por supuesto, imprimimos tres números por adelantado, así que hasta Acción de Gracias no saldrá el nuevo material. O más tarde.

Jetboy suspiró.

—Entiendo.

—De verdad quiero que estés contento, porque *Jetboy* es mi cómic favorito. No, de verdad. Los otros son solo trabajo. Y qué trabajo, Dios bendito: plazos, trabajar con borrachos y cosas peores, guiar al rebaño de impresores, ¡te lo puedes imaginar! Pero me gusta trabajar en *Jetboy*. Es especial.

—Bien, me alegro.

—Claro, claro –Lowboy tamborileó con los dedos sobre la mesa–. Me pregunto por qué están tardando tanto.

—Probablemente estén sacando los otros libros de contabilidad –dijo Jetboy.

—¡Ey, no! ¡Aquí somos legales! –Lowboy se puso de pie.

—Solo bromeaba.

—Oh. Dime, el periódico decía que estuviste, qué sé yo, abandonado en una isla desierta o algo así. ¿Fue duro?

—Bueno, solitario. Me cansé de pescar y comer pescado. Sobre todo fue aburrido, y echaba de menos todo. Bueno, más que echar de menos, es que me lo perdí. Estuve allí desde el 29 de abril del 45 hasta el mes pasado.

»Hubo momentos en que pensé que me volvería loco. Cuando una mañana levanté la vista y vi al *uss Reluctant* anclado a menos de un kilómetro y medio de la orilla no podía creerlo. Disparé una bengala y me rescataron. Llevó un mes encontrar un sitio donde reparar el avión, descansar, volver a casa. Me alegro de estar de vuelta.

—Me lo imagino. Oye, ¿había muchos animales peligrosos en la isla? Quiero decir, leones y tigres y así.

Jetboy rio.

—Medía menos de un kilómetro y medio de ancho, y un poco más a lo largo. Había pájaros y ratas y algunos lagartos.

—¿Lagartos? ¿Grandes lagartos? ¿Venenosos?

—No. Pequeños. Debí de comerme la mitad antes de irme. Acabé siendo bastante bueno usando una honda que hice con un tubo de oxígeno.

—Oh, apuesto a que sí.

La puerta se abrió y un hombre alto con una camisa manchada de tinta entró.

—¿Es él? –preguntó Lowboy.

—Solo le he visto una vez, pero se le parece –dijo el hombre.

—¡Suficiente para mí! –dijo Lowboy.

—No para mí –dijo el contador–. Enséñeme alguna identificación y firme este recibo.

Jetboy suspiró y lo hizo. Miró la cantidad que constaba en el cheque. Tenía bastantes pocas cifras delante del decimal. Lo dobló y lo guardó en el bolsillo.

—Dejaré a su secretaria mi dirección para el próximo cheque. Y enviaré una carta con mis objeciones esta misma semana.

—Hazlo. Ha sido un verdadero placer conocerte. Esperemos que tengamos una larga y próspera relación comercial juntos.

—Gracias, eso espero –dijo Jetboy. Él y el contador se fueron.

Lowboy volvió a sentarse en su silla giratoria. Se puso las manos en la nuca y se quedó mirando el librero que había al otro lado de la habitación.

Después, se impulsó bruscamente hacia delante, levantó el teléfono y marcó el nueve para contactar con el exterior. Llamaba al editor jefe de *Jetboy Comics*.

Una voz pastosa, de resaca, respondió al duodécimo tono.

—Quítate la mierda de la cabeza, soy Lowboy. Imagínate esto: un especial de cincuenta páginas a doble cara, con una única historia. ¿Listo? ¡*Jetboy en la isla de los dinosaurios*! ¿Lo tienes? Veo un montón de cavernícolas y un enorme como-lo-llames rex. ¿Qué? Sí, sí, un tiranosaurio. A lo mejor un puñado de soldados japoneses. Ya sabes. Sí, quizá samuráis. ¿Cuándo? ¿Desviado de su trayectoria en el 1100 d. C.? ¡Jesús! Lo que sea. Sabes exactamente qué necesitamos.

»¿A qué estamos? Martes. Tienes hasta las cinco de la tarde del jueves ¿de acuerdo? Deja de quejarte. Son ciento cincuenta dólares rápidos. Nos vemos, pues.

Colgó. Luego llamó a un dibujante y le explicó lo que quería para la portada.

♠

Ed y Fred volvían de una entrega en Pine Barrens.

Conducían un remolque de siete metros. El vehículo, hasta unos pocos minutos antes, contenía seis metros cúbicos de un nuevo tipo de concreto. Ocho horas antes, eran cinco metros cúbicos de agua, arena, gravilla, cemento. Y un ingrediente secreto.

El ingrediente secreto había violado tres de las Cinco Reglas Inquebrantables para el ejercicio de una empresa no societaria y libre de impuestos en el Estado.

Otros empresarios lo habían llevado a un almacén de productos de la construcción al por mayor, y le habían mostrado cómo funciona una revolvedora, de cerca y personalmente.

No es que Ed y Fred tuvieran nada que ver con eso. Les habían llamado una hora antes y les habían pedido si podían conducir un remolque por el bosque por un par de billetes grandes.

Estaba oscuro en el bosque, a no muchos kilómetros de la ciudad. No parecía que estuvieran a menos de 160 kilómetros de un pueblo de más de quinientas personas.

A la luz de los faros se distinguían zanjas donde se apilaba de todo, desde viejos aeroplanos hasta botellas de ácido sulfúrico. Algunos de los vertidos eran recientes. Había humo y fuego en unos pocos. Otros resplandecían sin combustión. Un charco de metal borboteó y explotó cuando pasaron por encima.

Después, se adentraron de nuevo en los pinos, avanzando a sacudidas de bache en bache.

—¡Ey! –gritó Ed–. ¡Detente!

Fred echó el freno, parando el motor.

—¡Maldita sea! –dijo–. ¿Qué demonios te pasa?

—¡Ahí atrás! ¡Te juro que vi a un tipo empujando una canica de neón del tamaño de Cleveland!

—Te digo en este instante que no voy a retroceder –dijo Fred.

—¡Bah! ¡Vamos! No ves algo así todos los días.

—Mierda, Ed. Algún día conseguirás que nos maten.

◆

No era una canica. No necesitaron sus linternas para decir que no era una mina magnética. Era un recipiente esférico que emitía luz propia, con remolinos de colores en la superficie. Ocultaba al hombre que la empujaba.

—Parece un armadillo de neón enroscado –dijo Fred, que había estado en el oeste.

El hombre que estaba tras aquella cosa los miró parpadeando, incapaz de ver más allá de sus linternas. Iba sucio y andrajoso, con una barba manchada de tabaco y enmarañada, el pelo como un estropajo.

Se acercaron.

—¡Es mía! –les dijo, situándose delante del objeto, cubriéndolo con sus brazos extendidos.

—Tranquilo, viejo –dijo Ed–. ¿Qué tienes ahí?

—Mi boleto a una vida fácil. ¿Son de la Fuerza Aérea?

—¡Diablos, no! Vamos a echarle un vistazo.

El hombre agarró una piedra.

—¡Atrás! Lo encontré con los restos del accidente aéreo. ¡El Cuerpo Aéreo pagará un montón para recuperar esta bomba atómica!

—Eso no se parece a ninguna bomba atómica que yo haya visto –dijo Fred–. Mira lo que dice en el lateral. Ni siquiera es inglés.

—¡Claro que no! Debe de ser un arma secreta. Por eso la han revestido de una manera tan rara.

—¿Quiénes?

—Ya les dije más de lo que quería. Fuera de mi camino.

Fred miró al viejo cascarrabias.

—Me picaste la curiosidad –dijo–. Cuéntame más.

—¡Fuera de mi camino, muchacho! ¡Una vez maté a un hombre por una lata de maíz molido!

Fred buscó en su chaqueta. Sacó una pistola con una embocadura que parecía un trozo de cañería.

—Se estrelló anoche –dijo el viejo, con ojos enloquecidos–. Me despertó. Iluminó todo el cielo. Lo he estado buscando todo el día, me imaginaba que los bosques estarían infestados de gente del Cuerpo Aéreo y de policías estatales, pero no ha venido nadie.

»Lo encontré justo antes del anochecer. Se rompió en mil pedazos, maldita sea. Las alas salieron completamente disparadas de ese artefacto cuando se estrelló. Toda esa gente vestida tan rara quedó desparramada por ahí. Las mujeres también –bajó la cabeza un minuto, avergonzado–. De todas maneras, estaban todos muertos. Debe de haber sido un avión a reacción, no encontré propulsores ni nada. Y esta bomba atómica de aquí pues estaba ahí tendida, entre los restos. Supuse que el Cuerpo Aéreo pagaría realmente bien para recuperarla. Una vez un amigo mío encontró una sonda meteorológica y le dieron un dólar y cuarto. ¡Supongo que esto es como un millón de veces más importante que eso!

Fred rio.

—Un dólar con veinticinco, ¿eh? Te daré diez dólares.

—¡Puedo conseguir un millón!

Fred amartilló el revólver.

—Cincuenta –dijo el viejo.

—Veinte.

—No es justo. Pero me los quedo.

♥

—¿Qué vas a hacer con eso? –preguntó Ed.

—Llevárselo al doctor Tod –dijo Fred–. Él sabrá qué hacer con él. Es del tipo científico.

—¿Y si no es una bomba-A?

—Bueno, no creo que las bombas-A tengan boquillas de aspersión. Y el viejo tenía razón. Los bosques habrían estado infestados de gente de la Fuerza Aérea si hubieran perdido una bomba atómica. Demonios, solo han explotado cinco. No pueden tener más de una decena y lo más seguro es que todo el tiempo sepan dónde está cada una de ellas.

—Bueno, no es una mina –dijo Ed–. ¿Qué crees que es?

—No me importa. Si vale dinero, el doctor Tod lo repartirá con nosotros. Es un hombre recto.

—Para ser un criminal –dijo Ed.

Rieron y rieron, y la cosa traqueteó de un lado a otro en el remolque.

♣

Los policías militares llevaron al pelirrojo a su despacho y los presentaron.

—Por favor, tome asiento, doctor –dijo A. E. Encendió su pipa.

El hombre parecía incómodo, como debía de estar tras dos días de interrogatorios por parte de los servicios de Inteligencia del Ejército.

—Me han contado lo que pasó en White Sands y que no quiere hablar con nadie si no es conmigo –dijo A. E.–. ¿Entiendo que le administraron pentotal sódico y que no le hizo ningún efecto?

—Me puse borracho –dijo el hombre, cuya cabellera parecía naranja y amarilla bajo aquella luz.

—¿Pero no habló?

—Algo dije, pero no lo que querían oír.

—Muy inusual.

—Química sanguínea.

A. E. suspiró. Miró por la ventana de su despacho de Princeton.

—Muy bien, pues. Escucharé su historia. No estoy diciendo que la creeré, pero la escucharé.

—Está bien –dijo el hombre, inspirando profundamente–. Aquí va.

Empezó a hablar, lentamente al principio, formando sus palabras con cuidado, ganando confianza conforme charlaba. Al empezar a hablar más rápido, volvió a arrastrar un acento que A. E. no podía ubicar, como de un nativo de las Fiyi que hubiera aprendido inglés de un sueco. A. E. rellenó su pipa dos veces, después la dejó a un lado, apagada, tras rellenarla por tercera vez. Estaba sentado ligeramente inclinado hacia delante, asintiendo ocasionalmente su cabellera gris aureolada a la luz de la tarde.

El hombre acabó.

A. E. se acordó de su pipa, buscó un cerillo, la encendió. Puso las manos tras su cabeza. Había un pequeño agujero en su suéter cerca del codo izquierdo.

—Nunca van a creer nada de eso –dijo.

—¡No me importa mientras hagan algo! –dijo el hombre–. Mientras lo recupere.

A. E. le miró.

—Si le creen, las implicaciones de todo esto eclipsarán la razón por la que está aquí. El hecho de que usted esté aquí, si sigue mi razonamiento.

—Bueno, ¿qué podemos hacer? Si mi nave aún fuera operativa, estaría buscando yo mismo. Hice lo que era la segunda mejor opción, aterrizar en algún lugar donde estuviera seguro que llamaría la atención, pedir hablar con usted. Quizás otros científicos, otros institutos de investigación…

A. E. rio.

—Perdóneme. Usted no se da cuenta de cómo se hacen las cosas aquí. *Necesitaremos* a los militares. Tendremos a los militares y al gobierno queramos o no, así que lo mejor es que los tengamos en las mejores condiciones posibles, las nuestras, desde el principio. El problema es que debemos pensar en algo que les resulte *plausible*, y aun así movilizarlos en la búsqueda.

»Hablaré con la gente del Ejército sobre usted, después haré algunas llamadas a amigos míos. Acabamos de concluir una gran guerra global, y hay muchas cosas que pueden pasar inadvertidas o que se pierden en la confusión. Quizá podamos sacar algo de ahí.

»Lo único es que mejor hacemos todo eso desde una cabina. Los policías militares nos acompañarán, así que tendré que hablar en voz baja. Dígame –dijo, tomando el sombrero del rincón de un librero abarrotado–, ¿le gusta el helado?

—¿Lactosa y azúcar sólidos congelados en una mixtura que se mantiene bajo el punto de congelación? –preguntó el hombre.

—Le aseguro –dijo A. E.– que es mejor de lo que parece y muy refrescante.

Tomados del brazo, salieron por la puerta del despacho.

♠

Jetboy dio unas palmaditas a la parte lateral llena de marcas de su avión. Estaba en el hangar 23. Linc salió de su despacho limpiándose las manos con un trapo grasiento.

—¡Ey! ¿Cómo te fue? –preguntó.

—Genial. Querían el libro de memorias. Va a ser su gran lanzamiento de primavera, si lo tengo a tiempo, o eso dicen.

—¿Aún estás convencido de vender el avión? –preguntó el mecánico–. Seguro que odiarás ver cómo se va.

—Bueno, esa parte de mi vida se ha acabado. Siento que si vuelvo a volar alguna vez, incluso como pasajero de una aerolínea, será demasiado pronto.

—¿Qué quieres que haga?

Jetboy miró al avión.

—Te diré qué. Pon las extensiones de ala de gran altitud y los tanques. Parece más grande y más brillante así. Probablemente alguien de algún museo lo comprará, es lo que me figuro: voy a ofrecérselo primero a los museos. Si eso no funciona, pondré anuncios en los periódicos. Sacaremos el armamento más tarde, si algún particular lo compra. Revísalo todo para ver que está en orden. No debería haberse trastocado mucho en el salto desde San Fran, y además le dieron un buen repaso en Hickham Fields. Lo que creas que necesite.

—Por supuesto.

—Te llamaré mañana, a menos que haya algo que no pueda esperar.

AERONAVE HISTÓRICA EN VENTA: avión a reacción bimotor de Jetboy. 2 reactores de 545 kilos, velocidad 600 mph a 25,000 pies, autonomía 650 millas, 1,000 w tanques (tanques y extensiones de ala incorporadas), largo 9.5 metros, envergadura 10 metros (15 con extensiones). Se aceptan ofertas razonables. Debe verse para poder ser apreciado. Expuesto en el hangar 23, Servicio Aéreo de Bonham, Shantak, Nueva Jersey.

Jetboy se paró frente al escaparate de la librería, contemplando las pirámides de nuevos títulos. Se notaba que el racionamiento de papel había acabado. El año próximo su libro estaría ahí. No un simple cómic, sino la historia de su papel en la guerra. Esperaba que fuera lo bastante bueno como para no pasar inadvertido en aquel desorden.

Alguien había dicho que parecía que cualquier maldito barbero o limpiabotas llamado a filas hubiera escrito un libro sobre cómo ganó la guerra.

Había seis libros de memorias sobre la guerra en un escaparate, de todo el mundo, desde un teniente coronel hasta un general (¿acaso no habían escrito bastantes libros aquellos barberos que habían sido soldados de primera?).

Quizás habían escrito algunas de las dos docenas de novelas de guerras que cubrían otro escaparate.

Había dos libros cerca de la puerta, apilados en un aparador, *best sellers* pasajeros, que no eras novelas de guerra ni memorias.

Uno se titulaba *El peso del ultraligero*, firmado por un tal Abendsen (Hawthorne Abendsen, obviamente un seudónimo). El otro era un grueso volumen titulado *El cultivo de flores a la luz de las velas en habitaciones de hotel*, de alguien tan modesto que se hacía llamar la Señora de Charles Amable Adams. Debía de ser un libro de poemas ilegibles que el público, en su locura, había aceptado. Sobre gustos no hay nada escrito.

Jetboy se metió las manos en los bolsillos de su chamarra de cuero y se dirigió al cine más cercano.

◆

Tod observó el humo que se elevaba desde el laboratorio y esperó que el teléfono sonara. La gente iba y venía precipitadamente hacia el edificio que estaba a menos de un kilómetro de distancia. No había sucedido nada en dos semanas. Thorkeld, el científico que había contratado para encargarse de las pruebas, le había informado todos los días. Aquello no tenía efecto alguno en monos, perros, ratas, lagartos, serpientes, ranas o incluso peces flotando en el agua. El doctor Thorkeld estaba empezando a pensar que los hombres de Tod habían pagado veinte dólares por un gas inerte contenido en un bonito recipiente. Unos momentos antes se había producido una explosión. Ahora esperaba.

El teléfono sonó.

—Tod... Oh Dios mío, soy Jones, del laboratorio, es... –la estática se apoderó de la línea–. ¡Jesús! Thorkeld está... todos están... –se produjo un ruido sordo al otro lado del teléfono–. ¡Oh Dios...!

—Calma –dijo Tod–. ¿Todos los que han salido del laboratorio están a salvo?

—Sí, sí. El... *oooh* –se oyó a alguien vomitar al otro lado del teléfono.

Tod esperó.

—Lo siento, doctor Tod. El laboratorio aún está sellado. El fuego... hay un pequeño incendio en el exterior. Alguien tiró una colilla.

—Explícame qué pasó.

—Había salido fuera a fumar. Alguien dentro debe de haber hecho algún desbarajuste, dejar caer algo. Yo... no sé. Es... la mayoría están muertos, creo. Espero. No sé. Hay algo... espere, espere. Alguien se mueve en la oficina, puedo verlo desde aquí, hay...

Se oyó el clic de alguien descolgando el aparato. El volumen de la línea cayó.

—Tog, Tog –dijo una voz, algo que se aproximaba a una voz.

—¿Quién es?

—Thorgk...

—¿Thorkeld?

—Guh. Hep. Hep. Guh.

Se oyó un sonido como el de un saco lleno de calamares volcado sobre un tejado corrugado.

—Blub –entonces llegó un sonido de gelatina vertida en un cajón atestado.

Hubo un disparo y el receptor rebotó contra el escritorio.

—Se... se disparó a sí mismo –dijo Jones.

—Ahora mismo voy –dijo Tod.

♥

Tras la limpieza, Tod estaba de nuevo en su despacho. No había sido agradable. El recipiente seguía intacto. Fuera lo que fuera el accidente, había sido con una muestra. Los otros animales estaban bien. Solo afectaba a la gente. Tres habían muerto sin más. Uno, Thorkeld, se había suicidado. Él y Jones habían tenido que matar a dos más. Una séptima persona estaba desaparecida, pero no había salido por ninguna puerta o ventana.

Tod se sentó en su silla y reflexionó un largo, largo rato. Después, extendió la mano y pulsó el botón de su escritorio.

—¿Sí, doctor? —preguntó Filmore, entrando en la sala con un montón de telegramas y órdenes de correduría bajo el brazo.

El doctor Tod abrió la caja fuerte y empezó a sacar billetes.

—Filmore, me gustaría que bajaras a Port Elizabeth, Carolina del Norte, y me compraras cinco globos, tipo dirigible. Diles que soy vendedor de coches. Consigue un millón de metros cúbicos de helio, para que los entreguen en almacén del sur de Pennsy. Saca todo el material y dame una lista completa de lo que tenemos: cualquier otra cosa que necesitemos podemos conseguirla de saldos. Contacta con el capitán Mack a ver si todavía tiene aquel buque de carga. Necesitaremos pasaportes nuevos. Consígueme a Cholley Sacks, necesitaré un contacto en Suiza. Y también un piloto con licencia para dirigible. Algunos trajes de inmersión y oxígeno. Lastre, de un par de toneladas. Un visor de bombardeo. Cartas de navegación. Y tráeme una taza de café.

—Fred tiene una licencia de piloto de dirigible —dijo Filmore.

—Esos dos nunca dejan de sorprenderme —dijo el doctor Tod.

—Pensé que ya habíamos jugado nuestra última carta, jefe.

—Filmore —dijo y miró al hombre que había sido su amigo durante veinte años—, Filmore, algunas cartas tienes que jugarlas, quieras o no.

> *Dewey era un almirante en la bahía de Manila.*
> *Dewey era un candidato justo al otro día.*
> *Con los ojos llorosos, dijo que lo haría;*
> *¿nos amamos los dos? ¡Yo que sí te diría!*

Los niños del patio del edificio de departamentos saltaban la cuerda. Habían empezado en el momento en que habían llegado de la escuela.

Al principio, molestaron a Jetboy. Se levantó de la máquina de escribir y se dirigió a la ventana. En vez de gritarles, los observó.

De todos modos, la escritura no estaba fluyendo muy bien. Lo que parecían los hechos, puros y simples, cuando se lo contaba a los chicos del G-2 durante la guerra, quedaban como fanfarronadas sobre el papel, una vez que se convertían en palabras:

Tres aviones, dos ME-109 y un TA-152, salieron de las nubes hacia el B-24 que estaba tocado. Había sufrido graves daños por fuego antiaéreo. Dos hélices estaban en bandolera y la torreta superior había desaparecido.

Uno de los 109 inició un descenso suave, probablemente para hacer una maniobra de tonel rápido y disparar en los bajos del bombardero.

Hice descender mi avión en un viraje largo y disparé una ráfaga de deflexión cuando estaba a unos 700 metros de distancia, cerrando la maniobra. Vi tres impactos, después el 109 se desintegró.

El TA-152 me había visto y se lanzó a interceptarme. Mientras el 109 estallaba, reduje la velocidad y apreté mis frenos de aire. El 152 apareció a menos de 50 metros de distancia. Vi la expresión de sorpresa en el rostro del piloto. Disparé una ráfaga con mi cañón de 20 mm mientras él pasaba a toda velocidad. Todo lo de la cabina salió volando por los aires.

Ascendí. El último 109 estaba tras el Liberator. Estaba disparando con sus ametralladoras y su cañón. Había sacado el artillero de cola, y la torreta de parte baja no podía elevarse lo suficiente. El piloto del bombardero estaba moviendo la cola para que los artilleros de cintura pudieran disparar, pero solo el arma del lado izquierdo estaba operativa. Estaba a más de un kilómetro de distancia, pero había virado por arriba hacia la derecha. Incliné la nariz y disparé una descarga del cañón de 75 mm justo antes de que el punto de mira pasara por delante del 109.

Toda la parte central del caza desapareció: pude ver Francia a través de él. La única imagen que tengo es de mí mismo mirando hacia abajo desde encima de un paraguas abierto y que alguien lo plegara de repente. El caza parecía una cinta del árbol de Navidad al caer.

Después, los pocos artilleros que quedaban en el B-24 abrieron fuego sobre mí, sin reconocer mi avión. Transmití rápidamente mi código de identificación pero su receptor debía haber caído. Había dos paracaídas alemanes bastante abajo. Los pilotos de los dos primeros cazas debían haber caído. Volví a mi base.

Cuando hicieron el mantenimiento, encontraron que faltaba uno de mis proyectiles de 75 mm y solo doce obuses de 20 mm. Había abatido tres aviones enemigos.

Más tarde supe que el B-24 se había estrellado en el Canal y que no hubo sobrevivientes.

¿Quién necesita esto?, pensó Jetboy. La guerra ha terminado. ¿Hay alguien que de verdad quiera leer *The Jet-Propelled Boy* cuando se publique? ¿Hay alguien, exceptuando a los idiotas, que quiera leer más cómics de *Jetboy*?

Ni siquiera creo que *me* necesiten. ¿Qué puedo hacer ahora? ¿Combatir el crimen? Puedo verme ametrallando coches llenos de ladrones de bancos en plena huida. Eso sería una lucha *auténticamente* justa. ¿Exhibiciones aéreas? Eso se acabó con Hoover y, además, no quiero volver a volar. Este año volará más gente en las aerolíneas comerciales, de vacaciones, que la que ha habido en el aire en los últimos cuarenta y tres años, incluyendo a los pilotos encargados del correo, a los de los fumigadores y a los de guerra.

¿Qué puedo hacer? ¿Romper un monopolio? ¿Perseguir a los especuladores de la guerra? *Ese* trabajo es un verdadero callejón sin salida para ti. ¿Castigar a viejos que están robando a los orfanatos de un Estado ciego y matando de hambre y maltratando a los niños? No me necesitan a mí para eso, necesitan a Spunky y Alfalfa y Buckwheat.*

> *Pumba, pumba,*
> *Hitler en la tumba.*
> *Eenie meenie Musolini,*
> *bajo tierra está enterrado*

decían los niños en el exterior, brincando ahora la doble cuerda al girar cada una en direcciones opuestas. Los niños tienen demasiada energía, pensó. Se aceleraron un rato, después, rebajaron el ritmo.

> *En la mazmorra, a tres metros*
> *el viejo Hitler duerme bien.*
> *Los alemanitos le rascan los pies,*
> *en la mazmorra, a tres metros.*

* Se refiere a tres de los personajes de la comedia *Our Gang* (La pandilla) que se emitió entre las décadas de 1920 y 1930, y que narraba las aventuras de una pandilla de niños. *N. de la T.*

Jetboy se alejó de la ventana. *A lo mejor lo que me hace falta es ir al cine otra vez.*

Desde su encuentro con Belinda, no había hecho mucho más que leer, escribir e ir al cine. Antes de volver a casa, las dos últimas películas que había visto, en un auditorio abarrotado en Francia a finales de 1944, había sido una sesión doble de lo más cursi. *That Nazty Nuisance*, un filme de United Artists hecho en el 43 con Bobby Watson como Hitler y uno de los actores de reparto preferidos por Jetboy, Frank Faylen, había sido la mejor de las dos películas. La otra era un bodrio de la PRC, *Jive Junction*, protagonizada por Dickie Moore, sobre un grupo de *hepcats** bailando *jitterbug* en una heladería.

Lo primero que hizo después de conseguir su dinero y encontrar un departamento fue buscar el cine más próximo, donde había visto *Murder, He Says*, que trata sobre una casa llena de unos extraños montañeses, con Fred McMuray y Marjorie Main y un actor llamado Porter Hall que interpreta a dos gemelos asesinos llamados Bert y Mert. «¿Quién es quién?», pregunta McMurray y Marjorie Main agarra un palo y golpea a uno de ellos en medio de la espalda, y él se queda contraído de cintura para arriba, en una distorsionada caricatura de humanidad, pero se mantenía en pie. «Ese es Mert», dice Main, tirando el hacha sobre un montón de leña. «Tiene una espalda traicionera.» Había radio y un montón de homicidios, y Jetboy pensó que era la película más divertida que había visto nunca.

Desde entonces había ido al cine todos los días, a veces iba a tres cines y veía entre tres y seis películas por día. Se estaba adaptando a la vida de civil, como habían hecho la mayoría de soldados y marineros, viendo películas.

Había visto *Días sin huella*, con Ray Milland y Frank Faylen de nuevo, esta vez como enfermero en un psiquiátrico; *Lazos humanos*; *El regreso de aquel hombre*, con William Powell bordando el papel de alcohólico; *Bring on the Girls*; *It's in the Bag*, con Fred Allen; *La rubia de los cabellos de fuego*; *También somos seres humanos* (Jetboy había sido el tema de una de las columnas de Pyle, en el 43); una película

---

* Los *hepcats* eran miembros de una de las subculturas urbanas de los años cuarenta, caracterizados por su afición al *swing*; en este caso, se refiere a una de las variantes más enérgicas y acrobáticas de esta música: el *jitterbug*. N. de la T.

de terror titulada *La isla de los muertos*, con Boris Karloff; un nuevo tipo de película italiana llamada *Roma, ciudad abierta*, en una galería de arte, y *El cartero siempre llama dos veces*.

Y había otras películas, *westerns* y policiacas de Monogram y PRC y Republic, películas que había visto en cines de barrio abiertos veinticuatro horas y que había olvidado a los diez minutos de salir de las salas. Por la falta de estrellas y el aspecto inadecuado para el servicio militar de los protagonistas, habían sido las segundas mitades de las sesiones dobles hechas durante la guerra, todo exactamente en una hora cincuenta y nueve minutos de metraje.

Jetboy suspiró. Tantas películas, tantas cosas se había perdido durante la guerra… Incluso se había perdido los días de la victoria, atrapado en aquella isla, antes de que la tripulación del buque USS *Reluctant* los encontraran, a él y su avión. Por la manera en que hablaban los chicos del *Reluctant*, uno habría pensado que también se habían perdido la mayor parte de la guerra y las películas.

Estaba esperando un montón de películas para ese otoño, e ir a verlas cuando salieran, como hacía todo el mundo, como él solía hacer en el orfanato.

Jetboy volvió a sentarse ante la máquina de escribir. Si no trabajo, no acabaré este libro. Iré al cine por la noche.

Empezó a mecanografiar todas las cosas excitantes que había hecho el 12 de julio de 1944. En el patio, las mujeres estaban llamando a cenar a los niños mientras sus padres regresaban del trabajo. Un par de niños seguían saltando a la cuerda allí fuera, sus voces sonaban agudas en el aire de la tarde:

> *Hitler, Hitler parece así,*
> *Mussolini se inclina así,*
> *Sonjia Heine patina así,*
> *y Bettty Grable se enseñora así.*

El Sastre de la Casa Blanca estaba teniendo un día de mierda. Había empezado con una llamada de teléfono un poco antes de las 6 de la mañana: los pusilánimes del Departamento de Estado tenían noticias frescas desde Turquía. Los soviéticos estaban moviendo a todos sus hombres cerca de las fronteras de esa nación.

—Bien –dijo el llano hombre de Missouri–, llámenme cuando crucen la maldita frontera y no antes.

Y ahora esto.

El Hijo Predilecto de Independence observó cómo se cerraba la puerta. Lo último que vio fue el talón de Einstein desapareciendo. Necesitaba que le pusieran medias suelas.

Se reclinó en su silla, levantó sus gruesos anteojos de la nariz y se restregó los ojos vigorosamente. Después, el presidente juntó las yemas de los dedos, con los codos reposando en el escritorio. Contempló la pequeña maqueta de un arado que había en la parte delantera de su escritorio (había reemplazado la maqueta del M1 Garand que había descansado allí desde el día que asumió el cargo hasta el día del triunfo sobre Japón). Había tres libros en la esquina derecha del escritorio: una Biblia, un diccionario manoseado y una historia ilustrada de Estados Unidos. Había tres botones en su escritorio, para llamar a varios secretarios, pero nunca los había usado:

«Ahora que ha llegado la paz, estoy luchando para evitar que estallen diez guerras en veinte lugares distintos, se avecinan huelgas en toda la industria y es una auténtica pena, la gente está pidiendo a gritos más coches y refrigeradores, y está tan cansada como yo de la guerra y sus alarmas.

»Y tengo que agitar el avispero de nuevo, hacer que todo el mundo salga a buscar una condenada bomba de gérmenes que podría estallar e infectar a todo Estados Unidos y matar a la mitad de la población o más.

»Habría sido mejor seguir luchando con palos y piedras.

»En cuanto vuelva a poner mi culo en el 219 de North Delaware, en Independence, mejor estaré yo y todo este maldito país.

»A menos que ese hijo de perra de Dewey quiera competir por la Presidencia otra vez. Como una vez dijo Lincoln, preferiría tragarme una cornamenta de ciervo que dejar que un bastardo fuera presidente.

»Eso es lo único que podría mantenerme aquí cuando haya acabado con el mandato de Roosevelt.

»Cuanto antes empecemos a cazar seres imaginarios, más rápido dejaremos atrás la Segunda Guerra Mundial.»

Levantó el teléfono.

—Páseme con el Jefe de Personal –dijo.

—Mayor Truman al habla.

—Mayor, soy el otro Truman, su jefe. Póngame al general Ostrander al aparato, ¿sí?

Mientras esperaba, miró más allá del ventilador que había en la ventana (odiaba el aire acondicionado), a los árboles.

El cielo era de ese azul que rápidamente se convierte en un tono bronceado durante el verano.

Miró al reloj de pared: las 10:23 a.m., horario de verano de la Costa Este.

Qué día. Qué año. Qué siglo.

—Aquí el general Ostrander, señor.

—General, nos acaba de caer otra paca de heno...

♣

Un par de semanas después llegó la nota:

Depositen 20 millones de dólares en la cuenta # 43Z21, Credit Suisse, Berna, antes de las 2300Z del 14 de septiembre o perderán una gran ciudad. Conocen esta arma; su gente la ha estado buscando. Está en mi poder; usaré la mitad en la primera ciudad. El precio para evitar que la use por segunda vez serán 30 millones. Tienen mi palabra de que no se usará si se efectúa el primer pago y que se enviarán las instrucciones sobre el paradero del arma para que pueda ser recuperada.

El llano hombre de Missouri tomó el teléfono.

—Movilice a todo el mundo, hasta el escalafón más alto –dijo–. Llame al gabinete, reúna a los jefes del Estado Mayor. Y Ostrander...

—¿Síseñor?

—Mejor contacte a ese chico aviador, ¿cómo se llama...?

—¿Se refiere a Jetboy, señor? Ya no está en servicio activo.

—Demonios que no. ¡Ahora lo está!

—Síseñor.

♠

Eran las 2:24 p.m. del martes 15 de septiembre de 1946 cuando aquello apareció por primera vez en las pantallas de los radares.

A las 2:31 aún estaba moviéndose hacia la ciudad a una altitud de casi seis mil pies.

A las 2:41 hicieron sonar la primera de las sirenas antiaéreas, que no se habían usado en Nueva York desde abril de 1945 en un simulacro de apagón.

A las 2:48 cundió el pánico.

Alguien de la oficina municipal pulsó los botones equivocados. Se fue la luz, excepto en los hospitales, la policía y las estaciones de bomberos. Los metros se pararon. Todo cerró y las luces de los semáforos dejaron de funcionar. La mitad de los equipamientos de emergencia, que no habían sido revisados desde el final de la guerra, no logró ponerse en marcha.

Las calles se llenaron de gente. Los policías salieron corriendo para tratar de dirigir el tráfico. Algunos de los agentes fueron presa del pánico cuando se les repartieron máscaras antigás. Los teléfonos se colapsaron. En los cruceros estallaron varias peleas, la gente se atropellaba en las salidas del metro y en las escaleras de los rascacielos. Los puentes se atascaron.

Llegaron órdenes contradictorias. Lleven a la gente a los refugios antiaéreos. No, no, evacúen la isla. Dos policías en la misma esquina vociferaban órdenes distintas a la multitud.

Su atención se dirigió pronto a algo que había en el cielo, al sureste. Era pequeño y brillante.

Las baterías antiaéreas empezaron a disparar, sin efecto alguno, tres kilómetros por debajo.

Se acercaba y se acercaba.

Cuando las armas que estaban en Jersey empezaron a dispararse, cundió realmente el pánico.

Eran las 3 p.m.

◆

—La verdad es que es bastante sencillo –dijo el doctor Tod. Miró hacia abajo, a Manhattan, que se extendía como un tesoro. Se giró hacia Filmore y lanzó un largo dispositivo cilíndrico que parecía el cruce entre una bomba de tubo y un candado con combinación–. Si algo me pasara, simplemente, inserta este fusible en la ranura de los explosivos –señaló la sección del recipiente, cubierto de una escritura parecida al sánscrito, donde había una abertura, tapada con cinta adhesiva–, introduce la combinación, que es el número quinientos, y después jala esta palanca –señaló el pestillo de la bodega de bombas–. Caerá por su propio peso; me equivoqué con lo de los visores de bombardeo. La precisión milimétrica no es nuestro objetivo.

Miró a Filmore a través de la reja del casco de su escafandra. Todos llevaban escafandras con tubos conectados a un suministro de oxígeno centralizado.

—Asegúrate, por supuesto, de que todos lleven ajustada la escafandra. Su sangre herviría en esta atmósfera. Y estos trajes solo pueden resistir la presión durante los pocos segundos en que la trampilla de la bomba se abra.

—No espero que haya ningún problema, jefe.

—Tampoco yo. Después de bombardear Nueva York, saldremos hacia nuestra cita con el buque, nos desharemos del lastre, bajaremos a tierra y nos encaminaremos a Europa. Por entonces, estarán más que encantados de pagarnos el dinero. No tienen modo de saber que estaremos usando toda el arma biológica. Siete millones, más o menos, de muertos deberían convencerlos de que estamos hablando en serio.

—Miren eso –dijo Ed, desde el asiento del copiloto–. Por ahí debajo. ¡Fuego antiaéreo!

—¿Cuál es nuestra altitud? –preguntó el doctor Tod.

—Ahora mismo, cincuenta y ocho mil pies –dijo Fred.

—¿Y el objetivo?

Ed suspiró, comprobó un mapa.

—A veinticinco kilómetros justo delante. No cabe duda de que ha invocado esas corrientes de viento justo en el momento adecuado, doctor Tod.

♥

Lo habían enviado a un aeródromo en las afueras de Washington, D. C., a esperar. Así estaría cerca de la mayoría de las principales ciudades de la Costa Este. Había pasado una parte del día leyendo, otra durmiendo y el resto hablando de la guerra con algunos de los demás pilotos. Los demás, no obstante, eran demasiado nuevos como para haber combatido más allá de los últimos días de la guerra.

La mayoría eran pilotos de reactores, como él, que habían hecho su adiestramiento con p-59 Aerocometas o p-80 Meteoros. Unos pocos de los que estaban en la sala de espera pertenecían al escuadrón p-51 de hélices. Había un poco de tensión entre los jinetes de los reactores y los pilotos de los pistones.

Aunque todos ellos eran una raza nueva. Ya se hablaba de que Truman iba a hacer de la Fuerza Aérea del Ejército una rama separada, simplemente la Fuerza Aérea, en el año próximo. Con diecinueve años, Jetboy sentía que su tiempo ya había pasado.

—Están trabajando en algo –dijo uno de los pilotos– que irá más allá de la barrera del sonido. Bell está detrás de eso.

—Un amigo mío que está en Muroc dice que esperan hasta que tengan el Ala Aérea operativa. Ya están trabajando en una versión completamente a reacción. Un bombardero que pueda recorrer trece mil millas a quinientos por hora, lleve una tripulación de trece, literas para siete, ¡puede estar en funcionamiento un día y medio! –dijo otro.

—¿Alguien sabe algo de esta alerta? –preguntó un muchacho muy joven, nervioso, con galones de segundo grado–. ¿Están los rusos metidos en algo?

—Oí que íbamos a ir a Grecia –dijo alguien–. Ouzo para mí, un montón de litros.

—Más bien vodka de papas checo. Tendremos suerte si llegamos a Navidad.

Jetboy se dio cuenta de que echaba de menos, más de lo que pensaba, las bromas de la sala de espera.

El intercomunicador se encendió con un siseo y una bocina empezó a aullar. Jetboy miró el reloj. Eran las 2:25 p.m.

♣

Se dio cuenta de que extrañaba algo más que las bromas del Cuerpo Aéreo. Y era volar. Ahora lo revivía todo. Cuando se dirigió a Washington la noche anterior había sido solo un vuelo rutinario.

Ahora era distinto. Era otra vez como en tiempos de guerra. Tenía un vector. Tenía un objetivo. Tenía una misión.

También tenía puesto un traje de presión Navy T-2 experimental. Era el sueño de un fabricante de fajas, todo gomas y cordones, botellas de aire a presión y un verdadero casco espacial, como salido de *Planet Comics*, en su cabeza. Se lo habían ajustado la noche anterior, cuando vieron las alas para gran altitud y los tanques del avión.

—Es mejor que le adaptemos esto —había dicho el sargento de vuelo.

—Tengo una cabina presurizada —dijo Jetboy.

—Bueno, por si lo necesitan y por si algo va mal, entonces.

El traje aún resultaba demasiado tieso y aún no había sido presurizado. Los brazos habían sido confeccionados para un gorila y el pecho para un chimpancé.

—Apreciará el espacio adicional si este trasto se infla en una emergencia —dijo el sargento.

—Usted es el jefe —dijo Jetboy.

Incluso habían pintado el torso blanco y las piernas rojas a conjunto con su traje.

Su casco azul y los anteojos se veían a través de la diáfana burbuja de plástico.

Mientras ascendía, con el resto del escuadrón, se alegró de tener aquella cosa. Su misión era acompañar en el vuelo a los P-80 e intervenir solo si era necesario. Nunca había sido exactamente un jugador de equipo.

Delante, el cielo era azul como la cortina que hay en el fondo de *Venus, Cupido, la locura y el tiempo* de Bronzino, con una enorme nube en el norte. El sol se alzaba por encima de su hombro izquierdo. El escuadrón trazó un ángulo hacia arriba. Hizo oscilar las alas. Se desplegaron en formación escalonada y prepararon sus armas.

Brum brum brum brum hicieron sus cañones de 20 mm.

Los aviones de rastreo trazaron un arco por delante de las seis ametralladoras de calibre 50 de los P-80. Dejaron los aviones de hélices muy por detrás y colocaron sus narices en dirección a Manhattan.

♠

Parecían un montón de abejas furiosas dando vueltas debajo de un halcón.

El cielo estaba lleno de aviones a reacción y cazas convencionales ascendiendo como las nubes de un huracán.

Encima había un objeto voluminoso que flotaba y se movía lentamente hacia la ciudad. Donde habría estado el ojo del huracán había un torrente de fuego antiaéreo, más denso que cualquiera que Jetboy hubiera visto jamás sobre Europa o Japón.

Estaba estallando demasiado bajo, solo al nivel de los cazas más altos.

El caza de control les llamó.

—Comando Clark Gable a todos los escuadrones. Objetivo a las cinco cinco cero… repito, cinco cinco cero ángeles. Enemigo en movimiento a dos cinco nudos. Fuera del alcance del antiaéreo.

—Aborten –dijo el líder del escuadrón–. Trataremos de volar lo bastante alto como para lanzar fuego de deflexión. Escuadrón Hodiak, síganme –Jetboy alzó los ojos al alto azul del cielo. El objeto continuaba su lento avance.

—¿Qué es lo que lleva? –preguntó al comando Clark Gable.

—Comando a Jetboy. Algún tipo de bomba es lo que me han dicho. Tiene que ser una nave ultraligera o al menos de catorce mil metros cúbicos para alcanzar esa altitud. Cambio.

—Estoy iniciando un ascenso. Si los otros aviones no pueden alcanzarlo, que aborten, también.

Se produjo un silencio en la radio. Después:

—Cambio y corto.

Mientras los P-80 resplandecían como crucifijos de plata sobre él, colocó cuidadosamente la nariz hacia arriba.

—Vamos, nena –dijo–. Vamos a volar un poco.

♦

Los Meteoros empezaron a menguar, deslizándose en la nada. Jetboy solo percibía el sonido de su propia respiración en sus oídos y el agudo y débil zumbido de sus motores.

—Vamos, chica –dijo–, ¡puedes hacerlo!

La cosa que estaba por encima había resultado ser una aeronave bastarda hecha de media docena de dirigibles con una góndola por debajo. La góndola tenía aspecto de haber sido en otro tiempo la carcasa de una lancha torpedera. Eso era todo lo que podía ver. Más allá, el aire era púrpura y frío. Próxima parada, el espacio exterior.

El último de los p-80 se hizo a un lado en las escaleras azules del cielo. Unos pocos habían disparado ráfagas inconexas, algunos habían hecho maniobras de tonel rápido como solían hacer los cazas bajo los bombarderos durante la guerra. Disparaban cuando estaban apuntando hacia arriba. Todos sus cazas de rastreo habían caído bajo el dirigible.

Uno de los p-80 estaba luchando por mantener el control, y cayó dos millas antes de conseguir estabilizarse.

El avión de Jetboy protestó, zumbando. Era difícil de controlar. Con cuidado volvió a apuntar hacia arriba, le costó conseguirlo.

—Que todo el mundo se aparte –le dijo al comando Clark Gable.

—Aquí es donde te dan un poco de cancha para luchar –le dijo a su avión.

Soltó los tanques. Cayeron como bombas tras él. Pulsó el botón de activación de los cañones. *Brum brum brum brum brum* hicieron. Después, una y otra vez.

Las balas trazadoras describieron un arco hacia el objetivo, después también empezaron a caer. Disparó cuatro tiros más hasta que su cañón se quedó sin proyectiles. Entonces, descargó los cincuenta gemelos de la cola, pero no tardó mucho en gastar el centenar de proyectiles.

Apuntó hacia abajo e inició una ligera caída, como un pescador tanteando para lanzar el anzuelo, para ganar velocidad. Tras un minuto de maniobra, enfiló hacia arriba, haciendo que el jb-1 iniciara un largo ascenso circular.

—¿Te sientes mejor, eh? –preguntó.

Los motores golpearon contra el viento. La nave, liberada de peso, avanzó a bandazos hacia arriba.

Por debajo estaba Manhattan con sus siete millones de habitantes. Debían estar mirando desde allá abajo, sabiendo que quizás era lo último que vieran. Tal vez vivir en la Era Atómica tenía que parecerse a esto, estar mirando siempre hacia arriba y pensando: *¿Es esta vez?*

Jetboy alargó un pie y levantó una palanca. El proyectil de un cañón de 75 mm se deslizó en el cargador. Puso la mano sobre la barra de carga automática y tiró hacia atrás un poco más el mando.

El reactor rojo cortó el aire como una navaja.

Ahora estaba cerca, más cerca de lo que habían llegado los demás, y aun así no estaba lo bastante cerca. Solo tenía cinco asaltos para hacer el trabajo.

El reactor ascendió, empezando a zozobrar en el vacío, como si fuera un animal rojo abriéndose camino a zarpazos en un largo tapiz azul que se deslizaba un poco cada vez que el animal daba una sacudida.

Enfiló la nariz hacia arriba.

Todo parecía congelado, en espera.

Una larga retahíla de cargas de ametralladora de rastreo salió de la góndola hacia él, como el abrazo de un amante.

Empezó a disparar el cañón.

DE LA DECLARACIÓN DEL AGENTE FRANCIS V.
(«FRANCIS EL POLICÍA HABLADOR») O'HOOEY, 15 SEPT. 1946, 6:45 p.m.

Estábamos mirando desde una calle por encima de la Sexta Avenida, intentando que la gente no se diera empujones en estado de pánico. Entonces se fueron calmando al ver los combates aéreos y todo eso allá arriba.

Un ornitólogo tenía un par de prismáticos, así que se los confisqué. Más o menos, lo vi todo. Los reactores no estaban teniendo mucha suerte y todas las baterías antiaéreas que estaban en Bowery tampoco estaban haciendo nada bueno. Sigo diciendo que habría que demandar al Ejército porque los tipos de Defensa Aérea estaban tan asustados que se olvidaron de poner los temporizadores en los proyectiles y oí que algunos cayeron en el Bronx y volaron un edificio de departamentos entero.

Sea como fuera, ese avión rojo, o sea, el avión de Jetboy estaba subiendo y disparó toda su munición, pensé, sin hacer ningún daño a aquella especie de globo.

Yo estaba en la calle, y ese camión de bomberos se paró, con las sirenas encendidas, y todo el distrito y los auxiliares estaban en él, y el teniente me estaba gritando que me subiera; nos habían asignado al lado oeste para vigilar un embotellamiento de tráfico y algunos disturbios.

Así que salté al camión e intenté mantener la vista puesta en lo que estaba pasando en los cielos.

Los disturbios casi se habían acabado. Las sirenas antirradar aún estaban aullando, pero todos estaban por allí, plantados, contemplando boquiabiertos lo que estaba pasando allá arriba.

El teniente grita que al menos metamos a la gente en los edificios. Empujé unos pocos en algunos portales, después eché otro vistazo con los prismáticos.

Que me fastidien si Jetboy no había dado a alguno de los globos (oigo que usó su obús contra ellos) y la cosa parece grave: está cayendo un poco.

Pero a él se le acabó la munición y no está tan alto como ese cacharro y empieza a volar en círculos.

He olvidado decirlo: todo el tiempo esa especie de zepelín está disparando tantas ametralladoras que parece una bengala del 4 de julio y el avión de Jetboy recibe impactos todo el tiempo.

Después, hace girar el avión y va derecho y se estrella justo en el comose-llame, la góndola, o sea, en el dirigible. Sencillamente, se mezclan todos. Debía de haberse movido horriblemente lento por entonces, como si estuviera en punto muerto, y el avión se emplastara o algo sí contra el costado lateral de aquella cosa. Y pareció que el dirigible descendía un poco, no mucho, solo algo. Entonces el teniente me quitó las lentes, y me puse la mano encima de los ojos y traté de ver lo mejor que pude.

Hubo un destello de luz. Al principio pensé que todo había explotado y me metí debajo de un coche. Pero cuando miré hacia arriba, el dirigible aún estaba allí.

—¡Cuidado! ¡Entra! –gritó el teniente. Todo el mundo tenía pánico entonces, y estaban saltando bajo los coches y por toda partes, saltando por las ventanas. Durante un minuto o dos parecí uno de los Tres Chiflados.

Pocos minutos después, cayeron trozos de avión rojo por todas las calles, y un montón en la Terminal Hudson…

Había humo y fuego por todas partes. La cabina se partió como un huevo y las alas se abrieron como un abanico. Jetboy se agitó cuando los cabrestantes del traje de presión se inflaron. Se había arqueado y debía de parecer un gato asustado.

Las paredes de la góndola se habían rasgado como una cortina cuando las alas del caza impactaron contra ella. Una oleada de escarcha se formó sobre la destrozada cabina cuando el oxígeno salió de la góndola.

Jetboy se soltó los manguitos. Su bombona tenía aire para cinco minutos. Forcejeó con la nariz del avión, como si luchara contra bandas de hierro en sus brazos y piernas. Se suponía que todo lo que podía hacerse con estos trajes era salir expulsado y jalar del anillo del paracaídas.

El avión se movió violentamente como un montacargas con un cable roto. Jetboy agarró una antena del radar con una mano enguantada, sintió cómo se partía y se separaba de la nariz rota del avión. Agarró otra.

La ciudad estaba a veinte kilómetros por debajo de él, los edificios hacían que a lo lejos la isla pareciera un erizo. El motor izquierdo de su avión, abollado y perdiendo combustible, se desprendió y cayó por debajo de la góndola. Vio cómo se iba haciendo pequeño.

El aire era púrpura, como una ciruela: la tela de los dirigibles brillante como el fuego bajo la luz del sol, los costados de la góndola doblados y retorcidos como cartón barato.

Todo aquella cosa se estremeció como una ballena.

Alguien pasó volando por encima de la cabeza de Jetboy, a través del agujero en el metal, arrastrando los tubos como si fueran los tentáculos de un pulpo. Varios desechos le siguieron por el aire a causa de la explosiva descompresión.

El reactor se hundió.

Jetboy introdujo la mano en el lateral desgarrado de la góndola, encontró un punto de apoyo.

Notó que el arnés de su paracaídas estaba prendido a la parrilla del radar. El avión se retorció. Notó su peso.

Dio un tirón al cierre de su arnés. La mochila del paracaídas se desprendió, desgarrando la espalda y la entrepierna de su traje.

Su avión se dobló por la mitad como una serpiente con la espalda rota, luego se desplomó, con las alas elevándose y rozando por encima la cabina destrozada, como si fuera una paloma tratando de batir sus alas. Después, se torció hacia un lado, cayendo en pedazos.

Debajo estaba el hombre que había caído de la góndola convertido en un puntito, girando como un aspersor de jardín hacia la brillante ciudad que estaba mucho más abajo.

Jetboy vio el avión caer bajo sus pies. Quedó suspendido en el aire, a doce millas de altura, asido por una mano.

Agarró su muñeca derecha con su mano izquierda, se impulsó hacia arriba hasta que consiguió poner un pie en el lateral, después logró meterse.

Quedaban dos personas dentro. Una estaba en los mandos, la otra de pie en el centro de la torreta de la ametralladora destrozada, en un lado de la góndola.

Jetboy tomó la 38 reglamentaria que llevaba sujeta al pecho. Fue una agonía agarrarla, una agonía intentar correr hacia el tipo que sostenía el fusible.

Llevaban trajes espaciales. Los trajes se habían inflado. Tenían el aspecto de diez o doce pelotas de playa embutidas dentro de unos calzoncillos largos. Se movían tan lentos como él.

Las manos de Jetboy se aferraron a la empuñadura de la 38. La sacó de su funda de un tirón.

Se le escapó de la mano, rebotó en techo y salió por el agujero por el que él había entrado.

El tipo de los mandos le disparó. Se lanzó hacia el otro hombre, el del fusible.

Su mano se cerró alrededor de la muñeca del traje espacial del otro justo cuando el hombre introducía el fusible cilíndrico en un lateral del recipiente esférico. Jetboy vio que todo el dispositivo yacía sobre una trampilla abatible.

El hombre solo tenía media cara: Jetboy vio una superficie lisa de metal en un lado a través de la rejilla plateada de la escafandra.

El hombre retorció el fusible con ambas manos.

A través del techo retorcido del habitáculo del piloto, Jetboy observó que otro globo empezaba a desinflarse. La sensación fue de caída. Estaban precipitándose hacia la ciudad.

Jetboy asió el fusible con ambas manos. Sus escafandras entrechocaron cuando la nave dio una sacudida.

El tipo de los mandos estaba poniéndose un paracaídas y se dirigía hacia la parte desgarrada de la pared.

Otra sacudida lanzó por los aires, juntos, a Jetboy y el hombre del fusible. El tipo alcanzó la palanca de la trampilla por detrás de él lo mejor que pudo a pesar de su voluminoso traje.

Jetboy le agarró las manos y lo empujó hacia atrás.

Ambos cayeron violentamente, sobre el recipiente, con las manos entrelazadas en el traje del otro y el fusible en la bomba.

El hombre intentó alcanzar de nuevo la palanca. Jetboy lo apartó. El recipiente rodó como una enorme pelota de playa cuando la góndola se sacudió.

Miró directamente a los ojos del hombre del traje espacial. Este usó los pies para volver a situar el recipiente sobre la trampilla. Su mano volvió a buscar la palanca.

Jetboy hizo girar el fusible, parcialmente, en sentido contrario.

El hombre del traje lo tomó por detrás. Había extraído una 45 automática. Sacó de un tirón la pesada mano enguantada del fusible, descorrió el pasador. Jetboy vio la embocadura apuntándole.

—¡Muere, Jetboy! ¡Muere! –dijo.

Apretó el gatillo cuatro veces.

DECLARACIÓN DEL AGENTE FRANCIS V. O'HOOEY, 15 SEPT. 1946, 6:45 P.M.
(CONTINUACIÓN)

Así que cuando las piezas de metal dejaron de caer, todos salimos corriendo y miramos al cielo.

Vi el punto blanco por debajo de aquella especie de dirigible. Le quité los binoculares al teniente.

Efectivamente, era un paracaídas. Esperaba que fuera Jetboy el que se había salvado cuando su avión se estrelló contra aquello.

No sé mucho de esas cosas, pero sé que si abres un paracaídas tan arriba te metes en un grave problema.

Entonces, mientras estaba mirando, los dirigibles y todo lo demás estallaron al mismo tiempo. A fe que entonces hubo esa explosión, y solo hubo humo y cosas por los aires.

La gente alrededor empezó a aplaudir. El muchacho lo había conseguido: lo había hecho estallar antes de que pudiera dejar caer la bomba a sobre la isla de Manhattan.

Entonces el teniente dijo que nos metiéramos en el camión, que intentaríamos recoger al muchacho.

Nos subimos de un salto y tratamos de averiguar dónde iba a aterrizar. Por todas partes por donde pasábamos había gente plantada en medio de los restos de automóviles y los incendios y todo eso, mirando al cielo y aplaudiendo al paracaídas.

Me di cuenta de que había una gran mancha en el aire después de la explosión, cuando llevábamos unos diez minutos dando vueltas. Los otros reactores que habían estado con Jetboy habían vuelto, estaban revoloteando por los aires y también algunos Mustang y Thunderjugs. Allá arriba era como una exhibición aérea común y corriente.

No sé muy bien cómo antes que nadie llegamos cerca del puente. Buena cosa, porque cuando alcanzamos el agua, vimos el bulto de ese tipo justo a unos seis metros de la orilla. Cayó como una piedra. Llevaba esa especie de traje espacial, y saltamos al agua y tomé un trozo del paracaídas y un bombero agarró uno de los tubos y lo arrastramos hasta la orilla.

Bueno, no era Jetboy, era el que le pusimos el nombre de Edward «Dulce Eddy» Shiloh, un trabajador de auténtica poca monta.

Y estaba en malas condiciones, también. Conseguimos una llave inglesa del camión de bomberos y le reventamos la escafandra, y estaba morado como un nabo allí dentro. Había tardado veintisiete minutos en llegar a tierra. Se había desmayado por no tener bastante aire allá arriba, y estaba tan helado que oí que debían de amputarle uno de los pies y toda la mano izquierda excepto el pulgar.

Pero había saltado de aquel aparato antes de que estallara. Volvimos a mirar hacia arriba, con la esperanza de ver el paracaídas de Jetboy o algo, pero no había nada, solo aquel gran borrón nebuloso, y aquellos aviones zumbando alrededor.

Llevamos a Shiloh al hospital.

Ese es mi informe.

DECLARACIÓN DE EDWARD «DULCE EDDY» SHILOH, SEPT. 16, 1946
(EXTRACTO)

…los cinco proyectiles en dos de los globos. Después estrelló el avión directamente contra nosotros. Los muros explotaron. Fred y Filmore fueron expelidos sin sus paracaídas.

Cuando la presión cayó, me sentí como si no pudiera moverme, porque el traje estaba muy tenso. Intenté alcanzar mi paracaídas. Vi que el doctor Tod tenía el fusible y que iba a ponerlo en la bomba.

Noté que el avión se caía de la góndola. Lo siguiente que sé, es que Jetboy estaba plantado justo delante del agujero que había hecho su avión.

Saco mi pistola cuando veo que lleva un arma. Pero se le cae el revólver y se dirige hacia Tod.

—¡Detenlo! ¡Detenlo! —grita Tod por la radio del traje. Disparo un tiro limpio, pero fallo, entonces está encima de Tod y de la bomba, y justo ahí decido que mi trabajo se ha acabado hace unos cinco minutos y que no me van a pagar las horas extras.

Así que me largo, y todo el griterío y el alboroto me llega por la radio, y ellos están peleándose. Entonces Tod grita y saca su 45 y juro que le mete cuatro tiros a Jetboy desde más cerca de lo que estamos ahora. Entonces se caen juntos y yo salto por el agujero del lateral.

Solo que fui estúpido, tiré del cordón demasiado pronto y mi paracaídas no se abre bien y se enreda, y empecé a desmayarme. Justo antes de hacerlo, aquella cosa explotó encima de mí.

Lo siguiente que sé es que me despierto aquí y resulta que me sobra un zapato, ¿entiende lo que quiero decir?...

...¿Qué dijeron? Bueno, casi todo era confuso. A ver. Tod dice «Detenlo, detenlo» y disparo. Después me escapé por el agujero. Estaban gritando. Solo pude oír a Jetboy cuando sus cascos chocaron, a través de la radio de Tod. Debieron haberse dado muchos golpes, porque oí que los dos respiraban con dificultad.

Entonces Tod agarró el arma y disparó a Jetboy cuatro veces y dijo «¡Muere, Jetboy! ¡Muere!» y salté y debieron forcejear un segundo, y oí que Jetboy decía: «Aún no puedo morirme. No he visto *The Jolson Story*.»

♥

Habían pasado ocho años desde el día en que Thomas Wolfe había muerto, pero era su clase de día. En todo Estados Unidos y en el hemisferio norte era uno de esos días en que el verano afloja un poco, en que el aire viene de nuevo de los polos y Canadá, más que del Golfo y del Pacífico.

Al final erigieron un monumento a Jetboy –«el chico que no podía morir aún». Un veterano curtido en batalla de diecinueve años
había impedido que un loco hiciera volar Manhattan. Cuando se impuso la sangre fría, se dieron cuenta de eso.

Pero llevó un tiempo acordarse de eso. Y salir a la calle para ir al
colegio o comprar aquel refrigerador nuevo. Llevó un tiempo a todo
el mundo recordar cómo eran las cosas antes del 15 de septiembre
de 1946.

Cuando la gente de Nueva York miró al cielo y vio a Jetboy volando la nave atacante pensaron que sus problemas se habían acabado.

Estaban tan equivocados como serpientes en una autopista de
ocho carriles.

—Daniel Deck
Godot es mi copiloto:
La vida de Jetboy
Lippincot, 1963.

Desde lo alto del cielo la fina niebla empezó a descender describiendo una curva.

Parte de ella se dispersó en el viento, mientras avanzaba siguiendo la corriente, hacia el este.

Bajo aquellas corrientes, la niebla volvió a formarse y acumularse
en forma de precipitación, depositándose lentamente en la ciudad
que estaba debajo, se formaron jirones que luego se deshicieron y
volvieron a formarse, como las nubes cerca de una tormenta.

Allá donde cayó, sonó como una suave lluvia de otoño.

El durmiente

♣ ♦ ♠ ♥

por Roger Zelazny

I. El largo camino a casa

TENÍA CATORCE AÑOS CUANDO EL SUEÑO SE CONVIRTIÓ EN su enemigo, algo oscuro y terrible que aprendió a temer como otros temían la muerte. En cualquier caso, no era un problema de neurosis en ninguna de sus formas más misteriosas. Una neurosis generalmente posee elementos irracionales, mientras que su miedo procedía de una causa específica y seguía un curso tan lógico como un teorema geométrico.

No es que no hubiera irracionalidad en su vida. Más bien lo contrario. Pero era un resultado, no la causa de su condición. Al menos, esto es lo que después se decía a sí mismo.

En pocas palabras, el sueño era su perdición, su némesis. Era su infierno a plazos.

Croyd Crenson había completado ocho cursos en la escuela y no había conseguido pasar al noveno. No había sido culpa suya. Si bien no estaba entre los mejores de la clase, tampoco se encontraba entre los peores. Era un chico normal, de cara pecosa, con ojos azules y pelo castaño liso. Le gustaba jugar a la guerra con sus amigos hasta que la guerra de verdad terminó; entonces jugaron a policías y ladrones cada vez con más frecuencia. Cuando jugaba a la guerra había esperado –con no mucha paciencia– su oportunidad para ser el piloto de caza estrella, Jetboy; tras la guerra, jugando a policías y ladrones, solía ser un ladrón.

Había empezado el noveno curso, pero como muchos otros no pasó del primer mes; septiembre de 1946…

♣

—¿Qué están mirando?

Recordaba la pregunta de la señorita Marston, pero no su expresión porque no había apartado los ojos del espectáculo. No era extraño que los niños de su clase miraran por la ventana con cada vez mayor frecuencia conforme las tres estaban a una distancia razonable. Pero sí era extraño que no se giraran rápidamente cuando se dirigían a ellos, fingiendo un último acceso de atención mientras esperaban que sonara el timbre.

En cambio, había replicado:

—Los dirigibles.

A todo eso, otros tres chicos y dos chicas que también tenían una buena perspectiva estaban mirando en la misma dirección; la señorita Marston –a quien se le había despertado la curiosidad– se acercó a la ventana. Se paró allí y observó.

Eran unas cositas diminutas –cinco o seis, parecían– que estaban a bastante altura, al final de un túnel de nubes, moviéndose como si estuvieran unidas. Y había un avión en los alrededores, haciendo una pasada rápida hacia ellas. De hecho parecía como si el avión estuviera atacando a aquellos pececillos plateados.

La señorita Marston se quedó mirando un buen rato, después se dio la vuelta.

—Muy bien, clase –empezó–. Solo es…

Entonces las sirenas sonaron. Sin querer, la señorita Marston sintió que sus hombros se tensaban hacia arriba.

—¡Ataque aéreo! –gritó una niña que se llamaba Charlotte en la primera fila.

—No –dijo Jimmy Walker, dejando ver fugazmente sus brackets–. Ya no hay más. La guerra se ha acabado.

—Sé cómo suenan –replicó Charlotte–. Cada vez que había un apagón…

—Pero ya no hay guerra –afirmó Bobby Tremson.

—Ya basta, clase –dijo la señorita Marston–. Quizá las están probando.

Pero volvió a mirar por la ventana y vio un pequeño destello de fuego en el cielo antes de que un cúmulo de nubes le tapara la vista del conflicto aéreo.

—Quédense en sus asientos –dijo entonces, pues varios estudiantes se habían levantado y estaban dirigiéndose a la ventana–. Voy a comprobar qué pasa y ver si hay algún simulacro que no haya sido anunciado. Volveré en un momento. Pueden hablar si es en voz baja.

Se fue, la puerta se cerró estrepitosamente tras ella. Croyd continuó mirando la pantalla de nubes, esperando que volviera a abrirse.

—Es Jetboy –le dijo a Bobby Tremson, que estaba al otro lado del pasillo.

—Vamos –dijo Bobby–. ¿Qué podría estar haciendo ahí arriba? La guerra se acabó.

—Es un avión a reacción. Lo he visto en las noticias, y es así. Y él tiene el mejor.

—Lo estás inventando –gritó Liza desde el fondo de la sala.

Croyd se encogió de hombros.

—Hay alguien malo ahí, y él está luchando contra ellos –dijo–. Vi el fuego. Había disparos.

Las sirenas continuaron ululando. Desde la calle llegó el sonido de frenos chirriando, seguidos del breve bocinazo de un claxon y el ruido sordo de una colisión.

—¡Un accidente! –gritó Bobby, y todo el mundo se levantó y se acercó a la ventana.

Croyd se levantó entonces, pues no quería que le taparan la vista; y como estaba cerca encontró un buen sitio. No miró el accidente, no obstante, sino que continuó observando las alturas.

—Se estampó en su cajuela –dijo Joe Sarzanno.

—¿Qué? –preguntó una chica.

Croyd oyó entonces los atronadores sonidos distantes. El avión ya no se veía.

—¿Qué es ese ruido? –preguntó Bobby.

—Fuego antiaéreo –dijo Croyd.

—¡Estás loco!

—Están intentando derribar esas cosas, sean lo que sean.

—Ya. Seguro. Como en las pelis.

Las nubes empezaron a cerrarse de nuevo. Pero mientras lo hacían Croyd creyó entrever el reactor una vez más, en un barrido que le llevaba a la colisión con los dirigibles. Su vista quedó bloqueada entonces, antes de que pudiera estar seguro.

—¡Maldita sea! –dijo–. ¡Agárralos, Jetboy!

Bobby rio y Croyd lo apartó con fuerza.

—¡Eh! ¡Mira a quién empujas!

Croyd se giró hacia él, pero Bobby no parecía querer seguir con el asunto. Estaba mirando por la ventana otra vez, señalando.

—¿Por qué está corriendo toda esa gente?

—No lo sé.

—¿Es por el accidente?

—No.

—¡Mira! ¡Hay otro!

Un Studebaker azul había girado la esquina a toda velocidad, dio un volantazo para esquivar a los vehículos que estaban parados y se le cerró a un Ford que se aproximaba. Ambos coches giraron bruscamente. Otros vehículos frenaron y se detuvieron para evitar colisionar con ellos. Varios cláxones empezaron a sonar. Los sonidos apagados del fuego antiaéreo persistieron bajo el aullido de las sirenas. Ahora la gente corría por las calles, sin parar siquiera a contemplar los accidentes.

—¿Creen que volvió a empezar la guerra? –preguntó Charlotte.

—No sé –dijo Leo.

El sonido de una sirena de policía se mezcló súbitamente con los otros ruidos.

—¡Wow! –dijo Bobby– ¡Ahí viene otro!

Antes de que acabara de decirlo, un Pontiac había embestido por detrás a uno de los vehículos parados. Tres pares de conductores estaban discutiendo entre ellos fuera de los coches; una pareja acaloradamente, los otros solo hablaban y de vez en cuando señalaban el cielo. Poco después, todos se fueron a paso ligero calle arriba.

—No es ningún simulacro –dijo Joe.

—Lo sé –dijo Croyd observando la zona donde una nube se había vuelto rosa por el brillo que enmascaraba–. Creo que es algo realmente malo.

Se apartó de la ventana.

—Me voy a casa ahora mismo –dijo.

—Te meterás en problemas –le dijo Charlotte.

Echó un vistazo al reloj.

—Apuesto a que el timbre suena antes de que vuelva –respondió–.

Si no se van ahora no creo que los dejen salir con todo lo que está pasando: y quiero ir a casa.

Dio media vuelta y se encaminó a la puerta.

—Yo también voy –dijo Joe.

—Los dos se meterán en problemas.

♠

Atravesaron el pasillo. Al acercarse a la puerta delantera, una voz de adulto los llamó desde el vestíbulo. «¡Ustedes dos! ¡Vuelvan aquí!»

Croyd se echó a correr, empujó con el hombro la enorme puerta verde y siguió adelante. Joe iba tan solo un paso detrás de él mientras bajaban por las escaleras. Ahora la calle estaba llena de coches, hasta donde les alcanzaba la vista en todas direcciones. Había gente en lo alto de los edificios y gente en las ventanas, casi todos mirando hacia arriba.

Se precipitó a la acera y giró a la derecha. Su casa estaba a seis manzanas al sur, en un anómalo grupo de casas adosadas de los ochenta. La ruta de Joe coincidía con la suya hasta la mitad, luego torcía hacia el este.

Antes de que llegaran a la esquina los detuvo una oleada de gente que fluía desde la bocacalle hacia la derecha, cortando el paso de peatones; algunos giraban hacia el norte e intentaban abrirse paso; otros se encaminaban al sur. Los chicos oyeron maldiciones y el alboroto de una pelea algo más adelante.

Joe alargó la mano y agarró a un hombre por la manga. El hombre la retiró de un tirón, luego bajó los ojos.

—¿Qué está pasando? –gritó Joe.

—Alguna clase de bomba –respondió el hombre–. Jetboy intentó detener a los tipos que la tenían. Creo que volaron todos por los aires. La cosa podría estallar en cualquier momento. Quizá sea atómica.

—¿Dónde caería? –gritó Croyd.

El hombre señaló el noreste.

—Por ahí.

Y al instante el hombre se había ido, al ver una abertura y abrirse paso por ella.

—Croyd, podemos cruzar la calle si nos subimos al cofre de ese coche —dijo Joe.

Croyd asintió y siguió al otro chico por el cofre aún caliente de un Dodge gris. El conductor los insultó, pero su puerta estaba bloqueada por la presión de los cuerpos y la del pasajero solo se podía abrir unos pocos centímetros antes de golpear la defensa de un taxi. Rodearon el taxi y atravesaron el cruce por el medio, sorteando dos coches más en el camino.

El tráfico de peatones se relajó cerca del centro de la siguiente manzana, y pareció como si hubiera una gran área abierta delante. Corrieron hacia allí, luego pararon en seco.

Un hombre yacía en el pavimento. Tenía convulsiones. Su cabeza y sus manos se habían hinchado de un modo descomunal, y eran de color rojo oscuro, casi púrpura. Justo cuando lo vieron empezó a salirle sangre de la nariz y la boca; brotaba de sus oídos, rezumaba de sus ojos y de alrededor de sus uñas.

—¡Santa María! —dijo Joe, santiguándose mientras retrocedía— ¿Qué le pasa?

—No lo sé —respondió Croyd—. No nos acerquemos mucho. Sigamos avanzando sobre los coches.

Les llevó diez minutos llegar a la siguiente esquina. En algún punto del camino se dieron cuenta de que las armas habían estado en silencio durante un buen rato, aunque las sirenas antiaéreas, las sirenas de la policía y los cláxones mantenían un estruendo constante.

—Huelo a humo —dijo Croyd.

—Yo también. Si algo se está quemando, ningún camión de bomberos va a conseguir llegar.

—Podría quemarse toda la maldita ciudad.

—Quizá no es en todas partes como aquí.

—Apuesto a que sí.

Siguieron adelante, quedaron atrapados en un montón de cuerpos que se agolpaban y se deslizaron hacia la esquina.

—¡No vamos en esa dirección! —gritó Croyd.

Pero no importaba, pues la masa de gente que les rodeaba se detuvo unos segundos después.

—¿Crees que podamos gatear por la calle y volver a pasar por encima de los coches? —preguntó Joe.

—Podríamos intentarlo.

Lo hicieron. Solo que esta vez, al abrirse camino de vuelta a la esquina, avanzaron más lentamente puesto que otros estaban tomando la misma ruta. Fue entonces cuando Croyd vio una cara de reptil a través de un parabrisas, y unas manos escamosas aferrándose a un volante que se había desgajado de su eje mientras el conductor se desplomaba lentamente hacia un lado. Mirando a lo lejos, vio una columna de humo elevándose más allá de los edificios, al noreste.

Cuando llegaron a la esquina no había sitio donde pudieran bajarse. La gente se agolpaba, hacinándose. Había gritos ocasionales. Quería llorar, pero sabía que no le haría ningún bien. Apretó los dientes y se estremeció.

—¿Qué vamos a hacer? –le dijo a Joe.

—Si estamos atascados aquí toda la noche podemos romper la ventana de un coche vacío y dormir dentro, supongo.

—¡Quiero ir a casa!

—Yo también. Vamos a tratar de seguir adelante tan lejos como podamos.

Progresaron lentamente calle abajo durante casi una hora, pero solo avanzaron otra manzana. Los conductores bramaban y golpeaban las ventanas cuando saltaban sobre los techos de sus coches. Otros autos estaban vacíos. Unos pocos contenían cosas que preferían no mirar. Ahora el tráfico por la acera parecía peligroso. Era rápido y ruidoso, con breves peleas, numerosos gritos y cierto número de cuerpos caídos que habían sido apartados a los portales o más allá de la banqueta, en la calzada. Hubo unos pocos segundos de vacilación cuando las sirenas pararon. Luego llegó el sonido de alguien hablando por un megáfono. Pero estaba demasiado lejos. Las palabras no podían distinguirse, salvo «puentes». Volvió a cundir el pánico.

Vio a una mujer caer desde un edificio que estaba más adelante, al otro lado de la calle y apartó la vista antes de que impactara en el suelo. El olor a humo aún estaba en el aire, pero no había signos de fuego en las cercanías. Delante, vio a una multitud pararse y retroceder cuando una persona –no podía decir si hombre o mujer– estalló en llamas en medio de todos. Se escurrió hacia la calzada, entre dos coches, y esperó a que llegara su amigo.

—Joe, estoy muerto de miedo –dijo–. A lo mejor podríamos limitarnos a escondernos debajo de un coche y esperar que todo se acabe.

—He estado pensando en eso –respondió el otro chico–. Pero ¿y si algún trozo de esos edificios que arden se cae en un coche y le prende fuego?

—¿Y qué?

—Si le da al tanque de gasolina y explota, explotan todos, están muy cerca unos de otros, como una serie de petardos.

—¡Dios!

—Tenemos que seguir avanzando. Puedes venir a mi casa si te parece más fácil.

Croyd vio a un hombre ejecutar una serie de movimientos, como pasos de baile, mientras se arrancaba la ropa. Entonces empezó a cambiar de forma. Alguien en la carretera comenzó a aullar. Se escuchó el sonido de cristales rotos.

Durante la siguiente media hora el tráfico de peatones menguó hasta lo que se habría llamado, en otras circunstancias, normal. La gente parecía haber llegado a sus destinos o haber hecho avanzar la congestión hacia otra parte de la ciudad. Los que circulaban ahora se abrían camino entre cadáveres. Los rostros tras las ventanas se habían desvanecido. No se veía a nadie en las azoteas de los edificios. Los sonidos de los cláxones habían disminuido hasta convertirse en arrebatos esporádicos. Los chicos estaban de pie en una esquina. Habían recorrido tres manzanas y cruzado la calle desde que dejaran la escuela.

—Yo me doy vuelta aquí –dijo Joe–. ¿Quieres venir conmigo o sigues adelante?

Croyd echó una ojeada a la calle.

—Ahora tiene mejor pinta. Creo que puedo llegar sin problemas –dijo.

—Nos vemos.

—Okey.

Joe se fue corriendo por la izquierda. Croyd lo contempló un momento, luego siguió adelante. En el extremo de la calle, un hombre salió corriendo de un portal, gritando. Parecía aumentar de tamaño y sus movimientos eran más erráticos conforme se movía hacia el centro de la calle. Después explotó. Croyd apoyó la espalda contra la pared de ladrillo de su izquierda y se quedó mirando, con el corazón desbocado, pero no hubo ningún otro incidente. Oyó el megáfono otra vez, de algún punto del oeste, y esta vez las palabras eran más claras: «…Los puentes están cerrados tanto al tráfico de vehículos como de peatones. No traten de usar los puentes. Vuelvan a casa. Los puentes están cerrados…».

Retomó la marcha. Una única sirena ululaba en algún lugar del oeste. Un aeroplano que volaba bajo pasó por encima de su cabeza. Había un cuerpo acurrucado en un portal a su izquierda; apartó la mirada y aceleró el paso. Vio humo al otro lado de la calle, buscó las llamas y observó que salían del cuerpo de una mujer sentada en un umbral, con la cabeza entre sus manos. Mientras la miraba pareció ir encogiéndose, después cayó hacia su izquierda con un estertor. Apretó los puños y siguió avanzando.

Un camión del ejército salió de la calle perpendicular por la esquina que tenía delante. Corrió hacia allá. Una cara con casco se volvió hacia él por el lado del pasajero.

—¿Qué haces ahí fuera, hijo? –le preguntó el hombre.

—Voy a casa –respondió.

—¿Dónde está?

Señaló hacia delante.

—A dos manzanas –dijo.

—Ve directo a casa –le dijo el hombre.

—¿Qué está pasando?

—Estamos bajo la ley marcial. Todo el mundo tiene que estar en casa. También es buena idea que mantengas las ventanas cerradas.

—¿Por qué?

—Parece que ha sido una especie de bomba de gérmenes lo que estalló. Nadie lo sabe de seguro.

—¿Era Jetboy el que…?

—Jetboy está muerto. Intentó detenerlos.

De repente, a Croyd se le arrasaron los ojos.

—Ve directo a casa.

El camión cruzó la calle y continuó hacia el oeste. Croyd corrió y aminoró la marcha cuando llegó a la acera. Empezó a temblar. De repente fue consciente del dolor que sentía en sus rodillas, donde se había raspado al gatear por debajo de los vehículos. Se limpió los

ojos. Sentía un frío terrible. Se paró cerca de la mitad de la manzana y bostezó varias veces. Cansado. Estaba increíblemente cansado.
Empezó a moverse. Notaba sus pies más pesados de lo que podía
recordar. Se paró otra vez, bajo un árbol. Entonces llegó un gemido
desde arriba.

Cuando levantó los ojos se dio cuenta de que no era un árbol. Era
alto y café, con raíces y larguirucho, pero había una cara humana
enormemente alargada cerca de su punta y era de allí de donde procedía el gemido. Mientras se alejaba una de las ramas lo jaló del
hombro, pero era una criatura débil y unos pocos pasos más lo llevaron fuera de su alcance. Sollozó. La esquina parecía estar a kilómetros de distancia, y aún había otra manzana...

Ahora tenía largos periodos de bostezos, y aquel mundo rehecho
había perdido su capacidad de sorprenderlo. ¿Que un hombre volaba por los aires sin ayuda? ¿O que había un charco con cara humana
en la cuneta de su derecha? Más cuerpos... un coche volcado... un
montón de cenizas... cables de teléfono colgando... Avanzó a trom-
picones hacia la esquina. Se apoyó en el farol, luego se deslizó lentamente y se quedó sentado con la espalda apoyada contra ella.

Quería cerrar los ojos. Pero era estúpido. Vivía justo ahí. Solo un
poco más y dormiría en su propia cama.

Se agarró al farol y se arrastró para levantarse. Un cruce más...

Consiguió llegar hasta su manzana, tenía la vista borrosa. Solo un
poco más. Podía ver la puerta...

Escuchó el sonido chirriante, de fricción, de una ventana al abrirse; oyó que gritaban su nombre desde algún punto por encima de su
cabeza. Alzó los ojos. Era Ellen, la niña pequeña de los vecinos, mirándolo desde arriba.

—Lo siento, tu papá está muerto –gritó.

Quería llorar pero no podía. Bostezar le quitaba todas las fuerzas.
Se apoyó en la puerta y llamó al timbre. El bolsillo con su llave parecía estar tan lejos...

Cuando su hermano Carl abrió la puerta cayó a sus pies y descubrió que no podía levantarse.

—Estoy muy cansado –le dijo, y cerró sus ojos.

II. El asesino en el corazón del sueño

LA INFANCIA DE CROYD SE DESVANECIÓ MIENTRAS DORMÍA, AQUEL primer día Wild Card. Pasaron casi cuatro semanas antes de que despertara y había cambiado, como el mundo que le rodeaba. No era solo que fuera medio pie más alto, más fuerte de lo que jamás hubiera pensado que alguien pudiera ser y estuviera cubierto por bonito pelo rojo. Rápidamente descubrió, también, al mirarse en el espejo del baño, que el pelo poseía propiedades peculiares. Repelido por su apariencia deseó que no fuera rojo. Inmediatamente empezó a atenuarse hasta que fue de color rubio pálido y sintió un hormigueo que no era desagradable en toda la superficie de su cuerpo.

Intrigado, deseó que se volviera verde y lo hizo. De nuevo, el hormigueo, esta vez más parecido a una ola de vibraciones que le recorría por dentro. Deseó que fuera negro y se ennegreció. Después, pálido una vez más. Solo que esta vez no se detuvo en un rubio claro. Más pálido, más pálido, blanquecino, albino. Más pálido aún… ¿cuál era el límite? Empezó a desaparecer de la vista. Ahora podía ver la pared de azulejos que había tras él a través de su débil perfil en el espejo. Más pálido…

Invisible.

Colocó las manos delante de su cara y no vio nada. Cogió su toalla húmeda y se la llevó al pecho. También se hizo transparente, invisible, aunque aún sentía su húmeda presencia.

Volvió al rubio pálido. Parecía lo más aceptable socialmente. Después se embutió en lo que habían sido los pantalones que le quedaban más anchos y se puso una camisa de franela verde que no pudo abrochar bajo ninguna circunstancia. Los pantalones solo le llegaban a las pantorrillas, ahora. En silencio, bajó cautelosamente por la escalera con los pies descalzos y se dirigió a la cocina. Estaba famélico. El reloj del salón le dijo que eran casi las tres. Había mirado en la habitación de su madre, su hermana y su hermano, pero no había perturbado su sueño.

Había media hogaza en la panera y la partió, llevándose grandes trozos a la boca, apenas masticando antes de tragar. Hubo un punto en que se mordió el dedo, lo que le hizo parar un poco. Encontró un trozo de carne y una cuña de queso en el refrigerador y se los comió.

También se bebió un cuarto de leche. Había dos manzanas en la mesa y se las comió mientras buscaba por la alacena. Una caja de galletas saladas. Las engulló mientras continuaba su búsqueda. Seis galletas. Se las tragó. Medio bote de mantequilla de cacahuate. Se lo comió con una cuchara.

Nada. No podía encontrar nada más, y aún estaba terriblemente hambriento.

Entonces se dio cuenta de la magnitud de su festín. No había más comida en la casa. Recordó la enloquecida tarde de su regreso de la escuela. ¿Y si había escasez de comida? ¿Y si había vuelto el racionamiento? Se acababa de comer los alimentos de todos.

Tenía que obtener más, tanto para los otros como para él. Fue a la sala y miró por la ventana. La calle estaba desierta. Se preguntó por la ley marcial de la que había oído hablar en su camino a casa desde la escuela: ¿cuánto hacía? ¿Por cierto, cuánto tiempo había estado durmiendo? Tenía la sensación de que había sido bastante.

Abrió la puerta y sintió el frío de la noche. Uno de los faroles que no estaba roto brillaba entre las ramas desnudas de un árbol cercano. Aún había unas pocas hojas en los árboles del lado de la cuneta de aquella fatídica tarde. Sacó la llave de repuesto de la mesa del recibidor, salió a la calle y cerró la puerta tras de sí. Aunque sabía que estaban frías, no sintió las escaleras particularmente gélidas bajo sus pies desnudos.

Entonces se detuvo, y retrocedió al amparo de las sombras. Era aterrador no saber qué había ahí fuera.

Levantó las manos y las mantuvo en alto frente al farol.

—Pálido, pálido, pálido…

Se fueron atenuando hasta que la luz brilló a través de ellas. Siguieron desvaneciéndose. Su cuerpo se estremeció.

Cuando fueron invisibles, bajó la mirada. No parecía quedar nada de él, salvo el cosquilleo.

Entonces echó a correr por la calle, con una sensación de enorme energía en su interior. El extraño ser con aspecto de árbol ya no estaba en la manzana contigua. En las calles no había tráfico, aunque había una cantidad considerable de desechos en las cunetas y casi todos los vehículos estacionados que vio habían sufrido algún daño. Parecía que todos los edificios ante los que pasaba tenían al menos una ventana tapada con cartón o madera. Varios árboles de la calle eran ahora tocones astillados, y la señal de metal de la siguiente esquina estaba muy doblada hacia a un lado. Se apresuró, sorprendido por la rapidez de su progreso, y cuando llegó a su escuela vio que estaba intacta salvo por unos pocos paneles de cristal que habían desaparecido. Siguió adelante.

Tres tiendas de comestibles a las que fue estaban tapiadas y mostraban un cartel de CERRADO HASTA NUEVO AVISO. Entró a la fuerza en la tercera. Los cartones ofrecieron poca resistencia cuando los empujó. Localizó el interruptor y lo encendió. Segundos después lo apagó. El lugar era un caos. Había sido totalmente saqueado.

Prosiguió hacia la zona residencial, pasando por los escombros de varios edificios incendiados. Oyó voces –una ronca, la otra alta y aflautada– que provenían de uno de ellos. Momentos después, hubo un destello de luz blanca y un grito. Simultáneamente, una porción de un muro de ladrillos se desplomó, desparramándose por la acera a sus espaldas. No vio razón para investigarlo. También le pareció que de vez en cuando oía voces por debajo de las rejillas del alcantarillado.

Vagó varios kilómetros aquella noche, sin darse cuenta hasta que estuvo cerca de Times Square de que lo seguían. Al principio pensó que solo era un perro grande moviéndose en la misma dirección que él. Pero cuando se acercó y se percató de las líneas humanas de sus rasgos, se paró y lo encaró. Estaba sentado a una distancia de unos tres metros y lo observaba.

—Tú también eres uno –gruñó.

—¿Puedes verme?

—No. Oler.

—¿Qué quieres?

—Comida.

—Yo también.

—Te enseñaré dónde. Por una parte.

—De acuerdo. Enséñamelo.

Lo condujo a un área acordonada donde había estacionados vehículos del ejército. Croyd contó diez. Figuras de uniforme estaban de pie o descansando entre ellos.

—¿Qué pasa? –preguntó Croyd.

—Hablamos luego. Paquetes de comida en los cuatro camiones de la izquierda.

No fue ningún problema atravesar el perímetro, entrar en la parte trasera del vehículo, reunir una brazada de paquetes y retirarse en la dirección contraria. Él y el hombre-perro se habían resguardado en un portal dos manzanas más adelante. Croyd volvió a pasar a la visibilidad y empezaron a atiborrarse.

Después, su nuevo amigo —quería que lo llamara Bentley— le contó los hechos que habían ocurrido en las semanas que siguieron a la muerte de Jetboy, mientras Croyd había estado durmiendo. Croyd se enteró de la huida a Jersey, de los disturbios, de la ley marcial, de los taquisianos y de los diez mil muertos que su virus había causado. Y se enteró de los sobrevivientes transformados: los afortunados y los que no lo fueron.

—Tú eres uno de los afortunados —concluyó Bentley.

—No me siento afortunado —dijo Croyd.

—Al menos has seguido siendo humano.

—Así que ¿ya fuiste a ver al doctor Tachyon?

—No, ha estado condenadamente ocupado. Con todo, iré.

—Yo también debería.

—Quizá.

—¿Qué quieres decir con «quizá»?

—¿Por qué querrías cambiar? Ya lo haces. Puedes tener todo lo que quieras.

—¿Quieres decir robar?

—Los tiempos son duros. Te las arreglas como puedes.

—Quizá sí.

—Puedo decirte dónde hay ropas que te irán bien.

—¿Dónde?

—Justo al doblar la esquina.

—De acuerdo.

A Croyd no le resultó difícil entrar en la trastienda del almacén de ropa al que Bentley lo condujo. Después desapareció de nuevo y volvió por otra carga de paquetes de comida. Bentley lo siguió cautelosamente a su lado mientras se dirigía a casa.

—¿Te importa si te hago compañía?

—No.

—Quiero ver dónde vives. Puedo decirte dónde hay un montón de cosas buenas.

—¿Sí?

—Me gustaría tener un amigo que me alimentara. Creo que nos iría bien juntos, ¿no?

—Sí.

◆

En los días que siguieron, Croyd se convirtió en el proveedor de la familia. Su hermano mayor y su hermana no preguntaban dónde adquiría la comida o, finalmente, el dinero que obtuvo con aparente facilidad durante sus ausencias nocturnas. Tampoco su madre, distraída en su duelo por la muerte de su padre, pensó en inquirir. Bentley –que dormía en algún lugar del vecindario– se convirtió en su guía y mentor en estas empresas, así como su confidente en otras materias.

—Quizá debería ver a ese doctor que mencionaste –dijo Croyd, dejando en el suelo la caja de productos enlatados que había sacado de un almacén y apoyándose en ella.

—¿Tachyon? –preguntó Bentley, estirándose de una manera muy poco perruna.

—Sí.

—¿Qué pasa?

—No puedo dormir. Hace cinco días que desperté así, y no he dormido nada desde entonces.

—¿Y qué? ¿Qué hay de malo en eso? Más tiempo para hacer lo que quieras.

—Pero al final estoy empezando a estar cansado y aún no puedo dormir.

—Ya te pondrás al día en su debido momento. No vale la pena molestar a Tachyon por eso. De todos modos, si intenta curarte tus posibilidades son solo una entre tres o cuatro.

—¿Cómo sabes eso?

—Fui a verlo.

—¿Ah sí?

Croyd comió una manzana. Entonces preguntó:

—¿Vas a intentarlo?

—Si reúno el valor –respondió Bentley–. ¿Quién quiere pasar su vida como un perro? Y un perro no muy bueno, dicho sea de paso. Por cierto, cuando pasemos por delante de una tienda de mascotas quiero que entres y me consigas un collar de pulgas.

—Claro. Me pregunto… si me voy a dormir, ¿dormiré mucho tiempo como antes?

Bentley intentó encogerse de hombros, lo dejó correr.

—Quién sabe.

—¿Quién cuidará de mi familia? ¿Quién cuidará de ti?

—Ya veo por dónde vas. Si dejas de salir por las noches, supongo que esperaré un poco y después iré a buscar la cura. Respecto a tu familia, harías bien en tomar un montón de dinero. Las cosas volverán a su cauce, y el dinero siempre ayuda.

—Tienes razón.

—Eres superfuerte. ¿Crees que podrías abrir una caja fuerte?

—A lo mejor, no sé.

—Lo probaremos con una de camino a casa, también. Conozco un buen sitio.

—Está bien.

—…y un poco de talco antipulgas.

♥

Se estaba haciendo de día, mientras se encontraba sentado leyendo y comiendo, cuando empezó a bostezar incontrolablemente. En cuanto se levantó había una cierta pesadez en sus miembros que antes no había estado presente. Subió las escaleras y entró en la habitación de Carl. Sacudió el hombro a su hermano, que estaba dormido.

—¿Quépsssssa, Croyd? –preguntó.

—Tengo sueño.

—Pues vete a dormir.

—Ha pasado mucho tiempo. Quizá volveré a dormir mucho otra vez.

—Oh.

—Así que aquí hay algo de dinero para que cuides de todos por si algo pasara.

Abrió el cajón de arriba del tocador de Carl y metió un gran fajo de billetes bajo los calcetines.

—Eh, Croyd… ¿De dónde sacaste todo este dinero?

—No es problema tuyo. Vuelve a dormir.

Se dirigió a su habitación, se desvistió y se arrastró hasta la cama. Tenía mucho frío.

♣

Cuando se despertó había escarcha en los cristales. Al mirar afuera vio que había nieve en el suelo bajo un cielo plomizo. Su mano en el alféizar era ancha y morena, de dedos cortos y gruesos. Al examinarse en el baño, descubrió que medía un metro setenta aproximadamente, tenía una constitución fuerte, pelo y ojos oscuros, y poseía pronunciadas marcas, como cicatrices en la parte delantera de las piernas, en el exterior de sus brazos, por sus hombros, bajando por la espalda y en lo alto del cuello. Tardó otros quince minutos en descubrir que podía aumentar la temperatura de su mano hasta el punto de que la toalla que sostenía podía incendiarse. Pasaron solo unos pocos minutos antes de descubrir que podía generar calor, hasta que todo su cuerpo ardió: aunque se sintió mal por la huella que había quemado el linóleo y el agujero que el otro pie hizo en la alfombra.

Esta vez había un montón de comida en la cocina, y comió durante más de una hora hasta que los aguijonazos del hambre se aliviaron. Se había puesto unos pantalones deportivos y una sudadera, mientras pensaba en la variedad de ropa que tendría que guardar si iba a cambiar de forma cada vez que durmiera. Esta vez no había ninguna presión para que buscara comida. El enorme número de muertes que había ocurrido tras liberarse el virus había acabado generando excedentes en los almacenes locales, y las tiendas volvían a estar abiertas con rutinas de distribución de vuelta a la normalidad.

Su madre pasaba casi todo el tiempo en la iglesia, y Carl y Claudia habían vuelto a la escuela, que había reabierto recientemente. Croyd sabía que él no volvería a la escuela. La reserva de dinero aún era buena, pero pensando que esta vez había dormido nueve días más que en la ocasión anterior sintió que sería una buena idea tener efectivo extra a mano. Se preguntó si podría calentar una mano lo suficiente para derretir el metal de una puerta de seguridad. Había pasado muy mal rato abriendo la otra –de hecho, casi había desistido– y Bentley le había asegurado que era una «lata». Salió al exterior y practicó con una pieza de tubería galvanizada.

Intentó planificar el trabajo cuidadosamente, pero su previsión fue errónea. Tuvo que abrir ocho cajas fuertes aquella semana antes de llegar a obtener dinero. La mayoría solo contenía papeles. Sabía que hacía saltar las alarmas, además, y eso lo ponía nervioso; esperaba que sus huellas dactilares también cambiaran mientras dormía. Actuaba tan rápido como podía y deseaba que Bentley estuviera de vuelta. Tenía la sensación de que el hombre-perro habría sabido qué hacer. Había insinuado en varias ocasiones que su ocupación habitual tenía que ver con algo poco menos que legal.

Los días pasaron más rápido de lo que hubiera deseado. Compró un gran y variado vestuario. Por las noches, paseaba por la ciudad, observando los signos de devastación que aún quedaban y los avances de los trabajos de reconstrucción. Se puso al día con las noticias, de la ciudad, del mundo. No era difícil creer en un hombre del espacio exterior cuando los resultados de su virus lo rodeaban.

Preguntó a un hombre de cabeza apepinada y dedos palmeados dónde podía encontrar al doctor Tachyon. El hombre le dio un número de teléfono. Se lo guardó en la cartera y no llamó ni lo visitó. ¿Y si el doctor lo examinaba, le decía que no había ningún problema y lo curaba? Nadie más en la familia era capaz de ganarse la vida en ese momento.

Llegó el día en el que su apetito volvió a aumentar, lo que creía que significaba que su cuerpo se estaba preparando para otro cambio. Esta vez observó sus sensaciones con más cuidado, para tener referencias en el futuro. Pasó el resto de aquel día y la noche y parte del día siguiente antes de que llegaran los cosquilleos y empezaran las oleadas de somnolencia. Dejó una nota diciendo buenas noches a los demás, porque no estaban en casa cuando la sensación empezó a apoderarse de él. Y esta vez cerró con llave la habitación de su dormitorio, porque se había enterado de que lo observaban a menudo cuando estaba durmiendo, incluso una vez habían traído a un doctor, una mujer que, tras ver su historial, les había recomendado con prudencia que simplemente lo dejaran dormir. También había sugerido que fuera a ver al doctor Tachyon cuando despertara, pero su madre había extraviado el papel donde lo había escrito. En esos días, la mente de la señora Crenson parecía vagar sin rumbo.

Tuvo el sueño otra vez –y en esta ocasión se dio cuenta de que era *otra vez*– y fue la primera vez que lo recordó: la aprensión era una reminiscencia de sus sensaciones el día de su último regreso a casa desde la escuela. Estaba caminando por lo que parecía una calle vacía y crepuscular. Algo se revolvía detrás de él, se giraba y miraba hacia atrás. Había gente saliendo de los portales, las ventanas, los automóviles, las alcantarillas y todos lo estaban mirando fijamente, se dirigían hacia él. Continuaba su camino y entonces percibía una especie de suspiro colectivo a sus espaldas. Cuando volvía a mirar estaban caminando cada vez más rápido tras él, de manera amenazadora, con expresiones de odio en sus rostros. Echó a correr, con la certeza de que pretendían destruirlo.

Lo perseguían…

♠

Cuando se despertó era monstruoso, y no tenía poderes especiales. Carecía de pelo, tenía hocico y estaba cubierto de escamas de un tono gris verdoso; sus dedos eran alargados y poseían articulaciones de más, sus ojos eran amarillos y rasgados; tenía dolores en los muslos y la zona lumbar si permanecía de pie demasiado rato. Era mucho más fácil moverse por la habitación a cuatro patas. Al exclamar en voz alta a propósito de su condición, había una marcada sibilancia en su pronunciación.

Era la última hora de la tarde y oyó voces en el piso de abajo. Abrió la puerta y llamó, y Claudia y Carl corrieron a su habitación. Abrió la puerta, tan solo una mínima rendija, y se quedó detrás.

—¡Croyd! ¿Estás bien? –preguntó Carl.

—Sí y no –siseó–. Estaré bien. Ahora mismo estoy muerto de hambre. Tráeme comida. Mucha.

—¿Qué pasa? –preguntó Claudia– ¿Por qué no sales?

—¡Después! Hablamos después. ¡Ahora, comida!

Se negó a salir de la habitación o dejar que su familia lo viera. Le trajeron comida, revistas, periódicos. Escuchaba la radio y paseaba, a cuatro patas. Esta vez el sueño era algo que esperaba más que temiera. Se tendió de espaldas en la cama, aguardando que llegara pronto. Pero se le negó durante la mayor parte de una semana.

Cuando volvió a despertarse se encontró con que medía poco más de metro ochenta, tenía el pelo oscuro, era delgado y poseía rasgos que no eran desagradables. Era tan fuerte como lo había sido en ocasiones anteriores, pero al cabo de un rato concluyó que no poseía poderes especiales: hasta que a causa de la prisa por llegar a la cocina se resbaló en la escalera y se salvó levitando.

Después, reparó en que había una nota con la caligrafía de Claudia, pegada a su puerta. Le daba un número de teléfono y le decía que encontraría a Bentley allí. Se la guardó en la cartera. Antes tenía que hacer otra llamada.

♦

El doctor Tachyon lo miró y le sonrió levemente.

—Podría ser peor –dijo.

A Croyd casi le hizo gracia la afirmación.

—¿Cómo? –preguntó.

—Bueno, podría haberte tocado ser un joker.

—¿Y qué es lo que me ha tocado, señor?

—El tuyo es uno de los casos más interesantes que he visto hasta ahora. En todos los otros simplemente sigue su curso y o bien mata a la persona o bien la cambia, para bien o para mal. En tu caso… bien, la analogía más próxima es la de una enfermedad de la Tierra llamada malaria. El virus que albergas parece infectarte periódicamente.

—Me tocó ser un joker una vez…

—Sí, y podría volver a suceder. Pero a diferencia de cualquier otra persona a la que le haya ocurrido, lo único que tienes que hacer es esperar. Puedes echarte un sueñecito reparador.

—No quiero volver a ser un monstruo nunca más. ¿Hay alguna manera de que pueda cambiar al menos eso?

—Me temo que no. Es parte de todo tu síndrome. Solo puedo ocuparme del conjunto.

—¿Y las posibilidades de curarme son de tres o cuatro contra una?

—¿Quién te dijo eso?

—Un joker llamado Bentley. Parecía algo así como un perro.

—Bentley ha sido uno de mis éxitos. Ahora ha vuelto a ser normal. De hecho, se fue de aquí hace relativamente poco.

—¿De verdad? Me alegro de saber que alguien lo ha conseguido.

Tachyon desvió la mirada.

—Dígame una cosa.

—¿Qué?

—Si solo cambio cuando duermo, podría aplazar un cambio manteniéndome despierto... ¿correcto?

—Ya veo lo que quieres decir. Sí, un estimulante lo retrasaría un poco. Si notas que te sobreviene mientras estás por ahí fuera, la cafeína de un par de tazas de café probablemente lo contendrá lo suficiente para permitirte regresar a casa.

—¿No hay nada más fuerte? ¿Algo que pueda retrasarlo durante más tiempo?

—Sí, hay estimulantes potentes: las anfetaminas, por ejemplo. Pero pueden ser peligrosas si tomas demasiadas o las tomas durante demasiado tiempo.

—¿De qué manera son peligrosas?

—Excitación, irritabilidad, combatividad. Después, una psicosis tóxica, con delirios, alucinaciones, paranoia.

—¿Locura?

—Sí.

—Bueno, usted podría detenerlo si me acercara a ese punto, ¿no?

—No creo que sea tan fácil.

—Odiaría volver a ser un monstruo... o, no lo ha dicho, pero ¿no es posible que sencillamente me muera durante uno de esos comas?

—Existe esa posibilidad. Es un virus nocivo. Pero has pasado por varios ataques, lo que me lleva a creer que tu cuerpo sabe lo que está haciendo. No me preocuparía excesivamente por eso...

—Es lo del joker lo que realmente me molesta.

—Esta es una posibilidad con la que, simplemente, tendrás que convivir.

—Está bien. Gracias, doctor.

—Me gustaría que fueras al Monte Sinaí la próxima vez que notes que te está pasando. Me gustaría observar tu proceso.

—Preferiría que no.

Tachyon asintió.

—¿O inmediatamente después de despertar…?

—Quizá –dijo Croyd, y le estrechó la mano–. Por cierto, doctor… ¿Cómo se escribe «anfetamina»?

♥

Croyd se pasó por el departamento de los Sarzanno más tarde, ya que no había visto a Joe desde aquel día de septiembre en que habían regresado juntos a casa desde la escuela; las exigencias de ganarse la vida habían limitado su tiempo libre desde entonces.

La señora Sarzanno apenas abrió una rendija de la puerta y lo miró fijamente. Tras identificarse y tratar de explicar el cambio de su apariencia siguió negándose a abrir más la puerta.

—Mi Joe también ha cambiado –dijo.

—Mmm, ¿cómo ha cambiado? –preguntó.

—Cambiado. Eso es todo. Cambiado. Vete.

Cerró la puerta.

Volvió a llamar, pero no hubo respuesta.

Croyd se fue, pues, y se comió tres bistecs porque no podía hacer nada más.

♣

Croyd estudió a Bentley –un hombrecillo con cara de zorro, pelo oscuro y mirada aviesa– con la sensación de que su anterior transformación había estado, de hecho, en sintonía con su comportamiento general. Bentley le devolvió el cumplido durante varios segundos, después le preguntó:

—¿De verdad eres tú, Croyd?

—Sí.

—Ven. Siéntate. Tomemos una cerveza. Tenemos mucho de que hablar.

Se hizo a un lado, y Croyd entró en un departamento con una decoración abigarrada.

—Me curé y volví al negocio. El negocio es pésimo –dijo Bentley después de que se sentaran–. ¿Y tú qué me cuentas?

Croyd le explicó los cambios y poderes que había experimentado y su conversación con Tachyon. Lo único que no le contó fue su edad, pues en todas sus transformaciones tenía la apariencia de un adulto. Temía que Bentley no confiara en él de la misma manera si sabía que no era así.

—Abordaste todos esos otros trabajos mal –dijo el hombrecillo encendiendo un cigarrillo y tosiendo–. Hacerlo a la ligera nunca es bueno. Necesitas un poco de planificación y debería ajustarse a lo que sea tu talento especial en cada caso. Ahora, ¿dices que esta vez puedes volar?

—Sí.

—Bien. Hay un montón de sitios en lo alto de los rascacielos que la gente cree que son muy seguros. Esta vez iremos por ellos. Ya sabes, estás en mejor forma que cualquier otro. Incluso si alguien te viera, no te preocupes. Vas a tener otra apariencia la próxima vez…

—¿Y me conseguirás las anfetaminas?

—Todas las que quieras. Vuelve mañana: misma hora, mismo lugar. Quizás haya conseguido un trabajillo para los dos. Y tendré tus pastillas.

—Gracias, Bentley.

—Es lo mínimo que puedo hacer. Si seguimos juntos, nos haremos ricos.

♠

Bentley planeó un buen trabajo y tres días más tarde Croyd llevó a casa más dinero que nunca. Dio la mayor parte a Carl, quien había estado ocupándose de la economía doméstica.

—Vamos a dar un paseo –dijo Carl, guardando el dinero detrás de una hilera de libros y mirando elocuentemente a la sala donde estaban su madre y Claudia.

Croyd asintió.

—Claro.

—Pareces envejecido últimamente –dijo Carl, que cumpliría dieciocho en unos pocos meses, tan pronto como salieron a la calle.

—Me siento mucho más viejo.

—No sé de dónde estás sacando el dinero…

—Mejor que no.

—Bien. No puedo quejarme ya que vivo de él, también. Pero querría hablarte de mamá. Cada vez está peor. Ver a papá destrozado de aquella manera... Ha ido a peor desde entonces. Te has perdido lo peor, la última vez que estuviste dormido. En tres noches distintas, sencillamente se levantó y salió a la calle con su camisón –y descalza, en febrero ¡por el amor de Dios!– y vagó por ahí como si estuviera buscando a papá. Por suerte, en las tres ocasiones algún conocido la vio y la trajo de vuelta a casa. Sigue preguntándole a la señora Brandt si lo ha visto. En fin, lo que estoy tratando de decir es que está empeorando. Ya hablé con un par de doctores. Creen que debería pasar una temporada en una casa de reposo. Claudia y yo también lo creemos. No podemos vigilarla todo el tiempo y podría hacerse daño. Claudia tiene ahora dieciséis años. Los dos podemos manejar la situación mientras esté fuera. Pero va a ser caro.

—Puedo obtener más dinero –dijo Croyd.

◆

Cuando por fin se puso en contacto con Bentley al día siguiente y le explicó que tenían que hacer otro trabajo pronto, el hombrecillo pareció complacido, pues Croyd no había mostrado mucho entusiasmo por un nuevo trabajo tras la última experiencia.

—Dame un día o dos para que organice algo y resuelva los detalles –dijo Bentley–. Me pondré en contacto contigo.

—Bien.

El día siguiente el apetito de Croyd empezó a aumentar y se descubrió bostezando ocasionalmente. Así que se tomó una pastilla.

Funcionó bien. Mejor que bien, de hecho. Una sensación agradable lo envolvió. No podía recordar la última vez que se había sentido tan bien. Parecía como si todo estuviera saliendo bien, para variar. Y notaba todos sus movimientos particularmente fluidos y gráciles. Parecía más alerta, más despierto de lo habitual. Y lo que es más importante, no tenía sueño.

No fue hasta la noche, tras de que todos los demás se hubieran retirado, cuando estas sensaciones empezaron a disiparse. Se tomó otra pastilla. En el momento en que empezó a hacer efecto se sintió tan bien que salió fuera y levitó por encima de la ciudad, sin rumbo en la fría noche de marzo, entre las brillantes constelaciones de la ciudad y las que estaban mucho más arriba, sintiéndose como si poseyera la clave secreta del significado profundo de todo aquello. Por un momento pensó en la batalla aérea de Jetboy y voló por encima de los restos de la terminal Hudson, que había ardido cuando los trozos del avión de Jetboy cayeron sobre ella. Había leído que existía un plan para erigirle un monumento allí. ¿Era así como se sentía cuando cayó?

Descendió en picada para moverse entre los edificios: a veces, descansando en lo alto de uno, saltando, cayendo, salvándose en el último momento. En una ocasión vio a dos hombres que lo contemplaban desde un portal. Por alguna razón que no entendía, eso lo irritó. Entonces volvió a casa y empezó a limpiarla. Apiló periódicos y revistas viejas y los ató en hatillos, vació los botes de la basura, barrió y trapeó, lavó todos los platos de la cocina. Se deshizo de cuatro cargas de basura llevándolas volando al East River y tirándolas en él, pues la recolección de basura aún no era muy regular. Sacó el polvo de todo, y el amanecer lo encontró abrillantando la plata. Después, limpió todas las ventanas.

De repente se sintió débil y tembloroso. Se dio cuenta de qué pasaba y se tomó otra pastilla y puso la cafetera. Pasaron los minutos. Le costaba permanecer sentado, estar cómodo en ninguna posición. No le gustaba el hormigueo de sus manos. Se las lavó varias veces, pero no desapareció. Finalmente, se tomó otra pastilla. Miró el reloj y escuchó los sonidos de la cafetera. Justo cuando el café estuvo a punto los hormigueos y los temblores empezaron a remitir. Se sentía mucho mejor. Mientras bebía su café pensó de nuevo en los dos hombres del portal. ¿Se habían estado riendo de él? Sintió un súbito arrebato de ira, aunque realmente no había visto sus caras, conocido sus expresiones. ¡Mirándolo! Si hubieran tenido más tiempo quizá le hubieran tirado una piedra…

Meneó la cabeza. Era una estupidez. Solo eran dos tipos. De repente, quiso salir corriendo a la calle y recorrer toda la ciudad, o quizá volver a volar. Pero se perdería la llamada de Bentley si lo hacía. Empezó a dar vueltas. Intentó leer, pero era incapaz de centrar su atención como era habitual. Finalmente, llamó a Bentley.

—¿Ya planeaste algo? –preguntó.

—Aún no, Croyd. ¿Qué prisa tienes?

—Estoy empezando a tener sueño. ¿Sabes qué significa?

—Ehm… sí. ¿Tomaste ya alguna de esas mierdas?

—Ajá. He tenido que hacerlo.

—Bien. Mira, voy tan rápido como puedo. Ahora estoy trabajado en un par de asuntos. Intentaré tener algo arreglado como para mañana. Si no hay nada para entonces, dejas de tomarte eso y te vas a la cama. Podemos hacerlo la próxima vez. ¿Comprendes?

—Quiero hacerlo esta vez, Bentley.

—Te llamaré mañana. Ahora, tómatela con calma.

Salió y dio un paseo. Era un día nublado, con restos de nieve y hielo en el suelo. De repente se dio cuenta de que no había comido desde la víspera. Se dijo que aquello tenía que ser malo, teniendo en cuenta en qué se había convertido su apetito normal. Debía de ser cosa de las pastillas, concluyó. Buscó una cafetería, decidido a obligarse a comer algo. Mientras caminaba, se le ocurrió que no había pensado en lo que implicaba sentarse en medio de una multitud y comer. Pensar en tenerlos a su alrededor era perturbador. No, pediría comida para llevar…

Mientras se dirigía a una cafetería una voz desde un portal lo hizo parar.

Se giró tan rápido que el hombre que lo había llamado levantó un brazo y retrocedió.

—No… –protestó el hombre.

Croyd dio un paso atrás.

—Lo siento –murmuró.

El hombre llevaba un abrigo café con cuello vuelto hacia arriba. Usaba un sombrero, con el ala tan baja como podía estarlo y seguir permitiendo la visión. Mantenía la cabeza inclinada hacia delante. Aun así, Croyd entrevió un pico ganchudo, ojos centelleantes y un cutis con un brillo antinatural.

—¿Podría hacerme un favor, señor? –preguntó el hombre con voz entrecortada, aguda.

—¿Qué quiere?

—Comida.

Automáticamente, Croyd se llevó la mano al bolsillo.

—No. Tengo dinero. No lo entiende. No puedo entrar en ese sitio y conseguir que me sirvan con este aspecto. Le pagaré si entra, me consigue un par de hamburguesas y me las trae.

—Iba hacia allá de todos modos.

Más tarde, Croyd y el hombre estaban sentados en una banca, comiendo. Le fascinaban los jokers. Porque sabía que él mismo lo era, en parte. Empezó a preguntarse dónde comería si alguna vez hubiera despertado con forma defectuosa y no hubiera habido nadie en casa.

—Normalmente ya no me adentro tanto en el centro –le dijo el otro–, pero tenía que hacer un encargo.

—¿Dónde pasa el rato la gente como tú?

—Somos unos cuantos abajo, en Bowery. Nadie nos molesta allí. Hay sitios donde te sirven y a nadie le importa tu aspecto. Les importa un pito.

—¿Quieres decir que la gente podría atacarlos?

El hombre profirió una risotada breve y estridente.

—La gente no es muy buena que digamos, chico. No cuando realmente los conoces.

—Puedo acompañarte –dijo Croyd.

—Correrás un riesgo…

—Está bien.

Fue ya a la altura de la calle cuarenta y siguientes cuando tres hombres que estaban en una banca los miraron al pasar. Croyd se acababa de tomar dos píldoras más unas pocas manzanas antes (¿solo eran unas pocas manzanas antes?). No había querido volver a experimentar aquel nerviosismo mientras hablaba con su nuevo amigo John –al menos, así le había dicho que lo llamara–, de modo que se había tomado dos más para estar más calmado en el próximo subidón, por si pronto tenía uno, y supo con toda certeza cuando vio a los dos hombres que estaban planeando algo malo contra él y John; los músculos de sus hombros se tensaron y apretó los puños dentro de los bolsillos.

—*Coc-coc-coc-coc-coc* –dijo uno de los hombres, y Croyd hizo ademán de girarse, pero John le puso la mano en el brazo y le dijo:

—Vamos.

Siguieron andando. Los hombres se levantaron y empezaron a seguirlos.

—*Kikirikí* –dijo uno de ellos.

—*Cuac cuac cuac* –dijo otro.

Poco después, una colilla de cigarrillo pasó por encima de la cabeza de Croyd y cayó delante de él.

—¡Eh, amigo de los *frikis*!

Una mano se posó en su hombro.

Levantó los brazos, agarró la mano y la estrujó. Los huesos crujieron un poco mientras el hombre empezó a gritar. El alboroto cesó abruptamente cuando Croyd le soltó la mano y le dio una bofetada en la cara que lo tiró al suelo. El siguiente hombre le lanzó un puñetazo en la cara y Croyd desvió el brazo con un giro de mano que hizo dar la vuelta al hombre y ponerlo de cara a él. Extendió entonces su mano izquierda, lo agarró de las solapas, apretujándolas, retorciéndolas y lo levantó en el aire, unos sesenta centímetros. Lo empotró contra la pared de ladrillo que estaba cerca de ellos y lo soltó. El hombre se desplomó en el suelo y no se movió.

El último hombre sacó un cuchillo y estaba insultándolo entre dientes. Croyd esperó hasta que casi lo tuvo encima y entonces levitó a casi metro y medio y le dio un puntapié en la cara. El hombre cayó de espaldas en la acera. Después Croyd cambió de su posición y se dejó caer, aterrizando sobre su tronco. Lanzó el cuchillo a la alcantarilla de una patada, se giró y se fue con John.

—Eres un as –dijo el hombre, más pequeño, al cabo de un rato.

—No siempre –replicó Croyd–. A veces soy un joker. Cambio cada vez que me duermo.

—No tenías que haber sido tan duro con ellos.

—Bueno. Podría haber sido mucho más duro. Si realmente las cosas van a ser así, deberíamos cuidarnos unos a otros.

—Sí. Gracias.

—Escucha, quiero que me enseñes los lugares en Bowery donde dices que nadie los molesta. Puede que tenga que ir allí algún día.

—Claro. Eso haré.

—Croyd Crenson. C-r-e-n-s-o-n. Recuérdalo ¿de acuerdo? Si me ves otra vez, tendré otro aspecto, es por eso.

—Me acordaré.

John lo llevó por varios antros y le indicó lugares en los que algunos vivían. Le presentó a seis jokers que se encontraron, todos ellos salvajemente deformados. Recordando su fase de lagarto, Croyd estrechó las extremidades con todos ellos y les preguntó si necesitaban algo. Pero negaron con la cabeza y lo miraron fijamente. Sabía que su apariencia jugaba en su contra.

—Buenas noches –dijo, y se alejó volando.

♥

El temor a que los sobrevivientes que no estaban infectados lo estuvieran observando, esperando para saltar sobre él, creció mientras volaba a lo largo del East River. Incluso ahora, alguien con un rifle con mira telescópica podría estar apuntándolo...

Se movió más rápido. Por un lado, sabía que su temor era ridículo. Pero lo sentía tan intensamente como para dejarlo a un lado. Aterrizó en la esquina, corrió a la puerta principal de su casa y entró. Corrió escaleras arriba y se encerró en su dormitorio.

Se quedó mirando la cama. Quería tenderse en ella. Pero ¿y si se quedaba dormido? Todo se iría al traste. Encendió la radio y empezó a dar vueltas. Iba a ser una noche muy larga...

Cuando Bentley llamó al día siguiente y dijo que tenía un trabajo a punto de caramelo, pero que podía ser un poco arriesgado, Croyd dijo que no le importaba. Era necesario que llevaran explosivos –lo que significaba que tendrían que aprender a usarlos de un día para otro– porque la caja fuerte podía ser difícil incluso para su extraordinaria fuerza. Además, cabía la posibilidad de que hubiera un guardia armado...

♣

No pretendía matar al guardia, pero el hombre lo había asustado cuando entró con el arma desenfundada de aquella manera. Y debía de haber calculado mal la mecha porque aquello explotó antes de lo que debería, y así fue como la pieza de metal que salió despedida le amputó los dos primeros dedos de su mano izquierda. Pero se vendó la mano con un pañuelo, agarró el dinero y se largó.

Le parecía recordar a Bentley diciendo: «¡Por el amor de Dios, chico! Vete a casa y échate un sueñecito!» justo después de que se repartieran el botín. Después levitó y enfiló en la dirección adecuada, pero tuvo que descender e irrumpir en una panadería donde comió tres hogazas de pan antes de continuar, mientras su mente le daba vueltas. Tenía más pastillas en su bolsillo, pero se las imaginó convirtiendo su estómago en un nudo.

Corrió la ventana de su dormitorio, a la que no había pasado el pestillo, y se arrastró a su interior. Fue tambaleándose hasta el vestíbulo y de allí a la habitación de Carl y arrojó el saco de dinero sobre su cuerpo dormido. Entonces, tembloroso, volvió a su propio dormitorio y cerró la puerta con llave. Encendió la radio. Quería lavarse la mano herida en el baño, pero le parecía que estaba demasiado lejos. Se desplomó en la cama y no se levantó.

♠

Estaba caminando por lo que parecía una calle vacía y crepuscular. Algo se revolvía detrás de él, se giraba y miraba hacia atrás. Había gente saliendo de los portales, las ventanas, los automóviles, las alcantarillas y todos lo estaban mirando fijamente, se dirigían hacia él. Continuaba su camino y entonces percibía una especie de suspiro colectivo a sus espaldas. Cuando volvía a mirar estaban caminando cada vez más rápido tras él, de manera amenazadora, con expresiones de odio en sus rostros. Se giraba hacia ellos, agarraba al hombre que tenía más cerca y lo estrangulaba. Los otros se paraban, retrocedían. Machacaba la cabeza de otro hombre. La multitud se daba la vuelta, empezaba a huir. Los perseguía…

III. El día de la gárgola

CROYD SE DESPERTÓ EN JUNIO PARA DESCUBRIR QUE SU MADRE estaba en un sanatorio, su hermano se había graduado de la preparatoria, su hermana se había comprometido y él tenía el poder de modular su voz de tal manera que podía destrozar o alterar virtualmente cualquier cosa una vez que hubiera determinado la frecuencia adecuada mediante una especie de juego de resonancias que no podía explicar con palabras. Además, era alto, delgado, de pelo oscuro, cetrino y los dedos que le faltaban se habían regenerado. En previsión del día en que estaría solo, habló con Bentley una vez más para que organizara un gran trabajo para su periodo de vigilia y que lo acabaran rápido, antes de que la somnolencia le invadiera. Había resuelto no tomar pastillas al evocar la atmósfera de pesadilla que la otra vez había impregnado los últimos días.

Esta vez prestó incluso más atención a la planificación e hizo mejores preguntas mientras Bentley fumaba sin parar desgranando toda una serie de detalles. La pérdida de sus padres y el inminente matrimonio de su hermana lo habían llevado a reflexionar sobre la transitoriedad de las relaciones humanas, y a darse cuenta de que Bentley no siempre estaría cerca.

Era capaz de alterar el sistema de alarma y dañar la puerta de la cámara acorazada del banco lo suficiente para permitir el acceso, aunque no había contado con destrozar todas las ventanas en un área de tres manzanas mientras buscaba la frecuencia adecuada. Aun así, logró escapar con una gran cantidad de efectivo. En esta ocasión alquiló una caja de seguridad en un banco en la otra punta de la ciudad, donde dejó la mayor cantidad de su parte del botín. En cierta manera, le había molestado el hecho de que su hermano condujera un coche nuevo.

Alquiló alojamientos en el Village, Midtown, Morningside Heights, el Upper East Side y en Bowery, pagando un año por adelantado. Llevaba las llaves en una cadena alrededor de su cuello, junto con la de la caja de seguridad. Quería lugares a los que pudiera llegar rápidamente, sin importar dónde estuviera, cuando el sueño lo invadiera. Dos de los departamentos estaban amueblados; los otros cuatro los equipó con catres y radios. Tenía prisa y podía ocuparse de otras comodidades más tarde. Se había despertado con la conciencia de varios acontecimientos que se habían revelado en su sueño más reciente, y solo podía atribuirlo a una aprensión inconsciente a los boletines de noticias de la radio que había dejado encendida esa última vez. Resolvió seguir con esa práctica.

Tardó tres días en localizar, alquilar y equipar sus nuevos refugios. El de Bowery fue el último, buscó a John, se dio a conocer y cenó con él. Las historias que oyó entonces acerca de una banda de acosadores de jokers lo deprimieron, y cuando el hambre y el frío y la somnolencia lo invadieron aquel atardecer se tomó una pastilla para poder estar despierto y patrullar el área. Solo una o dos, decidió, apenas importaría.

Los acosadores no aparecieron aquella noche, pero Croyd estaba deprimido por la posibilidad de despertar como joker la siguiente vez. Así que se tomó dos pastillas más con su desayuno para retrasar las cosas un poco, y decidió amueblar su cuartel local en el ataque de energía que le siguió. Aquella noche se tomó tres más para una última noche en la ciudad, y la canción que cantó mientras caminaba por la calle Cuarenta y Dos, rompiendo ventanas edificio a edificio, hizo que los perros aullaran en varios kilómetros a la redonda y despertó a dos jokers y un as dotados de un oído de frecuencia ultraalta. Orejas-de-Murciélago Brannigan –que expiró dos semanas después bajo una estatua que le lanzó Músculos Vincenzi el día que fue abatido a tiros por la NYPD– salió a buscarlo para hacerle pagar por su dolor de cabeza y acabó invitándole varias bebidas y pidiéndole una versión suave en frecuencia ultraalta de «Galway Bay». La tarde siguiente en Broadway, Croyd respondió a los insultos de un taxista sometiendo a su vehículo a una serie de vibraciones hasta que cayó en pedazos. Después, mientras estaba en eso, dirigió la fuerza sobre todos los demás que habían demostrado ser sus enemigos haciendo sonar sus cláxones. Fue solo entonces, cuando el consiguiente rugido del tráfico le evocó al que había fuera de la escuela en aquel primer día Wild Card, cuando se dio media vuelta y huyó.

Se despertó en agosto, en su departamento de Morningside Heights, y recordó poco a poco cómo había llegado allí y se prometió a sí mismo que no tomaría más pastillas esta vez. Cuando vio los tumores de su brazo retorcido supo que no le costaría mantener la promesa. Esta vez quería volver a dormir tan rápido como fuera posible. Al mirar por la ventana, agradeció que fuera de noche, pues había un largo trecho hasta Bowery.

◆

Un miércoles a mediados de septiembre se despertó para encontrarse con que su cabello era rubio oscuro, tenía estatura, talla y complexión media y no poseía marcas visibles de su síndrome wild card. Hizo una serie de comprobaciones sencillas que, como la experiencia le había enseñado, probablemente revelarían su habilidad oculta. Nada parecido a un poder oculto se reveló.

Desconcertado, se vistió con la ropa que mejor le ajustaba de entre la que tenía a mano y salió en busca de su habitual desayuno. Agarró varios periódicos por el camino y los leyó mientras devoraba un plato tras otro de huevos revueltos, *waffles* y *hot cakes*. Cuando salió a la calle era una mañana fresca. En el momento en que dejó la cafetería eran cerca de las diez de la mañana y estaba templado.

Tomó el metro que iba al centro, donde entró en la primera tienda de ropa con aspecto decente que vio y cambió su atuendo por completo. Compró un par de *hot dogs* a un vendedor callejero y se los comió mientras se dirigía a la estación de metro.

Salió a la altura de la calle Setenta, caminó hacia la tienda de *delicatessen* más próxima y comió dos sándwiches de *corn beef* con tortas de papa. ¿Estaba llegando a un punto muerto?, se preguntó entonces. Sabía que podía sentarse allí todo el día y comer. Podía notar el proceso digestivo desarrollándose como en un alto horno en su abdomen.

Se levantó, pagó, se fue. Haría a pie el resto del camino. ¿Cuántos meses habían pasado? Se preguntó, rascándose la frente. Era hora de ir a ver a Carl y Claudia. Hora de ver qué tal le iba a mamá. De ver si alguien necesitaba dinero.

♥

Cuando Croyd llegó a la puerta principal se detuvo, llave en mano. Devolvió la llave a su bolsillo y llamó. Poco después, Carl abrió la puerta.

—¿Sí? –dijo.

—Soy yo. Croyd.

—¡Croyd! ¡Vaya ! ¡Entra! No te reconocí. ¿Cuánto hace?

—Bastante.

Croyd entró.

—¿Cómo está todo el mundo? –preguntó.

—Mamá sigue igual. Pero ya sabes que nos dijeron que no nos hiciéramos muchas ilusiones.

—Sí. ¿Necesitas dinero para ella?

—No hasta el mes que viene. Pero para entonces un par de grandes nos vendría muy bien.

Croyd le pasó un sobre.

—Probablemente solo la confundiría si fuera a verla, con un aspecto tan distinto.

Carl meneó la cabeza.

—Estaría confusa incluso si tuvieras el mismo aspecto que tenías, Croyd.

—Vaya.

—¿Quieres algo de comer?

—Sí, claro.

Su hermano lo condujo a la cocina.

—Aquí hay un montón de rosbif. Puedes hacerte un buen bocadillo.

—Genial. ¿Cómo van las cosas?

—Bueno, ahora me estoy estableciendo. Es mejor que al principio.

—Bien. ¿Y Claudia?

—Qué bien que hayas aparecido ahora. No sabía dónde enviarte la invitación.

—¿Qué invitación?

—Se casa el sábado.

—¿Con ese tipo de Jersey?

—Sí. Sam. Con el que se comprometió. Lleva un negocio familiar. Gana un buen dinero.

—¿Dónde va a ser la ceremonia?

—En Ridgewood. Ven conmigo. Yo conduzco.

—De acuerdo. Me pregunto qué tipo de regalo les gustaría.

—Tienen esa lista. La buscaré.

—Bien.

♣

Croyd salió aquella tarde y compró un televisor Dumont de dieciséis pulgadas, pagó en metálico y dispuso su entrega en Ridgewood. Después visitó a Bentley, pero declinó un trabajo que sonaba un tanto arriesgado debido a su aparente falta de talentos en esta ocasión. De hecho, era una buena excusa. De todos modos, no quería trabajar, exponerse a echarlo todo a perder –físicamente o con la ley– tan cerca de la boda.

Cenó con Bentley en un restaurante italiano y estuvieron varias horas de sobremesa, con una botella de *chianti*, de tertulia y pensando en el futuro cuando Bentley trató de explicarle el valor de la solvencia a largo plazo y de ser respetable algún día, algo que no había acabado de conseguir. Después de eso caminó toda la noche, para practicar el estudio de los puntos más débiles de los edificios y pensar cómo había cambiado su familia. En algún momento pasada la medianoche, mientras pasaba por Central Park West, una intensa sensación de picor empezó en su pecho y se extendió por todo su cuerpo. Al cabo de un minuto tuvo que pararse y rascarse violentamente. Las alergias estaban a la orden del día en estos tiempos y se preguntó si su nueva encarnación le había traído una cierta sensibilidad hacia algo que hubiera en el parque.

Dobló al oeste a la primera oportunidad y dejó la zona de la izquierda lo más rápido que pudo. Al cabo de unos diez minutos el picor disminuyó. Después de un cuarto de hora había desaparecido por completo. De todos modos, tenía la sensación de que sus manos y su cara estaban agrietadas.

Alrededor de las cuatro de la mañana se paró en una cafetería abierta las veinticuatro horas al lado de Times Square, donde comió lento, pero constante y leyó una copia de la revista *Time*, que alguien había dejado en una cabina. La sección médica contenía un artículo sobre el suicidio entre los jokers, que lo deprimió considerablemente. Las citas que contenía le recordaron las cosas que había oído decir a muchas de las personas que conocía, lo que le hizo preguntarse si habría alguno de ellos entre los entrevistados. Entendía los sentimientos demasiado bien, aunque no podía compartirlos plenamente, sabiendo que no importaba lo que le tocara porque siempre le repartirían otras cartas en la siguiente ronda: y la mayoría de las veces era un as.

Todas sus articulaciones crujieron cuando se levantó y sintió un dolor agudo entre sus omóplatos. Notaba los pies hinchados, también.

Volvió a casa de su familia antes del alba, en estado febril. En el baño empapó una toalla y se la puso en la frente. Vio en el espejo que su cara parecía hinchada. Se sentó en el sillón de su dormitorio hasta que oyó a Carl y Claudia moviéndose. Cuando se levantó para unirse a ellos en el desayuno sus extremidades le parecieron de plomo y sus articulaciones crujieron de nuevo cuando bajó por la escalera.

Claudia, esbelta y rubia, lo abrazó cuando entró en la cocina.

Después estudió su nuevo rostro.

—Pareces cansado, Croyd –dijo.

—No digas eso –respondió–. No puedo estar cansado tan pronto. Solo faltan dos días para tu boda, y voy a llegar a ella.

—Pero puedes descansar sin dormir, ¿no?

Asintió.

—Entonces tómatelo con calma. Sé que debe ser difícil… Anda, vamos a comer.

Mientras estaban tomándose el café, Carl preguntó:

—¿Quieres venir conmigo a la oficina, a ver lo que tengo montado ahora?

—En otra ocasión –respondió Croyd–. Tengo que hacer algunos recados.

—Claro. Quizá mañana.

—Quizá, sí.

Carl los dejó poco después. Claudia volvió a llenar la taza de Croyd.

—Ya casi no te vemos –dijo.

—Sí. Bueno, ya sabes cómo es. Duermo, a veces durante meses. Cuando me despierto no siempre soy agradable de ver. Otras veces, tengo que apresurarme para pagar las facturas.

—Lo hemos apreciado –dijo–. Cuesta entenderlo. Eres el pequeño, pero pareces un hombre adulto. Actúas como uno. No has vivido toda la infancia que te correspondía.

Él sonrió.

—¿Y tú qué eres? ¿Una vieja dama? Aquí estás, con solo diecisiete, y te vas a casar.

Le devolvió la sonrisa.

—Es un buen tipo, Croyd. Sé que vamos a ser felices.

—Bien. Eso espero. Escucha, si alguna vez quieres localizarme voy a darte el nombre de un lugar donde puedes dejarme un mensaje. Pero uno no puede actuar siempre rápido, eso sí.

—Entiendo. ¿A qué te dedicas?

—He estado entrando y saliendo de un montón de negocios distintos. Ahora mismo estoy entre trabajos. Me la estoy tomando con calma esta vez, por tu boda. ¿Cómo es él, por cierto?

—Oh, muy respetable y honrado. Fue a Princeton. Fue capitán en el ejército.

—¿Europa? ¿El Pacífico?

—Washington.

—Oh. Con buenos contactos…

Ella asintió.

—Una familia de abolengo –dijo.

—Bueno… bien –dijo él–. Sabes que deseo que seas feliz.

Se levantó y volvió a abrazarlo.

—Te he echado de menos –dijo ella.

—Yo también.

—Ahora también tengo que hacer algunos recados. Te veo luego.

—Sí.

—Tómatela con calma hoy.

Cuando se fue estiró los brazos todo lo que pudo, tratando de aliviar el dolor de sus hombros. Su camisa se rasgó por la espalda al hacerlo. Se miró en el espejo del recibidor. Sus hombros eran más anchos hoy que ayer. De hecho, todo su cuerpo parecía más ancho, más fornido. Volvió a su dormitorio y se quitó la ropa. Casi todo su torso estaba cubierto por una erupción roja. Con solo verla le daban ganas de rascarse, pero se contuvo. En cambio, llenó la bañera y se sumergió en ella un buen rato. El nivel del agua había descendido visiblemente cuando salió. Cuando se examinó en el espejo del dormitorio parecía aún mayor. ¿Podía haber absorbido parte del agua a través de su piel? En cualquier caso, la inflamación parecía haber desaparecido, aunque su piel aún estaba áspera en las zonas donde había sido más prominente.

Se vistió con ropa que le quedaba de otra época, cuando había sido más corpulento. Después salió y tomó el metro hasta la tienda de ropa que había visitado el día anterior. Allí se cambió de vestuario completamente y regresó, sintió unas ligeras náuseas cuando el vagón rebotó y se balanceó. Se percató de que sus manos parecían secas y ásperas. Cuando se las frotó, escamas de piel muerta se desprendieron como si fuera caspa.

Tras salir del metro caminó hasta que llegó al edificio de departamentos de los Sarzanno. La mujer que le abrió la puerta no era la madre de Joe, Rose.

—¿Qué quieres? –preguntó.

—Estoy buscando a Joe Sarzanno –dijo.

—No hay nadie aquí con ese nombre. Debe de ser alguien que se mudó antes de que nos trasladáramos aquí.

—¿Así que no sabe a dónde se fueron?

—No. Pregúntale al encargado. Quizás lo sepa.

Cerró la puerta.

Lo intentó en el departamento del encargado, pero no hubo respuesta. Así que se encaminó a casa, sintiéndose pesado e hinchado. La segunda vez que bostezó sintió un miedo repentino. Parecía demasiado pronto para volver a dormir. Esta transformación era más desconcertante de lo habitual.

Puso una nueva cafetera en el fuego y empezó a pasearse mientras esperaba a que saliera. Si bien no había certeza alguna de que se despertara cada vez con un poder especial, lo único que había sido constante era el mismo cambio. Rememoró todos los que había experimentado desde que se había infectado. Esta era la única vez que no parecía ni un joker ni un as, sino una persona normal. Aun así…

Cuando el café estuvo listo, se sentó con una taza y se dio cuenta de que había estado rascándose el muslo derecho inconscientemente. Se frotó las manos y más piel seca se desprendió. Consideró su creciente volumen. Pensó en todas las pequeñas punzadas y crujidos, en la fatiga. Era obvio que no era completamente normal esta vez, pero de qué anormalidad se trataba en realidad, no estaba seguro. ¿Sería capaz de ayudarle el doctor Tachyon?, se preguntó. ¿O al menos darle alguna idea de lo que estaba pasando?

Marcó el número que se había aprendido de memoria. Una mujer con voz alegre le dijo que Tachyon había salido, pero que estaría de vuelta por la tarde. Tomó el nombre de Croyd, pareció reconocerlo, y le dijo que fuera a las tres.

Se acabó la cafetera; el picor había aumentado de forma constante por todo su cuerpo mientras estaba bebiéndose la última taza. Subió las escaleras y volvió a llenar de agua la bañera. Mientras se llenaba, se desvistió y examinó su cuerpo. Su piel tenía ahora el aspecto seco, escamoso de sus manos. Allá donde tocaba, se descamaba un poco.

Se sumergió un buen rato. El calor y la humedad le hacían sentir bien. Al cabo de un rato se recostó y cerró los ojos. Muy bien…

Se incorporó de un salto. Había empezado a dormitar. Casi se había quedado dormido en aquel mismo momento. Agarró la toalla y empezó a frotarse vigorosamente, no solo para eliminar todos los restos. Cuando acabó se secó con brío mientras la bañera desaguaba, después corrió a la habitación. Localizó las pastillas en la parte posterior de un cajón de ropa y tomó dos. Fuera lo que fuera a lo que jugaba su cuerpo, el sueño era su mayor enemigo ahora mismo.

Volvió al baño, limpió la bañera, se vistió. Sería agradable estirarse en la cama un rato. Descansar, como Claudia había sugerido. Pero sabía que no podía.

♠

Tachyon le tomó una muestra de sangre y la introdujo en su máquina. En su primer intento, la aguja solo había recorrido una corta distancia antes de atascarse. La tercera aguja, respaldada por una considerable fuerza, venció la resistencia de una capa subdérmica y extrajo la sangre.

Mientras aguardaban los resultados de la máquina, Tachyon realizó un examen superficial.

—¿Tus incisivos eran tan largos cuando despertaste? –le preguntó, escudriñando la boca de Croyd.

—Parecían normales cuando me los cepillé –respondió Croyd–. ¿Han crecido?

—Echa un vistazo.

Tachyon le puso un espejo delante. Croyd observó. Los dientes medían unos cinco centímetros y parecían afilados.

—Esto es nuevo –afirmó–. No sé cuándo pasó.

Tachyon movió el brazo izquierdo de Croyd colocándolo tras la espalda en un suave llave, después apretó bajo la escápula que sobresalía. Croyd gritó.

—¿Tan malo es? –preguntó Tachyon.

—¡Oh Dios! –dijo Croyd–. ¿Qué pasa? ¿Hay algo roto ahí detrás?

El doctor negó con la cabeza. Examinó algunas de las escamas de piel bajo el microscopio. A continuación estudió los pies de Croyd.

—¿Eran tan anchos cuando te despertaste? –preguntó.

—No. ¿Qué diablos está pasando, doc?

—Dame otro minuto para que mi máquina acabe con tu sangre. Has estado aquí tres o cuatro veces anteriormente…

—Sí —dijo Croyd.

—Afortunadamente, una vez viniste justo después de despertarte. En otra ocasión, llegaste unas seis horas después de despertar. En la primera ocasión tenías un nivel alto de una hormona muy peculiar que pensaba que podía estar asociada con el proceso de cambio mismo. La otra vez —seis horas después de despertar— aún tenías trazas de la hormona, pero en un nivel muy bajo. Esas fueron las dos únicas veces que fue evidente.

—¿Y?

—La prueba principal que me interesa ahora mismo es comprobar su presencia en tu sangre. ¡Ah! Creo que ahora tenemos algo.

Una serie de extraños símbolos apareció en la pantalla de la pequeña unidad.

—Sí. Sí, de hecho —dijo, estudiándolos— tienes un alto nivel de la sustancia en tu sangre, más alta incluso que justo después de despertar. Hmmm. También has vuelto a tomar anfetaminas.

—Tuve que hacerlo. Estaba empezando a tener sueño, y tenía que llegar al sábado. Explíqueme, con palabras sencillas qué significa esa maldita hormona.

—Significa que el proceso de cambio aún se está desarrollando. Por alguna razón te despertaste antes de que se completara. Parece que hay un ciclo constante, pero esta vez se ha interrumpido.

—¿Por qué?

Tachyon se encogió de hombros, un movimiento que parecía haber aprendido desde la última vez que Croyd le había visto.

—Cualquiera de una constelación de acontecimientos bioquímicos posibles desencadenados por el propio cambio. Creo que probablemente recibiste algún estímulo cerebral como efecto colateral de otro cambio que estaba desarrollándose en el momento en que te excitaste. Sea cual fuera ese cambio concreto, se ha completado, pero el resto del proceso no. Así que ahora tu cuerpo está tratando de volver a dormirse para acabar con sus asuntos.

—En otras palabras ¿me desperté demasiado pronto?

—Sí.

—¿Qué debería hacer?

—Deja de tomar drogas de inmediato. Duerme. Deja que todo siga su curso.

—No puedo. Tengo que estar despierto dos días más; un día y medio bastará, de hecho.

—Sospecho que tu cuerpo luchará contra eso y, como ya dije antes, parece saber lo que se hace. Creo que correrías un riesgo si te quedaras despierto mucho más.

—¿Qué clase de riesgo? ¿Quiere decir que me mataría o que solo me haría sentir incómodo?

—Croyd, simplemente, no lo sé. Tu condición es única. Cada cambio sigue un curso diferente. En lo único en que podemos confiar es en el ajuste que tu cuerpo ha hecho ante el virus, sea el que sea, sea lo que sea lo que tienes dentro y que te conduce a través de cada episodio sano y salvo. Si ahora intentas permanecer despierto por medios artificiales, estarás luchando contra eso mismo.

—He retrasado mi sueño un montón de veces con las anfetaminas.

—Sí, pero en esas ocasiones te limitabas a posponer el inicio del proceso. Normalmente no empieza hasta que la química de tu cerebro registra un estado de sueño. Pero ya está en marcha, y la presencia de la hormona indica su continuidad. No sé que pasará. Puedes convertirte en un as o en un joker. Puedes entrar en un coma realmente largo. Simplemente, no tengo modo de decirlo.

Croyd agarró su camisa.

—Le haré saber cómo se resuelve todo esto –dijo.

◆

Croyd no tenía tantas ganas de pasear como solía. Tomó el metro de nuevo. Las náuseas volvieron y esta vez trajeron con ellas dolor de cabeza. Y sus hombros aún le dolían muchísimo. Visitó la farmacia que estaba cerca de la parada de metro y compró un frasco de aspirinas.

Se paró en el edificio de departamentos donde los Sarzanno habían residido antes de encaminarse a casa. Esta vez el encargado sí estaba. Fue incapaz de ayudarlo porque la familia de Joe no había dejado ninguna dirección de correo alternativa cuando se mudó. Croyd echó un vistazo al espejo que estaba junto a la puerta cuando se fue, y se sorprendió por la hinchazón de sus ojos y los profundos círculos bajo ellos. Estaban empezando a dolerle, notó.

Volvió a casa. Les había prometido a Claudia y Carl llevarlos a un buen restaurante para cenar y quería estar en la mejor forma posible para la ocasión. Volvió al baño y se desvistió otra vez. Estaba enorme, parecía hinchado. Se dio cuenta de que con todos sus otros síntomas había olvidado decirle a Tachyon que no se había aliviado desde su despertar. Su cuerpo debía de estar encontrando algún uso a todo lo que comía o bebía. Se subió a la báscula, pero solo llegaba a los 135 kilos y pesaba más que eso. Se tomó tres aspirinas y esperó que surtieran efecto pronto. Se rascó el brazo y una larga tira de carne se desprendió sin dolor y sin sangrar. Se rascó más suavemente en otras áreas y las descamaciones continuaron. Tomó un baño y se cepilló sus colmillos. Se peinó el cabello y se cayeron grandes mechones. Dejó de peinarse. Por un momento quiso llorar, pero se distrajo por un ataque de bostezos. Fue a su dormitorio y tomó dos anfetaminas más. Después recordó haber oído en algún sitio que la masa corporal debía tenerse en cuenta a la hora de calcular las dosis de medicación. Así que se tomó otra, solo para estar seguro.

♥

Croyd encontró un restaurante oscuro y le pasó algo clandestinamente al mesero para que los colocara en una cabina cerca de la parte trasera, fuera de la visión de los otros comensales.

—Croyd, realmente tienes muy mal aspecto –le había dicho Claudia cuando había regresado, antes.

—Lo sé –respondió–. Fui a ver a mi doctor esta tarde.

—¿Qué te ha dicho?

—Que voy a necesitar dormir mucho, empezando justo después de la boda.

—Croyd, si quieres no asistas, lo entenderé. Tu salud es lo primero.

—No quiero dejar de ir. Estaré bien.

¿Cómo podía decírselo si ni siquiera él lo entendía por completo? ¿Decirle que era más que la boda de su hermana favorita, que la ocasión representaba la última fractura de su hogar y que era poco probable que jamás pudiera tener otro? ¿Decir que era el final de una fase de su vida y el principio de una gran interrogante?

En su lugar, comió. Su apetito no había disminuido y la comida estaba particularmente buena. Carl lo contemplaba con la fascinación de un *voyeur*, mucho después de que acabara su propio plato, cómo Croyd engullía dos Chateaubriands dobles más, parándose solo para pedir más cestas de bollitos.

Cuando por fin se levantó, las articulaciones de Croyd crujieron otra vez.

Más tarde, estaba sentado en su cama, dolorido. Las aspirinas no le estaban haciendo efecto. Se había quitado la ropa porque sentía que volvía a apretarle. Allá donde se rascaba, su piel hacía algo más que descamarse. Grandes trozos se desprendían, pero estaban secos y pálidos, sin rastro de sangre. No me extraña que tenga la cara pálida, decidió. En el extremo de un trozo particularmente grande en su pecho vio algo gris y duro. No pudo descubrir qué era, pero su presencia lo asustó.

Finalmente, pese a la hora, telefoneó a Bentley. Tenía que hablar con alguien de su nuevo estado. Y Bentley normalmente le daba buenos consejos.

Tras muchos tonos Bentley respondió, y Croyd le contó su historia.

—¿Sabes qué creo, muchacho? –dijo Bentley, por fin–. Deberías hacer lo que dice el doctor. Échate una siestecita.

—No puedo. Aún no. Necesito un poco más de un día. Puedo mantenerme despierto todo ese tiempo, pero duele tanto y mi aspecto…

—Bien, bien. Esto es lo que haremos. Vienes a las diez de la mañana. No puedo hacer nada por ti ahora. Pero hablaré con un hombre que conozco bien y te daremos un analgésico fuerte. Y quiero echarte un ojo. Quizás haya algún modo de disimular un poco tu aspecto.

—De acuerdo. Gracias, Bentley. Te lo agradezco.

—Está bien. Entiendo. Tampoco era divertido ser un perro. Buenas noches.

—Buenas noches.

♣

Dos horas más tarde, Croyd tuvo un ataque de calambres severos seguidos de diarrea; además, le parecía que su vejiga estaba a punto de estallar. Esto duró toda la noche. Cuando se pesó a las tres y media había bajado a 125 kilos. Hacia las seis en punto pesaba 109. Tenía retortijones constantemente. Su única ventaja, pensó, era que su mente se había olvidado momentáneamente de los picores y el dolor en los hombros y las articulaciones. Además, era suficiente para mantenerlo despierto sin más anfetaminas.

Hacia las ocho en punto pesaba 97 kilos y se dio cuenta –cuando Carl lo llamó– de que finalmente había perdido su apetito. Lo raro era que su volumen no había disminuido en absoluto. En general, su estructura corporal no había cambiado desde la víspera, aunque ahora su palidez rayaba el albinismo; y esto, combinado con sus prominentes dientes, le daba el aspecto de un vampiro gordo.

A las nueve en punto llamó a Bentley porque aún tenía retortijones y tenía que salir corriendo al baño. Le explicó que estaba descompuesto y que no podía ir a buscar la medicina. Bentley dijo que se la llevaría él mismo tan pronto como el hombre se la entregara. Carl y Claudia ya se habían ido e iban a estar todo el día fuera. Croyd los había evitado por la mañana, alegando que tenía dolor de estómago. Ahora pesaba 89 kilos.

Eran cerca de las once cuando Bentley llegó. Croyd había perdido otros nueve kilos para entonces y se le había desprendido una gran tira de piel de la parte inferior del abdomen. El área de tejido que había quedado expuesta debajo era gris y escamosa.

—¡Dios mío! –dijo Bentley cuando lo vio.

—Sí.

—Tienes grandes calvas.

—Así es.

—Te traeré una peluca. Y también voy a hablar con una señora que conozco. Es esteticista. Conseguiremos algún tipo de crema para que te la puedas poner. Que te dé un color un poco normal. Creo que sería mejor que llevaras lentes oscuros, también, cuando vayas a la boda. Diles que te pusieron gotas en los ojos. Y además te estás encorvando, ¿desde cuándo?

—Ni siquiera me he dado cuenta. He estado… ocupado.

Bentley le dio una palmada en el bulto de entre sus hombros y Croyd gritó.

—Lo siento. Quizá tendrías que tomarte una píldora ahora mismo.

—Sí.

—Vas a necesitar un gran abrigo, también. ¿Qué talla eres?

—Ahora… no lo sé.

—Está bien. Conozco a alguien que tiene un almacén lleno. Te enviaremos una docena.

—Tengo que salir corriendo, Bentley. Vuelvo a tener retortijones.

—Está bien. Tómate la medicina y trata de descansar.

Hacia las dos en punto, Croyd pesaba 70 kilos. El analgésico había funcionado bien, y no tenía dolores por primera vez en mucho tiempo. Por desgracia, también le había adormecido y tuvo que tomar anfetaminas de nuevo. La parte positiva fue que esta combinación le proporcionó buenas sensaciones por primera vez desde que todo aquello había empezado, aunque sabía que eran falsas.

Cuando le entregaron el cargamento de abrigos, a las tres y media, había bajado a 60 kilos y se sentía muy ágil. En algún lugar, en lo profundo de su interior, su sangre parecía estar cantando. Encontró un abrigo que le sentaba perfectamente y se lo llevó a su dormitorio, dejando los otros en el sofá. Una esteticista –alta, rubia, con el pelo enlacado, que masticaba chicle– llegó a las cuatro en punto. Le desenredó la mayor parte del pelo, le afeitó el resto y le colocó una peluca. Después le maquilló la cara, enseñándole cómo usar los cosméticos cuando ella se fuera. También le aconsejó que mantuviera la boca cerrada tanto como le fuera posible para esconder sus colmillos. Estaba complacido con los resultados y le dio cien dólares. Entonces reparó en que había otros servicios que podría hacerle, pero volvía a tener retortijones y tuvo que darle las buenas tardes.

Hacia las seis, sus tripas empezaron a darle una tregua. Había bajado a 52 kilos y aún se sentía muy bien. El picor también había parado, finalmente, aunque se había arrancado más piel del tórax, los antebrazos y los muslos. Cuando Carl llegó, gritó desde abajo:

—¿Qué diablos hacen aquí todos estos abrigos?

—Es una larga historia –respondió Croyd–. Puedes quedártelos si quieres.

—Eh, son de casimir.

—Sí.

—Este es de mi talla.

—Pues quédatelo.

—¿Cómo te encuentras?

—Mejor.

Aquella tarde sintió que recuperaba las fuerzas, y dio uno de sus largos paseos. Levantó en el aire la parte delantera de un coche estacionado para probar. Sí, parecía que ahora estaba recuperándose. Con el pelo y el maquillaje parecía un hombre gordo normal y corriente, mientras mantuviera la boca cerrada. De haber tenido más tiempo, habría buscado un dentista para hacer algo con los colmillos. No había comido nada aquella noche ni por la mañana. Sentía una presión extraña en los lados de la cabeza, pero se tomó una pastilla y no llegó a convertirse en dolor.

♠

Antes de que Carl y él partieran hacia Ridgewood, Croyd se había permitido otro baño. Se le había caído más piel, pero todo estaba en orden. Sus ropas le taparían su cuerpo cuarteado. Su cara, al menos, seguía intacta. Se aplicó el maquillaje con cuidado y se ajustó la peluca. Cuando estuvo vestido del todo y se hubo puesto un par de lentes de sol, pensó que parecía totalmente presentable. Y el abrigo minimizaba, de alguna manera, la protuberancia de su espalda.

La mañana era fresca y nublada. Su problema intestinal parecía haber acabado. Se tomó otra píldora por precaución, sin saber si realmente quedaba algún dolor por enmascarar. Esto hizo necesaria otra anfetamina. Pero todo estaba en orden. Se sentía bien, aunque un poco nervioso.

Mientras atravesaban el túnel se descubrió frotándose las manos. Para su consternación, una gran tira de piel se soltó del dorso de su mano izquierda. Pero incluso así, todo estaba en orden. Se había acordado de traer guantes.

No sabía si era por la presión del túnel, pero su cabeza estaba empezando a palpitar otra vez. No era una sensación dolorosa, solo algo parecido a una fuerte presión en sus oídos y sienes. La parte superior de su espalda también palpitaba, y algo se movió en su interior. Se mordió los labios y se le desprendió un trozo. Profirió una maldición.

—¿Algún problema? —preguntó su hermano.

—Nada.

Al menos, no estaba sangrando.

—Si aún estás malo puedo llevarte de vuelta a casa. Odio que tengas que ponerte enfermo en la boda. En especial con un montón de aburridos como los amigos de Sam.

—Estaré bien.

Se sentía ligero. Sentía la presión en muchos lugares de su cuerpo. La sensación de fuerza que le proporcionaba la droga camuflaba su auténtica fuerza. Todo parecía fluir perfectamente. Tarareó una melodía y tamborileó con los dedos en la rodilla.

—…abrigos deben tener algo de valor –estaba diciendo Carl–. Todos son nuevos.

—Véndelos en algún sitio y quédate con el dinero –se oyó decir.

—¿Son calientes?

—Probablemente.

—¿Tienes algún chanchullo, Croyd?

—No, pero conozco a gente.

—No diré nada.

—Bien.

—Pero tienes un poco la pinta, ¿sabes? Con ese abrigo negro y los anteojos…

Croyd no le respondió. Estaba escuchando a su cuerpo, que le estaba diciendo que algo estaba liberándose en su espalda. Restregó los hombros contra el respaldo del asiento. Eso lo hizo sentir mejor.

Cuando le presentaron a los padres de Sam, William y Marcia Kendall –un hombre canoso de aspecto robusto que había engordado ligeramente y una mujer rubia bien conservada– Croyd recordó sonreír sin abrir la boca y hacer sus escasos comentarios sin apenas mover los labios. Parecían estudiarlo detenidamente y, desde luego tuvo la sensación de que habrían tenido algo más que decir, solo que había otros aguardando a ser recibidos.

—Quiero hablar contigo en la recepción –fueron las últimas palabras de William.

Croyd suspiró mientras se alejaba. Había superado la prueba. No tenía intención de asistir a la recepción. Estaría en un taxi en dirección a Manhattan tan pronto como acabara la ceremonia, estaría durmiendo en cuestión de horas. Sam y Claudia probablemente estarían en las Bahamas antes de que despertara.

Vio a su primo Michael de Newark y casi se le acercó. Al diablo. Tendría que explicarle su aspecto y no valía la pena. Entró en la iglesia y le indicaron una banca en la parte delantera, a la izquierda. Carl llevaría a Claudia al altar. Al menos se había despertado lo bastante tarde como para que lo tomaran por un acomodador. Era todo lo que podía decirse por esta vez.

Mientras estaba sentado esperando a que empezara la ceremonia contempló la decoración del altar, los vitrales de colores en las ventanas a ambos lados, los arreglos florales. Otra gente había entrado y se había sentado. Se dio cuenta de que estaba sudando. Echó una ojeada a su alrededor. Era el único que llevaba abrigo. Se preguntó si los demás pensarían que era raro. Se desabrochó el abrigo, se lo dejó abierto.

El sudor siguió y sus pies le empezaron a doler. Por fin, se inclinó hacia delante y se aflojó los cordones de los zapatos. Al hacerlo, oyó que su camisa se había rasgado por la espalda. Algo parecía haberse aflojado aún más cerca de sus hombros. Otra tira de piel, supuso. Cuando se enderezó, sintió un dolor agudo. No podía volver a incorporarse en la banca. Su joroba parecía haber crecido, y cualquier presión sobre ella era dolorosa. Así que adoptó una pose hasta cierto punto vencida hacia delante, ligeramente inclinada como si estuviera rezando. El organista empezó a tocar. Más gente entró y se sentó. Un acomodador condujo a una pareja de ancianos más allá de su hilera, que le lanzaron una extraña mirada al pasar.

Pronto todo el mundo estuvo sentado y Croyd continuaba sudando. Le caía sudor por el costado y las piernas, era absorbido por su ropa que empezó a estar manchada y después empapada. Decidió que estaría más fresco si sacaba los brazos de las mangas del abrigo y se lo dejaba sobre los hombros. Fue un error, pues al tratar de liberar los brazos oyó que sus prendas se desgarraban en varios sitios más. Su zapato izquierdo estalló súbitamente y los dedos de los pies, grisáceos, sobresalieron por los lados. Cierto número de personas miró en su dirección al oír estos ruidos. Agradeció no poder sonrojarse. No supo si era el calor o algo psicológico lo que volvió a desatar el picor. Tampoco importaba. El picor real, fuera lo que fuera lo que lo había provocado. Tenía analgésicos y anfetaminas en su bolsillo, pero nada para la irritación cutánea. Juntó las manos con todas sus fuerzas, no para rezar, sino para evitar rascarse: aunque también incluyó una oración, dadas las circunstancias. No funcionó.

A través de unas pestañas bañadas en sudor vio entrar al sacerdote. Se preguntó por qué el hombre lo estaba mirando tan fijamente. Era como si no aprobara que los no episcopalianos sudaran en su iglesia. Croyd apretó los dientes. Si tan solo tuviera el poder de hacerse invisible, fantaseó. Se esfumaría unos pocos minutos, se rascaría como un loco, y después revertiría el proceso y se sentaría sigilosamente. A fuerza de pura voluntad consiguió contenerse mientras sonaba la *Marcha* de Mendelssohn. Fue incapaz de centrarse en lo que el sacerdote estaba diciendo, pero ahora estaba seguro de que no sería capaz de permanecer sentado durante toda la ceremonia. Se preguntó qué sucedería si se iba justo entonces. ¿Se avergonzaría Claudia? Por otra parte, si se quedaba, estaba seguro de que lo haría. Tenía que parecer lo bastante enfermo como para justificarlo. Aun así, ¿sería uno de esos incidentes de los que la gente habla muchos años después? («Su hermano se fue...»). Quizá debería quedarse un poco más.

Algo se movió en su espalda. Sintió que el abrigo se agitaba. Oyó jadeos femeninos detrás de él. Ahora le daba miedo moverse pero...

El picor resultó insoportable. Separó las manos para rascarse, pero en un acto final de resistencia se aferró al respaldo de la banca que había delante. Con horror, se oyó un sonoro crujido cuando la madera se partió al agarrarla.

Siguió un largo silencio.

El sacerdote estaba observándolo fijamente. Tanto Claudia como Sam se habían girado para mirarlo, donde estaba sentado sujetando un trozo de banca rota de metro ochenta de largo y sabiendo que no podía ni siquiera sonreír o mostraría sus colmillos.

Dejó caer la madera y entrelazó los brazos. Hubo exclamaciones desde atrás cuando su abrigo se deslizó y cayó al suelo. Con todas sus fuerzas hundió sus dedos en los costados y se rascó todo el cuerpo.

Oyó que sus ropas se desgarraban y notó que su piel se abría hasta lo alto de la cabeza. Vio que su peluca caía a la derecha. Echó a un lado piel y ropa y volvió a rascarse, intensamente. Oyó un grito desde el fondo y supo que nunca olvidaría la expresión del rostro de Claudia cuando empezó a llorar. Pero ya no podía parar. No hasta que sus enormes alas de murciélago se desplegaron, sus altos y afilados pabellones auditivos se liberaron y los últimos restos de carne y ropa se desprendieron de su oscuro cuerpo escamoso.

El sacerdote empezó a hablar de nuevo, algo que parecía un exorcismo. Se oyeron chillidos y sonidos de pisadas moviéndose con rapidez. Sabía que no podía salir por la puerta, hacia donde todo el mundo se había dirigido, así que saltó en el aire, dio unas cuantas vueltas para acostumbrarse a sus nuevos miembros y después se protegió los ojos con el antebrazo izquierdo y se precipitó por el vitral de su derecha.

Mientras se retiraba hacia Manhattan sintió que pasaría mucho tiempo antes de volver a ver a los suegros. Esperaba que Carl tardara un tiempo en casarse. Se preguntó si él mismo encontraría una chica alguna vez…

Al tomar una corriente ascendente se elevó, las brisas gemían a su alrededor. Cuando echó la vista atrás, la iglesia parecía un hormiguero revuelto. Voló.

Testigo

por Walter Jon Williams

Cuando Jetboy murió, estaba viendo una matiné de *The Jolson Story*. Quería ver la actuación de Larry Parks, que todo el mundo había calificado como notable. La estudié cuidadosamente y tomé notas mentales.

Los jóvenes actores hacen esas cosas.

La película acabó, pero estaba a gusto y no tenía planes para las próximas horas, y quería volver a ver a Larry Parks. Vi el filme una segunda vez. A la mitad, caí dormido y cuando desperté ya estaban saliendo los títulos de los créditos. Estaba solo en el cine.

Cuando llegué al vestíbulo, las acomodadoras se habían ido y las puertas estaban cerradas con llave. Se habían ido y habían olvidado decírselo al proyeccionista. Salí a una brillante y agradable tarde de otoño y vi que la Segunda Avenida estaba vacía.

La Segunda Avenida nunca está vacía.

Los quioscos estaban cerrados. Los pocos coches que vi estaban estacionados. La marquesina del cine estaba apagada. Pude oír el ruido furioso de las bocinas de los coches a cierta distancia y, por encima de él, el rumor de motores de avión de alta potencia. Llegaba mal olor de algún sitio.

Nueva York tenía aquella inquietante sensación que las ciudades a veces padecen durante un ataque aéreo, desierta y aguardando nerviosa. Había estado en ataques aéreos durante la guerra, normalmente en el extremo receptor, y no me gustaba la sensación en absoluto. Empecé a caminar hacia mi departamento, tan solo a una manzana y media.

En los primeros treinta metros vi qué era lo que producía aquel mal olor. Venía de un charco entre rojo y rosa de lo que parecían varios litros de un helado de color extravagante derritiéndose en la acera y rezumando por la alcantarilla.

Lo miré de cerca. Había unos pocos huesos dentro del charco. Una mandíbula humana, parte de una tibia, una cuenca ocular. Se estaban disolviendo en una espuma rosa pálido.

Había ropa bajo el charco. El uniforme de una acomodadora. Su linterna había rodado hasta el charco y las partes metálicas se estaban disolviendo junto con los huesos.

Mi estómago se revolvió cuando se me disparó la adrenalina. Eché a correr.

Para cuando llegué a mi departamento me imaginé que había algún tipo de emergencia, y encendí la radio para informarme.

Mientras estaba esperando a que la Philco se calentara fui a comprobar la comida que había en la alacena: un par de latas Campbell fue todo lo que pude encontrar. Mis manos temblaban tanto que una se me cayó al sacarla de la alacena, y rodó desde el estante hasta debajo del refrigerador. Empujé este para alcanzar la lata y de repente pareció que había un cambio en la luz y el refrigerador salió volando hasta el otro lado de la habitación y, maldita sea, casi atravesó la pared. La sartén que tenía debajo para recoger el hielo al derretirse se derramó por el suelo.

Tomé la lata de sopa. Mis manos seguían temblando. Moví el refrigerador a su posición original y era ligero como una pluma. La luz seguía haciendo cosas raras. Podía levantar el refrigerador con una mano.

La radio se calentó por fin y me enteré de lo del virus. La gente que se sentía mal tenía que informar a los hospitales de campaña que la Guardia Nacional había instalado por toda la ciudad. Había uno en el parque de Washington Square, cerca de donde vivía.

No me sentía mal, pero por otra parte podía hacer malabares con el refrigerador, lo que no era exactamente una conducta normal. Me dirigí al parque de Washington Square. Había víctimas por todas partes: algunos sencillamente yacían en las calles. Había muchos a los que no podía ni mirar. Era peor que cualquier cosa que hubiera visto en la guerra. Sabía que mientras estuviera sano y pudiera moverme, los médicos no me pondrían al inicio de la lista de tratamiento, y pasarían días antes de que pudiera conseguir alguna ayuda, así que me dirigí hacia la persona que estaba al mando, le conté que había estado en el ejército, y pregunté si podía ayudar. Pensé que si empezaba a morirme, al menos estaría cerca del hospital.

Los doctores me pidieron que ayudara en la cocina. La gente gritaba y moría y mutaba ante los ojos de los doctores, y los médicos no podían hacer nada al respecto. Alimentar a las víctimas era lo único en lo que podían pensar.

Fui a un camión de la Guardia Nacional y empecé a cargar cajas de alimentos. Cada una pesaba veintidós kilos, y apilé seis, una encima de otra y las saqué del camión con un solo brazo. Mi percepción de la luz siguió cambiando de manera extraña. Vacié el camión en dos minutos. Otro camión se había quedado atascado en el lodo al intentar atravesar el parque, así que levanté el camión entero y lo llevé hasta donde se suponía que tenía que estar, entonces lo descargué y pregunté a los doctores si me necesitaban para algo más.

Tenía aquel extraño resplandor a mi alrededor. La gente me dijo que cuando hacía uno de mis trucos resplandecía, que una brillante aura dorada brillaba alrededor de mi cuerpo. Mirar el mundo a través de mi propia radiación hacía que la luz pareciera cambiar. No pensé mucho en ello. La escena que me rodeaba era abrumadora y duró varios días. A la gente le tocaba la reina negra o el joker, se convertían en monstruos, morían, se transformaban. La ley marcial se había abatido sobre la ciudad: era justo como en la guerra. Tras los primeros disturbios en los puentes no hubo más altercados. La ciudad había vivido con apagones y toques de queda y patrullas durante cuatro años, y la gente sencillamente volvió a las pautas de la guerra. Los rumores eran una locura: un ataque marciano, la fuga accidental de gas venenoso, bacterias liberadas por los nazis o por Stalin. Para rematarlo, varios miles de personas juraban haber visto al fantasma de Jetboy volando sin su avión, por encima de las calles de Manhattan. Seguí trabajando en el hospital, moviendo cargas pesadas. Ahí es donde encontré a Tachyon.

Vino a entregar algún suero experimental que, según esperaba, sería capaz de aliviar algunos síntomas y lo primero que pensé fue «Oh, Dios, aquí hay un excéntrico que ha conseguido engañar a los guardias con una poción de su tía Margarita». Era un tipo enclenque con pelo largo, metálico, que le llegaba por debajo de los hombros, y supe que no podía ser un color natural. Vestía como si hubiera sacado la ropa del Ejército de Salvación del distrito teatral, llevaba un saco como el que llevaría el director de una banda musical, un suéter rojo de Harvard, un sombrero de Robin Hood con una pluma y unos pantalones cortos bombachos con unos calcetines de rombos y unos zapatos de dos colores que le quedarían mal hasta a un proxeneta. Se iba moviendo de cama a cama con una bandeja llena de jeringuillas hipodérmicas, observando a cada paciente y pinchándolos en los brazos. Dejé la máquina de rayos x que estaba cargando y corrí a detenerlo antes de que pudiera hacer algún daño.

Y entonces me di cuenta de que la gente que lo seguía incluía a un general de tres estrellas, un coronel de la Guardia Nacional que dirigía el hospital y el señor Archibald Holmes, que era uno de los viejos jefes de F. D. R. en Agricultura, y al que reconocí en seguida. Había estado al mando de una gran agencia de ayuda en Europa después de la guerra, pero Truman lo había enviado a Nueva York tan pronto como estalló la plaga. Me acerqué sigilosamente por detrás de una de las enfermeras y le pregunté qué estaba pasando.

—Es un nuevo tipo de tratamiento –dijo–, que ese tal doctor Tack-algo ha traído.

—¿Es su tratamiento? –pregunté.

—Sí –lo miró con el ceño fruncido–. Es de otro planeta.

Miré sus pantalones bombachos y el sombrero de Robin Hood.

—No bromee –dije.

—No, de verdad. Lo es.

Más cerca, uno podía percibir los círculos oscuros bajo sus extraños ojos púrpura, la tensión que mostraba su cara. Había estado trabajando duro desde la catástrofe, como todos los doctores que había allí: como todos, excepto yo. Me sentía lleno de energía a pesar de dormir solo unas pocas horas por noche.

El coronel de la Guardia Nacional me miró.

—Aquí hay otro caso –dijo–. Este es Jack Braun.

Tachyon alzó la mirada hacia mí.

—¿Tus síntomas? –preguntó. Tenía una voz profunda, con un acento vagamente centroeuropeo.

—Soy fuerte. Puedo levantar camiones. Brillo al hacerlo.

Parecía excitado.

—Un campo de fuerza biológico. Interesante. Me gustaría examinarte más tarde. Después de que... –una expresión de disgusto asomó a su cara– la presente crisis se acabe.

—Claro, doc. Lo que quiera.

Fue a la siguiente cama. El señor Holmes, el hombre de la agencia de ayuda, no lo siguió. Se quedó donde estaba y me miró, jugueteando con la boquilla del cigarrillo.

Puse los dedos en el cinturón y traté de parecer útil.

—¿Puedo ayudarlo en algo, señor Holmes? –pregunté.

Pareció levemente sorprendido.

—¿Sabe mi nombre? –dijo.

—Recuerdo que vino a Fayette, Dakota del Norte, allá en el 33 –dije–. Justo después de que llegara el New Deal. Usted estaba en Agricultura, entonces.

—Hace mucho tiempo. ¿Qué está usted haciendo en Nueva York, señor Braun?

—Era actor hasta que los teatros cerraron.

—Ah –asintió–, pronto volveremos a tener los teatros funcionando. El doctor Tachyon nos dice que el virus no es contagioso.

—Eso aliviará a algunos.

Echó una mirada a la entrada de la tienda.

—Vamos fuera y fumemos un pitillo.

—De acuerdo. –Tras seguirlo al exterior, me quité el polvo de las manos y acepté un cigarrillo de una mezcla personalizada que sacó de su cigarrera de plata. Encendió nuestros cigarrillos y me miró por encima del cerillo.

—Cuando se acabe la emergencia, me gustaría hacerle algunas pruebas más –dijo–. Solo para ver qué es lo que puede hacer.

Me encogí de hombros.

—Claro, señor Holmes –dije–. ¿Por alguna razón en particular?

—Quizá pueda darle trabajo –dijo–. En el escenario del mundo.

Algo se interpuso entre el sol y yo. Alcé los ojos, y un dedo helado tocó mi cuello.

El fantasma de Jetboy volvía a volar recortándose contra el cielo, con su bufanda blanca de piloto ondeando en el viento.

◆

Me había criado en Dakota del Norte. Había nacido en 1924, vísperas de tiempos difíciles. Había problemas con los bancos, con los excedentes de las granjas que estaban haciendo bajar los precios. Cuando la Depresión golpeó, las cosas fueron de mal en peor. Los precios del grano eran tan bajos que algunos granjeros tenían que, literalmente, pagar a la gente para que se lo llevaran. Había subastas de granjas cada semana en el juzgado: granjas que valían cincuenta mil dólares se estaban vendiendo por unos pocos. La mitad de la calle principal estaba tapiada. Eran los días de las Farm Holidays,* los granjeros retenían el grano para hacer subir el precio. Me levantaba a medianoche para llevar café y comida a mi padre y mis primos, que patrullaban los caminos para asegurarse de que nadie vendiera grano a sus espaldas. Si aparecía alguien con grano, se apoderaban del camión y lo volcaban; si era un camión de ganado, disparaban al ganado y lo tiraban a la cuneta y allí se quedaba pudriéndose. Algunos de los peces gordos que estaban ganando una fortuna comprando trigo a bajo costo enviaron a la Legión Americana para acabar con la huelga agrícola; vinieron con sus hachas y sus sombreritos y todo el distrito se alzó y dio a los legionarios la tunda de sus vidas, y los envió de vuelta a la ciudad a toda prisa.

De repente, un montón de granjeros alemanes conservadores estaban hablando y actuando como radicales. F. D. R. fue el primer demócrata por el que votó mi familia.

Tenía once años la primera vez que vi a Archibald Holmes. Estaba trabajando como mediador para el señor Henry Wallace en el Departamento de Agricultura y vino a Fayette para consultar con los granjeros esto y aquello: el control de precios o el control de la producción, probablemente, o la conservación, la agenda del New Deal que mantenía a nuestra granja al margen de la sala de subastas. Dio un pequeño discurso en las escaleras del patio a su llegada, y por alguna razón, no lo olvidé.

Era un hombre impresionante incluso entonces. Bien vestido, de pelo gris aunque no había cumplido aún los cuarenta, fumaba los cigarrillos con boquilla, como F. D. R. Tenía acento de Tidewater, lo

---

* Las Farm Holidays fueron movilizaciones radicales y huelgas en el sector agrícola durante los años de la Gran Depresión. *N. de la T.*

que me sonó extraño, como si hubiera algo ligeramente vulgar en la pronunciación de las erres. Poco después de su visita, las cosas empezaron a ir mejor.

Años después, tras llegar a conocerlo bien, siempre fue el señor Holmes. No podía imaginarme llamándolo por su nombre.

Quizá pueda remontar mis ganas de conocer mundo a la visita del señor Holmes. Sentí que había algo más allá de Fayette, más allá de la manera de ver las cosas de Dakota del Norte. Tal como mi familia lo veía, yo iba a tener mi propia granja, casarme con una chica del pueblo, tener un montón de niños y pasarme los domingos escuchando el sermón del párroco sobre el infierno y entre semana trabajando los campos para beneficio del banco.

Me molestaba la idea de que eso fuera todo. Sabía, quizá solo por instinto, que había otra clase de vida ahí fuera, y quería mi parte.

Crecí alto y ancho de hombros y rubio, con grandes manos que se sentían cómodas alrededor de una pelota de futbol y lo que mi agente llamó más tarde «belleza tosca». Jugaba futbol y jugaba bien, dormitaba en la escuela y durante los largos y oscuros inviernos actuaba en el teatro popular y en los concursos. Había un circuito de teatro para aficionados bastante grande, tanto en inglés como en alemán, y yo hacía ambas cosas. Actuaba principalmente en melodramas victorianos y espectáculos históricos, y también tuve buenas críticas.

Le gustaba a las chicas. Era bien parecido y un tipo normal, y todas pensaban que sería el granjero adecuado para ellas. Me cuidé bien de no tener nunca a nadie especial. Llevaba condones en el bolsillo del reloj y trataba de mantener al menos cuatro o chicas en el aire a la vez. No estaba cayendo en la trampa que mis mayores parecían haber planeado para mí.

Todos crecimos siendo patriotas. Era una cosa natural en esa parte del mundo: los climas duros generan un fuerte amor al país. No era nada para hacer un alboroto, el patriotismo simplemente estaba ahí, formaba parte de todo lo demás.

El equipo de futbol local lo hacía bien y empecé a ver una forma de salir de Dakota del Norte. Al final de mi último año, me ofrecieron una beca en la Universidad de Minnesota.

Nunca la obtuve. En su lugar, el día después de la graduación, en mayo de 1942, fui a ver al reclutador y me alisté como voluntario en la infantería.

No era gran cosa. Todos los chicos de mi clase fueron conmigo.

Acabé en la 5ª división en Italia, y tuve una guerra horrible en la infantería. Llovía todo el tiempo, nunca había refugio adecuado, todos nuestros movimientos se hacían a la vista de unos alemanes invisibles que estaban apostados en la colina de al lado con prismáticos Zeiss pegados a los ojos, y eran seguidos inevitablemente por aquel horrible zumbido de una 88 bajando... Estaba asustado todo el tiempo y era un héroe a ratos, pero la mayor parte del tiempo estaba escondido mordiendo el polvo mientras los proyectiles caían silbando, al cabo de unos pocos meses supe que no iba a volver entero y que había el riesgo de no volver siquiera. No había relevos, como en Vietnam; un tirador sencillamente se quedaba en el frente hasta que la guerra se acababa, o hasta que moría, o hasta que le disparaban tanto que no podía regresar. Acepté esos hechos y seguí con lo que tenía que hacer. Me ascendieron a sargento mayor y finalmente obtuve una Estrella de Bronce y tres Corazones Púrpura, pero las medallas y los ascensos nunca significaron tanto para mí como saber de dónde venía el siguiente par de calcetines secos.

Uno de mis compañeros era un hombre llamado Martin Kozokowski, cuyo padre era un productor teatral menor de Nueva York. Una noche estábamos compartiendo una botella de un horrible vino tinto y un cigarrillo –fumar fue algo que aprendí en el ejército– y mencioné mi carrera como actor en Dakota del Norte, y en un arrebato de buena voluntad motivada por el alcohol dijo «Caray, ven a Nueva York cuando acabe la guerra, y yo y mi padre te pondremos en el escenario». Era una fantasía sin sentido, puesto que en aquel punto ninguno de los dos pensábamos que volveríamos, pero aquello caló en mí y después hablamos, y poco a poco, como algunos sueños suelen hacer, se hizo realidad.

Tras el día de la victoria en Europa, fui a Nueva York y Kozokowski el mayor me dio un pequeño papel mientras me ocupaba en todo tipo de trabajos a media jornada, los cuales eran fáciles en comparación con la agricultura y la guerra. Los círculos teatrales estaban llenos de chicas intelectuales, intensas, que no llevaban carmín –se suponía que no llevar carmín era algo transgresor– y que estaban dispuestas a llevarte a casa con ellas si las escuchabas hablar de Anouilh o Pirandello o el psicoanálisis, y lo mejor era que no querían casarse y hacer pequeños granjeros. Los reflejos de la paz empezaron a volver. Dakota del Norte empezó a desvanecerse, y al cabo de un tiempo empecé a preguntarme si tal vez la guerra no había tenido sus compensaciones, después de todo.

Una ilusión, por supuesto. Porque algunas noches todavía me levantaba con las 88 silbando en mis oídos, el terror retorciéndose en mis entrañas, la vieja herida de mi pantorrilla palpitando de dolor, y recordaba estar tendido de espaldas en una trinchera con el lodo deslizándose por el cuello, con la esperanza de que la morfina hiciera efecto mientras alzaba los ojos al cielo para ver el vuelo de los Thunderbolts plateados con el sol arrancando destellos de sus alas regordetas, los aviones saltando las montañas con más facilidad que un jeep. Y recordaba lo que era estar allí tendido, furioso, celoso de que los atletas de los cazas estuvieran en su imperturbable cielo mientras yo sangraba en mi traje de campo y esperaba la morfina y el plasma y pensaba: si alguna vez atrapo a uno de esos bastardos en el suelo, voy a hacerles pagar por esto…

♥

Cuando el señor Holmes empezó sus pruebas comprobó exactamente lo fuerte que era, que era más fuerte que ninguna otra persona que hubiera visto antes, o incluso imaginado. Si estaba bastante bien equipado, podía levantar hasta cuarenta toneladas. Las balas de ametralladora se aplastaban en mi pecho. Los proyectiles perforantes de un cañón de 20 mm podían derribarme con su energía transferida, pero saltaba hacia atrás intacto.

Les asustaba probarlo con algo mayor que un 20 mm en sus pruebas. A mí también. Si un cañón *de verdad*, en vez de una gran ametralladora, me impactara, probablemente me haría picadillo.

Tenía mis límites. Al cabo de unas horas empecé a cansarme. Me debilitaba. Las balas empezaban a dolerme. Tenía que parar y descansar.

Tachyon había supuesto bien al hablar de un campo de fuerza biológico. Cuando estaba en acción me rodeaba una especie de halo dorado. No lo controlaba exactamente: si alguien me disparara una bala en la espalda por sorpresa, el campo de fuerza se activaría solo. Al empezar a cansarme el brillo comenzaba a desaparecer.

Nunca me cansaba lo bastante como para que desapareciera por completo, no cuando yo quería que estuviera activo. Me asustaba lo que podría pasarme entonces, y siempre procuraba descansar cuando lo necesitara.

Cuando llegaron los resultados, el señor Holmes me llamó para que fuera a su departamento, en Park Avenue South. Era grande, todo el quinto piso, pero muchas de las habitaciones olían como si llevaran tiempo sin usarse. Su esposa había muerto de cáncer de páncreas en el 40 y desde entonces había renunciado a la mayor parte de su vida social. Su hija estaba en la escuela.

El señor Holmes me ofreció una bebida y un cigarrillo, y me preguntó qué pensaba del fascismo, y qué pensaba qué podía hacer al respecto. Recordé a todos aquellos tercos oficiales de las ss y los paracaidistas de la Luftwaffe y consideré qué podría hacer con ellos ahora que era lo más fuerte que había en el planeta.

—Imagino que podría ser un soldado bastante bueno –dije.

Me sonrió levemente.

—¿Le *gustaría* ser un soldado otra vez, señor Braun?

Vi enseguida a dónde quería ir a parar. Había una emergencia. El mal habitaba el mundo. Era posible que yo pudiera hacer algo. Y ante mí había un hombre que era la mano derecha de Franklin Delano Roosevelt quien, a su vez, era la mano derecha de Dios, en lo que a mí respectaba, y me estaba *pidiendo* que hiciera algo.

Por supuesto, me ofrecí. Probablemente no me llevó más de tres segundos.

El señor Holmes me estrechó la mano. Después me hizo otra pregunta:

—¿Qué te parecería trabajar con un hombre de color?

Me encogí de hombros.

Sonrió.

—Bien –dijo–. En ese caso, voy a presentarte al fantasma de Jetboy. Debí de quedarme mirándolo fijamente. Su sonrisa se ensanchó.

—En realidad, se llama Earl Sanderson. Es un buen compañero.

Por extraño que parezca, me sonaba el nombre.

—¿El Sanderson que jugaba al beisbol con Rutgers? Es un gran atleta.

El señor Holmes pareció sorprendido. Quizá no seguía los deportes.

—Oh –dijo–, creo que comprobará que es un poquito más que eso.

♣

Earl Sanderson Jr. había tenido una vida muy distinta a la mía, en Harlem, Nueva York. Tenía once años más que yo, y quizá nunca llegué a conocerlo del todo.

Earl Sr. era mozo de cuerda del ferrocarril, un hombre inteligente, autodidacta, un admirador de Frederick Douglass y Du Bois. Era un socio fundador del Movimiento Niágara –que se convirtió en la NAACP–* y más tarde de la Hermandad de Empleados de Coches Cama. Un hombre duro, inteligente, concienzudo en su casa, en el explosivo Harlem de la época.

Earl Jr. era un joven brillante, y su padre lo instó a no desperdiciar su talento. En la preparatoria se destacó como estudiante y como atleta, y cuando siguió los pasos de Paul Robeson en dirección a Rutgers pudo escoger su beca.

A los dos años de estar en la universidad, se afilió al Partido Comunista. Cuando lo conocí, más tarde, hizo que sonara como la única opción razonable.

—La Depresión no hacía más que empeorar –me dijo–. Los policías disparaban a los sindicalistas de todo el país, y la gente blanca estaba empezando a descubrir cómo era ser igual de pobre que los de color. Lo único que nos llegaba de Rusia en aquel momento eran imágenes de fábricas trabajando a plena capacidad, y aquí en Estados Unidos se estaban cerrando fábricas y los trabajadores se morían de hambre. Pensé que solo era cuestión de tiempo para que llegara la revolución. Los del Partido Comunista eran los únicos que trabajaban para los sindicatos, que también estaban luchando por la igualdad. Tenían un lema, «Blancos y negros, únanse y luchen», y me sonaba bien. Les importaba poco el color: te miraban a los ojos y te llamaban «camarada». Lo que era más de lo que jamás conseguí de cualquier otra persona.

* NAACP: National Association for the Advancement of Colored People.

Tenía todas las razones del mundo para afiliarse al Partido Comunista en 1931. Más tarde, aquellas buenas razones emergerían y nos arruinarían a todos.

No estoy seguro de por qué Earl Sanderson se casó con Lillian, pero entiendo bastante bien por qué Lillian persiguió a Earl todos aquellos años. «Jack», me dijo, «sencillamente *brillaba*.»

Lillian Abbott conoció a Earl cuando estaban en la preparatoria. Tras su primer encuentro, pasó cada minuto de su tiempo libre con él. Compraba sus periódicos, le pagaba la entrada a los cines con sus monedas, asistía a mítines radicales. Lo animaba en los eventos deportivos. Se afilió al Partido Comunista un mes después que él. Y pocas semanas después de que dejara Rutgers, *summa cum laude*, se casó con él.

—No le di a Earl ninguna oportunidad –dijo–. El único modo en que podía conseguir que me callara era casándose conmigo.

Ninguno de los dos sabía en qué se estaba metiendo, por supuesto. Earl estaba envuelto en asuntos que lo sobrepasaban, en la revolución que creía que iba a llegar, y quizás pensaba que Lillian merecía un poco de alegría en aquel tiempo de amargura. No le costó nada decir sí. A Lillian le costó casi todo.

Dos meses después de su matrimonio, Earl estaba en un barco camino a la Unión Soviética para estudiar en la Universidad Lenin durante un año y aprender a ser un agente adecuado de la Internacional Comunista. Lillian se quedó en casa, trabajando en la tienda de su madre y asistiendo a los mítines del partido que le parecían un poco deslucidos sin Earl. Aprendiendo, sin gran entusiasmo, cómo ser la esposa de un revolucionario. Tras un año en Rusia, Earl fue a Columbia para cursar Derecho. Lillian lo mantuvo hasta que se graduó y empezó a trabajar como abogado de A. Philip Randolph y la Hermandad de Empleados de Coches Cama, uno de los sindicatos más radicales de América. Earl Sr. debía de estar orgulloso.

A medida que la Depresión fue mitigándose, el compromiso de Earl con el Partido Comunista disminuyó: quizá la revolución no iba a llegar, después de todo. La huelga de General Motors se resolvió a favor de la patronal cuando Earl estaba aprendiendo en Rusia cómo ser un revolucionario. La Hermandad fue reconocida por la compañía Pullman en 1938 y Randolph por fin empezó a cobrar un salario: había trabajado gratis todos aquellos años. El sindicato y Randolph

estaban ocupándole mucho tiempo a Earl, y su asistencia a los mítines del partido empezó a decaer.

Cuando se firmó el pacto nazi-soviético, Earl se dio de baja del
Partido Comunista hecho una furia.

Earl me contó que, después de Pearl Harbor, la Depresión acabó
para los blancos cuando los contrataron en las plantas de defensa,
pero pocos negros conseguían trabajo. Randolph y su gente se harta-
ron por fin. Él amenazó con una huelga de ferrocarril –en plena guerra– que iba a acompañarse de una marcha en Washington. F. D. R.
envió a su mediador, Archibald Holmes, para que lograra un acuerdo. El resultado fue la Orden Ejecutiva 8802, por la que se prohibía a
los contratistas gubernamentales discriminar a causa de la raza. Fue
uno de los hitos legislativos de la historia de los derechos civiles y uno
de los mayores éxitos de la carrera de Earl. Él siempre hablaba de
ello como uno de los logros que más le enorgullecían.

La semana después de la Orden 8802, la categoría de reclutamiento de Earl cambió a 1-A. Su trabajo en el sindicato ferroviario
no iba a protegerlo. El gobierno estaba cobrándose su revancha.

Earl decidió ofrecerse para la Fuerza Aérea. Siempre había querido volar.

Era viejo para ser piloto, pero aún era un atleta y sus condiciones
iban más allá de lo físico. Su expediente fue etiquetado como AFP; es
decir, Antifascista Prematuro, que era la designación para cualquiera que fuera lo bastante suspicaz como para que no le gustara Hitler
antes de 1941.

Se le asignó al Grupo de Cazas 332, una unidad exclusivamente
negra. Los procesos de selección para los aviadores negros eran tan
severos que la unidad acabó llena de catedráticos, consejeros, doctores, abogados… y todas esas personas brillantes también demostra-
ron tener reflejos de piloto de primera. Como ninguno de los grupos
aéreos de ultramar quería pilotos negros, el grupo permaneció en
Tuskegee durante meses y meses de entrenamiento. Al final recibieron tres veces más entrenamiento de lo normal y cuando finalmente fueron trasladados, a las bases de Italia, el grupo conocido como
«Las Águilas Solitarias» irrumpió en la escena europea.

Sobrevolaron Alemania y los Balcanes con sus Thunderbolts, incluyendo los objetivos más difíciles. Volaron en más de quince mil

salidas y en todo aquel tiempo *ni un solo bombardero de los que escoltaban* se perdió a manos de la Luftwaffe. Cuando se corrió la voz, los bombarderos empezaron a pedir específicamente que los del 332 escoltaran sus aviones.

Uno de sus mejores aviadores fue Earl Sanderson, que acabó la guerra con cincuenta y tres enemigos derribados «sin confirmar». Los enemigos no estaban confirmados porque no se instruían expedientes para los escuadrones de negros: los militares temían que los pilotos negros pudieran tener mejores cifras que los blancos. Este miedo estaba justificado: ese número situaba a Earl por encima de todos los pilotos estadunidenses, salvo Jetboy, quien era otra poderosa excepción a numerosas reglas.

El día que Jetboy murió, Earl había llegado del trabajo con lo que creía era un grave caso de gripe, y al día siguiente se despertó como un as negro.

Podía volar, aparentemente por un acto de voluntad, a quinientas millas por hora. Tachyon lo llamó «telequinesis de proyección».

Earl era bastante fuerte, también, aunque no tanto como yo: al igual que a mí, las balas le rebotaban. Pero los disparos de cañón podían herirlo y sé que temía la posibilidad de una colisión en el aire con un avión.

Y podía proyectar un muro de fuerza por delante, una especie de ondas de choque en movimiento que podían apartar cualquier cosa de su camino. Hombres, vehículos, paredes. Un sonido como el estampido de un trueno y salían despedidos a treinta metros.

Earl pasó un par de semanas probando sus habilidades antes de dejar que el mundo las conociera, volando sobre la ciudad con su casco de piloto, su chamarra de aviador de cuero negro y sus botas. Cuando por fin dejó que se supiera, el señor Holmes fue el primero al que llamó.

♠

Conocí a Earl el día después de firmar con el señor Holmes. Para entonces ya me había instalado en una de las habitaciones libres del señor Holmes y había recibido la llave del departamento. Estaba progresando en la vida.

Lo reconocí de inmediato.

—Earl Sanderson —dije, antes de que el señor Holmes pudiera presentarnos. Le estreché la mano—. Recuerdo haber leído sobre ti cuando jugabas en Rutgers.

Earl pareció no darle importancia.

—Tienes buena memoria —dijo.

Nos sentamos, y el señor Holmes explicó formalmente qué quería de nosotros y de los otros que esperaba reclutar después. Earl se mostraba muy beligerante con el término *as*, referido a alguien con habilidades útiles, en oposición a *joker*, con el que se nombraba a alguien que había sido desfigurado por el virus: Earl creía que esos términos imponían un sistema de clases a los que padecían el virus wild card, y no quería que nos situáramos en la parte superior de una especie de pirámide social. El señor Holmes bautizó oficialmente a nuestro equipo como los Exóticos para la Democracia. Íbamos a convertirnos en símbolos visibles de los ideales de posguerra, dar crédito al intento estadunidense de reconstruir Europa y Asia, continuar la lucha contra el fascismo y la intolerancia.

Estados Unidos iba a crear una Edad Dorada de posguerra y la iba a compartir con el resto del mundo. Íbamos a ser su símbolo. Sonaba genial. Quería formar parte de ello.

La decisión de Earl fue algo más difícil. Holmes había hablado con él antes y le había pedido que aceptara el mismo tipo de trato que Branch Rickey pidió después a Jackie Robinson: Earl tenía que quedarse al margen de la política nacional. Tenía que anunciar que había cortado con Stalin y el marxismo, que estaba comprometido con un cambio pacífico. Le pidió que controlara su temperamento, que absorbiera la inevitable ira, racismo y condescendencia y que lo hiciera sin represalias.

Earl me contó más tarde la lucha interior que había librado. Por entonces conocía sus poderes y sabía que podía cambiar las cosas solo con estar presente allá donde ocurriera algo importante. Los policías del sur no podrían disolver los mítines en favor de la integración si alguien de los presentes podía aplastar compañías enteras de policías estatales. Los esquiroles saldrían volando ante su ola de fuerza. Si decidía difundir su causa en el restaurante de alguien, ni todo el Cuerpo de Marines podría echarlo, no sin destruir el edificio.

Pero el señor Holmes le había señalado que si usaba sus poderes de ese modo, no sería él quien pagara las consecuencias. Si se veía a Earl Sanderson reaccionando violentamente ante la provocación, negros inocentes acabarían colgados de un roble por todo el país.

Earl dio al señor Holmes la garantía que quería. Empezando el mismo día siguiente, los dos íbamos a hacer historia.

◆

El EPD nunca fue una parte del gobierno de EUA. El señor Holmes consultó con el Departamento de Estado, pero nos pagó a Earl y a mí de su propio bolsillo y yo viví en su departamento.

Lo primero fue tratar con Perón. Había conseguido ser elegido presidente de Argentina en elecciones fraudulentas, y estaba en proceso de convertirse en una versión latinoamericana de Mussolini y Argentina, en un refugio para fascistas y criminales de guerra. Los Exóticos para la Democracia volamos al sur para ver qué podíamos hacer al respecto.

Echando la vista atrás, me sorprenden nuestras presuposiciones. Nos inclinamos por derrocar el gobierno constitucional de una gran nación extranjera y no pensamos en ello… Hasta Earl siguió adelante sin pensárselo dos veces. Acabábamos de pasar años combatiendo contra los fascistas en Europa, y no veíamos ninguna diferencia notable en desplazarnos al sur y aplastarlos allí.

Cuando partimos, teníamos otro hombre con nosotros. David Harstein parecía estar hablando solo en el avión. Ahí estaba, un jugador callejero de ajedrez, judío de Brooklyn, uno de esos jóvenes de pelo rizado que hablan rápido y que pueden verse por todo Nueva York vendiendo seguros contra inundaciones, neumáticos usados o trajes a medida hechos de alguna fibra milagrosa justo tan buena como el casimir, y de pronto era un miembro de EPD y estaba tomando parte en un montón de decisiones importantes. Uno no podía evitar que le gustara. Uno no podía evitar estar de acuerdo con él.

Era un exótico, de acuerdo. Exudaba feromonas que te hacían sentir amigable con él y con el mundo, que creaban una atmósfera de bonhomía y docilidad. Podía hablar con un albano estalinista impresionándolo y cantando «The Star-Spangled Banner»: al menos, mientras él y sus feromonas estuvieran en la sala. Después, cuando nuestro albano estalinista recuperara el sentido, rápidamente se denunciaría a sí mismo y se haría ejecutar.

Decidimos mantener en secreto a David. Difundimos la historia de que era una especie de superhombre furtivo, como la Sombra en la radio, y que era nuestro explorador. En realidad, se limitaba a conversar con la gente y hacer que estuviera de acuerdo con nosotros. Funcionaba bastante bien.

Perón aún no había consolidado su poder, pues solo había estado en el cargo cuatro meses. Tardamos dos semanas en organizar el golpe para librarnos de él. Harstein y el señor Holmes asistirían a distintas reuniones con oficiales del ejército y, antes de que hubieran acabado, los coroneles jurarían que querían la cabeza de Perón en una bandeja e incluso después de que empezaran a pensarse mejor las cosas, su sentido del honor evitaría que se desdijeran de sus promesas.

La mañana anterior al golpe descubrí algunas de mis limitaciones. Había leído los cómics cuando estaba en el ejército y había visto cómo cuando los malos intentaban huir en sus coches, Superman saltaba delante del coche y este le rebotaba.

Intenté eso mismo en Argentina. Había un mayor peronista al que se debía impedir acceder a su puesto de mando, y salté delante de su Mercedes y me empotró a sesenta metros en una estatua del propio Juan P.

El problema fue que pesaba menos que el coche. Cuando las cosas colisionan, es el objeto con menor impulso el que sale disparado, y el peso es un componente importante de ese impulso, sin importar lo *fuerte* que sea el objeto más ligero.

Me volví más inteligente después de aquello. Arranqué la estatua de Perón de su pedestal y se la tiré al coche. Eso se encargó del asunto.

Hay algunas otras cosas en esto de ser un as que no puedes aprender leyendo cómics. Recuerdo que los ases de los cómics levantaban los cañones de los tanques y los doblaban como si fueran *pretzels*.

De hecho es posible hacerlo, pero tienes que tener un punto de apoyo para hacer palanca. Debes plantar los pies en algo sólido para tener algo que empujar. Me resultaba bastante más fácil escabullirme bajo el tanque y quitarle las cadenas. Después correría al otro lado y pondría mis brazos alrededor del cañón, con mi hombro bajo él y luego jalaría hacia abajo. Usaría mi hombro como el punto de apoyo de una palanca y doblaría el cañón a mi alrededor.

Eso es lo que haría si tuviera prisa. Si tuviera tiempo, me abriría paso a golpes por debajo del tanque y lo destrozaría desde el interior. Pero estoy divagando. Volvamos a Perón.

Había un par de cosas fundamentales por hacer. No se había podido capturar a algunos peronistas leales y uno de ellos era el jefe de un batallón armado acuartelado en un complejo amurallado en las afueras de Buenos Aires. La noche del golpe levanté uno de los tanques y lo estampé de lado frente a la puerta, y después simplemente apoyé mi hombro contra él y lo mantuve en su sitio mientras los otros tanques se hacían polvo al intentar moverlo.

Earl inmovilizó la fuerza aérea de Perón. Simplemente voló por detrás de los aviones en la pista de despegue y les arrancó los estabilizadores.

La democracia venció. Perón y su zorra rubia se marcharon a Portugal.

Me concedí unas pocas horas libres. Mientras las turbas triunfantes de clase media salían a las calles para celebrarlo, yo estaba en una habitación de hotel con la hija del embajador francés. Escuchar los cánticos de la multitud por la ventana, el sabor del champán y de Nicolette en mi boca, concluí que eso era mejor que volar.

Nuestra imagen se modeló en esa campaña. La mayoría de las veces yo llevaba el viejo uniforme del ejército y ésa es la imagen de mí que casi toda la gente recuerda. Earl llevaba el uniforme de color tostado de los oficiales de la Fuerza Aérea sin las insignias, botas, casco, anteojos, bufanda y su vieja chamarra de aviador con el parche de la 332 en el hombro. Cuando no estaba volando se quitaba el casco y se ponía una vieja boina negra que guardaba en el bolsillo de la cadera. A menudo, cuando nos pedían que compareciéramos personalmente, a Earl y a mí nos pedían que nos vistiéramos con nuestros uniformes para que todo el mundo nos conociera. El público nunca parecía darse cuenta de que la mayor parte del tiempo llevábamos trajes y corbatas, como los demás.

♥

Cuando Earl y yo estábamos juntos, por lo regular era en una situación de combate, y por esa razón nos convertimos en amigos íntimos… la gente en combate estrecha los lazos muy rápidamente. Le hablé de mi vida, mi guerra, las mujeres. Él era un poco más reservado –quizá no estaba seguro de cómo me sentaría oír sus hazañas con chicas blancas–, pero, finalmente, una noche, cuando estábamos en el norte de Italia buscando a Bormann, oí toda la historia de Orlena Goldoni.

—Solía pintarle las medias por la mañana –dijo Earl–. Debía maquillarle las piernas, para que pareciera que usaba medias de seda. Y tenía que pintar la costura de atrás con el delineador de ojos –sonrió–. Ese sí era un trabajo que me gustaba hacer.

—¿Y por qué no le diste unas medias? –pregunté. Eran bastante fáciles de conseguir. Los soldados escribían a sus amigos y parientes en Estados Unidos para que se las enviaran.

—Le di un montón de pares –Earl se encogió de hombros–, pero Lena siempre se las regalaba a sus compañeras.

Earl no había guardado ninguna foto de Lena, no donde Lillian pudiera encontrarla, pero la vi en películas después, cuando fue lanzada como la respuesta europea a Veronica Lake. Pelo rubio alborotado, hombros anchos, voz ronca. El personaje cinematográfico de Lake era frío, pero el de Goldoni era ardiente. Las medias de seda eran reales en las películas, pero también las piernas que había debajo, y la película celebraba las piernas de Lena tan a menudo como el director pensaba que podía colarlas. Recuerdo que pensé en lo divertido que debía de haber sido para Earl pintarla.

Era una cantante de cabaret en Nápoles, donde se conocieron, en uno de los pocos clubes donde se permitía la entrada a los soldados negros. Tenía dieciocho años y un mercado negro y un servicio de mensajería para los comunistas italianos. Earl la miró una única vez y las precauciones se las llevó el viento. Quizá fue la primera vez en toda su vida que se permitía una satisfacción. Empezó a correr riesgos. Salía furtivamente del campo por la noche, evitando las patrullas de la Policía Militar para estar con ella, volvía a escondidas a primera hora de la mañana para estar en la línea de vuelo preparado para despegar hacia Bucarest o Ploesti…

—Sabíamos que no era para siempre –dijo Earl–. Sabíamos que la guerra acabaría tarde o temprano –había una cierta distancia en su mirada, el recuerdo de una herida, y pude percibir cuánto le había costado dejar a Lena–. Éramos adultos al respecto –un largo suspiro–. Así que nos dijimos adiós. Me licenciaron y volví a trabajar para el sindicato. Y no nos hemos visto desde entonces –sacudió la cabeza–. Ahora, sale en películas. No he visto ninguna.

Al día siguiente, sorprendimos a Bormann. Lo atrapé por su capucha de monje y lo sacudí hasta que sus dientes castañetearon. Lo entregamos al representante del Tribunal Aliado de Crímenes de Guerra y nos concedimos unos pocos días de permiso. Earl parecía más nervioso de lo que jamás lo había visto. Desaparecía para hacer llamadas telefónicas. La prensa siempre nos seguía por todas partes y Earl saltaba cada vez que se disparaba un *flash*. La primera noche desapareció de nuestra habitación de hotel y no lo vi en tres días.

Normalmente era yo quien exhibía este tipo de comportamiento, siempre escapándome a hurtadillas para pasar un rato con alguna mujer. Que Earl hiciera eso me tomó por sorpresa. Había pasado el fin de semana con Lena, en un pequeño hotel en el norte de Roma. Vi las fotos de los dos juntos en los periódicos italianos el lunes por la mañana: de alguna manera, la prensa lo había descubierto. Me pregunté si Lillian se había enterado, qué estaría pensando. Earl apareció, con el ceño fruncido, hacia el mediodía del lunes, justo a tiempo para volar a la India: iba a ir a Calcuta para ver a Gandhi. Earl acabó interponiéndose entre el Mahatma y las balas que algún fanático le disparó en las escaleras del templo y, de repente, los periódicos estaban llenos de lo de la India, y lo que acababa de suceder en Italia quedó olvidado. No sé cómo Earl se lo explicó a Lillian.

Fuera lo que fuera lo que le dijo, supongo que Lillian le creyó. Siempre lo hacía.

♣

Gloriosos años, aquellos. Con las rutas de escape de los fascistas a Sudamérica cortadas, los nazis se vieron forzados a permanecer en Europa, donde era más fácil encontrarlos. Después de que Earl y yo sacáramos a Bormann de su monasterio, arrancamos a Mengele del desván de una granja de Baviera y estuvimos tan cerca de Eichmann en Austria que le entró pánico y salió huyendo para caer en manos de una patrulla soviética, y los rusos le dispararon sin pensarlo dos veces. David Harstein se dirigió al Escorial con pasaporte diplomático y habló con Franco para que hiciera un comunicado en la radio, en directo, en el que dimitía y convocaba elecciones, y después se quedó con él en el avión de camino a Suiza. Portugal convocó elecciones justo después, y Perón tuvo que encontrar un nuevo refugio en Nanking, donde se convirtió en asesor militar del generalísimo. Los nazis estaban largándose de Iberia a decenas, y los cazadores de nazis atraparon a un montón.

Yo estaba ganando mucho dinero. El señor Holmes no me pagaba un gran salario, pero obtuve abundante haciendo promoción de Chesterfield y vendiendo mi historia a *Life* y di muchas charlas cobrando: el señor Holmes contrató para mí un redactor de discursos. Mi mitad del departamento de Park Avenue era gratis, y nunca tuve que pagar por una comida si no quería. Conseguí grandes sumas por artículos que estaban escritos con mi nombre, cosas como «Por qué creo en la tolerancia» o «Qué significa Estados Unidos para mí» y «Por qué necesitamos la onu». Los ojeadores de Hollywood me estaban haciendo ofertas increíbles con contratos de larga duración, pero por el momento no estaba interesado. Estaba viendo mundo.

Por mi habitación pasaban tantas chicas que la asociación de vecinos sugirió que instalara una puerta giratoria.

Los periódicos empezaron a llamar a Earl «Black Eagle», por el apodo del 332, «Las Águilas Solitarias». El nombre no le gustaba mucho. David Harstein, para los pocos que conocían su talento, era «El Enviado». Yo era «Golden Boy», por supuesto. No me importaba.

EPD consiguió otro miembro con Blythe Stanhope van Renssaeler, a quien los periódicos empezaron a llamar «Brain Trust». Era menuda, remilgada, una dama de clase alta de Boston, nerviosa como un pura sangre y casada con un congresista basura de Nueva York, con quien había procreado tres hijos. Tenía el tipo de belleza de la que cuesta un rato darse cuenta y entonces te preguntas por qué no la has visto antes. No creo que supiera lo adorable que era en realidad.

Podía absorber mentes. Recuerdos, habilidades, todo.

Blythe era mayor que yo, unos diez años, pero no me importaba y al poco tiempo empecé a flirtear con ella. Tenía un montón de compañía femenina, y todo el mundo lo sabía, así que si conocía lo más mínimo de mí –quizá no, porque mi mente no era tan importante como para absorberla– no iba a tomarme en serio.

Al final, su horrible marido, Henry, la dejó, y ella vino a nuestro departamento para buscar un lugar donde quedarse. El señor Holmes se había ido, y yo estaba achispado después de unos tragos de su brandy de veintidós años, y le ofrecí una cama en la que quedarse: la mía, de hecho. Me envió al carajo, cosa que me merecía, y se fue hecha una furia.

Caray, no pretendía que se tomara la oferta como algo permanente. Debería haberlo sabido.

O, para el caso, yo. Por el 47, la mayoría de la gente prefería casarse que quemarse. Yo era una excepción. Y Blyhte era demasiado nerviosa como para hacer el tonto con ella: estaba al borde del colapso nervioso la mitad del tiempo, con todo aquel conocimiento en su cabeza y lo único que no necesitaba era un granjero de Dakota tratándola con las patas la noche en que su matrimonio había acabado.

Pronto Blythe y Tachyon estuvieron juntos. A mi autoestima no le hizo ningún bien que me rechazara por un ser de otro planeta, pero había llegado a conocer a Tachyon bastante bien y había decidido que era buen tipo, a pesar de su gusto por el brocado y el satén. Si hacía feliz a Blythe, me parecía bien. Me imaginaba que tenía que haber algo realmente bueno en él para convencer a una sabihonda como Blythe para que viviera en pecado.

El término «as» ganó popularidad justo después de que Blythe se uniera a los EPD, así que de repente nos convertimos en los Cuatro Ases. El señor Holmes era el as en la manga de la democracia, o el quinto as. Éramos buenos hombres, y todos lo sabían.

Era sorprendente la cantidad de adulaciones que recibíamos. El público simplemente no nos permitía hacer nada malo. Hasta los intolerantes más acérrimos se referían a Earl Sanderson como «nuestro aviador de color». Cuando se pronunciaba sobre la segregación, o el señor Holmes sobre el populismo, la gente escuchaba.

Earl manipulaba conscientemente su imagen, creo. Era inteligente y sabía cómo funcionaba la maquinaria de la prensa. La promesa que le había hecho a regañadientes al señor Holmes estaba plenamente justificada por los acontecimientos. Estaba moldeándose conscientemente como un héroe negro, una figura aspiracional intachable. Atleta, intelectual, líder sindical, héroe de guerra, marido fiel, as. Fue el primer hombre negro en la portada de *Time*, el primero en *Life*. Había reemplazado a Robeson como el ideal negro más destacado, como reconoció sarcásticamente el propio Robeson cuando dijo: «No puedo volar, pero Earl Sanderson no puede cantar».

Robeson se equivocaba, por cierto.

Earl estaba volando más alto de lo que jamás lo había hecho. No se había dado cuenta de lo que le pasa a los ídolos cuando la gente descubre sus pies de barro.

♠

Los fracasos de los Cuatro Ases llegaron el año siguiente, el 48. Cuando los comunistas estaban a punto de invadir Checoslovaquia volamos a Alemania a toda prisa y entonces todo el tinglado se canceló. Alguien del Departamento de Estado había decidido que la situación era demasiado complicada como para que nosotros la arregláramos y le pidió al señor Holmes que no interviniera. Más tarde oí el rumor de que el gobierno había reclutado algunos ases por su cuenta para hacer trabajo encubierto, y que los habían enviado y habían hecho una chapuza. No sé si es verdad o no.

Entonces, dos meses después de lo del fiasco de Checoslovaquia, nos enviaron a China a ganar a mil millones y pico de personas para la democracia.

No era evidente en aquel momento, pero nuestro bando ya había perdido. Sobre el papel, parecía que las cosas se podían recuperar: el Kuomingtan del generalísimo aún conservaba las grandes ciudades, sus ejércitos estaban bien equipados, comparado con Mao y sus fuerzas, y era bien sabido que el generalísimo era un genio. Si no, ¿por qué el señor Luce lo había nombrado el Hombre del Año de *Time* dos veces?

Por otra parte, los comunistas estaban marchando hacia el sur a un ritmo constante de treinta y siete kilómetros por día, lloviera o hiciera sol, en invierno o en verano, redistribuyendo las tierras por allá por donde pasaban. Nada podía detenerlos; desde luego, no el generalísimo.

Para cuando nos llamaron, el generalísimo había dimitido: lo hacía de vez en cuando, solo para demostrar a todo el mundo que era indispensable.

Así que los Cuatro Ases nos reunimos con el nuevo presidente del KMT, un hombre llamado Chen que siempre estaba mirando sus espaldas por temor a ser reemplazado en caso de que el Gran Hombre decidiera hacer otra entrada dramática para salvar el país.

Por entonces, Estados Unidos estaba dispuesto a conceder el norte de China y Manchuria, que el KMT ya casi había perdido, salvo las grandes ciudades. La idea era salvar el sur para el generalísimo dividiendo el país. El Kuomintang tendría una oportunidad para establecerse al sur mientras organizaban una eventual reconquista, y los comunistas obtendrían las ciudades del norte sin tener que luchar por ellas.

Estábamos todos allí, los Cuatro Ases y Holmes: Blythe había sido incluida como asesora científica y había acabado dando pequeñas charlas sobre salud pública, riego e inoculación. Mao estaba allí, Zhou En-lai y el presidente Chen. El generalísimo estaba fuera, en Cantón, enfurruñado en su tienda, y el Ejército de Liberación del Pueblo estaba asediando Mukden, en Manchuria y, por lo demás, marchando a paso constante hacia el sur, a treinta y siete kilómetros al día, bajo el mando de Lin Biao.

Earl y yo no teníamos mucho que hacer. Éramos observadores y la mayor parte de lo que observábamos eran los delegados. La gente del KMT era increíblemente amable, vestía bien, tenía criados uniformados que iban de aquí para allá haciendo recados. La interacción entre ellos parecía un minueto.

La gente del ELP parecía soldados. Eran inteligentes, orgullosos, militares, del modo en que los soldados de verdad lo son, sin toda la relamida formalidad de guante blanco del KMT. El ELP había estado en la guerra y no estaba acostumbrado a perder. Eso saltaba a la vista.

Fue un *shock*. Lo único que sabía de China era lo que había leído en las novelas de Pearl Buck. Eso y el genio certificado del generalísimo.

—¿*Estos* tipos están luchando contra *esos* tipos? –pregunté a Earl.

—*Esos* tipos –indicó Earl señalando a las multitudes del KMT– no están luchando con nadie. Están escabulléndose para esconderse y huir. Eso es parte del problema.

—No me gusta cómo pinta esto –dije.

Earl parecía un poco triste.

—A mí tampoco –dijo. Escupió–. Los oficiales del KMT han estado robando tierras a los campesinos. Los comunistas están devolviéndoles la tierra y eso significa que tienen apoyo del pueblo. Pero una vez que hayan ganado la guerra se la van a volver a quedar, justo como hizo Stalin.

Earl conocía su historia. Yo solo leía los periódicos.

Durante un periodo de dos semanas, el señor Holmes elaboró las bases para la negociación, y después David Harstein entró en la sala y pronto Chen y Mao estaban sonriéndose mutuamente como viejos compañeros de escuela en un reencuentro, y en una sesión maratoniana de negociaciones China quedó oficialmente dividida. Al KMT y al ELP se les ordenó que abandonaran su enemistad y depusieran las armas. Todo se vino abajo en cuestión de días. El generalísimo, quien sin duda había sido advertido de nuestra perfidia por el excoronel Perón, denunció el acuerdo y volvió para salvar China. Lin Biao no dejó en ningún momento de marchar hacia el sur. Y tras una serie de batallas colosales, el genio certificado del generalísimo acabó en una isla custodiado por una flota de Estados Unidos, junto con Juan Perón y su puta rubia, que tuvieron que huir de nuevo.

El señor Holmes me contó que cuando cruzaba el Pacífico de vuelta a casa con la partición en el bolsillo, mientras el acuerdo se destejía tras él y las ovaciones de las multitudes en Hong Kong y Manila y Oahu y San Francisco iban haciéndose más escasas que nunca, seguía recordando a Neville Chamberlain y su trocito de papel y cómo su «paz europea» se había convertido en un polvorín y él en víctima de la historia, el triste ejemplo de un hombre que tenía buenas intenciones, pero demasiadas esperanzas y confiaba demasiado en hombres más versados en la traición que él.

El señor Holmes no era diferente. No se daba cuenta de que mientras él había vivido y trabajado por los mismos ideales, por la democracia y el liberalismo y la justicia y la integración, el mundo estaba cambiando a su alrededor, y porque él no había cambiado con el mundo, el mundo iba a hacerle añicos.

En este punto, el público aún se sentía inclinado a perdonarnos, pero recordaban que los habíamos decepcionado. Su entusiasmo había menguado un poco.

Y quizás el tiempo de los Cuatro Ases había pasado. Los grandes criminales de guerra habían sido capturados, el fascismo estaba en desbandada y habíamos descubierto nuestras limitaciones en Checoslovaquia y China.

Cuando Stalin bloqueó Berlín, Earl y yo fuimos hacia allá. De nuevo llevaba mi uniforme de combate, Earl su chamarra de cuero. Hizo vuelos de reconocimiento por encima de las alambradas rusas, y el ejército me dio un jeep y un conductor con los que actuar. Al final, Stalin se retiró.

Pero nuestras actividades estaban desplazándose hacia lo personal. Blythe estaba dando conferencias científicas por todo el mundo, y pasaba la mayor parte de su tiempo con Tachyon. Earl estaba participando en manifestaciones por los derechos civiles y dando charlas por todo el país. El señor Holmes y David Harstein fueron a trabajar, en aquel año de elecciones, para la candidatura de Henry Wallace.

Yo hablé junto a Earl en los mítines de la Liga Urbana; al señor Holmes le ayudó que yo dijera unas cuantas cosas buenas del señor Wallace y me pagaron un montón de dinero por conducir el último modelo de Chrysler y por hablar sobre el americanismo.

Tras las elecciones fui a Hollywood a trabajar para Louis Mayer. El dinero era increíble, más de lo que jamás hubiera soñado, y estaba empezando a aburrirme de dar vueltas por el departamento del señor Holmes. Dejé la mayoría de mis cosas en el departamento, suponiendo que no tardaría mucho en volver.

Estaba ganando diez mil a la semana y había contratado a un agente y un contador y una secretaria para contestar al teléfono y a alguien para que se encargara de mi publicidad; lo único que tenía que hacer en ese punto era tomar clases de interpretación y danza. De hecho no trabajaba aún, porque estaban teniendo problemas con el guion de mi película. Nunca antes habían tenido que escribir un guion sobre un superhombre rubio.

El guion que finalmente idearon estaba basado libremente en nuestras aventuras en Argentina y se llamaba *Golden Boy*. Pagaron a Clifford Odets mucho dinero por ese título, y considerando lo que nos ocurrió a Odets y a mí después, aquella conexión tenía cierta ironía.

Cuando me dieron el guion, no me importó. Yo era el héroe, lo que ya me iba bien. De hecho me llamaban «John Brown». Pero el personaje de Harstein se había convertido en el hijo de un ministro de Montana y el personaje de Archibald Holmes, en vez de ser un político de Virginia, se había convertido en un agente del FBI. La peor parte se la llevaba el personaje de Earl Sanderson: se había convertido en un don nadie, un lacayo negro que solo aparecía en unas pocas escenas, que únicamente recibía órdenes de John Brown y que respondía con un seco «Sí, señor» y un saludo. Llamé al estudio para hablar de eso. «No podemos ponerlo en muchas escenas», me dijeron, «o no podríamos cortarlo en las escenas para la versión del sur».

Pregunté a mi productor ejecutivo de qué estaba hablando.

—Si lanzamos una película en el sur no puede haber gente de color en ella o los exhibidores no la pasarán. Escribimos las escenas para que podamos lanzar una versión para el sur cortando todas las escenas con negros.

Estaba perplejo. No sabía que hacían cosas así.

—Mira—le dije–. He hecho discursos ante la NAACP y la Liga Urbana. Salí en el *Newsweek* con Mary McLeod Bethune. No quiero que me vean formando parte de esto.

La voz que estaba al otro lado del teléfono adoptó un tono desabrido.

—Mire su contrato, señor Braun. Usted no tiene derecho de aprobación del guion.

—No quiero aprobar el guion. Solo quiero que el guion reconozca algunos hechos de mi vida. Si hago este guion, mi credibilidad desaparecerá. ¡Están jodiendo mi *imagen* con esto!

Tras lo cual, la cosa se volvió desagradable. Lancé algunas amenazas y el productor ejecutivo profirió algunas amenazas. Recibí una llamada de mi contador explicándome qué pasaría si los diez grandes por semana dejaban de llegar, y mi agente me dijo que no tenía ningún derecho legal para poner ninguna objeción.

Al final llamé a Earl y le conté lo que estaba pasando.

—¿*Cuánto* dices que te están pagando? –preguntó.

Se lo volví a decir.

—Mira –dijo–, lo que hagas en Hollywood es asunto tuyo. Pero eres nuevo ahí, para ellos eres un producto desconocido. Tú quieres tomar partido por lo que es justo, eso está bien. Pero si te largas, no me harás ningún bien, ni a mí ni a la Liga Urbana. Quédate en el negocio y consigue algo de influencia y luego úsala. Y si te sientes culpable, la NAACP siempre puede usar algunos de los diez grandes por semana.

Pues ahí estaba. Mi agente se las arregló para llegar a un acuerdo con el estudio con efecto de que se me consultaran los cambios de guion. Conseguí que se eliminara el FBI del guion, dejando al personaje de Holmes sin ninguna afiliación gubernamental y traté de hacer de Sanderson un personaje un poco más interesante.

Vi los primeros cortes y eran buenos. Me gustaba mi actuación: estaba relajado e incluso llegaba a ponerme delante de un Mercedes a toda velocidad y lo vi rebotar contra mi pecho. Eso se había hecho con efectos especiales.

La película se dio por buena y pasé de la comida de negocios a la fiesta de despedida sin poder recuperar la sobriedad. Tres días después me desperté en Tijuana con una jaqueca matadora y la sospecha de que había hecho alguna estupidez. La hermosa rubia que compartía mi almohada me dijo qué era. Nos acabábamos de casar. Cuando estaba en la bañera tuve que mirar la licencia de matrimonio para descubrir que se llamaba Kim Wolfe. Era una aspirante a estrella de segunda categoría procedente de Georgia, que había estado luchando por abrirse un hueco en Hollywood durante seis años. Después de algunas aspirinas y unos cuantos tragos de tequila, el matrimonio no me parecía tan mala idea. Quizás era hora, con mi nueva carrera y todo, de que sentara cabeza.

Compré la vieja casa de campo pseudoinglesa de Ronald Colman en Summit Drive en Beverly Hills, y me mudé con Kim y nuestras dos secretarias, el peluquero de Kim, nuestros dos choferes, nuestras dos doncellas…. de repente tenía a toda esta gente cobrando un salario y tenía muy claro de dónde habían salido.

La siguiente película fue la *Historia de Rickenbacker*. Victor Fleming iba a dirigirla, con Fredric March como Pershing y June Allyson como la enfermera de la que se suponía que me enamoraba. De toda la gente, Dewey Martin iba a interpretar a Richtofen, cuyo teutónico pecho iba a llenar de plomo estadunidense: no importaba que el verdadero Richtofen hubiera sido abatido por otro.

La película iba a filmarse en Irlanda, con un enorme presupuesto y centenares de extras. Insistí en aprender a volar, para hacer algunas de las acrobacias yo mismo. Hice una llamada de larga distancia a Earl a propósito.

—Ey –dije–, al final he aprendido a volar.

—Algunos granjeros –dijo– solo tardan un poco.

—Victor Fleming me va a convertir en un as.

—Jack –dijo con un tono divertido–, tú ya eres un as.

Lo que me hizo parar en seco, porque de alguna manera, con todo aquel ajetreo había olvidado que no había sido la MGM quien me había convertido en una estrella.

—Ahí tienes razón –dije.

—Deberías venir a Nueva York un poquito más a menudo –dijo Earl–. Descubrir qué está pasando en el mundo real.

—Sí. Eso haré. Hablaremos de pilotar.

—Eso haremos.

Paré en Nueva York tres días de camino a Irlanda. Kim no estaba conmigo: había conseguido trabajo, gracias a mí, y había sido cedida a Warner Brothers para una película. De todos modos, era muy sureña y la única vez que había coincidido con Earl se había sentido muy incómoda, así que no importaba que no estuviera.

Estuve en Irlanda durante siete meses: el clima era tan malo que el rodaje duró una eternidad. Me reuní con Kim en Londres en un par de ocasiones, una semana cada vez, pero el resto del tiempo estaba solo. Era fiel, a mi manera, lo que significaba que no me acostaba con ninguna chica más de dos veces seguidas. Me convertí en un piloto bastante bueno así que los pilotos de acrobacia, de hecho, me felicitaron varias veces.

Cuando volví a California, pasé dos semanas en Palm Springs. El estreno de *Golden Boy* era en dos meses. En mi último día en Springs, acababa de salir de la piscina cuando un ayudante del distrito, sudando con traje y corbata, se dirigió hacia mí y me entregó una carta.

Era un citatorio. Tenía que comparecer ante el Tribunal de Actividades Antiestadunidenses* el martes a primera hora de la mañana. El día siguiente.

◆

* House Un-American Activities Committee, conocido como HUAC. En adelante se remitirá por estas siglas.

Estaba más molesto que otra cosa. Me imaginé que, obviamente, se habían equivocado de Jack Braun. Llamé a la Metro y hablé con alguien del departamento jurídico. Me sorprendió al decirme

—Oh, pensábamos que recibiría el citatorio algo antes.

—Espera un minuto. ¿Cómo lo sabían?

Hubo un segundo de silencio incómodo.

—Nuestra política es cooperar con el FBI. Mire, haremos que uno de nuestros abogados se reúna con usted en Washington. Solo dígale al comité lo que sabe y estará de vuelta en California la semana que viene.

—Eh –dije– ¿qué tiene que ver el FBI con esto? ¿Y por qué no me habían dicho que esto iba a pasar? ¿Por cierto, qué demonios cree el comité que sé?

—Algo de China –dijo el hombre–. Al menos fue sobre eso sobre lo que nos han estado preguntando los investigadores.

Colgué el teléfono de golpe y llamé al señor Holmes. Él y Earl y David habían recibido sus citatorios un poco antes y habían estado intentado localizarme desde entonces, pero no podían ponerse en contacto conmigo al estar en Palm Springs.

—Van a intentar romper los Ases, granjero –dijo Earl–. Será mejor que tomes el primer vuelo hacia el este. Tenemos que hablar.

Hice las gestiones oportunas, y después Kim entró, vestida con su traje de tenis blanco, recién llegada de su lección. Sudada tenía mejor aspecto que cualquier otra mujer que haya conocido.

—¿Algo va mal? –dijo. Me limité a señalar la notificación.

La reacción de Kim fue rápida y me sorprendió.

—No hagas lo que hicieron los Diez –dijo rápidamente–. Hablaron entre ellos y montaron una defensa dura, y ninguno de ellos ha trabajado desde entonces –alargó la mano para tomar el teléfono–. Déjame llamar al estudio. Voy a conseguirte un abogado.

Observé cómo agarraba el teléfono y empezaba a marcar. Una mano helada me tocó en la nuca.

—Me gustaría saber lo que está pasando –dije.

Pero lo sabía. Lo sabía incluso entonces, y mi conocimiento tenía una precisión y una claridad que eran aterradoras. Lo único en lo que podía pensar era en cómo me hubiera gustado no ver las opciones tan claramente.

♥

Para mí, el Miedo había llegado tarde. El HUAC empezó a perseguir a Hollywood en el 47, con los Diez de Hollywood. Supuestamente el comité estaba investigando la infiltración comunista en la industria cinematográfica: una noción ridícula a todas luces, pues no había comunista que fuera a hacer propaganda en las películas sin el consentimiento expreso y el permiso de gente como el señor Mayer y los hermanos Warner. Los Diez habían sido o eran comunistas, y sus abogados estuvieron conformes en hacer una defensa basada en la Primera Enmienda y los derechos de libertad de expresión y de asociación.

El comité pasó por encima de ellos como una manada de búfalos sobre un lecho de margaritas.

Se les entregaron notificaciones de obstrucción a la justicia por negarse a cooperar, y después de que sus apelaciones concluyeran, años después, acabaron en prisión.

Los Diez se habían imaginado que la Primera Enmienda los protegería, que las acusaciones de obstrucción serían retiradas del tribunal al cabo de unos pocos meses a lo sumo. En cambio, las apelaciones se prolongaron durante años y los Diez fueron a la cárcel, y durante todo aquel tiempo ninguno pudo encontrar trabajo.

La lista negra empezó a existir. Mis viejos amigos de la Legión Americana, que por algún medio habían aprendido más tácticas sutiles tras perseguir a la Holiday Association con hachas, publicaron una lista de comunistas reconocidos o sospechosos, de modo que ningún empleador tenía excusa alguna para contratar a nadie de la lista. Si contrataba a alguien, se convertía él mismo en sospechoso, y su nombre podía añadirse a la lista.

Ninguno de los convocados ante el HUAC había cometido un crimen, tal como está definido por la ley, ni jamás fueron acusados de ningún crimen. No iban a ser investigados por actividad criminal, sino por asociación. El HUAC no tenía mandato constitucional para investigar a esa gente, la lista negra era ilegal, las pruebas presentadas en las sesiones del comité eran en buena medida rumores y jamás habrían sido admitidas ante un tribunal... nada de esto importaba. De todos modos sucedía. El HUAC había permanecido en silencio durante un tiempo, en parte porque su presidente, Parnell, había dado con sus huesos en la cárcel por aumentarse la nómina, y en parte porque las apelaciones de los Diez de Hollywood aún estaban en curso en el tribunal. Pero se habían vuelto hambrientos por la gran publicidad que habían conseguido al perseguir a Hollywood, y el público se había agitado en frenesí con los juicios de los Rosenberg y el caso Alger Hiss, así que concluyeron que era el momento adecuado para otra investigación escandalosa.

El nuevo presidente del HUAC, John S. Wood de Georgia, decidió ir detrás de la mayor presa del planeta.

Nosotros.

♣

Mi abogado de la Metro me recibió en el aeropuerto de Washington.

—Le aconsejo que no hable con el señor Holmes o el señor Sanderson –dijo.

—No sea ridículo.

—Van a tratar de que se defienda amparándose en la Primera o la Quinta Enmienda –dijo el abogado–. La Primera Enmienda no funcionará: se ha denegado en todas las apelaciones. La Quinta es una defensa contra la autoinculpación y, a menos que en verdad haya hecho algo ilegal, no puede usarla si no quiere *parecer* culpable.

—Y no tendrás trabajo, Jack –dijo Kim–. La Metro ni siquiera lanzará tus películas. La Legión Americana las vetará por todo el país.

—¿Y cómo sé que si hablo la cosa irá bien? –dije–. Para estar en la lista negra solo hace falta que digan tu nombre, por el amor de Dios.

—El señor Mayer me ha autorizado para que le diga –dijo el abogado– que conservará su trabajo si coopera con el comité.

Negué con la cabeza.

—Voy a hablar con el señor Holmes esta noche –les sonreí–. Somos los Ases, por el amor de Dios. Si no le podemos ganar a un congresista campesino de Georgia no merecemos trabajar.

Así que me reuní con el señor Holmes, Earl y David en el Statler. Kim dijo que no me estaba comportando de manera razonable y se mantuvo al margen.

No hubo acuerdo desde el principio. Earl dijo que, en primer lugar, el comité no tenía derecho a llamarnos y que simplemente deberíamos negarnos a cooperar. El señor Holmes dijo que no podíamos limitarnos a reconocer la lucha en ese mismo momento, que deberíamos defendernos ante el comité, que no había nada que esconder. Earl le dijo que en un tribunal que era una farsa no había lugar para defensa razonada. Lo único que quería David era probar sus feromonas con el comité.

—Al diablo con todo –dije–. Voy a acogerme a la Primera. La libertad de expresión y de asociación es algo que todo el mundo entiende.

Lo que no creí ni por un segundo, por cierto. Es solo que sentí que debía decir algo optimista.

No me convocaron el primer día; vagaba con David y Earl en el vestíbulo, dando vueltas y mordiéndome los nudillos mientras el señor Holmes y su abogado enfrentaban una situación complicada y trataban de evitar que aquella marea malévola, ácida, les arrancara la carne de los huesos. David intentó hablar con los guardias para que lo dejaran pasar, pero no tuvo suerte: los guardias del exterior estaban dispuestos a dejarlo entrar, pero los de dentro de la sala del comité no estaban expuestos a sus feromonas y siguieron impidiéndole el paso.

A los medios se les dejó entrar, por supuesto. Al HUAC le gustaba exhibir su virtud ante las cámaras de los noticiarios, y los noticiarios daban absoluta cobertura a aquel circo. No supe qué estaba pasando dentro hasta que el señor Holmes salió. Caminaba como un hombre que hubiera padecido una embolia, poniendo cuidadosamente un pie detrás del otro. Estaba gris. Parecía como si hubiera envejecido veinte años en unas pocas horas. Earl y David corrieron hacia él, pero lo único que pude hacer fue quedarme mirándolo aterrorizado mientras los otros lo ayudaban a avanzar por el pasillo.

El Miedo me tenía agarrado por el cuello.

♠

Earl y Blythe metieron al señor Holmes en el coche, y después Earl esperó a que llegara mi limusina de la Metro y se metió detrás con nosotros. Kim parecía enfurruñada y se apretó en una esquina para que no la tocara y se negó incluso a decir hola.

—Bueno, tenía razón –dijo–. No habríamos cooperado con estos bastardos en absoluto.

Aún estaba estupefacto por lo que había visto en el corredor.

—No puedo entender por qué demonios nos están haciendo esto.

Me lanzó una mirada divertida.

—Granjeros –dijo, un comentario resignado sobre el universo, y después meneó la cabeza–. Tienes que golpearles la cabeza con una pala para que presten atención.

Kim dio un respingo. Earl no mostró ninguna señal de haberla oído.

—Tienen hambre de poder, granjero –dijo–. Y han estado apartados del poder por Roosevelt y Truman durante un montón de años. Quieren recuperarlo y están fomentando toda esta histeria para hacerlo. Mira a los Cuatro Ases y ¿qué ves? Un comunista negro, un liberal, un judío, un liberal de F. D. R, una mujer viviendo en pecado. Súmale a Tachyon y tienes a un alienígena que no solo está subvirtiendo el país, sino nuestros cromosomas. Probablemente hay otros tan poderosos de los que nadie sabe nada. Y todos tienen poderes sobrenaturales, así que ¿quién sabe en qué están metidos? Y no están controlados por el gobierno, están siguiendo una especie de plan político liberal, así que amenazan la base del poder de la mayoría de la gente del comité que tienes ahí mismo.

»Por lo que yo me imagino, el gobierno debe de tener sus propios ases, gente de la que no hemos oído hablar. Eso significa que se puede prescindir de nosotros: somos demasiado independientes y somos políticamente poco recomendables. China y Checoslovaquia y los nombres de los otros ases: eso es una excusa. El punto es que si pueden destrozarnos en público, demuestran que pueden destrozar a cualquiera. Será un reino de terror que durará toda una generación. Nadie, ni siquiera el presidente estará inmune.

Negué con la cabeza. Había oído las palabras, pero mi cerebro no las aceptaba.

—¿Qué podemos hacer al respecto? –pregunté.

La mirada de Earl se clavó en la mía.

—Nada de nada, granjero.

Me di la vuelta.

◆

Mi abogado de la Metro me pasó una grabación de la audiencia de
Holmes aquella noche. El señor Holmes y su abogado, un viejo amigo de la familia, de Virginia, que se llamaba Crammer, estaban acostumbrados a los entresijos de Washington y los entresijos de la ley.
Esperaban un procedimiento ordenado, en el que los caballeros del
comité hicieran pregunta corteses a los caballeros que estaban citados como testigos.

El plan no tenía relación alguna con la realidad. El comité apenas
dejó hablar al señor Holmes; en su lugar, le habían gritado diatribas
llenas de crueles insinuaciones y en ningún momento se le había
dado derecho a réplica.

Me dieron una copia de la transcripción. En parte de ella se dice
lo siguiente:

SR. RANKIN: Cuando miro a este asqueroso hombre del New Deal que
está sentado ante el comité, con sus maneras de sabelotodo y sus ropas
de Bond Street y su decadente boquilla, todo lo que hay de estadouniden-
se y cristiano en mí se revuelve. ¡El hombre del New Deal! Ese maldito
New Deal lo impregna como un cáncer, y quiero gritar: «Usted es todo
lo que es malo para Estados Unidos. ¡Váyase y vuelva a la China roja a la
que pertenece, socialista del New Deal! En China lo recibirán con los
brazos abiertos, a usted y su traición».

PRESIDENTE: El tiempo de su señoría ha expirado.

SR. RANKIN: Gracias, señor presidente.

PRESIDENTE: ¿Señor Nixon?

SR. NIXON: ¿Cuáles son los nombres de la gente del Departamento
de Estado con los que consultó antes de viajar a China?

TESTIGO: Quisiera recordar al comité que aquellos con los que traté
eran funcionarios estadounidenses actuando de buena fe…

SR. NIXON: El comité no está interesado en sus expedientes. Solo en
sus nombres.

La transcripción seguía y seguía, ochenta páginas en total. Aparentemente, el señor Holmes había apuñalado por la espalda al generalísimo y entregado China a los rojos. Se le acusaba de haber
sido blando con el comunismo, justo como el bolchevique de Henry
Wallace, al que había apoyado en la carrera a la presidencia. John

Rankin de Mississippi, probablemente la voz más extraña de todo el comité, acusó al señor Holmes de formar parte de la conspiración judeo-comunista que había crucificado a Nuestro Señor. Richard Nixon, de California, siguió preguntando nombres: quería saber con qué personas del Departamento de Estado había consultado el señor Holmes para poder hacerles lo que ya había hecho con Alger Hiss. El señor Holmes no les dio ningún nombre y se acogió a la Primera Enmienda. Ahí es cuando el comité verdaderamente se alzó con indignación justificada: lo atacaron durante horas y al día siguiente enviaron una resolución de acusación por obstrucción al congreso. El señor Holmes iba de camino a la penitenciaría.

Iba a la cárcel y no había cometido un solo crimen.

♥

—Dios mío, tengo que hablar con Earl y David.

—Ya le aconsejé que no lo haga, señor Braun.

—Al diablo. Tenemos que hacer planes.

—Escúchalo, cariño.

—Al demonio con eso —el sonido de una botella entrechocando con un vaso—. Tiene que haber un modo de salir de todo esto.

♣

Cuando llegué a la suite del señor Holmes le habían administrado un sedante y estaba en la cama. Earl me dijo que Blythe y Tachyon habían recibido sus citatorios y que llegarían el día siguiente. No podíamos entender por qué. Blythe nunca había tomado parte en decisiones políticas, y Tachyon no tenía nada que ver en absoluto con China o la política estadunidense.

David fue convocado a la mañana siguiente. Sonreía cuando entró. Iba a vengarse por todos nosotros.

SR. RANKIN: Quisiera garantizar al caballero judío de Nueva York que no va a encontrar ningún sesgo debido a su raza. Cualquier hombre que crea en los principios fundamentales del cristianismo y viva de acuerdo con ellos, sea católico o protestante, tiene mi respeto y mi confianza.

TESTIGO: Quisiera decir al comité que me opongo a que se me describa como «caballero judío».

SR. RANKIN: ¿Se opone a la denominación de judío o a la de caballero? ¿De qué se está quejando?

Tras aquel difícil comienzo, las feromonas de David empezaron a infiltrarse en la habitación, y aunque no hizo que el comité bailara en círculo cantando el «Hava Nagila», consiguió genialmente que aceptaran cancelar los citatorios, suspendieran las audiencias, redactaran una resolución declarando a los Ases como unos patriotas, enviaran una carta al señor Holmes disculpándose por su conducta, revocaran las órdenes de obstrucción a la justicia de los Diez de Hollywood, y en general hicieran el ridículo durante varias horas ante las cámaras de los noticiarios. John Rankin llamó a David «el amigo de Estados Unidos», un gran elogio por su parte. David salió tan fresco, vimos que sonreía de oreja a oreja y le dimos palmaditas en la espalda y volvimos al Statler para celebrarlo.

Habíamos abierto la tercera botella de champán cuando el cretino del hotel abrió la puerta y los asistentes del congreso entregaron una nueva tanda de citatorios. Encendimos la radio y oímos al presidente John Wood declarando en directo que David «había utilizado una técnica de control mental practicada en el Instituto Pavlov de la Rusia Comunista» y que aquella letal forma de ataque sería investigada a fondo.

Me senté en la cama y contemplé las burbujas de mi copa de champán.

El Miedo había vuelto.

♠

Blythe entró a la mañana siguiente. Le temblaban las manos. David fue rechazado por todos los guardias de la entrada, que llevaban máscaras antigás.

Había camiones con símbolos de guerra química fuera. Descubrí más tarde que si intentábamos escaparnos, iban a usar fosgeno con nosotros.

Estaban construyendo una cabina de cristal en la sala de audiencias.

David declararía aislado, a través de un micrófono. Su control estaba en manos de John Wood.

Aparentemente, el HUAC estaba tan conmocionado como nosotros, porque su interrogatorio fue un poco inconexo. Le preguntaron sobre China y como ella había ido en un puesto científico no podía darles ninguna respuesta sobre las decisiones políticas. Después le preguntaron sobre la naturaleza de su poder, cómo exactamente absorbía mentes y qué hacía con ellas. Todo fue bastante cortés.

Henry van Renssaeler aún era un congresista, al fin y al cabo, y la cortesía profesional dictaba que no sugirieran que su mujer había usado su mente por él.

Hicieron salir a Blythe y llamaron a Tachyon. Iba vestido con un abrigo de color durazno y botas de montar con borlas. Todo aquel tiempo había estado ignorando los consejos de su abogado: entró con la actitud de un aristócrata cuyo deber, aceptado con resistencia, es corregir los malentendidos de la turba. Se creía más astuto que nadie y lo hicieron pedazos. Lo crucificaron por ser un alienígena ilegal, después le fustigaron por ser responsable de liberar el virus wild card, y para colmo le pidieron los nombres de los ases que había tratado, por si resultaba que alguno era un malvado infiltrado que influía las mentes de Estados Unidos a instancias del tío Joe Stalin. Tachyon se negó.

Lo deportaron.

◆

Harstein entró el día siguiente, acompañado de una hilera de marines vestidos para la guerra química. Una vez que lo tuvieron en la cabina de cristal, lo machacaron como habían hecho con el señor Holmes. John Wood controlaba el botón del micrófono y no lo dejaba hablar, ni siquiera para responder cuando Rankin dijo que era un repugnante judío. Cuando por fin tuvo oportunidad de hablar, David denunció que el comité no era más que un puñado de nazis. Aquello le sonó al señor Wood a obstrucción a la justicia.

Al acabar la audiencia, David también iba a prisión.

El congreso suspendió la sesión durante el fin de semana. Earl y yo íbamos a comparecer ante el comité el lunes siguiente.

♥

Estábamos en la suite del señor Holmes el viernes por la noche, oyendo la radio, y todo parecía mal. La Legión Americana estaba organizando manifestaciones de apoyo al comité por todo el país. Llegaban sartas de citatorios a gente de todo el país que era conocida por tener habilidades de as: no se convocó a ningún joker deforme porque no quedaban bien ante las cámaras. Mi agente me había dejado un mensaje diciendo que Chrysler quería que devolviera el coche y que la gente de Chesterfield habían llamado y estaban preocupados.

Me bebí una botella de whisky. Blythe y Tachyon estaba escondidos en alguna parte. David y Holmes eran zombis, sentados en un rincón, con los ojos hundidos, encerrados en su agonía interior. Ninguno de nosotros tenía nada que decir, excepto Earl.

—Me acogeré a la Primera Enmienda y que les den a todos –dijo–. Si me meten en la cárcel, me iré volando a Suiza.

Miré mi bebida.

—Yo no puedo volar, Earl –dije.

—Claro que sí, granjero –dijo–. Me lo dijiste tú mismo.

—¡*No puedo volar*, maldita sea! Déjame solo.

No podía soportarlo más, y me llevé otra botella y me fui a la cama. Kim quería hablar, pero me di media vuelta y fingí estar dormido.

♣

—Sí, señor Mayer.

—¿Jack? Esto es terrible, Jack, terrible.

—Sí, lo es. Esos bastardos, señor Mayer. Van a hundirnos.

—Tú solo haz lo que te diga el abogado, Jack. Estará bien. Sé valiente.

—¿Valiente? –risas–. ¿Valiente?

—Es lo correcto, Jack. Eres un héroe. No pueden tocarte. Solo diles lo que quieren saber y Estados Unidos te amará por eso.

—No quiero ser una rata.

—Jack, Jack. No uses ese tipo de palabras. Es algo patriótico lo que quiero que hagas. Es lo correcto. Quiero que seas un héroe. Y quiero que sepas que siempre hay un lugar en la Metro para un héroe.

—¿Cuánta gente va a comprar entradas para ver a una rata, señor Mayer? ¿Cuánta?

—Pásale el teléfono al abogado, Jack. Quiero hablar con él. Sé un buen chico y haz lo que te diga.

—Al demonio que lo haré.

—Jack. ¿Qué puedo hacer contigo? Déjame hablar con el abogado.

♠

Earl estaba fuera, flotando a la altura de mi ventana. Gotas de lluvia centelleaban en los anteojos situados en la parte superior de su casco de aviador. Kim lo miró y se fue de la habitación. Salí de la cama, me dirigí a la ventana y la abrí. Entró volando, posó sus botas en la alfombra y encendió un cigarrillo.

—No tienes buen aspecto, Jack.

—Tengo resaca, Earl.

Sacó un *Washington Star* que llevaba plegado en el bolsillo.

—Aquí tengo algo que te va a hacer pasar la borrachera. ¿Viste el periódico?

—No. No he visto una mierda.

Lo abrió. El titular decía: STALIN ANUNCIA SU APOYO A LOS ASES. Me senté en la cama y agarré la botella.

—Dios.

Earl tiró el periódico.

—Quiere hacernos caer. Lo echamos de Berlín, por el amor de Dios. No tiene ninguna razón para querernos. Allá está persiguiendo a sus propios wild cards dotados de talento.

—El bastardo, el bastardo —cerré los ojos. Tras los párpados los colores palpitaban dolorosamente—. ¿Tienes un cigarrillo? —pregunté. Me dio uno, y me lo encendió con el Zippo que llevaba en la guerra. Me recosté en la cama y me froté la barbilla.

—Tal y como yo lo veo —dijo Earl—, vamos a tener diez años malos. Quizás incluso tengamos que dejar el país —meneó la cabeza—. Y después volveremos a ser héroes. Tardaremos al menos todo ese tiempo.

—Desde luego, sabes cómo animar a un hombre.

Se rio. El cigarrillo sabía a rayos. Me quité el gusto con whisky.

La sonrisa desapareció de la cara de Earl y meneó la cabeza.

—Es la gente a la que van a llamar después de nosotros, es por ellos por los que lo siento. Va a haber una caza de brujas en este país en los próximos años –meneó la cabeza–. La NAACP está pagando por mi abogado. Debería devolvérselo. No quiero que ninguna organización se asocie a mí. Eso solo les pondrá las cosas más difíciles en el futuro.

—Mayer al teléfono.

—Mayer –hizo una mueca–. Solo con que estos tipos que dirigen los estudios hubieran dado la cara cuando los Diez comparecieron ante el tribunal... Si hubieran tenido un poco de cojones nada de esto habría ocurrido –me lanzó una mirada–. Te iría mejor si te buscaras otro abogado. A menos que te acojas a la Quinta –frunció el ceño–. La Quinta es más rápida. Solo te preguntan el nombre, dices que no quieres responder y se acabó.

—Entonces ¿qué importa quién sea el abogado?

—En eso tienes razón –me ofreció una sonrisa cansada–. Realmente no importa nada, ¿verdad? Nada de lo que digamos o hagamos. El comité hará lo que quiera de un modo u otro.

—Sí. Se acabó.

Su sonrisa, al mirarme, se convirtió en una sonrisa tierna. Por un momento, pude ver el resplandor que Lillian decía que le rodeaba. Ahí estaba, a punto de perder todo por lo que había trabajado, a punto de ser usado como un arma que golpearía al movimiento por los derechos civiles y el antifascismo y el antiimperialismo y el movimiento obrero y todo lo que le importaba, sabiendo que su nombre se convertiría en anatema, que cualquiera que jamás se hubiera asociado con él se enfrentaría pronto al mismo trato... y de alguna manera lo aceptaba todo, entristecido por supuesto, pero aún firme en su interior. El Miedo ni siquiera se había acercado lo bastante como para rozarle. No tenía miedo del comité, de la desgracia, de la pérdida de posición y estatus social. No se arrepentía de un solo instante de su vida, de un solo momento que hubiera dedicado a sus creencias.

—¿Se acabó? –dijo. Había fuego en sus ojos–. ¡Diablos, Jack! –rio–, no se acabó. Una audiencia del comité no es la guerra. Somos ases. No pueden quitarnos eso, ¿verdad?

—Sí. Supongo.

—Mejor te dejo para que te recuperes de la resaca –se dirigió a la ventana–. Es hora de mi paseo matutino, de todos modos.

—Te veo luego.

Me hizo una señal, con el pulgar hacia arriba, mientras ponía la pierna en el alféizar.

—Cuídate, granjero.

—Tú también.

Salí de la cama para cerrar la ventana justo cuando la llovizna se convertía en un aguacero. Miré a la calle. La gente corría a refugiarse.

◆

—Earl *realmente fue comunista*, Jack. Perteneció al partido varios años, fue a Moscú a estudiar. Escucha, querido –ahora implorando–, no puedes ayudarlo. Lo van a crucificar, hagas lo que hagas.

—Puedo mostrarle que no está solo en la cruz.

—Genial. Es genial. Me casé con un mártir. Solo dime, ¿cómo vas a ayudar a tus amigos acogiéndote a la Quinta? Holmes no va a volver a la vida pública. David se metió él solito en la cárcel. Tachyon va a ser deportado. Y Earl está condenado, eso está claro. Ni siquiera puedes cargar la cruz por ellos.

—¿Quién está siendo sarcástico ahora?

Ahora a gritos.

—¿*Vas a soltar esa botella y escucharme*? ¡Esto es algo que tu país quiere que hagas! ¡Es lo correcto!

No podía soportarlo más, así que salí a dar un paseo en la fría tarde de febrero. No había comido en todo el día y me había empinado una botella de whisky y el tráfico silbaba al pasar mientras caminaba, la llovizna caía en mi cara, empapando mi saco fino, propio del clima de California y no me di cuenta de nada. Solo pensaba en aquellas caras, Wood y Rankin y Francis Case, las caras con mirada de odio y la constante retahíla de insinuaciones. Había llevado la democracia a Argentina, por el amor de Dios, podía traerla a Washington del mismo modo.

Las ventanas del Capitolio estaban oscuras. La fría lluvia brillaba sobre el mármol. No había nadie allí. Di algunas vueltas buscando una puerta abierta y finalmente reventé una puerta lateral y fui directo a la sala del comité. Abrí la puerta de golpe y entré.

Estaba vacía, por supuesto. No sé por qué estaba tan sorprendido. Solo había unos pocos focos. La cabina de cristal de David brillaba bajo la tenue luz como una pieza de cristal fino. Los equipos de cámaras y de radio estaban en su sitio. El martillo del presidente, de latón y esmalte, relucía. De algún modo, mientras estaba allí plantado como un imbécil en el silencio ahogado de la habitación, mi ira desapareció.

Me senté en una de las sillas y traté de recordar qué estaba haciendo allí. Estaba claro que los Cuatro Ases estábamos condenados. Estábamos atados por la ley y la decencia, y el comité no. El único modo de combatirlos era romper la ley, alzarse ante sus caras petulantes y hacer pedazos la sala del comité, riéndonos mientras los congresistas se escabullían bajo sus mesas tratando de refugiarse. Y si lo hacíamos, nos convertiríamos en lo que habíamos combatido, una fuerza más allá de la ley sembrando el terror y la violencia. Nos convertiríamos en lo que el comité decía que éramos. Y eso solo empeoraría las cosas.

Los Ases iban a caer y nada podía pararlo.

Mientras bajaba por las escaleras del Capitolio me sentía perfectamente sobrio. No importaba cuánto bebiera, el alcohol no haría que dejara de saber lo que ya sabía, que no viera la situación en toda su espantosa y abrumadora claridad.

Lo sabía, lo había sabido todo el tiempo, y no podía fingir lo contrario.

♥

A la mañana siguiente entré en el vestíbulo con Kim a un lado y el abogado en el otro. Earl estaba en el vestíbulo, con Lillian de pie apretando su bolsa.

No podía mirarlos. Pasé de largo y los marines con sus máscaras de gas abrieron la puerta y entré en la sala de audiencias y anuncié mi intención de testificar ante el comité como testigo amigable.

♣

Más tarde, el comité desarrolló un procedimiento para los testigos amigables. Primero habría una sesión a puerta cerrada, solo el testigo y el comité, una especie de ensayo general para que todo el mundo supiera de qué se iba a hablar y qué información iba a desarrollarse, para que las cosas pudieran fluir en la sesión pública. El procedimiento no se había puesto en marcha cuando testifiqué, así que fue un poco más brusco.

Sudaba bajo los focos, tan aterrorizado que apenas podía hablar: lo único que podía ver eran aquellos nueve pares de ojitos malévolos mirándome fijamente desde la otra punta de la habitación, y lo único que podía oír eran sus voces, retumbando por los altavoces, como si fuera la voz de Dios.

Wood empezó, preguntándome las cuestiones de apertura: quién era, dónde vivía, cómo me ganaba la vida. Después entró en el tema de mis asociaciones, empezando por Earl. Su tiempo se agotó y me entregó a Kearney.

—¿Es consciente de que el señor Sanderson fue en el pasado miembro del Partido Comunista?

Ni siquiera oí la pregunta. Kearney tuvo que repetirla.

—¿Eh? Oh. Me lo dijo, sí.

—¿Sabe si actualmente aún es un miembro?

—Creo que dejó el partido después de lo del pacto nazi-soviético.

—En 1939.

—Si es cuando lo del pacto nazi-soviético pasó, el 39, supongo –había olvidado todas las nociones de interpretación que había aprendido. Me toqueteaba la corbata, balbuceaba ante el micrófono, sudaba. Intentaba no mirar a aquellos nueve pares de ojos.

—¿Tiene conocimiento de cualquier afiliación comunista mantenida por el señor Sanderson después del pacto nazi-soviético?

—No.

Y entonces llegó.

—¿Le ha mencionado algún nombre perteneciente a grupos comunistas o afiliados al comunismo posteriores al pacto nazi-soviético?

Dije lo primero que me vino a la cabeza. Sin siquiera pensarlo.

—Había una chica, creo, en Italia. Que conoció durante la guerra. Creo que se llamaba Lena Goldoni. Ahora es actriz.

Aquellos pares de ojos ni siquiera pestañearon. Pero pude ver sonrisitas en sus caras. Y pude ver a los reporteros por el rabillo del ojo, inclinándose de repente sobre sus cuadernos de notas.

—¿Puede deletrear el nombre, por favor?

♠

Aquello fue el clavo en el ataúd de Earl. Lo que podía haber dicho de Earl hasta entonces, al menos, lo habría revelado él mismo en coherencia con sus principios. La traición a Lillian implicaba otras traiciones, quizás a su país. Lo había destruido con unas pocas palabras, y en aquel momento ni siquiera sabía qué estaba haciendo.

Continué balbuceando. Aterrorizado, tratando de acabar con todo aquello, dije todo lo que se me ocurrió. Hablé de amar a Estados Unidos y de cómo dije cosas positivas de Henry Wallace solo para complacer al señor Holmes y que estaba seguro de que había sido una idiotez. No quería cambiar el modo de vida del sur, el modo de vida del sur era un buen modo de vida. Vi *Lo que el viento se llevó* dos veces, una gran película. La señora Bethune solo era una amiga de Earl con la que me había fotografiado. Velde se hizo cargo del interrogatorio.

—¿Tiene conocimiento del nombre de algunos de los llamados ases que puedan estar viviendo en este país al día de hoy?

—No. Ninguno, quiero decir, además de los que ya han recibido citatorios de este comité.

—¿Sabe si Earl Sanderson conoce alguno de esos nombres?

—No.

—¿No se los ha confiado a usted?

Bebí agua. ¿Cuántas veces podían repetirlo?

—Si conoce el nombre de alguno, no lo ha mencionado en mi presencia.

—¿Sabe si el señor Harstein conoce alguno de esos nombres?

Una y otra vez.

—No.

—¿Cree que el doctor Tachyon conoce alguno de esos nombres?

Ya habían tratado este tema. Yo solo estaba confirmando lo que sabían.

—Ha tratado a mucha gente afectada por el virus. Asumo que conoce sus nombres. Pero nunca me los ha mencionado.

—¿Conoce la señora van Renssaeler la existencia de otros ases?

Empecé a negar con la cabeza, entonces un pensamiento me asaltó, y tartamudeé.

—No, por sí misma no.

Velde siguió obstinadamente.

—¿Conoce el señor Holmes...? —empezó, y entonces Nixon percibió que había algo, por el modo en que había contestado a la pregunta, y le pidió a Velde permiso para interrumpir. Nixon era el más listo, sin duda. Su cara impaciente de ardilla me miró fijamente por encima de su micrófono.

—¿Puedo pedir al testigo que aclare esa afirmación?

Estaba horrorizado. Bebí otro sorbo de agua e intenté pensar en un modo de salir de aquello. No podía. Pedí a Nixon que repitiera la pregunta. Lo hizo. Mi respuesta llegó antes de que acabara.

—La señora van Renssaeler ha absorbido la mente del doctor Tachyon. Debería conocer cualquier nombre que él conozca.

Lo extraño era que no hubieran descubierto lo de Blythe y Tachyon hasta entonces. Tenía que llegar el gran atleta de Dakota y juntarles las piezas.

Debería haber agarrado una pistola y dispararle. Habría sido más rápido.

◆

El presidente Wood me dio las gracias al acabar mi testimonio. Cuando el presidente del HUAC te daba las gracias significaba que todo estaba bien en lo que a ellos concernía, y que otra gente podía asociarse contigo sin miedo a ser etiquetado como un paria. Quería decir que tenías un trabajo en Estados Unidos de América.

Salí de la sala de audiencias con mi abogado a un lado y Kim al otro. No pude mirar a mis amigos a los ojos. Al cabo de una hora estaba en un avión de regreso a California.

La casa de Summit estaba llena de ramos de flores de felicitación de amigos que había hecho en la industria del cine. Había telegramas de todo el país hablando de lo valiente que había sido. La Legión Americana estaba fuertemente representada.

En Washington, Earl estaba acogiéndose a la Quinta.

♥

No se limitaron a escuchar la Quinta y dejarlo ir. Le hicieron una pregunta capciosa tras otras, y le hicieron acogerse a la Quinta en cada una. ¿Es usted un comunista? Earl respondía con la Quinta. ¿Es usted un agente del gobierno soviético? La Quinta. ¿Está asociado con espías soviéticos? La Quinta. ¿Conoce a Lena Goldoni? La Quinta. ¿Era Lena Goldoni su amante? La Quinta. ¿Era Lena Goldoni una agente soviética? La Quinta.

Lillian estaba sentada en una silla detrás de él. Sentada en silencio, apretaba su bolsa cada vez que el nombre de Lena salía, una y otra vez.

Y finalmente Earl se hartó. Se inclinó hacia delante, con el rostro tenso por la ira.

—¡Tengo cosas mejores que hacer que incriminarme ante un hatajo de fascistas! –ladró, y al instante determinaron que había renunciado a la Quinta al hablar, y le volvieron a hacer las mismas preguntas otra vez. Cuando temblando de rabia declaró que simplemente había parafraseado la Quinta y que continuaría negándose a responder, lo acusaron de obstrucción.

Iba a unirse con el señor Holmes y David en la cárcel.

La gente de la NAACP se reunió con él aquella noche. Le dijeron que se desvinculara del movimiento de los derechos civiles. Había ayudado a levantar la causa cincuenta años atrás. Tenía que mantenerse alejado en el futuro.

El ídolo había caído. Se había creado la imagen de un superhombre, un héroe sin tacha, y una vez que yo mencioné a Lena el pueblo se dio cuenta de repente de que Earl Sanderson era humano. Lo culparon por ello, por su propia ingenuidad al creer en él y por la súbita pérdida de su fe, y en otros tiempos le hubieran lapidado o colgado del árbol más próximo, pero al final lo que hicieron fue peor.

Lo dejaron vivir.

Earl sabía que estaba acabado, que era un cadáver andante, que les había dado un arma que estaba siendo usada para aplastarlo a él y a todo en lo que creía, que había destruido la imagen heroica que tan cuidadosamente había articulado, que había aplastado las esperanzas de todos los que creían en él… Cargaría con ese conocimiento hasta el día en que muriera, y aquello lo paralizó. Aún era joven, pero quedó incapacitado y nunca volvió a volar tan alto, o tan lejos.

Al día siguiente el HUAC llamó a Blythe. Ni siquiera quiero pensar en lo que ocurrió entonces.

♣

Golden Boy se estrenó dos meses después de las audiencias. Me senté junto a Kim en el estreno y desde el momento en que la película empezó, me di cuenta de que había cometido un terrible error.

El personaje de Earl Sanderson había desaparecido, simplemente lo habían cortado de la película. El personaje de Archibald Holmes no era del FBI, pero tampoco era independiente, pertenecía a aquella organización nueva, la CIA. Alguien había filmado un montón de material nuevo. El régimen fascista de Sudamérica se había convertido en un régimen comunista de la Europa del Este, todo interpretado por hombres de piel cetrina con acento español. Cada vez que los personajes decían «Nazi» se había doblado como «rojo», y el doblaje era alto y malo y poco convincente.

Vagué aturdido en la recepción posterior. Todos seguían diciéndome qué gran actor era, qué gran película era. En el cartel de la película se leía *Jack Braun: ¡un héroe en el que Estados Unidos puede confiar!* Quería vomitar.

Me fui pronto y me metí en la cama.

Seguí ganando diez de los grandes por semana mientras la película se hundía en la taquilla. Me dijeron que la película de Rickenbacker iba a ser un gran éxito, pero justo en ese momento estaban teniendo problemas de guion con mi siguiente película. Los primeros dos guionistas habían sido citados por el comité y habían acabado en la lista negra porque no querían decir nombres. Aquello me hizo llorar.

Después de que las apelaciones de los Diez de Hollywood se resolvieran, el siguiente actor al que llamaron fue Larry Parks, el hombre al que había estado viendo cuando el virus afectó Nueva York. Dio algunos nombres, pero no los dio de buena gana y su carrera se acabó.

No parecía librarme del asunto. Algunas personas no querían hablarme en las fiestas. A veces entreoía trozos de conversación. «As traidor», «Rata de oro», «Testigo amigable» decían, como si fuera un nombre o un título.

Me compré un Jaguar para sentirme mejor.

Mientras tanto, Corea del Norte cruzó el paralelo 38 y las fuerzas de Estados Unidos quedaron aplastadas en Taejon. Yo no estaba haciendo más que tomar clases de interpretación un par de veces por semana.

Llamé a Washington directamente. Me dieron el rango de teniente coronel y me enviaron en un avión especial.

La Metro pensó que sería una gran maniobra publicitaria.

Me dieron un helicóptero especial, uno de los primeros Bells, con un piloto de los pantanos de Luisiana que exhibía unas decididas ganas de morir. Había un dibujo mío en los paneles laterales, con una rodilla doblada y un brazo en alto, como si fuera Superman volando.

Me dejaron tras las líneas de Corea del Norte y entonces les di una paliza. Fue muy sencillo.

Demolía columnas enteras de tanques. Cualquier pieza de artillería que se divisara por nuestro lado la convertía en un pretzel. Hice prisioneros a cuatro generales norcoreanos y rescaté al general Dean de los coreanos que lo habían capturado. Eliminé convoyes enteros de suministros de las laderas de las montañas. Tenía el ánimo abatido y estaba decidido y furioso, estaba salvando vidas estadunidenses, y se me daba muy bien.

Hay una foto mía que fue portada de *Life*. Salgo con esa sonrisa tensa de Clint Eastwood, levantando un T-34 por encima de mi cabeza. Hay un norcoreano muy sorprendido en la torreta. Resplandezco como un meteorito. La fotografía se tituló «La superestrella de Pusan», «superestrella» era una palabra nueva en aquel entonces. Me sentía orgulloso por lo que estaba haciendo.

De vuelta a Estados Unidos, *Rickenbacker* fue un éxito. No tanto como todo el mundo esperaba, pero fue espectacular y recaudó una buena cantidad de dinero. El público parecía ambivalente en sus reacciones respecto a la estrella. Aun apareciendo en la portada de *Life*, había gente que no podía verme como a un héroe.

La Metro volvió a lanzar *Golden Boy*. Volvió a ser un fiasco.

No me importaba mucho. Yo sostenía el Perímetro Pusan. Estaba allí mismo, con los soldados, bajo el fuego la mitad del tiempo, durmiendo en una tienda, comiendo comida enlatada y con el aspecto de uno de los personajes de dibujo de Bill Mauldin. Creo que era un comportamiento bastante único para un teniente coronel. Los otros oficiales lo odiaban, pero el general Dean me apoyaba –hubo un punto en el que él mismo estaba disparando a los tanques con una bazuca– y era un éxito entre los soldados.

Me enviaron a la isla de Wake para que Truman pudiera darme la Medalla del Honor y MacArthur voló en el mismo avión. Parecía preocupado todo el tiempo, no gastó un segundo conversando conmigo. Parecía increíblemente viejo, en las últimas. No creo que le gustara.

Una semana después, salimos de Pusan y MacArthur desembarcó el Cuerpo x en Incheon. Los norcoreanos corrieron por él.

Cinco días después, estaba de vuelta en California. El ejército me dijo, bastante secamente, que mis servicios ya no eran necesarios. Estoy bastante seguro de que fue cosa de MacArthur. Quería ser la superestrella de Corea, y no quería compartir los honores. Y probablemente había otros ases –ases agradables, silenciosos, anónimos– trabajando para Estados Unidos por entonces.

No quería irme. Durante un tiempo, particularmente después de que los chinos aplastaran a MacArthur, seguí llamando a Washington con nuevas ideas sobre cómo podría ser útil. Podría hacer batidas en los aeródromos de Manchuria que nos estaban causando tantos problemas. O podía ser el hombre clave en una gran operación. Las autoridades fueron muy educadas, pero estaba claro que no me querían.

No obstante, oí hablar de la CIA. Después de Dien Bien Phu, querían enviarme a Indochina para librarnos de Bao Dai. Parecía un plan a medias –no tenían ni idea de quién o qué querían colocar en el lugar de Bao Dai, por un lado; solo esperaban que «las fuerzas liberales anticomunistas nativas» se levantaran y tomaran el mando– y el tipo que estaba a cargo de la operación seguía usando la jerga de la Avenida Madison para disimular el hecho de que no sabía nada de Vietnam o de cualquiera de las personas con las que se suponía que tenía que tratar.

Decliné. Tras eso, mi único compromiso con el gobierno federal fue pagar mis impuestos cada abril.

♠

Mientras estaba en Corea, las apelaciones de los Diez de Hollywood se resolvieron. David y el señor Holmes fueron a prisión. David cumplió tres años. El señor Holmes solo cumplió seis meses y después fue liberado por causa de su salud. Todo el mundo sabe lo que le ocurrió a Blythe.

Earl voló a Europa y apareció en Suiza, donde renunció a la ciudadanía estadunidense y se convirtió en ciudadano del mundo. Un mes después, estaba viviendo con Orlena Goldoni en su departamento de París. Se había convertido en una gran estrella por aquel entonces. Supongo que decidió que ya que no tenía sentido ocultar más su relación, la airearía.

Lillian permaneció en Nueva York. Quizás Earl le enviaba dinero. No lo sé.

◆

Perón volvió a Argentina a mediados de los cincuenta con su zorrita peliteñida. El Miedo se desplazó hacia el sur.

Hice películas, pero de un modo u otro, ninguna de ellas fue el éxito que esperaba. La Metro seguía murmurando sobre mi problema de imagen.

La gente no podía creer que yo fuera un héroe. Yo tampoco podía creerlo y eso afectaba mi interpretación. En *Rickenbacker*, tenía convicción. Después de eso, nada.

Kim tenía su carrera en marcha por entonces. No la veía mucho. Finalmente su detective le consiguió una fotografía mía en la cama con la dermatóloga que acudía a aplicarme maquillaje cada mañana, y Kim se quedó la casa en Summit Drive, con las doncellas y el jardinero y los choferes y la mayor parte de mi dinero, y acabé en una pequeña casita de la playa en Malibú, con el Jaguar en el garaje. A veces mis fiestas duraban semanas.

Hubo dos matrimonios tras eso, y el más largo duró solo ocho meses. Me costaron el resto del dinero que había hecho. La Metro me dejó libre y trabajé para la Warner. Las películas fueron cada vez peores. Hice el mismo *western* alrededor de seis veces.

Al final me rendí a la evidencia. Mi carrera cinematográfica había muerto años antes y yo estaba acabado. Fui a la NBC con una idea para una serie de televisión.

Tarzán de los monos se emitió durante cuatro años. Fui el productor ejecutivo y en la pantalla hacía desde asistente hasta chimpancé. Fui el primer y único Tarzán rubio. Tenía un montón de puntos y la serie me preparó para la vida.

Tras eso hice lo que todo exactor de Hollywood hace. Me metí en negocios inmobiliarios, vendí casas de actores en California por una temporada, después creé una compañía y empecé a construir departamentos y centros comerciales. Siempre usaba el dinero de otras personas: no iba a permitirme correr el riesgo de arruinarme otra vez. Coloqué centros comerciales en la mitad de las ciudades del Medio Oeste.

Hice una fortuna. Incluso después de no necesitar el dinero, seguí con ella.

Cuando Nixon salió elegido me puse mal. No podía entender cómo la gente le creía a ese hombre.

Después de salir de la cárcel, el señor Holmes se fue a trabajar como editor del *New Republic*. Murió en 1955 de cáncer de pulmón. Su hija heredó el dinero de la familia. Supongo que mis ropas aún están en los armarios.

Dos semanas después de que Earl huyera del país, Paul Robeson y W. E. B. Du Bois se unieron al Partido Comunista, recibiendo sus carnés en una ceremonia pública en Herald Square. Anunciaron que se sumaban a la protesta por el tratamiento de Earl ante el HUAC.

El HUAC citó a muchos negros a su sala de audiencias. Incluso Jackie Robinson fue convocada y apareció como testigo amigable. A diferencia de los testigos blancos, a los negros no se les pedía que dieran nombres. El HUAC no quería crear más mártires negros. En su lugar, se instaba a los testigos a denunciar las opiniones de Sanderson, Robeson y Du Bois. A muchos de ellos se les obligaba.

Durante las décadas de los cincuenta y los sesenta fue difícil tener una idea de qué estaba haciendo Earl. Vivía discretamente con Lena Goldoni en París y Roma. Ella era una gran estrella, políticamente activa, pero a Earl no se le veía mucho.

No se escondía, creo. Solo se mantenía fuera de escena. Hay una diferencia.

Hubo rumores, no obstante. Se le vio en África durante varias guerras de independencia. Luchó en Argelia contra los franceses y el Ejército Secreto. Cuando se le preguntó, Earl se negó a confirmar o negar sus actividades. Varios individuos y causas izquierdistas lo cortejaron, pero rara vez se comprometía públicamente. Creo que, como yo, no quería que lo volvieran a utilizar. Pero también creo que tenía miedo al daño que pudiera hacerle a cualquier causa al vincularse a ella.

Por fin, el reino del terror acabó, tal como Earl había dicho. Mientras yo me columpiaba por las lianas como Tarzán, John y Robert Kennedy acabaron con la lista negra al cruzar una manifestación de la Legión Americana para ver *Espartaco*, una película escrita por uno de los Diez de Hollywood.

Los ases empezaron a salir de sus escondites, a entrar en la vida pública. Pero ahora llevaban máscaras y usaban seudónimos, justo como en los cómics que había leído en la guerra y que me habían parecido una tontería. Ahora no era una tontería. Estaban arriesgándose. El Miedo podía volver algún día.

Se escribieron libros sobre nosotros. Decliné todas las entrevistas. A veces la pregunta salía en público y yo me limitaba a adoptar un tono frío y decir: «Me niego a hablar de eso en este momento». Mi propia Quinta Enmienda.

En los sesenta, cuando el movimiento por los derechos civiles se empezó a calentar en este país, Earl fue a Toronto y se colocó en la frontera. Se reunió con líderes negros y periodistas, habló solo de derechos civiles.

Pero Earl, en aquellos momentos, era irrelevante. La nueva generación de líderes negros invocaban su memoria y citaban sus discursos, y los Panteras copiaban su chamarra de cuero, sus botas, su boina, pero el hecho de que continuara existiendo como ser humano más que como símbolo era un poco molesto. El movimiento hubiera preferido un mártir muerto, cuya imagen podría haber sido usada para cualquier fin, a un hombre vivo y apasionado, que expresaba sus ideas alto y claro.

Quizá lo percibió cuando le pidieron que fuera al sur. La gente de inmigración probablemente se lo hubiera permitido. Pero lo pensó demasiado y entonces Nixon ya era presidente. Earl no podría entrar en un país dirigido por un antiguo miembro del HUAC.

Hacia los setenta, Earl se había establecido permanentemente en el departamento de Lena en París. Los exiliados de los Panteras, como Cleaver, intentaron hacer causa común con él y fracasaron.

Lena murió en 1975 en un accidente ferroviario. Le dejó a Earl su dinero.

Había concedido entrevistas de vez en cuando. Las localicé y las leí. Según uno de los entrevistadores, una de las condiciones de la entrevista había sido que no le preguntaran por mí. Quizá quería que algunos recuerdos murieran de muerte natural. Habría querido darle las gracias por ello.

Hay una historia, una leyenda casi, difundida por quienes marcharon hacia Selma en el 65 durante la cruzada por el derecho al voto… decía que cuando los policías cargaron con su gas lacrimógeno, sus macanas y sus perros, y los manifestantes empezaron a caer ante la oleada de tropas blancas, algunos juraron que habían mirado al cielo y visto un hombre volando, una figura erguida, con chamarra y casco de aviador, pero el hombre solo rondaba aquí y allá y después había desaparecido, incapaz de actuar, incapaz de decidir si usar sus poderes habría ayudado a la causa o actuado en su contra. La magia no había regresado, ni siquiera en un momento tan trascendente, y después de eso no hubo nada en su vida excepto la silla en el café, la pipa, el periódico y la hemorragia cerebral que finalmente se lo llevó a lo que sea que aguarde en el cielo.

♥

Cada cierto tiempo empiezo a preguntarme si se ha acabado, si la gente se ha olvidado realmente. Pero los ases son parte de la vida ahora, parte del trasfondo y todo el mundo se ha criado con la mitología de los ases, con la historia de los Cuatro Ases y su traidor. Todo el mundo conoce al As traidor y sabe qué aspecto tiene.

Durante uno de mis periodos de optimismo me encontraba en Nueva York por negocios. Fui al Aces High, el restaurante del Empire State Building donde una nueva generación de ases pasaba el rato. Me encontré en la puerta con Hiram, el as que solía llamarse a sí mismo Fatman hasta que se descubrió su identidad, y me di cuenta de inmediato de que me había reconocido y que yo estaba cometiendo un gran error.

Fue bastante educado, se lo concederé, pero la sonrisa le costó un buen esfuerzo. Me senté en un rincón oscuro, donde la gente no pudiera verme. Pedí una bebida y el filete de salmón.

Cuando llegó el plato, el filete estaba rodeado por un círculo bien definido de monedas. Las conté. Treinta piezas de plata.

Me levanté y me fui. Podía notar los ojos de Hiram sobre mí todo el tiempo. Nunca volví.

No podía culparlo en absoluto.

♣

Cuando hacía Tarzán, la gente decía que estaba bien conservado. Después, cuando estaba vendiendo inmuebles y promociones, todo el mundo me decía lo bien que me sentaba el trabajo. Parecía muy joven.

Si me miro ahora en el espejo, veo al mismo chico que merodeaba por las calles de Nueva York para ir a las audiciones. El tiempo no me ha añadido ninguna arruga ni me ha cambiado físicamente de ningún modo. Ahora tengo cincuenta y cinco, y aparento veintidós. Quizá nunca envejezca.

Aún sigo sintiéndome como una rata. Pero solo hice lo que mi país me pidió.

Quizá seré el As traidor para siempre.

A veces me pregunto cómo sería volver a ser un as, ponerme una máscara y un disfraz. Hacerme llamar Hombre Músculo, o el Chico de la Playa o el Gigante Rubio o algo. Salir y salvar el mundo, o al menos, un trocito.

Pero entonces pienso, no. Tuve mi momento y pasó. Y cuando tuve la oportunidad, no pude ni salvar mi propia integridad. O a Earl. O a nadie.

Debería haberme quedado las monedas. Me las había ganado, al fin y al cabo.

♣ ♦ ♠ ♥

Ritos de degradación
♣ ♦ ♠ ♥

por Melinda M. Snodgrass

UNA PÁGINA DE PERIÓDICO VOLÓ SOBRE LA HIERBA MARCHITA del parque de Neuilly, diminuta como una estampilla, y fue a descansar en la base de una estatua de bronce del almirante D'Estaing. Se agitó espasmódicamente, como un animal exhausto que se detiene a respirar; después, el gélido viento de diciembre la capturó de nuevo y se la llevó volando.

El hombre que estaba tirado en la banca de hierro del centro del parque miró el papel que se acercaba con el aire de una persona que se enfrenta a una decisión monumental.

Luego, con el exagerado cuidado de un viejo borracho, alargó el pie y lo atrapó.

Al doblarse sobre el trozo de papel hecho jirones, un hilo de vino tinto de la botella que sujetaba entre sus muslos cayó sobre su pierna. Una sarta de maldiciones, que comprendían varios idiomas europeos, y rematadas de vez en cuando por una extraña y melódica palabra, salió de sus labios. Tapando la botella, secó la mancha que se extendía con un gran pañuelo de color púrpura, y recogió el papel, la edición parisina del *Herald Tribune*, y empezó a leer.

Sus pálidos ojos lilas se movieron de una columna a otra mientras devoraba las palabras.

J. Robert Oppenheimer ha sido acusado de simpatizar con el comunismo y de posible traición. Fuentes cercanas a la Comisión de Energía Atómica confirman que se están tomando las medidas oportunas para rescindir su autorización de seguridad y destituirlo de la presidencia de la comisión.

Convulso, el hombre estrujó el papel, se apoyó contra el respaldo de la banca y cerró los ojos.

—Malditos sean, que Dios los maldiga a todos —susurró en inglés. Como si fuera una respuesta, el estómago hizo un sonoro ruido. Frunció el ceño con aire malhumorado y bebió un largo trago de vino tinto barato. Fluyó amargamente por su lengua y explotó en un cálido ardor en su estómago vacío. Las tripas dejaron de hacerle ruido y suspiró.

Llevaba sobre los hombros, como una capa, un voluminoso abrigo de color durazno pálido, adornado con enormes botones de latón y varias capas en los hombros. Debajo lucía un saco azul celeste y unos estrechos pantalones azules embutidos en unas botas de cuero desgastadas, que le llegaban a la rodilla. El chaleco era de un azul más oscuro que el del saco o los pantalones, bordado con extravagantes dibujos en hilo de oro y plata. Toda la ropa estaba manchada y arrugada, y había remiendos en su camisa blanca de seda. Un violín y un arco yacían a su lado, en la banca, y la caja del instrumento (deliberadamente abierta) estaba en el suelo, a sus pies. Una maleta estropeada estaba remetida bajo la banca, y una bolsa de cuero rojo, en la que había el relieve dorado de un bosque, dos lunas, estrellas y un esbelto escalpelo dispuesto en elegante armonía en el centro, yacía a su lado.

El viento volvió, sacudiendo las ramas de los árboles y alborotando sus rizos enredados, que le llegaban a los hombros. El cabello y las cejas eran de un rojo metálico, y la barba que ensombrecía sus mejillas y su mentón tenían el mismo tono inusual. La página de periódico revoloteó bajo su mano y abrió los ojos y la contempló. La curiosidad pudo más que la indignación y de golpe abrió el periódico y continuó.

BRAIN TRUST MUERE

Blythe van Renssaeler, alias Brain Trust, murió ayer en el Sanatorio Wittier. Integrante de los infames Cuatro Ases, fue ingresada en el sanatorio por su esposo, Henry van Renssaeler, poco después de su comparecencia ante el Comité de Actividades Antiestadunidenses…

La letra se hizo borrosa cuando las lágrimas llenaron sus ojos. Lentamente, se fueron acumulando hasta que se le derramó una lágrima, que rodó rápidamente por el puente de su larga y estrecha nariz. Colgó ridículamente de la punta, pero no hizo gesto alguno para limpiársela. Estaba helado, atrapado en una horrible parálisis que no tenía nada que ver con el dolor. Llegaría más tarde; lo único que sentía ahora era un gran vacío.

Debería haberlo sabido, debería haberlo percibido, pensó. Dejó el papel sobre la rodilla y suavemente acarició el artículo con su delgado dedo índice, del mismo modo en que un hombre tocaría la mejilla de su amante. Se dio cuenta, de una manera bastante abstracta, que había más, hechos sobre China, sobre Archibald, sobre los Cuatro Ases y sobre el virus.

¡Y todo está mal!, pensó lleno de ferocidad y su mano se contrajo espasmódicamente sobre el papel.

Rápidamente lo alisó y siguió acariciándolo. Se preguntaba si su muerte habría sido fácil. Si la hubieran sacado de aquel sucio cubículo y la hubieran llevado al hospital…

♠

La habitación hedía a sudor y miedo y heces y al enfermizo olor dulzón de la putrefacción y sobre todo ello flotaba el punzante aroma del antiséptico. Gran parte del sudor y el miedo estaba siendo generada por tres jóvenes residentes quienes se apiñaban como ovejas perdidas en el centro de la sala. Contra la pared orientada al sur una pantalla protegía una cama del resto de los pacientes, pero no podía bloquear los sonidos guturales e inhumanos que emergían desde detrás de aquella endeble barrera.

Cerca, una mujer de mediana edad se inclinaba sobre su breviario leyendo las oraciones de vísperas. Un rosario de madreperla colgaba de entre sus finos dedos y periódicamente gotas de sangre caían tamborileando en las páginas. Cada vez que eso sucedía, sus labios se movían pronunciando una rápida oración, y limpiaba la sangre derramada. Si su constante hemorragia se hubiera limitado a verdaderos estigmas, quizá la habrían canonizado, pero sangraba por todos los orificios posibles. Sangraba por los oídos, lo que le apelmazaba el pelo y le manchaba los hombros de su camisón, por la boca, la nariz, el recto… por todas partes. Una noche, en la sala de descanso, un médico extenuado la había apodado la Hermana María Hemorragia y la consiguiente hilaridad solo fue excusable por el agotamiento embrutecedor. Todos los profesionales de la salud de la zona de Manhattan habían estado casi en guardia permanente desde el Día Wild Card, el 15 de septiembre de 1946, y cinco meses de trabajo incesante se estaban cobrando su parte.

Al lado había un hombre negro, en otro tiempo apuesto, que flotaba en un baño salino. Dos días antes había empezado a desollarse, y ahora solo le quedaban unos pocos restos de piel. Sus músculos brillaban, en carne viva e infectados, y Tachyon había ordenado que lo trataran como a una víctima de quemaduras. Había sobrevivido a semejante muda. Era dudoso que pudiera sobrevivir a otra.

Tachyon encabezada una lúgubre procesión de médicos que se dirigía hacia la pantalla.

—¿Van a unirse a nosotros, caballeros? —les dijo con su voz suave, profunda, revestida de un acento cantarín, musical, que recordaba a Europa Central o Escandinavia. Los residentes avanzaron arrastrando los pies, a regañadientes.

Una enfermera impasible retiró la pantalla, revelando un anciano demacrado. Sus ojos se alzaron desesperados hacia los doctores, y horribles sonidos ahogados emergieron de sus labios.

—Este es un caso interesante —dijo Mandel, tomando el historial—. Por alguna extraña razón el virus está haciendo que todas las cavidades del cuerpo de este hombre se estén cerrando. Dentro de unos días sus pulmones no podrán inspirar, y tampoco habrá espacio para el buen funcionamiento de su corazón...

—¿Por qué no acabar con esto? —Tachyon tomó la mano del hombre, notando el apretón de asentimiento que respondió a sus palabras.

—¿Qué está sugiriendo? —Mandel bajó la voz, que se convirtió en un siseo acelerado.

Tachyon pronunció cada palabra claramente.

—No se puede hacer nada. ¿No sería más compasivo ahorrarle esta muerte lenta?

—No sé lo que se considera medicina en su mundo —o quizá sí, a juzgar por este virus infernal que han creado—, pero en este mundo no matamos a nuestros pacientes.

Tach notó cómo las articulaciones de su mandíbula se tensaban a causa de la ira.

—Sacrifican compasivamente a un perro o un gato, pero niegan a su gente la única medicina que verdaderamente podría aliviar su dolor y la obligan a sufrir una muerte agónica. Oh... ¡maldita sea!

Se quitó la bata blanca, dejando al descubierto un magnífico traje de brocado dorado, y se sentó al borde de la cama. El hombre alargó las manos desesperadamente y Tachyon se las tomó. Era una manera fácil de entrar en su mente.

Morir, déjenme morir, el pensamiento le llegó teñido por el dolor y el miedo, pero también había una certeza tranquila en la petición del hombre.

No puedo. No me lo permitirán, pero puedo darte sueños. Se movió con rapidez, bloqueando los focos de dolor y de razonamiento de la mente del hombre. En su propia mente la visualizó como un muro hecho de bloques de un tono blanco plateado. Estimuló los centros de placer del hombre, permitiendo que flotara a la deriva en sueños de su propia invención. Lo que había construido era temporal; solo duraría unos pocos días, pero sería el tiempo suficiente... antes de que este joker muriera.

Se levantó y contempló el rostro apacible del hombre.

—¿Qué hiciste? –preguntó Mandel.

Repasó al otro doctor con una mirada imperiosa.

—Solo un poco de infernal magia taquisiana.

Tras hacer un gesto señorial a los residentes, dejó el pabellón. Fuera, en el pasillo, las camas se alineaban en las paredes y un mensajero se iba abriendo paso cuidadosamente por el corredor. Shirley Dashette le hizo señas desde el puesto de enfermeras. Habían pasado varias agradables noches juntos explorando las diferencias y parecidos entre el modo de hacer el amor taquisiano y el humano, pero esa noche no pudo ofrecerle más que una sonrisa, y la falta de respuesta física lo alarmó. Quizás era el momento de descansar.

—¿Sí?

—El doctor Bonner querría hacerte una consulta. La paciente está en *shock* y ocasionalmente tiene ataques de histeria, pero no presenta ningún problema físico y cree...

—Que podría ser cosa mía –*Oh, Dios, que no sea otro joker*, gimió

para sus adentros. *No creo que pueda afrontar otra monstruosidad–*.
¿Dónde está?

—Habitación 223.

Podía notar el agotamiento estremeciéndole todos los músculos
y rozándole los nervios. Y pisándole los talones al agotamiento venían la desesperación y la autocompasión. Murmurando una maldición en silencio, dejó caer el puño encima del mostrador y Shirley
retrocedió.

—Tach, ¿estás bien? –su mano estaba fría en contraste con su
mejilla.

—Sí. Por supuesto –se obligó a echar los hombros hacia atrás y
arrancar a andar con brío y se alejó por el pasillo.

Bonners estaba reunido con otro doctor cuando Tachyon abrió la
puerta. Bonners frunció el ceño, pero parecía más que dispuesto a
permitir que se hiciera cargo de la situación cuando la mujer que estaba en la cama lanzó un agudo grito y se arqueó revolviéndose contra las ataduras. Tach corrió a su lado, le puso suavemente la mano
en la frente, y se unió a su mente.

¡OH, DIOS! *Las elecciones, ¿lo logrará Riley? Dios sabe que pagaría lo
que hiciera falta. Compraría una victoria, pero se condenaría si comprara un triunfo aplastante... Mamá, tengo miedo... La sensación punzante de una mañana de invierno, y el silbido de la cuchilla de un patín
cortando el hielo... Una mano, tomando la suya... una mano equivocada. ¿Dónde estaba Henry? Dejarla ahora... cuántas horas más... él
debería estar aquí... Otra contracción.* NO. *No podía oírla. Mamá...
Henry...* ¡DOLOR!»

Retrocedió tambaleándose y se acercó jadeando en la cómoda.

—Dios santo, doctor Tachyon. ¿Se encuentra bien? –la mano de
Bonners estaba en su brazo.

—No... sí... por el Ideal –se incorporó cuidadosamente. Le dolía
todo el cuerpo en respuesta simpática al primer y angustioso parto
de la mujer. Pero ¿de dónde demonios salía aquella segunda personalidad, aquel *hombre* frío y cortante?

Sacudiéndose la mano de Bonner, volvió junto a la mujer y se
sentó en el borde de la cama. Más cauteloso esta vez, realizó rápidamente algunos ejercicios de relajación y fortalecimiento, y volvió a
intervenir con todos sus poderes psi. Sus frágiles defensas mentales

cayeron ante el ataque y antes de que pudiera arrastrarlo a su remolino mental, él se apropió de su mente.

Como una flor, delicado terciopelo temblando bajo la brisa con solo un toque...

Se forzó a salir del goce casi sensual de compartir la mente y volvió al trabajo en cuestión. Ahora en pleno control, escudriñó su mente. Lo que encontró añadió un nuevo detalle a la saga wild card.

En los primeros días del virus había visto sobre todo muerte. Cerca de veinte mil personas en la zona de Manhattan. Diez mil debido a los efectos del virus y las otras diez mil por los disturbios, los saqueos y la Guardia Nacional. Después estaban los jokers: monstruos espantosos creados por la unión del virus y sus propios constructos mentales. Y finalmente estaban los ases. Había visto unos treinta. Gente fascinante con poderes exóticos: la prueba viviente de que el experimento era un éxito. Habían creado, pese a las terribles consecuencias, superhombres. Y ahora había uno nuevo con un poder único entre los ases.

Se retiró, dejando solamente un único hilo de control, como las riendas en las manos de un experto jinete.

—Sí, tenía usted razón, doctor, es cosa mía.

Bonners agitó las manos en un gesto de absoluta y total confusión.

—Pero cómo... quiero decir... ¿usted normalmente... no hace pruebas? —concluyó sin convicción.

Tach se relajó y sonrió ante la confusión de su colega.

—Las acabo de hacer. Y eso es lo más notable; esta mujer ha conseguido, de algún modo, absorber todo el conocimiento y los recuerdos de su marido —su sonrisa se esfumó al irrumpir un nuevo pensamiento—. Supongo que deberíamos enviar a alguien a su casa a ver si el pobre Henry es una masa descerebrada que va dando tumbos por el dormitorio. Hasta donde yo sé, puede haberlo dejado seco. Mentalmente hablando, por supuesto.

Bonners parecía decididamente mareado y se fue. El otro doctor partió con él.

Tachyon se despidió de ellos, y expulsó el destino de Henry van Renssaeler de sus pensamientos y se concentró en la mujer que estaba en la cama. Su mente y su psique estaban fisuradas, como el hielo quebrado, y tenía que hacerse algún arreglo rápido o de lo contrario su personalidad quedaría destrozada bajo la presión y descendería a la locura. Más tarde intentaría una solución más permanente, pero ahora tendría que conformarse con un parche. Su padre sería perfecto para esto, pues la reparación de mentes rotas había sido su don. Pero como estaba lejos, en Takis, tendría que depender de las habilidades, menores, de Tach.

—Aquí, querida —murmuró mientras empezaba a deshacer las sábanas anudadas que la mantenían atada a la cama—. Vamos a hacer que te sientas un poco más cómoda, y luego empezaré a enseñarte alguna disciplina mental que evitará que te vuelvas completamente loca.

Volvió a entrar de pleno en el vínculo mental. Su mente se agitó bajo la suya, confusa, incapaz de entender la magnitud del cambio que le había sobrevenido.

Estoy loca… no puede haber pasado… me he vuelto loca.

No, el virus…

Realmente está ahí… no puedo soportarlo.

Entonces no lo hagas. Mira, aquí y aquí, vuelve a trazar la ruta y colócale ahí debajo, en lo más hondo.

¡NO! ¡Llévatelo, fuera!

No es posible; el control es la única respuesta.

La defensa surgió a la vida como un punto de fuego incandescente y trazó su intrincada jaula alrededor de «Henry».

Hubo una sensación de maravilla y paz, pero sabía que estaban solo a mitad del camino. La defensa resistía gracias a su poder, no porque hubiera una comprensión real por su parte; si tenía que mantener la cordura tendría que aprender a crearla por sí misma. Se retiró. Su cuerpo ya no estaba rígido y su respiración se había vuelto más regular. Tach volvió a la tarea de liberarla, silbando una cadenciosa melodía entre dientes.

Por primera vez desde que lo habían llamado a la habitación tuvo tiempo libre para mirar, mirar de verdad, a la paciente. Su mente ya le había encantado y su cuerpo hizo que su pulso se desbocara. Una cabellera hasta los hombros de color castaño oscuro caía en cascada por la almohada sobre el pecho de la mujer, un perfecto contrapunto al satén de color champán de su fino camisón y el tono alabastrino de su piel. Sus largas y negras pestañas aletearon sobre sus mejillas y después se elevaron, revelando unos ojos de un profundo azul medianoche.

Lo contempló pensativa durante unos segundos, luego preguntó.

—Lo conozco, ¿o no? No conozco su cara, pero… lo siento –volvió a cerrar los ojos, como si la confusión fuera demasiado para ella.

Retirándole el pelo de la frente, respondió.

—Soy el doctor Tachyon y, sí, me conoce. Hemos compartido nuestras mentes.

—Mente… *mente*. Toqué la mente de Henry y era horrible, ¡horrible! –se incorporó de un salto, y se quedó temblando como un pequeño animal asustado–. Ha hecho cosas tan terribles y deshonrosas, no tenía ni idea y pensaba que era… –Cortó el flujo de palabras y lo agarró del brazo–. Ahora tengo que vivir con él. Nunca me libraré de él. La gente debería tener más cuidado cuando elige… es mejor, creo, no saber qué hay detrás de sus ojos –cerró los ojos brevemente y frunció el ceño. De repente las pestañas se alzaron y clavó sus uñas en su bíceps–. Me gusta su mente –anunció.

—Gracias. Creo que puedo decir con cierta precisión que tengo una mente extraordinaria. De lejos la mejor con la que probablemente vaya a encontrarse.

Ella rio entre dientes, un sonido profundo, grave, extrañamente en desacuerdo con su aspecto delicado. Rio con ella, complacido al ver que el color volvía a sus mejillas.

—La única con la que probablemente vaya a encontrarme. ¿La gente lo encuentra presuntuoso? –continuó en un tono más relajado, y se recostó contra las almohadas.

—No, presuntuoso no. Arrogante, a veces prepotente, pero nunca presuntuoso. Ya ve, no va con mi cara.

—Oh, no sé –alzó la mano y deslizó suavemente sus dedos por la mejilla–. Creo que es una cara bonita –él retrocedió prudentemente aunque le costó a hacerlo. Pareció dolida, y se encogió.

—Blythe, he enviado a alguien a comprobar cómo está su marido –le giró la cara, acariciando la almohada con la mejilla–. Sé que se siente manchada por lo que ha descubierto de él, pero tenemos que asegurarnos de que está bien –se levantó de la cama, y ella alargó las manos tratando de alcanzarlo. Él las tomó, y entrelazó sus finos dedos entre los suyos.

—No puedo volver con él, ¡no puedo!

—Puede tomar ese tipo de decisiones por la mañana –dijo con dulzura–. Ahora mismo quiero que duerma un poco.

—Usted me ha mantenido cuerda.

—Un placer –hizo su mejor reverencia y apretó la suave piel de la cara interna de la muñeca contra sus labios. Fue un comportamiento inconsciente, pero se sintió complacido por su autocontrol.

—Por favor, vuelva mañana.

—Le traeré el desayuno a la cama, y le daré con cuchara el asqueroso brebaje que se hace pasar por cereal caliente en este establecimiento. Puede decirme más cosas sobre mi mente maravillosa y mi bonita cara.

—Solo si me promete corresponder.

—No tiene nada que temer al respecto.

◆

Flotaban en un mar plateado sujetos por un ligerísimo contacto mental. Era cálido y maternal y sensual, todo al mismo tiempo, y fue vagamente consciente de la respuesta de su cuerpo al primer intercambio verdadero que había experimentado en meses. Volvió a centrar su atención en la sesión. La defensa flotaba entre ellos como una libélula errante.

Otra vez.

No puedo. Es duro.

Es necesario. Otra vez, ahora.

La libélula retomó su curso errático, trazando las complejas líneas y espirales de una defensa mental. Hubo un aumento de la oscuridad, como una marea de lodo apestoso y la defensa quedó hecha pedazos. Tachyon volvió de golpe a su cuerpo justo a tiempo de detener a Blythe cuando caía de bruces sobre el cemento de la azotea.

Su mente estaba dolorida por la tensión.

—Debes pararlo.

—No puedo. Me odia y quiere destruirme –sus palabras estaban salpicadas por sollozos.

—Volveremos a intentarlo.

—¡No!

La agarró, con un brazo por encima de sus hombros y el otro sujetando sus finas manos.

—Estaré contigo. No te hará daño.

Contuvo el aliento y asintió bruscamente.

—Bien. Estoy lista.

Volvieron a empezar. Esta vez mantuvieron una conexión más estrecha. De repente fue consciente de que un remolino de poder absorbía su mente, su identidad, atrayéndolo cada vez más hacia ella.
Hubo un sentimiento de violación, de profanación, de pérdida. Cortó el contacto y vagó tambaleándose por la terraza. Cuando recuperó
el sentido de lo que le rodeaba se encontró en íntimo abrazo con un
pequeño sauce que caía tristemente sobre una jardinera de cemento, y Blythe estaba sollozando tristemente con la cara oculta entre
sus manos.

Parecía absurdamente joven y vulnerable con su abrigo Dior de
lana negra y cuello de pelo. La severidad del color acentuada por la
palidez de su piel y el estrecho cuello alto la hacían parecer como
una princesa rusa perdida. Su sentimiento de profanación disminuyó al enfrentarse a su evidente angustia.

—Lo siento, lo siento. No pretendía hacerlo. Solo quería estar cerca de ti.

—No importa –depositó unos fugaces besos en su mejilla–. Ambos estamos cansados. Volveremos a intentarlo mañana.

Y eso hicieron; trabajando un día tras otro hasta que al final de la
semana ella tenía un sólido control sobre su indeseado pasajero mental. Henry van Renssaeler aún tenía que hacer acto de presencia en
el hospital; en su lugar, una discreta doncella negra había traído a
Blythe sus ropas. A Tachyon le venía bien. Estaba complacido de que
el hombre hubiera salido indemne de la experiencia, pero el estrecho
contacto con la mente del diputado van Renssaeler no le había repor-
tado demasiado placer y, en verdad, estaba celoso de aquel hombre.
Tenía derecho a Blythe, a su mente, su cuerpo y su alma, y Tachyon se
moría por ocupar aquella posición. La hubiera convertido en su *genamiri* con todo el honor y el amor, y la mantendría a salvo y protegida,
pero tales sueños eran vanos. Ella pertenecía a otro hombre.

Una vez llegó tarde a su habitación y la encontró leyendo en la
cama. Llevaba en los brazos treinta rosas de tallo largo y mientras

ella reía y protestaba empezó a cubrirla con las fragantes flores. Una vez que el manto de flores estuvo completo, se tendió a su lado.

—¡Diablos! Si me hubieras pinchado con una espina…

—Las quité todas.

—Estás loco. ¿Cuánto tardaste?

—Horas.

—¿Y no tenías nada mejor que hacer con tu tiempo?

Se dio la vuelta y la rodeó con los brazos.

—No he escatimado el tiempo a mis pacientes, lo prometo. Lo he hecho a las tantas de la madrugada –le acarició el oído con los labios, y al ver que no lo apartaba pasó a la boca. Sus labios jugaron con los suyos, saboreando la dulzura y la promesa, la excitación lo recorrió cuando sus brazos se ciñeron a su cuello–. ¿Harás el amor conmigo? –le susurró pegado a sus labios.

—¿Así es cómo se lo preguntas a todas las mujeres?

—No –gritó, aguijoneado por el tono burlón de su voz. Se incorporó y retiró los pétalos de su abrigo de color palo de rosa.

Ella arrancó los pétalos de varias rosas.

—Tienes cierta reputación. Según el doctor Bonners te has acostado con todas y cada una de las enfermeras de la planta.

—Bonner es un viejo entrometido y, además, algunas no son lo bastante bonitas.

—Entonces lo admites –usó el tallo desnudo como puntero.

—Admito que me gusta acostarme con las chicas, pero contigo sería distinto.

Ella se tumbó de espaldas, con una mano sobre los ojos.

—Oh, ahórramelo, Dios, ya he oído esas palabras antes.

—¿Dónde? –preguntó, curioso de repente, pues notaba que no estaba hablando de Henry.

—En la Riviera, cuando era mucho más joven y bastante más idiota.

Se acurrucó cerca de ella.

—Oh, cuéntame.

Una rosa le golpeó en la nariz.

—No, cuéntame tú cosas de la seducción en Takis.

—Prefiero flirtear cuando bailo.

—¿Por qué cuando bailas?

—Porque es tremendamente romántico.

Echó los cobertores a un lado, y ella empezó a encogerse cubierta tan solo por un salto de cama ámbar.

—Enséñamelo —ordenó, abriendo los brazos.

Él deslizo su brazo alrededor de su cintura, y le tomó la mano derecha con su izquierda.

—Te enseñaré Tentación. Es un vals muy bonito.

—¿Hace honor al nombre?

—Vamos a probarlo y me lo cuentas.

Fue alternando entre el tarareo con su ligera voz de barítono y el dictado en voz alta de las instrucciones mientras avanzaban por los entresijos de la danza.

—¡Madre mía! ¿Todas sus danzas son tan complicadas?

—Sí, así ponen en evidencia lo inteligentes y gráciles que son los hombres.

—Vamos a hacerlo de nuevo, y esta vez solo tararea. Creo que ya me las arreglé con los pasos básicos y puedes limitarte a darme un empujón cuando me pierda.

—Yo te *guiaré* como le corresponde hacer a un hombre con su dama.

Estaba haciéndole dar la vuelta bajo su brazo, mirando sus risueños ojos azules, cuando un indignado «ehem» rompió el momento. Blythe dejó escapar una exclamación y se dio cuenta de la escandalosa imagen que ofrecía; sus pies desnudos, el pelo suelto cayéndole por los hombros, su escaso salto de cama de encaje, que revelaba demasiado de su escote. Corrió de vuelta a su cama y se tapó con el cobertor hasta la barbilla.

—Archibald —chilló.

—Señor Holmes —dijo Tachyon, recobrándose y tendiéndole la mano.

El de Virginia lo ignoró y contempló al alienígena desde debajo de unas cejas fruncidas. El hombre había sido asignado por el presidente Truman para coordinar las tareas de salvamento en Manhattan y habían compartido tribuna durante varias ruedas de prensa frenéticas en las semanas inmediatamente posteriores a la catástrofe. Ahora parecía bastante menos amigable.

Se acercó a la cama y depositó un beso paternal en la cabeza de Blythe.

—He estado fuera de la ciudad, y a la vuelta me encuentro con que
has estado enferma. Nada serio, espero.

—No –rio. Un poco demasiado alto y un poco demasiado tenso–.
Me he convertido en un as. ¿No es extraordinario?

—¡Un as! ¿Cuáles son tus habilidades...? –cortó en seco y miró
fijamente a Tachyon–. Si nos excusas, me gustaría hablar con mi
ahijada a solas.

—Por supuesto. Blythe, te veré por la mañana.

♥

Cuando volvió, siete horas más tarde, ella se había ido.

Dejó la habitación, le dijeron en el mostrador; un viejo amigo
de la familia, Archibald Holmes, la había recogido hacía una hora
aproximadamente. Por un momento consideró pasar por su ático,
pero decidió que eso solo podría traer problemas. Era la mujer de
Henry van Renssaeler y nada podía cambiar eso. Trató de decirse a
sí mismo que no importaba y volvió a su persecución de una joven
enfermera del pabellón de maternidad.

Intentó sacarse a Blythe de la cabeza, pero en los momentos más
peregrinos se encontraba recordando el roce de sus dedos en su mejilla, el profundo azul de sus ojos, el aroma de su perfume y, sobre todo,
su mente. Aquel recuerdo de belleza y dulzura lo perseguía, pues aquí,
entre los cegados a los poderes psi, se encontraba muy solo. Sencillamente, uno no se unía en comunicación telepática con todo aquel
con el que se encontraba, y ella había sido su primer contacto real
desde su llegada a la tierra. Suspiró y deseó poder verla de nuevo.

♣

Había alquilado un departamento en un edificio de piedra rojiza cerca de Central Park. Era una sofocante tarde de domingo de agosto
de 1947, y estaba dando vueltas por la única habitación con una camisa de seda y unos bóxers. Todas las ventanas estaban abiertas con
la esperanza de captar un soplo de brisa, su hervidor estaba silbando
estridentemente en la cocina y *La Traviata* de Verdi resonaba desde
el fonógrafo. El extremo nivel de decibelios estaba dictado por su

vecino del departamento de abajo que era fanático de los álbumes de Bing Crosby, y que había estado escuchando una y otra vez «Moonlight Becomes You». Tachyon suponía que Jerry había conocido a su novia actual en un día soleado en Coney Island; sus selecciones musicales parecían dictadas por los tiempos y los lugares donde conocía a sus enamoradas.

El alienígena acababa de agarrar una gardenia y estaba decidiendo cuál era la mejor forma de colocarla en el florero cuando golpearon la puerta.

—Está bien, Jerry –bramó, lanzándose hacia la puerta–. Ahora mismo bajo el volumen, pero solo si accedes a enterrar a Bing. ¿Por qué no declaramos una tregua y lo intentamos con algo no vocal? Glenn Miller o quien sea. Solo para no escuchar más a ese boquirrubio.

Abrió la puerta con brío, y se le desencajó la mandíbula.

—Creo que sería buena idea que bajaras el volumen –dijo Blythe van Renssaeler.

La miró fijamente durante varios segundos, después bajó el brazo y dio a la cola de su camisa un discreto tirón. Ella sonrió y él se dio cuenta de que tenía hoyuelos. ¿Cómo se le había escapado eso antes? Había pensado que su rostro estaba grabado indeleblemente en su mente. Agitó una mano delante de su cara.

—Hola, ¿te acuerdas de mí? –intentó que su tono pareciera despreocupado, pero había una temerosa intensidad a su alrededor.

—Por… por supuesto. Entra.

No se movió.

—Tengo una maleta.

—Ya veo.

—Me echaron.

—Aún puedes entrar… con maleta y todo.

—No quiero que te sientas… bueno, obligado.

Le colocó la gardenia tras la oreja, le quitó la maleta de las manos y la hizo entrar. Los volantes de su vestido de seda, color de durazno pálido, rozaron sus piernas, erizando el vello por la electricidad estática. La moda femenina era una de las aficiones preferidas de Tachyon, y reparó en que el vestido era un Dior original, la falda a la altura de la pantorrilla estaba sostenida por varias enaguas de chifón. Se dio cuenta de que probablemente podía abarcar toda su cintura con sus manos. El corpiño estaba sujeto por dos tirantes finos, dejando la mayor parte de su espalda al descubierto. Le gustaba el modo en que sus escápulas se movían bajo la piel. Hubo un movimiento de respuesta bajo sus calzoncillos.

Avergonzado, corrió al armario.

—Deja que me ponga unos pantalones. El agua está lista para el té, y quita ese disco.

—¿Quieres leche o limón en tu té?

—Ninguno de los dos. Le pongo hielo. Estoy a punto de morir —cruzó la habitación remetiéndose la camisa.

—Es un día precioso.

—Es un día precioso y *sofocante*. Mi planeta es bastante más fresco que el suyo.

Sus ojos parpadearon sin fijarse en nada, y ella le jaló un mechón de pelo.

—Sé que eres un alienígena, pero se me hace raro hablar de ello.

—Entonces no lo hagamos —se apresuró con el té mientras la estudiaba subrepticiamente por el rabillo del ojo—. Pareces bastante arreglada para ser una mujer a la que acaban de echar de casa —señaló por fin.

—Ya tuve mi desahogo en la parte de atrás del taxi —sonrió con tristeza—. Pobre hombre, pensó que tenía una chiflada entre manos. Especialmente desde... —cortó en seco, usando la aceptación de la taza como medio de evitar su mirada, que la estaba buscando.

—No te reprocho nada, entiéndeme, pero por qué... er...

—¿Vine a ti? —vagó por la habitación y apagó el fonógrafo—. Esta es una parte muy triste.

Se forzó a centrar su atención en la música y se dio cuenta de que era una escena de despedida entre Violetta y Alfredo.

—Uhm... sí, lo es.

Se giró para ponerse frente a él y sus ojos estaban angustiados.

—Vine a ti porque Earl está demasiado absorto en sus causas y manifestaciones y huelgas y acciones y David, pobre chico, se habría aterrorizado solo con pensar en conocer a una vieja mujer histérica. Archibald me habría instado a arreglar las cosas y quedarme con Henry: afortunadamente no estaba en casa cuando me fui, pero Jack sí y quería que yo... bueno, es demasiado feo.

Sacudió la cabeza como un semental acosado por mosquitos.

—Blythe, ¿quién es esa gente?

—¿Cómo puedes estar tan mal informado? –bromeó y adoptó una pose dramática, tan dramática que se burlaba de las palabras–. Somos los Cuatro Ases –de repente empezó a temblar, derramando el té por el borde de la taza.

Tach se acercó a ella, agarró la taza y la abrazó contra su pecho. Sus lágrimas formaron una mancha húmeda, cálida sobre su camisa, e intentó entrar en su mente, pero pareció percibir su intención y lo expulsó violentamente.

—No, no, no hasta que te explique lo que he hecho. Si no, es probable que padezcas un tremendo *shock* –esperó mientras sacaba un pañuelo bordado de su bolsa, se sonaba aparatosamente y se frotaba los ojos–. Debes pensar que soy la típica mujer casquivana. Bueno, no voy a aburrirte más. Empezaré desde el principio y seré bastante lógica.

—Te fuiste sin decir adiós –la interrumpió.

—Archibald pensó que era mejor, y cuando se pone paternal y autoritario nunca he sido capaz de decirle que no –cerró la boca–. No a nada. Cuando supe qué podía hacer, me dijo que tenía un gran don. Que podía preservar conocimientos de valor incalculable. Me instó a unirme a su grupo.

Chasqueó los dedos.

—Earl Sanderson y Jack Braun.

—Así es.

Ató cabos y empezó a andar por la habitación.

—Estaban envueltos en algo allá, en Argentina, y en la captura de Mengele y Eichmann, pero ¿*cuatro*?

—David Harstein, también conocido como *el Enviado*…

—Lo conozco, lo traté solo unos pocos… no importa, vamos.

—Y yo –sonrió con la turbación de una niña pequeña–, Brain Trust.

Se hundió en el sofá y la miró fijamente.

—¿Qué ha… qué has hecho?

—Usar mi talento del modo en que me aconsejó Archibald. ¿Quieres saber algo sobre la relatividad, la tecnología espacial, la física nuclear, la bioquímica?

—Te ha enviado por todo el país absorbiendo mentes –dijo. Entonces estalló–: ¿En la cabeza de quién demonios has estado?

Se sentó con él en el sofá.

—Einstein, Salk, Von Braun, Oppenheimer, Teller y Henry, por supuesto, pero preferiría olvidarme de eso –sonrió–. Y ese es el quid de la cuestión. Henry no miró con muy buenos ojos a una mujer con varios ganadores del Nobel en su cabeza, mucho menos una mujer en la que sabía que estaban enterrados todos sus esqueletos, así que esta mañana me echó de casa. No me importaría tanto si no fuera por los niños. No sé qué va a decirles sobre su madre y... oh, maldición –susurró, golpeándose las rodillas con los puños–. No voy a volver a empezar a llorar otra vez.

»En fin, me preguntaba qué hacer. Me acababa de pelear y escapar de Jack, y estaba berreando en la parte trasera de un taxi cuando pensé en ti –de repente, Tachyon se dio cuenta de que estaba hablando en alemán. Apretó la mandíbula, forzando la lengua contra el techo de la boca para contener las náuseas–. Es idiota, pero de alguna manera me siento más cercana a ti que a nadie en el mundo; lo que es extraño si consideras que ni siquiera eres de este mundo.

Su sonrisa era medio de sirena, medio de Mona Lisa, pero no había respuesta física y emocional. Estaba demasiado asqueado y furioso.

—¡A veces no entiendo a tu gente en lo absoluto! ¿No tienes idea de los peligros inherentes a este virus?

—No, ¿cómo podría? –interrumpió–. Henry nos sacó de la ciudad al cabo de pocas horas de estallar la crisis, y no volvimos hasta que pensó que el peligro había pasado –había vuelto al inglés.

—Bueno, estaba equivocado, ¿no es cierto?

—¡Sí, pero no es mi culpa!

—No estoy diciendo eso.

—Entonces, ¿por qué estás enojado?

—Holmes –espetó–, dijiste que era paternal, pero si hubiera tenido algún afecto por ti no te habría alentado a formar parte de esta locura.

—¿Qué hay de locura en esto? Soy joven, muchos de esos hombres son viejos. Estoy preservando un conocimiento de valor incalculable.

—Aun a riesgo de tu cordura.

—Tú me enseñaste...

—¡Eres humana! No estás entrenada para manejar el estrés de la *mentática* de alto nivel. Las técnicas que te enseñé en el hospital para mantener tu personalidad separada de la de tu marido eran inadecuadas, ni de cerca lo bastante fuertes.

—Entonces, enséñame lo que necesito saber. O cúrame.

El desafío lo detuvo en seco.

—No puedo... al menos aún no. El virus es endemoniadamente complejo, diseñar un antídoto para anular... —se encogió de hombros—. Vencer el virus wild card puede llevarme años. Soy un hombre que trabaja solo.

—Entonces volveré con Jack —agarró la maleta y se dirigió tambaleándose a la puerta. Era una extraña mezcla de dignidad y farsa mientras la pesada bolsa la hacía perder el equilibrio—. Y si me vuelvo loca, quizás Archibald me encuentre un buen psiquiatra. Después de todo, soy uno de los Cuatro Ases.

—Espera... no puedes irte sin más.

—Entonces, ¿vas a enseñarme?

Hundió su pulgar y su dedo índice en los lagrimales y dio un fuerte apretón al puente de su nariz.

—Lo intentaré —la maleta golpeó el suelo y lentamente se acercó a él. La rechazó con su mano libre—. Una última cosa. No soy un santo, ni uno de sus monjes humanos —señaló las cortinas de la alcoba que albergaba su cama—. Algún día te desearé.

—¿Y qué hay de malo en que sea ahora? —Hizo a un lado la mano que la detenía y pegó su cuerpo al suyo. No era un cuerpo particularmente exuberante. De hecho, podría haberse descrito como escuálido, pero cualquier defecto que pudiera haber encontrado se desvaneció cuando tomó su rostro entre sus manos y bajó sus labios para encontrar los de ella.

♠

—Un día precioso —Tachyon suspiró con satisfacción, se frotó la cara con la mano y se quitó los calcetines y la ropa interior.

Blythe le sonrió desde el espejo del baño, ante el que estaba aplicándose crema facial.

—Cualquier macho terrestre que te oiga certificaría que estás loco de remate. Pasar un día en compañía de un niño de ocho años, otro de cinco y otro de tres no es visto como un gran regalo por la mayoría de los hombres.

—Sus hombres son idiotas —se quedó mirando al vacío, recordando por un momento la sensación de manos pegajosas en sus bolsillos cuando una bandada de pequeños primos buscaban los regalos que llevaba, la presión de una mejilla gorda y regordeta de bebé contra la suya cuando se iba prometiéndoles fielmente que *volvería pronto y jugaría*.

Alejó el pasado, y la encontró mirándolo fijamente.

—¿Añoranza?

—Pensaba.

—Añoranza.

—Los niños son una alegría y una delicia —dijo apresuradamente antes de que ella pudiera reabrir la discusión. Agarró un cepillo y se lo pasó por su larga cabellera—. De hecho, a menudo me he preguntado si los tuyos no son cambiantes o si le pusiste los cuernos a Henry desde el principio.

Seis meses antes, cuando habían echado a Blythe de casa, Van Renssaeler había dado instrucciones al servicio para que negara la entrada a la esposa de la que se había separado, apartándola así de sus hijos. Tach había remediado rápidamente aquella situación. Cada semana, cuando sabía que el diputado no estaba en casa, iban al ático, Tachyon controlaba mentalmente al servicio y pasaban varias horas jugando con Henry Jr., Brandon y Fleur. Después, había dado instrucciones a la niñera y el ama de llaves para que olvidaran la visita. Le producía una gran satisfacción burlarse en la cara del odiado Henry, aunque para que la venganza fuera real el hombre debería haber tenido conocimiento del desafío a su autoridad.

Tirando el cepillo a un lado, recogió el periódico de la tarde y se metió en la cama. En la portada había una fotografía de Earl recibiendo una medalla por haber salvado a Gandhi. Jack y Holmes estaban en segundo plano, el anciano tenía un aire satisfecho, mientras que Jack parecía incómodo.

—Aquí hay una foto del banquete de anoche —añadió—. Pero aún no veo el porqué de tanto alboroto. Fue solo un intento.

—No compartimos tu actitud insensible hacia el asesinato —su voz estaba amortiguada por los pliegues de su camisón de franela, que se estaba pasando por la cabeza.

—Lo sé, y aun así me parece extraño —se puso de lado apoyándose en un codo—. ¿Sabes que hasta que no vine a la Tierra nunca había ido a *ningún lado* sin guardaespaldas?

La vieja cama crujió un poco cuando ella se metió.

—Es terrible.

—Estamos acostumbrados. El asesinato es un modo de vida entre los de mi clase. Así es como las familias tratan de posicionarse. Cuando tenía veinte años había perdido a catorce miembros de mi familia más cercana, asesinados.

—¿Qué tan cercana es más cercana?

—Mi madre… creo. Yo tenía solo cuatro años cuando la encontraron al pie de las escaleras, cerca de los aposentos de las mujeres. Siempre sospeché que mi tía Sabina estaba detrás, pero no tenía ninguna prueba.

—Pobre pequeñín —le tomó la mejilla entre sus manos—, ¿tienes algún mínimo recuerdo de ella?

—Solo flashes. El rumor de la seda y el encaje y el aroma de su perfume principalmente. Y su pelo, como una nube dorada.

Ella se dio la vuelta y se acurrucó cerca de él, presionando su entrepierna con las nalgas.

—¿Qué más cosas son diferentes entre Takis y la Tierra? —Era un intento evidente de cambiar de tema, y se lo agradeció. Hablar de la familia que había abandonado siempre lo ponía triste y nostálgico.

—Las mujeres, por ejemplo.

—¿Somos mejores o peores?

—Solo distintas. Aquí vagabundean libres tras alcanzar la edad fértil. Nosotros nunca permitiríamos eso. Un ataque exitoso contra una mujer embarazada podría acabar con años de cuidadosa planificación.

—Creo que eso también es horrible.

—No equiparamos el sexo con el pecado. Para nosotros el pecado es una reproducción casual que podría echar a perder el plan. Pero el placer es otra cosa. Por ejemplo, tomamos a chicos y mujeres atractivos de la clase baja —la gente sin poderes psi— y los adiestramos para que sirvan a los hombres y mujeres de las clases superiores.

—¿Nunca ven a las mujeres de su propia clase?

—Por supuesto. Hasta que tenemos treinta años crecemos juntos, nos entrenamos y estudiamos juntos. Es solo cuando una mujer llega a la edad de procrear que se le recluye para que esté a salvo. Y todavía nos reunimos para los actos familiares: bailes, cacerías, picnics, pero todo dentro de los muros de la finca.

—¿Cuánto tiempo se quedan los niños con sus madres en los aposentos de las mujeres?

—Todos los niños permanecen allí hasta los trece.

—¿Luego se vuelven a ver?

—¡Por supuesto, son nuestras *madres*!

—No te pongas a la defensiva. Es solo que me parece algo muy extraterrestre.

—Por decirlo así… –dijo, enganchándola por el camisón y pasándole la mano por la pierna.

—Así que tienen juguetes sexuales –musitó ella mientras sus manos exploraban su cuerpo y acariciaba su pene en erección–. Parece una excelente idea.

—¿Quieres ser mi juguete sexual?

—Pensaba que ya lo era.

◆

Un escalofrío lo despertó. Se incorporó para encontrarse con que Blythe se había ido y las sábanas estaban tiradas por el suelo. Oyó voces más allá de la cortina de cuentas. El viento soplaba sobre el edificio, creando un aullido lastimero al entrar por las grietas y ranuras de las ventanas. El vello de la nuca se le estaba erizando, pero no tenía nada que ver con el frío. La causa eran aquellas profundas voces guturales que venían de detrás de la cortina. Pensó en las historias de terror de su infancia, según las cuales los fantasmas de los ancestros acostumbraban poseer los cuerpos de sus descendientes directos. Se estremeció y atravesó las cortinas. Cayeron tintineando tras él, y vio a Blythe de pie en el centro de la habitación discutiendo enérgicamente consigo misma.

—Te lo dije, Oppie, tenemos que desarrollar…

—¡No! Ya hemos hablado de esto antes, nuestra principal prioridad es el dispositivo. Justo ahora no podemos quedar al margen con esta bomba de hidrógeno.

Durante un buen rato Tachyon se quedó paralizado por el horror. Estas cosas habían pasado antes, cuando estaba cansada o bajo presión, pero nunca hasta este punto. Sabía que tenía que encontrarla rápidamente o la perdería, y se obligó a moverse. En dos zancadas estaba a su lado, sujetándola de cerca, tratando de alcanzar su mente. Y casi retrocedió aterrorizado, pues en su interior había un remolino horripilante de personalidades en conflicto, luchando entre ellas por la supremacía, mientras Blythe daba vueltas indefensa en el centro. Se lanzó hacia ella solo para ser bloqueado por Henry. Furioso, Tachyon lo empujó a un lado y se reunió con ella bajo la guardia defensiva de su mente. Las otras seis personalidades orbitaban a su alrededor, atacando la defensa. La fuerza de Blyhte se combinó con la suya y expulsaron a Teller a su compartimento y a Oppenheimer al suyo; Einstein retrocedió murmurando mientras que Salk parecía simplemente perplejo.

Blythe se desplomó sobre él, y aquel repentino peso fue demasiado para su cuerpo exhausto. Sus rodillas cedieron y se dejó caer sobre el suelo de madera, acunando a Blythe en su regazo. Fuera, en la calle, pudo oír al lechero haciendo el reparto y se dio cuenta de que había tardado horas en restablecer su equilibrio.

—Maldito seas, Archibald –murmuró, pero su murmullo fue insuficiente, tan insuficiente como su habilidad de ayudar.

♥

—No quieres hacer eso –murmuró David Harstein. La mano de Tach se paralizó–. El caballo sería mejor –el taquisiano asintió y rápidamente movió la pieza de ajedrez. Se quedó boquiabierto al contemplar el movimiento.

—¡Hiciste trampa! ¿Por qué, miserable tramposo?

Harstein extendió las manos en un gesto desvalido, conciliador.

—Era solo una sugerencia –el tono de voz del joven era suave y ofendido, pero sus oscuros ojos castaños estaban iluminados por la diversión.

Tachyon gruñó, y se recostó retorciéndose hasta que se pudo apoyar en el sofá.

—Encuentro bastante alarmante que una persona en tu posición se rebaje a usar sus dones de una manera tan despreciable. Deberías ser un ejemplo para los otros ases.

David sonrió y alcanzó su copa.

—Eso es de cara al público. Sin duda con mi creador puedo volver a mis formas perezosas y bohemias.

—No.

Hubo un momento de tenso silencio mientras Tach contemplaba interiormente imágenes que preferiría olvidar, y David, con deliberada concentración, giró infinitesimalmente a la izquierda el tablero de ajedrez imantado de bolsillo.

—Lo siento.

—No pasa nada –ofreció al joven una sonrisa tranquilizadora–. Sigamos con el juego.

David asintió e inclinó su enmarañada cabellera negra sobre el tablero. Tach bebió un sorbo de su café irlandés y dejó que la calidez llenara su boca antes de tragar. Estaba avergonzado por su reacción exagerada a aquella observación burlona. Al fin y al cabo, el muchacho no pretendía herirle.

Había conocido a David en el hospital a principios de 1947. El día Wild Card, Harstein había estado jugando al ajedrez en la terraza de un café. Entonces no se le había manifestado ningún síntoma, pero meses después lo habían llevado retorciéndose y convulsionándose al hospital. Tach había temido que aquel hombre tan guapo e intenso pudiera ser otra víctima anónima, pero contra todo pronóstico se había recuperado. Le habían hecho pruebas: el cuerpo de David exudaba poderosas feromonas que hacían difícil resistirse a él a cualquier nivel. Fue reclutado por Archibald Holmes, y muy pronto fue apodado «el Enviado» por una prensa fascinada por el carisma que le permitía resolver huelgas, negociar tratados y mediar con los líderes mundiales.

De los ases masculinos, David era el favorito de Tachyon y bajo su tutela había aprendido a jugar al ajedrez. Testigo de las crecientes habilidades de Tachyon que había recurrido a sus poderes en un esfuerzo por evitar que Tach ganara. El alienígena sonrió y decidió pagarle con la misma moneda.

Cuidadosamente lanzó una sonda, se deslizó bajo las defensas de David y observó cómo aquella hermosa mente sopesaba y evaluaba posibles movimientos. La decisión se tomó, pero antes de que

Harstein pudiera actuar en consecuencia Tach dio un brusco giro, borrando la decisión y sustituyéndola por otra.

—Jaque.

David se quedó mirando el tablero, después lo tiró al suelo con un rugido mientras Tach se subía al sofá, enterraba su cabeza en un cojín y reía.

—Y me hablas de hacer trampas. No puedo controlar mi poder, ¡pero tú! Meterte en la mente de un hombre y…

Una llave arañó la cerradura y Blythe gritó:

—Chicos, chicos, ¿por qué se están peleando ahora?

—Hace trampas –gritaron los dos hombres a coro y se señalaron mutuamente.

Tach la tomó entre sus brazos.

—Estás helada. Deja que te haga un té. ¿Qué tal la conferencia?

—No estuvo mal –se quitó el gorro y sacudió la nieve de los bordes de piel de oso–. Con Werner de baja por anginas estaban agradecidos por mi aportación –se inclinó hacia delante y depositó un suave beso en la mejilla sombreada de David–. Hola querido, ¿qué tal Rusia?

—Deprimente –empezó a recoger las piezas de ajedrez desperdigadas–. Ya sabes, no parece justo.

—¿Qué? –tras lanzar su abrigo sobre el sofá se quitó las botas enfangadas y se acurrucó contra los cojines con los pies cómodamente remetidos bajo la piel de zorro plateado.

—Earl consigue arrancar a Bormann de Italia y salvar a Gandhi de un fanático hindú, y tú te quedas en un motel de mala muerte y asistes a una conferencia sobre cohetes.

—También sirven los que solo se sientan y hablan. Como deberías saber. Además, ya has recibido tu justa parte de la gloria. ¿Qué hay de Argentina?

—Eso fue hace más de un año, y lo único que hice fue hablar con los peronistas mientras Earl y Jack intimidaban a los militares en la calle. Ahora, ¿en qué crees que se fijó la prensa? ¿En nosotros? Más bien no. Tienes que ser asombroso para que alguien repare en ti en este negocio.

—¿Y exactamente qué es este negocio? –interrumpió Tachyon, poniendo una taza de humeante té en las manos de Blythe.

David se inclinó hacia delante, sacando la cabeza entre sus hombros encorvados, como un pájaro inquisitivo.

—Salvar de los desastres. Usar estos dones para mejorar la condición humana.

—Así es como empieza, pero ¿acabará aquí? Mi experiencia con las superrazas, siendo yo mismo miembro de una, es que hacemos lo que queremos y que el diablo se lleve todo lo demás. Cuando una pequeña minoría en Takis empezó a desarrollar poderes mentales, rápidamente empezaron a cruzarse entre ellos para asegurarse de que nadie más tendría ocasión de obtener esos poderes. Eso nos permitió gobernar un planeta, y solo somos ocho por ciento de la población.

—Nosotros seremos diferentes –la risa sardónica de Harstein se burló de la afirmación.

—Eso espero. Pero me conforta más saber que solo hay una docena de ases como ustedes y que Archibald no los ha enrolado a todos en esta gran fuerza en pro de la democracia –sus finos labios se torcieron un poco al pronunciar las últimas palabras. Blythe alargó la mano y le retiró los mechones que le caían sobre la frente–. ¿Lo desapruebas?

—Me preocupa.

—¿Por qué?

—Creo que tú y David deberían estar agradecidos por no estar expuestos a la opinión pública. La ira de los que no tienen algo contra los que sí lo tienen nunca se acaba y su raza tiene una larga tradición de sospecha y hostilidad contra los extraños. Ustedes, los ases, son más que extraños. ¿Qué es lo que dice uno de sus libros sagrados? ¿No dejarás con vida a la hechicera?

—Pero solo somos personas –objetó Blythe.

—No, no lo son… ya no, y los otros no van a olvidarlo. Sé que hay treinta y siete como ustedes, quizás más, y son indetectables, a diferencia de los jokers. La histeria nacional es una hierba que crece de manera particularmente virulenta y rápida. Parece que la gente está viendo comunistas por todas partes y es probable que no tarden mucho en transferir esa desconfianza a otra minoría aterradora, como un grupo invisible, secreto, de gente extraordinariamente poderosa.

—Creo que exageras.

—¿De verdad? Mira esas audiencias del HUAC –señaló una pila de periódicos–. Hace dos días un jurado federal acusó a Alger Hiss de perjurio. Estas no son las acciones de una nación sana y estable. Y esto en su mes de alegría y renacimiento.

—No, eso es en Pascua. Este es el primer nacimiento –la tímida broma de David se hundió en el pesado silencio que había invadido la estancia, solo roto por la nieve, arrastrada por el viento, que golpeaba las ventanas.

Harstein suspiró y se estiró.

—Qué pandilla más triste somos. ¿Qué me dicen de salir a cenar y buscar algún concierto? Satchmo toca en el centro.

Tach negó con la cabeza.

—Tengo que volver al hospital.

—¿Ahora? –se lamentó Blythe.

—Cariño, debo hacerlo.

—Entonces iré contigo.

—No, eso es una tontería. Que David te lleve a cenar.

—No –había apretado los labios en un mohín terco–. Si no vas a dejar que te ayude, al menos puedo hacerte compañía.

Él suspiró y puso los ojos en blanco mientras ella se calzaba las botas.

—Una dama obstinada –señaló David desde debajo de la mesa de café, donde estaba rebuscando las piezas de ajedrez desperdigadas–. Todos hemos descubierto que no sirve de nada discutir con ella.

—Pues tendrías que probar a *vivir* a con ella.

El delicado casquete se deformó bajo la repentina presión de sus dedos.

—Créeme, podemos solucionar ese problema.

—No empieces –dijo Tach a modo de advertencia.

—¡Y no uses ese tono de desaprobación paternal conmigo! No soy una niña, ni tampoco una de las recluidas damas taquisianas.

—Si lo fueras, te comportarías mejor; y en cuanto a ser una niña, desde luego estás actuando como una, como una niña mimada. Hemos tenido esta discusión antes y no voy a hacer lo que quieres.

—*No* hemos tenido esta discusión. Constantemente me has cerrado el paso, has cambiado de tema, te has negado a discutir el asunto…

—Me esperan en el hospital –se dirigió a la puerta.

—¿Lo ves? –espetó al incómodo Harstein–. ¿Me ha cortado o no me ha cortado?

El joven se encogió de hombros y se metió el juego de ajedrez en el bolsillo de su informe saco de pana. Por una vez, parecía no tener palabras.

—David, sé amable y llévate a mi *genamiri* a cenar y trata de devolvérmela con mejor ánimo.

Blythe lanzó a Harstein una mirada implorante, mientras Tachyon la contemplaba con solemne desdén desde la otra punta.

—Eh, chicos. Me parece que podrían darse un paseo romántico en la nieve, hablar de sus cosas, cenar, hacer el amor y dejar de pelear. Sea lo que sea, no puede ser un problema tan grave.

—Tienes razón –murmuró Blythe, la rigidez iba desapareciendo de su cuerpo bajo la relajante oleada de feromonas.

David le puso a Tach la mano en la espalda y lo instó a salir. Tomando la mano de Blythe, la colocó con firmeza en la de Tachyon e hizo un vago gesto de bendición sobre sus cabezas.

—Ahora vayan, hijos míos, y no pequen más –los siguió mientras bajaban las escaleras y salían a las calles, luego se fue corriendo al metro antes de que los efectos tranquilizadores de su poder desaparecieran.

♣

—¿Ahora ves por qué no quiero que trabajes conmigo?

La luna había conseguido deslizarse bajo el manto de las nubes y su pálida luz fluía sobre la nieve haciendo que la ciudad pareciera casi limpia. Estaban al borde de Central Park, sus alientos se mezclaban en blandas vaharadas blancas mientras ella contemplaba su rostro fijamente.

—Ya veo que estás intentando protegerme y escudarme, pero no creo que sea necesario. Y después de verte esta noche… –vaciló, buscando un modo de suavizar las palabras que iba a pronunciar–. Creo que puedo lidiar con eso mejor que tú. Te preocupas por tus pacientes, Tach, pero sus deformidades y locuras… bueno, te desagradan, también.

Él se estremeció.

—Blythe, estoy tan avergonzado... ¿Crees que lo saben, que lo notan?

—No, no, mi amor –le acarició el pelo, calmándolo como haría con uno de sus hijos pequeños–. Yo lo veo solo porque estoy muy cerca de ti. Ellos solo ven la compasión.

—El Ideal sabe que he intentado reprimirlo, pero nunca he visto tales horrores –se apartó del consuelo de sus brazos y caminó por la acera–. No toleramos la deformidad. Entre las grandes casas se acaba con las criaturas que son así –se oyó un débil sonido y se giró hacia ella. Una mano enguantada tapaba su boca y sus ojos estaban muy abiertos, abismos centelleantes bajo el resplandor de un farol cercano–. Y ahora sabes que soy un monstruo.

—Creo que tu cultura es monstruosa. Todos los niños son algo precioso, sin que importen sus discapacidades.

—Eso pensaba mi hermana y mi monstruosa cultura también acabó con ella.

—Cuéntame.

Empezó a trazar dibujos al azar en un banco del parque cubierto de nieve.

—Era la mayor, unos treinta años mayor que yo, pero estábamos muy unidos. Se casó fuera de la casa durante una de esas extrañas treguas familiares. Su primer hijo era defectuoso, fue sacrificado y Jadlan nunca se recuperó. Se suicidó meses después –pasó la mano por la banca, borrando los dibujos. Blythe alzó la mano y apretó sus dedos helados entre sus manos enguantadas–. Aquello me hizo reflexionar sobre la estructura de mi sociedad. Entonces se tomó la decisión de hacer pruebas de campo con el virus en la Tierra, y aquello fue el punto final. Ya no podía seguir con las manos cruzadas.

—Tu hermana debió de haber sido especial, diferente, como tú.

—Mi primo dice que es por la herencia Sennari que portamos. Es un gen recesivo al que, según él, nunca se debería haber permitido continuar. Pero te estoy enredando con toda esta plática sin sentido sobre el pedigrí y estás castañeteando los dientes. Vamos a casa para que entres en calor.

—No, no hasta que resolvamos esto –él la miró–. Puedo ayudarte e insisto en que me dejes compartir esto contigo. Dame tu mente.

—No, eso serían ocho personalidades. Son demasiadas.

—Déjame que yo lo juzgue. Me las arreglo bien con siete.

Lanzó un ruido grosero y ella se envaró indignada.

—¿Igual que te las arreglaste en febrero cuando encontré a Teller y Oppenheimer discutiendo sobre la bomba de hidrógeno mientras estabas como un zombi en medio de la habitación?

—Esto será distinto. Yo te quiero, tu mente no me hará daño. Y además del trabajo… cuando tenga tus recuerdos y tu conocimiento ya no estarás solo.

—No he estado solo, no desde que viniste.

—Mentiroso. He visto el modo en que te quedas con la mirada perdida y la música triste que tocas con el violín cuando crees que no te estoy escuchando. Déjame estar ahí para que pueda proporcionarte un trozo de hogar –le puso la mano en los labios–. No discutas.

Así que no lo hizo, y se dejó convencer. Más por amor que por una aceptación real de sus argumentos. Y más tarde, aquella noche, mientras sus piernas rodeaban con fuerza su cintura y sus uñas arañaban su espalda cubierta de sudor y se venía violentamente, ella llegó hasta él y también le absorbió la mente.

Hubo un terrible momento *de violación*, *de robo*, *de pérdida*, que le revolvió las entrañas; después, se acabó, y el espejo de su mente le devolvió dos imágenes. La amada, femenina, dulce que era Blythe y otra igualmente amada y aterradoramente familiar que era *él*.

♠

—¡Malditos sean todos! –Tachyon recorrió enfurecido toda la pequeña antecámara, giró de golpe y fijó en Prescott Quinn un dedo acusador–. Es indignante, inconcebible que nos convoquen de esta manera. ¿Cómo se atreven, y con qué derecho nos sacan de nuestras casas y nos hacen salir pitando hacia Washington solo con dos horas, ¡*dos horas*!, de antelación?

Quinn chupó ruidosamente la boquilla de su pipa.

—Con el derecho de la ley y de la tradición. Son miembros del congreso y este comité tiene el poder de convocar e interrogar testigos –era un anciano corpulento con una panza impresionante que tensaba la cadena de su reloj, complementada por una insignia Phi Beta Kappa sobre su severo chaleco negro.

—Entonces llámenos como testigos, aunque Dios sabrá de qué, y acabemos con esto. Hemos venido hechos polvo esta noche solo para que nos digan que la audiencia se ha pospuesto y que ahora debemos quedarnos aquí sentados durante *tres* horas –Quinn gruñó y se frotó sus espesas cejas blancas–. Si cree que eso es esperar demasiado, joven, tiene mucho que aprender del gobierno federal.

—Tach, siéntate, tomemos un café –murmuró Blythe; estaba pálida, pero elegante con su vestido de punto negro, su sombrero con velo y sus guantes.

David Harstein entró deambulando en la antecámara y los dos marines que hacían guardia en la puerta se pusieron rígidos y lo miraron con recelo.

—Gracias a Dios, una nota de cordura en medio de la locura y las pesadillas.

—Oh, David, querido –las manos de Blythe se aferraron febrilmente a sus hombros.

—¿Están bien? ¿Ayer fue terrible?

—No, fue genial... todo excepto que el nazi de Rankin se refiriera continuamente a mí como el «caballero judío de Nueva York». Me preguntaron sobre China: les dije que habíamos hecho todo lo posible para negociar un acuerdo entre Mao y Chiang. Por supuesto les pareció bien. Y después les sugerí que disolvieran estas audiencias y accedieron con gran alegría y jolgorio y...

—Y entonces te fuiste de la sala –interrumpió Tach.

—Sí –bajó su oscura cabeza y contempló sus manos entrelazadas–. Ahora están construyendo una cabina de cristal y volverán a convocarme. ¡Malditos sean, de todos modos!

Un arrogante ujier entró y llamó a la señora Blythe van Renssaeler. Acudió, su bolsa cayó al suelo. Tach la recuperó y apoyó su mejilla contra la de ella.

—Paz, querida. Estás muy por encima de ellos, y mucho más con todos ustedes. Y no lo olvides, *estoy* contigo –sonrió débilmente. Quinn la tomó por el brazo y la escoltó a la sala de audiencias. Tach pudo entrever brevemente las espaldas, las cámaras y una maraña de mesas, todo ello bañado por la intensa luz blanca de los focos de la televisión. Después la puerta se cerró con un ruido sordo.

—¿Jugamos? –preguntó David.

—Claro, por qué no.

—¿No te distraigo? ¿No sería mejor que prepararas tu testimonio?

—¿Qué testimonio? No sé nada de China.

—¿Cuándo te atraparon? —sus manos hábiles volaron, disponiendo el tablero.

—Ayer por la tarde, hacia la una.

—Todo es un enorme disparate —dijo el Enviado con una evidente falta de diplomacia, y brutalmente colocó un peón en reina cuatro.

Aún estaban jugando cuando Blythe y Quinn volvieron. El tablero salió disparado con el salto precipitado del alienígena, pero David no protestó. Blythe estaba pálida como un cadáver y temblaba.

—¿Qué te hicieron? —preguntó Tach, con las palabras quemándole la garganta.

Ella no respondió, solo se estremeció entre sus brazos como un animal herido.

—Doctor Tachyon, esto va un poco más allá de lo de China. Debemos hablar.

—Un momento —se inclinó sobre ella y posó sus labios en su sien.

Podía sentir su pulso latiendo. Rápidamente se deslizó bajo su defensa y envió una marea tranquilizadora que fluyó hacia su mente. Con un escalofrío final se relajó y le soltó la solapa de su abrigo color durazno pálido.

—Siéntate con David, mi amor. Tengo que hablar con el señor Quinn —sabía que estaba hablándole con condescendencia, pero la presión podía quebrar la frágil estructura que había construido para mantener separadas las distintas personalidades, y tras su breve incursión había descubierto que eran un edificio que se caía a pedazos.

El abogado se lo llevó a un lado.

—China era la excusa, doctor. Ahora la cuestión es el virus. Creo que el comité se ha formado la idea de que los ases son una fuerza subversiva y podrían estar reflejando el sentir de todo el país en general.

—Doctor Tachyon —llamó el ujier. Quinn le hizo una indicación con la mano, con un gesto abrupto.

—¡Absurdo!

—No obstante, ahora entiendo por qué está aquí. Mi consejo es que se acoja a la Quinta.

—¿Eso qué significa?

—Que se niegue a responder todas y cada una de las preguntas. Eso incluye su nombre. Una respuesta así se interpretaría como una renuncia a la Quinta.

Tach se irguió en toda su poca impresionante altura.

—No temo a esos hombres, señor Quinn, no voy a sentarme y condenarme con mi silencio. ¡Vamos a detener esta locura ahora!

La sala era una carrera de obstáculos de luces, sillas, mesas, gente y cables serpenteantes. En cierto momento trastabilló, se tropezó y se paró murmurando una maldición. Por un instante la sala se desvaneció y vio la extensa sala de baile de Ilkazam, cubierta de parquet e iluminada por candelabros y oyó las risas de su familia y sus amigos mientras permanecía en pie, perdido en los entresijos del Princes Baffled. Porque su error en el baile se había convertido en un tremendo chirrido, en un alto trastabillante y por encima de la música podía oír la voz nasal de su primo Zabb describiendo con despiadado detalle cuál era el paso preciso que se había saltado. La sangre afluyó a sus mejillas y con ella una línea de sudor por encima de sus labios. Sacó un pañuelo y se enjugó la humedad, entonces se dio cuenta de que su incomodidad no se debía por completo a sus recuerdos, porque las luces de la televisión eran abrasadoras.

Al sentarse en la silla de madera, dura y de respaldo recto, Tach se percató del esqueleto de la cabina de cristal que estaba siendo construida para albergar a David. Tenía un aire ominoso, como un andamio a medio acabar y rápidamente desvió la mirada hacia los nueve hombres que se atrevían a juzgarlo a él y su *genamiri*. Lo único notable eran sus expresiones de adusta pomposidad. De no ser por ello, hubieran sido simplemente un conjunto de adultos de mediana edad con trajes oscuros mal ajustados. Una expresión de absoluto desdén dominaba sus rostros, pero él se recostó en la silla, burlándose de su poder con su actitud relajada.

—Ojalá me hubiera hecho caso con el tema de su indumentaria –murmuró Quinn al abrir su maletín.

—Me dijo que me vistiera bien. Lo he hecho.

Quinn observó el frac y los pantalones de color durazno pálido, el chaleco bordado en verde y oro y las botas de caña alta con borlas doradas.

—El negro hubiera sido mejor.

—No soy un trabajador común.

—Declare su nombre ante el comité –dijo el presidente Wood, sin levantar la vista de sus papeles.

Se inclinó hacia el micrófono.

—Soy conocido en su mundo como el doctor Tachyon.

—Su verdadero nombre completo.

—¿Están seguros de que quieren oírlo?

—¿Se lo preguntaría si no fuera así? –gruñó Wood irritado.

—Como deseen –sonriendo débilmente, el alienígena se lanzó a la recitación de su linaje completo–. Tisianne brant Ts'ara sek Halima sek Ragnar sek Omian. Así acaba mi línea materna, al ser Omian una relativa recién llegada, mediante el matrimonio, al clan Ilkazan procedente de Zaghloul. Mi abuelo materno fue Taj brant Parada sek Amurath sek Ledaa sek Shahriar sek Naxina. Su señor era Bakonur brant Sennari...

—Gracias –dijo Wood a toda prisa. Echó una ojeada a la mesa, a sus colegas–. ¿Quizás a efectos de esta audiencia podemos conformarnos con su *nom de plume*?

—*De guerre* –corrigió dulcemente, y disfrutó del rubor de irritación de Wood.

Le siguieron varias preguntas sinuosas y sin sentido acerca de dónde vivía y trabajaba; después, John Rankin de Mississippi se inclinó hacia él.

—Tal como yo lo entiendo, doctor Tachyon, usted no es ciudadano de Estados Unidos de América.

Tach lanzó a Quinn una mirada de incredulidad. Se oyeron risitas nerviosas entre los periodistas que estaban en la sala, y Rankin lo miraba.

—No, señor.

—Entonces es usted un extranjero –la satisfacción adornaba sus palabras.

—Sin lugar a dudas –dijo arrastrando las palabras. Apoyado con indiferencia en el respaldo de la silla, empezó a jugar con los pliegues de su corbata.

Case, de Dakota del Sur, intervino.

—¿Y entró o no entró en este país ilegalmente?

—No me pareció que hubiera un centro de inmigración en White Sands; por otra parte, no pregunté dado que en ese momento estaba preocupado por cuestiones más urgentes.

—¿Pero en ningún momento, en los años subsiguientes, ha solicitado la ciudadanía estadunidense?

La silla volvió a crujir y Tach se puso de pie.

—Que el Ideal me dé paciencia. Esto es absurdo. No tengo ningún deseo de convertirme en ciudadano de su país. Pero encuentro su mundo irresistible, e incluso si mi nave fuera capaz de realizar un viaje hiperespacial me quedaría porque tengo pacientes que me necesitan. De lo que no tengo tiempo ni ganas es de ladrar y dar saltitos para entretener a este tribunal ignorante. Por favor, continúen con sus juegos, pero déjenme trabajar…

Quinn tiró de él para que se sentara, y tapó el micrófono con la mano.

—Siga así, y estará contemplando el mundo tras los muros de una prisión federal –susurró–. ¡Acéptelo ahora! Estos hombres tienen poder sobre usted y los medios para ejercerlo. Ahora discúlpese y veamos qué podemos salvar de todo este barullo.

Lo hizo, pero con escasa gracia, y el interrogatorio prosiguió. Fue Nixon, de California, quien fue al meollo del asunto.

—Tal como yo lo entiendo, doctor, fue su familia quien desarrolló este virus que ha costado la vida a tantas personas. ¿Es eso correcto?

—Sí.

—¿Perdón?

Se aclaró la garganta y dijo, de manera más audible esta vez:

—Sí.

—Así que vino…

—Para evitar que se liberara.

—¿Y qué pruebas tiene de esa afirmación, Tachyon? –intervino Rankin.

—Los diarios de bitácora de mi nave detallan mis conversaciones con la tripulación de la otra nave.

—¿Puede conseguir esos diarios? –de nuevo Nixon.

—Están en mi nave.

Un asistente se acercó nerviosamente a la plataforma y empezó una precipitada deliberación.

—Los informes indican que su nave ha resistido todos los intentos de entrar en ella.

—Así se ordenó.

—¿Hará las disposiciones necesarias para abrirla y permitirá a la Fuerza Aérea que se lleve los diarios?

—No –se miraron mutuamente durante un buen rato–. ¿Me devolverán mi nave? Entonces les daré los diarios.

—No.

Volvió a dejarse caer en la silla y se encogió de hombros.

—Bueno, tampoco les habrían servido de mucho; no están en inglés.

—¿Y qué hay de esos otros extranjeros? ¿Podemos interrogarlos? –los labios de Rankin se torcieron como si estuviera viendo algo particularmente desagradable y viscoso.

—Me temo que todos están muertos –su voz decayó mientras luchaba de nuevo contra los recuerdos culpables con los que aún cargaba–. Me equivoqué al juzgar su empeño. Lucharon contra el rayo paralizador y su nave se rompió en mil pedazos en la atmósfera.

—Muy conveniente. Tan conveniente que me pregunto si no fue planeado así.

—Fue el error de Jetboy lo que liberó el virus.

—¡No manche el nombre de ese gran héroe estadunidense con sus infamantes mentiras! –gritó Rankin, acabando con su tono de predicador del sur–. Sostengo ante este comité y ante la nación que se ha quedado en este mundo para estudiar los efectos de su malvado experimento. Que esos otros alienígenas estaban actuando como kamikazes, dispuestos a morir, para que usted pudiera parecer un héroe y vivir entre nosotros, aceptado y reverenciado, pero en realidad es usted un alienígena subversivo que busca debilitar esta gran nación mediante el uso de esos peligrosos elementos…

—¡No! –Estaba de pie, con las manos apoyadas en la mesa, encarándose a sus inquisidores–. Nadie lamenta los acontecimientos del 46 más que yo. Sí, fracasé… fracasé tratando de detener la nave, tratando de localizar el globo, tratando de convencer a las autoridades del peligro, tratando de ayudar a Jetboy y ¡debo vivir con ese fracaso el resto de mi vida! Lo único que puedo hacer es ofrecerme… ofrecer mis talentos, mi experiencia trabajando con este virus, para deshacer lo que he creado. Lo siento… lo siento –estalló, se atragantó y bebió agradecido el agua que Quinn le ofrecía.

El calor casi se podía tocar, se enroscaba alrededor de su cuerpo, robándole el aire de los pulmones y dejándolo aturdido. Deseó con todas sus fuerzas no desmayarse y sacó un pañuelo de su bolsillo, se limpió los ojos y supo que había cometido otro error. En esta cultura los machos estaban adiestrados para reprimir la emoción. Acababa de violar otro de sus tabúes. Cayó pesadamente en la silla.

—Si de verdad está arrepentido, doctor Tachyon, entonces demuéstreselo a este comité. Lo que le requerimos es una lista completa de los llamados ases que usted ha tratado o de los que ha oído hablar. Nombres… direcciones si es posible y…

—No.

—Estaría usted ayudando a su país.

—No es mi país y no voy a ayudarlos en su cacería de brujas.

—Está en este país ilegalmente, doctor. Podría darse el caso de que fuera lo más conveniente para esta nación que usted fuera deportado. Así que, si fuera usted, pensaría mi respuesta muy cuidadosamente.

—No requiere pensarlo más… No traicionaré a mis pacientes.

—Entonces el comité no tiene más preguntas para este testigo.

◆

Al salir del Capitolio se encaminaron directamente hacia un hombre pálido, de facciones afiladas.

Un débil sonido se le escapó a Blythe y se apretó al brazo de Tach.

—Buenas tardes, Henry –gruñó Quinn, y el alienígena se dio cuenta de que era el marido de la mujer que había compartido su cama y vida durante dos años y medio.

Le resultaba familiar. Tach había estado luchando con este personaje cada vez que se unía telepática o físicamente a Blythe. De acuerdo, Henry había sido relegado a un rincón sin uso de su mente, como un mueble desechado en un desván polvoriento, pero la mente estaba allí y no era una mente muy agradable.

—Blythe.

—Henry.

Repasó a Tachyon con una mirada fría.

—Si nos excusa, me gustaría hablar con mi mujer.

—No, por favor, no me dejes —sus dedos lo jalaron del abrigo y él los soltó cuidadosamente antes de que pudiera arruinar definitivamente el dobladillo, y le tomó la mano cálidamente.

—Creo que no.

El congresista lo agarró del hombro y lo empujó. Fue un error de juicio. Por pequeño que fuera, Tachyon había estudiado con uno de los mejores maestros de defensa personal y su respuesta fue casi más refleja que consciente. No se molestó con sutilezas de las artes marciales, sencillamente levantó la rodilla, clavándosela a Van Renssaeler en las pelotas, y mientras el hombre se doblaba por el dolor, le plantó el puñetazo en la cara. El congresista cayó al suelo como si le hubieran asestado un hachazo y Tach se lamió los nudillos.

Los ojos azules de Blythe estaban ausentes, mirando frenéticamente a su marido y Quinn fruncía el ceño como un Zeus de barba blanca. Varias personas corrieron a atender al político caído y Quinn, recuperándose rápidamente, los guio escaleras abajo.

—Ha sido un golpe bastante sucio —rezongó mientras hacía señales a un taxi—. No es muy deportivo patear a un hombre en los testículos.

—No estoy interesado en actividades deportivas. Uno lucha para ganar y si fallas, mueres.

—Un mundo tremendamente extraño del que usted viene si ese es el código que le han enseñado —volvió a rezongar—. Y, como si no tuviera ya bastantes problemas, puedo asegurarle que Henry va a demandarlo por asalto y agresión.

—Considérese contratado, Prescott —dijo Blythe, levantando la cabeza del hombro de Tach. Se había apretujado entre los dos hombres en el taxi y Tach podía sentir el débil temblor que aún le recorría el cuerpo.

—Quizá debería solicitar el divorcio. No puedo entender por qué no lo ha hecho antes.

—Los niños. Sé que nunca los vería si me divorciara de Henry.

—Bueno, piense en ello.

—¿Dónde vamos?

—Al Mayflower. Un estupendo hotel, les gustará.

—Quiero ir a la estación. Nos vamos a casa.

—No puedo aconsejarles eso. Mi olfato me dice que esto no se ha acabado, y mi nariz es un indicador infalible.

—Hemos testificado.

—Pero Jack y Earl aún han de hacerlo, Harstein tiene que volver a testificar y podría haber algo que requiriera que volvieran a comparecer. Vamos a esperar hasta que podamos cantar victoria. Les ahorrará un viaje de vuelta, si estoy en lo correcto.

Tach accedió a regañadientes y se reclinó en los cojines para ver la ciudad pasar.

El domingo por la noche estaba harto de Washington D. C., harto del Mayflower y harto de las profecías pesimistas y tenebrosas de Quinn. Blythe había intentado mantener la fantasía de que estaban pasando unas agradables vacaciones y lo había arrastrado por toda la ciudad para contemplar edificios de mármol y estatuas sin sentido, pero su mundo de ensueño se había roto en mil pedazos el viernes anterior, cuando David fue acusado de obstrucción al congreso y el caso se remitió al Gran Jurado.

El muchacho se había recogido en su suite alternando entre la confianza salvaje de que no se dictaría ninguna acusación y el miedo a ser condenado y encarcelado. Esto último parecía lo más probable, pues había estado horriblemente insultante con el comité aquel último día de testimonios, llegándolos a comparar con la élite gobernante de Hitler. El clima no era indulgente. Tachyon casi había llegado a distraerse intentando erradicar los planes más vengativos de David contra el comité y tratando de tranquilizar a Blythe, que parecía haber perdido por completo el inglés como primera lengua y que hablaba casi exclusivamente en alemán.

No ayudó a sus esfuerzos que estuvieran bajo asedio virtual en su habitación; rodeados y acosados por periodistas que pululaban sin inmutarse aun después de que Blythe hubiera vaciado una jarra de café ardiendo encima de uno que había intentado entrar haciéndose pasar por servicio de habitaciones. Solo a Quinn se le permitía acceder a su fortaleza, y era tan invariablemente pesimista que Tach estuvo a punto de tirarlo por una ventana.

Ahora, mientras el alba teñía el cielo en el este, Tach yacía escuchando el latido constante del corazón de Blythe y el suave susurro de su respiración mientras ella estaba acurrucada a su lado. Habían hecho el amor frenéticamente, toda la noche, como si ella temiera perder contacto con él. También había sido perturbador, pues había encontrado una gran cantidad de filtraciones entre sus distintas personalidades. Había intentado hacer que se concentrara en una nueva defensa, pero estaba demasiado fragmentada emocionalmente como para que funcionara. Solo el descanso y una tregua en el estrés restablecerían su equilibrio, y Tach juró que, con comité o sin él, se irían de Washington aquel mismo día.

Un furioso golpeteo en la puerta de su suite hizo que saltara de la cama a la una de la tarde. Confundido, ni siquiera pensó en ponerse algo de ropa, pero en cambio se enrolló la colcha alrededor de la cintura y avanzó a tropezones hasta la puerta. Era Quinn, y la expresión de su cara borró el último vestigio de sueño de su mente.

—¿Qué? ¿Qué ha pasado?

—Lo peor. Braun los arruinó a todos.

—¿Eh?

—Testigo amigable. Los aventó a los lobos para salvarse él.

Tach se hundió en una silla.

—No es todo, van a volver a llamar a Blythe.

—¿Cuándo? ¿Por qué?

—Mañana, justo después de Earl. Jack les ofreció muy generosamente la información de que, además de Von Braun y Einstein y el resto de cerebritos, también tiene *sus* pensamientos y recuerdos. Quieren los nombres de los otros ases, y si no pueden obtenerlos de usted, los obtendrán de ella.

—Se negará.

—Podría ir a la cárcel.

—No… ellos no harían eso… no a una mujer.

El abogado se limitó a negar con la cabeza.

—*Haga* algo. Usted es el abogado. Yo me negué primero, haga que me envíen a la cárcel.

—Hay otra opción.

—¿Qué?

—Darles lo que quieren.

—Esa no es una opción. *Debe* mantenerla fuera de esa sala de audiencias.

El hombre dejó escapar un suspiro y se rascó furiosamente la cabeza hasta que su pelo quedó como las púas de un erizo indignado.

—Bien, veré qué puedo hacer.

♥

No fue suficiente y el martes por la mañana estaban de vuelta en el Capitolio. Earl había entrado, se había acogido a la Quinta y se había ido con una expresión de rotundo desprecio y desdén. No había esperado nada del gobierno de hombres blancos y no se había decepcionado. Ahora era el turno de Blythe. En la puerta, dos jóvenes marines que montaban guardia en la puerta habían intentado contenerlo. Sabía que estaba siendo injusto, atacando a la gente equivocada, pero su intento de separarlo de Blythe le había hecho perder el control y los había controlado mentalmente a ambos. Les había ordenado que durmieran, y estaban roncando cuando tocaron suelo. Aquella exhibición de poder había tenido un fuerte efecto entre varios observadores y rápidamente le encontraron un sitio al fondo de la sala, entre la prensa acreditada. Habría intentado protestar, deseaba estar con Blythe, pero esta vez fue Quinn quien objetó.

—No, estar aquí sentado con ella sería como agitar un paño rojo delante de un toro. Yo cuidaré de ella.

—No es solo una cuestión legal. Su mente… es muy frágil ahora mismo.

Señaló con la cabeza a Rankin.

—No deje que la machaquen.

—Lo intentaré.

—Querida –notó sus hombros delgados y huesudos bajo sus manos, y cuando alzó el rostro para mirarla, sus ojos eran como dos moretones oscuros en su cara blanca–, recuerda, su libertad y su seguridad dependen de ti. Por favor, no digas nada.

—No te preocupes, no lo haré –dijo con un destello de su antiguo ánimo–. También son mis pacientes.

La observó alejarse, con la mano ligeramente apoyada en el brazo de Quinn, y el terror lo atenazó. Quería correr tras ella y abrazarla una vez más. Se preguntó si ese sentimiento era una vaga premonición o solo una mente alterada.

—Ahora, señora Van Renssaeler, despleguemos la cronología en nuestra mentes, ¿le parece? –dijo Rankin.

—Muy bien.

—Veamos, ¿cuándo descubrió que tenía este poder?

—Febrero de 1947.

—¿Y cuándo abandonó a su esposo, el congresista Henry van Renssaeler? –pronunció con dureza la palabra congresista, echando un vistazo rápido a izquierda y derecha para ver cómo lo tomaban sus compañeros.

—No lo hice, él me echó.

—¿Y quizá fue porque descubrió que había estado encamándose con otro hombre que ni siquiera es humano?

—¡No! –gritó Blythe.

—¡Protesto! –gritó Quinn al mismo tiempo– Esto no es una causa por divorcio…

—No tiene fundamentos para la protesta, señor Quinn, y me permito recordarle que algunas veces este se ha visto en la necesidad de investigar el pasado de los abogados. Uno se pregunta por qué razón eligen ustedes representar a enemigos de esta nación.

—Porque es un principio del derecho angloamericano que un defendido tenga a alguien que le proteja del impresionante poder del gobierno federal…

—Gracias, señor Quinn, pero no creo que necesitemos instrucción en materia de jurisprudencia –interrumpió el representante Wood–. Puede usted continuar, señor Rankin.

—Gracias, señor. Dejaremos eso por el momento. Ahora, ¿cuándo se convirtió en uno de los llamados Cuatro Ases?

—Creo que fue en marzo.

—¿Del 47?

—Sí. Archibald me había mostrado cómo podía utilizar mi poder para preservar conocimientos de valor incalculable y había contactado a varios científicos. Estuvieron de acuerdo y yo…

—Empezó a absorberles las mentes.

—No es exactamente así.

—¿No le parece que es un poco repulsivo, casi vampírico, el modo en que devora el conocimiento y las habilidades de un hombre? Y es un engaño, también. Usted no nació con una gran mente, no estudió ni trabajó para ganar su posición. Se limitó a robar a los demás.

—Estaban dispuestos. Nunca lo haría sin su permiso.

—¿Y el congresista Van Rensselaer le dio permiso?

Tachyon podía oír las lágrimas que empañaban su voz.

—Eso fue distinto. No comprendía… no podía controlarlo –hundió la cara en sus manos enguantadas.

—Sigamos adelante. Estamos en el momento en que abandonó a su marido y sus hijos –añadió en un tono más conversacional, obviamente, de cara a los otros miembros del comité–. También encuentro increíble que una mujer *abandone* su papel natural y se pavonee de esta manera. Bueno, lo mismo da.

—No lo *abandoné* –interrumpió Blythe.

Rankin ignoró su observación.

—Cuestión de semántica. Ahora, ¿cuándo fue eso?

Blythe se desplomó sin esperanza en su silla.

—Veintitrés de agosto de 1947.

—¿Y dónde ha estado viviendo desde el veintitrés de agosto del 47? –permaneció en silencio–. Vamos, vamos, señora Van Renssaeler. Ha consentido responder preguntas ante este comité. Ahora no puede retirar ese consentimiento.

—En el diecisiete de Central Park West.

—¿Y de quién es ese apartamento?

—Del doctor Tachyon –susurró. Hubo un revuelo entre la prensa acreditada, pues habían mantenido un perfil muy bajo. Solo los otros tres ases y Archibald conocían su modo de vida.

—Así que después de violar a su marido y robarle la mente, se marchó y vive en pecado con un ser que no es humano y viene de otro planeta, quien creó el virus que le dio este poder. Hay algo bastante conveniente en todo esto –se inclinó sobre la mesa y le gritó–: ahora escúcheme, señora, y es mejor que me responda porque se enfrenta a un gran peligro. ¿Se apropió de la mente de Tachyon y sus recuerdos?

—S-sí.

—¿Y ha trabajado con él?

—Sí –sus respuestas apenas eran audibles.

—¿Y reconoce que Archibald Holmes formó a los Cuatro Ases como un elemento subversivo diseñado para socavar a los fieles aliados de Estados Unidos?

Blythe se había dado la vuelta en la silla agarrándose al travesaño superior con desesperada intensidad, sus ojos revoloteaban por la atestada sala. Su cara parecía estar retorciéndose, tratando de recomponerse en distintos rostros y había un ruido sordo casi psíquico saliendo de su mente. Perforaba la cabeza de Tachyon y sus escudos encajaron en su posición.

—¿Está escuchando, señora Van Renssaeler? Porque mejor sería que lo hiciera. Estoy empezando a pensar que su poder chupasangre es un peligro para este país. Quizá sería mejor que fuera a la cárcel antes de que tome su conocimiento obtenido fraudulentamente y lo venda a los enemigos de este país.

Blythe temblaba con tanta fuerza que parecía improbable que pudiera permanecer erguida en la silla, y las lágrimas le corrían por la cara. Tach se puso de pie y empezó a abrirse paso a empujones a través de la multitud que los separaba.

—No, no, por favor... no. Déjenme sola –se abrazó a sí misma, en un gesto protector, y se meció hacia delante y hacia atrás.

—¡Entonces, deme esos nombres!

—Está bien... está bien –Rankin se arrellanó tras el micrófono, tamborileando con su bolígrafo en un ritmillo satisfecho sobre el cuaderno que tenía ante él–. Está Croyd...

A Tachyon le pareció que el tiempo se distendía, se alargaba, casi se quedaba inmóvil. Varias hileras de gente lo separaban de Blythe, y en aquel momento que parecía durar eones, tomó su decisión. Su mente se proyectó como una lanza, clavándola como a una mariposa. Su voz se ahogó y emitió un *sonidillo* divertido, como de sorpresa. Para él era parecido a sostener un copo de nieve o una escultura de cristal con alguna forma particularmente delicada. Bajo su control sintió la entera estructura de su mente fragmentada y *Blythe* estaba dando vueltas y hundiéndose en alguna oscura y tenebrosa caverna del alma. Liberados, los otros siete se alzaban triunfantes. Riendo, conferenciando, tomando posturas, despotricando, parecían recorrer todo su sistema nervioso central, dejando que su cuerpo se crispara como una marioneta enloquecida. Las palabras estallaron: fórmulas, conferencias en alemán, discusiones entre Teller y Oppenheimer, discursos de campaña, todo revuelto en un remolino taquisiano.

En el instante en que sintió que su mente cedía la soltó, pero era demasiado tarde. Apartó bruscamente sillas y personas mientras luchaba por abrirse paso hacia su lado y la tomaba entre sus brazos. La sala estaba en absoluto desorden, Wood no dejaba de martillear con su maza, los reporteros gritaban y se empujaban y, por encima de todo, el monólogo maniaco de Blythe. La agarró, extendió de nuevo el poder de su mente y la llevó al olvido. Se dejó caer en sus brazos y un inquietante silencio cayó sobre la sala.

—Supongo que el comité no tiene más preguntas para esta testigo –las palabras sonaron crispadas, y su odio brotó de él como una fuerza tangible. Los nueve hombres se revolvieron incómodos, después Nixon murmuró en una voz que era apenas audible.

—No, no hay más preguntas.

♣

Horas más tarde estaba en el departamento, meciéndola en su regazo y canturreando como lo habría hecho a uno de sus pequeños primos en su hogar, en Takis. Su cerebro estaba destrozado por la lucha para devolverle la cordura; ninguno de sus esfuerzos había tenido el menor éxito. Se sentía joven e indefenso; quería patear la alfombra con sus talones y aullar como si tuviera cuatro años. Las imágenes de su padre se alzaron para burlarse de él; grande, sólido y poderoso tenía tanto el adiestramiento como el talento natural para tratar con semejante enfermedad mental. Pero estaba a centenares de años luz de distancia, y no tenía idea de dónde había ido a parar su hijo y heredero.

Hubo un golpe perentorio en la puerta. Cambiando su brazo, sin poder resistir la carga en su brazo derecho, fue a tropezones a la puerta y dio un paso atrás cuando sus ojos llameantes se enfocaron en los dos policías y la figura abrigada que estaba tras ellos. Henry van Renssaeler alzó su cara magullada y miró fijamente a Tachyon.

—Aquí tengo una orden de internamiento para mi mujer. Haga el favor de entregármela.

—No… no, no lo entiende. Solo yo puedo ayudarla. Aún no tengo la manera, pero la tendré. No me costará mucho.

Los fornidos oficiales dieron un paso adelante, y con suavidad, pero inexorablemente la arrancaron de los brazos que la ceñían. Trastabilló tras ellos mientras se dirigían a las escaleras, Blythe recostada en uno de los brazos del policía. Van Renssaeler no había hecho ningún movimiento para tocarla.

—Solo un poco de tiempo –gritaba–. Por favor, denme un poco de tiempo.

Se desplomó, agarrándose al último barrote de la barandilla mientras la puerta de entrada se cerraba tras ellos.

♠

La había visto solo una vez tras el internamiento. La apelación a su orden de deportación estaba dando vueltas por los tribunales y, viendo que llegaba el final, había conducido hasta el sanatorio privado del estado de Nueva York.

No lo habían dejado entrar en la habitación. Podía haber hecho caso omiso de aquella decisión con el control mental, pero desde aquel día horrible había sido incapaz de utilizar su poder. Así que había espiado a través de una ventanita en la pesada puerta, mirando a una mujer a la que ya no conocía. Su pelo colgaba en mechones enmarañados sobre su rostro crispado mientras rondaba por la diminuta habitación hablando a un público invisible. Su voz era grave y áspera; obviamente, sus cuerdas vocales estaban siendo dañadas por sus constantes intentos de mantener un tono masculino.

Incapaz de detenerse, había contactado con ella telepáticamente, pero el caos de su mente lo envió de vuelta. Peor había sido ver el destello infinitesimal de Blythe pidiendo ayuda a gritos desde una fuente profunda y escondida. Tan intensa era su culpa que se pasó varios minutos vomitando en el baño, como si de algún modo pudiera limpiar su alma.

Cinco semanas después lo habían puesto en barco rumbo a Liverpool.

♦

«*Le pauvre.*» Una enorme mujer con dos niñas pequeñas a su lado miraba a la figura que estaba tirada en la banca. Hurgó en su bolso y sacó una moneda, que cayó con un tintineo apagado en la caja del violín. Atrayendo sus niñas hacia sí, siguió adelante y Tachyon recuperó la moneda con dos dedos mugrientos. No era mucho, pero compraría otra botella de vino y otra noche de olvido.

Se levantó, guardó el instrumento, recogió su bolsa médica y metió la hoja doblada del periódico bajo su camisa. Más tarde, durante la noche, lo protegería del frío. Dio unos cuantos pasos y se tambaleó hasta un inestable punto muerto. Haciendo malabarismos para sostener las dos maletas en una mano, extrajo la página y lanzó una última mirada al titular. El frío viento del este había vuelto y tiró apremiantemente del papel, que se soltó y se fue volando. Caminó sin mirar atrás y ver que el diario se quedaba aleteando con tristeza contra las patas de hierro de la banca. Por mucho frío que hiciera, confiaba en que el vino lo mantendría caliente.

Interludio uno

De «Ases rojos, años negros»,
The New Republic, mayo de 1977

por Elizabeth H. Crofton

DESDE EL MOMENTO, EN 1950, EN QUE DECLARÓ EN SU FAMOSO discurso de Wheeling, Virginia Oeste que «Tengo en mis manos una lista de cincuenta y siete wild cards que se sabe que viven y trabajan en secreto en Estados Unidos al día de hoy» hubo pocas dudas de que el senador Joseph R. McCarthy había reemplazado a los integrantes sin rostro del HUAC como el líder de la histeria antiwild card que recorrió la nación a principios de los cincuenta.

Sin duda, el HUAC podía reivindicar el mérito de desacreditar y destruir a los Exóticos para la Democracia de Archibald Holmes, los Cuatro Ases de los idílicos años de posguerra y los mayores símbolos vivientes de la desolación que el virus wild card había causado en la nación (para dejarlo claro, había diez jokers por cada as, pero como los negros, los homosexuales y los deformes, los jokers eran personas invisibles en este periodo, rotundamente ignorados por una sociedad que hubiera preferido que no existieran). Cuando los Cuatro Ases cayeron, muchos pensaron que el circo había acabado. Se equivocaban. Solo era el principio, y Joe McCarthy era su maestro de ceremonias.

La caza de los «Ases rojos» que McCarthy instigó y lideró no produjo una victoria concreta y espectacular que pudiera rivalizar con el HUAC, pero en última instancia el trabajo de McCarthy afectó a mucha más gente y demostró ser duradero allá donde el triunfo del HUAC había sido efímero. El Comité del Senado sobre Recursos y Empresas de los Ases (SCARE)* nació en 1952 como el foro de las cacerías de ases de McCarthy, pero en última instancia se convirtió en una parte

---

* Se utilizan como abreviatura las siglas SCARE, que en lengua inglesa significa «miedo». *N. de la T.*

permanente de la estructura de comités del senado. Con el tiempo, SCARE, como el HUAC, se convertiría en un mero fantasma de sí mismo y décadas después, bajo la presidencia de hombres como Hubert Humphrey, Joseph Montoya y Gregg Hartmann, evolucionaría hacia un animal legislativo completamente diferente, pero el SCARE de McCarthy fue todo lo que su acrónimo implicaba. Entre 1952 y 1956, más de doscientos hombres y mujeres recibieron citatorios de SCARE, a menudo con bases tan poco sólidas como informes anónimos que decían que en alguna ocasión habían exhibido poderes wild card.

Fue una caza de brujas moderna y como sus ancestros espirituales en Salem, quienes fueron arrastrados ante Tailgunner Joe por el supuesto crimen de ser un as tuvieron enormes dificultades para probar su inocencia. ¿Cómo pruebas que no puedes volar? Ninguna de las víctimas SCARE respondió a esa pregunta satisfactoriamente. Y la lista negra siempre estaba aguardando a aquellos cuyo testimonio se consideraba insatisfactorio.

Los destinos más trágicos los sufrieron quienes realmente eran víctimas del virus wild card y admitieron abiertamente sus poderes ante el comité. De esos casos, ninguno fue más conmovedor que el de Timothy Wiggins, o «el señor Arcoíris», como se le apodó a raíz de su actuación. «Si soy un as, no me gustaría ver a una sota», le dijo Wiggins a McCarthy cuando fue citado en 1953 y desde entonces el término «sota» entró en el lenguaje para referirse a aquellos poderes wild card que eran triviales o inútiles. Ese era, ciertamente, el caso de Wiggins, un artista de cuarenta y ocho años, regordete y miope, cuyo poder wild card, la habilidad de cambiar el color de su piel, lo había impulsado a vertiginosas alturas como acto segundón en el más pequeño de los hoteles Catskill, donde su actuación consistía en tocar un uquelele y cantar versiones en un tembloroso falsete de canciones como «Red, Red Robin», «Yellow Rose of Texas» y «Wild Card Blues», acompañando cada entrega con los cambios de color adecuados. As o sota, el señor Arcoíris no encontró ninguna piedad por parte de McCarthy o de SCARE. Entró en la lista negra e incapaz de lograr ningún contrato, Wiggins se colgó en el departamento de su hija en el Bronx, apenas catorce meses después de su testimonio.

Otras víctimas vieron sus vidas arruinadas y destruidas de forma no menos dramática: perdieron sus trabajos y sus carreras al ser incluidos en la lista negra, perdieron amigos y esposas, inevitablemente perdieron la custodia de sus hijos en los divorcios demasiado frecuentes. Al menos veintidós ases quedaron al descubierto durante el apogeo investigador de SCARE (el mismo McCarthy se arrogaba el mérito de haber «descubierto» el doble, pero incluía en el total casos donde los «poderes» de los acusados se habían establecido solo de oídas y con pruebas circunstanciales, sin la más mínima documentación real), incluyendo criminales tan peligrosos como una ama de casa de Queens que levitaba cuando dormía, un estibador que podía meter la mano en una bañera y hacer que el agua hirviera en menos de siete minutos, una maestra anfibia de Filadelfia (mantenía sus branquias escondidas bajo la ropa hasta el día en que imprudentemente se delató al salvar a un niño de morir ahogado) e incluso un orondo verdulero italiano que tenía la sorprendente habilidad de hacer crecer el pelo a voluntad.

Al barajar tantas wild cards, SCARE acabó destapando algunos ases verdaderos entre las sotas, incluyendo a Lawrence Hague, el corredor de bolsa telépata cuya confesión provocó el pánico en Wall Street y la llamada «mujer pantera» de Weehawken, cuyas metamorfosis ante las cámaras de los noticiarios horrorizaron a los espectadores de costa a costa. A pesar de que aquello palideció al lado del caso de un hombre misterioso detenido cuando saqueaba una empresa de diamantes de Nueva York, con los bolsillos llenos de piedras preciosas y anfetaminas. Este as desconocido tenía reflejos cuatro veces más rápidos que los de un hombre normal, así como una impresionante fuerza y una aparente inmunidad a las armas de fuego. Tras arrojar un coche de policía a la otra punta de una manzana y hacer que hospitalizaran a una docena de policías, fue finalmente reducido con gas lacrimógeno. SCARE emitió inmediatamente un citatorio, pero el hombre no identificado cayó en un profundo sueño, casi un coma, antes de que pudiera subir al estrado. Para disgusto de McCarthy, no hubo manera de despertarlo hasta el día, ocho meses después, en que su celda de máxima seguridad especialmente reforzada se encontró repentina y misteriosamente vacía. Una persona de confianza juró que lo había visto andar por la pared, pero la descripción que dio no coincidía con el prisionero desaparecido.

El logro más duradero de McCarthy, si es que se le puede llamar logro, fue la aprobación de las llamadas «Leyes Wild Card». La Ley de Control de Poderes Exóticos, promulgada en 1954, fue la primera. Establecía que cualquier persona que tuviera poderes wild card debía registrarse inmediatamente ante el gobierno federal; no hacerlo era punible con hasta diez años de cárcel. A esto le siguió la Ley de Reclutamiento Especial, que concedía al Buró de Servicio Selectivo poder de enrolar a los ases registrados al servicio del gobierno con términos de servicio indefinidos. Persisten los rumores de que cierto número de ases, cumpliendo con las nuevas leyes, fueron de hecho reclutados (indistintamente) en el ejército, el FBI y el Servicio Secreto a finales de los cincuenta, pero si es cierto que las agencias usaron sus servicios mantuvieron celosamente en secreto los nombres, los poderes y la existencia misma de estos operativos.

De hecho, solo dos hombres fueron abiertamente llamados a filas bajo la Ley de Control de Poderes Exóticos durante los veintidós años que el estatuto estuvo vigente: Lawrence Hague, que desapareció al servicio del gobierno después de que se le retiraran los cargos por manipulación de acciones, y otro as incluso más celebrado cuyo caso generó titulares en toda la nación. A David «el Enviado» Harstein, el carismático negociador de los Cuatro Ases, se le impuso una notificación de reclutamiento menos de un año después de salir de la cárcel, donde el HUAC lo había confinado por obstrucción al congreso. Nunca se informó de que Harstein hubiera sido reclutado. En su lugar, desapareció por completo de la vida pública a principios de 1955 e incluso la persecución del FBI por toda la nación no logró encontrar rastro alguno del hombre al que el propio McCarthy había bautizado como «el rojo más peligroso de Estados Unidos».

Las Leyes Wild Card fueron el mayor triunfo de McCarthy, pero irónicamente su aprobación sembró la semilla de su destrucción. Cuando estos estatutos ampliamente publicitados se convirtieron por fin en ley, el estado de ánimo de la nación pareció cambiar. Una y otra vez McCarthy tenía que explicar al público que las leyes se necesitaban para abordar los casos de ases ocultos que estaban socavando la nación. Bien, respondió la nación, se han aprobado las leyes, el problema se ha resuelto y ya tenemos suficiente de todo este asunto.

El año siguiente McCarthy presentó el Programa para la Contención de las Enfermedades Alienígenas, que hubiera requerido la esterilización obligatoria de todas las víctimas wild card, tanto jokers como ases. Aquello fue demasiado incluso para sus partidarios más acérrimos. El programa se topó con una devastadora derrota tanto en la cámara baja como en el senado. En un esfuerzo por recuperar y volver a ocupar los titulares, McCarthy lanzó una mal aconsejada investigación de SCARE sobre el ejército, decidido a revelar los «ases en la manga», que según los rumores habían sido enrolados en secreto antes de la Ley de Reclutamiento Especial. Pero la opinión pública cambió radicalmente y se puso en su contra durante las audiencias ejército-McCarthy, que culminaron en su reprobación por el senado.

A principios de 1955, muchos había pensado que McCarthy sería lo suficientemente fuerte como para arrebatar la nominación presidencial republicana de 1956 a Eisenhower, pero en el momento de la elección de ese año, el clima político había cambiado tan marcadamente que él apenas contaba.

El 28 de abril de 1957 fue ingresado en el Centro Médico Naval de Bethesda, Maryland, un hombre roto que hablaba sin cesar de quienes creía que lo habían traicionado. En sus últimos días insistía que su caída había sido culpa de Harstein, que el Enviado estaba por ahí fuera, recorriendo el país, envenenando a la gente contra McCarthy con su siniestro control mental alienígena.

Joe McCarthy murió el 2 de mayo y la nación hizo caso omiso. Pero su legado le sobrevivió: SCARE, las Leyes Wild Card y la atmósfera de miedo. Si Harstein estaba ahí fuera, no se manifestó públicamente para regodearse. Como muchos otros ases de su época, permaneció escondido.

♣ ♦ ♠ ♥

El Capitán Cátodo y el as secreto
♣ ♦ ♠ ♥

por Michael Cassut

INT. ESTRATO-JET—PUENTE—DÍA

Los motores RUGEN mientras el Joker Lobo hace que el estrato-jet dé un GIRO DE INFARTO. Las manos de Cátodo están atadas. Podemos oír GOLPES en la escotilla.

MARTY (V. O.)
¡Capitán! ¡Nos estamos quedando sin aire!

En los mandos, el Joker Lobo se gira y se burla.

JOKER LOBO
Es tu decisión, capitán. ¡Dame los códigos o será el último aliento para tus tres amigos!

CÁTODO
¡Tú también morirás, Joker!

JOKER LOBO
Dirigiré el estrato-jet a la montaña y saltaré en paracaídas.

CÁTODO
Lo sabía. Todos los jokers son unos cobardes.

JOKER LOBO
Insultos, Cátodo. Inútiles… y en la dirección equivocada.

El Joker Lobo se arranca la cara. Es una máscara, por supuesto. Debajo...
el rostro petulante, con bigote, de ROWAN MERCADO, la némesis taquisiana de Cátodo.

CÁTODO

¡Mercado! Debería haberlo sabido.

K ARL VON KAMPEN CERRÓ EL GUION Y LO COLOCÓ BOCA ABAJO
sobre su escritorio. Era un lunes por la mañana, temprano,
agosto de 1956. La temperatura en el exterior de las oficinas
del *Capitán Cátodo* del estudio Republic –cerca de las montañas de
Santa Mónica en el valle de San Fernando– se acercaba a los treinta
y dos grados, y fácilmente sobrepasaría los treinta y siete. Un ruidoso aire acondicionado prometía más refrigeración de la que daba.

Pero en su oficina de gerencia, Karl sintió un escalofrío.

Un guion de *Cátodo* no necesitaba elevarse al nivel de *Macbeth*.
No era necesario que tuviera las maravillas conceptuales de H. G.
Wells. No hacía falta que fuera tan excitante como *Los Hellcats de la
Marina*.

¿Pero el viejo gag del villano enmascarado? ¿En qué estaba pensando Willy Ley?

Karl se levantó de la silla y se estiró, no solo para aliviar la tensión
creciente, sino simplemente para cambiar la geometría de su entor-
no. Su despacho era tan austero y preciso como, esperaba, el paisaje
interior de su mente: un simple escritorio y una silla, una máquina
de escribir en la que escribía los primeros borradores, un aparador de
seis semanas de guiones del *Capitán Cátodo*, ni más ni menos.

Karl era un hombre pequeño, de pelo rubio blanquecino y ojos
azules; un perfecto espécimen ario de no ser por los hombros redon-
deados –nunca había sido ni remotamente atlético– o, de manera
más notoria, por una cojera, el legado de una herida recibida en un
bombardeo en Peenemunde durante la Guerra.

Se sintió aliviado al oír sonar el teléfono. Su asistente, Abigail.

—Llamaron del set –dijo y Karl supo cuál era el mensaje antes de
oír las palabras–. Brant vuelve a llegar tarde –Brant Brewer. El mismísimo Capitán Cátodo.

Agarrando uno de sus muchos pares de lentes de sol del escritorio, Karl salió de la oficina y se cernió sobre Abigail antes de que hubiera podido depositar el receptor en su consola.

—Ponte en contacto con Saul Greene y dile que el señor Von Kampen está descontento –Greene era el agente de Brewer. Karl sabía que la llamada iba a ser un ejercicio inútil; uno raramente veía a un agente sin el cliente. Pero Brewer quizá se motivaría con una advertencia.

—El señor Von Kampen estará incluso menos contento al saber que Harold Dann de Kellogg's estará en el set a las nueve –Dann era el jefe de compras de Kellogg's, la compañía de cereales para el desayuno que estaba tratando de obtener todo el patrocinio de *Cátodo*, un movimiento que doblaría el presupuesto de la serie... y que haría de Karl un hombre rico.

—Entretenle –dijo Karl. Encolerizado hasta rozar la violencia, alcanzó el *Herald* de la mañana de la mesa de Abigail. De inmediato se centró en el artículo principal sobre un cuerpo que se había convertido en piedra cerca del observatorio de Griffith Park.

—Ah, el Asesino Medusa ha golpeado de nuevo –la serie de horribles muertes se remontaba a tres meses atrás. Todos jokers, convertidos en piedra–. Y el sol ha salido esta mañana, también.

—Karl, eres malo.

—La palabra es «cínico» –le divertía fingir que sabía inglés mejor que Abigail. En realidad ella tenía un título de algún *college* de la Costa Este.

—Malo, he dicho y me reafirmo –Abigail tenía veinticinco años, era delgada, de pelo oscuro, fácil de imaginarla como la única chica reportera en una sala de prensa llena de hombres ocurrentes. A Karl le gustaba su voz y su refrescante desprecio de las convenciones de una relación profesional, como las que prohibían a una secretaria dirigirse a su jefe por su nombre de pila–. Lo único que tiene de distinto esta noticia con respecto a los asesinatos habituales de jokers es que las víctimas no son mujeres jóvenes, sino hombres.

—Actores, apuesto –dijo Karl amargamente–, asesinados por los productores –dirigió a Abigail una sonrisa de despedida, después se puso los lentes de sol–. Como has dicho... ¡malo!

♥

Karl estaba siendo injusto consigo mismo. Aunque tenía un crudo sentido del humor germánico, agudizado por las brutales experiencias de la guerra, sentía empatía con cualquiera que tuviera una flaqueza, que fuera vulnerable.

Cualquiera que escondiera un wild card. Karl incluso tenía un nombre para el suyo: *enfoke*, con ortografía alemana. El enfoke le otorgaba el don de la visión reforzada, la habilidad para acercarse y a menudo atravesar cualquier objeto de la línea de visión. No solo era una habilidad física; de hecho, era un estado mental: un momento en que el tiempo se dilataba.

Uno que todavía estaba tratando de controlar.

Mientras cruzaba el tórrido asfalto, una simple ojeada a las montañas del extremo norte del valle disparó el enfoke. De repente, el distante Monte Wilson, con su observatorio y su colección de torres de retransmisión de radio y televisión, aparecieron en primer plano.

Otro parpadeo y Karl estaba viendo la cúpula blanca del enorme reflector de centenares de pulgadas… su pintura se estaba descascarillando. Otro parpadeo, la torre de la Radio KNX… con sus luces rojas de seguridad quemadas.

Había una satisfacción casi sexual cuando ejercitaba el enfoke. Tenía que ser privado, por supuesto, una concesión fácil, pues este también requería circunstancias especiales, como un objetivo atractivo, cerca o lejos.

No era un poder wild card que hiciera sobresalir a Karl, excepto por una cosa: sus ojos relumbraban en rojo en vez de en azul. De ahí los lentes de sol, siempre a mano, sin importar cuán a menudo se burlaran de él por ser pretencioso.

Los lentes constituían una marca de Karl von Kampen tan definitoria como su acento alemán. A veces se preguntaba cuál era el obstáculo más importante en Hollywood en 1956: ¿ser un as o haber trabajado para Hitler?

♣

Entrar en el set era como ingresar en una cueva profunda y acogedora. Por un momento Karl podía olvidar la constante preocupación
sobre el dinero, la presión de su jefe, Frederick Ziv.

Podía quitarse los lentes.

El primero en darse cuenta de la presencia de Karl en escena fue
Eugene Olkewitz, un rotundo y a menudo borracho actor común
que interpretaba al joker con cara de perro, Turk, el compinche del
Capitán Cátodo.

—¡Aquí viene el Führer! *Wie geht's?* –añadió, dando a Karl una palmadita en la espalda.

—Eso es lo que he venido a descubrir –a Karl no le gustaba Olkewitz. Comparado con Brewer, Eugene era un profesional consuma-
do, siempre puntual, sin ignorar su marca u olvidar sus diálogos,
pero se tomaba su papel, secundario, demasiado en serio y la chica
de vestuario decía que muchas veces se llevaba a casa su máscara de
perro de goma. Afirmaba que le gustaba meterse en el personaje
cuando ensayaba, pero…

—Hemos estado evitando a Brant en la primera escena –dijo Olkewitz–. Filmando nuestras partes, ¿verdad, cielo?

«Cielo» se dirigía a «Nora», la actriz Dotty Doyle, la escultural
maravilla de ojos azules cuyas magníficas piernas mostraba constantemente con su uniforme de estrato-jet de *Cátodo*. Karl se recordó
a sí mismo que debía felicitar al diseñador de vestuario, quien obviamente entendía que en un programa para niños podía enseñar
faldas que habrían sido juzgadas como escandalosas en una serie
dirigida a los adultos.

—No soy tu cielo, Gene –Dotty ni siquiera se dirigió a él directamente, y se plantó directamente delante de Karl–. Y no podemos
hacer nada más así.

Típico de Dotty: informada, tranquila, al tanto de los negocios, el
tipo de princesa nórdica que los padres de Karl habrían recibido con
los brazos abiertos como compañera de su hijo.

Karl se movió por la escenografía hasta la parte delantera del set.
Habían apagado las luces mientras las grúas se llevaban el panel de
mando del estrato-jet de Cátodo.

—Tiene razón, Karl –dijo Marshall Korshak, el atribulado director.

—El resto del día es todo Cátodo.

Korshak siempre estaba nervioso, incluso si las cosas iban como seda. Había estado en *Cátodo* desde *Hopalong Cassidy*. Karl le ofreció una sonrisa forzada:

—Podría ser peor, Marshall. Podríamos tener caballos.

—Los caballos siempre están ahí cuando los necesitas. O te buscas uno nuevo y nadie se da cuenta de la diferencia.

En aquel momento el ayudante de producción pasó corriendo frente a ellos exclamando «¡Está aquí!» y luego se fue de largo para evitar ser el daño colateral de la explosión que se avecinaba. El mismo impulso de autoprotección hizo que Korshak anunciara que tenía que ir a hacer pipí.

Karl se preparó para el encuentro. Pero una vez que sus ojos se ajustaron al pronunciado cambio de luz, se dio cuenta de que no era Brant Brewer, el Capitán Cátodo. Era Harold Dann, de Kellogg's.

Dann se acercaba a los cuarenta, moreno, corpulento, con calvicie incipiente. Y tenía los dientes más blancos que Karl había visto en alguien que no fuera actor. Dann, de hecho, sonreía en cada frase que pronunciaba… como si le pagaran por cada destello.

Se hicieron las presentaciones oportunas a Olkewitz y Dotty. Dann abrió desmesuradamente los ojos cuando vio por primera vez a la compañera de Cátodo.

—Creo que deberíamos ponerte en la caja de cereales.

—Si las piernas y los melones venden copos de maíz, ¿por qué no?

Antes de que la broma fuera a mayores, Karl oyó:

—¿Qué les pasa a todos? ¿No ven que tenemos que hacer un programa de televisión inmortal?

Brant Brewer, conocido por millones de jóvenes estadunidenses como Capitán Cátodo, azote de los taquisianos y sus criminales aliados jokers, emergió de las sombras y se plantó en medio del set, con las manos en las caderas, como un cartel para niños encarnando la fuerza, la justicia y los valores estadunidenses. Llevaba su ceñido traje de vuelo azul marino adornado con la letra c y un rayo. Cada vez que Karl veía a su Capitán, no importaba lo enfadado que estuviera, deseaba tener la capacidad de emitir en color.

Eso o la capacidad de disparar rayos explosivos con sus ojos enfokados.

—Bran, llegas dos horas tarde.

—La chica de maquillaje y peluquería no me ha dejado salir del camión —la sonrisa de Brewer era tan deslumbrante como la de Dann, pero completamente natural. Karl no tenía ninguna duda de que la chica de peluquería y maquillaje estaba enamorada de la estrella: la mayoría de las mujeres del equipo lo estaba y, sin duda, algunos de los hombres.

—Todos los días llegas tarde y nos está matando.

—Estamos haciendo las escenas, Karl.

—¡Estamos *esquivándote* para hacer las escenas! Y nunca son tan buenas como deberían.

Brewer blandió el guion.

—¿Cómo puede ser esto bueno? Soy un hombre con unas mallas tomándoles el pelo a unos idiotas enmascarados. No puedo dispararles. No puedo tirarlos por la escotilla. Lo único que puedo hacer es hablarles bruscamente y decirles que se coman sus espinacas —al discutir, Brewer volvía a su acento original cajún, del mismo modo que el de Karl se hacía más teutónico. Era una maravilla que lograran entenderse—. Nuestro público son niños. Ya ven suficiente violencia en la vida real.

—A los niños no les gustan las patrañas. ¿De verdad *está* leyendo los guiones, Karl? —la expresión de Bran pasó del desafío a la compasión—. Olvida las simplificaciones… dramáticas. ¿A los niños de Estados Unidos les gusta este retrato de los ases y los jokers? ¿Acaso poner a Gene Olkewitz con una máscara de perro en vez de asignar a un verdadero…?

—¡Basta! —Karl podía ver que Brewer estaba, como siempre, desviando la discusión para alejarla de sus propios errores y centrarla en la cobardía de Hollywood respecto a los wild cards—. Sabes que no podemos usar jokers de verdad. ¿Cuántas veces hemos de discutir eso? La serie está perfectamente diseñada. Tú eres parte de ella, o no. Sigue llegando tarde al set y te despediré.

—¿Quieres pasar a la historia como el hombre que echó a la calle al Capitán Cátodo?

Karl sacudió con los dedos la parte delantera del disfraz de Cátodo.

—¡El Capitán Cátodo es cualquiera que lleve el traje!

Entonces, el rostro de Brewer volvió a cambiar, irradiando calidez y amistad eterna.

—Tú eres el jefe —miró a su alrededor como si estuviera buscando aliados y divisó a Korshak—. ¿Aquí hacemos televisión o qué?

Karl estaba aún tan agitado por el encuentro que tardó un momento en darse cuenta de que alguien había detrás de él aplaudiendo: Dann.

—Está sentando sobre una mina de oro, señor Von Kampen.

—La serie va bien.

—Y debería seguir yendo bien, pero las grandes sumas de dinero no vienen de los jóvenes ojos que sintonizan cada tarde. Vendrán de los jóvenes que obliguen a sus padres a comprar. Los cómics y juguetes del *Capitán Cátodo*, las… pijamas, los cascos, las maquetas del estrato-jet, las figuritas.

—Y los cereales de desayuno.

—Debería tener más controlado a su actor —no sonreía.

♠

Antes de que pudiera tomar alguna medida, Karl tuvo que padecer la musicalización de los siguientes cinco episodios de *Cátodo*.

Llamarla musicalización era una exageración, por supuesto. Todas las cuñas musicales estaban preparadas, ya grabadas. La localización era mecánica… todas las apariciones de un villano o un falso clímax recibían la misma nota melodramática. Para Karl, las repeticiones eran como picaduras de insecto: pequeñas, pero frecuentes y molestas.

Al dejar la sala de montaje, vio al hombre que necesitaba.

—¡Jack!

Jack Braun, el famoso As traidor, más recientemente la estrella del *Tarzán de los monos* de Ziv, parecía imposiblemente bronceado y extrañamente joven con sus caquis y su camisa blanca. Su wild card, por supuesto.

—Hola Karl. ¿Qué tal tu Capitán? —la sonrisa de satisfacción de Braun le dijo que sabía todo lo referente a las ausencias de Brant. Bueno, Braun aún tenía amigos en Republic.

—De él es precisamente de lo que quiero hablar contigo, Jack.

Braun entrecerró los ojos.

—Estarías loco si me contrataras, Karl. Este as es aún una letra escarlata, si nos ponemos a mezclar metáforas.

—Lo sé. Sería demasiado caro y arriesgado cambiar de reparto ahora mismo. Quiero saber por qué Brant Brewer no puede llegar al set a la hora establecida.

—Estoy demasiado ocupado con *Tarzán* como para estar al tanto de lo que hace.

—Tú estás metido en todo lo que pasa aquí.

—¡Porque es la única manera de sobrevivir! Te lo dice un hombre que lo aprendió por las malas.

—Pues cuéntame.

—Lo estás haciendo muy bien tú solito.

Karl se limitó a cruzarse de brazos. Tenía bastante experiencia con actores como para reconocer una actuación. La de hoy era «Jack Braun, trabajador reticente de Hollywood».

No iba a durar. Braun sacó una de sus tarjetas.

—De acuerdo, el tipo que buscas se llama Edison Hill. Puedes encontrarlo aquí todas las tardes a partir de las dos.

Karl leyó el nombre del reverso de la tarjeta.

—La Casa de las Fieras, Muelle de Santa Mónica. ¿Es este Hill un borracho o un marica? –el muelle era un paseo notoriamente homosexual y uno de los lugares predilectos de la pequeña población de jokers.

—Ninguna de las dos cosas, hasta donde yo sé. No te pegará un puñetazo en la cara si le invitas una copa, pero sobre todo es un tipo que sabe cosas, o sabe cómo descubrirlas. La Casa de las Fieras es básicamente su oficina.

Karl nunca veía a Braun sin que quisiera contarle que también era un as y sin darse cuenta al instante de la futilidad de su gesto.

—Ya sabes, Jack, uno de estos días, cuando toda esta… locura se acabe. Deberíamos trabajar juntos.

Braun sonrió con auténtica calidez y con consciente escepticismo.

—Sería estupendo pensar que sí, ¿no?

◆

Casi había pasado de largo de La Casa de las Fieras. Estaba hacia la mitad, remetido al lado del infame carrusel del Muelle de Santa Mónica y rodeado de ferias ambulantes, puestos de comida y circos de fenómenos, casi todos ellos poseídos y gestionados por jokers. El interior del club estaba oscuro y atestado, olía a cerveza rancia y serrín viejo. Una joker estaba dejándose el alma en el pequeño escenario del club, haciendo girar las borlas de su sostén de lentejuelas y sacudiendo su trasero al ritmo de la música.

—Vengo aquí desde hace años –dijo Hill–. Tengo una debilidad por la belleza sin adornos –era esbelto, bastante alto, apuesto al estilo de un actor secundario de película de serie B, a lo que se añadía el bigote de Dick Powell. Sonaba como si hubiera crecido lejos del este de Los Ángeles.

—Hay alguna… gente sorprendente aquí –dijo Karl.

—Puede ser un gusto adquirido –dijo Hill. Era media tarde, una hora bastante floja en cualquier club, y La Casa de las Fieras estaba prácticamente vacía. No obstante, la bailarina del escenario era una auténtica belleza en todos los sentidos, aunque cuando se quitó el sostén Karl vio que tenía bocas donde deberían haber estado los pezones. No quería ni pensar en lo que habría debajo de la tanga–. ¿A qué se dedica cuando no hace esto? –le preguntó a Hill, más por verificar la información que por cortés curiosidad.

—Podría decir que soy un espectro –dijo Hill, después añadió–. Soy escritor en la sombra. Proyectos que firman otros, discursos. Esto y aquello. Algunas historias de detectives para los *pulps*.

—¿Se vive bien?

—Algunas de las historias *pulp* están bastante bien pagadas. Pero estaba en la Marina, antes de la guerra. Me salieron unos nódulos en el pulmón y me enviaron a tierra.

—¿No volvió al servicio activo durante la guerra?

—Lo intenté una y otra vez. Pero no me eligieron –Hill dejó su bebida y entrelazó los dedos–. Y ahora bien ¿en qué puedo ayudarle?

Karl le explicó rápidamente sus problemas con Brant Brewer.

—¿Cree que es un rojo?

—Lo dudo –Karl conocía a los verdaderos comunistas de Hollywood; Brant no tenía nada que ver con ellos.

—¿Homo?

Karl abrió las manos.

—Bueno, es un actor –queriendo decir que la homosexualidad siempre era una posibilidad.

—Bien, ya volveremos sobre eso –Hill echó una ojeada casual a izquierda y derecha. Cuando habló, Karl apenas pudo oírlo–. Eso nos deja el factor wild card.

—No hay ningún síntoma, pero…

—Mi tarifa son veinte dólares por día más gastos. Cuarenta por adelantado. Normalmente sería la mitad, pero cuando el caso implica wild cards… –Hill señaló a los parroquianos de La Casa de las Fieras.

—Bien –Karl contó cuidadosamente cuatro billetes de diez.

—Tendrá un informe completo. Dónde vive Brewer, cómo pasa sus días, qué hace y con quién. Si no le gusta el contenido, al menos disfrutará con el estilo.

Acordaron encontrarse en una cafetería en Franklin con Western la mañana siguiente a las ocho. Si Hill necesitaba contactar con Karl de inmediato, llamaría a su despacho y se identificaría como el «Señor Edwards». Si Karl necesitaba a Hill, llamaría al servicio de mensajes de Hill.

Hill tomó su sombrero y se bajó del taburete, luego se ajustó los puños, el cuello y el ala de su sombrero de fieltro. En verdad, se despidió de Karl saludándolo con dos dedos.

♥

La producción concluyó a las 7 p.m., una hora más de lo previsto y doble jornada para el equipo gracias a la demora de Brewer. Pero con la posibilidad de que el señor Dann, de Kellogg's pudiera aparecer por cualquier esquina, Karl decidió evitar más confrontaciones y pidió a Abigail que llamara a su taxi.

Vivía en un dúplex en las colinas arriba de Hollywood. Su dueña era una actriz de cine mudo llamada Estelle Blair, forzada a retirarse por la introducción del sonido, permanentemente arrinconada gracias al virus wild card, que la había convertido en una mujer invisible: un espectro de voz juvenil que solo podía detectarse como un gabán y unas pantuflas sin cuerpo.

Karl había visto una fotografía de la Estelle de la época del cine mudo. Había sido una *flapper* divina, rubia, de piernas largas y labios carnosos. Se preguntó qué aspecto tendría ahora, que estaba en la cincuentena.

¿Lo sabría *ella*?

Era notoriamente difícil tratarla… excepto cuando se trataba de Karl. Ella, o mejor dicho, su bata, estaban allí para recibirle cuando se dejó caer por allí. «Trabajas demasiado duro», le dijo. «¿Ya cenaste?» «Sí, en el estudio.» Se aseguraba de decírselo, aunque no fuera el caso. No quería verse forzado a aceptar una invitación a cenar y responder a la recurrente pregunta de dónde un trozo de comida pasaba de visible a invisible cuando Estelle lo engullía.

Recogió su correo, arrancándoselo a lo que parecía ser solo aire, y entró.

Aquí el mobiliario era tan espartano como el del despacho de Karl en el estudio. Un sofá, una mesa baja, varias sillas. El dormitorio que estaba un poco más allá era igualmente austero, y lo mismo la cocina.

Además del uso del taxi dos veces al día, la única concesión de Karl a su estatus de productor era la televisión más grande del mercado, una Zenith X2552 de 17 pulgadas, junto con su consola. Se aseguraba de ver los últimos cortes de *Cátodo* en una pantalla del mismo tamaño o incluso menor, pues así es como lo veía la audiencia.

Karl normalmente encendía la Zenith en el momento en que entraba en su casa… no solo era su medio de vida, se había convertido en una compañía la mayoría de las noches.

Pero antes de que Karl pudiera ponerla en marcha, vio en su correo una carta de Herb Cranston. El antiguo director de operaciones en White Sands, el primer humano que se encontró cara a cara con el doctor Tachyon, estaba en la ciudad esa noche y le proponía cenar en Musso's a las ocho.

Karl miró el reloj. Ocho y media, pero Musso's estaba justo al final de la calle.

Llamó a un taxi.

♣

—Ach, si no es Herr Kampen.

Karl había entrado en Musso's por la puerta de servicio y había inspeccionado el comedor buscando a Herb Cranston; un proceso complicado, habida cuenta de los reservados. El ingeniero estaba sentado en la barra, con los restos de lo que parecía ser un abundante pastel de carne frente a él. Y un coctel o tres.

—Acabo de recibir su mensaje.

—¿Ha comido?

—Sí.

—Bien, entonces, por mucho que me guste el ambiente aquí, he oído hablar mucho de los jokers de Santa Mónica.

—Tendrían que poner un cartel. Jokerlandia –a Karl le llevó varios segundos darse cuenta de que Cranston estaba realmente interesado en visitar el muelle y probar el sórdido lado oscuro de la vida de los jokers. Normalmente Karl habría retrocedido, tanto por ignorancia como por disgusto. Había estado en el muelle unas pocas veces y esas pocas veces habían sido suficiente. Prostitutas joker montando en el carrusel y llamando a los hombres que pasaban. Rostros horripilantes tras los tenderetes, vendiendo souvenirs baratos y comida frita. Peleas a navajazos entre pandilleros jokers. Deformidad, desesperación y drogas mezcladas con los aromas de agua salada, grasa y pescado podrido.

Pero aquella noche habían cambiado dos factores. Realmente quería ver a Cranston… y conocía un club joker.

♠

Era extraño visitar un lugar como La Casa de las Fieras dos veces en la vida, más aún en el mismo día.

El muelle de Santa Mónica parecía más glamuroso por la noche, con sus relucientes luces de colores y la música brotando desde el carrusel. Multitudes de normales se mezclaban con los jokers comiendo helados y sándwiches y hot dogs mientras vagaban entre los juegos y los antros y los circos de fenómenos.

Dentro de La Casa de las Fieras, las bailarinas jokers eran, de algún modo, más atractivas o posiblemente solo más variadas y numerosas.

—Esto da un nuevo significado al término «bailarina exótica» –dijo Cranston. Le encantaban los juegos de palabras. Cuando estaba en White Sands, el inglés de Karl era demasiado rudimentario como para reconocer la mayoría. Ya no tenía esa excusa.

Había un gentío considerable, también, para ser una noche de entre semana. O eso asumió Karl; el muelle y su vida nocturna no eran su especialidad.

Mientras un trío de bailarinas trabajaba en el escenario –se hacían llamar las Chicas Estadunidenses y bajo sus ropas, inspiradas en la bandera, su piel pasaba del color rojo al blanco y al azul sucesivamente–, una espectacular mujer gato, con el pelaje moteado y una cola que no dejaba de caracolear, se unió a Karl y Cranston en su mesa.

—¿Quieren compañía?

Cranston hizo un gesto a la muchacha para que se fuera y empezó a hablar del trabajo.

—Por fin están empezando a pasar cosas en Tomlin.

—¿Aún intentando descifrar los secretos de Tachyon? ¿Ingeniería inversa de la nave taquisiana?

—¡Diablos, no! Los de Wright Field no tienen nada mejor que hacer... ¡dejemos que pierdan el tiempo! –animado por el alcohol y por la necesidad de hacerse oír por encima del estruendo, Cranston prácticamente gritaba. Después, avergonzado, dijo, con voz más baja–. Karl, volvemos al negocio de hacer nuestros propios diseños... y cortar metal. Vigila los cielos. Pronto vas a ver volando algo que se ha hecho en la Tierra –tomó otro trago y después sonrió–. Justo como su pequeño estrato-jet.

—Felicidades.

—Algunos de nuestros amigos de White Sands están con nosotros. Incluso Willy Ley –Ley había salido de Alemania antes de la guerra y se había convertido en periodista de divulgación especializado en ingeniería, razón por la que Karl lo había buscado para *Cátodo*.

—El tipo que realmente necesitamos eres tú. Tú eras el más prometedor de todo el grupo.

—Amigo mío, eres inexacto y también estás borracho. Ese grupo incluía a Von Braun, Rudolf, Dornberger, tantos otros...

—No me refería a los logros. Sabemos que fuiste a Peenemunde directo desde la escuela. Y, demonios, ninguno de nosotros había ido más allá de la parrilla de salida en White Sands, no después de que *Baby* apareciera.

A Cranston y Von Braun y un puñado de antiguos ingenieros nazis se les había ordenado ir al encuentro de Tachyon y su nave taquisiana con aspecto de concha cuando aterrizó en White Sands. Karl y el resto, no obstante, quedaron al margen, ocupados con ejercicios de calistenia, informes interminables y lecciones de inglés.

—¿Te metió Willy en esto?

Cranston se encogió de hombros.

—Simplemente dijo que debíamos preguntar.

—No debería haberlo hecho sin contármelo.

—¡Entonces no hubiera podido sorprenderte! –sonrió Cranston.

Estaba lo bastante borracho como para empezar a ponerse sentimental. Karl lo recordaba como un bebedor empedernido.

—Los dos, qué suerte… el virus wild card no nos afectó.

—Sí.

El wild card *había* afectado a Karl von Kampen, por supuesto. En 1947 había seguido a Walter Dornberger a la compañía de aeronaves Bell, en Búfalo, y estaba estancado en el tedio de crear diseños para un bombardero que probablemente nunca sería construido cuando enfermó de lo que pensaba –esperaba– que sería una gripe. Tras unos días de fiebre y delirio, se recuperó para encontrar que su visión se había alterado: mientras antes era miope, rozando la ceguera, ahora podía ver casi a nivel microscópico o al nivel de los mejores telescopios ópticos. Tenía enfoque.

Había un efecto secundario. Durante varios minutos después del enfoke, los ojos de Karl brillaban con un rojo demoniaco. Primero pensó que era un efecto temporal… pero al cabo de un par de semanas, mientras luchaba por dominar su nuevo «talento» se dio cuenta de que era bastante permanente, un signo de su condición de as. Fue entonces cuando empezó a llevar lentes de sol.

Como odiaba a Bell y como odiaba Búfalo aún más, Karl decidió cumplir un sueño de toda su vida. Escribió al afamado director Fritz Lang, el hombre que había hecho la primera película de cohetes del mundo, *La mujer en la luna*. Lang era amigo de Dornberger y tenía debilidad por los ingenieros alemanes que habían sido desechados. El realizador ofreció a Karl una recomendación, si alguna vez se encontraba en Los Ángeles…

Tras empaquetar sus posesiones, Karl se mudó a Hollywood la semana siguiente. Allí su enfoque le permitió establecerse como un valioso activo para cualquier equipo de cámaras. Había pasado de asistente a operador a director de fotografía a productor de *Cátodo*.

Antes de que Karl pudiera calibrar el efecto de su mentira en Cranston, la mujer gato volvió.

—¿Nos sentimos más amigables ahora que hemos roto el hielo? –preguntó, deslizándose en su regazo.

Cranston parecía más receptivo.

—Eres muy persistente, ¿verdad?

—No estoy segura de lo que significa. Es una palabra horriblemente grande –mordisqueó la oreja de Cranston, para disfrute demasiado obvio del ingeniero–. Y me gustan las cosas grandes.

Karl descubrió que también disfrutaba del numerito de la mujer gato. Ella notó su interés.

—Eres demasiado mono como para estar solo, guapo. ¿Ves a alguien a quien te gustaría conocer?

—No de momento, gracias.

La chica joker ronroneó mientras reía.

—Ah, uno tímido. ¿A qué se dedican ustedes dos, por cierto?

—Él es ingeniero aeroespacial –dijo Karl, tratando de que la mujer gato volviera a prestar atención a Cranston.

Para no ser menos, Cranston dijo:

—Aquí Karl es el productor de *Capitán Cátodo*.

Karl lo habría matado. Una cosa era arrastrarse por un club joker y otra bastante diferente que lo reconocieran.

En cualquier caso, la mujer gato pareció complacida.

—¡Entonces conoces a Brant y Gene!

—Bastante bien –dijo Karl, tratando de disimular su sorpresa–. ¿Y tú?

—¡Por supuesto! ¡Gene dijo que podría intentar meterme en el programa! Turk necesita una chica ¿no te parece? Perros y gatos, a los niños les encantaría. ¡Y piensa en el maquillaje que se ahorrarían! –lanzó una risotada gutural–. Solo hago esto para pagar el alquiler, ya sabes. En realidad soy actriz.

Por supuesto que lo era. También sabía qué tipo de actriz. Había un mercado creciente para películas porno con jokers, según había oído.

—No sabía que eran clientes habituales de este sitio –dijo Karl–. ¿Vienen muy a menudo? Enfokó en su preciosa cara felina… notó las relucientes gotas de humedad en sus bigotes… una ceja enarcada…

la boca ligeramente abierta. En alguien normal, serían claros signos de vacilación.

O de miedo.

La mujer gato había hablado demasiado y de repente parecía haberse dado cuenta.

—No los llamaría clientes habituales. Solo son… tipos con los que he coincidido. Perdóname —se apartó de Cranston.

El ingeniero no parecía demasiado apenado por verla marchar.

—Va a ser un largo camino de regreso a Mojave.

—En tu estado, tendrás suerte si llegas a Lankershim.

Karl ayudó a Cranston hasta que llegaron a la punta del muelle, donde una hilera de taxis aguardaba. Dejó a su antiguo colega en el Hotel Roosevelt, después le dijo al taxista que enfilara el Boulevard de Hollywood hasta Gower. Desde allí, caminó. Era un kilómetro, de frente desde Gower hasta Scenic y después unas pocas manzanas al este hacia Beachwood. Necesitaba tiempo para que se le pasaran los efectos del alcohol. Tiempo para pensar.

Podía continuar como estaba… produciendo mecánicamente episodios de una serie de televisión para niños hasta que se muriera. Luego otra, luego otra. Hasta que *él* muriera. O peor que la muerte, hasta que estuviera pasado de moda. Podía vender su parte de *Cátodo* a Kellogg's y utilizar el dinero para mantenerse de por vida. No más historias estúpidas de ases traicioneros burlados por un idiota con traje azul.

O podía aceptar la oferta de Cranston y volver a su trabajo.

Pero no podía hacer nada de esto hasta que resolviera el problema de Brant Brewer.

Su estrella pasaba el tiempo libre en un antro de jokers. Lo que explicaría el creciente número de mañanas en las que llegaba tarde. Pero ¿qué estaba haciendo Gene Olkewitz con él? Hasta donde sabía Karl, esos dos no eran más que colegas de set.

Y desde luego Olkewitz no llegaba tarde…

En la esquina de Gower y Franklin se paró para usar una cabina telefónica. Dejó un mensaje urgente para Edison Hill.

◆

A las ocho y media de la mañana siguiente, Karl aún estaba sentado en la cafetería de Franklin con Western. Envalentonado por el paseo de la noche anterior –y contando con que el sol y el ejercicio mitigarían su resaca–, Karl había caminado, ansioso por escuchar lo que había descubierto Edison Hill.

Pero Edison Hill no había aparecido.

Lo único que podía hacer era esperar, y leer el seguimiento del *Herald* de las historias del Asesino Medusa. Se habían producido siete asesinatos de este tipo en los últimos veinte meses. Todas las víctimas eran masculinas, todas jokers entre veinticinco y treinta años. Ninguno de ellos era una víctima evidente: nada de vagabundos, borrachos, prostitutos. Eran ciudadanos tan respetables como podía llegar a serlo un joker: veteranos, abogados, contadores, oficinistas, mecánicos, un hombre que dirigía una gasolinera en Glendale, incluso un exbombero y un par de antiguos profesores que habían perdido su trabajo cuando destaparon sus cartas (ningún padre quería a jokers cerca de sus niños).

Nada de esto era inmediatamente relevante para Karl. Quería saber cosas acerca del apuesto, encantador, misterioso Brant Brewer... el hombre que tenía las llaves del futuro de Karl.

A las nueve se cansó de esperar, dejó un dólar en la barra y llamó a un taxi. ¡Ya había dado cuarenta dólares a un hombre que había conocido en un bar de jokers! Tendría que cruzar algunas palabras con Jack Braun la próxima vez que lo viera.

Karl von Kampen odiaba sentirse estúpido.

♥

Bajó, como de costumbre, en la puerta principal. Para su sorpresa, Abigail se encontró con él en el estacionamiento. La miró a través de sus gafas.

—¿Por qué no estás en la oficina?

—Porque Saul Greene te está esperando.

—Deja que lo adivine...

—Brant vuelve a llegar tarde.

A Karl le empezó a doler la cabeza, y esta vez no le podía echar la culpa a la ingesta de alcohol de la noche anterior.

—Dame alguna noticia mejor.

—Encontraron a otro tipo muerto en Silver Lake la pasada noche… convertido en piedra, Karl.

—Si Saul Greene me causara algún pesar, lo encontrarán petrificado en Silver Lake. Haz que se reúna conmigo en el set.

Karl no quería enfrentarse al enorme agente en su oficina y necesitaba asegurar al asustadizo Korshak que nadie lo culparía por los retrasos.

Efectivamente, la plaza de estacionamiento de Brant Brewer aún estaba vacía, pero a su lado había un brillante Hudson Hollywood de dos puertas, el tipo de coche que Karl compraría… si comprara uno. Pertenecía a Saul Greene.

Y de alguna manera había conseguido llegar al set al mismo tiempo que Karl.

—Hoy va a ser un día caluroso –dijo Greene.

En el mejor de los casos, Karl tenía escasa paciencia con Greene y su peculiar manera de conversar.

—¿Por qué estás aquí en lugar de tu cliente?

—Brant está teniendo problemas personales. Problemas médicos.

—Así que está en el hospital.

—Aún no. Su vida no está en peligro…

—…solo su carrera.

Greene tomó a Karl por el codo y de algún modo lo desplazó varios metros.

—Karl, tú y yo nunca hemos sido buenos amigos.

—De hecho, apenas estamos más allá de la fase de enemigos mortales.

—Pero este es un negocio que funciona por las amistades, algunas de ellas bastante improbables.

—¿Quieres ser mi amigo, Saul? ¿De esto es de lo que se trata todo esto?

—Yo no. Pero… ¿hasta qué punto entiendes a los actores, Karl?

—Les pago un montón de dinero para que aparezcan y digan sus diálogos. ¿Qué más necesito saber?

El hombretón negó con la cabeza, como si corrigiera los errores de un niño.

—Los mejores están vacíos por dentro, son presa fácil para cualquier pasión o moda que se presente. Es lo que hace que sean buenos en su trabajo: convertirse en otra gente.

—Así que ¿Brant Brewer, de alguna manera, está imbuido por alguien que llega tarde crónicamente?

—No. Estoy diciendo que necesita… comprensión. Flexibilidad.

—Ya hemos reprogramado todos los otros días de rodaje. ¿Has probado esta teoría con Harold Dann? No sé por qué me parece que nuestro nuevo patrocinador va a ser muy comprensivo con los programas que van retrasados ¡o que no existen!

—No hace falta que metas a Kellogg's en esto. Solo están interesados en el dinero.

—¿Y tú qué eres? ¿Un altruista?

—Soy amigo de Brant Brewer. Te estoy pidiendo, como alguien que podría ser tu amigo, que des marcha atrás –Greene se acercó a Karl. No había nada de amistoso en su actitud–. Deja de hacer que lo sigan.

—Hemos acabado, Saúl –Karl alargó la mano hacia la puerta del set. Solo la luz roja advirtiendo que las cámaras estaban rodando evitó que la abriera.

—¿A ti te gustaría, Karl? ¿No estás de acuerdo conmigo en que este es todavía un mal momento para que tu… vida privada se haga pública? ¿Qué pasaría con tu carrera?

Karl miró fijamente al agente:

—No me amenaces.

Greene sonrió y extendió las manos.

—Solo te estoy ofreciendo un consejo de amigo –empezó a girarse y entonces, por encima del hombro dijo–: Bonito detalle el de los lentes, por cierto.

Karl corrió al oscuro santuario de su set, con las manos temblando y acidez en el estómago.

Saul Greene conocía su secreto.

♣

Cuando Brewer apareció, justo antes del almuerzo, Karl se había retirado a su despacho, con la orden de que no lo molestaran. Había humo en el aire, aparentemente, de algún fuego en las colinas. Sirenas a lo lejos. A Karl le resultaba enervante.

Pero ahora sentía una mayor simpatía hacia Edison Hill. Al menos, había dejado de juzgarlo como a un estafador. Jack Braun no le habría recomendado a alguien así.

Siguiendo un impulso, ordenó a Abigail que le buscara la dirección y el teléfono de Hill. No le gustaba esperar.

Después intentó distraerse con los próximos guiones de *Cátodo*. Pero sus preocupaciones acerca de Brewer y Greene –y Kellogg's–, combinadas con la absoluta banalidad de la última línea argumental, sumado con el sonidillo adormecedor del aire acondicionado, lo dejaron frustrado e infeliz.

Reflexionó sobre su asociación con Brant Brewer. Solo había visto al actor como un rostro en una fotografía de 8 × 11 pulgadas, junto con una larga lista de créditos que iban desde papeles secundarios en Broadway hasta otras series de Ziv Television. De pelo negro, ojos azules… Brewer parecía exactamente un héroe. Y en las distintas audiciones había mostrado que podía sonar como uno, también.

Se había hecho un trato a través de Saul Greene antes de que Karl y Brewer tuvieran siquiera una conversación. Y los rigores de producir más de un centenar de episodios de quince minutos y bajo costo en cada una de las dos temporadas televisivas habían hecho imposible ir más allá de eso. Nunca habían sido amigos; nunca habían compartido una comida o unas copas. Sus únicos encuentros sociales habían sido en alguna fiesta en días señalados.

Sabía aún menos del resto de su reparto: Olkewitz era otro cliente de Greene quien, según recordaba Karl, había hecho su audición disfrazado, con la máscara de perro.

A Karl no le hubiera importado conocer a Dotty Doyle mucho mejor, pero ser un as complicaba su vida romántica; el enfoke convertía los impulsos sexuales normales en su particular modo de voyeurismo. Además, Karl se echó atrás ante la idea de ser un productor aprovechándose de una actriz.

Al darse cuenta de que eran cerca de las 5 p.m. y que no había comido, salió a la oficina y la encontró vacía excepto por una nota con la dirección de Edison Hill y su teléfono y las palabras: «Prueba con esto. El número está fuera de servicio».

Karl estaba irritado por la ausencia de Abigail hasta que recordó dos cosas: le había dado permiso para acudir a una cita al médico. Y era la situación con Edison Hill lo que lo enervaba.

Siguiendo la mejor tradición germánica, decidió pasar a la acción.

♠

La dirección de Hill era el 8777 de Lookout Mountain, una coincidencia divertida: Fritz Lang vivía en Lookout Mountain cuando Karl lo visitó, hacía una década. La ubicación estaba a menos de ocho kilómetros de los estudios de *Capitán Cátodo*.

Pero tardó una hora en llegar. La ruta sur por Laurel Canyon estaba bloqueada por camiones de bomberos en Mulholland Drive.

El taxista de Karl sugirió una ruta alternativa, que los llevó por los tres lados de un cuadrado imaginario, bajando por Woodrow Wilson, luego a través de un cañón secundario y después de vuelta a Laurel por el norte.

Más camiones de bomberos obstruían el cruce entre Laurel Canyon y Lookout Mountain, pero aún era posible pasar entre ellos para ir a buscar la estrecha carretera.

No obstante, tras varias vueltas, el taxista de Karl se encontró con el último obstáculo: un trío de unidades de la policía de Los Ángeles.

—Hasta aquí han llegado –le dijo a Karl un oficial.

—Vivo aquí –detestaba mentir, pero tenía que llegar a la casa de Hill.

—Amigo mío, si vive aquí, vaya llamando a su agente de seguros... Tenemos cuatro casas quemadas y no tenemos el fuego completamente controlado.

Karl se quitó los lentes de sol y miró a lo lejos, carretera arriba. Varias de las extrañas viviendas del pequeño cañón –estructuras verticales que a Karl le recordaban las típicas casitas en el árbol– estaban dañadas o destruidas del todo. Incluso la placa de la calle estaba cubierta de hollín.

—Pero los camiones de bomberos están abajo, en Laurel.

El oficial miró a Karl fijamente.

—Debería dar la vuelta, señor. El humo le hace daño a los ojos.

Karl había tratado de hacer presión, pero su conductor se estaba poniendo impaciente.

Tras un laborioso giro bajo la atenta mirada de varios policías, el taxi enfiló calle abajo.

—Aquí –dijo Karl, una vez que estuvieron fuera de la vista. Pagó al conductor y echó a andar hacia lo que solía ser la casa de Edison Hill.

Una de las intrincadas callejuelas permitió a Karl sortear el cordón policial y ascender en paralelo a Lookout Mountain. Acabó emergiendo entre el follaje que no se había quemado para contemplar la escena.

En la pendiente ennegrecida por encima de lo que había sido el 8777 de Lookout Mountain yacía un extraño objeto… un bloque de piedra que, a través del enfoke de Karl, parecía ser la estatua de un humano que se protegía aterrorizado… un hombre con un bigotillo.

◆

Fue una larga y asfixiante caminata por Laurel Canyon más allá de Hollywood Boulevard (que no tenía otra cosa que casas al oeste) hasta Sunset. Allí se dirigió a Schwab's y telefoneó a un taxi.

Una vez que llegó y mientras lo llevaba en dirección este hacia su casa, consideró decirle al conductor que girara al norte hacia la Base Aérea de Tomlin.

Karl von Kampen ya había tenido bastante de Hollywood.

Mientras subía las escaleras hacia su dúplex, percibió una rica fragancia a jazmín, una considerable mejora respecto al olor de humo y ceniza de Laurel Canyon. El aire fresco lo revivió. Se paró y miró hacia atrás. Mientras lo hacía, volvió a enfokarse de nuevo, espontáneamente, y fue recompensado con una cascada de imágenes, de cerca y de lejos. Un petirrojo en un cable de teléfono. Una pelota que un niño del barrio había pateado desde un minúsculo patio, detenida a medio vuelo. Una nube de humo exhalada de un cigarrillo más abajo, en Beachwood. Una nube de polillas alrededor de un farol. En la colina, un coyote agazapado. Y todo ello conectado por cintas de cemento cuarteado, follaje, tuberías, el borrón de los coches en movimiento.

Incluso si Saul Greene o Brant Brewer resultaban ser el Asesino Medusa, Karl había afrontado retos mayores. Había construido naves espaciales. Había sobrevivido a un bombardeo británico. Había sobrevivido al virus wild card. ¡Se había convertido en un productor de Hollywood!

Sin duda, podría encontrar una manera de controlar a Brant Brewer.

Cuando estaba a punto de llegar a su puerta, alguien lo agarró. Una mano por debajo de su codo. Una mano *invisible*.

—Vete –dijo Estelle Blair.

Fue todo un reto darse la vuelta despreocupadamente mientras intentaba divisar un potencial asaltante.

Karl no estuvo seguro del éxito hasta que salió a la acera sin sentir el filo de una navaja o una bala en su espalda.

—Estelle… –dijo.

—Justo detrás de ti.

—¿Qué está pasando?

—Dos hombres, de aspecto sospechoso, demasiado abrigados para el calor que hace. Empezaron a merodear furtivamente hace más o menos una hora. Los oí y me hice invisible, si me quieres entender.

Karl seguía caminando de vuelta a Beachwood, hacia la tienda de comestibles y en búsqueda de testigos.

—Capto la idea.

—Creo que iban a seguirte al interior. Uno de ellos tenía un arma.

Un coche en marcha. Momentos después, un Hudson Hollywood descendió por la calle de Karl y rápidamente giró hacia el sur en dirección a Beachwood.

Había dos hombres dentro, con sombreros y abrigos, uno de ellos lo bastante grande como para ser Saul Greene.

—¿Estás metido en algún lío, Karl?

—Eso parece. –Había sentido náuseas y aprensión ante las ruinas carbonizadas de la casa de Edison Hill… ahora sentía puro miedo. Quienquiera que hubiera matado a Hill había logrado, de algún modo, conectarlos.

—Quizás no puedes ver muy bien con tus lentes de sol.

—Podría ser eso –era posible que también Estelle conociera su secreto. Podía haberle estado espiando durante los últimos tres años. Qué estúpido por su parte haber escogido a una casera que era la única persona inmune a su enfoque.

—Bueno, allá en Iowa, mi padre, que Dios lo bendiga, tenía un método para tratar con gente molesta. «Pégales primero antes de que ellos te peguen.»

—Estelle –le respondió Karl–, no podría estar más de acuerdo.

♥

Brant Brewer vivía en Drexel Avenue, no muy lejos de Farmer's Market y Gilmore Field, al norte de Wilshire Miracle Mile.

El taxi se paró en Gilmore Field, donde los Hollywood Stars estaban disputando una liga menor de beisbol. Karl podía recorrer a pie las cuatro manzanas hasta la casa de Brewer. Eso le daría tiempo para considerar más a fondo sus cada vez más escasas opciones.

El sol se estaba poniendo, prometiendo aliviar el opresivo calor, aunque la neblina en el aire permanecería varios días. Karl agradecía la falta de luna; aquella horrible noche en Peenemunde había visto una luna llena, ideal para ayudar a los bombarderos ingleses.

Aunque contaba con dos plantas, la casa de Brewer tenía un tamaño modesto; estaba situada en unos terrenos impresionantes tras una valla, escondida en su mayor parte de la calle.

Karl se deslizó cerca de la valla, usando su enfoke a través de los barrotes y los arbustos. Podía ver el Hollywood de Greene estacionado en el camino de entrada semicircular, junto con otros vehículos. Se enfokó en la pintura descascarillada de las paredes de la casa, un grillo hacía un enorme esfuerzo para sortear una grieta del pavimento.

Sin obstáculos evidentes. Sin armas evidentes.

Karl tenía su plan, y era digno del *Capitán Cátodo*. Esperaba vivir lo bastante como para compartirlo con Willy Ley.

Echó un último vistazo al tranquilo vecindario, después abrió la verja y se dirigió hacia la puerta principal. Cuando se dio cuenta de que había risas y músicas en el interior, Karl retrocedió. Todavía podía abortar la misión… dependiendo de si la siguiente media hora se desarrollaba según el guion, esa gente podría estar en peligro.

Tuvo también la tentación de dejarlo correr, sencillamente. Firmar el contrato con Kellogg's y lavarse las manos. Dejar que los fabricantes de cereales se ocuparan de la habilidad de Brewer para situarse frente a la cámara.

No. Brewer no solo había traído el caos a la vida de Karl: él y Saul

Greene habían matado, sin duda, a Edison Hill y quién sabe a cuántos más.

Eran monstruos, versiones de carne y hueso de los villanos jokers de las historietas del *Capitán Cátodo*. Alguien tenía que derrotarlos…

Karl llamó a la puerta. Podo después un Gene Olkewitz muy sorprendido le abrió. O mejor dicho, Turk lo hizo. Olkewitz llevaba la máscara de cara de perro.

Karl casi lo había esperado, pero aun así se quedó estupefacto al darse cuenta de que el buen compañero del capitán no se limitaba a hacer su papel ante la cámara.

—¿Es aquí donde yo digo «*guten abend*»? –dijo Karl–. ¿O debería ladrar? ¿Qué estás haciendo aquí? ¿Por qué llevas esa máscara?

—Las vaginitas jokers –dijo Olkewitz con una sonrisa gomosa–. Las chicas jokers son salvajes, Führer. Y muy *agradecidas* –el actor se giró como si fuera a pedir ayuda. Un Saul Greene con cara de pocos amigos estaba abriéndose paso entre la multitud.

—¿Estás loco? –dijo Greene.

—Querías verme, Saul. ¡Hasta viniste a mi casa! –Karl sonrió para mostrar que él, como todo el mundo de Hollywood desde antes del silencio, conocía la vieja broma.

Greene solo pudo gritar:

—¡Brant!

Brewer se deslizaba entre un grupito de invitados, todos ellos jokers. ¡Y vaya colección! Una chica lagarto. Una cosa escamosa con pies. Un hombre que parecía perfectamente normal, salvo por un par de antenas que le salían de la cabeza. También divisó a la mujer gato de La Casa de las Fieras, retozando en el regazo de un hombre obeso cuya cara parecía haber sido tallada en roble.

Había media docena más. La fiesta era lo opuesto al Arca de Noé. Ningún joker tenía su pareja perfecta. Karl se sentía como si estuviera de vuelta en La Casa de las Fieras. Lo único que faltaba era el olor a papas fritas y la musiquilla del carrusel de al lado. En cambio, había tapetes bordados; barrocos cojines de brocado; pinturas artísticas en las paredes; un tocadiscos.

—No veo ninguna televisión –dijo Karl cuando Brewer llegó hasta él–. ¿Dónde te miras?

—¿Puedes creer que nunca he visto un episodio?

Entre las muchas cosas sorprendentes que Karl había oído últimamente, esta era el colmo. ¿Qué clase de actor dejaba pasar la oportunidad de verse?

—Bueno, ¿para qué una televisión en blanco y negro si esta noche tienes un gentío tan colorido como este? –decía Brewer. Ahí fue cuando Karl tomó conciencia de que la deliciosamente real Nora-Dotty estaba allí con un vestido de tubo de color rosa, el pelo recogido en un nido dorado, los labios del color de la sangre y los ojos tan azules como un mar del trópico. Nunca la había visto tan deseable, ni siquiera en sus más inconfesables fantasías.

Saludó a Karl, luego inclinó la cabeza hacia la esquina de la sala de estar, donde Harold Dann les sonreía, alzando una copa hacia Karl. Este no había visto al hombre de Kellogg's en varios días. Dos de las bailarinas de La Casa de las Fieras estaban con él, las Chicas Estadunidenses, la azul en su brazo izquierdo y la roja en el derecho.

Karl se giró hacia Brewer y Greene.

—Tengo la impresión de que están celebrando algo –¿había confundido el típico acuerdo entre bambalinas de Hollywood, agente y actor tratando de robarle a Cátodo a sus espaldas por un asesinato?

Antes de que Brewer pudiera responder, Greene y Olkewitz habían sujetado a Karl por los codos.

—¿Por qué no hablamos en alguna otra parte?

Mientras lo empujaban entre la multitud, Karl captó la mirada de Dotty. Le dijo:

—Fuera de aquí. Haz que se vayan todos de aquí. Diles… diles que la policía está en camino. ¡Una redada!

—¡Oh! –dijo ella.

♣

Acabaron en el estudio, con la puerta cerrada, los tres, Olkewitz montando guardia en la puerta.

—O estás loco o eres el tipo más valiente del mundo –dijo Greene.

—¿Pueden ser las dos cosas?

Brewer se giró hacia su agente.

—Saul…

—¡Cállate, Brant! –Greene encaró a Karl–. La verdad es que eres bastante estúpido, Karl. Para ser un ingeniero aeroespacial, desde luego.

—No sabía que ser estúpido significaba una sentencia de muerte en Hollywood. Porque las calles estarían vacías…

Greene lo abofeteó, un gesto despiadado que sorprendió a Karl tanto como le dolió.

—¿Crees que es nuestra elección? ¡Tienes suerte! ¡Ser un as te ayuda!

—¡Ya es suficiente, Saul!

Brant parecía verdaderamente molesto. Puso las manos sobre Greene y apartó suavemente al corpulento agente.

—¿Qué son ustedes dos? –preguntó Karl mientras sentía el gusto a sangre y palpaba con la lengua un diente flojo–. ¿Qué clase de equipo?

Brewer no era un actor tan bueno como para ocultar su reacción.

—Nos necesitamos mutuamente. Saul los petrifica. Al hacerlo, me alimento –se giró hacia su hosco y enorme compañero–. Es bueno que nos hayamos encontrado.

—Brant…–el rostro de Greene estaba empapado de sudor.

—¡Merece saberlo, Saul! –Brewer parecía aliviado al tener la ocasión de confesar–. ¡Nos ha hecho ganar mucho dinero!

—¿Qué, una estrella de la televisión infantil y un agente de cuarta fila? –Karl no se pudo resistir a girarse hacia Greene–. ¿Solo obtienes el diez por ciento de lo que chupas a tus víctimas?

Greene levantó el brazo para darle otra bofetada, pero Brewer lo detuvo.

—¡Basta, Saul! –se interpuso entre el agente y Karl–. ¿Has oído hablar de los yonquis y el mono? Cambiaría este hábito por la heroína en un segundo –se pasó un dedo por la frente, limpiándose el sudor–. Y es peor con este calor.

—Pero ¿qué es lo que sacas? Sangre, huesos…

Ahora Greene rio ásperamente.

—Vamos, adelante ¡díselo!

Sorprendentemente, Brant se sentía avergonzado… incapaz de articular las palabras.

—Saul transforma sus cuerpos, y yo me llevo sus almas. Sus… personalidades. De hecho, no puedo ser un héroe, no puedo interpretar a un humano de verdad, hasta que lo hago.

De no haber estado medio paralizado por el miedo, Karl habría reído. Así que Brant Brewer era el actor as definitivo: una auténtica carcasa vacía. Por un momento, a Karl le dio pena, incluso Greene. Todo el mundo decía saber el precio físico del virus wild card... pero ¿y los cambios mentales? ¿Qué giros y torturas había infligido el virus taquisiano en los cerebros humanos?

Entonces Saul Greene agarró a Karl por detrás, un abrazo brutal del que Karl sabía que no lograría zafarse.

—Tu amigo Hill resultó ser un héroe. Y tú decidiste ser uno, también –Karl podía notar cómo se estaba volviendo pesado, más grueso. ¿Convirtiéndose en piedra?–. Como ya he dicho, Karl... estúpido.

Karl metió una mano en el bolsillo.

—¡Huele esto! –dijo Karl, forzándose a pronunciar las palabras–. Es gas y ha llenado la casa. Lo único que hace falta para que esto salga volando hasta la luna es un fuego –se las arregló para sacar un mechero del bolsillo. Brant parecía preocupado–. ¡Saul míralo...!

Pero Saul Greene sonrió y gritó.

—¡Gene!

La puerta se abrió y Olkewitz entró, con una figura envuelta en una sábana y retorciéndose bajo el brazo. Tiró el fardo al suelo y luego se sentó encima de él.

Greene no lo soltaba.

—Quizá no puedas ver a tu amiga invisible, pero Gene tiene un gran olfato para ser normal: la olió.

El bulto del suelo se revolvió cuando Brant Brewer retiró delicadamente el mechero de la mano rígida de Karl.

—Está bien, Estelle –dijo Karl. La habían atrapado. Se había acabado...

Brant parecía asombrado.

—¿Ese era tu plan? ¿Entrar aquí y hacernos saltar por los aires?

—¡Mi plan... –dijo Karl, retorciéndose en las garras de Greene– era entrar aquí y tratar de hacerlos entrar en razón! Pueden matarme como han matado a todos los demás... pero si muero, no será otro asesinato de un joker. ¡Soy alemán! ¡Soy su productor! Soy un *as*.

»¿Quién me sustituirá? Alguien más mezquino y más fuerte. Y cuando eso ocurra ¿cuánto creen que van a sobrevivir ustedes dos? ¿No sería mejor... llegar a alguna clase de acuerdo de paz?

Tenía la sensación de que estaba hablando consigo mismo. Ahora estaba paralizado, se sentía pesado, su piel se endurecía. Intentó enfokar y fracasó.

Lo único que podía hacer era cerrar los ojos y morir…

La puerta se abrió de repente. Hubo un revuelo, un grito por parte de Greene:

—¡Brant!

Karl abrió los ojos y vio que los habían dejado solos, a él y a Estelle. La manta había caído a un lado.

—¿Puedes moverte?

—Sí –dijo Karl, aunque no era fácil. Se sentía como si hubiera estado sentado en la misma posición durante horas, como si sus pies y sus piernas e incluso sus caderas se le hubieran dormido.

—¡Creo que deberíamos salir de aquí!

Con dolor, valiéndose del apoyo invisible y no especialmente sustancial de Estelle, recorrió el pasillo hasta la sala de estar.

Dotty y Dann y los jokers que estaban en la fiesta habían recibido el mensaje. Los únicos presentes eran Brant Brewer, Saul Greene y Eugene Olkewitz. Brewer estaba en las escaleras, con el mechero en alto mientras Greene intentaba atraparlo. De hecho, había adoptado una pose que podía verse, cada noche, en *Capitán Cátodo*.

—¡Deja eso, Brant!

Olkewitz estaba entre ellos, aún con su máscara de perro.

—¡Atrás, Saul!

Karl se limitó a correr hacia la puerta, saliendo a tropezones a la cálida noche de agosto, desesperado por poner tanta distancia como pudiera entre Estelle y él y la casa. Al llegar a la verja, oyó lo que pareció el crujido de un trozo de madera podrida…

La casa estalló en una llamarada de luz. Una mano gigantesca abofeteó a Karl, aplastándolo contra un coche estacionado.

Aturdido por la explosión, con las manos y rodillas peladas y despellejadas por el impacto, Karl se acurrucó contra el lateral de un coche mientras la bola de fuego florecía por encima de sus cabezas.

Se levantó, obligándose a mirar, aunque el mismo aire parecía arder.

—¡Estelle! –gritó.

—¡Aquí, querido! –la voz venía de detrás–. No me encuentro muy…

Karl oyó un ruido sordo cuando algo cayó en el césped. Se agachó para afrontar el desafío que era intentar acunar a una mujer invisible.

Tras él, la casa de Brant Brewer estaba completamente envuelta en llamas, tan violentamente sacudida que el segundo piso ya se había desplomado sobre el primero. Ningún escuadrón de bomberos podría hacer nada... cuando llegaran no habría más que cenizas.

♠

Dos semanas después, de camino a la Base Aérea de Tomlin, el autobús que llevaba a Karl van Kampen se paró en el lado norte de Palmdale para cargar combustible.

Estirando las piernas –aún rígidas por el toque de Medusa de Saul Greene–, Karl vio el titular de un periódico que el encargado estaba leyendo:

ZIV T. V. presenta al nuevo *Cátodo*
George Reeves protagonizó *Lo que el viento se llevó*
y *De aquí a la eternidad*

La oferta de Kellogg's había muerto con Brant Brewer. Bien. Harold Dann había dejado Los Ángeles en el primer vuelo de regreso a Michigan, sin ninguna duda deseoso de escapar antes de que alguien hiciera preguntas incómodas sobre lo que había estado haciendo en la fiesta. A Karl no le importaba. Quería salir de Hollywood: había incluso regalado su nueva Zenith a Estelle. Le debía mucho más, no solo por salvar su vida, sino por ayudarlo a entender por qué Brant Brewer se había matado.

—Ser un joker ya era bastante malo –le había explicado–. Las tasas de suicidio son atroces, ya sabes. Pero los actores son la gente más insegura que te puedas imaginar. Nunca saben por qué son populares o tienen éxito, solo que lo son... por un rato. Brant Brewer debió de darse cuenta de que *Capitán Cátodo* era lo mejor que podría llegar a ser. Y cuando tú descubriste su verdad, se acabó todo.

Karl von Kampen volvió a ponerse sus lentes de sol y miró hacia el futuro.

Powers

♣ ♦ ♠ ♥

por David D. Levine

A LAS 9:35 A.M. DEL LUNES 2 DE MAYO DE 1960, ALGUIEN llamó inesperadamente a la puerta del despacho de Franciszek Majewski. El escritorio de Frank era el que estaba más cerca de la puerta; apagó su cigarrillo y se dispuso a responder.

—Un momento –dijo.

La mayoría de los documentos de Frank ya estaban debidamente archivados en carpetas de colores, de acuerdo con su clasificación, todos perfectamente alineados con los bordes del escritorio. Colocó el trabajo que estaba haciendo en su carpeta, después miró a sus dos compañeros para asegurarse de que habían hecho lo mismo. Aunque era la primera hora de un día de primavera, la oficina sin ventanas ya tenía una atmósfera sofocante debido al calor de Washington. Las fuertes luces fluorescentes zumbaban por encima de maltrechos archivadores –excedentes de la guerra–, linóleo verde y blanco lleno de marcas y escritorios gris metálico ribeteados por décadas de quemaduras de cigarrillos. Las cuatro pesadas cajas de seguridad dispuestas a lo largo de la pared del fondo estaban debidamente marcadas con tarjetas verdes que indicaban «abierto», con las puertas ajustadas pero no herméticamente cerradas durante la jornada laboral.

Frank estaba preparando una estimación de inteligencia sobre la capacidad soviética de producción de bombarderos. Sus archivos contenían documentos en ruso, alemán, polaco e inglés: nuevos artículos, telegramas interceptados, informes de oficiales sobre el terreno que resumían los hallazgos de sus agentes. Estos últimos, aunque eran los más recientes y excitantes, también eran los más sospechosos… incluso si los hechos presentados no eran información deliberadamente errónea, podían estar equivocados, malinterpretados o estar completamente fabricados por agentes desesperados por conseguir dinero o emociones. Nada era cierto en este trabajo –por eso se llamaban «estimaciones»–, pero mediante un cuidadoso cotejo de la información disponible, un analista agudo tenía altas probabilidades de poder llegar a la verdad.

El hombre de la puerta era Robert Amory, Jr., alto y delgado y, a diferencia de Frank, todavía en posesión de todo su pelo.

—¡Qué sorpresa más agradable! –dijo Frank mientras estrechaba su mano. Robert, el hombre que había enrolado a Frank en la CIA, había sido su superior inmediato antes de ser ascendido a vicedirector de Inteligencia. Llevaba una carpeta en la mano, roja, con una etiqueta donde se leía TOP SECRET.

—Tengo que hablar contigo, Frank –dijo–. A solas. Ven conmigo.

Frank tragó saliva. Tomó sus lentes con montura de alambre y los limpió con su pañuelo para ocultar su turbación.

Mientras recorrían el pasillo, con los pasos resonando en el mármol, Frank sintió cómo el sudor le corría por el costado, incluso más de lo que el bochornoso día justificaba. Cualquier alteración de la rutina era preocupante y tener la atención de su superior centrada en él, aún era más preocupante. ¿Sería este el día que había estado temiendo durante tantos años?

Robert condujo a Frank a un sótano al que no se había acercado con anterioridad y cerró con llave la pesada puerta insonorizada que había tras ellos. Cuando los dos se sentaron en la pequeña mesa que ocupaba la mayor parte de la antecámara del sótano, Robert le ofreció un cigarrillo: fumaba Marlboro, que Frank encontraba demasiado fuertes, pero aceptó uno con regocijo para calmar sus nervios.

Robert sacudió su cigarrillo en un pesado cenicero de cristal con el sello de la CIA, después extrajo una hoja de la carpeta.

—Firma esto.

—¿Qu-qué es esto? –el pulso de Frank latía bajo el botón del cuello.

—Necesito ponerte a leer en otro compartimento.

«Leer» era el proceso de autorización de un funcionario para acceder a ciertos compartimentos de información clasificada. La hoja contenía una breve descripción del compartimento –era un proyecto de reconocimiento fotográfico que implicaba algunos vuelos a gran altitud sobre la Unión Soviética– y la habitual declaración de que Frank entendía que revelar sin autorización cualquier información del compartimento le supondría sanciones que podrían incluir el ingreso en la cárcel. Robert ya había rellenado el nombre de Frank, su fecha de nacimiento y el número de seguridad social abajo de todo, y Frank firmó con sensación de alivio.

Frank no sabía aún por qué su autorización de seguridad había ascendido, pero sea cual fuere la razón, implicaba que su secreto aún estaba a salvo.

Después de que Robert firmara y archivara el formulario, sacó otra carpeta de uno de los cajones del sótano.

—Bienvenido a AQUATONE.

Cada compartimento se identificaba por un criptónimo o nombre en clave, que empezaba con un prefijo de dos caracteres, es decir, un dígrafo, que designaba su área geográfica o funcional. El prefijo «AQ» de AQUATONE indicaba que se trataba de un tipo de activo industrial.

Robert sacó una fotografía de ocho por diez de la carpeta y la deslizó sobre la mesita.

—Esta información no puede salir de esta sala bajo ninguna circunstancia. AQUATONE es uno de los proyectos más oscuros que tenemos.

Con el sello TOP SECRET AQUATONE, la foto mostraba un aeroplano… un aeroplano muy inusual. Las alas eran extrañamente largas y delgadas, el fuselaje fino como un cigarro; podría haber sido un planeador excepto por el tubo de escape del reactor en la parte trasera. Estaba pintado enteramente de negro, carente de toda marca o insignia.

—Este es el Lockheed U-2 –dijo Robert–. Tiene un techo de setenta mil pies, una velocidad de crucero de quinientos diez nudos y puede permanecer en el aire hasta ocho horas sin cargar combustible. Hemos estado sobrevolando Rusia con este avión durante casi cinco años.

Frank se dio cuenta de que la ceniza estaba a punto de caerse del cigarrillo y la sacudió en el cenicero.

—¿Qué clase de fotos pueden obtener desde esa altitud? –setenta mil pies era casi el espacio exterior.

Robert le mostró una sonrisita sombría.

—Muy buenas. Y los soviéticos no tienen nada que pueda pararlo

–miró a Frank directamente a los ojos–. Al menos, no creemos que
lo tengan. Pero el domingo uno de nuestros U-2 no regresó a casa –le
pasó la carpeta a Frank.

Frank dejó el cigarrillo y leyó los papeles que había en su interior,
todos con el sello TOP SECRET AQUATONE. El avión había despegado
de Peshawar, Paquistán, y se suponía que iba a sobrevolar Estalin-
grado, Archangel y Murmansk, buscar pruebas de la construcción
de una plataforma de lanzamiento de ICBM y mantener el más absoluto silencio de radio. Pero llevaba ya veinticuatro horas de retraso
con respecto a la hora prevista de aterrizaje en Bodo, Noruega, y tenía que darse por perdido.

—¿Qué ha pasado?

—No lo sabemos. Es un avión muy temperamental; podría ser una
falla del equipo, o un error del piloto –la última hoja de la carpeta
era otra fotografía mostrando a un sujeto de aspecto arrogante en
un traje de vuelo con cintas, como un corsé pasado de moda–. Este
es el piloto, Francis Gary Powers. Es uno de los nuestros. Todos los
pilotos y el personal de apoyo trabajan para la Agencia.

El piloto tenía una mandíbula marcada y ojos oscuros. Parecía un
poco mayor que el hijo de Frank, quizás treinta.

—Sabemos que el avión se estrelló en algún lugar de la Unión Soviética. Quiero que descubras qué saben los soviéticos. ¿Lo derriba-
ron ellos? ¿Saben siquiera que se estrelló? ¿Encontraron los restos y,
en caso afirmativo, qué saben de él? El avión está equipado con una
unidad de destrucción, pero podría haber fallado.

—¿Y el piloto?

Una mirada dura, sostenida.

—Equipado con una inyección de curare –dio una calada pensati-
vo, expulsó el humo por la nariz–. Pero para hacer que el avión vuele
tan alto… básicamente está hecho de papel higiénico, Frank. Si cae,
las posibilidades de supervivencia son de una entre un millón.

Frank recogió el cigarrillo del cenicero. Ignorado, se había quemado casi hasta el filtro. Dio una última y amarga calada y lo apagó.

—¿Por qué yo? –aunque el corazón de Frank se había tranquiliza-
do al darse cuenta de que sus secretos personales no eran la razón de
esta visita, aún no le entusiasmaba la idea de que la tarea podía hacer
que la atención se centrara en él.

—Te conozco, Frank. Eres hablante nativo de ruso, tienes buen ojo y confío en tu criterio. Y si lo haces bien, puede ser un gran impulso para tu carrera —hizo un guiño cómplice a Frank.

—Gracias —trató de sonreír.

◆

Aquella noche Frank llegó a casa a las 11:10 p.m. Introdujo la llave en la cerradura y abrió la puerta tan sigilosamente como pudo. Su esposa estaba despierta, en bata y pantuflas, se mordía las uñas mientras miraba fijamente por la ventana de la sala de estar. Se giró hacia él cuando entró, con su redonda cara de babushka iluminada por un alivio que se ensombreció inmediatamente para convertirse en furia.

—¿Dónde *estabas*? —dijo, con voz tensa.

—Siento llegar tan tarde, *kochanie* —dijo, y se inclinó para besarle la mejilla—. Recibí una nueva misión hoy. Estaba tan enfrascado en ella que me olvidé de llamar —de hecho, se había pasado casi todo el día en la cámara de AQUATONE, donde no había ninguna línea telefónica.

Le abrazó fuerte.

—Estaba muy preocupada por ti, *serduszko* —le susurró apoyada en su hombro—. Temía que SCARE te hubiera encontrado.

—Hoy no, *kochanie* —le acarició el pelo—. Hoy no. Nuestro secreto está a salvo… por ahora.

Frank recordaba todos y cada uno de los detalles del día en que el secreto se le había manifestado. Había sido un bonito día de primavera en 1952. Frank estaba cruzando la calle C, obedeciendo el semáforo, cuando miró a su izquierda y vio un Packard verde de 1950 que se abalanzaba sobre él. Frank estuvo a segundos de convertirse en una masa sangrienta en medio de la calle. De repente, hubo una avalancha de sonido en su cabeza y el coche pareció disminuir la velocidad hasta casi pararse.

Frank se echó hacia atrás y se sintió como si estuviera caminando sobre pegamento, incapaz de respirar. Un momento después el coche aceleró y pasó de largo. Frank se quedó plantado, temblando en medio de la calle, preguntándose qué acababa de pasar y se pasó una mano por su cabeza sudorosa. La retiró con un mechón de pelo pegado a ella. Siempre había sabido que se quedaría calvo, como su padre, pero no había esperado que fuera tan rápido.

Otro incidente similar había ocurrido unos pocos meses después, cuando el jarro favorito de su mujer había caído de una mesa y otro un mes después de eso, cuando un perro feroz amenazó a una de sus sobrinas. Frank no se había convertido en un analista de éxito por ignorar los datos, por muy inesperados o contrarios a la intuición que fueran, y pronto se convenció de que sus experiencias no eran solo subjetivas.

Había desarrollado una habilidad extraordinaria.

Un as.

Pero «Tailgunner» Joe McCarthy acababa de empezar con sus audiencias, proclamando que un número creciente de ases había infestado el gobierno, y estaban empezando a forjarse sentimientos negativos. Parte del trabajo de Frank era entender y predecir tendencias políticas en otros países, y podía decir que la vida de un as en el gobierno pronto resultaría extremadamente desagradable. Y aunque solo tenía ocho años cuando los bolcheviques se habían apoderado de Rusia, obligando a sus adinerados padres polacos a huir a Estados Unidos, sabía que diferenciarse de la masa en una época difícil podía ser fatal.

Al principio ni siquiera le había hablado a su esposa de sus habilidades. Pero era inteligente y observadora y después de darse cuenta de que, en momentos de estrés, a veces parecía «fluctuar», se vio forzado a confesarle su secreto. Irónicamente, aún no sabía que trabajaba para la CIA.

Las audiencias de McCarthy ya se habían acabado, pero el miedo y la desconfianza hacia los ases seguían vivos. Cualquiera que descubriera que tenían poderes extraordinarios estaba obligado a informar a SCARE, quien les asignaría trabajos en los que sus poderes pudieran ser usados por el bien de la nación. Pero SCARE solo había reconocido dos casos: Lawrence Hague, el corredor de bolsa telépata, y David Harstein, conocido como el Enviado. A ninguno de ellos se les había vuelto a ver en público.

Sophia sorbió la nariz y se limpió los ojos con la manga de su bata.

—Siento haberte hablado de esta manera –dijo–. Siempre que llegas tarde me preocupa que hayas acabado... ya sabes, Nevada –una de las más teorías más extravagantes referente a lo que les sucedía a los ases que desaparecían a manos de SCARE era que los transportaban a unas instalaciones secretas en el desierto de Nevada, un lugar del que no se les dejaba salir excepto cuando se requería su actuación en cumplimiento de sus deberes.

—Sabes que solo es un rumor –dijo.

Pero sabía que los campos de trabajo rusos eran reales, aunque el gobierno soviético tratara de mantenerlos en secreto ante su propia gente. Estados Unidos nunca haría algo así… ¿verdad?

♥

Otro coche pasó, la luz de sus faros a través de las cortinas venecianas describió un arco de luz veteada por todo el techo del dormitorio, Frank suspiró y se incorporó. A pesar de su agotamiento y de lo avanzado de la hora, el sueño lo eludía.

Mientras Sophia roncaba suavemente en la otra cama, Frank se puso la bata y las pantuflas y se dirigió, arrastrando los pies, hacia el estudio. Esta habitación, con sus cálidos paneles de madera, había sido el dormitorio de sus hijos y en la pantalla de la lámpara que ahora encendía aún había aviones dibujados. Pero Jenna, la más pequeña, se había casado y marchado de casa hacía tres años.

Se sentó ante el tablero de ajedrez y abrió *Un centenar de partidas selectas* de Botvínnik por el separador: partida número ochenta y nueve, Tolush vs. Botvínnik, 1945. Dispuso el tablero con rápida eficiencia, luego procedió a jugar la partida siguiendo el libro, deteniéndose en el décimo movimiento de las blancas para considerar las alternativas que Botvínnik discutía. Había tratado solo de leer, jugando las partidas mentalmente, pero de hecho tocar y mover las piezas hacía que las estrategias y ataques de los jugadores le resultaran mucho más comprensibles.

El ajedrez tenía sentido. Aunque las estrategias y los planes de los jugadores estuvieran ocultos, las reglas eran conocidas por todos, los movimientos se hacían a plena vista e incluso cada jaque tenía que declararse. Pero la vida real estaba llena de peligros. Si SCARE estaba vigilando a Frank, nunca lo sabría hasta que recibiera el mazazo.

Tras acabar la partida, Frank bostezó, volvió a colocar las piezas en su caja y el libro en el librero y se dirigió al dormitorio. Al pasar ante el espejo del vestíbulo, los faros de otro vehículo en marcha iluminaron brevemente sus escuálidas piernas y su creciente barriga, y se detuvo.

Hubo un tiempo, no mucho después de que su poder se manifestara, en que había considerado entregarse a SCARE. Se había entretenido con fantasías juveniles de una vida como audaz agente secreto, con aventuras excitantes y un nombre en clave. Pero incluso entonces había sido demasiado viejo y conformista con la aventura, y ahora el hombre del espejo tenía cincuenta y un años y parecía tener sesenta.

Frank meneó la cabeza ante la imagen mientras cerraba la puerta del dormitorio.

♣

Frank se afeitaba con navaja, usando una pastilla de jabón y una palangana, y una brocha de pelo de tejón, tal como su padre había hecho. Hasta el barbero de Frank usaba una cuchilla Gillette y crema de afeitar en espray —decía que era más fácil, limpio y seguro–, pero a Frank le gustaba el corte apurado y la sensación de control que tenía con una navaja. Las viejas costumbres eran mejores y, desde luego, más baratas.

Pero a las 8:15 a.m. del jueves, 5 de mayo, Frank lamentó tener aquel hábito cuando la voz de Nikita Jrushchov brotó de la radio de su baño, diciendo algo sobre un «vuelo espía» que había sido «abatido». La voz del primer ministro quedó inmediatamente sepultada por la traducción al inglés, pero Frank había oído suficiente… demasiado, de hecho.

Dándose golpecitos en el corte del cuello con una barrita hemostática, Frank maldijo entre dientes en ruso, polaco e inglés. Había trabajado más de catorce horas el miércoles, y no había el más mínimo indicio en todas las fuentes que había estudiado que le hubiera llevado a concluir que los soviéticos fueran siquiera conscientes de la existencia del U-2 caído, y aquello lo había convertido en un informe antes de abandonar la oficina a las nueve en punto la noche anterior.

Había fracasado.

El cerebro de Frank giraba vertiginosamente con conjeturas y recriminaciones mientras se apretaba la corbata en el cuello, aún sin afeitar y húmedo por el agua jabonosa. ¿Qué se le había pasado por alto? Había aquel dato ambiguo –algo sobre el incremento de las fuerzas de seguridad en la ciudad de Vladimir– pero, aunque lo inquietaba, había sido incapaz de relacionarlo con nada más, así que lo había omitido en el informe. Quizá debería haber investigado más.

En la radio, Jrushchov seguía reprendiendo a los estadunidenses por su «agresiva invasión», acusándolos de «jugar con fuego» y de tratar de «torpedear» la próxima cumbre en París. Frank cambió de emisora.

Era aquel troglodita de Elvis Presley, amenazando con «abrazarte más fuerte que un oso pardo».

Frank no estaba seguro de cuál era la mayor amenaza para Estados Unidos, Presley o Jrushchov. Asqueado, apagó la radio.

♠

Antes de que Frank pudiera siquiera colgar su sombrero, su compañero de oficina, Galen, le informó que Robert Amory quería verlo tan pronto como llegara. La secretaria de Robert lo guio hasta una atestada sala de prensa. El aire de la sala estaba azul por el humo y Frank no conocía a la mitad de los hombres que había en ella.

Uno no podía dejar de reconocer a Allen W. Dulles, director de Inteligencia Central. Con su pelo y bigote blancos, lentes al aire y su cuello anticuado, parecía más un banquero que un espía. En aquel momento su expresión era sombría, la barbilla tensamente apretada alrededor de la embocadura de su pipa.

—Me alegra que estés aquí, Frank –dijo Robert tras hacer las presentaciones.

—Vamos a informar al presidente en… –retiró el puño de su camisa, echó una ojeada al reloj– veinticinco minutos, y me gustaría que asistieras.

A Frank se le secó la boca.

—Lo siento, no…

Robert lo interrumpió haciendo un gesto con la mano.

—Hablaremos qué estuvo mal más tarde. Ahora mismo tenemos que recomponernos.

◆

Se usó la sala de conferencias del ala oeste para la sesión informati-
va, con su papel tapiz con motivos coloniales y los retratos al óleo de
los generales de la Revolución le recordaba a Frank más que nada a
la sala de espera de un dentista. Pero cuando entró el presidente
Eisenhower, Frank sintió una descarga eléctrica. Esto era real. Esto
era la Historia. Frank nunca antes había estado en la misma sala que
un presidente. La cara familiar bajo la calva de Eisenhower parecía
cansada y caminaba con una ligera cojera, pero los ojos bajo los lentes, con su gruesa montura de plástico transparente, parecían des-
piertos e inteligentes.

—Bien, caballeros –dijo a toda la concurrencia–, parece que tenemos una situación un poco delicada.

La pregunta que estaba sobre la mesa era si «confesar», tal como
el presidente lo planteaba –admitir que el avión perdido estaba en
una misión de espionaje– o seguir con el encubrimiento, que el u-2
era un avión de investigación de la NASA que accidentalmente se
había extraviado en el espacio aéreo ruso. Los hombres de la CIA
presentes argumentaron enérgicamente a favor del encubrimiento;
como Dulles dijo: «Aunque todas las naciones espían, nadie lo ad-
mite». Pero a Thomas Gates, el secretario de Defensa, le preocupaba
que si Jrushchov tenía pruebas físicas de espionaje, podían atrapar a
Estados Unidos en una mentira.

—No queremos ir a París y que se nos caiga la cara de vergüenza
–dijo.

Pero el presidente no parecía estar realmente escuchando.

—Lo que quiero saber es qué hay del piloto. ¿Es posible que haya sobrevivido? –a Frank le sorprendió oír tanta preocupación por un hombre por parte de un general que había comandado a decenas de miles.

Kelly Johnson, de Lockheed, un hombre pálido con la tez rubi-
cunda, habló.

—Bien, señor –dijo el ingeniero, secándose la frente con un pañuelo–, el avión está equipado con un asiento de expulsión y un kit de
supervivencia… pero francamente, señor, están más que nada para
tranquilizar al piloto –la cara de Eisenhower se hundió ante la revelación–. Por razones de seguridad, los protocolos operativos exigen

que el avión pase todo su tiempo por encima de Rusia o cerca de su tope, que como saben es de setenta mil pies. Y nadie ha saltado en paracaídas desde esa altitud y ha sobrevivido.

El presidente presionó sus ojos cerrados e inclinó la cabeza por un momento. Cuando levantó la cabeza parecía diez años más viejo.

—Muy bien –dijo, paseando sus ojos de arriba abajo para abarcar a todas las personas de la sala–. Si ese es el caso, seguiremos con el encubrimiento. Gracias por su tiempo, caballeros.

Cuando todo el mundo se levantó, raspando el linóleo con las sillas, Eisenhower sacudió la cabeza y murmuró: «Que Dios se apiade de nosotros». Si Frank hubiera estado un metro y medio más allá no lo habría oído, y le conmovió su humanidad.

♥

El viernes, los superiores de Frank parecían haberlo perdonado por su fracaso, aunque él no se había perdonado a sí mismo, y trabajó todo el día en la cuestión de qué sabían los soviéticos del u-2. Se habían publicado fotos de los restos en *Pravda* y Grechko, el ministro de Defensa de los rusos, había dado un discurso en el Soviet Supremo proclamando que el «pirata aéreo estadunidense» había sido «derribado», pero no había señal de que los rusos conocieran la misión del u-2 o sus capacidades.

Pero había una pieza de información persistente o, mejor, de falta de información que le preocupaba. Había un oficial de la kgb en auge, un hombre ambicioso designado como icicle, que parecía haber desaparecido de la faz de la Tierra el 1 de mayo, el mismo día que el u-2 había desparecido. En este punto, no obstante, Frank no tenía manera de relacionar al hombre con el u-2 excepto una vaga intuición. Mientras guardaba sus papeles en la caja de seguridad para el fin de semana resolvió escarbar a más profundidad el lunes.

♣

El sábado, 7 de mayo, Frank estaba lavando su Rambler del 56 perfectamente conservado en el callejón de detrás del edificio de departamentos cuando Sophia abrió la ventana del dormitorio y gritó:

—Frank, un tal Robert. Dice que necesita hablar contigo ahora mismo.

Frank tiró la esponja en la cubeta y corrió escaleras arriba, subiéndolas de dos en dos. Jadeando, con las manos aún chorreando agua jabonosa, tomó la llamada en el estudio.

—Tienes que venir a la oficina *ahora*, Frank –Robert no parecía estar contento.

—Sí, señor –no tenía sentido pedir más detalles en una línea dudosa.

♠

Cuando Frank llegó al despacho de Robert, el vicedirector le entregó sin mediar palabra un fajo de frágiles páginas de telefax amarillas. Era una transcripción del discurso que Jrushchov había dado al Soviet Supremo unas pocas horas antes.

—Camaradas –había empezado el premier–, debo contarles un secreto. Cuando hice mi informe, deliberadamente me abstuve de decir que el piloto estaba vivo y en buen estado y que tenemos los restos del avión.

Frank alzó los ojos, horrorizado.

—¡Sigue leyendo! –dijo Robert.

—Esto lo hemos hecho deliberadamente –proseguían las palabras de Jrushchov– porque si les hubiéramos contado toda la historia, los estadunidenses habrían inventado otra versión. El piloto está sano y salvo. Ahora está en Moscú. Su nombre es Francis G. Powers. Según su testimonio, es teniente primero de la Fuerza Aérea de Estados Unidos en la que sirve desde 1956, cuando se unió a la Agencia Central de Inteligencia.

Había más, mucho más. Nombres, fechas, planes de vuelo, todo preciso. Fotos desde las cámaras del avión, que Jrushchov describió como «no muy malas». Incluso la inyección de curare con la que supuestamente Powers debía suicidarse. El encubrimiento de un avión de investigación meteorológica que se había salido de ruta por accidente había reventado completamente por los aires.

Powers sería acusado de espionaje. Si lo declaraban culpable –y los tribunales rusos no eran conocidos por su indulgencia– se enfrentaría a un pelotón de fusilamiento.

Frank dejó el discurso en el escritorio, ante él, y se masajeó las sienes. Necesitaba un cigarrillo desesperadamente pero, con las prisas, los había olvidado en casa. En aquel momento la puerta se abrió de golpe y Allen Dulles entró en la habitación, con su pipa apretada entre los dientes. Parecía que iba a hablar con Robert, pero entonces se percató de la presencia de Frank.

—¿Qué está haciendo *él* aquí?

Frank se quedó paralizado, sojuzgado por la mirada del director.

—Frank es uno de nuestros mejores analistas soviéticos –protestó Robert.

Dulles lo interrumpió sacándose la pipa de la boca y apuntando a Frank con su boquilla.

—¡Ha fracasado estrepitosamente al no detectar que Jrushchov tenía el u-2, por no hablar de Powers! Lo quiero *fuera* de esta misión. ¡Tráeme a alguien que pueda explicarme de verdad lo que está pasando! –fulminó a Frank con la mirada una última vez, se dio la vuelta y se marchó.

Tras un momento de embarazoso silencio, Robert se desplomó en su silla.

—Nunca antes lo había visto tan enfadado –dijo–. Nunca.

Frank se agarró al borde de la mesa.

—Lo hice lo mejor que pude con los informes de inteligencia disponibles, señor –dijo, sorprendiéndose de que no le temblara la voz.

Robert sacó un paquete de Marlboro del cajón de su mesa. Agradecido, Frank también aceptó uno.

—No eres solo tú, Frank –resopló mientras se encendía el cigarrillo–. Ahí fuera está pasando algo, y sea lo que sea, es algo de lo que no estoy al tanto –exhaló una bocanada de humo–. Lo siento, Frank. De verdad que lo hiciste lo mejor que pudiste. Es solo que estabas en la mira de Allen en el momento equivocado.

Frank dio una profunda calada, pero no le ayudó mucho. Aunque su corazón se iba calmando, sabía que había perjudicado seriamente su carrera, y quizá también la de Robert.

—Yo también lo siento.

Al menos, se dijo a sí mismo, ya no estaría en la mira.

◆

Durante los siguientes días, la crisis se agudizó. La Casa Blanca emitió un comunicado culpando a los rusos de «excesivo secretismo» que había hecho necesarios los vuelos del u-2 y reprendiéndolos por atacar un «avión civil desarmado». Jrushchov replicó que Eisenhower era un títere de los «militaristas del Pentágono» y sus «monopolios vinculados», quienes realmente dirigían el país.

Mientras, en Washington, los demócratas aprovecharon la oportunidad para hostigar a un presidente republicano debilitado, diciendo que era «casi increíblemente estúpido» enviar un avión espía a la Unión Soviética inmediatamente antes de la cumbre de París. Uno de los senadores incluso acusó a Powers de ser un agente doble, lo que provocó el desmentido inmediato de Eisenhower en persona.

Durante todo este tiempo el Departamento de Estado negoció con los soviéticos para liberar a Powers. Pero estaba claro que los soviéticos sabían que controlaban la situación: se negaron a negociar y procedieron rápidamente con los planes de juzgar a Powers por espionaje.

El ministro de Defensa soviético, Malinovsky, amenazó con que las bases aéreas «cómplices» de Estados Unidos en los vuelos de los u-2 podrían ser «aniquiladas» con facilidad. El secretario de Defensa Gates, en una declaración cuidadosamente redactada, subrayó que Estados Unidos «defendería a sus aliados en caso de ataque».

Finalmente, parpadeando bajo la cruda luz de las cámaras de los noticiarios y de la televisión, Eisenhower hizo una declaración:

—Tristemente –dijo–, debo anunciar que Estados Unidos se retira de la reunión de los Cuatro Poderes en París. En las circunstancias actuales, las perspectivas de paz parecen remotas.

Mientras hablaba, el Mando Aéreo Estratégico aumentó discretamente su nivel de alerta a DEFCON 3.

♥

Martes 10 de mayo por la noche. O quizá madrugada del miércoles. Frank contemplaba su tablero de ajedrez, el humo caracoleaba elevándose desde el cigarrillo que tenía entre los dedos mientras observaba el final de la partida número noventa de Botvínnik: Romanovski vs. Botvínnik, 1945. Frank simpatizaba con Romanovski, que había cometido un pequeño error en el movimiento diez, pero después lo había agravado, poniéndose cada vez más nervioso, sorprendido una y otra vez por el gran maestro Botvínnik. Solo con que hubiera sido capaz de mantener su ingenio... pero no había podido. Romanovski había perdido la concentración y la partida, y Botvínnik se había convertido en el campeón soviético y el campeón del mundo tres años después.

El crujido de la puerta del estudio sacó a Frank de su ensimismamiento. Era Sophia, parpadeando la luz de la lámpara decorada con aviones.

—Ven a la cama, *serduzko* —dijo—. Es tarde.

Frank suspiró y apagó el cigarrillo, después empezó a colocar las piezas de ajedrez en su caja.

—Lo siento, *kochanie*. No puedo dejar de preocuparme por el piloto del U-2.

Aunque lo habían apartado del proyecto U-2, Frank había sido incapaz de dejar de pensar en Powers. ¿Dónde lo retenían los soviéticos? ¿Qué información le habían sacado? ¿Iban realmente a ejecutarlo por espionaje? El agente desaparecido de la KGB, ICICLE, molestaba a Frank como un diente recién extraído: no había nuevos datos sobre el tipo, pero su intuición insistía en que ICICLE y Powers estaban, de algún modo, conectados.

—Quizá deberías tomarte un Miltown.

Frank negó con la cabeza.

—El pobre chico solo es un año mayor que nuestro hijo.

—No hay nada que puedas hacer para ayudarlo.

—Bueno —Frank sostenía el último peón blanco en la mano—, he estado pensando en eso...

—¡Frank! —la conmoción en su voz le hizo girar la cabeza de repente. Su rostro estaba rígido por el miedo y la ira—. ¡Desde luego, no puedes estar pensando en entregarte a SCARE!

—Tengo una habilidad única, *kochanie*. Quizá sea ahora el momento de usarla. Por el bien del país —trató de rodearla con el brazo para consolarla.

—¡Es una locura! —evitó su abrazo y se marchó de la habitación con los brazos cruzados con fuerza sobre el pecho—. No eres Golden Boy, Frank, ¡eres abuelo! ¡Un burócrata de mediana edad que se está quedando calvo! ¡Ni siquiera le echas pimienta a los huevos! —se giró y vio que las lágrimas le bañaban la cara–. ¡Y piensa en los chicos! ¿Qué pensará la gente si sabe que su padre es… uno de *ellos*?

Frank contempló el último peón, todavía en su mano, y su respectivo compartimento forrado de terciopelo. A cada pieza le correspondía un lugar y un peón no podía ocupar el espacio designado para una reina. Suspiró.

—Tienes razón, por supuesto.

Las pantuflas de Sophia se arrastraron por el suelo y se apretó cálidamente contra su espalda, abrazándolo desde detrás. Se quedaron así durante un rato, meciéndose suavemente de lado a lado mientras se abrazaban.

—Ahora, vamos a la cama –dijo Sophia por fin.

Frank apagó la luz, dejando el peón de pie en la oscuridad, junto al tablero de ajedrez vacío.

♣

Viernes, 13 de mayo. Frank estaba solo en su oficina, una grasienta salchicha comprada en un puesto ambulante yacía fría y a medio comer en la esquina de su escritorio. No había comido decentemente en dos semanas; en su lugar, había dedicado cualquier momento libre al asunto de Powers.

En los últimos días, la ya tensa situación internacional se había vuelto cada vez peor, con bombarderos soviéticos haciendo incursiones exploratorias en Alaska y Canadá, y con la actividad de los misiles de mediano alcance que amenazaban Turquía y Paquistán en aumento. Pero Frank había estado centrando su atención en el elusivo, desaparecido ICICLE. Ya no era el único hombre de la KGB que se había esfumado; otros también habían desaparecido de escena. Cotejando esa información con las últimas señales de transporte y presupuestos de seguridad, Frank había deducido el epicentro de esa misteriosa actividad: Vladimirsky Central, una prisión de alta seguridad en la ciudad rusa de Vladimir.

Powers debía de estar allí.

Frank estaba casi a punto para presentar sus descubrimientos a sus superiores, solo necesitaba algunos pocos datos más que respaldaran su intuición. Dulles se disgustaría al saber que había seguido trabajando en el caso de Powers, pero si Frank podía presentar un informe lo bastante sólido, no le quedaría otro remedio que aceptar sus conclusiones. Que actuara en función de esas conclusiones era otro tema, pero no estaba en las manos de Frank.

Revolvió los quebradizos papeles, rosas, sepia y amarillos salpicados con los sellos rojos de SECRETO y ALTO SECRETO, buscando la prueba definitiva. Este era el ultimísimo informe de inteligencia... Frank había incordiado a los funcionarios de control de documentos hasta el punto de que le aventaban todo lo que podían solo para librarse de él. Era posible que fuera el primero que veía los datos.

Así que cuando leyó el informe de un agente del soñoliento suburbio de Noginsk, en Moscú, diciendo que Roman Andreyevich Rudenko, fiscal general de la Unión Soviética, había sido visto con los generales Borisoglebsky, Vorobyev y Zakharov en un vagón privado en un tren hacia el este, se le secó la boca.

Rudenko era el equivalente soviético al fiscal general de Estados Unidos. Borisoglebsky, Vorobyev y Zakharov formaban la división militar del Tribunal Supremo de la URSS. Y Noginsk estaba en la ruta de Moscú a Vladimir.

Los juicios por espionaje en la Unión Soviética se desarrollaban en secreto. Si aquellos cuatro estaban en Vladimir, podían estar juzgando a Powers en aquel mismo momento. Y Frank podía ser el único que lo supiera.

Pero el agente en Noginsk había hecho muy pocos informes previos; Frank no podía determinar cuánta credibilidad otorgarle. Necesitaba más datos para estar seguro. Revolviendo montones y montones de papel, repasando y descartando cada una lo más rápido posible, pronto acumuló una pila de hojas sueltas en el suelo, a sus pies.

Entonces algo que había leído le empezó a dar vueltas en el cerebro justo cuando sus dedos estaban soltando la hoja. Removió los papeles para volver a encontrarlo, arrugando y rompiendo otros papeles con las prisas, después lo levantó hacia la luz. Era un telegrama interceptado del Buró de Prisiones al Comandante de los Coros y Orquesta del Ejército Rojo.

LAMENTO DEBA CANCELAR SU ACTUACIÓN 17 MAYO 1960 PRISIÓN VLADIMIR, decía en letras cirílicas mayúsculas. PATIO DE EJERCICIOS NO DISPONIBLE ESE DÍA.

La prisión de Vladimir. Tribunal Supremo. Fiscal General. Patio de ejercicios.

Ejecución por un pelotón de fusilamiento.

Era una prueba que se sostenía por un hilo fino y retorcido, estaba claro. Pero Frank había ignorado su intuición antes y el resultado no había sido más que ignominia y oprobio. Su especialidad profesional –su *vida* entera– era relacionar informes de hechos aparentemente inconexos, y pocas veces había estado tan seguro de una conclusión.

La fecha especificada era al cabo de cuatro días. Tres días, dada la diferencia horaria entre Washington y Moscú. Para que hubiera una oportunidad de salvar a Powers, tenía que informar a sus superiores *inmediatamente*.

Frank reunió los papeles que necesitaba para apoyar sus conclusiones y se lanzó a la puerta. Ni siquiera se detuvo para agarrar el sombrero.

♠

Robert estaba en un avión hacia Ginebra para asistir a una reunión de la otan, así que Frank tragó saliva y fue a ver a Dulles.

—El director está en una reunión en la Casa Blanca –dijo su secretaria–. No estará de vuelta hasta mañana.

Pero el progreso de Frank fue frenado por el guardia del mostrador de seguridad del ala oeste.

—Lo siento, señor, el director Dulles está reunido con el presidente. Por favor, espere aquí.

—¿Cuánto? –Frank apretó la carpeta llena de documentos como si fuera el timón de su destino.

—No puedo decírselo, señor.

Frank se sentó en la silla indicada, pero solo un momento. Se levantó de un salto y empezó a pasear arriba y abajo.

Miró el reloj, las 4:15 p.m., 11:15 p.m. hora de Moscú. En cuarenta y cinco minutos allí sería sábado. Si Frank tenía razón, la ejecución de Powers estaba prevista para el martes, probablemente al amanecer. Dentro de ochenta horas, más o menos.

Si solo pudiera hacer retroceder el reloj…

Frank se detuvo en seco.

—Lo siento –le dijo al guardia–, no puedo esperar. Tendré que encontrar otro modo.

Dobló la esquina. Allí había otro guardia, pero estaba pendiente del exterior y Frank estaba detrás de él.

Era una locura. Si Frank realmente hacía lo que estaba pensando, su vida cambiaría para siempre. Quizá no volvería a ver a su mujer o a sus hijos. Y Powers era solo un hombre, un hombre que al embarcarse en el u-2 sabía que tal vez no regresaría de su misión.

Pero Frank había prestado juramento de defender a Estados Unidos de todos sus enemigos extranjeros y nacionales. Powers no era solo un hombre… su vida simbolizaba muchas más, y rescatarlo podría evitar una mayor confrontación. La mujer de Frank quizá no lo entendería. Pero lo que hacía por el país, lo hacía por ella y por sus hijos.

Apretó su carpeta y se concentró.

Una ola de sonido como de un viento soplando fuerte en los oídos de Frank absorbió el tic-tac del reloj y todos los demás sonidos. Al otro lado de la ventana, una bandera se quedó congelada a medio ondear. Frank avanzó a través del aire espeso, como gelatinoso, más allá del guardia del ala oeste, quien permanecía imperturbable tras el mostrador. La puerta que había detrás de él le resultó pesada, pero más allá se extendía un largo corredor recto, vacío, excepto por dos marines armados, rígidamente atentos junto a la tercera puerta de la izquierda.

Tras aquella puerta, como Frank había supuesto, había una pequeña y oscura sala de reuniones, donde tres hombres inmóviles estaban sentados alrededor de una mesa, contemplando circunspectos las diapositivas que se proyectaban en la pantalla. A la luz del proyector Frank pudo reconocer a Dulles y Eisenhower; el tercero le resultaba vagamente familiar, aunque Frank no podía ponerle nombre.

Frank observó detenidamente al presidente, quien permanecía paralizado con el brillante rectángulo de la pantalla reflejándose en sus lentes. En un momento, Frank le revelaría quién era y su vida civil acabaría.

O podía echarse atrás en ese mismo momento y nadie lo sabría jamás.

Nadie, excepto Frank.

Frank respiró hondo y el estruendo en sus oídos fue reemplazado por el sonido, más suave, del ventilador del proyector. Un momento después se oyó un grito ahogado, de Dulles, al percatarse de la súbita aparición de Frank.

—¡Qué diablos! –inmediatamente saltó para tapar la lente del proyector con su mano.

Aquella acción inesperada atrajo la atención de Frank hacia la pantalla. Antes de que Dulles pudiera obstruir la luz captó las palabras AQUATONE y CAPTURADO y RAMPART y PILOTO.

AQUATONE era el criptónimo para el U-2, Frank lo sabía. Y RA era el dígrafo para los criptónimos relacionados con el virus wild card. Si RAMPART era el nombre en clave para el piloto capturado, eso significaba...

—Tenemos un problema –dijo el tercer hombre, mientras encendía las luces de la habitación–. Este hombre sabe quién y qué es RAMPART.

De repente Frank se dio cuenta de quién era el tercer hombre. Lawrence Hague, el corredor de bolsa que había sido la primera persona enrolada en SCARE; un telépata. Era cinco años mayor que las imágenes que Frank había visto de él en las noticias, pero aquellos ojos penetrantes y la frente despejada eran inconfundibles. Era bueno que Frank hubiera entrado en la habitación con la intención de darse a conocer.

—Sí, acababa de deducir por la información de la diapositiva que Francis Gary Powers es un as –dijo. Para su sorpresa, su voz era segura–. He venido aquí para decirles que ya ha sido juzgado y sentenciado a muerte.

La expresión de Eisenhower era sombría.

—¿Cómo entró aquí?

—Yo también soy un as –lo había dicho. Ya no había vuelta atrás.

—Un as de las metidas de pata, quizá... –gruñó Dulles.

Eisenhower se puso en pie, interrumpiendo a Dulles.

—¿Qué ha dicho acerca de que Powers ha sido sentenciado?

Frank expuso rápidamente los informes de inteligencia y su interpretación.

Dulles era francamente escéptico.

—Este hombre no podría ni encontrarse el culo con un mapa y una linterna –rezongó.

—Sé que este análisis tiene muchas conexiones problemáticas

–replicó Frank–. Pero donde fallé antes fue en no seguir mi intuición –se giró e interpeló directamente a Eisenhower–. Señor presidente, nací en Rusia antes de la Revolución. He estado observando a los bolcheviques desde sus primeros días. Sé cómo funcionan, sé cómo piensan y me he pasado toda la vida estudiando su política y su gobierno. Debe creerme cuando le digo que *sé* que Powers o bien ha sido condenado por espionaje o pronto lo será, y le pondrán ante un pelotón de fusilamiento en el patio de la Prisión Central de Vladimir el martes 17 de mayo.

—¿Ese es su poder como as? –preguntó Eisenhower–. Algún tipo de... ¿superdeducción?

—No, señor presidente. El análisis es mi *profesión*. Mi *poder* es detener el tiempo. Todo se detiene excepto yo; desde su perspectiva parece que me desplazo instantáneamente –este era un discurso que había ensayado mentalmente un millón de veces–. ¿Me permite que se lo demuestre?

Dulles puso los ojos en blanco, pero Eisenhower miró a Hague, quien asintió.

Frank se concentró. El mundo empezó a rugir y los tres hombres se quedaron congelados en su sitio. Abriéndose paso por el pesado y resistente aire, se dirigió hacia cada uno de ellos y les quitó las carteras de los bolsillos interiores de sus sacos. Se desplazó hasta la otra punta de la habitación antes de dejar que el tiempo volviera a su flujo normal.

—Aquí –dijo. Los tres hombres se sobresaltaron y giraron de inmediato para encararse a él, después palparon sus bolsillos con creciente agitación. Les mostró las carteras. Hague asintió con lentitud, con apreciación.

Este era el momento que había estado esperando durante cinco años. Quería saborear su triunfo... pero solo se sentía cansado, fatigado hasta los huesos, diez años más viejo. Todo lo que pudo hacer fue quedarse plantado.

—Señor presidente –dijo con voz ronca–, he visto lo mucho que Powers significa para usted. Por favor, por favor, créame... crea lo que sé, lo que he descubierto, lo que puedo hacer. Deje que le ayude en todo lo que pueda.

Dulles fue el primero en recuperarse.

—Señor, esto es un atropello —espetó a Eisenhower.

Pero el presidente ignoró a Dulles y en su lugar se giró hacia Hague.

—¿Este hombre está diciendo la verdad?

—Tal como la entiende, sí.

—¿Alguna mancha en su expediente? —esto se dirigía a Dulles.

—No pudo determinar que los soviéticos tenían a Powers.

—No fue el único. ¿Algo más?

Dulles fulminó a Frank antes de contestar.

—No que yo sepa.

Eisenhower miró a Frank a los ojos durante un buen rato, reflexionando, y pese a su propio agotamiento, Frank se dio cuenta de que aquel hombre realmente llevaba el peso del mundo sobre sus hombros, y desde hacía casi ocho años.

—Muy bien —dijo por fin—. Señor… Mazursky ¿era?

—Majewski, señor.

Eisenhower se irguió.

—Señor Majewski, por la autoridad de la Ley de Control de Poderes Exóticos y la Ley de Reclutamiento Especial, le pongo a las órdenes del comité del senado sobre Recursos y Empresas de los Ases de manera inmediata. ¿Entiende sus derechos y responsabilidades bajo la Ley?

—Sí, señor.

—Aquí el señor Hague es el director de SCARE y a partir de ahora responderá ante él. Larry, por favor, registre al señor Majewski en RAMPART.

Hague sacó un papel de su maletín y pidió a Frank que deletreara su nombre y le diera su fecha de nacimiento y su número de seguridad social. El papel llevaba un membrete de SCARE y se parecía al formulario de autorización de seguridad de la CIA, excepto que la descripción del compartimento era solo un garabato escrito a mano —«Francis Gary Powers, habilidades e historia», la tinta aún estaba húmeda— y la declaración sobre una revelación no autorizada incluía las palabras «cualquier revelación constituye traición» y «sujeto a inmediata ejecución sin juicio». Frank tragó saliva y firmó el formulario que después también fue firmado por Hague, Dulles y el propio Eisenhower.

Entonces Hague explicó que Gary Powers, nombre en clave Eagle Eye, era, de hecho, un as y el activo de vigilancia más importante de Estados Unidos.

—Su poder como as es su increíble visión a distancia —dijo Hague—, mejor que nuestras cámaras telescópicas más sofisticadas. Y le ha costado años de entrenamiento entender lo que ve. Powers es irreemplazable y debe regresar sano y salvo.

Einsenhower dio las gracias a Hague por su presentación y tomó la palabra.

—Esta reunión se ha convocado —dijo— para considerar alternativas a Eagle Eye y minimizar los daños a consecuencia de su pérdida. En cualquier caso, ahora que está aquí, creo que tenemos una oportunidad de rescatarlo. La singular combinación de su conocimiento de Rusia, el entrenamiento de la CIA y su poder como as parecen ser un regalo del cielo en esta situación. Si lo recuerdo correctamente, ¿usted es hablante nativo de ruso?

—*Da* —respondió Frank. Su corazón latió con fuerza al darse cuenta de lo que Eisenhower estaba a punto de sugerir.

Pero Dulles, que había estado echando humo en silencio, ahora estalló.

—¡Señor presidente! ¡No es posible que esté considerando enviar este hombre a Rusia! ¡No es un agente secreto, es un analista! No tiene adiestramiento en subterfugio, evasión, resistencia a los interrogatorios…

—Allen —dijo Eisenhower—, cállese —una indefinible nota de mando en su tono dejó frío a Dulles—. Eagle Eye es tan crítico para la seguridad de esta nación que para recuperarlo estoy dispuesto a correr el riesgo de la pérdida de nuestro nuevo activo —un escalofrío se instaló en la boca del estómago de Frank al darse cuenta de que el presidente se refería a él— y a cualquier daño colateral resultante. En cualquier caso, el señor Majewski ya no está a sus órdenes.

Dio la espalda a Dulles en lo que Frank interpretó como un desaire deliberado.

—Señor Majewski —continuó Eisenhower, centrando ahora su atención en Frank—, siento darle semejante carga y ponerlo en tanto peligro, pero como estoy seguro de que usted sabe, nuestro país lo necesita a usted y sus singulares habilidades. El señor Hague le facilitará todo el entrenamiento y asistencia posible antes de que parta para su misión.

Frank abrió la boca, pero no logró articular palabra. Tras un par de intentos, simplemente asintió.

El peón que llega a la última fila, se dijo a sí mismo, se convierte en reina.

◆

Hague lo condujo a un edificio de oficinas de la calle F, supuestamente una finca de despachos de asesoría jurídica, pero que en realidad era el cuartel general de SCARE. Allí se sometió a una batería de pruebas médicas, llevadas a cabo con educada pero firme eficiencia por un personal que incluía al doctor Thatcher, un hombre sin pelo de poco más de metro veinte, con una piel blanca como el abdomen de una rana, ojos amarillos rasgados y colmillos, que extrajo una jeringa de sangre de Frank y procedió a *probarla* antes de ponerse a escribir prolijas notas taquigráficamente. Era la primera vez que Frank se hallaba en la misma estancia que un joker, pero trató de mantener la calma.

Inmediatamente después, Frank fue objeto de una serie de ejercicios diseñados para establecer los límites de su poder como as. Llevaba un cronómetro encima –todo lo que tocaba su piel también quedaba fuera del tiempo– y mantenía el tiempo detenido tanto como podía, lo que resultó ser unos once minutos, aunque a él le dio la sensación de que era bastante más. Con el tiempo detenido, corría varias vueltas y cargaba pesos de hasta trece kilos. E hizo una cosa que ni siquiera había considerado: agarró a otro ser humano y lo situó, junto a él, fuera de tiempo, un voluntario que caminaba lentamente mientras Frank lo llevaba de la mano. El voluntario dijo que la experiencia era extraña y aterradora –un arrebato delirante, casi inconsciente, sin voluntad, como estar sonámbulo o conducir a velocidad máxima–, pero al acabar no parecía que hubiera efectos nocivos. Cuando se añadió un segundo voluntario, Frank encontró que era demasiado difícil dar siquiera un solo paso.

Tras estas pruebas repitió el examen médico. Nadie le dijo nada de lo que habían descubierto, si es que habían descubierto algo.

Después se le permitió llamar a su mujer, aunque solo bajo vigilancia estricta y únicamente para decirle que estaba en una misión especial y que no podría ir a casa al menos durante varios días.

Ahora eran casi las dos de la mañana. Las oficinas de SCARE tenían pocos dormitorios, sin ventanas y sencillos, pero por lo demás eran bastante confortables; la puerta no cerraba con llave, ni desde dentro ni desde fuera. Frank se quitó la corbata y los zapatos, y se estiró en la cama para descansar un poco, seguro de que su mente estaba demasiado llena de preguntas y nuevas experiencias como para conciliar el sueño.

De lo siguiente que fue consciente fue que un educado secretario lo despertaba y le decía que eran las seis en punto. También entregó a Frank una maleta grande y maltrecha con las iniciales cirílicas Y. G. Contenía varias mudas de ropa –pesada, mal hecha y peor ajustada, con etiquetas en ruso–, zapatos, pañuelos y otros enseres; y lo que a ojos de Frank parecía un pasaporte ruso con su propia fotografía y el nombre de Jacek Grabowski.

Mientras se afeitaba con una máquina de fabricación rusa mate y picada y un áspero jabón, Frank pensó que era buena cosa que no estuviera acostumbrado a la suave y lubricada crema de afeitar que su barbero seguía empeñado en que probara.

En el momento en que salió del baño lo apremiaron para que se reuniera con Hague y otros hombres muy serios que le presentaron una gruesa carpeta llena de papeles: un detallado plan para rescatar a Powers. Para ajustarse a la temporización establecida tendría que partir a la Base Aérea de Andrews en una hora. ¿Tenía alguna pregunta?

Frank leyó el plan mientras bebía una taza de café horrible y una rosquilla rancia. Parecía tener en cuenta todo lo que él y SCARE habían aprendido acerca de sus habilidades la víspera… presionándolo hasta sus límites absolutos. El plan funcionaría, pensó, mientras no sucediera nada inesperado y él mantuviera el mismo nivel de rendimiento.

Sin embargo, había una parte del plan que no podía aprobar. Lo acompañaría un experimentado oficial sobre el terreno para ayudarle con la entrada y la salida, pero el plan establecía que el oficial acompañaría a Frank a la prisión y después, mientras Frank se llevaba a Powers utilizando su talento wild card, huiría por su cuenta.

—Voy a Rusia a sacar a un hombre de una prisión de alta seguridad

–dijo Frank, golpeando el plano de la prisión con su dedo índice–. No dejaré a otro en su lugar.

Hague apretó las manos sobre la mesa.

—Es su trabajo, Frank. Y es tu trabajo seguir mis órdenes.

Frank le sostuvo la dura mirada a Hague.

—No lo haré.

Se miraron el uno al otro durante un buen rato, mientras a Frank le corría el sudor bajo la pesada chamarra soviética. Pero fue Hague el que parpadeó primero.

—Bien –dijo. Se giró hacia uno de los funcionarios de SCARE–. Usaremos el plan alternativo en el que Frank entra y sale de la prisión por sí solo.

Frank estaba perplejo al ver que Hague había cedido tan repentina y completamente.

—No estés tan sorprendido –dijo Hague aunque Frank no había hablado–. Puedo ver exactamente hasta dónde te comprometerás y hasta dónde no –se puso de pie y le tendió la mano–. Creo que eres un loco sentimental, pero ojalá tengas buena suerte.

Los otros responsables del plan también se levantaron.

Las rodillas de Frank temblaban tanto que apenas pudo levantarse, pero se las arregló.

—Gracias, señor. Me esforzaré al máximo.

♥

El avión que Frank tomó en Andrews era un enorme Hércules C-130 y Frank era el único pasajero.

—¿Todo esto es por mí? –preguntó al piloto, un delgado y curtido hombre de la Marina de ojos azul pálido en cuya placa se leía A. DEARBORN.

—Yo vuelo a donde me dicen –se encogió de hombros.

El despegue fue brusco, con el traqueteo de la bodega de carga vacía y el rugido de los cuatro enormes motores que parecían tornados, pero pronto el vuelo se asentó en la rutina.

—Son quince horas hasta Helsinki –dijo Dearborn–, incluyendo una recarga de combustible en Keflavik.

Frank durmió un rato, pero pese a su cansancio, sus tapones para los oídos y su traje de lana ruso, el ruido y el frío lo despertaron al cabo de pocas horas. Leyó el plan de rescate hasta que estuvo seguro de haber memorizado todos los detalles. Hizo inventario de los contenidos de su maleta y contó cada botón de cada camisa. Cuando Dearborn pasó los controles a su copiloto para tomar un descanso y volvió para ofrecer a Frank un bocadillo, había pasado del terror al aburrimiento, y de allí a la desesperación.

—Imagino que no hay un ajedrez en este avión…

—Tiene suerte –Dearborn sacó uno de su saco de lona, un minúsculo set de viaje cuyas piezas de madera se encajaban en los agujeros del tablero–. Siempre me alegra que haya otro jugador en uno de estos vuelos tan largos –dijo Dearborn, mientras preparaba el tablero–. ¿Cuál es su categoría?

—Yo… yo no lo sé. Normalmente no juego contra otras personas.

—Ajá. Juega por correo, ¿pues? –Dearborn, que jugaba con las blancas, movió el peón de reina.

—No. Yo, humm, yo solo… estudio las partidas de los campeones. Las desarrollo sobre el tablero. Las analizo –era sorprendentemente doloroso confesar su *hobby*. Sabía que el ajedrez no solo era un pasatiempo intelectual; también era un juego, en el que se competía con otras personas como forma de interacción social. Pero aquel aspecto sencillamente no le atraía–. De hecho, no he debido de jugar una partida de verdad en… quizás diez años –movió su propio peón de reina confrontándose a Dearborn.

—Pues no hay mejor ocasión que la presente –Dearborn movió el peón del alfil de la reina en la clásica apertura de gambito de dama.

En este punto Frank podía rechazar el gambito de dama moviendo su peón de rey –conservando el control del centro– o aceptarlo tomando el peón que Dearborn acababa de mover y así ganar más libertad para actuar después.

Se encontró con que era incapaz de decidir.

Alargó la mano… luego la retiró. Y otra vez. Temblaba lleno de incertidumbre.

Después de tantos años de estudio y análisis detallado de algunas de las más grandes partidas de ajedrez de la historia… contra un oponente humano no podía siquiera manejar una apertura clásica en un juego informal, intrascendente.

Dulles tenía razón. Era un analista, no un operativo de campo. Por el amor de Dios ¿qué creía que estaba haciendo allí?

—Eh –dijo Dearbon–, eh, ¿se encuentra bien?

—Estoy bien –mintió Frank y se sonó la nariz para ocultar las lágrimas. El pañuelo ruso aún estaba tieso y rugoso. Lo dobló y volvió a guardárselo en el bolsillo, respiró hondo y capturó el peón de Dearborn.

Ya había renunciado tanto al control de su vida... ¿por qué no renunciar al control del centro? Podría ayudarlo al final de la partida.

El juego siguió. Dearborn era un jugador aburrido, conservador, que claramente no conseguía prever más que unos pocos movimientos, pero de alguna manera siempre parecía estar justo en el lugar adecuado para contrarrestar los ataques de Frank.

—Solo suerte, imagino –dijo, capturando el caballo de Frank.

—En el ajedrez no es cuestión de suerte –Frank avanzó con el caballo que le quedaba–. Jaque.

—Quizá. Pero siempre he tenido suerte, de algún modo. Podría ser yo el que estuviera allí ahora mismo, en vez de Francis Gary Powers –capturó el caballo de Frank con su alfil.

—¿Eh? –Frank empujó a su reina a otro cuadrado para amenazar al alfil.

—Sí. Los del programa U-2 me buscaron, pasé todos los exámenes y entrevistas, conseguí los permisos, todo. Pero entonces me contagié de paperas, ¡*paperas*! ¿Lo puede creer? Y se me pasó el periodo para entrar al entrenamiento. Cuando me recuperé y pude volver a volar ya no les quedaban vacantes –movió con decisión el alfil amenazado por todo el tablero pero tan pronto como soltó la pieza su expresión cambió–. Oh... no quería ponerlo *ahí*. ¡Qué idiota! –frunció el ceño, examinando el tablero, después se enderezó de repente–. ¡Eh! ¡Jaque mate!

Frank esperaba que no fuera un presagio.

♣

Frank se reunió en Helsinki con un hombre corpulento de cara ancha y seria, quien se presentó en ruso como Piotr Andreivich Malinov. Metió la maleta de Frank en un pesado Volvo sedán gris y Frank

pensó que era solo el conductor hasta que proporcionó a Frank el
código de confirmación. Era el oficial sobre el terreno de Frank, un
viejo agente de confianza de la CIA que había trabajado a menudo
con SCARE.

—¿Cuál es su alias? –le preguntó Frank–. ¿Cómo debería llamarlo?

—Se dirigirá a mí como Piotr Andreivich Malinov. Si no conoce
mi verdadero nombre no puede meter la pata y llamarme por él. Y
usted, por lo que a mí respecta no es más que Jacek Grabowski, el
primo algo simple de mi esposa, al que acompaño a Moscú con mo-
tivo de la exposición agrícola como favor hacia ella. Si hay alguna
pregunta incómoda, limítese a actuar como un idiota –estaba claro
que no pensaba que eso pudiera resultarle un reto.

Una protesta empezó a formarse tras los labios de Frank –era un
analista de la CIA, tenía estudios avanzados en economía y asuntos
exteriores–, pero guardó silencio. Su vida dependería de este hombre y conocía su misión. No tenía sentido enojarse con él.

«Malinov» apenas habló con Frank mientras conducía hacia la
estación de tren de Helsinki y tan pronto como estuvieron aposen-
tados en sus duros asientos de segunda clase, se caló el sombrero
hasta los ojos y se puso a dormir. Frank rebullía en su pesado y húmedo abrigo. ¿Este era el hombre que se suponía que iba a protegerlo? Pero Frank estaba también cansado hasta la médula y a pesar del
incómodo asiento y de sus múltiples preocupaciones también se encontró con que se le cerraban los ojos.

Mientras se iba quedando dormido, Frank creyó oír a Malinov de-
seándole buenas noches. Quizás el otro hombre no estaba completamente dormido.

Frank se despertó con un sobresalto y un fuerte codazo en sus costillas. Cuatro guardias fronterizos rusos con cascos de acero y metra-
lletas cruzadas sobre la espalda de sus largos abrigos verdes se abrían
paso a lo largo del vagón.

—Pasaporte –susurró Malinov.

Pero el pasaporte de Frank no estaba en el bolsillo de su abrigo.
Rápidamente buscó en los otros bolsillos, en los bolsillos de los pantalones, por debajo del asiento.

—Yo… yo lo siento –su pulso martilleaba en sus oídos.

—Encuéntrelo –masculló Malinov entre dientes.

Dos de los guardias se aproximaron.

—Pasaportes –dijo uno con sequedad.

Malinov le entregó su pasaporte.

—Lo siento mucho –dijo–, pero mi primo debe de haberlo extraviado –se dio unos golpecitos en la sien en un gesto significativo y sonrió–. Es polaco.

Frank jamás habría pensado que ninguna otra emoción penetraría su terror, pero se encontró con que el enfado y el insulto étnico conseguían hacerse sentir mientras seguía palpando sus bolsillos. Malinov y los guardias habían soltado una risita a costa de Frank, que se convirtió en una franca carcajada cuando el rebelde documento apareció en el bolsillo de su camisa.

El guardia dio la vuelta al pasaporte fraudulento de Frank.

—Por favor, confírmeme su fecha de nacimiento.

A Frank casi se le paró el corazón. No podía recordar qué fecha de nacimiento constaba en el documento falsificado. ¿Era la suya? Y si no, ¿cuál era? Pasaron unos segundos agónicos… esta vez él estaba paralizado y el resto de mundo se movía.

—Polaco –repitió Malinov y se encogió de hombros. Esta vez incluso el hombre que estaba sentado al otro lado del pasillo se unió a las risas. Aún riendo, el guardia devolvió a Frank su pasaporte y siguió por el pasillo.

—No tendría que haberme insultado de esa manera –dijo Frank una vez que los guardias pasaron al siguiente vagón. Su frecuencia cardiaca se había reducido hasta la mitad de lo normal.

—Las risas reducen la sospecha –replicó Malinov– y lo han sacado de ese aprieto –se encogió de hombros–. ¿Qué más quería que hiciera?

♠

Más tarde se dio cuenta de que podría haber usado su poder para buscar el pasaporte o para inspeccionarlo mientras el guardia lo tenía en la mano. Pero no había pensado en ello a pesar de que podría traerle algún beneficio. Ocho años escondiendo su poder, fingiendo ser alguien que era indistinguible de cualquier otra persona, habían impedido que en el momento clave recordara qué podía hacer.

Por el amor de Dios, ¿qué estaba haciendo aquí?

Quizá Dulles tenía razón, después de todo.

◆

El martes 17 de mayo, a las tres de la mañana, hora de Moscú, Frank estaba temblando bajo la lluvia ante la puerta de la Prisión Central de Vladimir, sintiéndose muy pequeño.

Las paredes de la prisión se elevaban amenazantes; la lluvia que salpicaba la cara de Frank formaba iridiscentes halos alrededor de los focos instalados a intervalos a lo largo del muro. Guardias armados con perros patrullaban el perímetro; el interior era un laberinto de puertas de control remoto diseñadas para hacer imposible la huida. Era la prisión más segura de Rusia.

Frank iba a entrar y salir de nuevo con Powers.

Incluso con la habilidad wild card de Frank, era solo un espía dentro de la cárcel lo que posibilitaría el rescate. El mapa detallado que el espía había proporcionado le daba a Frank unos pocos lugares en los que descansar, oculto, cuando su poder se agotara; la lista de los puntos temporales, que Frank tenía apretujada en la mano en el fondo del bolsillo de su abrigo, le permitiría rebasar las puertas cerradas.

El primero de esos tiempos eran las 3:05 p.m.: aún faltaban cinco minutos. Frank comprobó su reloj, pero ni siquiera su poder podía hacer que el segundero se moviera más rápido.

La lluvia de Moscú sabía a cemento y sulfuro.

Finalmente llegaron las 3:05. Frank respiró hondo y se concentró.

El rumor del tiempo detenido asaltó sus agotados oídos. Las gotas de lluvia se detuvieron en su caída, mostrándose como discos irregulares aplanados, nada de forma de gota. Frank se abrió paso a través del pegajoso aire, las gotas suspendidas se deslizaban por su cara o eran absorbidas por el abrigo.

Simplemente atravesó la puerta exterior, una barrera con rayas diagonales cuyos guardias armados permanecieron paralizados en sus impermeables bajo la lluvia inmóvil. La puerta del edificio de la prisión, propiamente, no estaba cerrada y tampoco las dos siguientes puertas, y los guardias que había en ellas no fueron ningún obstáculo. Pero abrir las puertas y volver a cerrarlas le supuso un considerable esfuerzo. Más pesadas y fuertes que las puertas domésticas, a Frank le parecía como si pesaran cincuenta kilos. Estaba, literalmente, trabajando a contrarreloj.

Frank se enjugó la frente y siguió adelante, adentrándose en la prisión.

Entonces llegó el primero de los obstáculos serios: un compartimento hermético con pesadas puertas de acero y cristal en cada lado, cada una de las cuales solo podía abrirse pulsando un botón desde el puesto de guardia que estaba entre las puertas. Pero el espía había prometido que podría destrabar las dos puertas durante un minuto, de 3:05 a 3:06, sin que nadie se diera cuenta.

Instintivamente Frank echó una ojeada a su reloj al aproximarse a la primera puerta, y tuvo un momento de pánico: decía que eran las 3:12. Pero por supuesto eso reflejaba su tiempo personal. El reloj de la pared estaba congelado pasados unos pocos segundos de las 3:05. Apoyó todo su peso contra la puerta y con pesada renuencia se abrió. La segunda puerta también estaba destrabada –¡a Dios gracias!–, pero le costó un esfuerzo aún mayor abrirla.

Tras cerrar la segunda puerta, Frank se apoyó contra la fría pared de concreto por espacio de varios jadeos. Pero fuera del tiempo no había descanso; incluso respirar era trabajo. Tenía que llegar a su primer escondite antes de que estuviera demasiado cansado para continuar.

Las crudas luces dentro de la zona de seguridad hirieron los ojos de Frank mientras caminaba trabajosamente a través del aire espeso, resistente, hacia la seguridad de una bodega de mantenimiento. Cuando la alcanzó, su visión estaba empezando a ser borrosa y lo único que pudo hacer fue descorrer el pestillo y abrir la puerta. Tan pronto como la cerró, entregándose a la bendita oscuridad, cesó su poder. Temblando, se permitió deslizarse por la puerta hasta que quedó sentado en el suelo, jadeando tan silenciosamente como pudo. La bodega, sucia, oscura, estaba fría y olía a cloro, pero aun así era mejor que el sobrenatural rumor y la quietud del mundo fuera de tiempo.

El siguiente punto temporal del espía eran las 3:15. Diez minutos para descansar no eran suficientes. Diez minutos para esperar sin hacer nada en una bodega oscura, temblando de miedo cada vez que alguien se acercaba a la ruidosa puerta que se movía pesadamente, era demasiado.

Se imaginaba la puerta abriéndose de repente, inundando el atestado espacio con luz y exclamaciones de sorpresa. Si eso ocurría, podría volver a detener el tiempo y escapar de esa manera, pero el plan quedaría interrumpido y se dispararían las alarmas. ¿Y dónde se escondería hasta el siguiente punto temporal?

Por fin, por fin, las manecillas iridiscentes marcaron las 3:15. Tan feliz por poder dejar aquella bodega maloliente como aterrado por enfrentarse al rumor del tiempo inmóvil, se concentró e invocó su poder.

Necesitó toda su fuerza para abrir la puerta petrificada.

Nunca antes Frank había pasado tanto tiempo fuera del tiempo. Cada paso era escalar una montaña; cada puerta que abría y cerraba era la roca de Sísifo.

ÁREA DE MÁXIMA SEGURIDAD decían las letras cirílicas estampadas en la puerta que era el siguiente punto de tiempo. Esta era una puerta corrediza, que se accionaba eléctricamente, y aunque estaba desbloqueada, como el espía había prometido, las fuerzas que le quedaban a Frank no fueron suficientes como para forzar su apertura. Encontró una macana de acero apoyada en un rincón y la usó para hacer palanca en la puerta y abrirla lo justo para escabullirse. Después tuvo que devolver la macana a su sitio, colocándola cuidadosamente en su correspondiente posición. Maldita sea, ¿qué extremo estaba arriba? Cada vez era más y más difícil pensar con claridad.

Por otra parte, se dio la vuelta… y de inmediato se enfrentó a una cara sombría y con el ceño fruncido. Al retroceder, en pánico, se golpeó la cabeza con la puerta metálica que tenía detrás antes de que su razón se sobrepusiera a la reacción inicial. El fornido, musculoso hombre con uniforme de coronel del ejército soviético –en su placa se leía POLYAKOV– estaba tan paralizado como todo lo demás en la prisión, petrificado en el acto de acometer enfurecido hacia la puerta de la que Frank acababa de emerger. Frank se apoyó contra la puerta por un momento, frotándose la cabeza y regañándose por su estupidez.

Espera. ¿Polyakov? Ese nombre era familiar.

Era uno de los posibles nombres listados por la CIA para el oficial de la KGB denominado ICICLE. Y ahora estaba aquí, en la prisión central de Vladimir, en el ala de máxima seguridad en la que Powers estaba encarcelado. Frank había tenido razón todo el tiempo, y ahora incluso tenía un nombre para ese hombre.

Frank se permitió un momento de petulante triunfo, chasqueando los dedos bajo la inmóvil nariz del hombre de la KGB antes de esquivarlo y escurrirse por el pasillo. La celda de Powers, la número treinta y siete, era la primera a la derecha, con el nombre POVRZ –«Powers» en cirílico– escrito en gis encima de la puerta.

Ahora nada se interponía entre Frank y el éxito.

Pero la puerta no se abría.

Frank volvió a intentarlo, apretando el pomo de acero oxidado con todas sus fuerzas. No se movió.

Se suponía que el espía lo había dispuesto para que la puerta estuviera desbloqueada entre las 3:10 y las 3:40. Todo lo demás se había desarrollado exactamente según el plan.

Frank sacudió el pomo una vez más. Nada.

Buscó alguna otra manera de abrir la puerta. Pero era acero pesado, sólido, el mecanismo de cierre y las bisagras estaban bien protegidos y reforzados, y no había nada en aquel corredor de concreto vacío que pudiera usar. ¡Haber llegado tan lejos, haber superado tanto, solo para que una simple cerradura lo frustrara todo!

No, espera. La llave. Polyakov, paralizado en el momento de salir de la celda de Powers, debía tener la llave.

Frank alargó la mano hacia el inmóvil hombre de la KGB a través de un aire que parecía más espeso que antes. No le costó mucho identificar el duro manojo de llaves en el bolsillo del pantalón de Polyakov, pero la posición de su pierna y su brazo petrificados hicieron imposible que pudiera extraerlo. Podía mover el brazo a la fuerza, pensó, o cortar el bolsillo con su cortaplumas, pero cualquiera de esas acciones sobresaltaría a Polyakov y lo haría dar la alarma. Y Frank tenía otro punto temporal por el que pasar al cabo de diez minutos, con Powers, de salida.

Tenía que conseguir la llave de Polyakov de tal modo que no pudiera darse cuenta.

Se situó detrás de este, asegurándose de que ningunos otros ojos congelados pudieran ver dónde estaba. La puerta corrediza seguía abierta unas nueve pulgadas. Pero Polyakov estaba mirando al suelo… tenía que arriesgarse.

Liberó el tiempo a su velocidad normal.

—…quemar al idiota que la dejó abierta… –murmuró Polyakov mientras avanzaba.

Volver a parar el tiempo tan pronto era como intentar detener el flujo en medio de una larga e intensa meada pero, de alguna manera, Frank se las arregló. Respiró hondo el aire rumoroso y pegajoso, después se abrió paso hasta el lado de Polyakov. El bolsillo era ahora accesible. ¡Gracias a Dios! Sacó las llaves –esperando que éste, a medio paso, no se diera cuenta de la intrusión– y se arrastró de vuelta a la celda de Powers. La llave en la que decía 37 encajaba en la cerradura, aunque descorrer el cerrojo y abrir la puerta le pareció como empujar un vagón de tren cuesta arriba.

Powers yacía de lado en la cama. Tenía un aspecto de pena, con los ojos hundidos y la boca torcida en un gesto de desesperación, pero definitivamente era él.

El corazón de Frank latió con fuerza y su visión empezó a hacerse borrosa. El rumor en sus oídos se había convertido en el rugido de un motor de tren a toda máquina. Necesitaba descansar desesperadamente.

Pero con dos puertas abiertas y las llaves en la mano, no se atrevió. De algún modo tenía que seguir adelante.

Frank había puesto a Powers en pie a fuerza bruta. Probablemente le dejaría moretones, pero no había alternativa. Caminando de espaldas, arrastrando al inconsciente piloto con ambas manos, sacó a Powers por la puerta, más allá del paralizado Polyakov y a través de la puerta corrediza. Después retrocedió para cerrar y echar el pestillo a la puerta de la celda, reponer las llaves en el bolsillo de Polyakov y volver a deslizar la puerta del bloque de celdas.

—Me encantaría verte la cara –susurró a Polyakov mientras ponía todo su peso en el picaporte de la puerta corredera– cuando descubras que Powers se ha esfumado misteriosamente de una celda cerrada.

Se suponía que debía volver con Powers a la bodega de mantenimiento donde había descansado a la ida, pero era posible que no consiguiera llegar tan lejos. Ya estaba medio apoyándose en Powers mientras lo guiaba por el pasillo cuando su visión se emborronó y se tambaleó.

Había un baño. Tendría que servir.

Metió a Powers dentro, casi sin recordar que tenía que reajustar su reloj con el del pasillo antes de cerrar y echar el pestillo a la puerta.

Tan, tan cansado…

No. Aún no podía relajarse.

Dejó a Powers en el suelo, tirado como un muñeco rígido, de tamaño natural. Se apoyó en su pecho y le puso la mano, firmemente, sobre su boca y su nariz.

Liberó el tiempo.

—¡Mmmmrrrph! –se retorció y trató de zafarse de Frank. Desde su perspectiva, lo acababan de sacar de su celda en una operación instantánea y ahora estaba inmovilizado y asfixiado por un extraño. Pero incluso debilitado por diecisiete días bajo custodia soviética era más fuerte que Frank.

—¡Quieto! –susurró Frank a Powers en el oído, en inglés–. Estoy aquí para rescatarte.

Powers dejó de forcejear, aunque todos los músculos de su cuerpo se estremecieron por la tensión.

—¿Mmf?

—Soy de SCARE –musitó–. Lawrence Hague me ha enviado. Estoy autorizado para AQUATONE y RAMPART. Aún estamos dentro de la prisión y si nos descubren aquí, ambos moriremos. ¿Lo entiendes?

Powers asintió lentamente, con los ojos muy abiertos por encima de la mano temblorosa de Frank.

Frank soltó a Powers y se desplomó contra la pared, dejando que sus ojos se cerraran. Se sentía como si tuviera un millón de años.

—¿Eres un as? –susurró Powers. Tenía la cadencia lenta propia de Virginia.

—Sí. Puedo detener el tiempo. Pero solo durante un rato…

—Es más útil que ser un mirón –la voz de Powers destiló cierta amargura. Después, respiró profundamente y exhaló el aire–. Hum, ¿cómo te llamas?

—Franciszek Majewski. Es la versión polaca de Francis. Justo como tú.

Powers puso los ojos en blanco.

—Por favor, llámame Gary. Solo papá y mamá me llaman Francis.

—Soy Frank.

Se estrecharon las manos.

♥

El martes 20 de mayo, a las 11:00 a.m., Frank entró en la Oficina Oval y el presidente salió de detrás de su escritorio para felicitarlo. Dulles y Hague, también presentes, se quedaron en su sitio. Aunque se sentía honrado por el gesto, no pudo evitar darse cuenta de que Eisenhower no le estrechaba la mano.

—Está bien, señor presidente –dijo–. No soy infeccioso.

Frank sabía que tenía un aspecto de mil demonios. Aunque había dormido casi todo el viaje de vuelta, incluyendo gran parte del trayecto en limusina desde la Base Aérea de Andrews, todavía se sentía débil; había perdido mucho del cabello que le quedaba, dolores indefinidos castigaban sus articulaciones y sus andares se habían convertido en el paso tembloroso de un anciano.

Esperaba que unos días o unas semanas de descanso podrían devolverle su vitalidad, pero temía que no fuera el caso. Usar su poder lo había hecho envejecer de manera antinatural, el esfuerzo sin precedentes que había invertido en la misión de rescate de Powers seguramente le había costado muy caro. Podía haber perdido cinco años en una noche infernal.

—Bienvenido de nuevo a Estados Unidos, Frank–dijo Eisenhower, y lo escoltó a uno de los sillones junto a la chimenea–. Estamos orgullosos del trabajo que ha hecho para su país –Eisenhower miró a Dulles y Hague. Hague sonreía y asintió satisfecho. Dulles, ceñudo, miró fijamente sus zapatos negros.

Eisenhower se aclaró la garganta.

—¿Allen?

Dulles tardó un buen rato en mirar a Frank a los ojos.

—Lo hizo bien –admitió finalmente.

—Gracias –dijo Frank mientras aceptaba una taza de café de manos del propio presidente–. ¿Ha habido alguna… consecuencia por el escape de Powers? –era la única pregunta que le había preocupado durante toda la vuelta. ¿Estaría Jrushchov, ya furioso por la intrusión del avión espía en su territorio, aún más alterado por la misteriosa desaparición de Powers de su prisión más segura? ¿La misión de Frank solo había tenido éxito consiguiendo acercar el día del juicio?

Eisenhower sacudió la cabeza.

—Han reconocido que han perdido a Powers: no podían negarlo después de la rueda de prensa en Helsinki, pero en público no han dicho ni una sola palabra acerca de *cómo* escapó e incluso en privado han sido un poco menos beligerantes.

Hague se sentó en el sillón que estaba delante de Frank.

—Saben que ha debido ser un as quien ayudó a escapar a Powers –dijo–, pero políticamente no pueden admitir que nuestros ases son mejores que los suyos. No les queda otra más que tragarse el orgullo y estar callados.

Pero Dulles fue menos optimista.

—Se mantuvieron callados durante cinco años de vuelos de los u-2, también.

Eisenhower lanzó una mirada a Dulles.

—Nada de tu pesimismo, Allen. Esta es una ocasión para celebrar –de su bolsillo sacó un papel doblado y se lo entregó a Frank. Era una felicitación oficial, con membrete de SCARE, firmada por el presidente y sellada con una cinta roja–. Esto irá en su expediente, Frank. Me encantaría obsequiarlo con un desfile triunfal, pero... –se encogió de hombros–, ya sabe de qué se trata esto –le tendió la mano.

Tras un momento, Frank entendió qué significaba la mano abierta y le devolvió el papel. Por supuesto, no podía quedarse una copia. Como agente de SCARE ya no existía.

Frank tragó saliva.

—Sé que no pueden reconocer mi trabajo –dijo–, pero... –su voz empezó a temblar y tuvo que parar y tratar de recuperar su compostura. Eisenhower esperó pacientemente–. Lo único que quiero pedir –volvió a empezar– es que le digan a mi esposa que morí heroicamente al servicio de mi país –esperaba que las instalaciones secretas del desierto de Nevada tuvieran al menos aire acondicionado... Hague parpadeó.

—¿Cree que lo vamos a enviar a Watertown Trip? –sonrió burlón y negó con la cabeza, y Frank recordó que Hague sabía lo que Frank estaba pensando–. No, Frank, eso es solo un mito –él y Dulles intercambiaron miradas–. Bueno, la parte sobre los ases que están recluidos sí es verdad. Pero no se esfumará de repente. De hecho, va a ir a casa justo después de que hagamos el parte.

—Continuará en la CIA –dijo Dulles, aunque era evidente que no le gustaba la idea–, como cubierta, cumpliendo con misiones de SCARE solo cuando sea necesario. Probablemente pasará tantas noches en casa como antes. Quizá más.

—Es como ser un espía en su propio país –continuó Hague–. Y en su caso, ya sabemos que usted puede guardar un secreto.

El peón que llega a la última fila se convierte en reina, pensó Frank. Aunque hasta una reina podía ser capturada… o morir de vieja en cinco años. Todo dependía de cómo se jugaran las piezas. Pero por ahora podía volver a casa, fuera del tablero y colocado con seguridad en ese espacio en que encajaba.

—Gracias, señor –dijo.

—No, gracias a *usted* –dijo Eisenhower y de nuevo le tendió la mano, esta vez para estrechar la de Frank–. Bienvenido a SCARE, agente especial Stopwatch.

Juegos de manos

♣ ♦ ♠ ♥

por George R. R. Martin

CUANDO SE INSTALÓ EN EL DORMITORIO EN SEPTIEMBRE, lo primero que Thomas Tudbury hizo fue clavar su fotografía firmada por el presidente Kennedy y la desgastada portada de *Time* de 1944 con Jetboy como Hombre del año.

En noviembre, la fotografía de Kennedy estaba acribillada por los dardos de Rodney. Rod había decorado su lado de la habitación con una bandera confederada y una docena de páginas centrales de *Playboy*. Odiaba a los judíos, a los negros, a los jokers y a Kennedy, y tampoco le gustaba mucho Tom. Durante todo el semestre de otoño, se divirtió; cubría la cama de Tom con crema de afeitar, le colocaba mal las sábanas, le escondía los anteojos, le llenaba el cajón de su escritorio con caca de perro.

El día en que Kennedy fue asesinado en Dallas, Tom volvió a su habitación tratando de contener las lágrimas. Rod le había dejado un regalo. Había usado rotulador rojo. La parte superior de la cabeza de Kennedy estaba chorreando sangre y en los ojos había dibujado pequeñas x. Su lengua colgaba de la comisura de los labios.

Thomas Tudbury se le quedó mirando durante mucho, mucho tiempo. No lloró; no se permitiría llorar. Empezó a hacer las maletas.

El estacionamiento de los novatos estaba en la mitad del campus. La cajuela de su Mercury de 54 tenía la cerradura rota, así que aventó las bolsas en el asiento trasero. Dejó que el coche se calentara un buen rato en el frío de noviembre. Debía de tener un aspecto curioso allí sentado; un tipo bajito, con sobrepeso, con el pelo al rape y anteojos de pasta, apoyando la cabeza en el volante como si fuera a vomitar.

Mientras salía del estacionamiento, divisó el nuevo y brillante Olds Cutlass de Rodney.

Tom puso el coche en punto muerto y se paró unos instantes, pensando. Miró a su alrededor. No había nadie a la vista; todo el mundo estaba dentro viendo las noticias. Se lamió los labios, nervioso, después volvió a mirar el Oldsmobile. Sus nudillos palidecieron alrededor del volante. Miró fijamente, frunció el ceño y *apretó*.

Los paneles de las puertas primero, doblándose hacia dentro, lentamente, bajo la presión. Los faros delanteros explotaron con pequeños chasquidos, uno después del otro. Los detalles cromados cayeron con estrépito al suelo y el parabrisas trasero se hizo añicos de repente, los cristales salieron volando por todas partes. Las defensas se doblaron y se desplomaron, el metal chirrió en protesta. Los dos neumáticos traseros estallaron a la vez, los paneles laterales se desmoronaron, después el cofre; el parabrisas se desintegró por completo. El cárter cedió y después el depósito de combustible; aceite, gasolina y líquido de transmisión se acumularon debajo. Para entonces Tom Tudbury estaba más confiado, y aquello lo hacía más fácil. Imaginaba que tenía el Olds agarrado por un puño invisible, un puño *fuerte*, y que lo estrujaba con todas sus fuerzas. El crujido del cristal al partirse y el chillido del torturado metal llenaron el estacionamiento, pero no había nadie que lo oyera. Metódicamente aplastó el Oldsmobile hasta convertirlo en una bola de metal triturado.

Cuando acabó, se puso en marcha y dejó atrás el *college*, a Rodney y la infancia para siempre.

♣

En algún lugar, un gigante lloraba.

Tachyon se despertó desorientado y con náuseas, su resaca latía al ritmo de los colosales sollozos. Las formas en la oscura habitación eran extrañas y desconocidas. ¿Los asesinos habían vuelto de nuevo en la noche, atacaban a su familia? Tenía que encontrar a su padre. Se puso de pie tambaleándose, aturdido, con la cabeza embotada y apoyó la mano en la pared para no perder el equilibrio.

La pared estaba demasiado cerca. Estos no eran sus aposentos, todo estaba mal, el olor... y entonces los recuerdos volvieron. Habría preferido que se tratara de los asesinos.

Se dio cuenta de que había vuelto a soñar con Takis. Le dolía la cabeza y tenía la garganta seca y dolorida. Buscando a tientas en la oscuridad, encontró el interruptor de cadena de la luz del techo. La bombilla osciló violentamente cuando jaló de él, y las sombras danzaron. Cerró los ojos para que las entrañas dejaran de revolvérsele. Notaba un sabor acre en el fondo de la boca. Su pelo estaba sucio y enmarañado, su ropa arrugada. Y lo peor de todo, la botella estaba vacía. Tachyon miró a su alrededor impotente. Una habitación de seis por diez en la segunda planta de una casa de huéspedes que llevaba por nombre HABITACIONES en una calle llamada Bowery. Para mayor confusión, el vecindario circundante también se había llamado Bowery en el pasado: Angelface se lo había dicho. Pero eso había sido antes; ahora el área tenía un nombre distinto. Fue hacia la ventana, retiró el visillo. La luz amarilla de un farol llenó la habitación. Al otro lado de la calle, el gigante estaba tratando de atrapar a la luna y lloraba porque no podía alcanzarla.

Tiny, le llamaban. Tachyon supuso que era ironía humana. Tiny mediría más de cuatro metros si pudiera ponerse de pie. Su rostro era liso e inocente, coronado por una mata de suave cabello oscuro. Sus piernas esbeltas, perfectamente proporcionadas, estaban empezando a no poder soportar el peso de un hombre de cuatro metros. Se sentaba en una silla de ruedas de madera, un enorme objeto mecánico que rodaba por las calles de Jokertown sobre cuatro neumáticos gastados de un camión desmantelado. Cuando vio a Tach en la ventana, gritó sin sentido, incluso cuando lo reconoció. Tachyon se alejó de la ventana, temblando. Era otra noche en Jokertown. Necesitaba una bebida.

Su habitación hedía a moho y vómito, y era muy fría. El lugar no tenía una buena calefacción, como los hoteles que había frecuentado en los viejos tiempos. Espontáneamente, se acordó del Mayflower, en Washington, donde él y Blythe… Pero no, mejor no pensar en eso. De todos modos, ¿qué hora era? Bastante tarde. El sol se había puesto y Jokertown cobraba vida por la noche.

Recogió su abrigo del suelo y se lo puso. Aunque estaba sucio, aún era un abrigo maravilloso, de un adorable e intenso color rosa, con charreteras y flecos dorados en los hombros más filigranas de pasamanería dorada para sujetar la larga hilera de botones. El abrigo de un músico, le había dicho el hombre de la beneficencia. Se sentó en el borde de su escuálido catre para calzarse las botas.

El lavabo estaba al final del pasillo. Su orina humeó al salpicar contra la taza; sus manos temblaban tanto que ni siquiera podía apuntar bien. Se refrescó la cara con agua fría, de color óxido, y se secó las manos en una toalla mugrienta.

En el exterior, Tach se quedó un momento debajo del cartel chirriante de HABITACIONES, contemplando a Tiny. Se sentía amargado y avergonzado. Y demasiado sobrio. No se podía hacer nada con Tiny, pero podía ocuparse de su sobriedad. Dio la espalda al gigante llorón, hundió las manos en los bolsillos de su abrigo y se alejó rápidamente por Bowery.

En los callejones, jokers y borrachos se pasaban bolsas de papel de estraza de mano en mano y contemplaban a los transeúntes con ojos apagados. Tabernas, casas de empeño y tiendas de máscaras estaban haciendo su agosto. El Famous Bowery Dime Wild Card Museum (aún le llamaban así, pero la entrada costaba ahora un cuarto de dólar)* estaba cerrando. Tachyon había pasado por allí una vez, hacía dos años, un día en el que tenía sentimientos de culpa especialmente intensos; junto con media docena de jokers particularmente raros, veinte frascos de «monstruosos bebés jokers» flotando en formaldehído y un pequeño noticiario sensacionalista sobre el Día Wild Card, el museo exhibía figuras de cera cuyos dioramas mostraban a Jetboy, los Cuatro Ases, una Orgía en Jokertown... y a él.

Pasó un autobús turístico, con los rostros rosados pegados a las ventanas. Bajo la luz de neón de una pizzería cercana, cuatro jóvenes con chamarras de cuero negras y máscaras de hule miraron a Tachyon con abierta hostilidad. Le causaron cierta inquietud. Apartó la mirada y se sumergió en la mente del más cercano: *mariquita elegante mira ese pelo teñido fijo qué se cree que está en una banda de música para golpear sus malditos tambores pero no, espera, mierda es mejor que nos busquemos uno bueno esta noche sí quiero uno de esos que están mulliditos cuando les pegamos.* Tach rompió el contacto con disgusto y se apresuró. La noticia era vieja y el deporte nuevo: bajar a Bowery, comprar algunas máscaras, pegarle a un joker. A la policía no parecía importarle.

---

* El nombre del museo incluye una referencia al precio de la entrada, diez centavos (*dime*), de ahí el comentario posterior. *N. de la T.*

El Club del Caos y su famosa revista, sólo de jokers, congregaba a la multitud habitual. Cuando Tachyon se acercaba, una larga limusina gris se paró junto a la acera. El portero, que lucía un frac negro sobre su exuberante pelaje blanco, abrió la puerta con la cola y ayudó a salir a un hombre gordo con esmoquin. Su pareja era una voluptuosa adolescente con un vestido de coctel adornado con perlas; su pelo rubio estaba recogido en un voluminoso chongo.

Una manzana más allá, una mujer-serpiente hacía proposiciones a voz en grito desde una escalinata cercana. Sus escamas eran del color del arcoíris, refulgían. «No te asustes, pelirrojo», dijo, «aún soy suave por dentro.» Él le dijo que no con la cabeza.

La Casa de los Horrores estaba albergada en un gran edificio con enormes ventanales hacia la calle, pero el cristal había sido sustituido por espejos polarizados. Randall estaba fuera, temblando bajo su frac y su dominó. Parecía perfectamente normal hasta que te dabas cuenta de que nunca sacaba la mano derecha de su bolsillo.

—Ey, Tachy –gritó– ¿Qué opinas de Ruby?

—Lo siento, no la conozco –dijo Tachyon.

Randall frunció el ceño.

—No, el tipo que mató a Oswald.

—¿Oswald? –dijo Tach, confuso–. ¿Oswald quién?

—Lee Oswald, el tipo que le disparó a Kennedy. Lo mataron. Salió en la tele esta tarde.

—¿Kennedy está muerto? –preguntó Tachyon. Fue Kennedy quien había permitido su regreso a Estados Unidos y Tach admiraba a los Kennedy; casi parecían taquisianos. Pero el asesinato formaba parte del liderazgo.

—Sus hermanos lo vengarán –dijo. Después recordó que las cosas no se hacían de ese modo en la Tierra y además, según parecía, ese tal Ruby ya lo había vengado. Qué extraño que hubiera soñado con asesinos.

—Metieron a Ruby en la cárcel –dijo Randall–. Si fuera yo, le daría a ese cabrón una medalla –se detuvo–. Una vez me estrechó la mano –añadió–. Cuando era candidato contra Nixon, vino a dar un discurso en el Club del Caos. Después, mientras se marchaba, le daba la mano a todo el mundo –el portero sacó su mano derecha del bolsillo. Era dura y quitinosa, como de insecto, y en medio había un racimo de ojos hinchados y ciegos–. Ni siquiera pestañeó –dijo Randall–. Sonrió y dijo que esperaba que me acordara de votar.

Tachyon conocía a Randall desde hacía un año, pero nunca antes le había visto la mano. Quería hacer lo que Kennedy había hecho, agarrar aquella garra retorcida, tomarla entre sus manos, estrechársela. Intentó sacar la mano del bolsillo de su abrigo, pero sintió un reflujo de bilis en la garganta y, de algún modo, lo único que pudo hacer fue apartar la mirada y decir:

—Era un buen hombre.

Randall volvió a esconder la mano.

—Entra, Tacky –dijo, no sin amabilidad–. Angelface ha salido a ver a un hombre, pero le dijo a Des que te guardara una mesa.

Tachyon asintió y dejó que Randall le abriera la puerta. Dentro, entregó su abrigo y sus zapatos a una chica en el guardarropa, una joker con un cuerpecillo diminuto cuya máscara de lechuza adornada con plumas ocultaba lo que fuera que el wild card le había hecho a su cara. Después atravesó las puertas interiores, deslizando sus calcetines con suave familiaridad por encima del piso de espejo. Al mirar abajo, otro Tachyon le devolvía la mirada, enmarcado por sus pies; un Tachyon extremadamente gordo, con la cabeza como una pelota de playa.

Suspendida del techo de espejos, una araña de cristal brillaba con un centenar de pequeñas luces cuyos reflejos refulgían en los espejos del suelo y las paredes y los reservados, las copas y tazas de plata e incluso las bandejas de los meseros. Algunos de los espejos devolvían reflejos reales; los otros estaban distorsionados, espejos de una casa de los horrores. Cuando mirabas por encima del hombro en La Casa de los Horrores, nunca podías saber qué te iba a devolver la mirada. Era el único establecimiento en Jokertown que atraía a jokers y a normales en la misma proporción. En La Casa de los Horrores los normales podían verse retorcidos y deformes, reírse y jugar a ser jokers; y un joker, si tenía mucha suerte, podía mirarse en el espejo adecuado y verse tal como había sido.

—Su reservado está a punto, doctor Tachyon –dijo Desmond, el *maître*. Des era un hombre corpulento y rubicundo; su gruesa trompa, rosa y retorcida, se enroscaba alrededor de una carta de vinos. La levantó y con uno de los dedos que colgaban en la punta, le hizo señas a Tachyon para que lo siguiera–. ¿Tomará su habitual marca de coñac esta noche?

—Sí –dijo Tach, deseando tener dinero suficiente para dejar propina.

Aquella noche su primera copa fue para Blythe, como siempre, pero la segunda fue para John Fitzgerald Kennedy.

Las demás fueron para él.

♠

Al final de Hook Road, pasada la refinería abandonada y los almacenes de importación/exportación, pasadas las vías muertas del ferrocarril con sus desamparados vagones rojos, bajo el paso a desnivel de la autopista, pasados los descampados vacíos, llenos de hierbajos y basura, pasados los enormes tanques de aceite de soya, Tom encontró su refugio. Estaba casi oscuro cuando llegó, y el motor del Merc hacía un ruido ominoso. Pero Joey sabía qué hacer al respecto.

El deshuesadero se alzaba imponente junto a las aguas contaminadas de la bahía de Nueva York. Tras un cercado de tres metros de alto rematado por tres retorcidas líneas de alambre de púas, un grupo de perros del deshuesadero siguió al coche, ladrando una estridente bienvenida que habría aterrorizado a cualquiera que no los conociera tan bien. El atardecer daba un extraño tono broncíneo a las montañas de automóviles destrozados, retorcidos, oxidados, las hectáreas de metal desechado, las colinas y los valles de basura y chatarra. Por fin, Tom llegó a la amplia puerta doble. En un lado, un cartel de metal advertía PROHIBIDO EL PASO; en el otro lado, otro letrero indicaba CUIDADO CON LOS PERROS. La puerta estaba cerrada con el candado puesto. Tom se detuvo y tocó el claxon.

Un poco más allá de la valla podía ver la casucha de cuatro habitaciones a la que Joey llamaba hogar. Había un enorme letrero en lo alto del tejado de lámina ondulada, con focos amarillos fijados para iluminar las letras. Decía DE ANGELIS CHATARRA & PIEZAS DE AUTOMÓVIL. La pintura estaba ajada y descascarillada por dos décadas de sol y lluvia; la misma madera se había agrietado y uno de los focos se había quemado. Junto a la casa estaba estacionado un antiguo camión amarillo con revolvedora, un remolque y el orgullo y alegría de Joey, un Cadillac cupé del 59, rojo sangre, con alerones en la cola como un tiburón y un monstruoso motor trucado asomando bajo el cofre recortado.

Tom tocó el claxon de nuevo. Esta vez con su señal especial, haciendo sonar el *Here-he-comes-to-save-the-daaaay!*, el tema de los dibujos animados de *Súper Ratón* que veían cuando eran niños.

Un rectángulo de luz amarilla se derramó sobre la chatarra cuando Joey salió con una cerveza en cada mano.

◆

Él y Joey no se parecían en nada. Tenían orígenes diferentes, vivían en mundos diferentes, pero habían sido íntimos amigos desde el día de la exhibición de mascotas de tercer año. Aquel fue el día en que descubrió que las tortugas no podían volar, el día en que se dio cuenta de lo que era y de lo que podía hacer.

Stevie Bruder y Josh Jones lo habían acorralado en el patio de la escuela. Jugaron a la pelota con sus tortugas, pasándoselas entre ellos, mientras Tommy corría de uno a otro con el rostro rojo y llorando. Cuando se aburrieron, las hicieron rebotar contra el cuadrado de *punchball* marcado con gis en la pared. El pastor alemán de Stevie se comió una. Cuando Tommy intentó atrapar al perro, Stevie se le tiró encima y lo dejó en el suelo con los anteojos rotos y el labio partido.

Podía haber sido peor, de no ser por Joey el Chatarrero, un chico flacucho con pelo negro desgreñado, dos años mayor que sus compañeros de clase, pero que ya se había quedado atrás dos veces; apenas podía leer y siempre decían que olía mal por culpa de su padre, Dom, el propietario de la chatarrería. Joey no era tan grande como Stevie Bruder, pero no le importó, ni ese día ni ningún otro. Solo lo agarró por la espalda de la camiseta, tiró de él bruscamente y le dio una patada en las pelotas. Después, también le dio una patada al perro y habría pateado también a Josh Jones, solo que Josh se fue corriendo. Mientras huía, una tortuga muerta se elevó del suelo y voló por el patio para golpearlo en su gordo cuello rojo.

Joey vio lo que ocurría. «¿Cómo hiciste eso?» dijo, asombrado.

Hasta ese momento, ni siquiera Tommy se había dado cuenta de que era él la razón por la que sus tortugas podían volar.

Se convirtió en su secreto, el pegamento que mantuvo unida su extraña amistad. Tommy ayudaba a Joey con las tareas y le hacía preguntas para preparar los exámenes. Joey se convirtió en el protector de Tommy contra la brutalidad gratuita del patio de recreo y la escuela. Tommy le leía cómics hasta que la lectura de Joey mejoró tanto que no lo necesitó. Dom, un hombre de pelo gris, salpicado de canas, barriga cervecera y buen corazón estaba orgulloso; él mismo no podía leer, ni siquiera italiano. La amistad se prolongó en la escuela primaria y la secundaria y después de que Joey dejara la escuela. Sobrevivió al descubrimiento de las chicas, superó la muerte de Dom de DiAngelis y la mudanza de la familia de Tom a Perth Amboy. Joey DiAngelis aún era el único que sabía qué era Tom.

Joey destapó otra Rheingold con el abrebotellas que colgaba de su cuello. Bajo su camiseta blanca estaba creciendo una barriga cervecera como la de su padre.

—Eres jodidamente listo como para hacer esa porquería de trabajo en una tienda de reparación de teles –le decía.

—Es un trabajo –dijo Tom–. Lo hice el verano pasado, puedo hacerlo tiempo completo. No es importante qué tipo de trabajo tengo. Lo que es importante es qué hago con mi, ejem, talento.

—¿Talento? –se burló Joey.

—Ya sabes qué quiero decir, idiota –Tom dejó su botella vacía encima de la caja de naranjas que estaba junto al sillón. La mayoría de los muebles de Joey no eran lo que se llamaría lujosos; los rescataba del deshuesadero.

—He estado pensando en lo que Jetboy dijo al final, intentado saber qué significaba. Me imagino que estaba diciendo que había cosas que aún no había hecho. Bueno, mierda, yo no he hecho *nada*. Todo el camino de vuelta me he estado preguntando qué podría hacer por el país, ¿sabes? Bueno, carajo, los dos sabemos la respuesta a eso.

Joey se recostó en su silla, bebiendo su Rheingold y meneando la cabeza. Detrás de él, la pared estaba forrada del librero que Dom había hecho para los chicos hacía casi diez años. En la fila de abajo solo había revistas para hombres. El resto eran cómics. Sus cómics.

Superman y *Batman*, *Action Comics* y *Detective*, los *Clásicos ilustrados*
que Joey había explotado para todas sus reseñas de libros, cómics de
terror y de crimen y de aviación y lo mejor de todo, su tesoro: una
colección casi completa de *Jetboy Comics*.

Joey vio qué estaba mirando.

—Ni se te ocurra –dijo– no eres el maldito Jetboy, Tuds.

—No –dijo Tom–, soy más de lo que él era. Soy…

—Un imbécil –sugirió Joey.

—Un as –dijo solemnemente–. Como los Cuatro Ases.

—Eran un grupo de *doo-woop* de color, ¿no?

Tom se encendió.

—Vaya que eres tonto, no eran cantantes, eran…

Joey lo interrumpió con un gesto brusco.

—Sé quiénes diablos fueron, Tuds. No jodas. Eran unos tontos de
mierda, como tú. Todos fueron a la cárcel, o les dispararon o lo que
sea, ¿no? Excepto ese puto soplón, cómosellama… –chasqueó los
dedos–. Ya sabes, el tío de *Tarzán*.

—Jack Braun –dijo Tom. Una vez había hecho un trabajo sobre los
Cuatro Ases.

—Y apuesto a que hay otros, por ahí escondidos. Como yo. Me he
estado escondiendo. Pero no más.

—Así que me imagino que vas a ir al *Bayonne Times* y dar un pobre
espectáculo. Eres tonto. También podrías decirles que eres un rojo.
Te obligarán a mudarte a Jokertown y romperán todas las puñeteras
ventanas de casa de tu padre. Hasta te podrían reclutar, idiota.

—No –dijo Tom–. Lo tengo todo previsto. Los Cuatro Ases eran
blancos fáciles. No voy a dejar que sepan quién soy o dónde vivo –usó
la botella de cerveza que tenía en la mano para señalar vagamente el
librero–. Voy a tener un nombre secreto. Como en los cómics.

Joey rio a carcajadas.

—Vaya que eres un tonto. ¿También vas a llevar calzoncillos largos,
tonto de mierda?

—Maldita sea –dijo Tom. Estaba empezando a mosquearse–. Cierra la puta boca.

Joey se quedó allí sentado, balaceándose en su silla y riendo.

—Anda, bocón –espetó Tom, levantándose–. Mueve tu culo y vamos fuera y te enseñaré lo tonto que soy. Vamos, sabihondo.

Joey DiAngelis se puso de pie.

—Esto hay que verlo.

Fuera, Tom esperaba impaciente, apoyando el peso en un pie y luego en el otro, con el aliento humeando en el frío aire de noviembre, mientras Joey se dirigía hacia la gran caja de metal que había junto a la casa y pulsaba un interruptor. En lo alto de los postes, las luces de la chatarrería cobraron vida. Los perros se congregaron a su alrededor, husmeando, y los siguieron cuando echaron a andar. Una botella de cerveza sobresalía del bolsillo de la chamarra de cuero negra de Joey.

Solo era un deshuesadero, lleno de basura y chatarra y coches destrozados, pero de noche parecía tan mágico como cuando Tommy tenía diez años. En un promontorio, con vista a las aguas negras de la bahía de Nueva York, un antiguo Packard se elevaba como una fortaleza fantasmagórica. Era tal como había sido cuando Joey y él eran niños; su santuario, su bastión, su puesto avanzado de caballería y su estación espacial y su castillo, todo a la vez. Brillaba bajo la luz de la luna y, más allá, las aguas estaban llenas de promesas batiendo contra la orilla. La oscuridad y las sombras se cernían intensamente sobre el patio, transformando los montones de basura y metal en misteriosas colinas negras, con un laberinto de callejones grises entre ellas. Tom los condujo por aquel laberinto, más allá de la enorme pila de desechos donde solían jugar al rey-de-la-colina y se batían en duelo con espadas de chatarra, más allá de los tesoros ocultos donde habían encontrado tantos juguetes rotos y trozos de cristales de colores y botellas retornables e incluso una vez una caja de cartón llena de cómics.

Caminaron entre hileras de coches oxidados, retorcidos, apilados uno encima de otro; Fords y Chevys, Hudsons y DeSotos, un Corvette con el cofre como un acordeón, un grupo de Beetles muertos, un solemne coche fúnebre negro tan muerto como los pasajeros que transportó. Tom miró todos con atención. Finalmente, se detuvo.

—Este –dijo, señalando los restos de un viejo Studebaker Hawk destripado. No tenía motor, y tampoco ruedas; el parabrisas era una telaraña de cristal roto e incluso en la oscuridad podía ver que el óxido había corroído las defensas y los paneles laterales–. No vale nada, ¿verdad?

Joey abrió su cerveza.

—Adelante, es todo tuyo.

Tom respiró hondo y se enfiló hacia el coche. Apretó los puños. Lo miró fijamente, concentrándose. El coche se meció ligeramente. Su rejilla delantera se elevó inestablemente unos cinco centímetros del suelo.

—Vaaaaaaaaaaaaya –dijo Joey con sorna, golpeando suavemente a Tom en el hombro. El Studebaker cayó con estrépito y una defensa se desprendió–. Caray, estoy impresionado –dijo Joey.

—Maldita sea, cállate y déjame solo –dijo Tom–. Puedo hacerlo, te lo enseñaré, solo cierra la puta boca un minuto. He estado practicando. No sabes lo que puedo hacer.

—No diré una maldita palabra –prometió Joey con una amplia sonrisa. Bebió un trago de su cerveza.

Tom se giró de nuevo hacia el Studebaker. Intentó borrarlo todo, olvidarse de Joey, de los perros, del deshuesadero; el Studebaker llenó su mundo. Tenía el estómago como un puño. Le dijo que se relajara, inspiró profundamente varias veces, abrió los puños. *Vamos, vamos, con calma; no te sofoques, hazlo, has hecho mucho más que esto, esto es fácil, fácil.*

El coche se elevó lentamente, flotando hacia arriba en medio de una lluvia de óxido. Tom lo hizo girar y girar, más y más rápido. Entonces, con una sonrisa triunfal, Tom lo lanzó a quince metros de distancia al otro lado del deshuesadero. Se estrelló contra una pila de Chevys difuntos y lo derrumbó todo en una avalancha de metal.

Joey se acabó su Rheingold.

—No está mal. Unos pocos años atrás apenas podías levantarme por encima de una valla.

—Cada vez soy más fuerte –dijo Tom.

Joey Di Angelis asintió y tiró su botella vacía a un lado.

—Bueno –dijo–, entonces no tendrás ningún problema conmigo, ¿no? –dio a Tom un fuerte empujón con ambas manos.

Tom retrocedió un paso, con el ceño fruncido.

—Déjame en paz, Joey.

—Hazlo –dijo Joey. Lo empujó otra vez, más fuerte. Esta vez Tom casi perdió el equilibrio.

—Maldita sea, detente de una vez –dijo Tom–. No tiene gracia, Joey.

—¿No? –dijo Joey. Sonrió–. Pues a mí me parece endiabladamente divertido. Pero, eh, tú puedes pararme, ¿no? Usa tu maldito poder –fue a buscar la cara de Tom y le dio una cachetada en la mejilla–. Párame, as –dijo. Lo abofeteó más fuerte–. Vamos, Jetboy, párame –la tercera bofetada aún fue más fuerte–. Vamos, superhéroe, ¿qué estás esperando? –con el cuarto golpe sintió una punzada de dolor, el quinto le giró la cara. Joey dejó de sonreír; Tom podía oler la cerveza en su aliento.

Tom intentó agarrarle la mano, pero Joey era demasiado fuerte, demasiado rápido; esquivó a Tom y le plantó otra bofetada.

—¿Quieres pelea, as? Te voy a hacer picadillo. Mamón. Imbécil –la bofetada casi le arrancó la cabeza y le llenó los ojos de ardientes lágrimas–. *Párame*, idiota –gritó Joey. Cerró la mano y hundió su puño en el estómago de Tom, tan fuerte que se quedó doblado y sin aliento.

Tom intentó invocar su concentración, agarrar y apretar, pero volvía a estar en el patio de recreo, Joey estaba por todas partes, le llovían los puñetazos y de todos modos no había nada que hacer, Joey era mucho más fuerte, lo golpeaba, lo empujaba, gritando todo el tiempo y Tom no podía pensar, no podía concentrarse, no podía hacer nada más que quejarse y empezó a retirarse, tambaleándose, y Joey lo seguía, puños en ristre, y le propinó un gancho ascendente que le dio de lleno en la boca e hizo crujir sus dientes. De repente Tom estaba tendido de espaldas en el suelo, con la boca llena de sangre.

Joey estaba de pie, mirándolo desde arriba, con el ceño fruncido.

—Mierda –dijo–. No quería partirte el labio.

Extendió la mano, tomó la de Tom y jaló de él bruscamente para que se levantara.

Tom se limpió la sangre de sus labios con el dorso de su mano. También había sangre en su camiseta.

—Mírame. Estoy hecho un guiñapo –dijo disgustado. Lanzó una mirada a Joey–. No ha sido justo. ¿Qué esperabas que hiciera mientras me estabas pegando, maldita sea?

—Ajá –dijo Joey–. Y mientras te estás concentrado y entornando los ojos, crees que los jodidos malos van a dejarte solo y ya está, ¿no? –dio a Tom una palmadita en la espalda–. Te van a tumbar los malditos dientes. Eso si tienes suerte, si no te disparan y punto. No eres Jetboy, Tuds –se estremeció–. Vamos, hace un frío de mierda aquí fuera.

♥

Cuando se despertó, en una cálida oscuridad, Tach solo recordaba un poco de la borrachera, pero así era como le gustaba. Trató de incorporarse. Las sábanas en las que yacía eran de satén, suaves y sensuales, y por debajo del olor rancio del vómito aún podía percibir el leve rastro de algún perfume floral.

Inestable, jaló las sábanas y se arrastró hasta el borde de la cama con dosel. El suelo bajo sus pies descalzos estaba alfombrado. Se hallaba desnudo, el aire resultaba incómodamente cálido sobre su piel. Alargó la mano, encontró el interruptor y gimoteó un poco ante la claridad. La habitación era un caos blanco y rosa, con muebles victorianos y gruesas paredes insonorizadas. Una pintura al óleo de John F. Kennedy sonreía desde encima de la chimenea; en una esquina se alzaba una estatua de yeso de casi un metro de altura de la Virgen María.

Angelface estaba sentada en una butaca rosa junto a la chimenea apagada, parpadeando adormilada y tapándose un bostezo con el dorso de la mano.

Tach se sintió asqueado y avergonzado.

—Te saqué de tu propia cama otra vez, ¿no? –dijo.

—No pasa nada –respondió. Sus pies descansaban en un diminuto taburete. Sus plantas tenían mal aspecto, estaban magulladas, negras e hinchadas, a pesar de los zapatos especiales, acolchados, que llevaba. Por lo demás, era adorable. Suelta, su cabellera negra le llegaba a la cintura y su piel tenía un tono rosáceo, radiante, un cálido brillo vital. Sus ojos eran oscuros y líquidos, pero lo más sorprendente, lo que nunca había dejado de sorprender a Tachyon, era la calidez que había en ellos, el afecto del que se sentía tan poco merecedor. Con todo lo que le había hecho, a ella y al resto, de algún modo esta mujer llamada Angelface lo había perdonado y lo cuidaba.

Tach se llevó la mano a la sien. Alguien estaba serruchándole el cráneo.

—Mi cabeza —gimió—. A sus precios, lo mínimo que podrían hacer es eliminar las resinas y venenos de las bebidas que venden. En Takis nosotros...

—Lo sé —dijo Angelface—. En Takis han elaborado vinos que no dejan resaca. Ya me lo explicaste una vez.

Tachyon le dedicó una sonrisa cansada. Tenía un aspecto increíblemente fresco, no llevaba más que una corta túnica de satén que dejaba sus piernas desnudas hasta la altura del muslo. Era de un intenso rojo vino, adorable en contraste con su piel. Pero cuando se levantó, entrevió el lado de su cara donde su mejilla había descansado contra la butaca mientras dormía. La contusión ya se estaba oscureciendo, una flor púrpura en su mejilla.

—Angel... —empezó.

—No es nada —dijo. Se puso un mechón de pelo para cubrir el defecto.

—Tus ropas estaban sucias. Mal se las ha llevado para que las laven. Así que eres mi prisionero por un rato.

—¿Cuánto tiempo dormí? —preguntó Tachyon.

—Todo el día —respondió Angelface—. No te preocupes por eso. Una vez tuve un cliente tan borracho que durmió durante cinco meses —se sentó en su tocador, levantó el teléfono y pidió el desayuno: una rebanada de pan tostado y té para ella, huevos con tocino y café fuerte con brandy para Tachyon. Con una aspirina a un lado.

—No —protestó—. Toda esa comida... Vomitaré.

—Tienes que comer. Ni los extraterrestres pueden vivir solo de coñac.

—Por favor...

—Si quieres beber, comerás —dijo bruscamente—. Ese es el trato, ¿recuerdas?

El trato, sí. Lo recordaba. Angelface le proporcionaba dinero para pagar el alquiler, la comida y la barra libre, tanta bebida como necesitara para borrar sus recuerdos. Lo único que tenía que hacer era comer y contarle historias. Le encantaba oírlo hablar. Le contaba anécdotas de su familia, disertaba sobre las costumbres taquisianas, la llenaba de cuentos y leyendas e historias de amor, de relatos sobre bailes e intrigas y una belleza ausente desde hacía tiempo de la sordidez de Jokertown.

A veces, después de cerrar, bailaba para ella, siguiendo las antiguas, intrincadas, pavanas de Takis por los pisos de espejo mientras ella lo miraba y lo apremiaba. Una vez que ambos habían bebido demasiado vino, le pidió que le mostrara la Danza Nupcial, un baile erótico que la mayoría de los taquisianos solo bailaba una vez, en su noche de bodas. Era la única ocasión que había bailado con él, repitiendo los pasos, vacilante al principio y después más y más rápido, balanceándose y girando por la sala hasta que sus pies descalzos estuvieron en carne viva y agrietados y dejaron húmedas manchas rojas sobre las baldosas de espejo. En la Danza Nupcial, la pareja de bailarines se juntaba al final, desplomándose en un largo y triunfal abrazo. Pero aquello era en Takis; aquí, cuando llegó el momento, ella rompió la rutina y se alejó de él, y él recordó una vez más que estaba muy lejos de Takis.

Dos años antes, Desmond lo había encontrado inconsciente y desnudo en un callejón de Jokertown. Alguien le había robado la ropa mientras dormía, y estaba febril y delirando. Des había pedido ayuda para trasladarlo a La Casa de los Horrores. Cuando volvió en sí, estaba tendido en un camastro en la trastienda, rodeado de barriles de cerveza y armarios de vino.

«¿Sabes lo que has estado bebiendo?», le había preguntado Angelface cuando lo llevaron a su despacho. No lo sabía; lo único que recordaba es que necesitaba una bebida con tal desesperación que le dolía, y el anciano negro del callejón se había ofrecido generosamente a compartir. «Se llama Sterno», le dijo Angelface. Hizo que Des trajera una botella del mejor brandy. «Si un hombre quiere beber, es asunto suyo, pero al menos puedes matarte con un poco de clase.» El brandy extendió finos zarcillos de calidez en su pecho e hizo que sus manos dejaran de temblar. Cuando terminó su trago quiso agradecerle con efusividad pero ella saltó hacia atrás. Le preguntó por qué. «Te lo mostraré», le había dicho, ofreciéndole la mano. «Besa con suavidad», le dijo. Su beso apenas había sido un leve roce de sus labios, no en el dorso de su mano sino en el interior de su muñeca, para sentir su pulso, la vida que corría en su interior, porque era tan encantadora y amable, y porque la deseaba.

Un momento después había contemplado con consternación y náuseas cómo su piel se oscurecía hasta adquirir un tono púrpura y después negro. *Otra de los míos*, pensó.

Pero de algún modo se habían hecho amigos. No amantes, por supuesto, excepto algunas veces en sus sueños; sus capilares se romperían con la más mínima presión y para su sistema nervioso hipersensible hasta el más ligero roce era doloroso. Una suave caricia le dejaba marcas negras y azules; hacer el amor probablemente la mataría. Pero amigos, sí. Ella nunca le había pedido nada que no le pudiera dar, así nunca podía fallarle.

El desayuno fue servido por una mujer negra, jorobada, que se llamaba Ruth y que tenía plumas de un pálido azul en vez de pelo.

—El hombre le trajo esto esta mañana –le dijo a Angelface después de que pusiera la mesa, tendiéndole un grueso paquete cuadrado envuelto en papel de estraza. Angelface lo aceptó sin comentarios mientras Tachyon bebía su café aromatizado con brandy y tomaba el cuchillo y el tenedor para contemplar con desaliento y con el estómago revuelto los implacables huevos con tocino.

—No pongas esa cara de pena –dijo Angelface.

—Creo que no te he hablado de la vez en que la nave de Network llegó a Takis, y lo que mi bisabuela Amurath tuvo que decirle al mensajero de Ly'bahr –empezó.

—No –dijo–. Sigue. Me gusta tu bisabuela.

—Solo a ti. A mí me aterroriza –dijo Tachyon, y se lanzó a la historia.

♣

Tom se despertó mucho antes del amanecer, mientras Joey roncaba en el cuarto de atrás. Preparó una taza de café en un aparato desvencijado y metió un *muffin* inglés Thomas en la tostadora. Mientras salía el café, recogió el sofá-cama. Cubrió su *muffin* con mantequilla y mermelada de fresa y miró a su alrededor en busca de lectura. Los cómics atrajeron su atención.

Recordaba el día en que los habían rescatado. La mayoría habían sido suyos, al principio, incluyendo la colección de *Jetboy* que había recibido de su padre. Adoraba aquellos cómics. Y un día, en 1954, al volver de la escuela, se encontró con que habían desaparecido, toda una caja de libros y dos cajones de naranjas llenos de historietas. Su madre le dijo que algunas mujeres de la PTA* habían venido a explicarle lo horribles que eran los cómics. Le habían enseñado una copia de un libro de un tal Doctor Wertham que decía que los cómics convertían a los niños en delincuentes juveniles y homosexuales y que glorificaban a los ases y los jokers, así que su madre había dejado que se llevaran la colección de Tom. Gritó y berreó e hizo una pataleta pero no sirvió de nada.

La PTA había recolectado cómics de todos los niños de la escuela. Iban a quemarlos todos el sábado, en el patio del colegio. Estaba pasando por todo el país; incluso se hablaba de una ley que prohibiera los libros de cómics, o al menos los de terror y crímenes y gente con extraños poderes.

Wertham y la PTA acabaron teniendo razón: la noche de aquel viernes, a causa de los cómics, Tommy Tudbury y Joey DiAngelis se convirtieron en delincuentes. Tom tenía nueve años; Joey, once, pero había estado conduciendo su camioneta desde que contaba con siete. En plena noche, birló la camioneta y Tom escapó a hurtadillas para reunirse con él. Cuando llegaron a la escuela, Joey forzó una ventana y Tom se subió a sus hombros y contempló el oscuro salón y se concentró y cargó la caja con su colección y la elevó y la hizo flotar hasta el remolque de la camioneta. Después se llevaron cuatro o cinco cajas más por si acaso. La PTA nunca se daría cuenta; aún tenían un montón para quemar. Si Dom DiAngelis se preguntaba de dónde habían salido aquellos cómics, no dijo una palabra; se limitó a construir el librero para guardarlos, orgulloso de que su hijo pudiera leer. Desde aquel día fue su colección, de los dos.

Tras colocar su café y su *muffin* en el cajón de naranjas, Tom se acercó al librero y sacó un par de números de *Jetboy Comics*. Los releyó mientras comía, *Jetboy en la isla de los dinosaurios*, *Jetboy y el Cuarto Reich* y su favorito, el último número, *Jetboy y los alienígenas*. En el interior de la cubierta el título era «Treinta minutos sobre Broadway». Tom lo leyó dos veces mientras bebía a sorbos el café que se le estaba enfriando. Se detuvo en algunas de las mejores viñetas. En la última página había un dibujo del alienígena, Tachyon, llorando. Tom no sabía si había ocurrido o no. Cerró el cómic y se

* PTA: Parent-Teacher Association.

acabó su *muffin* inglés. Durante un buen rato se quedó allí sentado, pensando.

Jetboy era un héroe. ¿Y qué era él? Nada. Un cobarde, un gallina. Su poder wild card no le hacía un maldito bien a nadie. Era inútil, justo como él.

Desanimado, se puso la chamarra y salió. El deshuesadero parecía burdo y feo a la luz del alba, y soplaba un viento frío. Unos cientos de metros al este, las aguas de la bahía se agitaban, verdes. Tom trepó hasta el viejo Packard, en su pequeña colina. La puerta chirrió cuando la abrió de golpe. Dentro, los asientos estaban cuarteados y olían a podrido, pero al menos estaba a resguardo de aquel viento. Tom se acomodó, con las rodillas contra la salpicadera, contemplando la salida del sol. Permaneció inmóvil un buen rato; por el patio, los tapones y los neumáticos flotaron en el aire y pasaron silbando hasta caer en las revueltas aguas verdes de la bahía de Nueva York. Podía ver la Estatua de la Libertad en su isla y los borrosos contornos de las torres de Manhattan en el noreste.

Eran casi las siete y media, sus piernas y brazos estaban rígidos y había perdido la cuenta del número de tapones que había visto volar, cuando Tom Tudbury se incorporó con una extraña expresión en la cara. El refrigerador con el que había estado haciendo malabarismos a doce metros del suelo cayó con estrépito. Se pasó los dedos por el pelo y elevó el refrigerador de nuevo, lo desplazó más de veinte metros y lo dejó caer justo sobre el tejado de lámina ondulada. Después hizo lo mismo con un neumático, una bicicleta, seis tapones y un pequeño camión rojo.

La puerta de la casa se abrió de un portazo, y Joey salió como una furia al frío, solo con unos bóxers y una camiseta. Parecía realmente enojado. Tom lo agarró de sus pies descalzos, los jaló y lo hizo caer de nalgas, un buen batacazo. Joey lo maldijo.

Tom lo agarró y lo levantó por los aires, boca abajo.

—¿Dónde diablos estás, Tudbury? –gritó Joey–. Basta ya, idiota. Déjame bajar.

Tom imaginó dos grandes manos invisibles y se pasó a Joey de la una a la otra.

—Cuando baje te voy a dar una golpiza tan fuerte que tendrás que comer a través de un popote el resto de tu vida –le prometió Joey.

La manivela estaba dura tras años de desuso, pero Tom finalmente se las arregló para bajar la ventanilla del Packard. Sacó la cabeza.

—«Hola, niños, hola, hola, hola» –croó entre risas.

Suspendido a más de tres metros del suelo, Joey se balanceaba en el aire y lo amenazaba con un puño.

—Te voy a arrancar tu puta varita mágica, idiota –gritó. Tom jaló sus calzoncillos y los colgó de un poste de teléfono–. Vas a morir, Tudbury –dijo Joey.

Tom inspiró profundamente y dejó a Joey en el suelo, muy suavemente. La hora de la verdad. Joey venía corriendo hacia él, gritando obscenidades. Tom cerró los ojos, puso sus manos en el volante y se *elevó*. El Packard se movió debajo de él. El sudor le perlaba la frente. Se cerró al mundo, se concentró, contó hasta diez, lentamente, hacia atrás.

Cuando por fin abrió los ojos, casi esperaba encontrarse el puño de Joey estampándose contra su nariz, pero no había nada a la vista salvo una gaviota encaramada sobre el cofre del Packard, con la cabeza ladeada mirando a través del parabrisas agrietado. Estaba flotando. Estaba volando.

Tom sacó la cabeza por la ventanilla. Joey estaba seis metros por debajo, mirándolo, con las manos en las caderas y una expresión de disgusto en la cara.

—Ahora –le gritó Tom, sonriendo–, ¿qué es lo que decías anoche?

—Espero que puedas quedarte ahí arriba todo el día, hijo de puta –dijo Joey. Apretó el puño inútilmente y lo agitó. El lacio cabello negro caía sobre sus ojos–. Bah, mierda, ¿qué prueba esto? Si tuviera un arma, ya serías hombre muerto.

—Si tuvieras un arma no estaría sacando la cabeza por la ventana –dijo Tom–. De hecho, sería mejor si no tuviera una ventana –consideró aquella idea por un instante, pero era difícil pensar mientras estaba allá arriba. El Packard pesaba mucho–. Voy a bajar –le dijo a Joey–. Este, ehem, ¿ya te calmaste?

Joey sonrió abiertamente.

—Ponme a prueba y verás, Tuds.

—Apártate. No quiero aplastarte con este cacharro.

Joey se hizo a un lado, arrastrando los pies, con el culo al aire y la piel de gallina y Tom dejó que el Packard se asentara suavemente como una hoja de otoño en un día de calma. Tenía la puerta medio abierta cuando Joey llegó, lo agarró, lo sacó de un tirón y lo empujó contra el costado del coche, amenazándolo con el otro puño.

—Te voy a…. –empezó.

Después meneó la cabeza, resopló y dio un golpecito a Tom en el hombro.

—Devuélveme mis malditos calzones, as –dijo.

De vuelta en la casa, Tom recalentó el café que quedaba.

—Te necesitaré para hacer el trabajo –dijo mientras se hacía unos huevos revueltos con jamón y un par más de *muffins*. Usar su telequinesia siempre le provocaba apetito–. Tú te encargarás de la mecánica y la soldadura y todas esas mierdas. Yo haré el cableado.

—¿El cableado? –dijo Joey, calentándose las manos sobre la taza–. ¿Para qué diablos lo quieres?

—Las luces y las cámaras de televisión. No quiero ninguna ventana a través de la que la gente pueda dispararme. Sé dónde podemos conseguir cámaras baratas y tú tienes un montón de televisores viejos por aquí, los arreglaré –se sentó y atacó los huevos con un hambre canina–. También necesitaré altavoces. Algún tipo de sistema de megafonía. Un generador. Me pregunto si habrá sitio para un refrigerador.

—Es un Packard, mamón –dijo Joey–. Sácale los asientos y tendrás sitio para tres putos refrigeradores.

—El Packard no –dijo Tom–. Buscaré un coche más ligero. Podemos cubrir las ventanas con paneles de carrocería viejos o algo.

Joey se apartó el pelo de los ojos.

—No necesitamos los paneles de carrocería. Tengo planchas blindadas. De la guerra. Deshuesaron un montón de barcos en la base de la Armada en el 46 y el 47 y Dom pujó por el metal y compró veinte malditas toneladas. Una jodida pérdida de dinero: ¿quién diablos quiere comprar planchas de acorazado? Aún las tengo todas, ahí tiradas, oxidándose. Necesitas una puta pistola de cuarenta centímetros para atravesar esa mierda, Tuds. Estarás tan seguro como, mierda, qué sé yo. Seguro, en cualquier caso.

Tom lo sabía.

—¡Seguro –dijo en voz alta– como una tortuga en su caparazón!

♠

Solo quedaban diez días de compras hasta Navidad, y Tach estaba sentado en uno de los reservados, saboreando un café irlandés para combatir el frío de diciembre y observando Bowery a través de uno de los espejos polarizados. La Casa de los Horrores no abriría hasta dentro de una hora, pero la puerta trasera siempre estaba abierta para los amigos de Angelface. Sobre el escenario, un par de malabaristas jokers que se hacían llamar Cosmos y Caos estaban lanzando bolas por todas partes. Cosmos estaba flotando a un metro por encima del escenario, en posición de loto, con su serena cara sin ojos. Estaba totalmente ciego, pero nunca fallaba ningún tiro o se le caía una pelota. Su compañero, Caos, dotado de seis brazos, brincaba a su alrededor como un loco, riéndose y contando chistes malos al mismo tiempo que mantenía una cascada de mazas ardiendo tras la espalda con dos de sus brazos mientras con los otros cuatro le lanzaba las bolas a Cosmos. Tach les dedicó solo una mirada. Aunque tenían talento, sus deformidades le afligían.

Mal se deslizó en su reservado.

—¿Cuántos de estos llevas? –le preguntó el portero, mirando el café irlandés. Los tentáculos que colgaban de su labio inferior se expandieron y se contrajeron como un gusano ciego palpitante, y su enorme y deformada mandíbula azul negruzco otorgó a su cara una expresión de beligerante desprecio.

—No veo que sea asunto tuyo.

—Eres un completo inútil, ¿verdad?

—Nunca he dicho lo contrario.

Mal gruñó.

—No vales una mierda. No veo por qué Angel necesita un puto alienígena mariquita dando vueltas por aquí y bebiendo como una esponja...

—No lo necesita. Se lo dije.

—Ya, no puedes decirle nada a esa mujer –admitió Mal. Cerró el puño. Un puño muy grande. Antes del día Wild Card, era el octavo en el *ranking* de pesos pesados. Después, había ascendido hasta el tercer puesto... hasta que prohibieron a los wild cards en los deportes profesionales y mataron sus sueños de un plumazo. La medida iba dirigida a los ases, dijeron, para que los juegos siguieran siendo competitivos, pero no habían hecho excepciones con los jokers.

Ahora Mal era mayor, su escaso pelo se había vuelto gris acerado, pero seguía pareciendo lo suficientemente fuerte como para poner de rodillas a Floyd Patterson y lo bastante cruel como para hacer bajar la mirada a Sonny Liston.

—Mira eso –gruñó con disgusto, echando un vistazo por la ventana.

Tiny estaba fuera en su silla.

—¿Qué demonios está haciendo ahí? Le dije que no viniera más por aquí.

Mal se dirigió a la puerta.

—¿No puedes dejarlo solo y ya está? –le dijo Tachyon por detrás–. Es inofensivo.

—¿Inofensivo? –Mal giró hacia él–. Sus berridos espantan a los malditos turistas, y ¿quién diablos va a pagar toda tu bebida gratis?

Pero entonces la puerta se abrió y Desmond se plantó allí, con el abrigo plegado sobre un brazo, sacando media trompa.

—Déjalo estar, Mal –dijo el *maître* con cansancio–. Anda, ahora.

Refunfuñando, Mal se marchó. Desmond se acercó y se sentó en el reservado de Tachyon.

—Buenos días, doctor –dijo.

Tachyon asintió y se acabó la bebida. El whisky se había posado en el fondo de la copa y su calidez se deslizó por su garganta. Se descubrió mirando la cara de la superficie espejada de la mesa: una cara ajada, consumida, *abotagada*, con los ojos enrojecidos e hinchados, el pelo rojo enredado y grasiento, los rasgos distorsionados por el alcohol. Ese no era él, no podía ser él, era guapo, de facciones bien definidas, distinguido, su cara era…

La trompa de Desmond serpenteó, cerrando bruscamente sus dedos alrededor de su muñeca, tirando de él hacia delante.

—No ha oído una palabra de lo que dije, ¿verdad? –dijo Des en voz baja, con un tono urgente, furioso. Adormilado, Tach se dio cuenta de que Desmond le había estado hablando a él. Empezó a mascullar algunas disculpas.

—No se preocupe por eso –dijo Des, soltándole–. Escúcheme. Estaba pidiéndole ayuda, doctor. A lo mejor soy un joker, pero no un hombre maleducado. He leído sobre usted. Tiene ciertas… habilidades, digámoslo así.

—No –interrumpió Tach–. No del modo que crees.

—Sus poderes están bastante bien documentados –dijo Des.

—Yo no... –empezó Tach torpemente. Extendió las manos–. Eso era entonces. He perdido... quiero decir, no puedo, ya no puedo –bajó los ojos y contempló sus rasgos demacrados, deseando poder mirar a Des a los ojos, hacerle entender, pero incapaz de soportar la visión de la deformidad del joker.

—Quiere decir que no quiere –dijo Des. Se levantó–. Pensé que si hablaba con usted antes de que abriéramos podría encontrarlo sobrio. Veo que me equivocaba. Olvide todo lo que le he dicho.

—Te ayudaría si pudiera –empezó a decir Tach.

—No le estaba pidiendo ayuda para mí –dijo Des cortante.

Cuando se fue, Tachyon se dirigió a la larga barra cromada y bajó una botella de coñac. La primera copa lo hizo sentirse mejor; la segunda logró que las manos le dejaran de temblar. A la tercera había empezado a llorar. Mal se acercó y lo miró con disgusto.

—Nunca he conocido a un hombre que llorara tanto como tú –dijo, aventándole con brusquedad un sucio pañuelo a Tachyon antes de dejarlo para ayudarles a abrir.

◆

Había estado en lo alto durante cuatro horas y media cuando la noticia del incendio llegó entre interferencias por la radio de banda de la policía, por debajo de su pie derecho. No muy alto, cierto, solo a dos metros sobre el suelo, pero era suficiente: Tom había descubierto que no hacía mucha diferencia dos o veinte. Cuatro horas y media, y aún no se sentía ni un poco cansado. De hecho, se encontraba *sensacional*.

Estaba firmemente sujeto a un asiento de coche que Joey había arrancado de un Triumph TR-3 que estaba hecho puré y que había montado en un pivote bajo, justo en el centro del Volkswagen. La única luz era el pálido brillo fosforescente de un conjunto de pantallas de televisión desparejadas que lo rodeaba por todos lados. Entre las cámaras y sus motores de seguimiento, el generador, el sistema de ventilación, el equipo de sonido, los paneles de control, la caja de válvulas de repuesto y el pequeño refrigerador apenas tenía espacio para moverse. Pero estaba bien. De todos modos, Tom era más claustrofílico que claustrofóbico, le gustaba estar allí. En el exterior del Beetle destripado, Joey había montado dos capas superpuestas de la lámina blindada del acorazado. Era mejor que un maldito tanque. Joey ya había probado a dispararle algunos tiros con la Luger que Dom le había quitado a un oficial alemán durante la guerra. Un tiro afortunado podía dejarlo sin una de sus cámaras o sus luces, pero no había modo de que alcanzara al propio Tom en el interior del caparazón. Estaba más que a salvo, era *invulnerable*, y cuando se sentía seguro y confiado, no tenía límites.

Para cuando lo acabaron, el caparazón era más pesado que el Packard, pero no parecía importar. Cuatro horas y media sin tocar el suelo, deslizándose silenciosamente y casi sin esfuerzo por el deshuesadero, y Tom ni siquiera había sudado.

Cuando oyó el informe por la radio, una descarga de emoción lo embargó. *¡Ahí está!*, pensó. Debería esperar a Joey, pero Joey había ido a Pompeii Pizza a recoger la cena (pepperoni, cebolla y ración extra de queso) y no había tiempo que perder, esta era su oportunidad.

El círculo de luces de la parte inferior del caparazón proyectó pronunciadas sombras sobre los montículos de metal y chatarra retorcida cuando Tom obligó a la nave a elevarse aún más alto en el aire, dos metros y medio, tres, tres y medio. Sus ojos pasaban nerviosamente de una pantalla a la otra, viendo alejarse el suelo. Un aparato, cuyo tubo catódico había sustraído de una vieja Sylvania, inició un lento movimiento vertical. Tom tocó un botón y la paró. Las palmas de sus manos estaban sudorosas. Cuatro metros y medio, empezó a arrastrarse hacia delante hasta que el caparazón llegó la orilla. Ante él solo había oscuridad; era una noche demasiado cerrada como para ver Nueva York, pero sabía que estaba allí, si conseguía llegar a ella. En sus pequeñas pantallas en blanco y negro las aguas de la bahía de Nueva York parecían más oscuras de lo habitual, un infinito océano de tinta que se alzaba ante él. Tendría que buscar a tientas su camino sobre él, hasta que las luces de la ciudad estuvieran a la vista. Y si se perdía ahí fuera, sobre las aguas, se uniría a Jetboy y a J. F. K. antes de lo previsto; incluso si podía aflojar la escotilla lo bastante rápido para evitar hundirse, no sabía nadar.

Pero no iba a perderse, pensó Tom de repente. ¿Por qué demonios estaba dudando? No iba a perderse de ninguna manera, ¿verdad? Tenía que creérselo.

Apretó los labios, empujó mentalmente y el caparazón se deslizó
con suavidad por encima del agua. Debajo, las olas de agua salada
subían y bajaban. Nunca antes había tenido que empujar el agua,
era distinto. Tom tuvo un momento de pánico; el caparazón zozo-
bró y cayó un metro antes de que recuperara el dominio de sí y lo
enderezara. Se calmó a duras penas, tiró hacia arriba y se elevó. *Alto*,
pensó, había llegado alto, *volaría*, como Jetboy, como Black Eagle,
como un puto *as*. El caparazón se movió, más y más rápido, deslizándose sobre la bahía con veloz serenidad conforme Tom iba ganando
confianza. Nunca se había sentido tan increíblemente poderoso, tan
bien, tan condenadamente *bien*.

La brújula funcionaba; en menos de diez minutos, las luces de
Battery y el distrito de Wall Street aparecieron ante él. Tom empujó
aún más fuerte y flotó alejándose del centro, pegado a la orilla del
Hudson. La tumba de Jetboy aparecía y desaparecía por debajo. Había estado frente a ella una decena de veces, contemplando el rostro
de la enorme estatua de metal que había delante. Se preguntaba qué
pensaría la estatua si pudiera alzar los ojos y verlo esa noche.

Tenía un mapa de las calles de Nueva York, pero esta noche no lo
necesitaba; las llamas podían verse a casi cinco kilómetros de distancia. Incluso dentro de su coraza Tom pudo notar las oleadas de
calor lamiéndole cuando pasó por encima. Cuidadosamente inició
el descenso. Sus ventiladores zumbaron y sus cámaras se desplaza-
ron siguiendo sus órdenes; abajo, caos y confusión, sirenas y gritos,
la multitud, los bomberos apresurándose, las barricadas de la policía y las ambulancias, grandes camiones de bomberos rociando con
agua aquel infierno. Al principio, nadie reparó en él, suspendido a
cuatro metros y medio por encima de la acera: hasta que bajó lo suficiente como para que sus luces iluminaran las paredes del edificio.
Entonces vio que lo miraban, señalándolo; se sentía mareado por la
excitación.

Pero solo tuvo un instante para saborear el sentimiento. Entonces, por el rabillo del ojo, la vio en una de sus pantallas. Apareció
de repente en una ventana del quinto piso, inclinándose sobre ella y
tosiendo, con su vestido casi en llamas. Antes de que pudiera actuar,
las llamas la alcanzaron; gritó y saltó.

La alcanzó a media caída, sin pensarlo, sin dudarlo, sin preguntarse

si podía hacerlo. Simplemente lo *hizo*, la atrapó y la sostuvo y la bajó
suavemente hasta el suelo. Los bomberos la rodearon, apagaron su
vestido y la llevaron rápidamente a la ambulancia. Tom vio que ahora *todo el mundo* lo miraba, miraba aquella extraña silueta oscura
que flotaba en la noche, con su anillo de brillantes luces. La radio de
la policía crepitó; oyó que estaban informando que era un platillo
volador. Sonrió.

Un policía se subió a su patrulla, con un megáfono y empezó a llamarlo. Tom apagó la radio para oír mejor en medio del rumor de las
llamas. Le decía a Tom que aterrizara y se identificara, preguntándole quién era, qué era.

Eso era fácil. Tom encendió su micrófono. «Soy la Tortuga», dijo.
El Volkswagen no tenía neumáticos; en los ejes había montado los
altavoces más descomunales que había encontrado, reforzados por
el mayor amplificador que había en el mercado. Por primera vez, se
oía la voz de la Tortuga en tierra, un atronador «SOY LA TORTUGA»
resonando por las calles y callejones, un trueno que las recorría cre-
pitando con la distorsión. Solo que lo que dijo no sonó bastante bien.
Tom aumentó el volumen aún más, subió los graves que modulaban
SU VOZ. «SOY LA GRAN Y PODEROSA TORTUGA», les anunció a todos.

Después se desplazó una manzana al oeste, hacia las oscuras y
contaminadas aguas del Hudson y se imaginó dos grandes manos
invisibles a doce metros. Las metió en el río, las llenó y las levantó.
Regueros de agua se escurrieron por la calle durante el trayecto de
vuelta. Cuando dejó caer la primera cascada en las llamas, una ovación desigual brotó de la multitud que estaba debajo.

♥

«Feliz Navidad», declaró Tach borracho cuando el reloj marcó las
doce y la multitud que se había reunido en Nochebuena empezó a
gritar y alborotar y golpear sobre las mesas. En el escenario, Humphrey Bogart contaba un chiste malo con una voz un poco extraña.
Todas las luces se atenuaron brevemente; cuando volvieron a subir,
Bogart había sido sustituido por un hombre corpulento, de cara redonda y nariz roja.

—¿Quién es ahora? –preguntó a la gemela de su izquierda.

—W. C. Fields –susurró. Deslizó la lengua por su oreja. La gemela de la derecha estaba haciendo algo incluso más interesante por debajo de la mesa, donde su mano había logrado encontrar el camino hacia sus pantalones. Las gemelas eran el regalo de Navidad que le había hecho Angelface.

—Puedes fingir que son yo –le había dicho, aunque por supuesto no eran comparables a ella. Unas chicas guapas, las dos, pechugonas y alegres y absolutamente desinhibidas, si bien un poco simples; le recordaban a las esclavas sexuales taquisianas. A la de la derecha le había tocado el wild card, pero llevaba su máscara de gato incluso en la cama, y no había ninguna deformidad visible que perturbara el dulce placer de su erección.

Quienquiera que fuera W. C. Fields ofrecía algunas observaciones cínicas sobre la Navidad y los niños pequeños. La multitud lo echó del escenario entre abucheos. El Proyeccionista tenía una asombrosa variedad de caras, pero era incapaz de contar un chiste. A Tach no le importaba, tenía toda la diversión que necesitaba.

—¿El periódico, doc? –el vendedor lanzó una copia del *Herald Tribune* a la mesa con una gruesa mano de solo tres dedos. Su carne era de color azul oscuro y aspecto aceitoso–. Todas las noticias de Navidad –dijo, colocándose la desastrada pila de papeles bajo el brazo. Dos pequeños colmillos curvados sobresalían de las comisuras de su amplia boca sonriente. Bajo un sombrero de media copa, la enorme masa de su cráneo estaba cubierta por mechones de áspero pelo rojo. En las calles lo llamaban Morsa.

—No, gracias, Jube –dijo Tach con la dignidad de un borracho–. No tengo ganas de revolcarme en la locura humana esta noche.

—¡Eh, mira! –dijo la gemela de la derecha–. ¡La Tortuga!

Tachyon miró a su alrededor, momentáneamente desconcertado, preguntándose cómo un enorme caparazón acorazado podía haber entrado en La Casa de los Horrores, pero, por supuesto, se refería al periódico.

—Mejor será que se lo compres, Tacky –dijo la gemela de la izquierda entre risitas–. Si no lo haces hará pucheros.

Tachyon suspiró.

—Dame uno. Pero solo si no tengo que oír ninguno de tus chistes, Jube.

—Me contaron uno sobre un joker, un polaco y un irlandés en una isla desierta, pero solo por eso no te lo voy a contar –replicó Morsa con una sonrisa de plástico.

Tachyon buscó algunas monedas, pero no encontró nada en los bolsillos salvo una mano pequeña y femenina. Jube le guiñó el ojo.

—Ya me lo dará Des –dijo.

Tachyon extendió el periódico en la mesa, mientras el club estallaba en aplausos en el momento en que Cosmos y Caos hicieron su entrada.

Había una fotografía granulada de la Tortuga a dos columnas. Tachyon pensó que parecía un pepinillo volador, un enorme pepinillo con pequeños bultitos. La Tortuga había atrapado a un conductor que se había dado a la fuga tras atropellar y matar a un niño de nueve años en Harlem; le había cortado la huida y levantado el coche a seis metros sobre el suelo, donde quedó flotando con el motor rugiendo y las ruedas girando enloquecidamente hasta que la policía por fin lo capturó. En un recuadro de la noticia, el rumor de que el caparazón era un tanque robótico volador experimental había sido desmentido por un portavoz de la Fuerza Aérea.

—Pensaba que a estas alturas ya habrían encontrado algo más importante sobre lo que escribir –dijo Tachyon. Era la tercera gran historia sobre la Tortuga esa semana. Hasta la televisión bullía con especulaciones acerca de la Tortuga. ¿Quién es? ¿Qué es? ¿Cómo lo hacía?

Un reportero incluso había buscado a Tach para hacerle esa pregunta. «Telequinesia», le había dicho Tachyon. «No es nada nuevo. De hecho casi es habitual.» La telequinesia había sido la habilidad que se manifestaba con mayor frecuencia en las víctimas del virus del 46. Había visto una decena de pacientes que podían mover clips y lápices. Incluso en su origen los vuelos de Earl Sanderson habían sido telequinéticos. Lo que no les dijo es que una telequinesia a esta escala no tenía precedentes. Por supuesto, cuando la historia se publicó, la mitad estaba mal.

—Es un joker, ya sabes –susurró la gemela de la derecha, la que llevaba la máscara de gato gris plata. Estaba apoyada en su hombro, leyendo sobre la Tortuga.

—¿Un joker? –dijo Tachyon.

—Se esconde en un caparazón, ¿no? ¿Por qué haría algo a menos que no fuera realmente horrible a la vista? —había retirado la mano de sus pantalones—. ¿Puedo ver el periódico?

Tach se lo pasó.

—Ahora lo están aclamando —dijo secamente—. También aclamaron a los Cuatro Ases.

—Es un grupo de cantantes de color, ¿no? —dijo, centrándose en los titulares.

—Está haciendo un álbum de recortes —dijo la gemela de la izquierda—. Todos los jokers creen que es uno de ellos. Estúpido, ¿no? Apuesto a que solo es una máquina, alguna especie de platillo volador de la Fuerza Aérea.

—No lo es —dijo su gemela—. Lo dice bien claro aquí —señaló un recuadro de la noticia con una larga uña pintada de rojo.

—No le prestes atención —dijo la gemela de la izquierda. Se acercó a Tachyon, mordisqueando su cuello mientras metía la mano por debajo de la mesa—. ¿Eh, qué pasa? Ya no estás rígido.

—Mis excusas —dijo Tachyon sombríamente. Cosmos y Caos estaban lanzando hachas, machetes y cuchillos por el escenario, la resplandeciente cascada se multiplicaba hasta el infinito en los espejos que los rodeaban. Tenía una botella de buen coñac en una mano, una mujer adorable y dispuesta a cada lado, pero de repente, por alguna razón que no pudo ni nombrar, no le pareció que fuera una noche tan buena al fin y al cabo. Llenó su copa casi hasta el borde e inhaló los embriagadores vapores del alcohol.

—Feliz Navidad— murmuró, a nadie en particular.

♣

Recuperó la conciencia al oír la voz airada de Mal. Aturdido, Tach levantó la cabeza de la superficie espejada de la mesa, parpadeando ante su reflejo rojo y tumefacto. Los malabaristas, las gemelas y la multitud se habían ido hacía un buen rato. Su mejilla estaba pegajosa por haber estado apoyada en un charco de licor derramado. Las gemelas lo habían entretenido y mimado y una de ellas hasta se había metido debajo de la mesa, lo que no había servido de mucho. Después Angelface había venido a la mesa y las había echado. «Vete a dormir, Tacky», le dijo. Mal había aparecido para preguntar si debía arrastrarlo a la cama. «Hoy no», dijo ella, «ya sabes qué día es. Deja que duerma aquí.» No podía recordar cuándo se había dormido.

Su cabeza estaba a punto de estallar y los gritos de Mal no mejoraban las cosas.

—Me importa un puto carajo *qué* te haya prometido, saco de mierda, no vas a verla –le gritaba el portero.

Una voz más suave le respondió algo.

—Tendrás tu maldito dinero, pero es lo único que vas a conseguir –espetó Mal.

Tach alzó los ojos. En los espejos veía sus reflejos a oscuras: extrañas formas retorcidas perfiladas a la tenue luz del amanecer, reflejos de reflejos, centenares de ellos, hermosos, monstruosos, incontables, sus hijos, sus herederos, la descendencia de sus fracasos, un mar viviente de jokers. La voz suave dijo algo más.

—Ja, bésame mi culo de joker –dijo Mal.

Tenía el cuerpo como un palito de caramelo retorcido y la cabeza como una calabaza; aquello hizo sonreír a Tach. Mal empujó a alguien y se llevó la mano detrás de la espalda, buscando a tientas su pistola.

Los reflejos y los reflejos de los reflejos, las sombras escuálidas y las hinchadas, las de cara redonda y las que eran finas como cuchillos, las blancas y las negras, todas se movieron a la vez, llenando el club de ruido; un grito ronco de Mal, el chasquido de una pistola. Instintivamente, Tach se puso a cubierto y se dio un fuerte golpe en la frente contra el borde de la mesa al meterse debajo. Parpadeó para contener las lágrimas de dolor y se acurrucó en el suelo, observando los reflejos de pies mientras el mundo se desintegraba en un estallido de esquirlas. El cristal se quebraba y se caía, los espejos se rompían por todas partes, volaban como cuchillos plateados por el aire, demasiados incluso para Cosmos y Caos, astillas oscuras devoraban los reflejos, comían a bocados las sombras retorcidas, la sangre salpicaba los espejos rotos.

Acabó tan súbitamente como había empezado. La voz suave dijo algo y se escuchó el sonido de unos pasos, el crujido del cristal bajo los pies. Un momento después, un grito ahogado detrás de él. Tach yacía bajo la mesa, borracho y aterrorizado. Le dolía el dedo: vio que sangraba, cortado por la esquirla de un espejo. En lo único en que pudo pensar fue en la estúpida superstición humana acerca de los espejos rotos y la mala suerte. Apoyó la cabeza en los brazos para que la pesadilla desapareciera.

Cuando volvió a despertarse, un policía lo estaba zarandeando bruscamente.

♠

Mal estaba muerto, le dijo un detective; le habían enseñado una foto policial del portero tirado en un charco de sangre y un mar de cristales rojos. Ruth también estaba muerta y uno de los conserjes, un cíclope de pocas luces que jamás había hecho daño a nadie. Le enseñaron un periódico. La matanza de Santa Claus, así es como la llamaban, y la cabecera hablaba de tres jokers que habían encontrado la muerte aguardando bajo el árbol la mañana de Navidad.

Miss Fascetti había desaparecido, le dijo el otro detective. ¿Sabía algo de eso?, ¿creía que podía estar implicada?, ¿era víctima o culpable?, ¿qué podía decirles de ella? Respondió que no conocía a esa persona hasta que le explicaron que estaban preguntándole por Angela Fascetti y que quizás la conocía como Angelface. Había desaparecido y Mal había muerto a balazos, y lo más aterrador de todo era que Tach no sabía de dónde iba a sacar el próximo trago.

Lo retuvieron cuatro días, interrogándolo sin descanso, dándole vueltas a lo mismo una y otra vez, hasta que Tachyon acabó gritándoles, rogándoles, exigiendo sus derechos, pidiendo un abogado, pidiendo una copa. Solo le dieron el abogado. El abogado dijo que no podían retenerlo sin acusarlo, así que lo acusaron de ser testigo material, de mendicidad, de resistencia a la autoridad y volvieron a interrogarlo.

Al tercer día las manos le temblaban y tenía alucinaciones. Uno de los detectives, el amable, le prometió una botella si cooperaba, pero de algún modo, sus respuestas nunca les satisfacían y la botella no llegaba. El de mal carácter lo amenazó con retenerlo para siempre si no decía la verdad. Pensaba que era una pesadilla, le dijo Tach, llorando. Estaba borracho, había estado durmiendo. No, no pude verlos, solo los reflejos, distorsionados, multiplicados. No sé cuántos eran. No, no tenía enemigos, todo el mundo quería a Angelface. No, no mató a Mal, eso no tiene sentido, Mal la adoraba. Uno de ellos tenía una voz suave. No, no sé cual. No, no puedo recordar lo que dijo. No, no sé si eran jokers o no, parecían jokers, pero los espejos distorsionan la imagen, unos sí y otros no, ¿no lo ven? No, posiblemente no podría identificarlos en una rueda de reconocimiento, realmente no llegué a verlos. Tuve que esconderme debajo de la mesa, no lo ven, los asesinos habían venido, eso es lo que mi padre me decía siempre, no había nada que pudiera hacer.

Cuando se dieron cuenta de que estaba contándoles todo lo que sabía, retiraron los cargos y lo soltaron. A las oscuras calles de Jokertown y al frío de la noche.

Caminó por Bowery solo, temblando. Morsa estaba vendiendo los periódicos de la tarde desde su quiosco en la esquina de Hester. «Léanlo todo sobre el tema», gritaba. «La Tortuga siembra el terror en Jokertown.» Tachyon se paró y contempló atontado los titulares. LA POLICÍA BUSCA A LA TORTUGA, informaba el *Post*. LA TORTUGA ACUSADA DE ASALTO, anunciaba el *World Telegram*. Así que las ovaciones ya se habían acabado. Echó una ojeada al texto. La Tortuga había estado rondando por Jokertown las dos últimas noches, levantando a personas a treinta metros para interrogarlas, amenazándolas con dejarlas caer si no le gustaban sus respuestas. Cuando la policía había intentado hacer un arresto la noche anterior, la Tortuga había depositado dos patrullas en el tejado de Freakers, en Chatham Square. PONER FRENO A LA TORTUGA, decía el editorial del *World Telegram*.

—¿Está bien, doc? –preguntó Morsa.

—No –dijo Tachyon, dejando el periódico. Tampoco podía permitirse pagar por él.

Un cordón policial bloqueaba la entrada a La Casa de los Horrores y un candado protegía la puerta. CERRADO HASTA NUEVO AVISO decía el cartel. Necesitaba un trago, pero los bolsillos de su abrigo de director de banda de música estaban vacíos. Pensó en Des y en Randall, pero cayó en cuenta de que no tenía idea de dónde vivían o de cuáles eran sus apellidos.

Caminando fatigosamente regresó a su hotel barato, subió con cansancio las escaleras. Cuando se adentró en la oscuridad, apenas tuvo tiempo para darse cuenta de que la habitación estaba helada; la ventana estaba abierta y un viento gélido estaba disipando los viejos olores a orina, moho y alcohol. ¿Era él quien había hecho eso? Confundido, se dirigió hacia ella y alguien salió de detrás de la puerta y lo atrapó.

Pasó tan rápido que apenas tuvo tiempo de reaccionar. El antebrazo sobre la tráquea era como una barra de hierro que ahogaba sus gritos y la mano apretaba su brazo derecho por detrás de la espalda, con fuerza. Se estaba asfixiando, su brazo estaba a punto de romperse y entonces lo empujaron hacia la ventana abierta, corriendo, y Tachyon solo pudo retorcerse débilmente ante una fuerza mucho más grande que la suya. El alféizar le dio de pleno en el estómago, dejándolo sin el último aliento que le quedaba y de repente estaba cayendo, atrapado, indefenso en el abrazo de acero de su atacante, precipitándose ambos hacia la acera que tenían debajo.

Se pararon bruscamente a un metro y medio del cemento, con un giro que provocó un gruñido del hombre que tenía detrás.

Tach había cerrado los ojos antes del impacto. Los abrió cuando empezaron a flotar hacia arriba. Por encima del halo amarillo del farol había un anillo de luces mucho más brillantes, insertas en una oscuridad flotante que tapaba las estrellas del invierno.

El brazo que tenía en la garganta se había aflojado lo suficiente para que Tach gimiera. «Tú», dijo con voz ronca, mientras trazaban una curva alrededor del caparazón y se posaban suavemente en su parte superior. El metal estaba como el hielo, su frialdad penetró el tejido de los pantalones de Tachyon. Cuando la Tortuga empezó a elevarse en la noche, el captor de Tachyon lo soltó. Inspiró temblorosamente una bocanada de aire frío y se giró para encararse a un hombre con una chamarra de cuero, un overol negro y una máscara de hule verde con cara de rana.

—¿Quién…? –jadeó.

—Soy el compinche de la Gran y Poderosa Tortuga –dijo el hombre de la máscara de rana bastante alegremente.

—EL DOCTOR TACHYON, SUPONGO –atronaron los altavoces del caparazón por encima de los callejones de Jokertown–. SIEMPRE HE QUERIDO CONOCERLO. LEÍA SOBRE USTED CUANDO ERA NIÑO.

—Baja el volumen –graznó Tach débilmente.

—OH, CLARO. ¿Así está mejor? –el volumen disminuyó de golpe–. Aquí dentro hay mucho ruido y bajo esta coraza no siempre puedo

saber lo alto que sueno. Siento si lo hemos asustado, pero no nos podíamos arriesgar a que nos dijera que no. Lo necesitamos.

Tach se quedó justo donde estaba, temblando, sobresaltado.

—¿Qué quieren? –preguntó con cansancio.

—Ayuda –declaró la Tortuga.

Seguían subiendo; las luces de Manhattan se extendían a su alrededor y las agujas del Empire State Building y de la torre Chrysler se
elevaban en medio de la ciudad. Estaban más alto que cualquier otro
edificio. El viento era frío y con ráfagas; Tach se aferró al caparazón
temiendo por su vida.

—Déjenme solo –dijo Tachyon–. No puedo ofrecerles ninguna
ayuda. No puedo ofrecer ninguna ayuda a nadie.

—Carajo, está llorando –dijo el hombre de la máscara de rana.

—No lo entiende –dijo la Tortuga. El caparazón empezó a virar al
oeste, con un movimiento silencioso y constante. Había algo impresionante y misterioso en el vuelo–. Tiene que ayudar. Lo he intentado yo solo, pero no voy a ninguna parte. Pero usted, sus poderes,
pueden marcar la diferencia.

Tachyon estaba perdido en su propia autocompasión, tenía frío y
estaba demasiado agotado y desesperado para responder.

—Quiero un trago –dijo.

—Mierda –dijo cara de rana–. Dumbo tenía razón sobre este tipo,
no es más que un maldito borracho.

—No lo entiende –dijo la Tortuga–. Una vez que se lo explique-
mos, cambiará de opinión. Doctor Tachyon, estamos hablando de su
amiga Angelface.

Necesitaba una copa con tal desesperación que le dolía.

—Era buena conmigo –dijo, recordando el dulce perfume de sus
sábanas de satén y sus huellas sangrientas sobre los espejos del suelo–. Pero no puedo hacer nada. Le dije a la policía todo lo que sé.

—Cobarde de mierda –dijo cara de rana.

—Cuando era un niño, leí sobre usted en *Jetboy Comics* –dijo la
Tortuga–. «Treinta minutos sobre Broadway», ¿recuerda? Se suponía que era tan inteligente como Einstein. Yo podría salvar a su amiga Angelface, pero no puedo sin sus poderes.

—Ya no hago eso. *No puedo.* Hay alguien a quien hice daño, alguien que me importaba, pero me apoderé de su mente, solo por un

instante, por una buena razón, o al menos pensé que era por una buena razón, pero aquello… la destruyó. No puedo volver a hacerlo.

—Buh –dijo cara de rana burlándose–. Vamos a tirarlo, Tortuga, no vale ni una cubeta de orina caliente.

Sacó algo de uno de los bolsillos de su chamarra de cuero; Tach se sorprendió al ver que era una botella de cerveza.

—Por favor –dijo Tachyon mientras destapaba la botella con el abridor que llevaba colgando del cuello–. Un sorbo –dijo Tach–. Solo un sorbo.

Odiaba el sabor de la cerveza, pero necesitaba algo, cualquier cosa. Habían pasado muchos días.

—Por favor.

—Jódete –dijo cara de rana.

—Tachyon –dijo la Tortuga–, usted puede hacerlo.

—No, no puedo –dijo Tach. El hombre se llevó la botella a sus verdes labios de hule–. No puedo –repitió Tach. Cara de rana siguió bebiendo–. No –no podía soportar oír cómo tragaba–. Por favor, solo un poco.

El hombre bajó la botella, derramó un poco, pensativamente.

—Solo queda un trago –dijo.

—Por favor –alargó las manos, temblorosas.

—No –dijo cara de rana. Empezó a poner la botella boca abajo–. Por supuesto, si estás tan sediento, solo hace falta que te metas en mi mente, ¿no? *Haz* que te dé la jodida botella –inclinó la botella un poco más–. Vamos, te desafío, pruébalo.

Tach contempló cómo el último sorbo de cerveza se escurría sobre el caparazón de la Tortuga y caía al vacío.

—Maldita sea –dijo el hombre con la máscara de rana–. Estás jodido, ¿eh? –sacó otra botella del bolsillo, la abrió y se la tendió. Tach la asió con ambas manos. La cerveza estaba fría y amarga, pero nunca había probado nada más dulce. Se la bebió toda de un largo trago.

—¿Tienes alguna otra brillante idea? –preguntó.

Delante de ellos estaba la negra masa del río Hudson, las luces de Jersey al oeste. Estaban descendiendo. Por debajo, con vistas al Hudson, un enorme edificio de acero y cristal y mármol que Tachyon reconoció de inmediato aunque nunca había puesto el pie en él: la tumba de Jetboy.

—¿A dónde vamos? –preguntó.

—Vamos a ver a un hombre para un rescate –dijo la Tortuga.

♥

La tumba de Jetboy ocupaba toda la manzana, en el lugar donde habían caído los trozos de su avión. También llenaba las pantallas de Tom mientras permanecía en la cálida oscuridad de su caparazón, bañado en un brillo fosforescente. Los motores zumbaban mientras las cámaras se movían en sus rieles. Las enormes alas de la tumba apuntaban hacia arriba, como si el mismo edificio estuviera a punto de alzar el vuelo. A través de las ventanas altas y estrechas pudo ver los destellos de la réplica a tamaño natural del JB-1 suspendida del techo, con sus laterales escarlatas resplandecientes gracias a unas luces ocultas.

Encima de las puertas, se habían esculpido las últimas palabras del héroe, cada letra cincelada en mármol negro italiano y recubierta con acero inoxidable. El metal centelleó cuando las luces blancas del caparazón recorrieron la leyenda:

NO PUEDO MORIR AÚN
NO HE VISTO *THE JOLSON STORY*

Tom situó el caparazón delante del monumento, donde lo dejó flotar a metro y medio por encima de la amplia explanada de mármol que había en lo alto de las escaleras. Cerca, un Jetboy de acero de seis metros miraba por encima de la autopista de West Side y más allá del Hudson, con los puños en ristre. Tom sabía que el metal usado en la escultura provenía de los restos de los aviones que se habían estrellado. Conocía el rostro de la estatua mejor que el de su padre.

El hombre al que habían ido a encontrar emergió de las sombras en la base de la estatua, una forma oscura y robusta acurrucada dentro de un grueso abrigo, con las manos hundidas en los bolsillos. Tom encendió una luz, iluminándolo; una cámara se movió para verlo mejor. El joker era un hombre corpulento, cargado de espaldas y bien vestido. Su abrigo tenía el cuello de piel y llevaba el sombrero de ala ancha bien calado. En vez de nariz, tenía una trompa de elefante en medio de la cara. La punta acababa en un manojo de dedos, resguardados en un pequeño guante de cuero.

El doctor Tachyon se deslizó desde lo alto del caparazón, perdió pie y aterrizó de nalgas. Tom oyó reír a Joey. Después saltó Joey, también, y ayudó a Tachyon a ponerse de pie.

El joker echó un vistazo al alienígena.

—Así que después de todo lo convencieron para que viniera. Estoy sorprendido.

—Somos condenadamente persuasivos –dijo Joey.

—Des –dijo Tachyon, parecía confuso–, ¿qué estás haciendo aquí? ¿Conoces a esta gente?

Cara de elefante retorció la trompa.

—Desde anteayer, sí, por decirlo de alguna manera. Vinieron a mí. Era tarde, pero una llamada de la Gran y Poderosa Tortuga le despierta el interés a uno. Ofreció su ayuda y acepté. Incluso les dije dónde vivías.

Tachyon se pasó una mano por el pelo enredado y sucio.

—Siento lo de Mal. ¿Sabes algo de Angelface? Sabes lo mucho que significa para mí.

—En dólares y centavos, lo sé con bastante precisión –dijo Des.

Tachyon se quedó boquiabierto. Parecía herido. Tom sintió pena por él.

—Quería ir a buscarte –dijo–. No sabía dónde encontrarte.

Joey rio.

—Está en la maldita guía telefónica, idiota. No hay tantos tipos que se llamen Xavier Desmond –dirigió la mirada al caparazón–. ¿Cómo diablos va a encontrar a la chica si ni siquiera puede encontrar a este colega de aquí?

Desmond asintió.

—Una excelente observación. Esto no va a funcionar. ¡No hay más que mirarlo! –lo señaló con la trompa–, ¿de qué nos sirve? Estamos perdiendo un tiempo precioso.

—Lo hicimos a tu manera –replicó Tom– y no íbamos a ningún lado. Nadie hablaba. Él puede obtener la información que necesitamos.

—No entiendo nada –interrumpió Tachyon.

Joey profirió un sonido de disgusto. Había encontrado una cerveza en algún sitio y estaba quitándole el tapón.

—Si hubieras estado un poco interesado en algo más aparte del coñac y las putas baratas lo sabrías —dijo Des en un tono glacial.

—Dile lo que nos contaste —le ordenó Tom. Cuando lo sepa, seguro que Tachyon los ayudaría, pensó. *Tenía* que hacerlo.

Des suspiró profundamente.

—Angelface era adicta a la heroína. Le dolía, lo sabes. Quizá te diste cuenta alguna que otra vez, ¿doctor? La droga era lo único que la ayudaba a pasar los días. Sin ella, el dolor la habría enloquecido. Tampoco tenía el hábito normal de un yonqui. Usaba heroína sin cortar en cantidades que habrían matado a cualquier usuario normal. Ya veías lo poco que le afectaba. El metabolismo de un joker es algo curioso. ¿Tienes idea de lo cara que es la heroína, doctor Tachyon? No importa, veo que no. Angelface ganaba bastante dinero con La Casa de los Horrores, pero nunca era suficiente. Su proveedor le dio crédito hasta que se le fue de las manos, entonces pidió… llamémosle un pagaré. O un regalo de Navidad. No tenía elección. Era eso o que se le acabara el suministro. Esperaba conseguir el dinero, es una eterna optimista. Fracasó. La mañana de Navidad su proveedor vino a recogerlo. Mal no iba a dejar que se la llevaran. Insistieron.

Tachyon estaba entornando los ojos bajo el resplandor de las luces. Su imagen empezó a moverse hacia arriba.

—¿Por qué no me lo contó? —dijo.

—Supongo que no quería ser una carga para usted, doctor. Podría haberle cortado la diversión y sus ataques de autocompasión.

—¿Se lo contaste a la policía?

—¿La policía? Ah, sí. La de Nueva York es muy amable. Los únicos que parecen curiosamente faltos de interés cuando un joker es apaleado o asesinado, pero siempre tan diligentes cuando roban a un turista. Los que regularmente arrestan, acosan y tratan con brutalidad a cualquier joker que tenga el mal gusto de vivir en cualquier lado que no sea Jokertown. Quizá podría consultar con el oficial que dijo que violar a una mujer joker es más una falta de gusto que un crimen —resopló Des—. Doctor Tachyon, ¿dónde cree que Angelface compraba las drogas? ¿Cree que un traficante normal, de la calle, tendría acceso a la heroína sin cortar en las cantidades que necesitaba? La policía era su proveedor. El jefe de la brigada de narcóticos de Jokertown, si es que quiere ser preciso. Oh, le garantizo que no es improbable que todo el departamento esté implicado. ¿Qué cree que dirían si les cuento que Bannister era el asesino? ¿Cree que arrestarían a uno de los suyos? ¿Con la fuerza de mi testimonio o del testimonio de cualquier joker?

—Tendría éxito —espetó Tachyon—. Le daremos a ese hombre su dinero o La Casa de los Horrores o lo que sea que quiera.

—El pagaré —dijo Desmond con fatiga— no era por La Casa de los Horrores.

—Lo que sea, ¡vamos a dárselo!

—Le prometió lo único que aún tenía y que él quería —dijo Desmond—. Ella misma. Su belleza y su dolor. Se ha corrido la voz por las calles, si sabe cómo escuchar. Va a haber una fiesta de Navidad muy especial en algún lugar de la ciudad. Solo se entra por invitación. Cara. Una sensación única. Bannister la tendrá primero. Lo ha deseado durante mucho tiempo. Pero los otros invitados tendrán su turno. La hospitalidad de Jokertown.

Tachyon movió los labios sin pronunciar palabra durante unos instantes.

—¿La *policía*? —consiguió decir finalmente. Parecía tan conmocionado como Tom cuando Desmond se lo había explicado a él y a Joey.

—¿Cree que nos aprecian, doctor? Somos monstruos. Estamos enfermos. Jokertown es un infierno, un callejón sin salida y la policía de Jokertown es la más brutal, corrupta e incompetente de la ciudad. No creo que nadie planeara lo que ocurrió en La Casa de los Horrores, pero ocurrió, y Angelface sabe demasiado. No pueden dejarla vivir, así que van a divertirse un poco con una vagina joker.

Tom Tudbury se inclinó sobre su micrófono.

—Puedo rescatarla —dijo—. Esos cabrones aún no han visto nada como la Gran y Poderosa Tortuga. Pero no puedo *encontrarla*.

Des dijo:

—Ella tiene un montón de amigos. Pero ninguno de nosotros puede leer mentes o hacer que un hombre haga algo que no quiere hacer.

—*No puedo* —protestó Tachyon. Pareció encogerse, alejarse de ellos, y por un momento Tom pensó que el hombrecillo iba a salir huyendo—. No lo entienden.

—Qué mariquita —dijo Joey bien alto.

Al ver a Tachyon desmoronarse en sus pantallas, a Tom Tudbury finalmente se le acabó la paciencia.

—Si fracasas, fracasas —dijo— y si no lo haces, fracasas también. Así que ¿cuál es la puta diferencia? Jetboy fracasó, pero al menos lo intentó. No era un as, no era un maldito *taquisiano*, solo era un chico con un avión a reacción, pero hizo lo que pudo.

—No puedo… yo… sencillamente… *no puedo*.

Des expresó sonoramente su disgusto. Joey se encogió de hombros.

Dentro de su caparazón, Tom permaneció en perpleja incredulidad. No iba a ayudarlos. No les había creído, no de verdad. Joey le había advertido, Desmond también, pero Tom había insistido, estaba seguro, era el *doctor Tachyon*, por supuesto que ayudaría, quizá tenía algunos problemas, pero una vez que le explicaran la situación, una vez que le aclararan qué estaba en juego y cuánto lo necesitaban *tenía* que ayudar. Pero estaba diciendo que no. Era la gota que colmaba el vaso.

Subió el volumen al máximo.

—ERES UN HIJO DE PUTA —atronó, y el sonido reverberó por toda la explanada. Tachyon se estremeció—. ERES UN COBARDE Y UN INÚTIL DE MIERDA —Tachyon retrocedió tambaleándose por las escaleras, pero la Tortuga lo siguió, con los altavoces a todo volumen—. TODO ERA UNA MENTIRA, ¿NO? TODO LO DE LOS CÓMICS, TODO LO DE LOS PERIÓDICOS, TODO ERA UNA ESTÚPIDA MENTIRA. TODA LA VIDA ME HAN GOLPEADO Y ME HAN DICHO QUE SOY UN FLOJO Y UN COBARDE, PERO TÚ ERES EL COBARDE, ERES UN IDIOTA. UN LLORÓN DE MIERDA. NI SIQUIERA LO INTENTAS, NO TE IMPORTA NADIE, NI TU AMIGA AN-GELFACE NI KENNEDY NI JETBOY NI NADIE. TIENES TODOS ESOS MAL-DITOS PODERES Y NO ERES NADA, NO HACES NADA, ERES PEOR QUE OSWALD O BRAUN O CUALQUIERA DE LOS DOS —Tachyon se tambaleó escaleras abajo, con las manos en los oídos, gritando algo ininteligible, pero Tom ya no escuchaba. Su furia había cobrado vida propia. Arremetió contra él y la cabeza del alienígena giró bruscamente y enrojeció por la fuerza de la bofetada—. IMBÉCIL —gritaba Tom—, TÚ ERES EL QUE SE ESCONDE EN UN CAPARAZÓN.

Tachyon recibió una furiosa lluvia de golpes invisibles. Se tambaleó, cayó, rodó hasta un tercio de las escaleras, trató de ponerse en pie, lo volvió a tirar por tierra y fue rebotando hasta la calle patas arriba.

—¡IMBÉCIL! –atronó la Tortuga– ¡VETE, COMEMIERDA, FUERA DE
AQUÍ, O TE TIRARÉ AL PUTO RÍO! ¡VETE, GALLINA, ANTES DE QUE LA
GRAN Y PODEROSA TORTUGA SE ENOJE DE VERDAD! ¡VETE, MALDITA
SEA! ¡TÚ ERES EL QUE SE ESCONDE EN UN CAPARAZÓN! ¡TÚ ERES EL
QUE SE ESCONDE EN UN CAPARAZÓN!

Y se fue, corriendo a ciegas de un farol al otro, hasta que se perdió
en las sombras. Tom Tudbury vio cómo se desvanecía en sus pantallas de televisión. Se sentía asqueado y abatido. Le dolía la cabeza.
Necesitaba una cerveza, o una aspirina, o ambas cosas. Cuando oyó
las sirenas acercándose, recogió a Joey y Desmond y los depositó
encima del caparazón, apagó las luces y se elevó en la noche, arriba,
más arriba, hacia la oscuridad y el frío y el silencio.

♣

Aquella noche Tachyon durmió con el sueño de los condenados, agitándose como si tuviera fiebre, gritando, llorando, despertando de
pesadillas solo para volver a hundirse en ellas una y otra vez. Soñaba que estaba de vuelta en Takis y su odiado primo Zabb se jactaba
de una nueva esclava sexual, pero cuando la traía era Blythe, y la
violaba allí mismo, delante de él. Tach lo observaba todo, sin poder intervenir; el cuerpo de Blythe se retorcía bajo el de él y le salía
sangre de la boca, las orejas y la vagina. Empezaba a transformarse
en un millar de formas joker, cada una más horrible que la anterior
y Zabb seguía violándolas a todas mientras gritaban y forcejeaban.
Pero después, cuando Zabb se separaba del cadáver cubierto de sangre, no era el rostro de su primo en absoluto, era el suyo, demacrado y
exhausto, un rostro *abotagado*, con los ojos enrojecidos e hinchados,
el largo pelo rojo enredado y grasiento, los rasgos distorsionados por
la borrachera o tal vez por un espejo de La Casa de los Horrores.

Se despertó cerca del mediodía, con el terrible sonido de Tiny
llorando en el exterior de su ventana. Era más de lo que podía soportar. Era lo máximo que podía soportar. Se acercó a tropezones a
la ventana y la abrió de par en par y gritó al gigante que se callara,
que parara, que lo dejara solo, que lo dejara en paz, por favor, pero
Tiny siguió y siguió, tanto dolor, tanta culpa, tanta vergüenza, por
qué no podían dejarlo, no podía soportarlo más, cállate, cállate,

por favor cállate, y de repente Tach chilló y se lanzó a la mente de Tiny y lo hizo callar.

El silencio era atronador.

♠

La cabina de teléfono más cercana estaba en una tienda de caramelos a una manzana. Unos vándalos habían hecho pedazos la guía telefónica. Marcó el número de información y obtuvo la dirección de Xavier Desmond en Christie Street, no tan lejos. El departamento estaba en un cuarto piso sin elevador, encima de una tienda de máscaras. Cuando llegó, Tachyon estaba sin aliento.

Desmond abrió la puerta al quinto golpe.

—Tú –dijo.

—La Tortuga –dijo Tach. Tenía la garganta seca–. ¿Consiguió algo anoche?

—No –respondió Desmond. Retorció la trompa–. La misma historia que antes. Ya no los engaña, saben que en realidad no los dejará caer. Saben que es un engaño. Que no va a matar a nadie, no hay nada que hacer.

—Dime a quién debo interrogar –dijo Tach.

—¿A ti? –dijo Des.

Tach no podía mirar al joker a los ojos. Asintió.

—Déjame que agarre el abrigo –dijo Des. Salió del departamento bien abrigado para soportar el frío, con una capa de piel y una raída gabardina beige–. Métete el pelo en el sombrero –le dijo a Tachyon– y deja aquí ese ridículo abrigo. No quieres que te reconozcan –Tach hizo lo que le dijo. Al salir, Des entró en la tienda de máscaras para el toque final.

—¿Un pollo? –dijo Tach cuando Des le entregó la máscara. Tenía brillantes plumas amarillas, un prominente pico naranja y una cresta roja y flexible en lo alto.

—La vi y supe que eras tú –dijo Des–. Póntela.

Una grúa de grandes dimensiones se estaba situando en Chatham Square para retirar las patrullas del tejado del Freakers. El club estaba abierto. El portero era un joker de más de dos metros, sin pelo y con colmillos. Agarró a Des por el brazo cuando trató de pasar entre los muslos de neón de la bailarina de seis pechos que se retorcía en la marquesina.

—No se permite la entrada a los jokers –dijo bruscamente.

—Piérdete, Tusker.

Entrar en su mente y apoderarme de ella, pensó Tachyon. En el pasado, antes de lo de Blythe, lo habría hecho instintivamente. Pero ahora dudaba, y si dudaba estaba perdido.

Des rebuscó en su bolsillo posterior, sacó una cartera, extrajo un billete de cincuenta dólares.

—Estabas mirando cómo bajaban las patrullas de la policía –dijo–, no me viste entrar.

—Oh, claro –dijo el portero. El billete desapareció en su garra.

—Realmente interesantes, las grúas.

—A veces el dinero es el poder más fuerte de todos –dijo Des mientras se adentraban en la cavernosa penumbra del interior. La escasa concurrencia del mediodía estaba comiendo el almuerzo gratis y contemplando cómo una estríper se contoneaba por una larga pista tras una barrera de alambre de espino. Estaba cubierta de sedoso pelo gris, excepto por los pechos, que habían sido afeitados y estaban desnudos. Desmond echó un vistazo a los reservados que estaban en el fondo. Asió a Tach del brazo y lo llevó a un rincón oscuro donde un hombre con una chaqueta de marinero estaba sentado tomándose una jarra de cerveza.

—¿Ahora dejan entrar a los jokers? –preguntó el hombre con aspereza cuando se acercaron. Tenía un aire melancólico y el rostro picado de viruelas.

Tach entró en su mente. *Carajo, qué es esto, el hombre elefante de La Casa de los Horrores, quién es el otro, malditos joker, tienen valor de todos modos.*

—¿Dónde retiene Bannister a Angelface? –preguntó Des.

—Angelface es la vagina de La Casa de los Horrores, ¿no? No conozco a ningún Bannister. ¿Esto es un juego o qué? Que te jodan, joker, deja de jugar –en sus pensamientos las imágenes llegaron a borbotones: Tach vio espejos rotos, cuchillos de plata volando por los aires, sintió el empujón de Mal y vio cómo buscaba su pistola, lo vio estremecerse y girar cuando las balas impactaron en él, oyó la voz suave de Bannister ordenándole que matara a Ruth, vio el almacén

por encima del Hudson donde la retenían, los moretones lívidos en
su brazo cuando la agarraron, saboreó el miedo del hombre, miedo
a los jokers, miedo a que le descubrieran, miedo a Bannister, miedo a
ellos. Tach salió y apretó el brazo de Des.

Des se giró para irse.

—Eh, alto ahí –dijo el hombre de la cara marcada. Les mostró una
placa mientras salía del reservado–. Agente encubierto, narcóticos
–dijo– y tú eres consumidor, amigo, haciendo estúpidas preguntas
de yonqui como esa.

Des permaneció inmóvil mientras el hombre lo cacheaba de arriba abajo.

—Bueno, mira esto –dijo, sacando una bolsa de polvo blanco de
uno de los bolsillos de Desmond–. Me pregunto qué es. Estás arres-
tado, *freak*.

—No es mío –dijo Des con calma.

—Que si no –dijo el hombre, y en su mente los pensamientos se
sucedieron uno tras otro: *Un pequeño accidente al resistirse al arresto qué podía hacer yo, ¿eh? Los jokers protestarán, pero quién presta
atención a un puto joker solo que ¿qué diablos voy a hacer con el otro?*
Y miró a Tachyon *Diosssss parece que el pollo este está temblando, a lo
mejor el cabrón ES consumidor, eso sería genial.*

Temblando, Tach se dio cuenta de que había llegado la hora de la
verdad.

No estaba seguro de que pudiera hacerlo. Era distinto a lo de Tiny;
aquello había sido instinto ciego, pero ahora estaba despierto y sabía
lo que estaba haciendo. Hubo un tiempo en el que había sido fácil,
tan fácil como usar las manos. Pero ahora esas manos temblaban y
había sangre en ellas y también en su mente… pensó en Blythe y el
modo en que su mente se rompió en mil pedazos bajo su toque, como
los espejos de La Casa de los Horrores, y durante un instante terrible,
eterno, no ocurrió nada, hasta que sintió el rancio regusto del miedo
en la garganta y el conocido sabor del fracaso llenó su boca.

Entonces, el hombre de la cara marcada sonrió con una sonrisa
idiota, volvió a sentarse en su reservado, apoyó la cabeza en la mesa
y se puso a dormir tan dulcemente como un niño.

Des hizo como si no pasara nada.

—¿Fuiste tú?

Tachyon asintió.

—Estás temblando –Des preguntó–: ¿estás bien, doctor?

—Creo que sí –dijo Tachyon. El policía había empezado a roncar sonoramente–. Creo que quizás estoy bien, Des. Por primera vez en muchos años –contempló el rostro del joker, más allá de la deformidad, al hombre que había debajo–. Sé dónde la tienen –dijo. Se dirigieron a la salida. En la jaula, una hermafrodita pechugona había empezado a contonearse provocativamente.

—Tenemos que movernos con rapidez.

—En una hora, puedo reunir a veinte hombres.

—No –dijo Tachyon–. El lugar donde la tienen no está en Jokertown.

Des se detuvo, con la mano ya en la puerta.

—Ya veo –dijo–, y fuera de Jokertown, los jokers y los enmascarados son bastante menos abundantes, ¿no?

—Exacto –dijo Tach. No expresó su otro temor, las represalias que sin duda se tomarían contra los jokers que osaran enfrentarse a la policía, incluso a policías tan corruptos como Bannister y sus secuaces. Él mismo asumiría el riesgo, no le quedaba nada que perder, pero no permitiría que se lo arrebataran.

—¿Puedes contactar con la Tortuga? –preguntó.

—Puedo llevarte a ella –replicó Des–. ¿Cuándo?

—Ahora –dijo Tach. En una hora o dos, el policía que estaba durmiendo despertaría e iría directo a Bannister. ¿Y qué le diría? ¿Que Des y un hombre con una máscara de pollo habían estado haciendo preguntas, que había estado a punto de detenerlos y que de repente le había entrado mucho sueño? ¿Se atrevería a admitirlo? Si era así, ¿qué pensaría Bannister al respecto? ¿Sería suficiente para trasladar a Angelface? ¿Suficiente para matarla? No podían arriesgarse.

Cuando salieron de la penumbra del Freakers, la grúa acababa de bajar la segunda patrulla a la acera. Soplaba un viento frío, pero bajo sus plumas de pollo, el doctor Tachyon había empezado a sudar.

◆

Tom Tudbury se despertó con el sonido débil, apagado, de alguien golpeando en su caparazón.

Apartó la colcha raída y se dio un golpe en la cabeza al incorporarse.

—Oh, maldita sea –murmuró, buscando a tientas en la oscuridad hasta que encontró el cuadro de luces. Los golpes continuaron un *pum pum pum* hueco contra el blindaje, resonando. Tom sintió una punzada de pánico. *La policía*, pensó, *me ha encontrado, viene a sacarme de aquí y llevarme detenido*. Le dolía la cabeza. Hacía frío y el ambiente estaba cargado. Encendió el calefactor, los ventiladores, las cámaras. Las pantallas cobraron vida.

Afuera era un frío y luminoso día de diciembre, la luz del sol iluminaba hasta el último ladrillo mugriento con cruda claridad. Joey había tomado el tren de vuelta a Bayonne, pero Tom se había quedado; se les acababa el tiempo, no había otra opción. Des le encontró un lugar seguro en un patio interior en las profundidades de Jokertown, rodeado por ruinosas viviendas de cinco plantas, sus adoquines impregnados del olor a aguas residuales, completamente invisible desde la calle. Al aterrizar, justo antes del alba, las luces habían iluminado unas pocas de las oscuras ventanas y habían asomado algunos rostros para escudriñar cautelosamente entre las sombras; asustados, rostros no del todo humanos, que se dejaron ver brevemente y desaparecieron con la misma rapidez cuando decidieron que lo que había fuera no era de su incumbencia.

Bostezando, Tom salió de su asiento y movió las cámaras hasta que dio con la fuente de todo aquel alboroto. Des estaba de pie junto a la puerta de una de las bodegas, con los brazos cruzados, mientras el doctor Tachyon golpeaba el caparazón con el palo de una escoba.

Perplejo, Tom encendió sus micrófonos.

—TÚ.

Tachyon hizo una mueca.

—Por favor.

Bajó el volumen.

—Lo siento. Me tomaste por sorpresa. No esperaba volver a verte. Después de lo de anoche, quiero decir. No te hice daño, ¿verdad? No quería hacerlo, solo es que…

—Lo entiendo –dijo Tachyon–, pero ahora no tengo tiempo para reproches o disculpas.

La imagen de Des empezó desplazarse hacia arriba. Malditas interferencias.

—Sabemos dónde la tienen –dijo el joker mientras su imagen fluctuaba–. Vamos, si el doctor puede de verdad leer las mentes como se dice.

—¿Dónde? –dijo Tom. Des continuaba fluctuando, fluctuando, fluctuando.

—Un almacén en el Hudson –respondió Tachyon–. Al pie de un muelle. No puedo darte una dirección, pero lo vi claramente en sus pensamientos. Lo reconoceré.

—¡Genial! –gritó Tom entusiasmado. Abandonó sus esfuerzos para ajustar la interferencia y le dio un macanazo. La imagen se estabilizó–. Entonces los tenemos. Vamos –la expresión de la cara de Tachyon lo tomó desprevenido–. Vienes con nosotros, ¿no?

Tachyon tragó saliva.

—Sí –dijo. Tenía una máscara en la mano. Se la puso.

Era un alivio, pensó Tom; por un momento había pensado que lo iba a dejar solo.

—Sube –dijo.

Con un profundo suspiro de resignación, el alienígena trepó con dificultad a lo alto del caparazón; sus botas arañaban el blindaje. Tom lo agarró de los brazos con fuerza y lo ayudó a subir. El caparazón se elevó tan fácilmente como una pompa de jabón. Se sentía eufórico. Esto era lo que estaba destinado a hacer, pensó Tom; Jetboy debía de haberse sentido así.

Joey había instalado una bocina monstruosa en el caparazón. Tom la hizo sonar mientras se elevaban por encima de los tejados, asustando a una bandada de palomas, unos pocos borrachos y a Tachyon con el distintivo fragor del *Here-I-come-to-save-the-daaay*.

—Sería prudente ser un poco más sutil –dijo Tachyon diplomáticamente.

Tom rio.

—No lo creo, tengo un hombre del espacio exterior que básicamente se viste como Pinky Lee montado en mi espalda y me está diciendo que debería ser sutil –rio de nuevo mientras las calles de Jokertown se extendían a su alrededor.

♥

Hicieron la parte final de su aproximación a través de un laberinto de callejuelas frente al mar. La última era un callejón sin salida que acababa en un muro de ladrillos garabateado con nombres de pandillas y jóvenes amantes. La Tortuga se elevó por encima de él y emergieron en el área de descarga que estaba detrás del almacén. Había un hombre con una chamarra de cuero sentado en el borde del muelle de carga. Se puso de pie de un salto cuando aparecieron. Su salto lo llevó bastante más arriba de lo que se esperaba, unos tres metros más arriba. Abrió la boca, pero antes de que pudiera gritar, Tach lo tenía: se quedó dormido en el aire. La Tortuga lo dejó en lo alto de un tejado cercano.

Cuatro zonas de carga se abrían al muelle, todas ellas con cadenas y candados, sus puertas de metal ondulado marcadas por amplios chorros de óxido. SE PERSEGUIRÁ A LOS INTRUSOS, decía el cartel de la puerta más estrecha que había en un costado.

Tach bajó de un salto, aterrizando con facilidad sobre las puntas de los pies, con los nervios de punta.

—Voy a entrar –le dijo a la Tortuga–. Dame un minuto y sígueme.

—Un minuto –respondieron los altavoces–. Entendido.

Tach se quitó las botas, abrió la puerta tan solo una rendija y se deslizó en el almacén con sus calcetines púrpura, haciendo acopio de todo el sigilo y la grácil fluidez que le habían enseñado en Takis. Dentro, fardos de papel triturado, atados firmemente con fino alambre, se apilaban hasta seis y nueve metros de altura.

Tachyon avanzó furtivamente por un tortuoso pasillo en dirección al sonido de voces. Un enorme montacargas amarillo le cerraba el paso. Se estiró en el suelo y se arrastró por debajo, para tratar de ver algo desde detrás de un enorme neumático.

Contó cinco. Dos de ellos jugaban a las cartas, sentados en sillas plegables y usando un montón de libros sin portadas como mesa. Un hombre extremadamente gordo ajustaba una enorme trituradora de papel en la pared del fondo. Los dos últimos se hallaban junto a una mesa larga, había bolsas de polvo blanco apiladas en ordenadas hileras frente a ellos. El hombre alto de la camisa de franela estaba pesando algo en unas balanzas. A su lado, supervisando, había un hombre delgado, con una calvicie incipiente, vestido con una gabardina barata. Tachyon no logró averiguar qué estaba diciendo. No había rastro de Angelface.

Se sumergió en la alcantarilla que era la mente de Bannister y la vio. Entre la trituradora y la máquina de prensado. No podía verla desde el montacargas, la maquinaria le obstruía la visión, pero estaba allí. Habían tendido un sucio colchón en el suelo de concreto y yacía en él, con los tobillos hinchados, en carne viva donde las esposas le rozaban la piel.

♣

—Cincuenta y ocho hipopótamos, cincuenta y nueve hipopótamos, sesenta hipopótamos –contó Tom.

Los muelles de carga eran bastante grandes. Apretó y el candado se desintegró en pedazos de óxido y metal retorcido. Las cadenas cayeron con estrépito y la puerta traqueteó al moverse hacia arriba, las guías oxidadas chirriaron en protesta. Tom encendió todas las luces cuando el caparazón avanzó deslizándose. Dentro, torres de pilas de papel le bloquearon el paso. No había espacio para pasar entre ellas. Las empujó, con fuerza, pero justo cuando empezaban a desplomarse se le ocurrió que podía pasar por encima de ellas. Se impulsó hacia el techo.

♠

—¿Qué diablos…? –dijo uno de los jugadores de naipes cuando oyó la puerta de carga chirriar al abrirse.

Un segundo después, todos estaban en movimiento. Los dos jugadores se apresuraron a ponerse de pie; uno de ellos sacó una pistola. El hombre de la camisa de franela alzó los ojos de las balanzas. El hombre gordo dio la espalda a la trituradora, gritando algo, pero era imposible saber qué estaba diciendo. Contra la pared del fondo los fardos de papel empezaron a caer, impactándose contra las pilas cercanas y tirándolas, en una reacción en cadena que se extendió por todo el almacén.

Sin vacilar un instante, Bannister fue por Angelface. Tach se apoderó de su mente y se detuvo a media carrera, con el revólver a medio desenfundar. Y entonces una decena de balas de papel triturado cayeron de golpe sobre la parte posterior del montacargas. El vehículo se movió, solo un poco, aplastando la mano izquierda de Tachyon bajo del enorme neumático negro. Lanzó un grito de sorpresa y dolor, y perdió a Bannister.

◆

Por debajo, dos hombrecillos le disparaban. El primer disparo lo sobresaltó de tal modo que Tom perdió la concentración por una fracción de segundo, y el caparazón descendió más de un metro antes de que pudiera recuperar el control. Después las balas se estamparon contra su blindaje sin causar daño alguno y rebotaron por todo el almacén. Tom sonrió.

—SOY LA GRAN Y PODEROSA TORTUGA —anunció a todo volumen, mientras los fardos de papel se desplomaban por todas partes—. Y USTEDES, IMBÉCILES, ESTÁN EMBARCADOS DE MIERDA HASTA EL CUELLO. RÍNDANSE AHORA.

El idiota más próximo no se rindió. Volvió a disparar y una de las pantallas de Tom se puso negra.

—OH, MIERDA —dijo Tom, olvidándose de apagar el micrófono. Agarró al tipo por el brazo y lo desarmó, y por el modo en que el idiota gritó probablemente también le dislocó el hombro, maldita sea. Tenía que vigilar eso. El otro tipo echó a correr, saltando por encima de una pila de papel caído. Tom lo atrapó en pleno salto, se lo llevó directo al techo y lo dejó colgando de una viga. Sus ojos pasaron de una pantalla a otra, pero una de ellas estaba en negro y la maldita fluctuación había aparecido de nuevo en la de al lado. No tenía tiempo para arreglarla. Un tipo con una camisa de franela estaba metiendo bolsas en un maletín, lo vio en la pantalla grande, y por el rabillo del ojo vislumbró a un hombre muy gordo subiéndose a un montacargas…

♥

Su mano quedó aplastada bajo el neumático, Tachyon se retorció de dolor e intentó no gritar. Bannister: tenía que detener a Bannister antes de que llegara a Angelface. Apretó los dientes y trató de superar el dolor a fuerza de voluntad, lo concentró en una bola y la alejó de él tal como le habían enseñado, pero era difícil, había perdido la disciplina, podía notar los huesos destrozados de su mano, tenía los ojos arrasados de lágrimas y entonces oyó cómo el motor del montacargas se ponía en marcha y de repente estaba arrancando, pasándole justo por encima de su brazo, directo a su cabeza, la rodadura del enorme neumático era un negro muro de muerte que corría hacia él… y que pasó a menos de tres centímetros de su cráneo cuando se elevó en el aire.

♣

El montacargas voló espléndidamente por el almacén y se empotró en la pared del fondo, con un pequeño empujoncito de la Gran y Poderosa Tortuga. El hombre gordo se tiró a medio camino y aterrizó en una pila de libros baratos sin portadas. No fue hasta ese momento cuando Tom se dio cuenta de que Tachyon yacía en el suelo donde el montacargas había estado. Tom vio que se agarraba la mano de un modo peculiar y su máscara de pollo estaba destrozada y sucia y mientras se ponía de pie, a duras penas, le gritaba algo. Echó a correr por el suelo, tambaleándose, inestable. ¿A dónde diablos iba con tanta prisa?

Enfurruñado, Tom dio un macanazo con el dorso de la mano a la pantalla que no funcionaba y la fluctuación se paró súbitamente. Por un instante, la imagen de la televisión fue clara y definida. Un hombre vestido con una gabardina estaba junto a una mujer tirada en un colchón. Era realmente hermosa y esbozó una extraña sonrisa, triste pero casi resignada, cuando apretó el revólver contra su frente.

♠

Tach rodeó a tropezones la trituradora, sus tobillos eran de hule, el mundo un borrón rojo, sus huesos destrozados chocaban entre ellos a cada paso y los encontró allí, a Bannister rozándola levemente con la pistola, su piel oscureciéndose ya en el lugar donde la bala penetraría y entre lágrimas y miedo y una nube de dolor, penetró en la mente de Bannister y se apoderó de ella… justo a tiempo para sentir cómo apretaba el gatillo y contraer el gesto cuando sintió el retroceso del arma en su mente. Oyó la explosión con dos pares de oídos.

¡Noooooooooooooooooooooooooo!, chilló. Cerró los ojos, cayó de rodillas. Hizo que Bannister tirara el arma, pero no iba a servir de nada, de nada en absoluto, demasiado tarde, una vez más, demasiado tarde, había fracasado, *fracasado* otra vez, Angelface, Blythe, su hermana, todas las personas que amaba, todas muertas. Se dobló sobre el suelo y su mente se llenó de imágenes de espejos rotos, de la Danza Nupcial bailada con sangre y dolor, y fue lo último de lo que fue consciente antes de que la oscuridad lo embargara.

◆

Se despertó con el olor astringente de una habitación de hospital y notó una almohada bajo la cabeza, la funda tenía el tacto crujiente del almidón. Abrió los ojos.

—Des —dijo débilmente.

Intentó sentarse, pero de algún modo estaba atado. El mundo estaba borroso y desenfocado.

—Le pusieron un cabestrillo, doctor —dijo Des—. Tiene el brazo roto por dos sitios y su mano está aún peor.

—Lo siento —dijo Tach. Debería haber llorado, pero se había quedado sin lágrimas—. Lo siento mucho. Lo intentamos, yo… yo lo siento mucho, yo…

—Tacky —dijo ella con aquella voz suave, ronca.

Y allí estaba, de pie junto a él, con una bata de hospital, el pelo negro enmarcando una sonrisa irónica. Se lo había peinado hacia delante para taparse la frente; debajo del flequillo había un horrible cardenal púrpura y verdoso, y la piel alrededor de su ojos estaba roja y en carne viva. Por un momento pensó que estaba muerto o loco o soñando.

—Todo está bien, Tacky. Yo estoy bien. Estoy aquí.

La miró fijamente, aturdido.

—Estás muerta —dijo con voz apagada—. Llegué demasiado tarde. Oí el disparo. Lo tenía, pero era demasiado tarde, noté el retroceso del arma en su mano.

—¿Notaste la sacudida? —le preguntó.

—¿Sacudida?

—Cinco centímetros. Justo cuando disparó. Justo lo suficiente. Recibí algunas quemaduras desagradables, por la pólvora, pero la bala fue a parar al colchón, a medio metro de mi cabeza.

—La Tortuga –dijo Tach con voz ronca.

Asintió.

—Desvió el arma justo cuando Bannister apretó el gatillo. Y tú hiciste que el hijo de puta soltara el revólver antes de que pudiera disparar un segundo tiro.

—Los atrapaste –dijo Des–. Un par de tipos escaparon en medio de la confusión, pero la Tortuga entregó a tres de ellos, incluido Bannister. Además de un maletín que contenía casi diez kilos de heroína pura. Y resulta que ese almacén es propiedad de la mafia.

—¿La mafia? –dijo Tachyon.

—El hampa –explicó Des–. Criminales, doctor Tachyon.

—Uno de los hombres capturados en el almacén ya se ha convertido en una evidencia del Estado –dijo Angelface–. Testificará sobre todo: los sobornos, el tráfico de droga, los asesinatos en La Casa de los Horrores.

—Puede que hasta consigamos algunos policías decentes en Jokertown –añadió Des.

Los sentimientos que embargaron a Tachyon iban mucho más allá del alivio. Quería darles las gracias, quería llorar por ellos, pero no le salían ni las palabras ni las lágrimas. Estaba débil y feliz.

—No fallé –consiguió decir finalmente.

—No –dijo Angelface. Miró a Des–. ¿Podrías esperar fuera?

Cuando estuvieron a solas se sentó en el borde de la cama.

—Quiero enseñarte algo. Algo que he querido mostrarte desde hace mucho tiempo –alzó algo. Era un relicario de oro–. Ábrelo.

Era difícil hacerlo con solo una mano, pero se las arregló. En el interior había una pequeña fotografía redonda de una anciana en una cama. Sus extremidades estaban esqueléticas y atrofiadas, palillos cubiertos de carne moteada, y su rostro estaba horriblemente contorsionado.

—¿Qué le pasa? –preguntó Tach temeroso de la respuesta. Otro joker, pensó, otra víctima de sus fracasos.

Angelface bajó los ojos hacia la anciana convulsa, suspiró y cerró el relicario de golpe.

—Cuando tenía cuatro años, en Little Italy, la atropellaron mientras jugaba en la calle. Un caballo le pateó la cara y una carreta le aplastó la columna. Eso fue en 1886. Se quedó completamente paralizada, pero vivió. Si a eso lo puedes llamar vivir. Aquella niña se pasó los siguientes sesenta años en la cama, le daban de comer, la lavaban, le leían, no tenía otra compañía más que la de las hermanas de la caridad. A veces, lo único que quería era morir. Soñaba con sentirse hermosa, ser amada y deseada, ser capaz de bailar, de *sentir* las cosas. Oh, cómo deseaba *sentir* algo –sonrió–. Debería haberte dado las gracias hace mucho tiempo, Tacky, pero me cuesta trabajo enseñarle la fotografía a alguien. Pero estoy agradecida y ahora estoy doblemente en deuda contigo. Nunca pagarás una copa en La Casa de los Horrores.

La miró fijamente.

—No quiero ninguna copa –dijo–. No más. Se acabó.

Y así era, lo sabía; si ella podía vivir con su dolor, ¿qué excusa podía poner él para desperdiciar su vida y sus talentos?

—Angelface –dijo de repente–. Puedo hacerte algo mejor que la heroína. Yo era… *soy* un bioquímico, hay medicinas en Takis, puedo sintetizarlas, analgésicos, inhibidores nerviosos. Si me dejas que te haga algunas pruebas, quizá pueda pergeñar algo para tu metabolismo. Necesitaré un laboratorio, por supuesto. Poner las cosas en marcha será caro, pero la medicina podría hacerse por unos centavos.

—Tendré algo de dinero –dijo–. Voy a venderle La Casa de los Horrores a Des. Pero estás hablando de algo ilegal.

—Al infierno con sus estúpidas leyes –rezongó Tach–. No diré nada si tú no dices nada.

Entonces las palabras empezaron a brotar una tras otra, un torrente: planes, sueños, esperanzas, todo lo que había perdido o ahogado en coñac o Sterno, y Angelface lo estaba mirando perpleja, sonriente, y cuando se empezó a pasar el efecto de las medicinas que le habían dado y su brazo empezó a dolerle de nuevo, el doctor Tachyon recordó las antiguas disciplinas y expulsó el dolor y de alguna manera pareció que parte de su pena y su dolor se iban con él y volvió a sentirse completo, y vivo.

♥

El titular decía LA TORTUGA Y TACHYON APLASTAN A UNOS TRAFICAN-
TES DE HEROÍNA. Tom estaba pegando el artículo en un álbum de recortes cuando Joey volvió con las cervezas.

—Olvidaron la parte de la Gran y Poderosa –observó Joey, dejando
una botella junto al codo de Tom.

—Al menos he conseguido mi primer titular –dijo Tom. Se limpió
el espeso pegamento blanco de los dedos y empujó el álbum a un
lado. Debajo había algunos dibujos toscos del caparazón.

—Ahora –dijo–, ¿dónde diablos vamos a poner el tocadiscos, eh?

Interludio dos

De *The New York Times*,
1 de septiembre de 1966

Abre clínica en Jokertown el día Wild Card

LA APERTURA DE UN HOSPITAL PRIVADO, ESPECIALIZADO en la investigación del tratamiento del virus taquisiano wild card fue anunciada ayer por el doctor Tachyon, el científico alienígena que ayudó a desarrollar el virus. El doctor Tachyon será el jefe de personal de la nueva institución, que estará situada en South Street, frente al East River.

La instalación se llamará Clínica Blythe van Renssaeler Memorial, en honor de la difunta señora Blythe Stanhope van Renssaeler. La señora Van Renssaeler, integrante de Exóticos para la Democracia entre 1947 y 1950, falleció en 1953 en el sanatorio Wittier. Era más conocida como Brain Trust.

La Clínica Van Renssaeler abrirá sus puertas al público el 15 de septiembre, en el vigésimo aniversario de la liberación del virus wild card sobre Manhattan. El hospital, de 196 camas, proporcionará servicio de urgencias y cuidados psicológicos ambulatorios. «Estamos aquí para servir al vecindario y la ciudad», dijo el doctor Tachyon en una conferencia de prensa por la tarde, en la escalinata de la tumba de Jetboy, «pero nuestra prioridad va a ser el tratamiento de quienes han estado demasiado tiempo desatendidos, los jokers cuyas necesidades únicas y a menudo desesperadas han sido en buena medida ignoradas por los hospitales existentes. El wild card entró en juego hace veinte años, y esta deliberada y sostenida ignorancia sobre el virus es criminal e inexcusable.» El doctor Tachyon dijo que esperaba que la Clínica Van Renssaeler se convirtiera en el líder mundial de la investigación sobre el wild card y punta de lanza de los esfuerzos para perfeccionar la cura del wild card, el llamado virus «del triunfo».

La clínica se ubicará en un histórico edificio del muelle, originalmente construido en 1874. El edificio fue un hotel, conocido como El Refugio del Pescador, desde 1888 hasta 1913. De 1913 a 1942 fue el Hogar del Sagrado Corazón para Jóvenes Descarriadas, después de lo cual se usó como un hostal de viviendas baratas.

El doctor Tachyon ha anunciado que la compra del edificio y la rehabilitación completa de su interior ha sido financiada por una subvención de la Fundación Stanhope de Boston, dirigida por el señor George C. Stanhope. El señor Stanhope es el padre de la señora Van Renssaeler. «Si Blythe estuviera viva, sé que no querría otra cosa más que trabajar al lado del doctor Tachyon», declaró el señor Stanhope.

Inicialmente el trabajo en la clínica será financiado por cuotas y donaciones privadas, pero el doctor Tachyon admitió que ha vuelto recientemente de Washington, donde se reunió con el vicepresidente Hubert H. Humphrey. Fuentes cercanas al vicepresidente indican que la Administración está considerando financiar parcialmente la clínica de Jokertown a través del Comité del Senado sobre Empresas y Recursos Ases (SCARE).

Una multitud de quinientas personas, aproximadamente, la mayoría de ellas víctimas evidentes del virus wild card, ovacionaron el anuncio del doctor Tachyon con un entusiasta aplauso.

La larga, oscura noche de Fortunato

♣ ♦ ♠ ♥

por Lewis Shiner

En lo único en lo que podía pensar era en lo hermosa que era cuando estaba viva.

—Tengo que pedirle que identifique los restos –dijo el asistente del forense.

—Es ella –dijo Fortunato.

—¿Nombre?

—Erika Naylor. Erika con *k*.

—¿Dirección?

—Dieciséis de Park Avenue.

El hombre silbó.

—Clase alta. ¿Pariente más cercano?

—No lo sé. Era de Minneapolis.

—Ya. De ahí vienen todas. Parece que tienen una academia para putas o algo, allí.

Fortunato apartó la vista de la larga, horrible herida de la garganta de la joven y miró al asistente del forense a los ojos.

—No era una puta –dijo.

—Claro –dijo el asistente, pero retrocedió un paso y miró su portapapeles–. Pondré que era modelo.

Geisha, pensó Fortunato. Había sido una de sus geishas. Brillante, divertida, hermosa, chef, masajista y psicóloga sin licencia, imaginativa y sensual en la cama.

Era la tercera de sus chicas que acababa hecha pedazos en el último año.

♣

Salió a la calle, consciente de su mal aspecto. Medía un metro noventa y cinco, estaba delgado por la anfetamina y cuando se estiraba, su pecho parecía desaparecer en su columna. Lenore había estado esperándolo, arropada en su abrigo negro de falsa piel, aunque el sol por fin había salido. Cuando lo vio lo metió en un taxi y dio al conductor una dirección en la Diecinueve Oeste.

Fortunato observó detenidamente por la ventana a las chicas de pelo largo vestidas con *jeans* bordados, los anuncios iluminados con luz negra en los escaparates de las tiendas, los brillantes garabatos de gis sobre las aceras. Era casi Pascua, dos inviernos después del Verano del Amor, pero la idea de la primavera lo dejaba tan frío como el piso de baldosas de la morgue.

Lenore le tomó la mano y se la apretó, y Fortunato se reclinó en el asiento y cerró los ojos.

Era nueva. Una de sus chicas la había rescatado de un proxeneta de Brooklyn llamado Ballpeen Willie, y Fortunato le había pagado cinco mil dólares por su «contrato». En las calles era bien sabido que si Willie se hubiera negado, Fortunato habría gastado los cinco mil en darle una paliza a Willie, siendo ese el valor actual de mercado de una vida humana.

Willie trabajaba para la familia Gambione y Fortunato había chocado con ellos en más de una ocasión. Ser negro –mitad negro, en cualquier caso– e independiente le había dado un papel importante en las fantasías paranoides de don Carlo. Lo único que don Carlo odiaba más eran los jokers.

Fortunato no habría dudado en atribuir los asesinatos al viejo excepto por una cosa: codiciaba la operación de Fortunato demasiado como para meterse con las propias chicas.

Lenore provenía de un pueblucho de las montañas de Virginia donde los ancianos aún hablaban como en la época isabelina. Willie la había hecho trabajar durante poco menos de un mes, no lo suficiente como para limar las aristas de su belleza. Tenía una larga cabellera roja que le llegaba a la cintura, ojos de color verde neón y una boca pequeña, casi delicada. Nunca vestía nada que no fuera negro y creía que era una bruja.

Cuando Fortunato le había hecho la prueba le había conmovido su abandono, su completa absorción en la carnalidad, mucho más en contraste con su aspecto frío, sofisticado. La había aceptado para instruirla y estaba trabajando en ello desde hacía tres semanas, haciendo solo algún trabajo ocasional, pasando de prostituta dotada a aprendiz de geisha, lo que llevaría al menos dos años.

Lo condujo a su departamento y se paró con la llave en la cerradura.

—Ehem, espero que no te resulte demasiado raro.

Se quedó de pie en el umbral mientras ella avanzaba por la habitación encendiendo velas. Las ventanas estaban completamente tapadas con telas y no se veía ningún aparato, salvo un teléfono: no había televisor, relojes, ni siquiera una tostadora. En el mismo centro de la habitación había pintado una enorme estrella de cinco puntas rodeada por un círculo, justo en el piso de madera. Bajo los sensuales aromas del incienso y el almizcle se percibía el punzante olor de un laboratorio químico.

Pasó el pestillo de la puerta principal y la siguió al dormitorio. El departamento estaba cargado de sexualidad. Apenas podía mover los pies por la pesada alfombra de color vino; la cama tenía un dosel de cortinas de terciopelo rojo y estaba tan alta que unas escaleras conducían a ella.

Encontró un cigarro de mariguana en la mesita de noche, lo encendió y se lo pasó a Fortunato.

—Vuelvo en un momento –dijo.

Se quitó la ropa y se estiró, con las manos detrás de la cabeza y el cigarro colgando de sus labios. Inspiró una bocanada de humo y estiró los dedos de los pies, observándolos. El techo era azul oscuro, con constelaciones aplicadas en verde-amarillo fosforescente. Signos del zodiaco, hasta donde podía decir. La magia y la astrología y los gurús eran ahora la tendencia. La gente en las fiestas de moda del Village siempre estaba preguntando por el signo de los otros y hablando del karma. Por su parte, pensaba que la Era de Acuario era solo una ilusión. Nixon estaba en la Casa Blanca, a los chicos les estaban llenando el culo de balas en el sureste de Asia y aún oía la palabra «negro» todos los días. Pero tenía clientes a quienes les encantaría este sitio. Si el psicópata del cuchillo no lo retiraba del negocio.

Lenore se arrodilló junto a él en la cama, desnuda.

—Tienes una piel tan bonita –le pasó las puntas de los dedos por el pecho y se le puso la piel de gallina–. Nunca antes había visto un color como este.

Al ver que no respondía dijo:

—Me han contado que tu madre es japonesa.

—Y mi padre era un proxeneta de Harlem.

—De verdad te dolió todo esto, ¿no?

—Quería a esas chicas. Las quiero a todas. Son más importantes para mí que el dinero o la familia... o cualquier otra cosa.

—¿Y?

No creía que tuviera nada más que decir hasta que las palabras empezaron a surgir.

—Me siento tan... tan condenadamente indefenso. Un hijo de puta retorcido está matando a mis chicas y no hay nada que pueda hacer al respecto.

—Quizá –dijo–, quizá no –sus dedos se enredaron en su vello púbico–. El sexo es poder, Fortunato. Es lo más poderoso del universo. Nunca olvides eso.

Tomó su pene en la boca, lamiéndolo suavemente como si fuera un caramelo. Tuvo una erección al instante y sintió que el sudor afloraba en su frente. Apagó el cigarro con las puntas húmedas de los dedos y lo tiró por el borde de la cama. Sus talones resbalaron en la gélida tersura de las sábanas y su nariz se llenó del perfume de Lenore. Pensó en Erika, muerta, y le dieron ganas de coger a Lenore, mucho, muy fuerte.

—No –dijo ella, apartándole la mano de su pecho–. Me sacaste de las calles, me estás enseñando lo que *tú* sabes. Ahora es mi turno.

Lo empujó y lo tendió de espaldas, con los brazos por encima de la cabeza y pasó sus uñas pintadas de negro por la delicada piel de las costillas. Después empezó a moverse por su cuerpo, rozándolo con sus labios, sus pechos y las puntas de sus cabellos hasta que sintió su piel tan caliente como para brillar en la oscuridad. Entonces, finalmente, se sentó a horcajadas sobre él y dejó que la penetrara.

Estar dentro de ella le dio una descarga de adrenalina, como la de un yonqui. Empujó con sus caderas y ella se inclinó, con todo el peso apoyado en sus brazos y el cabello cayendo en cascada alrededor de su cabeza. Entonces, con lentitud, alzó los ojos y lo miró fijamente.

—Soy *Shakti* –dijo–. Soy la diosa. Soy el poder.

Sonrió al decirlo, y en vez de sonar como una locura, sencillamente hizo que la deseara aún más. Entonces su voz se rompió en
jadeos cortos, entrecortados al venirse, estremeciéndose, echando
la cabeza atrás y meciéndose con intensidad contra él. Fortunato
intentó darle la vuelta y acabar, pero era más fuerte de lo que habría
creído posible y hundió los dedos en su hombro hasta que se relajó,
acariciándola de nuevo con dolorosa lentitud.

Se vino dos veces más antes de que todo se volviera rojo y supo que
no podía aguantar más. Pero ella también lo sintió y antes de que supiera qué estaba pasando se había retirado y bajaba entre sus piernas,
apretando fuerte con un dedo en la base del pene. Era demasiado tarde para parar y experimentó un orgasmo tan fuerte que sus nalgas se
separaron por completo de la cama. Ella empujó su pecho hacia abajo
con la mano izquierda y lo sujetó con la derecha, cortando el flujo de
esperma antes de que pudiera eyacular, forzándolo a volver al interior.

Me mató, pensó al sentir aquel fuego líquido rugiendo de vuelta a
sus testículos, quemándolo por todo el trayecto hasta la médula es-
pinal y encendiéndola como una mecha.

—*Kundalini* –susurró, con el rostro empapado en sudor, con toda
la intención–. Siente el poder.

La chispa se propagó por su médula y estalló en su cerebro.

♠

Por fin, volvió a abrir los ojos. El tiempo se había desencajado de los
engranajes del proyector y lo veía todo en cuadros individuales, suel-
tos. Lenore lo rodeaba con ambos brazos. Las lágrimas caían de sus
ojos y se deslizaban por el pecho.

—Estaba flotando –dijo, cuando finalmente se le ocurrió usar la
voz–, arriba, en el techo.

—Pensé que estabas muerto –dijo Lenore.

—Podía vernos a los dos. Todo parecía como si estuviera hecho de
luz. La habitación era blanca y parecía como si siempre hubiera sido
así. Había arrugas y ondas por todas partes –tenía un poco la sensación de haberse pasado con la cocaína, un poco como si hubiera
metido los dedos en un enchufe–. ¿Qué me hiciste?

—Yoga tántrico. Se supone… no sé. Darte un subidón. No había oído que a nadie le diera tan fuerte –giró la cara hacia él–. ¿De verdad te saliste? ¿De tu cuerpo?

—Supongo –podía oler el champú de olor a menta que usaba en su cabello. Tomó su cara entre las manos y la besó. Su boca era suave y húmeda y su lengua jugueteó contra sus dientes. Todavía estaba duro como el diamante y empezó a temblar, deseándola.

Rodó hacia ella y ella lo guio a su interior, donde podía sentirla ardiendo por él.

—Fortunato –le susurró, con los labios tan cerca que rozaron los suyos cuando los movió–, si te vienes, lo perderás. Estarás tan débil que no podrás moverte.

—Nena, me importa una mierda. Nunca he deseado tanto a nadie –se apoyó sobre los antebrazos para poder verla, agitando frenéticamente sus caderas. Todos los nervios de su cuerpo estaban vivos y podía sentir el poder surgiendo a través de ellos y después retrocediendo lentamente, concentrándose en algún lugar en el centro de su cuerpo, listo para salir rugiendo de su interior, para dejarlo vacío, dejarlo débil, indefenso, seco...

Se apartó de ella, rodó hasta la punta de la cama y se dobló, agarrándose las rodillas.

—¡Dios! –gritó–. ¿Qué diablos me está pasando?

◆

Quería quedarse con él, pero la envió a su clase de geisha de todos modos. Estaría aquí, le prometió, cuando volviera a casa.

El departamento parecía inmenso y vacío sin ella, y de repente tuvo la escalofriante visión de Lenore sola en la calle, con el asesino de Erika aún suelto.

No, se dijo a sí mismo. No volvería a ocurrir, no tan pronto.

Encontró una llamativa túnica oriental en su clóset y se la puso y entonces empezó a dar vueltas por el departamento, midiendo con sus pasos el inaudible rumor de su sistema nervioso. Por fin se paró ante un librero de la sala.

Kundalini, le había dicho. Había oído el nombre antes y cuando vio un libro llamado *La llegada de la serpiente* hizo la conexión. Lo tomó y empezó a leer.

Leyó sobre la Gran Hermandad Blanca de la Última Tule, ubicada en algún lugar de Tartaria. El perdido *Libro de Dyzan* y el *vama chara*, el sendero de la mano izquierda. El *kali yuga*, la última y más corrupta de las eras, ahora sobre nosotros. «Haz lo que desees, pues de este modo complaces a la diosa.» *Shakti*. El semen como el *rasa*, el jugo, el poder: la *yod*. Sodomía que revivía a los muertos. Cambiaformas, cuerpos astrales, obsesiones provocadas que conducían al suicidio. Paracelso, Alastair Crowley, Mehmet Karagoz, L. Ron Hubbard.

La concentración de Fortunato era absoluta. Absorbía cada palabra, cada diagrama, pasaba las hojas adelante y atrás para hacer comparaciones, para estudiar las ilustraciones. Cuando acabó vio que habían pasado veintitrés minutos desde que Lenore había salido por la puerta.

El temblor en su pecho era miedo.

♥

A medianoche alargó la mano para tocar la mejilla de Lenore y sus dedos se humedecieron.

—¿Estás despierta? –dijo.

Se dio la vuelta y se acurrucó contra él. La calidez de su piel lo electrizaba y lo calmaba al mismo tiempo, como un whisky caro. Le pasó los dedos por el cabello y besó su fragante cuello.

—¿Por qué estás llorando? –le dijo.

—Es estúpido –respondió.

—¿Qué?

—Realmente creo en todo eso. La Magia. Crowley la llama la Gran Obra.

Pronunciaba magia con una *a* larga y Crowley con una *o* larga, como el pájaro.*

—Hice yoga y estudié la Cábala y el tarot y el sistema enoquiano. Ayunaba y hacía el Ritual del No Nacido y estudié Abramelin. Pero nunca pasó nada.

—¿Qué es lo que estabas buscando?

—No sé. Una visión. *Samadhi*. Quería ver algo más que la maldita

---

* Se refiere al cuervo, *crow*. N. de la T.

parada de Greyhound, en Virginia, donde intentan linchar a los muchachos que llevan el pelo largo. Y te pasó a ti y tú ni siquiera lo querías.

—Leí algunos de tus libros anoche –dijo. De hecho, había leído dos docenas de ellos, casi la mitad de su colección–. No sé lo que está pasando, pero no creo que sea magia. No como la magia de ese tal Crowley. Lo que me hiciste lo puso en marcha, pero creo que ya había algo en mi interior.

—¿Te refieres a las esporas esas? ¿A ese virus wild card? –se había puesto tensa involuntariamente, solo con mencionarlo.

—No se me ocurre qué otra cosa podía ser.

—Está ese tal doctor Comosellame. Podría echarte un ojo. Probablemente pueda arreglarlo y hacer que vuelvas a ser como antes, si eso es lo que quieres.

—No –dijo–. No lo entiendes. Cuando leí esos libros pude sentir todos esos poderes de los que hablaban. Como si fueras un saltador y leyeras sobre algún salto complicado que nunca has hecho, pero supieras cómo hacerlo si lo practicaras. Has dicho que no quería esto, y quizás es verdad, no estaba bien al principio. Pero ahora sí –había una imagen de órganos sexuales gigantescos y contorsiones imposibles en un diario japonés: la magia tántrica, la frente hinchada con el poder de su esperma retenido, los dedos cruzados en *mudras* de poder. La había contemplado hasta que le ardieron los ojos–. Ahora lo quiero –dijo.

♣

—Definitivamente, te tocó una wild card –dijo el hombrecillo–. Diría que un as.

Fortunato no tenía nada en particular contra los blancos, pero no podía soportar su jerga.

—¿Puede decirlo en inglés llano?

—Tu código genético ha sido reescrito por el virus taquisiano. Parece que estaba latente en tu sistema nervioso, probablemente en la espina dorsal. La intromisión, por lo visto, te dio una buena sacudida, suficiente para activar el virus.

—¿Y ahora qué pasa?

—Tal como yo lo veo, tienes dos opciones –el hombrecillo saltó por encima de la mesa de examen, al otro lado de Fortunato y se colocó el largo pelo rojo por detrás de las orejas. Tenía el aspecto de estar en una banda de *rock* o de trabajar en una tienda de discos. No era un doctor muy convincente–. Puedo intentar revertir los efectos del virus. No hay garantías... tengo una tasa de éxito de alrededor de treinta por ciento. De vez en cuando la gente acaba peor que antes.

—¿O?

—O puedes aprender a vivir con tu poder. No estarías solo. Puedo ponerte en contacto con gente que está en tu misma situación.

—¿Sí? ¿Como la «Gran y Poderosa Tortuga»? ¿Para poder volar y sacar a la gente de los coches destrozados? Creo que no.

—Lo que hicieras con tus habilidades sería cosa tuya.

—¿De qué habilidades estamos hablando?

—No lo puedo decir con seguridad. Parece que aún están desarrollándose. El encefalograma muestra una fuerte telequinesis. El cromatógrafo Kirlian muestra un potente cuerpo astral que supongo que puedes manipular.

—Magia, es lo que está diciendo.

—No, no realmente. Pero es una cosa curiosa del wild card. A veces requiere un mecanismo muy específico para mantenerlo bajo un control consciente. No me sorprendería que necesitaras ese ritual tántrico para hacerlo funcionar a tu voluntad.

Fortunato se puso de pie y sacó un billete de cien del fajo de su bolsillo delantero.

—Para la clínica –dijo.

El hombrecillo contempló el dinero un buen rato, luego se lo metió en el saco de Sgt. Pepper.

—Gracias –dijo, como si le doliera pronunciar las palabras–. Recuerda lo que te dije. Puedes llamarme cuando quieras.

Fortunato asintió y salió para contemplar los monstruos de Jokertown.

♠

Tenía seis años cuando Jetboy explotó sobre Manhattan, había crecido con miedo al virus, con el recuerdo de los diez mil que murieron el primer día del nuevo mundo. Su padre había sido uno de ellos, yacía en la cama mientras su piel se abría y se cicatrizaba una y otra vez; todo el ciclo no llevaba más de uno o dos minutos. Hasta que una de las grietas se abrió en su corazón, salpicando de sangre todo su departamento de Harlem. Y mientras el viejo yacía en su ataúd, esperando su turno para un funeral de dos minutos y una fosa común, seguía abriéndose y cicatrizando, abriéndose y cicatrizando.

El recuerdo no se había desvanecido, pero en su momento quedó relegado por otros más nuevos. Gradualmente Fortunato acabó por creer que no iba a pasarle nada. Para aquellos que no habían sido tocados por el virus, la vida siguió como siempre. Pronto se dio cuenta de que tendría que hacer su propio camino. Al escuchar a su madre quejarse de las mujeres estadunidenses se le ocurrió la idea de la prostituta como geisha; a los catorce trajo a casa una imponente chica puertorriqueña de su preparatoria para que su madre le enseñara. Aquello había sido el principio.

Alzó los ojos y vio que la noche había caído mientras vagaba sin rumbo por Jokertown. Los grises y pasteles se habían convertido en neón, las ropas de calle en estampados de la India y de leopardos. Justo delante de él unos manifestantes habían bloqueado la calle con una camioneta. Había tambores y amplificadores y guitarras y un par de cables de extensión resistentes saliendo de la puerta abierta del Club del Caos.

En aquel momento, el escenario estaba vacío excepto por una mujer con una larga y rizada cabellera roja y su guitarra acústica. Detrás de ella había una pancarta en la que se leía S. N. C. C. Fortunato no tenía idea de qué significaban las letras. Tenía al público cantando con ella alguna que otra canción *folk*. Todos cantaron el estribillo un par de veces sin la guitarra y entonces hizo una reverencia y ellos aplaudieron y bajó de la parte trasera de la camioneta.

No era hermosa del modo en que lo era Lenore; su nariz era un poco larga, su piel no tan buena. Llevaba el uniforme radical de *jeans* azules y camisa de trabajo que no le quedaba nada bien. Pero tenía un aura de energía que podía ver incluso sin quererlo.

Las mujeres eran la debilidad de Fortunato. Era como un cervatillo ante los faros de un coche. Incluso tan abatido como se sentía, no pudo evitar pararse y mirarla, y antes de que se diera cuenta, ella estaba a su lado, agitando una lata de café con unas pocas monedas en el fondo.

—Eh, hombre, ¿qué tal si donas algo?

—Hoy no –dijo Fortunato–. No me importa mucho la política.

—Eres negro, Nixon es presidente, ¿y no te importa la política? Hermano, tengo noticias para ti.

—¿Todo esto se trata de ser negro? –Fortunato no vio ningún otro rostro negro en la multitud.

—No, hombre, esto se trata de jokers. Buh, ¿te he tocado la fibra o algo? –al ver que Fortunato no respondía siguió de todos modos–. ¿Sabes cuál es la esperanza de vida media para un joker en Vietnam? Menos de dos meses. Si tomas el porcentaje de jokers en la población de Estados Unidos y lo divides por el porcentaje de jokers que hay en Vietnam, ¿sabes qué da? Tienes como cien veces demasiados jokers ahí. ¡Cien *veces*, hombre!

—Bien, muy bien, ¿y qué quieres que haga al respecto?

—Haz un donativo. Vamos a contratar a abogados y a detener todo esto. Es el FBI, hombre. El FBI y SCARE. Es otra vez como cuando McCarthy. Tienen listas de todos los jokers y los llaman a filas a propósito. Si pueden caminar y empuñar un arma, ni siquiera reciben un entrenamiento físico de verdad, van directamente a Saigón. Es genocidio, puro y simple.

—Está bien, bien –sacó uno de veinte y lo tiró en la lata.

—¿Sabes qué me gustaría? –ni siquiera se había dado cuenta del valor del billete–. Me gustaría que esos putos ases hicieran algo por su cuenta, ¿sabes? ¿Qué le costaría a Ciclón o a uno de esos imbéciles borrar esos archivos? Nada, hombre, pero están demasiado ocupados consiguiendo titulares.

Empezó a alejarse y entonces miró la lata.

—Eh, gracias hombre. Eres un tipo agradable. Escucha, aquí tienes un folleto. Si quieres hacer algo más, llámanos.

—Claro –dijo Fortunato–. ¿Cómo te llamas?

—Me llaman C. C. –dijo– C. C. Ryder.

—¿Es el mismo C. C. de ahí arriba? –señaló la pancarta donde se leía S. N. C. C.

C. C. negó con la cabeza.

—Eres gracioso, hombre –dijo, y sonrió y se perdió entre la multitud.

Dobló el folleto, se lo metió en el bolsillo y salió de Bowery. Toda aquella charla sobre los jokers lo había dejado desconcertado. Justo al final de la calle había un club lleno de espejos que se llamaba La Casa de los Horrores, propiedad de un tipo de nombre Desmond que tenía una trompa en vez de nariz. Era uno de los clientes de Fortunato, siempre quería una geisha con la piel más fina o el pelo más oscuro o el rostro más dulce que la que Fortunato podía encontrarle. Fortunato no podía soportar la idea de verlo justo entonces.

En las bocacalles ya casi nadie llevaba máscaras y los ojos le devolvían las miradas desafiantes, desde caras invertidas o cabezas del tamaño de melones. Tus nuevos hermanos y hermanas, se dijo para sus adentros. Por cada as había diez de estos acechando en las calles, mientras los afortunados se ponían sus capas y hablaban su jerga y volaban por ahí peleándose entre ellos. Los ases tenían los titulares y las tertulias televisivas, y los monstruos y los lisiados tenían Jokertown. Jokertown y las selvas de Vietnam, si la historia de C. C. era cierta.

Pero el único lugar donde Fortunato quería estar era de vuelta en el departamento de Lenore, haciéndole el amor. Y esta vez se dejaría llevar, y si aquello lo dejaba débil le daría igual y las cosas volverían a ser como siempre.

Excepto que tarde o temprano el asesino volvería a actuar. Vietnam estaba en la otra punta del mundo, pero el asesino estaba aquí mismo, quizás en esta misma manzana.

Se paró, alzó los ojos y vio que su subconsciente lo había conducido al callejón donde le dijeron que habían encontrado a Erika.

Pensó en lo que C. C. le había dicho. Usar el poder para cuidar de los tuyos.

Cuando Lenore lo sacó de su cuerpo con tal intensidad vio cosas que nunca antes había visto, remolinos y trazos de energía que no podía nombrar. Si pudiera volver a salir, quizá podría ver algo que a los policías se les hubiera pasado por alto.

Un borracho con un abrigo largo, sucio, se dirigió hacia él. A Fortunato le costó un segundo darse cuenta de que tenía las orejas largas, flexibles, de un perro basset y un hocico húmedo y negro. Fortunato lo ignoró, cerrando los ojos y tratando de recordar la sensación.

También podría haberse imaginado que estaba en la luna. Necesitaba a Lenore, pero tenía miedo de traerla aquí. ¿Podría hacerlo en su casa y volar de regreso a este sitio? ¿Sería capaz de mantenerlo tanto tiempo? ¿Qué le pasaría a su cuerpo físico si lo hacía?

Demasiadas preguntas. La llamó desde una cabina telefónica y le dijo que se reuniera con él.

—¿Tienes una pistola? –preguntó.

—Sí. Desde que... ya sabes.

—Tráela.

—¿Fortunato? ¿Estás en apuros?

—Aún no –dijo.

◆

Para cuando regresó al callejón con Lenore había congregado a una multitud. Todos llevaban ropa sobrante del Ejército de Salvación: pantalones holgados, camisas de franela rotas y manchadas, sacos del color de la grasa seca. Una mujer bajita parecía una figura de cera que hubiera empezado a derretirse. A su derecha había un adolescente, de pie junto a una hilera de botes de basura, vibrando. Cuando las vibraciones llegaron a cierta frecuencia, los botes empezaron a sonar como una espasmódica sección de címbalos y la mujer se giró hacia ellos hecha una furia y les dio una patada. Otros estaban deformados de un modo menos evidente: un hombre con ventosas en las puntas de los dedos, una chica cuyas facciones habían quedado encuadradas por bordes de piel endurecida.

Lenore se asió del brazo de Fortunato.

—¿Y ahora qué? –susurró.

Fortunato la besó. Ella intentó zafarse cuando el público de monstruos empezó a reír disimuladamente, pero Fortunato era insistente, abriéndole los labios con su lengua, pasando las manos por la parte baja de la espalda y por fin ella empezó a respirar con pesadez y él sintió el poder agitándose en la base de su columna. Bajó los labios hasta el hombro de Lenore, sus largas uñas se hundían en su cuello y entonces alzó los ojos hasta que vio al hombre-perro. Sintió que el poder afluía a sus ojos y a su voz, y dijo tranquilamente.

—Vete.

El hombre-perro se dio la vuelta y se alejó por el callejón. De uno en uno ordenó a los otros que se fueran y entonces dijo:

—Ahora —y guio su mano a sus pantalones—. Házmelo, lo que hiciste antes.

Deslizó sus manos bajo su suéter y las movió lentamente por sus pechos. Su mano derecha se cerró sobre él y su izquierda reposó alrededor de su cintura, confortándolo con el peso de su s&w .32. Cerró los ojos y el calor empezó a aumentar, dejó que el muro de ladrillos que tenía detrás soportara su peso. En segundos, estaba listo para venirse, su cuerpo astral burbujeando como un globo apenas sujeto.

Y entonces, como si saliera de lado de un coche en movimiento, se deslizó libre.

♥

Cada ladrillo y cada envoltorio de caramelo refulgían con claridad. Mientras se concentraba, el rumor del tráfico se fue haciendo lento y grave hasta que apenas fue audible.

Habían encontrado a Erika en un portal en el fondo del callejón, con los brazos y las piernas amputadas y apiladas como leña en su regazo, la cabeza unida al tronco por menos de la mitad del grosor de su cuello. Fortunato podía ver las manchas de su sangre en lo profundo de las moléculas del cemento, aún brillando débilmente con su esencia vital. La madera del marco de la puerta todavía retenía una traza de su perfume y una única hebra de su pelo rubio ceniza.

El murmullo de barítono de la calle descendió a una vibración tan baja que Fortunato podía sentir cada uno de los picos de las ondas pasando a través de él. Ahora podía ver la muesca que el cuerpo de Erika había dejado en el porche de concreto, la huella infinitesimal que sus zapatos habían dejado en el asfalto. Y junto a ellas, las huellas de su asesino.

Conducían de la calle al cuerpo de Erika y de vuelta, y en la acera se encontraban con la impronta de un coche. No tenía ni idea de qué coche era, pero podía ver las marcas que había dejado, gruesas y negras y fibrosas, como si hubiera estado quemando hule todo el trayecto.

Se detuvo un instante y volvió a mirar su cuerpo material paralizado en brazos de Lenore. Después dejó que las marcas del coche lo guiaran por la calle, cruzando la Segunda Avenida y después al sur hacia Delancey. Se sintió gradualmente más débil, su visión empezó a hacerse borrosa y los ruidos de fondo de la ciudad empezaron a vibrar en los límites de su audición. Se concentró más intensamente, sacando las últimas reservas de fuerza de su cuerpo físico.

El coche giró al norte en Bowery y se paró en un almacén gris en estado lamentable. Fortunato se abalanzó sobre la acera y vio las huellas que iban desde el coche hasta la puerta del edificio.

Las siguió escaleras arriba. Sintió como si hubiera estado atado a una banda elástica gigante y hubiera llegado al límite. Cada escalera le pedía más de sí que la anterior. Finalmente las huellas desaparecieron en la entrada de un *loft* y supo que era el final.

El ruido del tráfico empezó a dar vueltas vertiginosamente a su alrededor y salió disparado hacia atrás por donde había venido, irresistiblemente atraído por su cuerpo. Dichoso, exhausto, como si se hubiera vaciado en el sexo, se metió en él como un clavadista en una piscina. Lenore se tambaleó bajo el súbito peso muerto y después él se hundió en la inconsciencia.

♣

—No —dijo, y se apartó de él—. No puedo.

Tenía círculos púrpuras bajo los ojos y su cuerpo estaba debilitado por el cansancio. Fortunato se preguntaba cómo había sido capaz de meterlo en el taxi y ayudarle a subir las escaleras hasta su departamento.

—No entiendo —dijo.

—Generas una carga y luego el sexo te permite atraparla. ¿Lo ves? El poder, el *shakti*. Solo que con la magia tántrica vuelves a absorber la energía hacia ti. No solo la tuya, sino toda la que te cedo.

—Así que cuando te vienes, me entregas ese *shakti*.

—Así es.

—Y me has dado todo lo que tienes.

—Así es, hombretón. Estoy jodida.

Fortunato alzó el teléfono.

—¿Qué estás haciendo?

—Sé dónde está el asesino —dijo, marcando—. Si no puedes darme la fuerza para atraparlo, tendré que sacarla de otro sitio —no le gustaba cómo habían salido las cosas, pero en ese momento estaba demasiado cansado para preocuparse. Cansado y algo más. Su cerebro zumbaba con el conocimiento de su poder y sentía cómo lo estaba cambiando, cómo estaba tomando el control.

El teléfono sonó y en el otro extremo oyó responder a Miranda.

Tapó el auricular con la mano y se giró hacia Lenore.

—¿Ayudarás?

Cerró los ojos e hizo algo con su boca que era casi una sonrisa.

—Supongo que una puta debería estar curada de espanto y no estar celosa.

—Geisha –dijo Fortunato.

—De acuerdo –dijo Lenore–. Le enseñaré lo que hay que hacer.

♠

Tenían una raya de cocaína cada uno y algo de hierba vietnamita, intensa. Lenore juró que solo los ayudaría a conectarse. Miranda, alta, de pelo negro, exuberante, la más experta físicamente de sus mujeres, se desnudó lentamente hasta quedarse en liguero, medias y un sostén negro tan fino que podía ver los oscuros óvalos de sus pezones.

Cuarenta minutos más tarde Lenore se había desmayado a los pies de la cama. Miranda, con la cabeza colgando por el borde, los brazos extendidos en un grotesco crucifijo, cerró los ojos.

—Esto es lo que hay –susurró–. No me puedo venir más. Es posible que nunca vuelva a venirme.

Fortunato se puso de rodillas. Estaba cubierto de una capa de sudor y le pareció ver una luz dorada irradiando bajo su piel. Se vio a sí mismo en el espejo que había en el tocador de Lenore y no se alarmó, ni siquiera lo sorprendió ver que su frente se había empezado a hinchar con el poder.

Estaba listo.

♦

El taxi lo dejó a dos manzanas de Delancey. Para mayor seguridad, llevaba la .32 de Lenore embutida en la parte trasera de los pantalones, escondida bajo su saco de lino negro. Pero si podía, haría el trabajo con sus propias manos. De todos modos, los policías no se arriesgarían a devolver al asesino a las calles.

Sus ojos apenas podían enfocarse y tuvo que meterse las manos en los bolsillos porque no confiaba en ellas. Por alguna razón no estaba asustado. Sintió que volvía a tener quince años, la misma sensación que había experimentado cuando empezó a hacerlo con las chicas que su madre entrenaba. Durante meses, había tenido miedo de probarlo pensando en qué diría o haría su madre; una vez que cayó en la tentación, ya no le importó.

Ahora era lo mismo. Era temerario, cargado con el oscuro aroma y la cálida y húmeda presión del sexo, que apenas funcionaba en el mundo real. Voy a enfrentarme al asesino, se dijo a sí mismo, pero solo eran palabras. En sus entrañas supo que iba a proteger a sus mujeres, y que eso era lo único que importaba.

Subió las escaleras hasta el *loft*. Era pasada la medianoche, pero a través de la puerta de acero pudo oír «Street-Fighting Man» de los Rolling Stones sonando a todo volumen en el equipo de música. Llamó a la puerta con los puños.

Tragó saliva, se le hizo un nudo en la garganta.

La puerta se abrió.

Al otro lado había un chico de diecisiete o dieciocho años, pálido, delgado, pero musculoso. Tenía el pelo largo rubio y un rostro que podría haber sido hermoso de no ser por una erupción de granos en la barbilla, disimulada torpemente con maquillaje. Llevaba una camisa amarilla con lunares negros y unos *jeans* de campana descoloridos.

—¿Quiere algo? –preguntó, por fin.

—Hablar contigo –dijo Fortunato. Tenía la boca seca y aún no enfocaba bien los ojos.

—¿De qué?

—Erika Naylor.

El chico no reaccionó.

—Nunca he oído hablar de ella.

—Creo que sí.

—¿Eres un policía? –Fortunato no respondió–. Pues vete al diablo.

Empezó a cerrar la puerta. Fortunato recordó el callejón, cómo había ordenado a los jokers que se fueran.

—No –dijo, mirando intensamente a los ojos sin color del chico–. Déjame entrar.

El muchacho vaciló, parecía perplejo, pero no sucumbió. Fortunato golpeó la puerta con el hombro, empujando al chico de vuelta al *loft* y tirándolo al suelo.

La habitación estaba oscura y la música era ensordecedora. Fortunato encontró un interruptor y lo encendió, entonces dio un paso atrás, involuntariamente, cuando su cerebro registró lo que veía.

Era el departamento de Lenore retorcido hasta la perversión, la moda moderna, sexy, del ocultismo llevada hasta el extremo y convertida en tortura, asesinato y violación. Como en el departamento de Lenore había una estrella de cinco puntas en el suelo, pero esta se había trazado precipitadamente, era irregular, tallada en los tablones de madera con algo afilado y después salpicada con sangre. En vez de terciopelo y velas y maderas exóticas, había un colchón gris a rayas en una esquina, una pila de ropa sucia y una decena o más de Polaroids sujetas en la pared con grapas.

Sabía lo que iba a encontrar, pero se acercó a la pared de todos modos. De las catorce mujeres desnudas, desmembradas, reconoció a tres. La última, en la esquina inferior derecha, era Erika.

No podía pensar con la música a todo volumen. Miró a su alrededor buscando el tocadiscos y vio que el muchacho se levantaba, con la piernas temblorosas y se dirigía vacilante hacia la puerta.

—¡Quieto! –gritó Fortunato, pero sin contacto visual, no valía de nada.

Enfurecido y presa del pánico, Fortunato se abalanzó sobre él. Agarró al chico por la cintura y lo empotró contra la pared de yeso.

Y de repente, estaba tratando de sujetar a un animal rabioso, todo rodillas y uñas y dientes. Fortunato se apartó instintivamente y contempló el filo de una navaja automática centellear entre ellos, cortándolo a través de su chaqueta y su camisa y su piel y apartándose ribeteada de rojo.

Voy a morir, pensó Fortunato. Llevaba la pistola metida en la parte trasera de los pantalones, demasiado lejos para cogerla antes de que la hoja se acercara otra vez, cortándolo más profundamente, abriéndose paso hacia su interior. Matándolo.

Miró la hoja. Antes de saber qué estaba haciendo, ya la estaba mirando fijamente, concentrado, como lo había hecho al leer los libros en el departamento de Lenore, como lo había hecho en el callejón de Jokertown.

Y el tiempo se detuvo.

Podía ver no solo su sangre en el cuchillo, sino también la de las otras, de Erika y las otras mujeres de las fotografías, borrosa, pero aún conservada en la memoria del metal.

Se apartó del perturbado muchacho rubio, moviéndose con la lentitud de los sueños a través de un aire espeso, pero aun así se movía más rápido que el chico o su cuchillo. Se llevó la mano a la espalda, notó la empuñadura lisa de la pistola bajo los dedos. Los Rolling Stones se habían reducido a un canto fúnebre mientras desenfundaba el arma, apuntaba al muchacho; vio sus ojos pálidos abrirse de par en par.

No lo mates, pensó de repente. No hasta que sepas por qué. Desvió el cañón hasta apuntar el hombro derecho del muchacho y apretó el gatillo.

El ruido empezó como una vibración en la mano de Fortunato, se aceleró como un cohete, se convirtió en un rugido, en un breve estallido atronador y el tiempo volvió a correr; el muchacho retrocedió por el impacto de la bala, pero sus ojos no mostraban nada, sacó el cuchillo de su mano derecha, inutilizada, con la izquierda y acometió dando bandazos una vez más.

Poseso, pensó Fortunato horrorizado, y le disparó al corazón.

♥

Al retroceder a tropezones, Fortunato se abrió la camisa y vio que la larga herida superficial en el pecho ya había dejado de sangrar, ni siquiera necesitaría puntos. Cerró la puerta de entrada de golpe y cruzó la habitación para desenchufar el tocadiscos de una patada. Y entonces, en aquel silencio estrangulado, se giró para enfrentarse al chico muerto.

El poder se agitó y surgió de su interior. Podía ver la sangre de las mujeres en las manos del muchacho, ver el rastro de sangre que provenía del tosco pentagrama del piso, ver las huellas donde el chico había estado, las sombras donde las mujeres habían muerto y allí, débilmente, como si las hubieran borrado de algún modo, las marcas que había dejado alguien más.

Líneas de poder persistían aún dentro del pentagrama, como las olas de calor reluciendo en una carretera en el desierto. Fortunato apretó los puños, sintió un sudor frío goteando por su pecho. ¿Qué es lo que había ocurrido realmente? ¿Acaso el chico había conjurado a un demonio? ¿O la locura del muchacho solo había sido un instrumento en manos de algo mucho más grande, algo infinitamente peor que unos pocos asesinatos al azar?

El muchacho podría habérselo dicho, pero estaba muerto.

Fortunato fue hacia la puerta, puso la mano en el picaporte. Cerró los ojos y apoyó la frente en el frío metal. Piensa, se dijo a sí mismo.

Limpió las huellas dactilares de la pistola y la tiró al lado del cuerpo. Que los policías sacaran sus propias conclusiones. Las Polaroids les darían mucho en qué pensar.

Volvió a girarse, y de nuevo fue incapaz de dejar la habitación.

Tienes el poder, se dijo a sí mismo. ¿Te puedes largar de aquí sabiendo que tienes el poder, negándote a usarlo?

El sudor le caía por el rostro y los brazos.

El poder estaba en la *yod*, el *rasa*, el esperma. Un poder increíble, más del que sabía cómo controlar aún. Suficiente para devolver a los muertos a la vida. No, pensó. No puedo hacerlo. No únicamente porque solo pensarlo le daba náuseas, sino porque sabía que lo cambiaría. Sería el punto de no retorno, el punto donde dejaría de ser completamente humano.

Pero el poder ya lo había cambiado. Ya había visto cosas que aquellos que no lo tenían nunca entenderían. El poder corrompe, le habían dicho, pero ahora veía cuán ingenuo era eso. El poder ilumina. El poder transforma.

Desabrochó el cinturón del chico, bajó el cierre de sus pantalones de campana y se los bajó. El chico se había cagado y meado en ellos al morir, y el hedor le hizo torcer el gesto. Tiró los pantalones a un rincón y dio la vuelta al chico muerto, dejándolo boca abajo.

No puedo hacer esto, pensó Fortunato.

♣

Aquello lo dejó débil, más débil de lo que había creído posible. Se apartó gateando, subiéndose los pantalones, asqueado, lleno de repugnancia y exhausto.

El muchacho muerto empezó a retorcerse.

Fortunato llegó a la pared, se puso de pie. Estaba mareado y la cabeza le palpitaba dolorosamente. Vio algo en el suelo, algo que se había caído de los pantalones del chico. Era una moneda, un penique del siglo XVIII, tan nuevo que parecía rojizo bajo la penetrante luz del *loft*.

Se metió el penique en el bolsillo por si después tenía algún significado.

—Mírame –le dijo al muchacho muerto.

Las manos del chico muerto arañaron en el suelo, arrancando astillas sanguinolentas. Lentamente se incorporó apoyándose en las manos y después se puso de pie torpemente, a sacudidas. Se giró y miró a Fortunato con ojos vacíos. Los ojos eran horribles. Decían que la muerte era la nada, que incluso unos pocos segundos en ella habían sido demasiados.

—Háblame –dijo Fortunato. Ya no la ira, sino el recuerdo de la ira, lo hacía seguir adelante–. Maldito sea tu culo blanco, háblame. Dime qué significa esto. Dime por qué.

El chico muerto contempló fijamente a Fortunato. Por un momento, algo parpadeó en sus ojos y el chico muerto dijo:

—TIAMAT.

Lo había dicho en un susurro, pero perfectamente claro. El chico muerto sonrió. Se llevó ambas manos a la garganta y se desgarró violentamente la piel del cuello y entonces, mientras Fortunato observaba, se lo abrió por la mitad.

♠

Lenore estaba dormida. Fortunato tiró sus ropas a la basura y se quedó en la regadera treinta minutos, hasta que se acabó el agua caliente. Después se sentó a la luz de una vela en el salón de Lenore y leyó.

Encontró el nombre TIAMAT en un texto sobre los elementos sumerios de la magia de Crowley. La serpiente, Leviatán, KUTULU. Lo monstruoso, el mal.

Sabía sin ninguna clase de duda que solo había encontrado un único tentáculo de algo que desafiaba su comprensión.

Finalmente, se durmió.

◆

El sonido de los cierres de la maleta de Lenore lo despertó.

—¿No lo ves? –trató de explicarle–. Soy sólo una… una toma de corriente a la que te conectas para recargarte cuando llegas a casa. ¿Cómo puedo vivir así? Tienes lo que siempre he querido, poder de verdad para hacer magia de verdad. Y lo tienes por pura buena suerte, ni siquiera lo querías. Y todo el estudio y la práctica y el trabajo que he hecho toda mi vida no valen nada porque no me contagié de un maldito virus alienígena.

—Te quiero –dijo Fortunato–. No te vayas.

Le dijo que se quedara los libros, que se quedara el departamento también si lo quería. Le dijo que le escribiría, pero no necesitaba la magia para saber que estaba mintiendo.

Y después, se fue.

♥

Durmió durante dos días, y al tercero Miranda lo encontró e hicieron el amor hasta que estuvo lo bastante fuerte como para contarle lo que había pasado.

—Mientras esté muerto –dijo Miranda–, el resto no me importa.

Cuando lo dejó aquella noche para ir a atender a un cliente, se quedó sentado en el salón durante una hora, incapaz de moverse. Pronto, lo sabía, tendría que empezar a buscar el otro ser, cuyas trazas había visto en el *loft* del chico muerto. Solo con pensarlo, la aversión lo paralizaba.

Al final, tomó *Magia* de Crowley y lo abrió en el capítulo quinto. «Tarde o temprano», decía Crowley, «al crecimiento suave y constante le sucede una depresión: la Noche Oscura del Alma, un hastío y un aborrecimiento infinito de la obra.» Pero finalmente llegaría una «condición nueva y superior, una condición solo accesible por el proceso de la muerte».

Fortunato cerró el libro. Crowley lo sabía, pero estaba muerto. Se sentía como el último humano en un planeta de roca yerma. Pero no era el último humano. Era uno de los primeros de algo nuevo, algo que tenía el potencial de ser mejor que lo humano.

Aquella mujer en la manifestación, C. C. le había dicho que debería ocuparse de los suyos. ¿Qué le costaría salvar a cientos de jokers de una muerte en el calor y la húmeda podredumbre de Vietnam? No mucho. No mucho, en absoluto.

Encontró el folleto en el bolsillo de su saco. Lentamente, cada vez más convencido, marcó el número.

Transfiguraciones

♣ ♦ ♠ ♥

por Victor Milán

E L VIENTO DE LA NOCHE DE NOVIEMBRE AZOTABA SUS pantalones, colándose en sus delgadas piernas como los zarcillos urticantes de un trífido, cuando entró a empujones en un pequeño club, no muy lejos del campus. La penumbra latía como una herida: rojo, azul, ruido. Se paró y merodeó cerca de la puerta con el voluminoso abrigo a cuadros verdes y naranja con el que su madre le había despachado al MIT tres años antes colgando de sus estrechos hombros como un enano muerto. *No seas tan cobarde, Mark,* se dijo. *Esto es por la ciencia.*

La banda atacó «Crown of Creation» y la lanzó a la pista con furia mientras él, instintivamente, buscaba el rincón más oscuro, con una taza de té en la mano: al menos había aprendido que pedir Cocacola o café equivalía a estar fuera de onda.

Aparte de eso no había descubierto nada mejor en semanas de investigación. Por el modo en que iba vestido, con sus pantalones pesqueros y su camisa de poliéster color pastel, del tipo que siempre se le abombaba por los lados como una vela en el viento, podría haber corrido el riesgo de que lo confundieran con un poli –era el otoño después de Woodstock, el año en que Gordon Liddy inventó la DEA para dar a Nixon un tema con el que desviar la atención de la guerra–, pero Berkeley y San Francisco eran ciudades de moda, ciudades universitarias; reconocían a un estudiante de ciencias en cuanto lo veían.

Glass Onion no tenía una pista de baile como tal; los cuerpos se balanceaban bajo el brillo rojo crepuscular e índigo que había entre las mesas o se apiñaban en un espacio despejado ante el minúsculo escenario, con un susurro de cuentas y flecos de antes, y ocasionalmente el destello apagado de joyería hindú. Se mantuvo tan lejos como pudo del centro de acción, pero era Mark e inevitablemente chocaba contra todo el que pasaba, dejando una estela de miradas y unos avergonzados «perdones» en voz baja tras él. Sus prominentes orejas le ardían, casi había alcanzado su objetivo, la desvencijada mesita hecha con un carrete de cable Ma Bell con una única silla de auditorio, verde y abollada, a su lado y una vela apagada en un tarro vacío de mantequilla de cacahuate tirada por allí encima, cuando se dio de bruces con alguien.

Lo primero que ocurrió fue que sus enormes anteojos de pasta se deslizaron por el puente de su nariz y desaparecieron en la oscuridad. Lo siguiente, que agarró a la persona con la que había chocado con las dos manos mientras perdía el equilibrio. La taza de té se estrelló en el suelo con gran estrépito.

—Oh, lo siento, oh, por favor, perdona, lo siento –brotó de su boca como los chicles de una máquina rota.

Notó una cierta suavidad en las finas manos de la persona de la que se estaba agarrando con tanto ahínco, y un aroma a almizcle y pachuli que se destacaba del ambiente cargado en general y que se incrustaba directamente en su sistema nervioso. Se maldijo para sus adentros: *Tenías que ir y estamparte con una mujer guapa.* Al menos olía estupendamente.

Después, ella le estaba dando palmaditas en el brazo, murmurando que lo sentía y ambos se agacharon por el suelo buscando la taza de té y los anteojos mientras los cuerpos iban y venían a su alrededor y sus cabezas chocaron y se apartaron entre disculpas, y los dedos febriles de Mark encontraron los anteojos, milagrosamente intactos, y se los volvió a poner delante de los ojos, y parpadeó y se encontró a sí mismo contemplando desde una distancia de doce centímetros el rostro de Kimberly Ann Cordayne.

Kimberly Ann Cordayne: la chica, sí, de sus sueños. El amor de su infancia, no correspondido, desde el mismo momento en que la había visto, con cinco años y con el uniforme escolar, montando su triciclo por la calle del modesto suburbio de SoCal donde ambos vivían. Había quedado tan fascinado por su perfección, propia de las tarjetas Hallmark, que la bola de helado de frambuesa se cayó de su cucurucho para perderse en el calor de la acera y ni siquiera se dio cuenta. Pedaleaba con los pies descalzos y circulaba levantando su nariz respingona, sin percatarse de su existencia. Desde aquel día, le había entregado su corazón.

La esperanza y la desesperación afloraron en una oleada en su interior. Se incorporó, con la lengua demasiado seca como para articular palabra.

—¡Mark! ¡Mark Meadows! Caray, me alegro de verte —lo abrazó.

Se quedó allí plantado, pestañeando como un idiota. Ninguna mujer que no fuera pariente suya lo había abrazado antes. Tragó saliva espasmódicamente. *¿Y si tengo una erección?* Con retraso, le dio débiles palmaditas en la parte baja de su espalda.

Ella lo apartó, manteniéndolo a distancia.

—Déjame que te vea, hermano. Porque no has cambiado nada.

Hizo una mueca. Ahora empezarían las burlas, por su delgadez, su torpeza, su corte de pelo, los granos que aún salpicaban sus rasgos escuálidos, supuestamente postadolescentes, y su más reciente y más grave carencia, su rotunda y completa incapacidad para estar cerca Con Aquello. En la preparatoria, Kimberly Ann había pasado de la indiferencia a ser su principal tormento: o mejor dicho, una sucesión de atletas en cuyos sobredimensionados bíceps ella se colgaba, arrullando palabras de ánimos, había asumido ese papel.

Pero aquí estaba ella, jalándolo hacia la mesa del rincón.

—Anda, vamos a hablar de los viejos tiempos.

Era una oportunidad que había esperado desesperadamente tres cuartas partes de su vida. Cara a cara con su ideal de amor y belleza mientras la banda del escenario acometía «Blackbird» de los Beatles: y a él no se le ocurría qué diantres decir.

Pero Kimberly Ann estaba más que contenta de tener aquella conversación. Sobre los cambios que había experimentado desde el buen Rexford Tugwell High. Sobre la gente fenomenal que había conocido en Whittier College y cómo la habían transformado y le habían abierto los ojos. Cómo lo había abandonado a mitad de su último año y se había venido aquí, al área de la bahía, la brillante meca del Movimiento. Cómo se había estado buscando a sí misma desde entonces.

Quizás él no había cambiado, pero ella definitivamente sí. La lisa coleta negra había desaparecido, como las faldas plisadas, el lápiz de labios y el esmalte de uñas de color pastel y la remilgada perfección de la hija única de un ejecutivo del Banco de América que iba y venía constantemente. Kimberly se había dejado el pelo largo, le llegaba muy por debajo de los hombros en una gran melena ondulada y envolvente, al estilo de Yoko Ono. Llevaba un blusón con volantes bordado con hongos y planetas, una voluminosa falda desteñida que a Mark le recordaba más que nada a las exhibiciones de fuegos artificiales en Disneylandia. Sabía que llevaba los pies descalzos porque le había pisado uno. Estaba más hermosa de lo que jamás pudiera haber imaginado.

Y aquellos ojos pálidos, como el cielo de invierno, que tan a menudo lo habían dejado helado en el pasado, brillaban para él con tal calidez que apenas podía soportar mirarlos. Estaba en el cielo, pero en cierto modo no se lo tragaba. Siendo Mark, tenía que preguntar:

—Kimberly… —empezó.

Ella levantó dos dedos.

—Alto ahí, amigo. He dejado atrás mi rollo burgués. Ahora soy Sunflower.

Él asintió con la cabeza y con la manzana de Adán.

—De acuerdo… Sunflower.

—¿Y qué te trae aquí, hombre?

—Es un experimento.

Lo miró por encima del borde de su vaso de vino, cautelosa, de repente.

—Acabo de terminar mi licenciatura en MIT —le explicó atropelladamente—. Ahora estoy aquí para terminar el doctorado en bioquímica en la Universidad de California, en Berkeley.

—¿Y eso qué tiene que ver con este ambiente?

—Bueno, en lo que he estado trabajando es en averiguar justo cómo nuestro ADN codifica la información genética. He publicado algunos artículos, cosas así —en MIT lo comparaban con Einstein, de hecho, pero nunca lo sorprenderías diciendo eso—. Pero este verano he descubierto algo que me interesa más. La química de la mente.

Un vacío azul, sus ojos.

—Psicodelia. Drogas psicoactivas. He leído todo el material: Leary, Alpert, la colección Solomon. La verdad es ¿cuál es la expresión? Realmente me pone en la onda —se inclinó hacia delante, tocando inconscientemente los rotuladores alojados en el protector de plástico del bolsillo del pecho. Con su excitación roció la mesita con salivazos inconscientes–. Es un área de investigación verdaderamente crucial. Creo que podría llevar a responder las preguntas realmente importantes: quiénes somos y cómo y por qué.

Lo miró en parte con el ceño fruncido, en parte sonriendo.

—Aún no lo entiendo.

—Estoy haciendo trabajo de campo para establecer un contexto para mi investigación. En la cultura de las drogas, la, hum, la contracultura. Tratando de tener un ángulo desde el que observar cómo el uso de alucinógenos afecta la perspectiva de la gente.

Se humedeció los labios.

—La verdad es que es muy excitante. Hay todo un mundo que no sabía que existía: *aquí*.

Un tic nervioso abarcó los ahumados confines del Onion.

—Pero de algún modo no puedo, bueno, conectarme. He comprado todos los discos de The Grateful Dead, pero aún me siento como un intruso. Yo... yo casi siento que me gustaría formar parte de todo este rollo *hippie*.

—¿*Hippie*? –dijo con un resoplido patricio–. Mark, ¿dónde has estado? Es 1969. El movimiento *hippie* murió hace dos años –meneó la cabeza–. ¿Has probado alguna de esas drogas que estás tratando de estudiar?

Se sonrojó.

—No. Yo... hum, no estoy listo para llegar a ese nivel.

—Pobre Mark. Eres tan mojigato. Tiene pinta de que voy a tener un trabajo a mi medida, intentando enseñarle lo que está pasando, señor Jones.

La indirecta le bajó los ánimos, pero de repente su rostro se iluminó y su nariz y sus mejillas y todo los demás se movieron en un gesto de felicidad, y le mostró sus dientes de caballo.

—¿Quieres decir que me ayudarás? –le agarró la mano, apartando los dedos, como si temiera dejarle marcas–. ¿Me enseñarás todo esto?

Ella asintió.

—¡Genial! –asió la taza, chocó de nuevo contra un diente superior, se dio cuenta de que estaba vacía y volvió a dejarla repiqueteando–. Me estaba preguntando por qué, o sea, yo... bueno, tú nunca antes, hum, has hablado conmigo así.

Le tomó la mano entre las suyas y pensó que se le detendría el corazón.

—Oh, Mark –dijo tiernamente, incluso–, siempre tan analítico. Es solo que desde que he abierto los ojos me he dado cuenta de que todo el mundo es hermoso a su manera, excepto los cerdos que oprimen a la gente. Y te veo: todavía eres formal. Pero aún no estás vendido por completo, hombre. Te lo digo yo, puedo leerlo en tu aura. Aún eres el mismo Mark de siempre.

Su cabeza giraba vertiginosamente como un tiovivo sin control. Con cinismo, dejó que su cerebro lanzara la hipótesis de que ella añoraba su hogar, que él era parte de una infancia y de un pasado del que ella se había desvinculado, quizá, demasiado drásticamente.

La dejó de lado. Era Kimberly Ann, invulnerable, inabordable. En cualquier momento lo reconocería como el impostor que era.

No lo hizo. Hablaron toda la noche: o mejor dicho, ella habló y él escuchó, queriendo creer, pero aún incapaz de hacerlo. Cuando la banda se tomó un descanso que debería haber hecho hacía mucho tiempo, alguien puso la cara A del nuevo disco de Destiny en el equipo de sonido. La *gestalt* lo abrasó irrevocablemente: la oscuridad y las luces de colores jugueteaban en el rostro y el cabello de la mujer más hermosa de su universo, y por debajo de ello, la ronca voz de barítono de Tom Marion Douglas cantaba al amor y la muerte y la separación, a los dioses antiguos y destinos ni siquiera entrevistos. Aquella noche lo cambió. Pero él aún no lo sabía.

Estaba casi demasiado saciado por el arrobamiento como para entusiasmarse o siquiera sorprenderse cuando, a la mitad de la segunda parte de la actuación de la banda, Kimberly se puso de pie de repente, apretándole la mano.

—Esto está empezando a ser molesto. Estos tipos no saben qué hacen. ¿Por qué no vienes a mi departamento, bebemos un poco de vino, viajamos un poco? –sus ojos lo desafiaban, y había en ellos un poco de aquella vieja soberbia, el antiguo hielo, mientras se calzaba sus botas con cordones rojos–. ¿O eres demasiado formal para eso?

Sintió como si tuviera una bola de algodón en medio de su lengua.

—Ah, yo… no. Estaría más que encantado.

—¡Estupendo! Aún hay esperanza para ti.

Aturdido, Mark la siguió hasta que salieron del club y luego hasta una licorería con una enorme efigie de San Quintín que chirriaba encima del escaparate, donde un propietario con calvicie incipiente y cara pálida les vendió una botella de Ripple con expresión de disgusto a través de la mirilla. Mark era virgen. Tenía sus fantasías, las revistas *Playboy* con sus páginas pegadas apiladas junto a los artículos científicos debajo de la cama destartalada de su departamento, en las afueras de Chinatown. Pero ni en sueños se había atrevido a imaginarse emparejado con la resplandeciente Kimberly Ann. Y ahora… iba a la deriva por las calles, como si no pesara, apenas percatándose de los monstruos y la gente corriente que intercambiaba saludos con Sunflower al pasar.

Y apenas se percató de las desvencijadas escaleras de servicio cuando Sunflower dijo:

—…encontrar con mi viejo. Te encantará; la verdad es que el hombre mueve droga…

Entonces las palabras golpearon en su cerebro como un pesado martillo. Se tambaleó. Kimberly lo tomó del brazo, riendo.

—Pobre Mark. Siempre tan recto. Vamos, ya casi estamos.

Así que acabó en aquel departamento de una pieza, con una hornilla eléctrica y un grifo que goteaba en el baño. Cerca de una pared un colchón rescatado de la basura, cubierto con una colcha con estampado madrás, descansaba sobre una puerta apoyada en bloques de cemento. Con las piernas cruzadas bajo un poster del beatificado Che estaba sentado Philip, el Viejo de Sunflower. Sus ojos eran oscuros e intensos, una camiseta negra se extendía por su musculoso pecho con un puño en rojo sangre y la palabra *Huelga* escrita debajo. Estaba viendo videos de una manifestación en una pequeña tele vieja con un gancho como antena.

—Eso es –estaba diciendo cuando entraron–. El Rey Lagarto sí tiene la cabeza en su sitio. Esos ases limpios-para-Gene* que trabajan-dentro-del-sistema, como la Tortuga, no saben de qué se trata todo esto: la lucha contra la Amerika fascista. ¿Quién diablos eres tú?

Después de que Sunflower se lo llevara un rincón y le explicara

---

* Se refiere al lema «Get Clean for Gene» que utilizó el candidato Eugene McCarthy en las elecciones presidenciales de 1968, a partir del momento en que unos estudiantes activistas contra la guerra de Vietnam abandonaron la estética *hippie* y empezaron a hacer campaña en favor del candidato. *N. de la T.*

con un susurro enconado que Mark no era un espía de la policía, sino un amigo muy muy viejo y que no me avergüences, idiota, consintió en estrechar la mano de Mark. Este se estiró para ver la televisión más allá de él; el rostro barbado del hombre que estaba siendo entrevistado en ese momento le resultaba, de algún modo, familiar.

—¿Quién es? –preguntó.

Philip torció la boca.

—Tom Douglas, por supuesto. El cantante de Destiny. El Rey Lagarto –observó a Mark de arriba abajo, desde su corte a rape hasta sus mocasines–. O a lo mejor no has oído hablar de él.

Mark pestañeó, sin decir nada. Conocía a Destiny y a Douglas: como parte de la investigación se acababa de comprar su nuevo disco, *Black Sunday*, una portada lisa de color café claro dominada por un enorme sol negro. Estaba demasiado avergonzado para decirlo.

Los ojos de Sunflower miraron a lo lejos.

—Deberías haberlo visto hoy en la manifestación. Enfrentándose a los cerdos como el Rey Lagarto. Genial, de verdad.

Apartando lo suplementario, los dos sacaron un artilugio de cristal y tubos de hule, llenaron su cuenco de droga, apretándola bien, y lo encendieron. De haber sido Sunflower en persona quien le ofreciera la hierba a Mark, habría aceptado. Pero ahora se sentía otra vez raro y fuera de lugar, como si su piel no le ajustara bien, y la rechazó. Se acomodó en el rincón al lado de una pila de *Daily Workers* mientras su anfitrión y su anfitriona se tendían en la cama y fumaban marihuana y el fornido e intenso Philip disertaba sobre la necesidad de la Lucha Armada hasta que creyó que su cabeza se le iba a caer y se bebió una botella entera de un vino empalagosamente dulce –él tampoco bebió– y al final Kimberly empezó a acurrucarse cerca de su Viejo y a acariciarlo de una manera que hizo que Mark se sintiera manifiestamente incómodo, y murmuró algunas excusas y salió tambaleante y de algún modo encontró el camino a casa. Cuando la primera luz del alba se deslizó por las ventanas de su departamento, igualmente sórdido, regurgitó los contenidos de la botella de Ripple en su inodoro de porcelana rota, y tuvo que tirar de la cadena quince veces para limpiarlo.

Así empezó el cortejo de Mark a Sunflower, nacida Kimberly Ann Cordayne.

♣

«*Te quiero…*» Las palabras se vertían en el viento, insolentes, sugerentes, la voz como ámbar derretido con una nota de whisky, desde el pequeño transistor japonés cuya calidad estaba a la altura de un espantasuegras de Año Nuevo. Wojtek Grabowski se apretó su rompevientos sobre su ancho pecho y trató de no escuchar.

La grúa retrocedió como un dinosaurio zombi, balanceando una viga en su dirección. Hizo un gesto al operador con exagerados movimientos, como si estuviera bajo el agua. «*Te quiero…*», insistía la voz. Sintió un arrebato de irritación. «*Un éxito del pasado, 1966 y la primera canción de Destiny*», había canturreado el presentador con su voz de profesional adolescente. Estos estadunidenses, pensó Wojtek, piensan en 1966 como si fuera historia antigua.

—Apaga esa mierda de *boogie-woogie* –gruñó alguien.

—Jódete –dijo el propietario de la radio. Tenía veinte años, dos metros de alto y seis meses en Vietnam. Marine. Khe Sanh. La discusión acabó.

Grabowski quería que el chico apagara la radio, pero no quería presionar más. Lo toleraban: un buen trabajador que podía tumbar bebiendo al hombre más fuerte en una noche de viernes. Pero se contuvo.

Mientras la viga descendía y el equipo acudía en tropel para ponerla en su sitio y el viento frío de la bahía penetraba a través del fino nylon y de su piel envejecida, pensó en lo raro que era encontrarse aquí: él, el hijo de en medio de una próspera familia de Varsovia, el más enfermizo, el estudioso. Iba a ser un doctor, un catedrático. Su hermano Kliment –al que en parte envidiaba y en parte admiraba, grande, audaz, gallardo, con el bigote negro de un oficial de caballería– iba a ir a la Academia de Oficiales, iba a ser un héroe.

Pero llegaron los alemanes. A Kliment el Ejército Rojo le disparó en la parte posterior de la cabeza, en el bosque de Katyn. Su hermana Katja desapareció en los campos, los burdeles, de la Wehrmacht. Su madre murió en el último bombardeo de Varsovia mientras los soviéticos se agazapaban tras el Vistula y dejaban que los nazis les hicieran todo el trabajo sucio. Su padre, un funcionario menor del gobierno, sobrevivió a la guerra unos pocos meses antes de recibir su propia bala por la espalda, purgado por el régimen marioneta de Lublin.

El joven Wojtek, con sus sueños universitarios destrozados para siempre, pasó seis años y medio como partisano en los bosques y acabó como fugitivo, exiliado en una tierra extraña con una única esperanza: que su corazón siguiera latiendo.

«*Te quiero.*» La repetición estaba empezando a irritarlo. Había crecido con Mozart y Mendelssohn. Y el mensaje... Esta no era una canción de amor, era una canción de lujuria: una invitación al desenfreno.

El amor significaba algo más para él. Un momento de fría humedad, escurriéndose ante su visión, fue barrido por la mano gélida del viento. Recordaba su boda con Anna, una chica partisana, en lo que los Stukas habían dejado en pie de la iglesia de un pueblo, y después de que el mismo sacerdote se hubiera enfundado su sotana raída y hubiera tocado la *Tocata y fuga* de Bach en el órgano, milagrosamente intacto, mientras una niña famélica estaba agachada para accionar los fuelles. Al día siguiente habían caído en una emboscada ante los fascistas, pero aquella noche, aquella noche...

Otra viga se elevó. Anna se había ido antes que él, sacada clandestinamente por operativos británicos en junio de 1945, con destino a Estados Unidos y con su hijo en el vientre. Luchó tanto como pudo, luego la siguió.

Ahora moraba en una tierra a la que amaba casi como a una amante. No tenía nada más. En veintitrés años no había encontrado el menor rastro de la mujer que amaba y del hijo que debería haber dado a luz. Aunque, dulce Virgen María, cómo había buscado.

«*Quieeeeeeeeeeeeero...*»

Cerró los ojos. Si tengo que soportar esa letra banal una vez más...

«*...que mueras conmigo.*»

La música hizo un decrescendo con un inquietante gemido. Por un momento se quedó muy quieto, como si el viento hubiera convertido el sudor en hielo dentro de su camisa. Lo que le había parecido una simple letra empalagosa era infinitamente más: más maligna. He aquí otro hombre, ungido portavoz de la juventud, para quien todos los halagos del amor –o incluso de la lujuria– quedaban degradados a una *totentanz*, un ritual de muerte.

La viga se colocó en posición vertical y resonó como una campana rota. Grabowski se estremeció, hizo un gesto al hombre de la grúa para que parara. En el mismo momento, se puso tenso y oyó que el locutor mencionaba el nombre de Tom Douglas.

Era un nombre que recordaría.

♠

Mark esperaba que fuera un cortejo. Dos días más tarde Sunflower lo sorprendió a la salida de una reunión con su mecenas y se lo llevó a pasear al parque. Dejó que la acompañara a los clubes nocturnos y a las terapias de los veteranos de última hora de la noche, a las manifestaciones de protesta en People's Park, a los conciertos. Siempre como su amigo, su protegido, su amigo de infancia al que había convertido en su cruzada personal para redimirlo de su rectitud. Pero lamentablemente no ocupaba el exaltado papel de su Viejo.

Tenía motivos para la esperanza, de todos modos. No había vuelto a ver al semental de Philip. De hecho, nunca veía a los novios de Sunflower más de una vez. Eran todos intensos, apasionados, brillantes (se esmeraban en decírtelo). Comprometidos. Y musculosos; esa parte del gusto de Kimberly no había cambiado. Aquello le proporcionaba a Mark muchos momentos de desesperación que elegir, pero en el fondo de su delgado pecho abrigaba la idea de que algún día ella sentiría la necesidad de una roca que le diera estabilidad y que ese día acudiría a él como un ave marina a tierra.

Pero aun así, nunca, nunca conseguía salvar la brecha que se abría entre él y el mundo que anhelaba –el mundo que Sunflower habitaba y personificaba. Aquel invierno sobrevivió a base de esperanza y de las galletas de avena y chocolate que su madre le enviaba.

Y de música. Procedía de un hogar en el que cantaban con Mitch, donde Lawrence Welk ocupaba el mismo altar que J. F. K. Nunca se había permitido que el *rock'n'roll* mancillara el aire de la casa de sus padres. Él mismo había sido tan ajeno a él como a cualquier otra cosa que no fuera su laboratorio y sus fantasías íntimas. No había sido consciente de la invasión de los Beatles, del arresto de Mick Jagger en el concierto de la isla de Wight acusado de licantropía, del Verano del Amor y la explosión del *acid-rock*.

Ahora todo le llegaba de repente. Los Stones. Los Beatles. Airplane. Grateful Dead. Spirit y Cream y los Animals y la Santísima Trinidad: Janis, Jimi y Thomas Marion Douglas.

Sobre todo Tom Douglas. Su música era melancólica como unas antiguas ruinas, oscura, llena de presagios, oculta. Aunque su verdadera afinidad era con los más dulces Mamas & Papas, el sonido de una era que ya era historia, Mark se sentía atraído por el toque de Douglas –humor negro, giros aún más negros– aunque la furia nietzschiana implícita en la música lo repelía. Quizás es que Douglas representaba todo lo que Mark Meadows no era. Famoso y vibrante y valiente y Tenía Algo, e irresistible para las mujeres. Y un as.

Los ases y el Movimiento: habían eclosionado de muchas maneras en la conciencia pública, volando en formación como los pesados pájaros de guerra de metal que el padre de Mark había llevado a la batalla en el norte de Vietnam. Había más ases en el *rock'n'roll* que en ningún otro segmento de la población. Sus poderes tendían a no ser sutiles. Algunos tenían la habilidad de proyectar deslumbrantes exhibiciones de luz, otros hacían música extravagante sin la necesidad de instrumentos. La mayoría, no obstante, manipulaba mentalmente al público mediante ilusiones o de manera directa, por medio de la manipulación emocional. Tom Douglas –el Rey Lagarto– era el maestro de todos ellos.

◆

La primavera llegó. El director de tesis de Mark lo presionó para que obtuviera algún resultado. Mark empezó a desesperarse, odiándose por su falta de resolución o cualquier defecto de su hombría que impedía que se precipitara en el mundo de las drogas, incapaz de continuar con su investigación hasta que no lo hiciera. Se sentía como la mosca preservada en un cubito de metacrilato que sus padres, inexplicablemente, poseían cuando era niño.

Abril lo vio retirarse del mundo para encerrarse en un microcosmos, a la realidad de los artículos, dentro de las paredes descascaradas de su departamento. Tenía todos los discos de Destiny, pero ahora no podía escucharlos, ni los de los Dead, o los Stones, o el torturado Jimi. Eran una provocación, un desafío que no podía afrontar.

Se comía sus galletas de chocolate y se bebía su refresco y salía de su habitación únicamente para satisfacer un nostálgico vicio de la infancia: el amor a los cómics. No solo los viejos clásicos, los relatos de Superman y Batman de los días de inocencia antes de que la humanidad conociera el wild card, sino también sus sucesores modernos, que contaban las hazañas hechas ficción de ases reales, como los *penny dreadfuls** del Lejano Oeste. Los devoraba con el fervor de un adicto. Llenaban el anhelo que había empezado a devorarlo por dentro.

No de poderes metahumanos; nada tan exótico. No su ansia de ser aceptado en el misterioso mundo de la contracultura, tampoco el deseo del esbelto cuerpo sin sostén de Kimberly Ann Cordayne, que lo mantenía despierto noche tras noche, empapado en sudor. Lo que Mark Meadows deseaba más que nada en el mundo era una *personalidad efectiva*. La habilidad de hacer, de obtener, de conseguir una meta; buena o mala, eso apenas importaba.

Un atardecer, a finales de abril, la retirada de Mark quedó destrozada por unos golpes en la puerta de su departamento. Simplemente estaba allí tirado, en su fino colchón, sobre sábanas que no se habían cambiado desde que podía recordar, enterrando su larga nariz en las páginas del número 92 de *Tortuga*, de Cosh Comics. Su primera reacción fue miedo, luego ira ante la intrusión. El mundo, había decidido, era demasiado para él; había decidido dejarlo solo. ¿Por qué no podía hacer lo mismo por él?

De nuevo el golpeteo, imperativo, amenazando la fina chapa de madera sobre el vacío. Suspiró.

—¿Qué quieres? –punteó las palabras con un gemido.

—¿Vas a dejarme entrar o voy a tener que destrozar esta especie de cosa de papel maché que el cerdo de tu casero llama puerta?

Por un momento Mark se quedó tumbado. Después tiró el cómic al suelo de madera manchada junto a la cama, y con sus calcetines sucios y desgastados se acercó sigilosamente a la puerta.

Ella estaba allí, con las manos en las caderas. Se había puesto otra falda del Cuatro de Julio y una blusa de un rosa apagado y, contra el

* Novelas folletinescas británicas del siglo XIX, cuyo nombre alude al precio de venta: un centavo.

frío de la bahía en primavera, se había puesto una chamarra Levi's con el águila negra de la United Farm Workers estampada en la espalda y un símbolo de la paz cosido en el lado izquierdo. Entró en la habitación y cerró la puerta de un portazo tras ella.

—Mira esta mierda –dijo con un gesto a la altura del esternón, dividiendo las paredes–. ¿Cómo un ser humano puede vivir así? Viviendo de azúcar procesada –un gesto hacia el plato de galletas a medio devorar y el vaso de refresco café que no había cambiado en la última semana–, y llenándote la mente con esa mierda de autoritarismo de los cerdos –otro gesto cortante como un cuchillo hacia *Tortuga*, que yacía arrugada en una pila en el suelo. Meneó la cabeza–. Te estás consumiendo en vida, Mark. Cortaste el contacto con tus amigos, la gente que te quiere. Esto tiene que acabar.

Mark sencillamente se quedó plantado. Nunca la había visto tan hermosa, aunque estaba regañándolo, hablándole como su madre: o para ser más precisos, su padre. Y entonces su delgado cuerpo empezó a vibrar como un diapasón, porque le había impactado que dijera que lo quería. No era el tipo de amor que había ansiado y que le había hecho arder por ella. Pero emocionalmente no podía elegir.

—Es hora de que salgas de tu caparazón, Mark. Fuera de esta habitación uterina tuya. Antes de que te conviertas en algo salido de *La noche de los muertos vivientes*.

—Tengo trabajo que hacer.

Arqueó una ceja y dio un puntapié al número 92 de *Tortuga* con su bota.

—Vienes con nosotros.

—¿A dónde? –parpadeó–. ¿Con quién?

—¿No me oíste? –una sacudida de cabeza–. Por supuesto que no. Has estado encerrado en tu habitación como una especie de monje. Destiny está de vuelta en la ciudad. Dan un concierto en el Fillmore esta noche. Mi padre envió dinero. Tengo entradas para nosotros: tú, yo y Peter. Así que vístete; tenemos que irnos ahora mismo o tendremos que hacer cola toda la vida. Y por el amor de Dios, trata de no vestirte tan formal.

♥

Peter parecía surfista y creía que era Karl Marx. A Mark su aspecto le recordaba, con incomodidad, al de un novio anterior de Kimberly Ann, el capitán del equipo de futbol que le había roto la nariz en la preparatoria por mirarla con demasiada avidez. Plantado allí fuera, con su saco de *tweed* raído y su único par de *jeans*, respirando aire húmedo y humo exhalado, escuchó a Peter mientras daba la misma conferencia sobre el Proceso Histórico que le daban todos los novios de Sunflower. Cuando Mark no asentía con suficiente entusiasmo –nunca le acababa de encontrar demasiado sentido a todos estos manifiestos como para formarse una opinión clara–, Peter le clavaba una mirada de un gélido azul nórdico y gruñía: «Te destruiré».

Más tarde descubrió que la frase era un robo directo del mismísimo hombre de la barba. Ahora mismo lo hacía querer derretirse en el gastado pavimento del exterior del auditorio. No ayudaba que Sunflower estuviera allí de pie sonriendo a ambos como si acabaran de ganar un premio.

Por suerte, Peter acabó manteniendo una discusión a gritos con los policías que los cachearon en busca de bebida en la puerta, lo que desvió su cólera hacia Mark. Sintiéndose culpable, Mark esperaba que los policías golpearan la rubia cabeza de Peter con una macana y se lo llevaran a la cárcel.

Pero Destiny estaba concluyendo su gira más turbulenta. Tom Douglas, cuyo consumo de alcohol y sustancias químicas que alteraban la mente era tan legendario como sus poderes de as, se había emborrachado antes de cada concierto. El Rey Lagarto estaba arrasando; el concierto en New Haven de la última semana había acabado en disturbios que destrozaron el viejo campus de Yale y media ciudad. A su manera, un tanto torpe, los policías estaban tratando de evitar los enfrentamientos esa noche. Cachear no era la manera de proceder más astuta, pero los policías –y el *management* del Fillmore– no estaban dispuestos a que los chicos enloquecieran más de lo que Tom Douglas iba a hacerlo. Así que el público era minuciosamente registrado cuando entraba, pero con cuidado. Peter y su dorada cabeza salieron indemnes.

El primer concierto de Destiny de Mark fue todo lo que se había imaginado, elevado a la décima potencia. Douglas, como era característico, apareció dos horas tarde en el escenario: igualmente característico, estaba tan jodido que apenas podía mantenerse en pie, mucho menos dejar de lanzarse a la muchedumbre de admiradores. Pero los tres músicos que componían el resto de Destiny estaban entre los intérpretes más hábiles del *rock*. Su pericia ocultaba una multitud de pecados. Y gradualmente, alrededor del sólido esqueleto de su interpretación, los desvaríos y los rudimentarios gestos de Douglas acababan convirtiéndose en algo mágico. La música era una explosión de ácido que disolvía la prisión de anfetamina de Mark, hasta que llegó a su piel y lo quemó.

Al final de la actuación las luces se apagaron como si se hubiera cerrado una gran puerta. En algún lugar un tambor inició una pulsación lenta, grave. En la oscuridad irrumpió el grito desgarrado de una guitarra. Un único foco cenital, azul, iluminaba a Douglas, solo con el micrófono en el centro del escenario; sus pantalones de cuero brillaban como la piel de una serpiente. Empezó a cantar, un suave y leve gemido, que iba ganando urgencia y volumen: la introducción de su obra maestra, «Serpent Time». Su voz se elevó en un alarido repentino, y las luces y la banda estallaron de pronto a su alrededor como las olas rompiendo contra las rocas en una tormenta, y se embarcaron en una odisea hasta los confines más lejanos de la noche.

Al final adoptó el aspecto del Rey Lagarto. Un aura negra brotaba de él, como el calor de un horno y bañaba a todo el público. Su efecto era elusivo, ilusorio, algo así como una nueva y extraña droga: hizo ascender a algunos espectadores a las cimas del éxtasis, otros se hacinaron en los abismos de una profunda desesperación; algunos vieron lo que más deseaban, otros miraron directamente la garganta del Infierno.

Y en el centro de aquel resplandor de medianoche, Tom Douglas parecía hacerse más grande que la vida y, una y otra vez, en el lugar de sus cuadradas y bastante apuestas facciones destellaba la cabeza y la capucha desplegada de una cobra real gigantesca, negra y amenazadora, que oscilaba de izquierda y derecha mientras cantaba.

Cuando la canción llegó al clímax con un aullido de voz, guitarra y órgano, Mark se encontró allí plantado: las lágrimas le corrían descaradamente por sus delgadas mejillas, asía a Sunflower de una mano y a un extraño de la otra y Peter estaba sentado con tristeza en el suelo, con la cara entre las manos, murmurando acerca de la decadencia.

♣

El día siguiente era el último de abril. Nixon invadió Camboya. La reacción corrió por todos los campus de la nación como el napalm.

Mark encontró a Sunflower por la bahía, escuchando discursos en medio de una multitud enfurecida en el parque Golden Gate.

—No puedo hacerlo –gritó por encima del estruendo del orador–. No puedo dar el paso, no puedo salir de mí mismo.

—Oh, *Mark* –exclamó Sunflower con una sacudida colérica, llorosa, de su cabeza–. Eres tan egoísta. Tan… tan *burgués* –se dio vuelta y se perdió en el bosque de cuerpos que cantaban.

Fue lo último que supo de ella en tres días.

La buscó, recorriendo las multitudes furiosas, las espesuras de pancartas que denunciaban a Nixon y la guerra, a través del humo de marihuana que flotaba como el aroma alrededor de un seto de madreselva. Su atuendo superformal atrajo miradas hostiles; rehuyó una decena de encuentros potencialmente desagradables aquel primer día que pasó solo, desesperándose una vez más por su incapacidad de fundirse con la palpitante masa de humanidad que lo rodeaba.

El aire estaba cargado de revolución. Podía sentirla erigiéndose como una carga estática, casi podía oler el ozono. No era el único.

La encontró en una vigilia nocturna unos pocos minutos antes de la medianoche del 3 de mayo. Estaba con las piernas cruzadas sobre un pedacito de desmayado césped que había sobrevivido a la avalancha de miles de pies protestando, tocando distraídamente una guitarra mientras escuchaba los discursos que se gritaban a través de un megáfono.

—¿Dónde has estado? –preguntó Mark, hundiendo los tobillos en el lodo que había dejado un chaparrón pasajero.

Se limitó a mirarlo y sacudir la cabeza. Frenético, se dejó caer a su lado con un pequeño chapoteo.

—Sunflower, ¿dónde has estado? He estado buscándote por todas partes.

Por fin lo miró, meneó la cabeza con tristeza.

—He estado con la gente, Mark –le dijo–. Donde pertenezco.

De repente se inclinó hacia delante y lo cogió del antebrazo con una fuerza sorprendente.

—Es donde tú también perteneces, Mark. Solo que eres tan... tan egoísta. Como si estuvieras amurallado. Y tienes tanto que ofrecer... ahora, cuando necesitamos toda la ayuda que podamos, para luchar contra los opresores antes de que sea demasiado tarde. Sal del cascarón, Mark. Libérate.

Sorprendido, vio una lágrima refulgiendo en el rabillo de su ojo.

—Lo he estado intentando –dijo, honestamente–. Yo... yo, parece que no puedo hacerlo.

Soplaba una brisa desde el mar, fresca y ligeramente pegajosa, que a veces se llevaba las palabras que balbuceaba el megáfono. Mark se estremeció.

—Pobre Mark. Eres tan formal. Tus padres, las escuelas, todos te han encerrado en una camisa de fuerza. Tienes que romperla –se humedeció los labios–. Creo que puedo ayudarte.

Ansioso, se inclinó hacia delante.

—¿Cómo?

—Necesitas derribar los muros, justo como dice la canción. Tienes que abrir tu mente.

Por unos instantes ella rebuscó por un bolsillo de su chamarra bordada, sacó su mano cerrada, con la palma hacia arriba.

—Sunshine –abrió la mano. Una anodina pastilla blanca descansaba en su palma–. Ácido.

Él se quedó mirándola. Ahí estaba, el objeto de su largo estudio indirecto: la búsqueda y la meta de la búsqueda por igual. La dificultad de obtener LSD legalmente y su reticencia, profundamente arraigada, a intentar obtenerlo en el mercado negro junto con su miedo instintivo a que su primer intento de compra pudiera hacerlo aterrizar en San Quintín, lo habían llevado a posponer la hora de la verdad.

Le habían ofrecido ácido antes, por el compañerismo *hippie*; siempre lo había rechazado diciéndose a sí mismo que era porque no podía estar seguro de lo que había en una droga callejera, y secretamente porque siempre había tenido miedo de dar un paso más allá de las múltiples puertas que le ofrecía. Pero ahora el mundo al que deseaba unirse estaba alzándose a su alrededor como el mar, la mujer que amaba le estaba ofreciendo tanto un desafío como una tentación, y ahí estaba, deshaciéndose lentamente bajo la lluvia.

Se la arrebató, rápido y con cautela, como si temiera que pudiera quemarse los dedos.

La metió en el fondo del bolsillo de la cadera de sus pantalones negros estrechos, ahora tan profundamente impregnados de lodo que parecía un experimento fallido de batik.

—Tengo que pensarlo, Sunflower. No puedo precipitarme a hacer algo así –sin saber qué más decir o hacer, empezó a estirar sus desgarbadas piernas para ponerse de pie.

Volvió a tomarlo del brazo.

—No. Quédate aquí conmigo. Si te vas ahora a casa lo tirarás por el retrete –lo atrajo junto a ella, más cerca de lo que jamás había estado antes, y de repente fue agudamente consciente de que no había rastro de su habitual combatiente de vanguardia–. Quédate aquí, entre la gente. Aquí a mi lado –le susurró al oído. Su aliento revoloteaba como una pestaña en su lóbulo–. Mira todo lo que tienes que ganar. Eres especial, Mark. Podrías hacer tantas cosas que realmente importan. Quédate conmigo esta noche.

Aunque la invitación no era tan completa como habría deseado, se recostó en el lodo y así pasó la noche, en fría comunión, ambos acurrucados dentro del dudoso refugio de su saco, hombro con hombro, mientras los oradores hablaban estruendosamente de la revolución: la confrontación final con Amerika.

En la gris madrugada, la manifestación empezó a disolverse. Deambularon hasta llegar a un café abierto toda noche cerca del campus, comieron un desayuno orgánico que Mark no pudo saborear, mientras Sunflower hablaba con urgencia del destino que tenía a su alcance:

—Solo con que pudieras salir de ti mismo, Mark –alargó la mano y tomó una de sus largas y pálidas manos en la suya, compacta y bronceada.– Cuando me encontré contigo en ese club, el otoño pasado, me alegré de verte porque supongo que sentía nostalgia por los viejos tiempos, por malos que fueran. Eras una cara amiga.

Él bajó los ojos, pestañeando rápidamente, sorprendido por que admitiera abiertamente que lo había buscado más por lo que era que por quien era.

—Eso ha cambiado, Mark –volvió a alzar los ojos, vacilante como un ciervo sorprendido en un jardín a primera hora de la mañana, dispuesto a huir al menor atisbo de peligro–. He acabado apreciándote por lo que eres. Y por lo que podrías ser. Hay una persona de verdad escondida bajo ese corte de pelo a rape y esos anteojos de pasta y esas ropas formales, como Dios manda, que llevas. Una persona que está gritando que quiere salir.

Puso la otra mano sobre la suya, la acarició levemente.

—Espero que salga, Mark. No sabes cómo quiero encontrarla. Pero ha llegado la hora de que tomes una decisión. Yo no puedo esperar más. Ha llegado el momento de elegir, Mark.

—Quieres decir… —se le trabó la lengua. En su mente nublada por la fatiga, parecía que le estaba prometiendo mucho más que amistad y, al mismo tiempo, que lo estaba amenazando con retirársela, incluso, si no pasaba a la acción.

La acompañó a casa, al departamento de la escalera de servicio. En el rellano del exterior, ella lo cogió de repente por la nuca, lo besó con sorprendente ferocidad. Después, desapareció en el interior, dejándolo perplejo.

♠

—Al final les han dado una lección a esos pequeños cabrones comunistas. Pues muy bien, digo; muy bien, *carajo*.

De pie junto a la base del rascacielos en construcción, bebiendo té caliente de un termo, Wojtek Grabowski escuchaba a sus compañeros de trabajo discutir acerca de las noticias que acababan de oír por el omnipresente transistor: la Guardia Nacional había disparado en una manifestación en el campus de la Kent State University en Ohio; se sabía que había varios estudiantes muertos. Parecían pensar que ya era hora. Él también, pero las noticias lo llenaron de tristeza, no de euforia.

Más tarde, mientras andaba por las vigas, tan por encima del mundo, reflexionó sobre aquella tragedia. Los soldados estadunidenses estaban combatiendo para defender los valores estadunidenses y salvar a una nación hermana de la agresión comunista, y aquí, sus compatriotas escupían en ellos, los injuriaban. Ho Chi Minh era retratado como un héroe, un futuro libertador.

Grabowski sabía que era mentira. Había aprendido con sangre lo que los comunistas querían decir exactamente con «liberación».

Cuando oía que los saludaban como héroes, sus amigos y su familia asesinados se alzaban acusadoramente en un coro en el fondo de su mente.

No era solo por qué se manifestaban quienes protestaban, sino también quiénes eran. Hijos del privilegio, la abrumadora mayoría de la clase media alta, arremetiendo con la petulancia de los niños mimados contra el mismo sistema que les había dado comodidades y una seguridad sin precedentes en la historia humana. «Amerika devora a sus jóvenes», gritaban, pero él lo veía de un modo distinto: América corría el peligro de ser devorada por sus jóvenes.

Estaban guiados por falsos profetas, horriblemente guiados por el mal camino. Hombres como Tom Douglas. Había leído sobre el cantante desde que oyó su canción, que tanto lo había impactado, en noviembre pasado. Sabía que Douglas era uno de los malditos, marcados por el veneno alienígena liberado aquella tarde de septiembre de 1946, hijo de un nuevo y malévolo amanecer de cuyo nacimiento el propio Grabowski había sido testigo desde la cubierta de un barco de refugiados anclado en Governors Island. No había que extrañarse que los niños crecieran como serpientes para atacar a sus mayores, cuando estaban aconsejados por hombres que Satán había marcado como suyos.

—¡Eh! –gritó el enorme exmarine de la radio–. ¡Estos bastardos *hippies* están llenando las calles cercanas al ayuntamiento, rompiendo ventanas y quemando banderas estadunidenses!

—¡Qué hijos de puta!

—¡Tenemos que hacer algo! Es la revolución, aquí y ahora.

El joven veterano se puso su chamarra Levi's y se colocó su casco de acero sobre su pelo cortado a rape.

—Está solo a unas manzanas de aquí. No sé ustedes, pero voy a hacer algo al respecto –se dirigió a la carrera al elevador. Grabowski habría gritado: «¡No, espera, no vayas! Debes dejar esto en manos de las autoridades: si un hermano lucha contra su hermano, las fuerzas del desorden habrán ganado». Pero se le negó el don de la palabra.

Porque estaba tan furioso como el resto y temeroso, porque solo él había conocido en primera persona las consecuencias de esa revolución de la que hablaba todo el mundo. Y en su emoción había agarrado una viga con todas sus fuerzas.

Sus dedos se habían hundido en el acero como si fuera aquella pasta blanda y pegajosa que los estadunidenses llamaban helado.

Él mismo estaba marcado con la marca de la Bestia.

◆

Mark pasó el resto del día envuelto en una extraña neblina compuesta de lujuria, esperanza y miedo. No se enteró de lo que había pasado en Kent State. Mientras el resto de Estados Unidos reaccionaba con horror o aprobación, se pasó la noche encerrado en su departamento, con un plato lleno de galletas, estudiando minuciosamente sus artículos y sus manoseados libros sobre LSD, sacando la tableta de ácido, dándole vueltas entre los dedos como si fuera un talismán. Cuando el sol se estableció débilmente en el cielo un transitorio brote de resolución lo hizo metérselo en la boca. Lo engulló con un rápido trago de refresco de naranja antes de que los nervios volvieran a fallarle.

Por sus lecturas sabía que el ácido generalmente tardaba entre una hora y hora y media en hacer efecto. Intentó matar el rato pasando de la antología de Solomon a los cómics de Marvel a los ejemplares de *Zap Comix* que había acumulando tratando de comprender todo aquello. Al cabo de una hora, demasiado nervioso para esperar él solo los efectos de la droga, se fue del departamento. Tenía que encontrar a Sunflower, decirle que había encontrado su hombría, que había dado el paso decisivo. Además, tenía miedo de estar a solas cuando el ácido le diera de lleno.

Encontrar a Sunflower siempre era como seguir el rastro del pétalo de una flor arrastrado por el viento, pero sabía que gravitaba alrededor de la UCB, que desde hacía mucho tiempo había reemplazado al moribundo Haight como centro neurálgico de la cultura *hippie* del área de la bahía, y que trabajaba esporádicamente en una tienda de parafernalia para marihuana cerca de People's Park. Así que a las nueve y media de la mañana del 5 de mayo de 1970, entró en el parque y fue directo hacia la confrontación de ases más espectacular en toda la época de Vietnam.

♥

Por un breve momento de epifanía todo el mundo, tanto el sistema como sus enemigos, *supo* que había llegado la hora de luchar en las calles. Si la revolución iba a llegar, iba a llegar *ahora*, en el primer flujo ardiente de furia que siguió a la masacre de Kent State. Los líderes radicales del área de la bahía habían convocado una concentración gigantesca aquella mañana en People's Park, y no solo las fuerzas policiales del área de la Bahía, sino también el contingente de la Guardia Nacional del mismo Ronald Reagan había acudido para ocuparse de ellos.

Hacia las nueve cuarenta y cinco la policía se había retirado del parque, estableciendo un *cordón sanitario* alrededor de la zona del campus para evitar que se propagara el incendio. Eran solo los jóvenes y varios camiones militares que acercaban a guardias nacionales en traje de campaña y equipados con máscaras de gas que salían desde debajo de los toldos de lienzo a cuarenta metros de distancia. Con un indefinido y estrepitoso chirrido y el resoplido del motor diesel, un M113 blindado para el transporte de tropas fue a detenerse tras la línea de inamovibles bayonetas, las bandas de rodadura mascando el césped como bocas. Un hombre con galones de capitán estaba sentado, tieso y resuelto, en la torreta detrás de una ametralladora de calibre cincuenta, luciendo en la cabeza lo que parecía un casco de futbol de Knute Rockne.

Los estudiantes avanzaban y retrocedían cerca de la línea verde como el mercurio sobre la yema de un dedo. Habían estado gritando consignas sobre llevar la guerra a casa; igual que sus hermanos en Ohio, parecía que habían tenido éxito al hacer justamente eso. Se llamaba regularmente a la Guardia para disolver las manifestaciones, pero la forma cuadrada y fea del APC* representaba algo nuevo, una nota de amenaza que incluso los más protegidos no podían pasar por alto. La multitud flaqueó, empezaron a encenderse todas las alarmas.

En el espacio entre las líneas, una figura solitaria avanzó, esbelta, vestida de cuero negro.

—Hemos venido para que se nos escuche –dijo Thomas Marion Douglas, modulando la voz para que se le oyera– y nos *van* a escuchar bien, maldita sea.

---

* Armored Personnel Carrier.

Detrás de él, la multitud empezó a solidificarse. Aquí había una superestrella, un as, posicionándose junto a ellos. Al otro lado del seto de bayonetas, los ojos de los soldados de la Guardia Nacional parpadearon nerviosamente tras las gruesas lentes de sus máscaras. La mayoría eran hombres jóvenes que se habían unido a la Guardia para evitar ser llamados a filas y enviados a Vietnam; *ellos* sabían quién estaba frente a ellos. Muchos poseían discos de Destiny, los altivos rasgos de Douglas los contemplaban desde los carteles que colgaban de las paredes de sus habitaciones. Era más duro, en cierto modo, usar la bayoneta o la culata del rifle contra alguien que conocías, incluso si solo era una cara en la portada de un disco o en una foto aparecida en la revista *Life*.

Su capitán era de otra pasta. Ladró una orden desde la torreta. Las pistolas de gas lacrimógeno escupieron, media docena de pequeñas cometas describieron un arco alrededor de Douglas y entre la multitud que estaba surgiendo para unirse a él. Espesas nubes de humo blanco, gas CS, ocultaron al cantante.

Tomando un atajo a través de una callejuela, Mark se las había arreglado para esquivar las líneas policiales. En aquel momento emergió para tener una perfecta perspectiva lateral de su propio ídolo, de pie, con el humo arremolinándose a su alrededor como si fuera un mártir medieval en la hoguera. Se detuvo y contempló boquiabierto la confrontación que estaba cobrando forma ante él.

El ácido empezó a hacerle efecto.

Sintió cómo el colágeno de la realidad se disolvía, pero la escena que había ante él era demasiado intensa para ser una alucinación. Cuando la fuerte brisa de la mañana hizo jirones las cortinas del gas, apareció un hombre con las piernas bien afianzadas en el suelo y los puños en alto, con el pelo castaño ondeándole por detrás de un rostro anguloso que en cierto modo fluctuaba, intercalado con la cabeza de una cobra gigante, las escamas negras centelleando, la capucha abierta. Los guardias se echaron atrás; el Rey Lagarto estaba en medio de ellos.

El Rey avanzó deslizándose sinuosamente. Los uniformados cedieron. Alguien hizo el amago de clavarle la bayoneta, o quizás es que no se retiró lo suficientemente rápido. Un golpe de muñeca, que parecía indolente y desdeñoso, pero descargado con velocidad sobrehumana, y el rifle salió volando mientras su propietario caía de espaldas en la hierba con un grito de terror. El capitán, en su caja de hierro, gritaba con voz ronca, tratando de reunir los quebradizos hilos de determinación de sus hombres.

Pero al asumir su aspecto de Rey Lagarto, Douglas liberó sus juegos mentales; sus ojos empezaron a vagar en busca de visiones de una desesperada belleza o de un horror que nublaba la mente, cada uno afectado a su manera por el aura negra del Rey Lagarto.

Ahora la multitud estaba avanzando, cantando, gritando, amenazando. El capitán de la Guardia hizo la única cosa que podía hacer: su pulgar pulsó una vez más el gatillo en forma de mariposa de su calibre cincuenta y cinco. El arma vomitó una oleada de sonido que reventó los cristales y un Volkswagen, disparando una lluvia ininterrumpida de balas trazadoras sobre las cabezas de los manifestantes.

Triunfante un instante antes, la multitud se deshizo entre pánico y gritos. El sonido de los disparos golpeó a Mark como una enorme almohada y lo hizo girar por corredores infinitos, tortuosos. Pero la escena estaba ante él, la luz al final del túnel, terrible e insistente. Nadie había resultado herido por la andanada, pero los manifestantes, como el propio Mark, se habían encontrado por primera vez con la realidad que el profeta Mao había tratado de imprimir en ellos: de dónde viene el poder.

Tom Douglas estaba tan cerca que los fogonazos le chamuscaban las cejas. Ni se inmutó, aunque el ruido lo golpeó con una fuerza que ni un camión con altavoces podría igualar. Por el contrario, respondió con un rugido que hizo que los guardias salieran corriendo, tambaleándose, como cachorros asustados.

Un salto prodigioso y estaba de pie en la cubierta superior del APC. Se inclinó, agarró el cañón del arma, lo jaló. La pesada Browning salió de su montura como un árbol arrancado de raíz. Sostuvo el arma por encima de su cabeza, con las dos manos, entonces, con una única convulsión de hombros y bíceps, dobló el grueso cañón. Tras exhibir su desprecio por el sistema y su maquinaria de guerra, tiró la ametralladora inutilizada detrás de los soldados, en plena desbandada, y se inclinó hacia delante para agarrar al ahora aterrorizado capitán por la pechera de su blusa. Sostuvo al hombre ante él, pataleando débilmente.

Y fue abatido por detrás por un golpe descargado con toda la asombrosa fuerza de un as desconocido.

Mark se colapsó. Con un alarido, su alma se desvaneció entre remolinos de oscuridad. Su cuerpo dio media vuelta y corrió ciegamente.

♣

Wojtek Grabowski vio la siniestra figura serpentina y su negro salto sobre el APC y cómo arrancaba el arma de su montura y supo que vivir había sido la decisión correcta.

Solo su devoto catolicismo había impedido que se lanzara a la muerte. Había salido a toda prisa de su puesto de trabajo, ya desierto, pues los trabajadores habían corrido a atacar a los manifestantes, y se había refugiado en su pequeño departamento para entregarse a una larga vigilia de miseria y plegaria silenciosa que había durado toda la noche.

Con el alba había llegado la Luz; y supo, con un cálido arrebato, que la tribulación de ser un as había sido enviada por el cielo, era una bendición, no una maldición. La revolución amenazaba a su patria adoptiva, guiada por quienes habían jurado lealtad a las fuerzas de la oscuridad. Se había lavado, vestido, dirigido hacia el parque con el corazón en paz.

Ahora se enfrentaba a una bestia que parecía tener muchas cabezas y sabía que estaba cara a cara con el mismísimo Tom Douglas al que tanto odiaba.

La furia estalló en su interior. La transformación en as le sobrevino de repente, sus músculos se engrosaron tremendamente y llenaron su holgada ropa hasta que estuvo a punto de romperse. Llevaba el casco de acero propio de su profesión en la cabeza, y una llave de plomero de noventa centímetros en la mano. Las persistentes dudas sobre el uso de su fuerza contra humanos normales se desvanecieron; ahí había un enemigo digno de él, un as, un traidor, un servidor del Infierno.

Corrió, saltó sobre el vehículo en el momento en que la criatura con cabeza de serpiente vestida de negro sacaba a su comandante por la escotilla. Los estudiantes gritaron advertencias que Douglas no oyó. Hardhat levantó su llave y le golpeó la parte posterior de la cabeza, ahora melenuda, ahora negra y lisa y obscena.

El golpe habría hecho papilla el cráneo de un humano normal o le habría arrancado la cabeza. Pero los constantes cambios de apariencia de Douglas confundieron la trayectoria de Grabowski. El golpe pasó rozando. Douglas soltó al oficial, que no dejaba de revolverse, y cayó del vehículo como un saco de papas mientras el impulso llevaba la llave hacia abajo para acabar abollando el blindaje como si se tratara de papel de aluminio.

Creyendo que lo había matado, Grabowski sintió que su fuerza menguaba. Necesitaba la ira para seguir en estado meta, pero lo único que sentía era vergüenza. Desesperado, se giró hacia la multitud.

—Márchense a casa —gritó con su tosco y áspero inglés—. Márchense a casa ahora mismo. Se acabó. No deben luchar más. Obedezcan a sus líderes y vivan en paz.

Se quedaron allí plantados mirándolo con cara de corderos. El rocío de la mañana había absorbido el gas lacrimógeno y ahora envenenaba la hierba. Unas pocas volutas de CS se retorcían en el suelo como serpientes agonizantes. Las lágrimas corrieron por la cara de Grabowski. *¿Es que no lo escuchaban?*

Desde el fondo de la multitud un joven gritó:

—¡Vete a la mierda! *¡Vete a la mierda, maldito fascista!*

Que un cachorro mimado, insolente e ignorante le lanzara ese epíteto, a un hombre que todavía llevaba balas fascistas en la carne lo llenó de ira en abundancia, y con ella, aquella fuerza inhumana.

Por suerte para él, porque por entonces Tom Douglas había recuperado la conciencia y se puso de pie de un salto, agarró a Hardhat por los tobillos y tiró de sus botas desde abajo. El casco de Grabowski impactó en la cubierta como un címbalo gigante. Tan furioso como el hombre que lo había derribado, Douglas le sujetó mientras caía, lo estrelló contra el costado del vehículo y empezó a asestarle puñetazos demoledores con su propia fuerza de as.

Pero Grabowski también tenía una resistencia superior a la humana. Colocó la llave entre sus cuerpos, empujó a Douglas violentamente. Los pies de este resbalaron en la hierba húmeda, pero se mantuvo con agilidad de serpiente y se lanzó al ataque: solo para frenarse repentinamente y ponerse de puntillas como un bailarín mientras un barrido salvaje a dos manos de la llave pasaba silbando a dos centímetros y medio de su abdomen.

Douglas se agachó dentro del mortífero arco de la llave. Se enfrentó a su oponente, asestándole puñetazos por debajo de las costillas. Grabowski dio un rápido paso atrás, puso una mano en el esternón de Douglas y empujó. Este cayó hacia atrás. La llave se le vino encima, y esta vez solo sus reflejos metahumanos lo salvaron de recibirla a la altura del cráneo.

El pico de acero de la herramienta le pasó por la frente. La sangre salió en cascada. Retrocedió enfurecido, limpiándose los ojos con una mano mientras la otra se movía sin parar en un intento de protegerse del siguiente golpe.

Hardhat blandió su llave como si fuera un bate de beisbol y le pegó a Douglas bajo el brazo derecho con un sonido que resonó por todo el parque como la explosión de una granada. Douglas cayó. Hardhat permaneció sobre él con las piernas abiertas, levantando lentamente la llave por encima de su cabeza como el verdugo preparando el golpe. La sangre caía de la comisura de su boca. Estaba enloquecido, más allá de los remordimientos, más allá de la compasión, desprovisto de cualquier cosa salvo de la necesidad de machacar el cráneo de su oponente como un caracol en una roca.

Pero cuando la reluciente llave empapada de sangre empezó a bajar, una cadena dorada la envolvió por detrás y detuvo el golpe antes de que lo asestara.

Con los reflejos de un luchador Hardhat relajó al instante los brazos, dejando que la llave se desplazara siguiendo la dirección del súbito tirón que la retenía. Entonces sacudió bruscamente el arma hacia abajo y hacia delante, volteándose al mismo tiempo para proyectar todo el peso aumentado de su cuerpo contra la cuerda. Pero mientras se desplazaba, un movimiento circular hizo vibrar toda la cadena y se aflojó, de modo que la llave se soltó con un sonido musical. Perdiendo el control de su movimiento a causa del impacto previsto, Hardhat giró por completo, tambaleándose hacia delante y siguió con otra media vuelta para encararse a su oponente, situado a cinco metros de tierra fangosa y pisoteada.

Un joven estaba allí plantado, alto y delgado, el pelo dorado le caía sobre los hombros, de una larga cadena le colgaba un medallón de oro con un símbolo de la paz del tamaño de una sartén. Para el bajito y moreno Grabowski parecía exactamente una figura salida de un cartel de reclutamiento nazi.

—¿Quién eres tú? –gruñó Hardhat. Entonces, al darse cuenta de que había hablado en su propia lengua, lo repitió en inglés.

El joven frunció el ceño brevemente, como si estuviera perplejo.

—Llámame Radical –dijo entonces con una sonrisa–. Estoy aquí para proteger a la gente.

—¡*Traidor*! –Hardhat arremetió contra él, blandiendo la llave. Radical se hizo a un lado grácilmente. No importaba con qué ferocidad atacara Hardhat, no importaba cómo fintara, su oponente lo eludía con aparente facilidad. Frustrado por sus intentos de golpear al joven rubio, Hardhat se volvió una vez más hacia Douglas, que aún gemía en el suelo. Y Radical estaba allí, el símbolo de la paz tejía la figura dorada de un ocho en el aire ante él, protegiéndole de los más encarnizados ataques de Hardhat con chispas centelleantes mientras que tanto los soldados como los estudiantes observaban fascinados el espectáculo.

Pero si bien Hardhat no podía llegar más allá del amuleto, Radical no parecía querer o ser capaz de contraatacar. Al darse cuenta de eso, Hardhat retrocedió, moviendo su llave amenazadoramente. Tras un momento, Radical lo siguió, fluyendo como la niebla. Hardhat se movía en círculos, en sentido contrario a las agujas del reloj. Radical mantenía el paso. Lentamente, el polaco alejó a su melenudo oponente del yacente Douglas.

Con la velocidad del rayo viró a la izquierda y se abalanzó sobre los espectadores. Aunque su velocidad no era comparable a la de Radical, era superior a la de un normal, y se situó entre la multitud de manifestantes antes de que nadie pudiera reaccionar, con la llave en alto lista para el ataque. Tomado por sorpresa, Radical fue incapaz de reaccionar a tiempo. La llave se quedó en lo alto, congelada como una mosca en anfetamina. Radical saltó hacia delante, forzado a atacar por la desesperación, enarbolando su medallón de la paz por detrás del cuello de toro que había debajo del casco. Impactó con el sonido metálico de un hacha al partir la madera; un golpe no tan potente como el que habría asestado el Rey Lagarto, no comparable en lo más mínimo con la terrible fuerza de la llave de Grabowski, pero suficiente para confundir los sentidos de Hardhat y hacerlo caer de bruces en la hierba y el lodo y las pancartas arrugadas.

Radical se quedó inmóvil encima de él, haciendo girar el medallón en un lento círculo a su lado. Un momento después, Douglas se le unió, frotándose el costado y haciendo muecas.

—Creo que me fisuró algunas costillas, por aquí –dijo con voz áspera, en su habitual tono de barítono de carretera–. ¿Qué diablos?

Mientras miraban, la forma inhumanamente achaparrada de Hardhat se redujo a la de un hombre fornido, con calvicie incipiente y ropas holgadas, que yacía con la cara en el lodo, sollozando como si le hubieran partido el corazón. Sacudiendo su lanuda melena, Douglas se giró hacia su benefactor:

—Soy Tom Douglas. Gracias por salvarme el culo.

—El placer ha sido mío, hombre.

Y entonces Douglas dio un paso al frente y abrazó al hombre rubio y alto, y la multitud los ovacionó. Los soldados de la Guardia Nacional ya estaban en retirada, dejando el APC detrás. La revolución no llegaría hoy, o tal vez nunca, pero los chicos se habían salvado.

Mientras las cámaras de televisión rebullían, Tom Douglas nombró a Radical su compañero de armas e hizo un llamado para hacer la celebración más salvaje que el área de la bahía hubiera conocido. Mientras la policía mantenía su incómodo perímetro y la Guardia Nacional se lamía sus heridas, miles de chicos acudieron en masa al parque para saludar a los héroes conquistadores. El M113 abandonado proporcionó un improvisado escenario. Las tiendas salpicaron el parque como hongos coloridos. La música y las drogas y el alcohol fluyeron libremente, todo aquel día y toda aquella noche.

En el centro de todo aquello resplandecía Tom Douglas y su misterioso benefactor, rodeados por mujeres hermosas y complacientes: ninguna más que la esbelta morena, con los ojos como el hielo a la que todo el mundo llamaba Sunflower, que parecía haber brotado de la cadera de Radical como si se tratara de una siamesa. El recién llegado no dio más nombre que Radical y eludió todas las preguntas sobre su origen, y cómo había estado en aquel momento y en aquel lugar con una sonrisa y un tímido «Estaba aquí porque se me necesitaba aquí, hombre». Al alba del día siguiente, se alejó sigilosamente de las festividades que ya decaían y se esfumó.

Nunca más se le volvió a ver.

En la primavera de 1971 se retiraron los cargos contra Tom Douglas derivados de la confrontación en People's Park —por recomendación del doctor Tachyon, que había sido convocado por SCARE para investigar el incidente— justo cuando el álbum de Destiny, City of Night, salió a la venta. Poco después, Douglas conmocionó al mundo del rock al anunciar que se retiraba, no solo como músico, sino como as.

Así que se sometió a la cura experimental del doc Tachyon y fue uno del afortunado treinta por ciento para quienes era efectiva. El Rey Lagarto desapareció para siempre, dejando atrás a Thomas Marion Douglas, norm, quien murió al cabo de seis meses. Su consumo excesivo de drogas y alcohol había alcanzado proporciones tan épicas que solo la resistencia propia de un as lo mantenía vivo. Una vez que dejó de serlo, su salud se deterioró rápidamente. Murió de neumonía en un hotel de mala muerte en París, en el otoño de 1971.

En cuanto a Hardhat —interrogado por el doctor Tachyon el día después de los enfrentamientos, cuando estaba en el hospital, en observación, con una leve contusión—, Wojtek Grabowski insistió en que sus enemigos no lo habían vencido. «All you need is love» resumía lo que había aprendido aquel día, y el amor lo había derrotado. O eso decía. Porque mientras se abalanzaba contra la multitud, se había encontrado contemplando el rostro de Anna, su esposa perdida durante dos décadas y media.

No exactamente Anna, dijo entre lágrimas: había diferencias, en el color del pelo, en la forma de la nariz. Y por supuesto, Anna no podía ser una mujer con poco más de veinte años.

Pero su hija, sí. Grabowski estaba convencido de que había visto, por fin, a la hija que nunca había conocido. El horrible conocimiento de que su ira casi lo había llevado a destruir lo que más quería en el mundo lo despojó de su fuerza en un instante, de modo que el golpe de medallón de Radical se produjo cuando estaba en plena transición de la fuerza plena de un as al estado humano normal.

Conmovido, el doctor Tachyon ayudó a Grabowski a buscar en el área de la bahía a su hija. En su fuero interno, no esperaba encontrarla; en el momento en que Grabowski creía haberla visto, Tom Douglas se estaba recuperando, su aspecto de Rey Lagarto aún seguía activo. Y aquella aura negra hacía que vieras lo que más deseabas ver. Por lo que respectaba a Tachyon, así había sido.

Sin que a nadie le sorprendiera, la búsqueda acabó en nada. En cualquier

*caso, pudo dedicar un poco de tiempo a Grabowski, sin importar lo mucho
que el sufrimiento del hombre lo afectaba. Volvió al Este a las tres semanas
de atender a Grabowski y a los investigadores de SCARE. Un par de semanas
después supo que Grabowski había desaparecido, sin duda para seguir con
la búsqueda de su familia. Desde entonces, no se ha vuelto a saber nada de
Wojtek Grabowski o de Hardhat.*

Y en cuanto a Radical....

En las primeras horas del 6 de mayo de 1970, Mark Meadows salió
tambaleándose de una callejuela que desembocaba en People's Park
con un zumbido en la cabeza y vestido solo con su único par de *jeans*.
No se acordaba de lo que le había sucedido, apenas era consciente
de dónde estaba. Se encontró en medio de los restos de quienes habían estado celebrando la última noche, con los ojos soñolientos por
el cansancio, pero aún parloteando como fanáticos de la velocidad
sobre los increíbles hechos de las últimas veinticuatro horas. «Deberías haber estado ahí, hombre», le dijeron. Y mientras le describían
los eventos de la mañana del día anterior, extraños fragmentos de recuerdos, irreales e inconexos empezaron a burbujear en la superficie
de la mente de Mark: quizá sí *había estado*.

¿Estaba recordando su propia experiencia? ¿O eran los últimos
efectos del ácido proyectando imágenes que cuadraban con las des-
cripciones vívidas, apasionadas, que una decena de testigos presen-
ciales vertía sobre él al mismo tiempo? No lo sabía. Lo único que
sabía era que Radical representaba el cumplimiento de su sueño
más salvaje: Mark Meadows como héroe.

Y cuando vio a Sunflower por allí cerca, con el pelo alborotado,
los ojos soñadores, que le dijo: «Oh, Mark, acabo de conocer al hombre más *fantástico*», supo que cualquier esperanza que hubiera tenido de ser algo más que el amigo de Sunflower acababa de hacer *puf*.
A menos que fuera, de hecho, Radical.

Sabía qué hacer, por supuesto. Había aprendido más de lo que fue
consciente en su aprendizaje callejero con Sunflower; por la noche
estaba sentado, con las piernas cruzadas, en su colchón, entre sus
galletas y sus cómics, aferrándose a una dosis de LSD equivalente a
dos semanas de gastos corrientes. Estaba tan exaltado cuando se metió la primera tableta que apenas necesitó la droga para viajar.

Y eso fue todo lo que hizo. Ninguna transformación en Radical. Nada. Solo… *un viaje*.

Durante una semana no salió del departamento, vivió de migajas mohosas, consumiendo frenéticamente dosis crecientes de ácido tan pronto como los efectos de la última desaparecían. *Nada*. Cuando por fin salió tambaleándose en busca de más drogas ya lo veía todo borroso.

Así empezó la búsqueda.

♣ ♦ ♠ ♥

Interludio tres

De «Wild Card Chic»,
New York Magazine, junio de 1971

por Tom Wolfe

MMMMMMMMMMMMMMMMMMMMMMMM. ESTÁN BUENOS. Rollitos primavera rellenos de cangrejo y camarón. Muy sabrosos. Sin embargo, un poco grasientos. Me pregunto cómo se quitarán los ases estas manchas de grasa de sus guantes. Quizá prefieren los champiñones rellenos o los bocaditos de queso roquefort con nueces, que les sirven en bandejas de plata los altos y sonrientes meseros vestidos con la librea del Aces High… Estas son preguntas que hay que hacerse en las recepciones Wild Card Chic. Por ejemplo, ese hombre negro que está junto a la ventana, el que le está dando la mano al mismísimo Hiram Worchester, el de la camisa de seda negra y la capa de cuero negra y esa increíble frente absolutamente hinchada, ese hombre negro de aspecto peligroso y de piel de color chocolate y ojos almendrados, que salió del elevador con tres de las mujeres más deslumbrantes que se hayan visto jamás, incluso en esta sala, llena de gente guapa: es él, un as, clarísimamente, que va a coger un rollito primavera relleno de camarón y cangrejo cuando el mesero pase por allí, y metérselo en el gaznate sin perderse una sola sílaba de la culta afabilidad de Hiram, o a lo mejor le gustan más los champiñones rellenos…

Hiram es espléndido. Un hombre grande, un hombre *formidable*, de metro noventa y corpulento, con poca luz podría pasar por Orson Welles. Su barba larga, con forma de espada, está impecablemente peinada y cuando sonríe muestra unos dientes muy blancos. Sonríe a menudo. Es un hombre cálido, un hombre cortés, y saluda a los ases con el mismo apretón de manos, rápido y firme, la misma palmadita en la espalda, la misma exhortación familiar con la que saluda a Lillian, y Felicia y Lenny y el alcalde Hartmann, y Jason, John y D. D.

¿Cuánto crees que peso?, les pregunta jovialmente, y los presiona para que lo digan a ojo, ciento treinta y seis kilos, ciento sesenta, ciento ochenta. Se ríe de sus estimaciones, con una risa profunda, una risa sonora, porque este enorme hombre solo pesa trece kilos y ha dispuesto una báscula aquí, en medio del Aces High, su nuevo y lujoso restaurante en lo alto del Empire State Building, en medio del cristal y la plata y los tiesos manteles blancos, una báscula como la que encontrarías en un gimnasio, solo para demostrar que tiene razón. Sube y baja de ella de un salto, ágilmente, siempre que lo desafían. Trece kilos, e Hiram de verdad disfruta de su bromita. Pero no le llames más Fatman. Este as ha salido de la baraja, es un nuevo tipo de as, que conoce a toda la gente adecuada y todos los vinos adecuados, que tiene un aspecto absolutamente correcto con su esmoquin y que posee el mejor restaurante, el más *chic*, de la ciudad.

¡Y qué recepción! Hay mesas por todas partes, la plata reluciente, las trémulas llamas de las velas reflejadas en las ventanas que rodean la estancia, una oscuridad infinita con miles de estrellas, ese es el momento que Hiram ama. Parece que hubiera mil estrellas dentro y mil estrellas fuera, una torre de Manhattan llena de estrellas, la torre más alta y más grandiosa de todas, con su gente maravillosa paseando por los cielos, Jason Robards, John y D. D. Ryan, Mike Nichols, Joe Willie Namath, John Lindsay, Richard Avedon, Woody Allen, Aaron Copland, Lillian Hellman, Steve Sondheim, Josh Davidson, Leonard Bernstein, Otto Preminger, Julie Belafonte, Barbara Walters, los Penn, los Green, los O'Neal... y ahora, en esta época de Wild Card Chic, los ases.

Ese grupo de gente que está ahí, ese corrillo de gente cautivada, fascinada, *excitada*, gente con altas y alargadas copas de champán en sus manos y expresión de arrobamiento en sus caras; en medio de todos, objeto de toda su atención, un hombrecillo con un esmoquin de terciopelo arrugado, un esmoquin de terciopelo arrugado *naranja*, con faldones y una camisa de volantes amarillo limón y cabello rojo, largo y brillante. Tisianne brant Ts'ara sek Halima sek Ragnar sek Omian vuelve a ser el centro de atención, como en el pasado fue en Takis, y alguna de esta gente maravillosa que lo rodea incluso lo llama «Príncipe» y «Príncipe Tisianne», aunque a menudo no lo pronuncian bien y para la mayoría de ellos, ahora y siempre,

seguirá siendo el doctor Tachyon. Es *real*, este príncipe de otro planeta, la misma *idea* que encarna: un exiliado, un héroe, retenido por
el ejército y perseguido por el HUAC, un hombre que ha vivido dos
vidas humanas y visto cosas que ninguno de ellos puede imaginar,
que trabaja desinteresadamente entre los desdichados de Jokertown,
bien, la excitación corre por todo el Aces High como un reguero de
pólvora, y Tachyon también parece excitado, lo puedes decir por el
modo en que sus ojos violeta vagan hasta fijarse en la esbelta mujer
oriental que ha llegado con ese otro as, ese tal Fortunato de aspecto
peligroso.

«No había conocido a un as hasta ahora», es el estribillo que se
repite. «Es la primera vez.» La emoción vibra en el aire del Aces
High, hasta que todo el piso ochenta y seis *late* con ella, la primera
vez, nunca había conocido a nadie como tú, la primera vez, siempre
he querido conocerte, la primera vez, y en algún lugar, en la húmeda tierra de Wisconsin, Joseph McCarthy se revuelve en la tumba
con ese rumor agudo, intenso; quien siembra vientos, recoge tem-
pestades. Estos no son los farsantes de Hollywood, no hay políticos
aburridos, nada de flores literarias marchitas ni de patéticos jokers
pidiendo ayuda, estos son la *auténtica nobleza*, estos ases, estos en-
cantadores y magnéticos ases.

Tan hermosos. Aurora, sentada en la barra de Hiram, enseñando las largas, largas piernas que la han convertido en la estrella de
Broadway, con los hombres apiñados a su alrededor, riendo de todos
sus chistes. Extraordinario, ese pelo rojo suyo, rizado y perfumado,
cayendo por sus hombros desnudos, y esos labios carnosos y sus mo-
híns, y cuando las luces de la aurora boreal titilan a su alrededor
los hombres estallan en aplausos. Ha firmado para hacer su primera
película el año próximo, actuando junto a Redford y Mike Nichols
va a dirigirla. El primer as que va a ser una estrella en una película
importante desde... no, no querríamos mencionarlo, ¿verdad? No
ahora que nos la estamos pasando tan bien.

Tan asombrosos. Las cosas que pueden hacer estos ases. Un hombrecillo atildado, vestido de verde, saca una bellota y un puñado de
tierra para macetas, toma una copa de coñac de la barra y hace crecer un pequeño roble justo en el centro del Aces High. Una mujer
de piel morena con facciones muy marcadas llega vestida con unos

jeans y una camisa de mezclilla, pero cuando Hiram amenaza con echarla, da una palmada y de repente está enfundada, de pies a cabeza, en una armadura de metal que brilla como el ébano. Otra palmada y lleva un traje de noche, de terciopelo verde, con un hombro al aire, que le queda perfecto y hasta Fortunato la mira dos veces. Cuando los cubitos de las hieleras para el champán se deshacen, un hombre corpulento, duro como una roca, se adelanta, sostiene el Dom Perignon y sonríe infantilmente mientras la escarcha cubre el exterior de la botella. «Justo en su punto», dice cuando le devuelve la botella a Hiram, «un poco más y la congelaría del todo.» Hiram ríe y lo felicita, aunque no cree que lo merezca. El hombre negro sonríe enigmáticamente. «Croyd», es lo único que dice.

Tan románticos, tan trágicos. Justo ahí, al final de la barra, vestido de cuero gris está Tom Douglas ¿es él? Lo es, lo *es*, el mismísimo Rey Lagarto, oigo que le han retirado los cargos, pero qué *valor* mostró, qué compromiso y digo ¿qué diablos le pasó a ese tal Radical que lo ayudó?

No obstante, Douglas tiene un aspecto terrible. Cansado, atormentado. La multitud se cierra a su alrededor y alza los ojos rápidamente y, por un segundo, el espectro de una gran cobra negra se cierne sobre él, un oscuro contrapunto a los brillantes colores de Aurora, y el silencio recorre el Aces High hasta que vuelven a dejar solo al Rey Lagarto.

Tan apuestos, tan extravagantes. Ciclón sabe cómo hacer una entrada, ¿eh? Pero es por eso por lo que Hiram insistió en el Mirador del Atardecer, al fin y al cabo, no solo por las copas bajo las estrellas de una noche de verano y las gloriosas vistas del sol poniéndose en el Hudson, sino también para dar a los ases un lugar en el que aterrizar, y es natural que Ciclón haya sido el primero. ¿Para qué subirse al elevador si puedes cabalgar los vientos? Y su manera de vestir, todo en azul y blanco, el overol lo hace parecer tan *ágil* y *desenfadado*, y esa capa, cómo cuelga de sus muñecas y sus tobillos y cómo se infla en el vuelo, cuando desata sus vientos. Una vez que está dentro, estrechando la mano a Hiram, se quita su casco de aviador. Es un líder de la moda, Ciclón, el primer as en llevar un traje como Dios manda, y empezó en el 65, mucho antes de que estos otros ases entraran en escena, luciendo sus colores incluso durante aquellos dos deprimentes años en Vietnam; solo porque un hombre lleve una máscara no significa que esté obsesionado en ocultar su identidad, ¿verdad? Aquellos días han pasado, Ciclón es Vernin Henry Carlysle de San Francisco, todo el mundo lo sabe, el miedo se ha acabado, esta es la era del Wild Card Chic, en la que *todo el mundo* quiere ser un as. Ciclón ha recorrido un largo camino para asistir a esta fiesta, pero la reunión no sería lo mismo sin el principal as de la Costa Oeste, ¿verdad?

Aunque –esto es casi un tabú, cuando las estrellas y los ases brillan por todas partes en una noche en la que puedes ver ochenta kilómetros a la redonda–, la verdad, la reunión no está del todo completa, ¿no? Earl Sanderson aún está en Francia, aunque envió una breve, pero sincera nota excusándose, en respuesta a la invitación de Hiram. Un gran hombre ese, un gran hombre al que le hicieron mucho daño. Y David Harstein, el Enviado perdido, Hiram hasta puso un anuncio en el *Times*: DAVID, ¿NO PODRÍAS VOLVER A CASA, POR FAVOR? Pero tampoco está aquí. Y la Tortuga, ¿dónde está la Gran y Poderosa Tortuga? Hay rumores de que en esta noche especial y mágica, en esta calmada época del Wild Card Chic, la Tortuga podría salir de su caparazón y estrechar la mano a Hiram y anunciar su nombre al público, pero no, no parece estar aquí, no creerás... Dios, no... ¿no creerás, después de todo, que todas esas viejas historias son *verdad* y que la Tortuga es un joker?

Ciclón le está contando a Hiram que cree que su hija de tres años ha heredado sus poderes sobre el viento, y Hiram sonríe y le estrecha la mano y felicita al cariñoso papá y propone un brindis. Incluso su voz potente, cultivada, no puede atravesar el fragor del momento, así que Hiram cierra el puño y hace eso que le hace a la gravedad y por lo que pesa menos de trece kilos, hasta que se eleva hacia el techo. El Aces High se queda en silencio mientras Hiram flota al lado de su enorme araña estilo *art déco*, levanta su copa de Pimm's, y propone hace brindis. Lenny Bernstein y John Lindsay beben a la salud de la señorita Helen Carlysle, futura as de segunda generación. Los O'Neal y los Ryan alzan sus copas por Black Eagle, el Enviado y por la memoria de Blythe Stanhope van Renssaeler. Lillian Hellman, Jason Robards y Broadway Joe brindan por la Tortuga y Tachyon, y todo el mundo bebe a la salud de Jetboy, padre de todos nosotros.

Y tras el brindis vienen las causas. Las Leyes Wild Card siguen vigentes, y en este día y en esta era, es una desgracia, debe hacerse algo. El doctor Tachyon necesita ayuda, ayuda para su clínica de Jokertown, ayuda con su demanda, ¿cuánto tiempo hace que lo arrastra su pleito para conseguir que el gobierno le devuelva la custodia de la nave espacial, que le incautaron indebidamente en el 46? Una vergüenza, quedarse con *su nave* después de que viniera de aquella manera para ayudar los pone furiosos, a todos, y *por supuesto*, le prometen su ayuda, su dinero, sus abogados, su influencia. Con una hermosa mujer a cada lado, Tachyon habla de su nave. Está viva, les dice, y por ahora está ciertamente sola, y mientras habla empieza a llorar y cuando les dice que su nave se llama *Baby* una lágrima asoma por debajo de muchos lentes de contacto, amenazando con correr el rímel que tan ingeniosamente se han aplicado. Y por supuesto hay que hacer algo con la Brigada Joker, eso es más que un genocidio...

Pero entonces sirven la cena. Los invitados van buscando los asientos que les han asignado, la distribución de mesas de Hiram es una obra maestra, mesurada y aderezada con la misma precisión que su comida de gourmet, en todas partes hay un equilibrio perfecto entre riqueza y sabiduría e ingenio y arrojo y fama, con un as en cada mesa, por supuesto, de otro modo algunos se irían sintiéndose engañados, en este año y mes y hora del Wild Card Chic...

En lo más profundo
♣ ♦ ♠ ♥

por Edward Bryant y Leanne C. Harper

IENTRAS ESQUIVABA LOS TAXIS, CRUZANDO LA AVENIDA
Central Park West y entrando en el parque, Rosemary
Muldoon sabía que tenía una tarde difícil por delante.
Distraída, se movió entre la multitud, congregada en la acera, de
personas que paseaban a su perro a última hora de la tarde y buscó
a Bagabond.

Como becaria del Departamento de Servicios Sociales de Nueva
York, Rosemary tenía todos los casos interesantes, aquellos de los
que nadie más se quería ocupar. Bagabond, la enigmática vagabunda
de la que tenía que encargarse esta tarde, iba a ser el peor.

Bagabond tenía al menos sesenta años y olía como si no se hubiera bañado en la mitad de ese tiempo. Rosemary nunca se había acostumbrado a eso. Su familia no era lo que se llamaría modelo, pero
todos se bañaban a diario. Su padre insistía en ello. Y nadie le decía
que no a su padre.

Le habían atraído los detritos de la sociedad precisamente por su
alienación. Pocos tenían alguna conexión con su pasado o su familia.
Rosemary reconocía eso, pero se dijo a sí misma que no importaba
cuál era la razón; el resultado era lo importante. Podía ayudarlos.

Bagabond estaba bajo un bosquecillo de robles. Mientras Rosemary se acercaba, creyó verla haciendo gestos y hablando con un
árbol. Meneando la cabeza, Rosemary sacó el expediente de Bagabond. Era delgada. Nombre real, desconocido; edad, desconocida;
lugar de origen, desconocido; historial, desconocido. Según la escasa información, la mujer vivía en las calles. La mejor conjetura de la
anterior trabajadora social era que a Bagabond la habían echado de
una institución estatal para ganar espacio. La mendiga era paranoica,

pero probablemente no peligrosa. Como Bagabond se había negado a darles ninguna información, no había modo de ayudarla. Rosemary apartó todo el papeleo y se dirigió hacia la anciana vestida con capas de ropas raídas.

—Hola, Bagabond. Me llamo Rosemary y estoy aquí para ayudarla.

Su táctica fracasó. Bagabond le volteó la cara y se quedó mirando a dos chicos que jugaban *frisbee*.

—¿No quieres dormir en un lugar mejor, seguro, caliente? ¿Con comida caliente y gente con la que hablar? –la única respuesta que recibió provino del felino más grande que había visto fuera de un zoológico. Se había acercado a Bagabond y estaba mirando a Rosemary fijamente.

—Podrías tomar un baño –el pelo de la mendiga estaba asqueroso–. Pero necesito saber tu nombre –el enorme gato negro miró a Bagabond y después a Rosemary.

—¿Por qué no vienes conmigo y hablamos? –el gato empezó a rugir.

—Vamos… –al acercarse a Bagabond, el gato saltó.

Rosemary retrocedió sobresaltada, tropezándose con la bolsa que había dejado en el suelo.

Tumbada de espaldas, pudo ver frente a frente al felino, que estaba más que enojado.

—Buen gatito. Quédate ahí –mientras empezaba a levantarse, un gato tricolor ligeramente más pequeño se unió al gato negro–. Muy bien. Nos veremos en otra ocasión –Rosemary recogió su bolsa y el expediente y se retiró.

Su padre nunca había entendido por qué quería trabajar con los pobres de la ciudad, la «basura», como los llamaba él. Esta noche iba a tener que sufrir otra velada con su prometido y sus padres como chaperones. Un matrimonio concertado, a estas alturas. Deseaba que fuera más fácil rebelarse contra su padre y decir "no". Su familia era hija de la tradición. Sencillamente no encajaba.

Rosemary tenía su propio departamento que, hasta hacía poco, había compartido con C. C. Ryder. C. C. era una *hippie* convencida. Rosemary se había asegurado de que su padre y C. C. nunca coincidieran. Las consecuencias habrían sido demasiado horribles como para pensar en ellas. Era fundamental mantener las dos vidas separadas.

Esta línea de pensamiento la llevaba muy cerca del dolor. C. C. se

había ido. Había desaparecido en la ciudad. Rosemary temía por
C. C. y por ella misma, por lo que decía sobre la ciudad.

Rosemary alzó los ojos desde la banca del parque en la que se había dejado caer. Era hora de devolver el expediente a la oficina y dirigirse a Columbia y a su clase.

♠

—¡Qué noche más increíble! –Lombardo «Lucky Lummy» Luchese
se sentía genial, simplemente genial. Tras dos años enteros de trabajo y escasa protección, había conseguido por fin entrar en una de
las Cinco Familias más importantes. Reconocían el talento y a él le
sobraba. Bajando por la 81 hacia el parque con sus tres amigos, estaba en la cima del mundo.

Tenía que presentar sus respetos a su prometida, María. ¡Qué poquita cosa! Pero aquella chica, tan poquita cosa, era la única hija de
don Carlo Gambione y sería muy valiosa en los años venideros. Más
tarde lo celebraría con sus colegas. Ahora tenía que reunir el dinero
suficiente para poder comprar a la apocada María algunas flores bonitas que le demostraran su estima. Quizá claveles.

—Voy abajo. A conseguir algo de dinero –dijo Lummy.

—¿Quieres compañía? –preguntó Joey «Sin Nariz» Manzone.

—Nah. ¿Bromeas? A partir de la semana que viene, tendré dinero
a montones. Solo quiero hacer un trabajillo más. Por los viejos tiempos. Los veo luego.

Chapoteando entre charcos irisados por el aceite, Lummy silbó
mientras se contoneaba dirigiéndose hacia el globo iluminado que
señalaba las escaleras de la estación de metro de la Calle 81. Esa noche, nada podía con él.

♦

Qué noche tan perfectamente espantosa, pensó Sarah Jarvis. La anciana de sesenta y ocho años jamás en la vida hubiera esperado que la
invitaran a una fiesta de Amway. Solo con pensarlo… Ella y su amiga
habían tardado horas en irse. Por supuesto, para entonces estaba llo-
viendo y, por supuesto, no había modo de encontrar un taxi libre. Su

amiga vivía en el edificio de al lado. Sarah había tenido que recorrer todo el camino hacia la zona residencial de Washington Heights.

Sarah odiaba el metro. Aquel olor rancio le daba náuseas. Le desagradaban las partes ruidosas de la ciudad y el metro estaba entre las más tumultuosas. Esta noche, no obstante, todo estaba tranquilo. Sola en el andén Sarah se estremeció bajo su chaqueta de *tweed*.

Oteando por el borde del andén, a lo largo del túnel, creyó ver la luz de la línea local AA. Allí había algo, pero parecía moverse muy lentamente. Sarah se dio la vuelta y contempló los letreros luminosos. Examinó el cartel que pedía la reelección de aquel agradable señor Nixon. En las máquinas expendedoras de periódicos, los titulares hablaban de unos ladrones que habían irrumpido en un hotel y un bloque de departamentos de Washington. ¿Watergate? Qué nombre más curioso para un edificio, pensó. El *Daily News* llevaba la historia del llamado Vigilante del Metro. La policía atribuía cinco homicidios al misterioso asesino durante la semana pasada. Las víctimas habían sido traficantes de drogas y otros criminales. Todos los asesinatos habían tenido lugar en el metro. Sarah se estremeció. La ciudad era muy distinta de lo que había sido en su infancia.

Primero oyó los pasos, repicando con estruendo por las escaleras y más allá de la desierta taquilla. Después, un silbido, un peculiar sonsonete sin melodía, cuando la persona entró en la estación. Contra su voluntad, se vio atrapada entre la aprensión y el alivio. Avergonzada, en cierto modo, de su reacción, decidió que no le importaría un poco de compañía de otros seres humanos.

Tan pronto como lo vio, ya no estuvo tan segura. Sarah nunca había sido muy aficionada a las chamarras de cuero negras, particularmente, las que llevaban jóvenes ligeramente engominados y sonrientes. Le dio la espalda con firmeza y se concentró en la pared del otro lado de las vías.

Cuando la anciana le dio la espalda, Lucky Lummy sonrió ampliamente y se llevó la punta de la lengua a su labio superior.

—Eh, señora, ¿tiene fuego?

—No.

Una de las comisuras de los labios de Lummy se contrajo mientras se acercaba a su espalda.

—Vamos, señora, sea amable.

Se le pasó por alto la tensión que se acumulaba en sus hombros conforme Sarah iba recordando la clase de defensa personal a la que había asistido el invierno pasado.

—Usted solo deme el bolso, señ… ¡*aaaaaaaaah*! –gritó cuando Sarah se giró y le aplastó el empeine con su práctica pero sofisticada zapatilla beige. Lummy retrocedió y se dispuso a asestarle un puñetazo en la cara. Sarah lo eludió dando un paso atrás y resbalando en una sustancia pegajosa. Lummy sonrió y se lanzó hacia ella.

Una ráfaga de viento les llegó proveniente del túnel cuando el tren AA se acercó a la estación.

Ninguno se dio cuenta de que una docena de personas se las habían arreglado para acceder al mismo tiempo a la entrada del metro. La mayoría venía de ver la última función de *El padrino* y discutían animadamente si Coppola había exagerado o no el papel de la mafia en la delincuencia moderna.

Uno de los que *no* había asistido a la función era un trabajador del metro que había tenido un día largo y duro. Solo quería llegar a casa y cenar, y no necesariamente en ese orden. Los periódicos habían estado presionando otra vez; y es que el rollo de los Derechos Jokers no podía tenerlos ocupados todo el tiempo. El hombre del metro había sido relevado de sus habituales tareas de revisión de las vías para pasar dieciocho horas buscando en vano caimanes en las alcantarillas y en los túneles del metro, en los conductos y en los pozos de servicio. Mentalmente maldijo a sus empleadores por doblegarse a la prensa sensacionalista y en especial maldijo a aquellos reporteros que parecían sabuesos, y a los que por fin había despachado.

El trabajador del metro se retiró un poco, tratando de quedar fuera de la aglomeración mientras el grupo iba a buscar los boletos y se dirigía a las puertas. Los cinéfilos iban parloteando.

Con un rugido y el chirrido del metal contra el metal al frenar, el convoy de la línea AA salió del túnel.

En el andén, había coincidido gente de todo tipo. Blasfemando en italiano, Lummy dejó a su víctima y echó un vistazo a su alrededor en busca de una vía de escape. Las dos primeras parejas habían entrado y contemplaban la escena que se desarrollaba ante ellos. Uno de los hombres se dirigió hacia Lucky Lummy, mientras el otro agarraba a su cita y trataba de alejarse.

Las puertas del metro sisearon al abrirse. A estas horas de la noche, había pocos pasajeros y nadie salió del tren.

—¿Dónde está un policía cuando se le necesita? —dijo el aspirante a salvador.

Momentáneamente, Lummy consideró saltar encima de aquel bastardo y darle una buena tunda. En vez de eso, esquivó al hombre y después corrió, renqueando un poco, hasta el último vagón. Las puertas se cerraron bruscamente y el tren empezó a moverse. Debía de ser la luz, pero los brillantes grafitis de los lados parecían cambiar.

Desde el interior del vagón, Lucky Lummy rio e hizo gestos obscenos a Sarah, que se estaba doliendo de los golpes y tratando de recomponer sus ropas manchadas. Lummy dedicó un segundo gesto a los involuntarios salvadores de la mujer cuando todo el grupo acudió a ella.

De repente, la cara de Lummy se contrajo con miedo y después con auténtico terror mientras empezaba a golpear las puertas. El hombre que había intentado detener a Lummy captó una última imagen de él arañando la puerta trasera del vagón mientras el tren aceleraba y se perdía en la oscuridad.

—¡Qué basura! —dijo la cita del improvisado rescatador—. ¿Era uno de esos jokers?

—No —dijo su amigo—. Solo un imbécil común y corriente.

Todo el mundo se quedó helado al oír los gritos que venían desde el túnel.

Por encima del rugido, cada vez menor, del tren local, escucharon los gritos desesperados, agónicos, de Lummy. El tren desapareció. Pero los gritos duraron al menos hasta la calle 83.

El trabajador del metro se dirigió hacia el túnel mientras el héroe del momento era felicitado por Sarah, en su mayor parte ilesa, así como por el resto de los espectadores. Otro empleado de metro bajó por las escaleras al otro extremo del andén.

—¡Eh! —gritó—. ¡Jack Alcantarillas! ¡Jack Robicheaux! ¿Nunca duermes?

El agotado hombre lo ignoró y entró por una puerta de acceso metálica. Mientras avanzaba por el túnel empezó a despojarse de sus ropas. Un vigilante podría haber pensado que había visto a un hombre agachándose y arrastrándose por el suelo húmedo del túnel, un hombre al que le había crecido un largo hocico, lleno de dientes afilados y una musculosa cola capaz de hacer puré al vigilante. Pero nadie vio el destello de las escamas verdes y grises cuando el otrora trabajador del metro se unió a la oscuridad y desapareció. En el andén de la calle 81, los espectadores aún estaban tan paralizados por los ecos de los gritos agónicos de Lummy que pocos notaron el grave y resonante fragor que venía de la otra dirección.

♥

Acabada su última clase, Rosemary se dirigió con cansancio a la boca de metro de la calle 116. Una tarea más que había completado por hoy. Ahora estaba de camino al departamento de su padre para ver a su prometido. Era algo que nunca le había suscitado demasiado entusiasmo, pero estos días no tenía mucho entusiasmo por nada. Rosemary iba pasando los días deseosa de que algo en su vida se resolviera.

Cambió la pila de libros a su brazo izquierdo mientras, con una mano, escudriñaba su bolsa en busca de un boleto. Al pasar por la puerta se detuvo, y se quedó a un lado apartándose del camino de los otros estudiantes. A juzgar por las pancartas que portaba cierto número de gente, la última manifestación contra la guerra justo debía de haber acabado. Rosemary vio que algunos chicos aparentemente normales llevaban carteles en los que se leía el lema informal de la Brigada Joker: los últimos en partir, los primeros en morir.

C. C. siempre había estado metida en eso. Incluso había cantado sus canciones a unos pocos de los grupos menos exaltados. Un día había traído a casa a un compañero activista, un tipo llamado Fortunato. Aunque estaba bien que el hombre se comprometiera con el movimiento por los derechos de los jokers, a Rosemary no le gustaban los proxenetas, de geishas o no, en su departamento. Aquello había provocado una de las pocas peleas que jamás había tenido con C. C. Al final, C. C. había estado de acuerdo en hablar con Rosemary más detenidamente acerca de los futuros invitados.

C. C. Ryder había intentado una y otra vez convencer a Rosemary para que participara activamente, pero Rosemary creía que ayudar a unos pocos directamente podía hacer tanto bien como ir por ahí gritando pestes del «Sistema». Probablemente bastante más.

Rosemary provenía de una familia conservadora. Su compañera de departamento raramente dejaba de recordárselo.

Rosemary respiró hondo y se lanzó a la marea de gente. Todas las clases de última hora habían acabado, evidentemente, al mismo tiempo.

Mientras Rosemary andaba por el andén, rodeó a la multitud por detrás para acabar en el extremo más alejado del área de espera. No tenía ganas de estar cerca de la gente en ese momento. Poco después sintió la corriente del húmedo aire del túnel y tiritó dentro de su suéter húmedo.

Ensordecedor, deprimente, el convoy local le pasó por delante. Todos los vagones estaban llenos de pintas, pero el último vagón estaba decorado de un modo incluso más peculiar. Rosemary se acordó de la mujer tatuada del espectáculo de los Ringling Brothers que había visto en el viejo jardín botánico. A menudo se había preguntado por la psicología de los chicos que escribían en los trenes. A veces no le gustaba lo que sus palabras revelaban. Nueva York no era siempre un bonito lugar en que vivir.

No pensaré en ello. Pensó en ello. La imagen de C. C. yaciendo en coma en la sala de emergencias de St. Jude centelleó en su mente. Vio los brillantes equipos de reanimación. Como C. C. no tenía familiares cercanos a los que avisar, Rosemary había estado allí incluso cuando las enfermeras le cambiaban los vendajes. Recordaba las contusiones, las marcas negras y de un azul venenoso que cubrían la mayor parte de su cuerpo. Los doctores no estaban seguros de cuántas veces habían violado a la joven. Rosemary había querido ser empática con ella. No podía. Ni siquiera estaba segura de cómo empezar. Todo lo que podía hacer era aguardar y tener esperanza. Y entonces, C. C. desapareció del hospital.

El último vagón parecía vacío. Cuando Rosemary se dirigió hacia él, echó un vistazo al grafiti. Se paró en seco, recorriendo con los ojos las palabras escritas en el interior del vagón.

¿Perejil, salvia, romero?
El tiempo…
El tiempo es para los otros, no para mí.*

---

* La canción apela directamente al personaje ya que en inglés *romero* es homónimo de su nombre, Rosemary. *N. de la T.*

«¡C. C.! ¿Qué?» Sin importarle la otra gente que había divisado el vagón vacío, se abrió paso hasta las puertas. Estaban cerradas. Rosemary tiró sus libros e intentó abrir las puertas a arañazos. Notó que se le rompía una uña. Al no conseguirlo, golpeó las puertas hasta que el tren empezó a salir lentamente de la estación.

Los ojos de Rosemary se llenaron de lágrimas al ver por última vez su nombre y otra de las letras de las canciones de C. C.:

No puedes luchar contra el final,
pero te puedes vengar.

Rosemary no dijo nada más, solo se quedó contemplando el tren. Bajó los ojos y se miró los puños. La puerta, aparentemente de acero, le había resultado suave y flexible y cálida. ¿Alguien le había dado ácido? ¿Era una coincidencia? ¿Estaba viviendo C. C. en los subterráneos? ¿Es que acaso estaba viva C. C.?

Pasó un buen rato antes de que llegara el siguiente tren.

♣

Cazaba en la penumbra.

El hambre había vuelto a apoderarse de él; el hambre que nunca parecía estar completamente satisfecha. Y por eso cazaba.

Vagamente, siempre muy levemente, recordaba un tiempo y un lugar en el que había sido distinto. Había sido alguien –¿qué era?–, algo más.

Miró, pero no vio mucho. En esta oscuridad y especialmente en el agua pútrida salpicada de escombros, los ojos le servían de poco. Más importantes eran los sabores y los olores, las diminutas partículas que le decían qué había en la distancia –comidas que buscaba pacientemente– y le hablaban de las satisfacciones inmediatas que rondaban, confiadas, justo más allá de su hocico.

Podía oír las vibraciones: los movimientos poderosos, lentos, de lado a lado de su musculosa cola a través del agua; las demoledoras pero distantes ondas golpeando desde la ciudad que tenía por encima; la miríada de diminutas acciones de la comida escapando en la oscuridad.

El agua sucia rompió en su ancho hocico plano, la corriente fluyó por los dos lados de sus fosas nasales elevadas. Ocasionalmente, las membranas transparentes se deslizaban por los ojos saltones, luego volvían a subir.

Grande como era –apenas pasaba por algunos de los túneles que había atravesado durante sus periodos de alimentación–, apenas hacía ruido. Esta noche la mayoría de los sonidos que lo acompañaban provenía de la presa, que había gritado mientras la devoraba.

Sus fosas nasales le dieron el primer indicio del festín que estaba por venir, pero pronto le siguieron mensajes de sus oídos. Aunque odiaba abandonar este santuario que le cubría casi todo su cuerpo, sabía que debía ir allá donde hubiera comida. La boca de otro túnel apareció a un lado. Apenas había espacio en el pasaje para que un cuerpo incluso tan flexible como el suyo girara y entrara en un nuevo curso de agua. El agua se iba haciendo más superficial y acababa por completo a dos cuerpos de la entrada.

No importaba. Sus piernas funcionaban bastante bien y se podía mover casi tan silenciosamente como antes. Aún podía oler la presa esperándolo, en algún lugar delante de él. Más cerca. Cerca. Muy cerca. Podía oír algunos sonidos: chirridos, chillidos, unos pies corriendo, el roce de cuerpos peludos contra la piedra.

No se lo esperarían; había pocos depredadores en estos túneles, en las profundidades. En unos instantes se les echó encima, la primera crujió entre sus mandíbulas, su grito de agonía que advertía a las otras. Las presas se dispersaron en pánico. Excepto para las que no tenían vías de escape, no hubo ninguna resistencia. Huyeron.

La mayoría de los que vivieron más se escaparon directamente del monstruo y se encontraron con el fondo tapiado del túnel. Otros trataron de sortearlo corriendo –uno incluso se atrevió a saltar por su espalda escamosa–, pero con un latigazo de su cola los estampó contra las inquebrantables paredes. Aun hubo otros que corrieron directamente a su boca, acobardándose solo en la fracción de segundo antes de que los dientes se cerraran.

Los agónicos chillidos alcanzaron su nivel máximo y poco a poco remitieron. La sangre fluía deliciosamente. La carne y el pelo y los huesos yacían satisfactoriamente en su estómago. Unas pocas presas aún vivían. Se alejaron arrastrándose de la matanza lo mejor que pudieron.

El cazador empezó a seguirlas, pero su comida le pesaba. Por ahora estaba demasiado lleno para seguir, o para preocuparse. Consiguió llegar al borde del agua y entonces se detuvo. Ahora necesitaba dormir.

Primero rompería el silencio. Estaba permitido. Era su territorio. Era *todo* su territorio. Las grandes mandíbulas se abrieron y lanzó un penetrante y estruendoso rugido que reverberó durante varios segundos a lo largo del laberinto de túneles y conductos, pasajes y corredores de piedra que parecían no tener fin.

Cuando los ecos murieron, por fin el depredador durmió. Pero fue el único.

♠

Rosemary saludó a Alfredo, que estaba al cargo de la seguridad esa noche. Le sonrió mientras se registraba, y meneó la cabeza cuando vio la pila de libros que cargaba.

—Puedo ayudarla con eso, señorita María.

—No, gracias, Alfredo. Me las arreglo bien.

—Recuerdo que le llevaba los libros cuando era solo un *bambino*, señorita María. Usted solía decir que se quería casar conmigo cuando creciera. Ya no, ¿eh?

—Lo siento, Alfredo, es que soy algo voluble –Rosemary sonrió y entornó los ojos. No era fácil bromear ni ser agradable. Quería que esta tarde, este día, se acabara.

Estaba sola en el elevador y aprovechó la oportunidad para apoyar la cabeza contra un costado por un momento. De hecho recordaba a Alfredo llevándole los libros a la escuela. Había sido durante una de las guerras de su infancia. ¡Qué familia!

Cuando las puertas del elevador se abrieron, los dos hombres que estaban ante la entrada del ático se pusieron en alerta. Se relajaron al verla aproximarse, pero ambos parecían inusualmente solemnes.

—Max. ¿Qué pasó? –Rosemary miró inquisitivamente al más alto de los dos hombres vestidos de negro de manera idéntica.

Max negó con la cabeza y le abrió la puerta.

Rosemary caminó entre las opresivas paredes revestidas de paneles de roble oscuro hacia la biblioteca. Las antiguas pinturas al óleo no ayudaban a aliviar la penumbra.

En la puerta de la biblioteca se dispuso a llamar, pero las pesadas puertas de madera tallada se abrieron hacia dentro antes de que las golpeara. Su padre estaba de pie en el umbral, su silueta iluminada por la lámpara de su escritorio.

La tomó de las dos manos y se las sujetó con firmeza.

—María. Es Lombardo. Ya no está con nosotros.

—¿Qué ha pasado? —observó detenidamente el rostro de su padre. Las zonas bajo los ojos estaban oscuras. Sus mejillas estaban más hundidas de lo que recordaba.

Su padre gesticuló.

—Estos jóvenes trajeron la noticia.

Frankie, Joey y el Pequeño Renaldo estaban apiñados. Joey, literalmente, sostenía el sombrero entre las manos.

—Se lo contamos a don Carlo, María. Lucky Lum… este, Lombardo, venía hacia aquí, pero se paró un minuto en el metro.

—Quería comprar unos chicles, creo —Frankie ofreció la información como si tuviera algún significado.

—Sí, sea como sea, no salió. Nosotros solo estábamos por ahí —dijo Joey—, así que decidimos averiguar qué estaba pasando cuando oímos como… un alboroto en la estación. Cuando llegamos, descubrimos qué estaba pasando.

—Sí, lo encontraron en una decena de…

—¡Frankie!

—Sí, don Carlo.

—Será suficiente por esta noche, muchachos. Los veré por la mañana.

Los tres jóvenes asintieron y se tocaron la frente en dirección a Rosemary cuando salieron.

—Lo siento, María —dijo su padre.

—No entiendo. ¿Quién le haría algo así?

—María, sabes que Lombardo trabajaba en nuestro negocio familiar. Otros lo sabían. Y sabían que pronto iba a convertirse en mi hijo. Creemos que podría haber sido alguien que tratara de hacerme daño —la voz de don Carlo sonaba triste—. Ha habido otros incidentes últimamente. Hay quienes quieren arrebatarnos lo que nos ha costado toda una vida conseguir —su voz se endureció de nuevo—. No dejaremos que se salgan con la suya. ¡Lo prometo, María!

—María, me queda algo de lasaña muy buena. Tu favorita. Por favor, come un poco.

La madre de Rosemary habló, saliendo de las sombras. Se levantó para llevar a Rosemary a la cocina, escoltándola con un brazo alrededor de sus hombros.

—Mamá, no deberías haberme hecho la cena.

—No la he hecho. Sabía que llegarías tarde así que te guardé un poco.

Rosemary dijo a su madre:

—Mamá, yo no lo amaba.

—Shhhh. Lo sé –rozó los labios de su hija–. Pero habrías aprendido a cuidar de él. Pude ver lo bien que se llevaban.

—Mamá, tú no…–la interrumpió la voz de su padre que las seguía desde la biblioteca.

—Tienen que ser *melanzanes*, ¡negros! ¿Quién más nos atacaría ahora? Tienen que estar bajando desde Harlem por los túneles. Han querido quedarse con nuestro territorio desde hace años. Especialmente quieren una *susina* como Jokertown. No, los jokers no se atreverían a hacer esto por su cuenta, pero los negros podrían estar usándolos como distracción.

Rosemary oyó silencio, seguido de los ruiditos metálicos del teléfono.

Su madre la jaló del brazo.

Don Carlo dijo:

—Hay que pararlos ahora o amenazarán a todas las familias. Son unos salvajes.

Otra pausa.

—Yo *no* exagero.

—María… –dijo su madre.

—Mañana por la mañana, pues –dijo don Carlo–. Temprano. Bien.

—¿Lo ves, María? Tu padre va a ocuparse de esto.

Su madre condujo a Rosemary a la cocina color trigo con todos sus brillantes electrodomésticos, las paredes cubiertas con muestras enmarcadas de homilías del antiguo país. Pensó en hablarle a su madre de C. C. y el metro, pero ahora parecía imposible. Tenía que haber sido su imaginación. Solo quería dormir. No quería comer. Esta noche no podía con nada más.

◆

La mendiga se agitó en sueños y uno de los dos enormes gatos que estaban junto a ella se apartó. Levantó la cabeza y olisqueó a su compañero. Dejando a la mujer con una zarigüeya acurrucada contra su estómago, los dos gatos se adentraron, acechando, en la oscuridad del túnel del metro abandonado. El olvidado ramal de la calle 86 los llevó hasta la comida.

Ambos gatos estaban hambrientos, pero ahora cazaban para el desayuno de la mujer. Usando un túnel de drenaje salieron al parque, debajo de los árboles de maple de la calle. Cuando un camión de reparto del *New York Times* se detuvo en un semáforo el gato negro miró al tricolor y apuntó con su hocico al camión. Mientras se alejaba, saltaron a bordo. Acomodados en la parte trasera, el negro creó la imagen de montones de pescado y la compartió con el tricolor. Contemplando las calles de la ciudad al pasar, esperaron el revelador olor de pescado. Por fin, mientras el camión aminoraba la marcha, el tricolor olió el pescado y saltó impacientemente del vehículo. Maullando furiosamente, el negro lo siguió por el callejón. Ambos se detuvieron cuando el aroma de humanos extraños se superpuso al de la comida. En el extremo más alejado del callejón había un grupo de jokers, crudas parodias de los humanos normales. Vestidos con harapos, buscaban comida en la basura.

Una cuña de luz se derramó en el callejón cuando se abrió una puerta. Los gatos olieron comida fresca cuando un hombre bien vestido, más grande que cualquiera de los que hurgaban en la basura, llevó unas cajas al callejón.

—Por favor –el gordo habló a los paralizados jokers con una voz suave, transida de dolor–, tengo comida para ustedes.

La escena congelada acabó cuando los jokers se arremolinaron alrededor de las cajas y empezaron a abrirlas con las manos. Se empujaban unos a otros, afanándose en conseguir una buena posición para alcanzar la rica comida.

—¡Basta! –gritó un joker alto en medio del caos–. ¿No somos hombres?

Los hombres se pararon y se apartaron de las cajas, permitiendo que el gordo repartiera el alimento entre ellos. El joker alto fue el último al que le sirvió. Mientras el anfitrión le entregaba la comida, volvió a hablar:

—Señor, gracias al Aces High.

En la oscuridad del callejón los gatos observaron la comida de los jokers. Girándose hacia el tricolor, el negro formó la imagen de un esqueleto de pescado y volvieron a la calle. En la Sexta Avenida, el negro envió una imagen de Bagabond al tricolor. Trotaron hacia la zona hasta que un camión de mercancías que circulaba lento les solucionó el trayecto. Muchas calles después, el camión se aproximó a un mercado chino y el gato reconoció el aroma familiar. Mientras el vehículo empezaba a frenar, los dos gatos saltaron. Se mantuvieron en la oscuridad más allá de los faroles hasta que llegaron a la tienda de comestibles que había en la calle.

Aún faltaba mucho para el alba y los camioneros estaban descargando los productos frescos del día. El gato negro olió pollo recién muerto; sacó la lengua hasta tocar su labio superior. Después profirió un corto maullido a su compañero. El gato tricolor saltó sobre unos tomates que estaban expuestos y empezó a hacerlos pedazos con las garras.

El propietario gritó en chino y arrojó su portapapeles al gato merodeador. Falló. Los hombres que descargaban el camión pararon y se quedaron mirando al gato aparentemente loco.

—Peor que Jokertown –murmuró uno.

—Vaya gato, hijo de puta –dijo el otro.

Tan pronto como su atención estuvo fijada en el gato tricolor que destrozaba los tomates, el gato negro, que esperaba, saltó a la parte trasera del camión y agarró un pollo con la boca. Era un gato muy grande, de al menos dieciocho kilos, y levantó el pollo con facilidad. Saltando por la puerta trasera, corrió hacia la oscuridad del callejón. Al mismo tiempo el tricolor esquivó un palo de escoba y lo siguió brincando.

El gato negro esperaba al tricolor a mitad de la siguiente manzana. Cuando el tricolor lo alcanzó, ambos gatos maullaron al unísono. Había sido una buena caza. Con el gato tricolor ayudando ocasionalmente al negro a subir el pollo por los bordillos, trotaron de vuelta al parque y a la vagabunda.

Otro morador de la calle la había llamado Bagabond una vez, en uno de los momentos en que estaba más sobrio, y el nombre había persistido. Su gente, las criaturas salvajes de la ciudad no la llamaban de ninguna manera, solo se referían a ella con imágenes. Eran suficientes. Y ella solo recordaba su nombre de vez en cuando.

Bagabond se envolvió en la hermosa colcha verde que había encontrado en el contenedor de basura de un bloque de departamentos. Se incorporó con cuidado para no mover a la zarigüeya. Con esta en el regazo y una ardilla en cada hombro, dio la bienvenida a los orgullosos gatos, negro y tricolor, con su premio. Moviéndose con una facilidad que habría dejado perplejos a los pocos habitantes de la calle que tenían algo que ver con ella, la mujer alargó el brazo y acarició las cabezas de los dos gatos salvajes. Al hacerlo, en su mente se formó la imagen de un pollo particularmente escuálido, medio comido, sacado a rastras de un bote de basura de un restaurante por aquel par.

El negro alzó la nariz en el aire y ronroneó suavemente mientras borraba la imagen de su cabeza y de la de Bagabond. La gata tricolor mezcló un maullido con un rugido de falsa rabia y estiró la cabeza hacia la mujer. Al captar la atención de Bagabond, el tricolor repitió la caza que había percibido: el tricolor, del tamaño de al menos un león, rodeado por piernas humanas que parecían troncos de árbol en movimiento. El gato tricolor divisaba la presa, un pollo del tamaño de una casa. El feroz gato tricolor saltaba hacia una garganta humana, con los colmillos al descubierto...

La escena se quedó en blanco cuando Bagabond se concentró bruscamente en otra parte. La gata tricolor empezó a protestar hasta que una garra negra le pasó por su espalda y la sujetó. La gata tricolor aplacó su protesta, con la cabeza ladeada para ver el rostro de la mujer. El negro estaba tenso, ansioso.

La imagen se formó en las tres mentes: ratas muertas. La imagen quedó borrada por la ira de Bagabond. Se levantó, sacudiéndose las ardillas y dejando a la zarigüeya a un lado. Sin dudarlo, se dio la vuelta y se dirigió a uno de los túneles secundarios, descendente. El gato negro saltó silenciosamente y se colocó por delante para hacer de explorador. La tricolor siguió el ritmo de la mujer.

Algo se está comiendo mis ratas.

Los túneles eran negros; a veces, una pequeña bioluminiscencia arrojaba un poco de luz. Bagabond no podía ver tan bien como los gatos, pero podía usar sus ojos.

El negro percibió un olor extraño cuando los tres se adentraron bajo el parque. La única conexión que podía establecer era con una criatura cambiante que era en parte serpiente y en parte lagarto.

A unos noventa metros más allá, se encontraron con un nido de ratas devastado. Ninguna de ellas vivía. Algunas estaban a medio comer. Todos los cuerpos habían sido mutilados.

Bagabond y sus compañeros tropezaron en el húmedo túnel. La mujer se resbaló en una cornisa y se encontró hundida hasta la cadera en un agua asquerosa. Trozos no identificables batieron contra sus piernas en la moderada corriente. Su humor no mejoró.

El gato negro se erizó y proyectó la misma imagen que unos minutos antes, pero ahora la criatura era incluso mayor. Sugirió que los tres regresaran por el pasadizo ahora mismo. Rápido. En silencio.

Bagabond bloqueó la sugerencia al acercarse furtivamente a un muro resbaladizo en dirección hacia otro nido devastado. Algunas de esas ratas aún estaban vivas. El retrato que hicieron de su destructor consistió en la imagen sombría de una serpiente imposiblemente grande y fea. Apagó los cerebros de las que estaban mortalmente heridas y siguió adelante.

Cuatro metros y medio más abajo, el pasadizo formaba un hueco que proporcionaba drenaje a la sección del parque que estaba encima. La entrada se hallaba a metro y medio del suelo del túnel. El negro se agazapó allí, con los músculos tensos, las orejas hacia atrás, maullando suavemente. Tenía miedo. La tricolor se dirigió desdeñosamente a la abertura, pero el negro la hizo a un lado. El gato más grande volvió a mirar a Bagabond y le envió todas las imágenes negativas que pudo.

Llevada por la ira, Bagabond le indicó que ella iría delante. Respiró hondo, suspiró, y se metió arrastrándose en el hueco.

Estaba alumbrado por una rejilla, a unos seis metros por encima. La luz gris caía sobre el cuerpo desnudo de un hombre. A Bagabond le pareció que tenía unos treinta años, musculoso, pero no demasiado. Sin flacidez. Bagabond percibió vagamente que no parecía tan ajado como la mayoría de los mendigos que había visto. Por un momento, pensó que estaba muerto, otra víctima del misterioso asesino. Pero cuando su mente se centró en el hombre, se dio cuenta de que solo estaba dormido.

Los gatos la siguieron a la estancia. El negro rugió confundido. Sus sentidos le decían que el rastro del lagarto-serpiente acababa aquí, cesaba donde yacía el hombre. Bagabond sintió algo extraño en él. Normalmente no intentaba leer humanos; era demasiado difícil. Sus mentes eran complejas. Conspiraban, urdían planes. Lentamente se arrodilló a su lado y extendió la mano.

El hombre se despertó, vio a la sucia indigente que estaba a punto de tocarlo, y se apartó.

—¿Qué quieres?

Ella lo miró fijamente.

Se dio cuenta de que estaba desnudo y se arrastró hasta la entrada de la cueva. Oyó un profundo rugido, retrocedió, apenas escapó de una acometida de las garras del gato más grande que jamás había visto. Por un momento, sintió cómo se hundía en la oscuridad de su mente. Después, se dirigió hacia el túnel principal y se fue.

Los gatos estaban preguntando a gritos, pero Bagabond no tenía respuestas.

Casi, pensó. Dentro de su mente. Casi había sentido... ¿qué? Se había ido.

Bagabond, la gata tricolor y el negro buscaron durante otra hora, pero no encontraron ni rastro del extraño aroma. No había ningún monstruo en el túnel.

♥

Los vagabundos, los indigentes, los mendigos y otra gente de la calle empezaban el día temprano, cuando se podían encontrar las mejores latas y botellas. Rosemary también se había ido del ático temprano. Apenas había dormido y aquella mañana, sabiendo lo que casi con toda certeza estaba ocurriendo tras las puertas cerradas de la biblioteca, quería salir de allí rápido. Los capos estaban declarando la guerra.

Central Park, con sus árboles, sus arbustos y sus bancas era el paraíso para ciertos vagabundos. Aquella mañana soleada Rosemary estaba buscando a unos pocos a los que se había comprometido a ayudar. Al llegar a la segunda banca del parque, más allá del puente de piedra, un hombre con ropas harapientas escondió una botella en el arbusto que había a un lado y se puso de pie de un salto. Llevaba un saco de uniforme verde oliva con una zona algo menos deslucida en un hombro, donde el escudo de la Brigada Joker, «Carne de cañón», había estado cosido. Rosemary le había sugerido que no era prudente llevar ese escudo en esta zona residencial tan alejada.

—Hola, Crawler –dijo la trabajadora social. Con veintitantos años –Rosemary no podía precisarlo por la cara quemada por el sol del veterano– había tomado su apodo del trabajo que hacía con el ejército en Vietnam: excavador de túneles. Había sido llamado a filas dos veces. Así que Crawler había visto de todo.

—¿Qué hay, Rosemary? ¿Ya tienes mis anteojos nuevos? –Crawler lleva un par de lentes provisionales, lentes de sol baratos de la calle 14, reforzados con cinta adhesiva blanca y sucia. Debajo, Rosemary sabía que sus ojos eran oscuros y enormes, extraordinariamente sensibles.

—He pedido fondos. Tardarán un poco. Ya sabes, la burocracia, justo como en el servicio militar.

—Mierda –pero el indigente aún sonreía cuando se puso a andar junto a ella.

Rosemary dudó, luego dijo.

—Aún puedes hablar con va*, ya sabes. Lo solucionarán.

—Carajo, no –dijo Crawler alarmado–. Los tipos como yo van a va y nunca vuelven.

Rosemary iba a empezar a decir: «Eso es una tontería», pero lo pensó mejor.

—Crawler, ¿sabes algo de los subterráneos? Ya sabes, los túneles del metro y todo eso.

—Algo. Quiero decir, necesito refugiarme. Pero no me *gusta* estar allí. Además, hay algo espeluznante ahí abajo. He oído cosas sobre caimanes, cosas así. Quizá sea todo cosa de los borrachos con delirios, pero no quiero descubrirlo.

—Estoy buscando a alguien –dijo Rosemary.

Crawler no la estaba escuchando.

—Solo la gente realmente rara *vive* ahí abajo... –murmuró algo–, incluso más raro que por debajo del East Side, ya sabes, Jokertown.

* Veterans Affairs.

Ella vive en lo más profundo –Crawler señaló a la vieja que estaba sentada en el suelo debajo de un maple. Estaba a unos noventa metros, pero Rosemary habría jurado que había palomas posadas en su cabeza y una ardilla encaramada en su hombro. Rosemary ladeó la cabeza y volvió a mirar al hombrecillo.

—Solo es Bagabond –dijo–. No hace falta preocuparse por ella…

Rosemary se dio cuenta de que Crawler ya no estaba a su lado. Estaba mendigando a un hombre de negocios bien vestido que hacía ejercicio yendo a pie al trabajo. Meneó la cabeza con una mezcla de desaprobación y resignación.

Cuando Rosemary se volvió hacia Bagabond, las palomas y la ardilla ya no estaban. Rosemary sacudió la cabeza para aclararse. De verdad que mi imaginación está haciendo horas extras, pensó, mientras se dirigía hacia la mendiga. Solo otra alma perdida.

—Hola, Bagabond.

La anciana, con el pelo estropajoso, le giró la cara y miró al otro lado del parque.

—Me llamo Rosemary. Ya hemos hablado antes. Intenté encontrarte un lugar agradable donde vivir. ¿Te acuerdas? –Rosemary se puso en cuclillas para hablar a la altura de Bagabond.

El gato negro que había visto antes se acercó a Bagabond y empezó a frotarse contra ella. Le acarició la cabeza y murmuró unos sonidos incomprensibles.

—Por favor, habla conmigo. Quiero conseguirte comida. Quiero que tengas un buen sitio donde vivir –Rosemary le tomó la mano. El anillo de su dedo anular brillaba bajo el sol.

La mujer que estaba en el suelo se abrazó las piernas y apretó la bolsa de plástico que contenía sus tesoros. Empezó a mecerse adelante y atrás y a canturrear. El gato negro se giró para mirar a Rosemary y ella se sobresaltó con su mirada.

—Hablaremos más tarde. Volveré a verte –Rosemary se levantó, agarrotada. Su cara se tensó y por un momento sintió que estaba a punto de llorar para aliviar la frustración. Ella solo quería ayudar. A alguien. Cualquiera. Para sentirse bien.

Se alejó de Bagabond y regresó hacia Central Park West y la entrada del metro. El consejo de guerra de su padre la había asustado. Nunca le había gustado lo que hacía, y toda su vida parecía ser la búsqueda de una salida, de redención, de expiación. Los pecados de los padres. Rosemary quería paz, pero dondequiera que pensaba que podía obtenerla, escapaba de su alcance. C. C. había sido su última oportunidad. Y también cada uno de los indigentes a quienes no lograba ayudar. Había una clave para llegar a Bagabond. Tenía que haberla.

Rosemary bajó las escaleras, esperó, pasó el boleto, recorrió la segunda escalera hasta el andén con la cabeza en las nubes. La ráfaga de aire frío entró en la estación seguida del tren AA. Rosemary apenas levantó la vista del piso y se dirigió, envarada, hacia el vagón más próximo.

Cuando estaba a punto de entrar en el tren, abrió desmesuradamente los ojos y se apartó de la muchedumbre, atrayendo algunas miradas y unos pocos insultos por romper el flujo de gente. El último vagón. Había más letras de las canciones de C. C. pintadas en un costado, en un tono de rojo que le recordaba la sangre. C. C. siempre había tenido algo de maniaco-depresiva y Rosemary había identificado su estado de ánimo por lo que escribía o cantaba. La C. C. que había escrito estas palabras estaba deprimida, más allá de la experiencia de Rosemary:

Sangre y huesos,
llévenme a casa.
Con quienes estoy en deuda,
con quienes van a ir
conmigo al infierno,
conmigo al infierno.

Cuando el vagón se acercó, Rosemary vio palabras que sabía que no habían estado allí hacía unos segundos.

Rosie, Rosie, hermosa Rosie,
vete de este lugar.
Olvida mi rostro,
no llores,
Rosie, Rosie, hermosa Rosie.

«Voy a encontrarte, C. C. Voy a salvarte.» De nuevo Rosemary forcejeó para entrar en el vagón que, ahora se daba cuenta, estaba cubierto por fragmentos de las canciones de C. C., algunas que reconocía y otras que debían ser nuevas. Una vez más el vagón la rechazó. Jadeando, con los ojos muy abiertos, Rosemary observó cómo el vagón se dirigía hacia el túnel. Se quedó sin aliento cuando el costado del vagón se cubrió repentinamente de lágrimas de sangre.

«Santa María, Madre de Dios…» De un modo absurdo, Rosemary recordó las historias de santos de su infancia. Por un momento se preguntó si el mundo llegaba a su fin, si las guerras y las muertes, los jokers y el odio, prefiguraban verdaderamente el Apocalipsis.

♣

Era el mediodía.

Los B-52 estadunidenses estaban bombardeando Hanoi y Haiphong. Quang Tri estaba conmocionada, los norvietnamitas se ponían en marcha. En Washington D. C., los políticos intercambiaban llamadas telefónicas, cada vez más frecuentes, para hablar de un robo reciente. La pregunta en algunas dependencias era: ¿es Donald Segretti un as?

La hora pico en el centro de Manhattan era feroz. En la estación de Grand Central, Rosemary Muldoon buscó sombras harapientas a las que poder seguir en la oscuridad del metro. Una decena de calles al norte, Jack Robicheaux hacía su ruta habitual, traqueteando ruidosamente en la permanente oscuridad con su vagoneta eléctrica, comprobando la integridad de las vías, un túnel tras otro, y justo bajo el suelo del límite sur del lago de Central Park, Bagabond estaba a punto de dormirse, calentada por los gatos y los otros animales de su vida.

El mediodía. La guerra bajo Manhattan estaba empezando.

—Déjenme que les cite parte de un discurso que una vez dio el mismísimo don Carlo Gambione —dijo Frederico «el Carnicero» Macellaio. Con solemnidad, supervisó a los grupos de capos y sus soldados que estaban congregados a su alrededor en la sala. En los años treinta la enorme estancia había sido un taller de reparaciones subterráneo para el tráfico del centro. Antes de la Gran Guerra se había cerrado y sellado cuando las autoridades de Transporte decidieron unificar todas las zonas de mantenimiento del otro lado del río. La familia Gambione pronto se apropió del espacio para almacenar armas y otras mercancías de contrabando, así como para algunos entierros ocasionales.

El Carnicero alzó la voz y sus palabras reverberaron:

—Lo que marque la diferencia a nuestro favor en la batalla serán dos cosas: disciplina y lealtad.

El Pequeño Renaldo estaba de pie a un lado, junto con Frankie y Joey.

—Por no hablar de las armas automáticas y los explosivos –dijo con una sonrisa de suficiencia.

Joey y Frankie intercambiaron una mirada. Frankie se encogió de hombros. Joey dijo:

—Dios, armas y gloria.

El Pequeño Renaldo comentó:

—Me aburro. Quiero dispararle a algo.

Joey dijo, un poco más alto para que el Carnicero pudiera oírlo:

—Eh, ¿vamos a darles una paliza a algunos borrachos o qué? ¿Quién es el blanco? ¿Solo los negros? ¿Los jokers también?

—No sabemos quiénes son sus aliados –dijo el Carnicero–. Sabemos que no actúan solos. Hay traidores entre los nuestros que los ayudan por dinero.

La sonrisa maniaca del Pequeño Renaldo se acentuó.

—Tiro libre –dijo–. Coooolega…

Se ajustó su gorro de camuflaje.

—Mierda –dijo Joey–, ni siquiera estabas allí.

El Pequeño Renaldo levantó un pulgar.

—Vi esa peli de John Wayne.

—Esas son las palabras de nuestro hombre, ¿eh? –dijo Joey.

La sonrisa del Carnicero era fría, fina.

—Si alguien les da problemas, liquídenlo.

Los grupos se pusieron en marcha, los exploradores, los escuadrones y los pelotones. Los hombres tenían M-16, escopetas, granadas y lanzacohetes, cohetes, gas antidisturbios, armas blancas, cuchillos y explosivos C-4 suficientes como para provocar una demolición.

—Ey, Joey –dijo el Pequeño Renaldo–. ¿A qué le vas a disparar?

Joey golpeó con un periódico la AK-47. Esta arma no era del armero de Gambione. Era su propio recuerdo. Acarició la culata de madera pulida.

—A lo mejor a un caimán.

—¿Eh?

—¿No has leído ninguno de esos periodicuchos que dicen que hay caimanes gigantes por aquí abajo?

El Pequeño Renaldo lo miró dubitativo y se estremeció.

—Las alimañas jokers son una cosa. No quiero enfrentarme a ningún lagarto enorme con dientes.

Esta vez fue Joey quien sonrió.

—No hay esas cosas, ¿verdad? –dijo el Pequeño Renaldo–. Solo me estás tomando el pelo, ¿verdad?

Joey volvió a levantar el pulgar.

♠

Jack había perdido la noción del tiempo. Sabía que había pasado un buen rato desde que había desviado su vehículo de mantenimiento de la línea principal hacia un ramal. Algo estaba mal. Decidió comprobar algunas de las rutas más oscuras. Era como si un trozo de hielo presionara justo por encima de su coxis.

Había oído trenes, pero pasaban a lo lejos. Los túneles por los que ahora se desplazaba apenas se usaban excepto como rutas alternativas cuando había mucha congestión, fuego en las vías u otros problemas en la línea principal. También oyó a los lejos rumores que parecían disparos.

Jack cantaba. Llenaba la oscuridad con zydeco, el blues que era una mezcla negro-caribeña que recordaba de su infancia. Empezó con «Chantilly Lace» de Big Bopper y «Ay-Tete-Fee» de Clifton Chener, seguido por un popurrí de Jimmy Newman y «Rainin' in My Heart» de Slim Harpo. Acababa de pulsar el conmutador y deslizaba el vagón hacia un ramal que sabía que no se había utilizado en al menos un año, cuando el mundo estalló en una explosión de llamas rojas y amarillas. Había tenido tiempo de cantar una línea de «L'Haricots sont pas salés», cuando la oscuridad se fragmentó, olas de presión golpearon en sus oídos y el vagón y él tomaron direcciones distintas, girando, dando vueltas por el aire.

Lo único que tuvo tiempo de decir fue «Qué demonios…», mientras iba a parar contra la pared de piedra del fondo del túnel y se desplomaba en el suelo. Por un momento se quedó aturdido por el golpe y la conmoción. Parpadeó y se dio cuenta de que podía ver volutas de humo y algunas linternas que lo iluminaban.

Oyó una voz decir:

—¡Por el amor de Dios, Renaldo! No íbamos contra un tanque.

Otra voz dijo:

—De acuerdo, me disculpo por esta vez. Odio matar a alguien que sonaba tanto como Chuck Berry.

—Bien –dijo un tercero–, por lo menos tenía que ser un fantasma.

—Compruébalo, Renaldo. Lo más probable es que el tipo parezca una lata de carne en conserva, pero mejor te aseguras.

—Voy, Joey.

Las luces se acercaron, flotando entre el humo que ya se disipaba.

Van a matarme, pensó Jack, volviendo al dialecto de su infancia. No había emoción alguna en esa revelación. Entonces, empezó el ansia. Dejó que el sentimiento lo embargara. El ansia se convirtió en cólera. Un hormigueo de adrenalina le torturaba los nervios. Jack sintió el primer brote de lo que solía considerar que era el inicio de su locura de *loup-garou*.

—¡Eh, creo que veo algo! A tu derecha, Renaldo.

El que se llamaba Renaldo se acercaba.

—Sí, lo tengo. Ahora me voy a asegurar –levantó el arma, apuntando con la luz que estaba bien sujeta en la culata.

Aquello puso a Jack al límite. *¡Hijo de puta!*

El dolor, el bendito dolor, lo sacudió. Él… *se transformó.*

Su cerebro parecía girar sin parar, su mente se replegaba hasta el infinito descendiendo hasta el primitivo nivel de un reptil. Su cuerpo se estaba alargando, engrosando; su mandíbula se proyectó hacia delante, los dientes brotaron en abundancia. Notó la longitud de sus músculos perfectamente tonificados, el equilibrio de su cola. El absoluto poder de su cuerpo… lo sentía por completo.

Entonces vio la presa delante de él, la amenaza.

—¡Oh, Dios mío! –gritó el Pequeño Renaldo. Su dedo se tensó en el gatillo de la M-16. La primera ráfaga de balas salió desenfrenada. No tuvo ocasión de disparar una segunda.

La criatura que había sido Jack se abalanzó hacia delante, las mandíbulas se cerraron alrededor de la cintura de Renaldo, retorciendo y desgarrando su carne. La linterna del hombre se volteó, se hizo añicos y se apagó.

Los otros hombres empezaron a disparar enloquecidos.

El cocodrilo registró el llanto, los gritos. El aroma del terror. Bien. La presa era más fácil cuando ella sola se ponía delante. Dejó caer el cadáver de Renaldo y avanzó hacia las luces, el descomunal gemido de su desafío llenando el túnel.

—¡Por el amor de Dios, Joey! ¡Ayúdame!

—Aguanta. ¡No puedo ver dónde estás!

El corredor era estrecho, los materiales viejos y en descomposición. Atrapado entre dos bocados igualmente tentadores, el cocodrilo empezó a dar vueltas en el reducido espacio. Vio destellos de luz, notó el escozor de unos pocos impactos, principalmente en su cola. Oyó a la presa gritar.

—¡Joey, me rompí la pierna!

Más destellos. Una explosión. Un humo acre taponó sus fosas nasales. Trozos de piedra irregulares cayeron del techo. Las vigas podridas se partieron. El cemento deteriorado se desplomó. Parte del suelo que tenía debajo cedió y sus más de tres metros y medio de longitud cayeron pesadamente por una pendiente. Humo, polvo y escombros cayeron de lo alto.

El caimán se estrelló contra una trampilla de metal delgado que no había sido diseñada para este tipo de fuerza. El aluminio se desgarró como una lona y cayó en un pozo abierto. Descendió seis metros antes de estrellarse contra una telaraña de vigas de madera. Trozos de escombros siguieron cayendo durante un rato. Silencio, tanto arriba como abajo. El cocodrilo descansó en la oscuridad. Cuando intentó flexionar su cuerpo no pasó casi nada. Estaba completamente atascado en una ratonera de madera. Una viga estaba encajada firmemente por encima de su hocico. No podía siquiera abrir la mandíbula.

Intentó rugir, pero el sonido que salió se parecía más a un gruñido apagado.

Parpadeó, pero no vio nada. Su fuerza estaba menguando, la conmoción le estaba pasando factura.

No quería morir aquí. Quería acabar en el agua.

Peor aún, el cocodrilo no quería morir hambriento.

Estaba muerto de hambre.

◆

Bagabond sintió algo que no había experimentado en mucho tiempo: simpatía, por Rosemary Muldoon. Sabía que la trabajadora social quería ayudarla, pero ¿cómo podía decirle que no necesitaba ayuda? Desconcertada por aquella emoción, descubrió otra. Podía ser feliz con el cuidado y la compañía de sus amigos, aunque no fueran humanos. Tenía un lugar caliente donde dormir. Su hogar bajo Central Park estaba cerca de los túneles de vapor. Ella lo había decorado lentamente con lo mejor que le podía ofrecer la calle. Una silla de director roja y rota era el único mueble, pero había harapos y sábanas cubriendo profusamente el piso. Un cuadro, pintado sobre terciopelo, con unos leones en la sabana, estaba apoyado en una pared y una talla de madera de un leopardo se alzaba en una esquina. Le faltaba una de las piernas, pero ocupaba un lugar de honor.

Dormitando allí, en el túnel auxiliar de la calle 86, Bagabond incluso recordaba la persona que había sido: Suzanne Melot. El brote de dolor que estalló en su mente interrumpió sus pensamientos. La fuerza del grito hizo que el gato negro gimiera de dolor. Mientras la ola retrocedía, el gato negro le envió la misma imagen que había formado de la criatura que había atacado a las ratas. Asintió mentalmente. Tampoco *ella* podía determinar concretamente la imagen. La criatura parecía ser un enorme lagarto, pero, de algún modo, no era enteramente animal. Y estaba herida.

Bagabond suspiró y se puso de pie.

—Tenemos que encontrarlo si queremos tener un poco de paz y tranquilidad.

El gato negro no estaba a favor de esta solución hasta que llegó otra oleada de angustia. Rugió y corrió hacia el túnel, a la izquierda de Bagabond. Ella reprodujo un poco del grito de dolor y la gata tricolor se pegó al suelo, con las orejas hacia atrás. La imagen del gato negro apareció en su mente y la tricolor se precipitó al túnel, persiguiéndolos. La mujer le dijo a la tricolor que la esperara y empezaron a buscar a la criatura herida, ella y el gato negro.

Tardaron un rato en encontrarla. La criatura realmente *parecía* un lagarto gigante. Estaba atrapada entre un montón de maderas caídos en un túnel inacabado. El gato negro se agazapó a unos pocos metros de distancia, contemplando atentamente esta aparición.

Bagabond miró a la criatura atrapada y rio.

—Así que de verdad hay caimanes en las alcantarillas.

El caimán movió la cola, golpeando algunos ladrillos del túnel.

—Pero no eres solo eso, ¿verdad?

No había modo de que ella y los gatos pudieran liberar al caimán. Bagabond se arrodilló y examinó los maderos que aprisionaban a la bestia mientras llamaba a sus amigos para que la ayudaran. Alargó la mano y acarició la cabeza del caimán, tranquilizándolo con las imágenes que le envió. Sintió cómo la criatura se movía entre la consciencia y la inconsciencia.

Los animales llegaron escalonados. Una calma tensa los dominaba mientras Bagabond los dirigía de acuerdo con sus habilidades. Las ratas royeron, un par de perros salvajes proporcionaron fuerza, las zarigüeyas y los mapaches quitaron las piedras pequeñas. El gato negro y la tricolor ayudaron a la mujer a controlar esa volátil mezcla de animales.

Cuando se retiró hasta el escombro más pequeño y las maderas y los tablones se apartaron o fueron roídos, Bagabond empezó a jalar al caimán. Entre sus tirones y sus esfuerzos, Jack consiguió liberarse. Ella acabó con un caimán muy cansado y muy magullado en el regazo. El gato negro y la tricolor les dijeron a las criaturas que habían ayudado a que se marcharan.

Los dos gatos se quedaron observando mientras Bagabond frotaba la parte inferior de la mandíbula del caimán, calmando a la criatura. Al acariciarlo, el hocico y la cola empezaron a acortarse. La piel escamosa se convirtió en piel suave, pálida. Las extremidades achaparradas se alargaron para convertirse en brazos y piernas. En pocos minutos, Bagabond estaba sosteniendo el cuerpo desnudo, lastimado, del hombre que habían encontrado antes. Mientras el cambio tenía lugar, se dio cuenta de que en un punto indefinido ya no podía controlar a esta criatura o leer sus pensamientos. De algún modo, había perdido la crucial división entre hombre y bestia.

Se levantó, apartando al hombre, y caminó hasta el final del túnel. La gata tricolor la acompañó. El negro se quedó junto al hombre.

¿Por qué?, pensó Bagabond.

¿Por qué?, contestó el negro. El trabajo que acababan de realizar, visto a través de los ojos del gato, se desarrolló en su mente.

La gata tricolor miraba a uno y otro alternativamente. No había sido invitada a esa conversación.

Caimán, explicaba Bagabond, *no humano*.

En su mente, el caimán se convertía en hombre.

—Curiosidad... –Bagabond habló en voz alta por primera vez desde que había empezado la operación de rescate.

El negro le envió una imagen de un gato negro panza arriba con las patas al aire.

Bagabond se sentó junto al hombre. Al cabo de unos pocos minutos empezó a moverse. Dolorido, se incorporó. Bajo la tenue luz que se filtraba desde las alturas reconoció a Bagabond como la anciana que había visto el día anterior.

—¿Qué pasa? Recuerdo que me encontré por casualidad con una pandilla de locos con pistolas, y luego el asunto se vuelve borroso –intentó concentrarse en la vieja, que seguía dividida en dos imágenes–. Me parece que a lo mejor tengo una contusión.

Bagabond se encogió de hombros y señaló las vigas del desprendimiento de techo, tras él. Forzando la vista, pudo ver lo que parecían centenares de huellas de animal en el suelo y las paredes de toda la cueva. En el centro de la devastación Jack también vio la impronta de una cola monstruosa.

—Dios, otra vez no –Jack se giró hacia Bagabond–. ¿Qué vio cuando llegó?

Se apartó un poco de él, aún en silencio. Vio que su labio se torcía en una media sonrisa bajo el pelo estropajoso. ¿Estaba loca?

—*Merde*. ¿Qué voy a hacer? –Jack casi cayó al suelo bajo el par de zarpas negras que golpearon su pecho–. Tranquilo, chico. Eres el minino más grande que he visto desde que me fui de los pantanos –el gato lo miraba a los ojos con una extraña intensidad–. ¿Qué pasa?

—Quiere saber cómo lo haces –la voz de la anciana no correspondía con su aspecto. Era juvenil y tenía un toque de humor–. Ten cuidado. Estás colgado, como si estuvieras dejando la Torazina –lo agarró del brazo cuando trató de incorporarse.

Cuando estuvo de pie, le dijo:

—Así no vas a ir muy lejos.

Empezó a quitarse el abrigo.

—*Mon Dieu*. Gracias –notando el rubor en su piel, Jack se encogió dentro de su abrigo de tela verde y se arropó con él. Lo cubría desde el cuello a las rodillas, pero dejaba sus brazos desnudos a partir del codo.

—¿Dónde vives? –Bagabond lo miró sin expresión alguna. Jack apreciaba su amabilidad.

—En el centro. Al final de Broadway, cerca de la estación de City Hall. ¿Hay algún metro por aquí cerca? –Jack no estaba a acostumbrado a estar perdido y descubrió que le desagradaba profundamente esa sensación.

Como respuesta, Bagabond se abrió camino hasta la boca del túnel. No echó la vista atrás para ver si la seguía cuando dobló a la derecha.

—Su ama es un poco rara. No te ofendas –dijo Jack al gato negro. Iba a su lado mientras seguía el rastro de la vagabunda. El gato levantó la vista hacia él, olfateó y torció el rabo–. ¿Quién habla ahora, verdad?

Aunque Jack intentó seguirle el ritmo a Bagabond, pronto se quedó atrás. Finalmente, a petición del gato negro, regresó y ayudó a sostener al hombre, pasándole el brazo por encima de sus hombros.

Jack por fin reconoció los túneles cuando llegaron a la estación de la calle 57. Se quedó perplejo ante el cambio que hubo en Bagabond cuando se abrieron camino por el andén. Aunque aún lo sostenía, la mujer parecía colgarse de él. En vez de avanzar a zancadas arrastraba los pies, y miraba el suelo. Los que esperaban en el andén les dejaron espacio de sobra.

El metro entró, el último coche estaba cubierto por un grafiti inusualmente brillante. Bagabond arrastró a Jack hacia el vagón vívidamente decorado. Jack tuvo tiempo de leer algunas de las frases más coherentes que cubrían su costado.

> *¿Eres extraño?*
> *¿Notas el fuego?*
> *¿Ardes por dentro?*
> *Las llamas nos devoran,*
> *pero no nos dejan morir.*
> *Nunca termina, siempre arde.*

A Jack le pareció que algunas de las frases cambiaban mientras las miraba, pero tenía que ser efecto de su cerebro contusionado. Bagabond lo jaló hacia el interior. Las puertas se cerraron, dejando fuera a algunos usuarios muy enojados.

—¿Parada? —si Bagabond era algo, era económica con las palabras, pensó Jack.

—City Hall —Jack se desplomó y apoyó la cabeza contra el respaldo del asiento, cerrando los ojos, mientras el tren rodaba hacia el centro. No se percató de que el asiento se moldeaba a su alrededor para sostenerlo mientras dormía. No logró darse cuenta de que las puertas no volvieron a abrirse hasta que llegaron a su parada.

Los gatos no estaban contentos del todo con este viaje en metro. La gata tricolor se hallaba rotundamente aterrorizada. Con las orejas hacia atrás, la cola enhiesta y erizada, se acurrucó al lado de Bagabond. El negro amasó cautelosamente el piso del vagón. La textura solo era parcialmente familiar. Se preguntó por el calor y el confuso aroma que lo rodeaba.

Bagabond intentó concentrarse en el interior del oscuro vagón. Aquí no había ángulos pronunciados. Tenues sombras parecían cambiar de forma sutilmente en los límites de su campo de visión. No había sentido nada igual, pensó, desde el pasón de ácido. Extendió su conciencia más allá de los gatos y Jack. No podía definir con *quién* contactó brevemente. Pero sintió el abrumador confort, la calidez, la protección que los rodeaba.

Con cautela, se recostó en el asiento y acarició a la gata tricolor.

♥

—Aquí es —dijo Jack.

Se había recuperado lo suficiente como para conducir a su pequeño grupo a través de la estación de City Hall, más allá de una confusa sucesión de bodegas de mantenimiento y a otro laberinto de túneles sin usar. Había equipado algunas secciones de los pasadizos con luces que encendía y apagaba a conveniencia mientras seguían hacia su hogar. Cuando abrió la última puerta, se colocó a un lado e hizo una señal a Bagabond y los gatos para que pasaran. Sonrió orgulloso mientras observaban detenidamente la larga estancia.

—Vaya, hombre –a Bagabond se le desencajó la cara al contemplar los opulentos muebles y la decoración. La impresión inmediata era de terciopelo rojo y divanes con patas de garra.

—Eres más joven de lo que pareces. También fue esa mi reacción. Me recordó el camarote del capitán Nemo.

—*20 000 leguas de viaje submarino.*

—Sí, exacto. También la viste. Una de las primeras películas que vi en el cine de la parroquia.

Bajaron por las escaleras de alfombra carmesí flanqueadas por candeleros de oro y cordones de terciopelo. Los dos gatos iban delante de ellos, la tricolor utilizando los sillones victorianos como vallas. La luz eléctrica estaba aumentada por las parpadeantes llamas del gas que daban a la sala una atmósfera del siglo anterior. El gato negro trotó por encima de los tapetes persas hasta el borde de la plataforma y se giró para mirar a los dos humanos.

—Quiere saber qué es esto y qué hay detrás de la puerta –Bagabond sujetó a Jack mientras bajaban lentamente por la escalera–. Necesitas recostarte.

—En seguida. Este es mi hogar y tras la puerta está mi habitación… –empezaron a cruzar la estancia–. Esta fue la primera estación de metro de Nueva York, construida por un hombre llamado Alfred Beach después de la Guerra Civil. Solo discurre por dos calles. El jefe Tweed no la quería, así que la cerró, después se olvidaron de ella. La descubrí al poco de empezar a trabajar para el Departamento de Transporte: una de las ventajas del trabajo –habían llegado al otro extremo de la habitación y Jack alargó la mano para hacer girar el picaporte de la ornada puerta de bronce fundido. El círculo central se abrió–. Esta solía ser la entrada de la tubería neumática.

—No me esperaba esto –Bagabond se sorprendió al encontrar que el interior del túnel estaba escasamente decorado. Había una cama improvisada hecha con tablones de pino, un librero igualmente casero y un baúl de madera.

—Todas las comodidades de un hogar. Incluso mi colección completa de libros de Pogo.

Jack miró inocentemente a Bagabond y ella se rio, luego pareció sorprendida.

—¿Dónde tienes el yodo? —Bagabond miró a su alrededor en busca de un botiquín de primeros auxilios.

—No uso esas cosas. ¿Puedes darme unas cuantas? —Jack señaló las telarañas.

—Estás bromeando.

—El mejor cataplasma del mundo. Mi abuela me lo enseñó.

Cuando Bagabond se giró hacia él, se había puesto un par de pantalones cortos y tenía una camisa en la mano. Le dio las telarañas y lo ayudó a vendarse las peores abrasiones.

—¿Y cómo acabaste aquí abajo? —Jack estaba tendido en la cama, con una ligera expresión de dolor, mientras Bagabond se había posado cautelosamente en el borde—. Seguramente no te gustan los trabajadores sociales —Bagabond observaba a los gatos, más allá de la puerta, persiguiéndose por la habitación. Giró hacia él con una mirada apreciativa—. Y a ellos les gustas.

—Me dejaron salir hace un tiempo y acabé de vuelta en la ciudad. No tenía a dónde ir. Me encontré con el negro, empecé a hablarle y él me contestó. Hice lo mismo con muchos otros animales, los que no son humanos, en cualquier caso. Nos entendemos. No necesito a la gente, no quiero gente a mi alrededor. La gente siempre significa mala suerte para mí. Puedo hablar contigo, también, cuando eres el otro, ¿sabes? Ahí fuera me llaman Bagabond. Tuve otro nombre, pero no me acuerdo mucho de él.

—A mí me llaman Jack Alcantarillas —dijo Jack amargamente, en contraste con el relato sereno de Bagabond. El estallido de emoción que captó contenía gritos, luces brillantes y miedo, y el amparo del pantano.

—Estaba ahí: la criatura. ¿Qué eres? —Bagabond estaba confundida; nunca antes se había encontrado esta mezcla de hombre y animal, con quien solo se podía comunicar a veces.

—Las dos cosas. Ya lo viste.

—¿Lo controlas? ¿Puedes cambiar cuando quieras?

—¿Has visto alguna vez a Lawrence Talbot como hombre lobo? Cambio cuando pierdo el control o cuando permito que la bestia se apodere de mí. No estoy maldito por la luna llena; estoy maldito todo el tiempo. El *loup-garou* es una leyenda de donde yo vengo. Todos los cajún creen en ella. Cuando era joven, yo también. Tenía miedo de herir a alguien, así que me fui tan lejos como pude. Nueva York era un lugar extraño; nadie me conocería o me molestaría aquí.

Sus ojos se centraron en ella en vez de en el pasado.

—¿Por qué fingir? No puedes tener más de cuarenta y cinco.

—Veintiséis –miró a Jack, preguntándose por qué importaba–. Evita que me molesten.

Jack echó un vistazo por la puerta abierta hacia el reloj ferroviario que había en la pared opuesta.

—Estoy empezando a tener hambre. ¿Y tú?

♣

Rescatar a C. C. Lo que había parecido ser una idea maravillosa se había convertido en una pesadilla. Rosemary había seguido a algunos indigentes hacia los túneles de vapor que había en la estación Gran Central. Al principio había intentado preguntar por C. C. a cualquier persona con la que se encontraba. Pero según iba avanzando por los húmedos pasadizos, los que vivían allí se escabullían. Solo había la luz ocasional de las rejillas de la calle de encima, o de las humeantes fogatas de los indigentes. Su fatiga y su miedo empezaron a pasarle factura; caía una y otra vez en el lodo de los pisos del túnel.

En un momento horrible fue atacada por una criatura sucia que la arañó, riéndose a carcajadas. Logró zafarse de ella, pero su bolsa había desaparecido. Rosemary estaba irremediablemente perdida. Oyó sonidos ocasionales que le parecieron disparos y explosiones. *Estoy en el infierno.*

Delante había dos puntos brillantes que la miraban a través de la oscuridad. Retrocedieron cuando se acercó. Las verdes luces iridiscentes la hipnotizaron.

Los puntos se mostraron claramente y Rosemary vio el gato agazapado en la oscuridad. Apartándose unos pocos metros y rugiendo, observó cómo Rosemary se acercaba a un gato herido, el compañero al que protegía. Con el pecho aplastado y una pata casi separada de su cuerpo, el gato herido estaba muriéndose. El guardián no permitiría que se le infligiera más daño. Rosemary se dio cuenta de que no podía hacer nada, pero lo tomó entre sus brazos. El gato empezó a ronronear antes de atragantarse y morir.

El guardián alzó la cabeza y aulló en tono fúnebre antes de girar grácilmente y correr hacia la penumbra.

Rosemary depositó el cuerpo en el suelo frente a ella y colocó su cabeza y sus patitas en una posición confortable, se recostó hacia atrás y empezó a sollozar. Parecía que hubiera llorado una eternidad antes de que empezara a andar hacia los sonidos de las armas, jadeando entre sollozos.

♠

Después de asaltar el refrigerador –Bagabond podía entender por qué la compañía de luz no se había percatado de la toma de alimentación, pero ¿cómo había conseguido traer el refrigerador hasta aquí abajo?–, Jack volvió a su dormitorio para dormir un poco. Bagabond y los gatos exploraron los dominios de Jack, lo que incluía asegurarse de que podían salir por la puerta que él había cerrado tras ellos.

Rápidamente descubrieron los límites. Bagabond se sentó en un mullido sofá de pelo de caballo. El negro se unió a ella mientras la tricolor continuaba con su juego de cruzar la habitación sin tocar el suelo. Bagabond reflexionó, y por primera vez en muchos años, no invitó al negro a unirse a ella. La mujer estaba asombrada por el modo en que vivía Jack. Había hecho que su vida, a base de moverse de un hogar temporal a otro, de una pila de harapos a otra, de repente pareciera mala y llena de incomodidades que antes había ignorado.

Ella y Jack habían discutido la probabilidad de que ambos fueran ases. Qué suerte. El virus había arruinado la vida de ambos. Ella no volvería a ser nunca la niña inocente que era antes de que el ácido y el virus inundaran su mente con extrañas percepciones del mundo animal. Pensaba que *ella* había tenido una infancia miserable. Por eso se había ido de casa. Pero crecer pensando que eres una especie de cambiaformas, una criatura maldita, por Dios…

¿Por qué había sido tan abierta con él? No había nadie vivo en la ciudad que supiera tanto de ella como ahora Jack. Quizá porque eran parecidos; sabían lo que es ser diferente y habían dejado de buscar la manera de ser como los demás.

Las garras en el dorso de su mano la hicieron sangrar antes de que atrajeran su atención de vuelta al mundo real. Sus ojos se encontraron con los del gato negro y horribles imágenes filtradas a través de otros ojos se derramaron en su mente: nidos de ratas destruidos por el fuego de ametralladoras; hombres gritando y asustando a una zarigüeya, sus crías aferrándose a su espalda mientras corría, una de ellas cayendo, muriendo; gatos huyendo, les disparaban, los asesinaban; una gata luchando para proteger a sus gatitos antes de que una granada destruyera la camada y la dejara con una pata casi amputada; una mujer que parecía aquella condenada trabajadora social acunando a un gato agonizante. La sangre –más y más– de quienes eran sus únicos amigos.

—¡Los gatitos! ¡No pueden! –Bagabond se levantó y se encontró temblando.

—¿Qué está pasando? –Jack, a quien el grito de Bagabond había despertado, salió de su habitación aún medio dormido.

—¡Los están matando! Tengo que detenerlos –Bagabond apretó los puños, se dio la vuelta y se alejó de él. Flanqueada por los gatos, se encaminó a las escaleras.

—No sin mí –Jack se metió de nuevo en la habitación, agarró el abrigo verde de Bagabond, linternas y un par de zapatos deportivos y los siguió por la escalera.

Rezagado al atarse los zapatos mientras corría, los alcanzó en la primera intersección de túneles.

—Por ahí no –Jack detuvo al trío cuando entraban en el túnel que estaba a mano derecha. Le aventó el abrigo a Bagabond. Orientó una de las linternas al otro pasaje.

—Por ahí es por donde vinimos –presa del pánico, Bagabond había perdido gran parte de su confianza en Jack.

—Los llevaré al metro. Hay una manera más rápida de regresar al parque. Tengo una vagoneta. ¿Me siguen? –Jack esperó el gesto de asentimiento de Bagabond y se sumergió en el túnel de la izquierda al trote.

Las escenas de la carnicería en la mente de Bagabond se fueron haciendo más agudas conforme se aproximaban a Central Park y abandonaban el vagón. Cuando llegaron a la siguiente ramificación de los túneles, Jack levantó la cabeza y olfateó.

—Quienquiera que sea, está usando pólvora digna del ejército. ¿Cuál es el plan?

—Necesitamos descubrir quiénes son para poder saber cómo detenerlos. ¿Sí? –Bagabond no estaba del todo segura de qué hacer.

—Apuesto a que son *mes amis* los de las pistolas, pero no tengo idea de quién es el jefe.

Apareció una imagen de la gata tricolor andando junto a Jack, y el negro junto a Bagabond.

—¡Claro que sí! –Bagabond dio una palmadita a la inmensa cabeza del gato negro–. Buena idea.

—¿Qué idea?

—El negro piensa que deberíamos separarnos hasta que descubramos qué está pasando. Si nos acompaña un gato a cada uno, podemos estar, hum…

—Comunicados. Sí. Al menos puedes ver qué está pasando –Jack asintió pensativamente–. Solían gustarme las películas de guerra, pero tengo una recepción pésima en mi casa. Vamos, sargento –le dijo a la gata tricolor, que saltó por delante de él–. *Bon chance.*

Bagabond asintió y tomó la dirección contraria.

◆

En una profunda oscuridad apenas aliviada por los brillantes haces de los cascos de espeleología que llevaban hombres armados, don Carlo Gambione contempló la desolación que era su reino.

Su lugarteniente casi parecía pedirle disculpas.

—Don Carlo, temo que nuestras tropas se hayan tomado nuestra tarea con demasiado entusiasmo.

Don Carlo bajó la vista para observar los cuerpos iluminados por la luz de la linterna del Carnicero.

—El celo en un asunto como este –dijo– no es ningún vicio.

—Hemos encontrado sus cuarteles generales –dijo el Carnicero–. Nuestros hombres los descubrieron hace menos de una hora –clavó un dedo en el mapa–. Hacia la calle 86. Bajo el parque. Cerca del lago de Central Park. Parecía deshabitado. Entonces lo llamamos.

—Estoy agradecido –dijo su líder–. Quiero estar presente cuando la llama de la revolución mal concebida de nuestros enemigos se extinga. Sabía que debía de haber una razón por la que se habrían alzado ahora –la voz de don Carlo también se alzó. El Carnicero lo miraba fijamente.

—Quiero sus cabezas –dijo don Carlo–. Las pondremos en picas entre Ámsterdam y la 110 –bien abiertos, sus ojos brillaban ferozmente bajo la luz eléctrica de la lámpara.

El Carnicero puso la mano suavemente en la muñeca del don.

—Sería mejor que ahora nos vayamos a la parte alta, *padrone*. Les dije a los hombres que esperaran en su sitio, pero son tan… entusiastas.

Por un momento, la mirada de don Carlo vagó salvajemente entre los cuerpos que cubrían el sucio cemento. Los andrajos empapados de sangre.

—¡Qué tragedia! El dolor, el dolor…

Miró directamente al cadáver que tenía a sus pies. Era un hombre blanco, los desgarbados brazos y piernas extendidos como los miembros de una marioneta rota. No había paz en su cara arrugada, abrasada por el sol. Solo agonía reflejada en los ojos demasiado abiertos. Unos anteojos caseros yacían en la sangre acumulada bajo la cabeza del hombre. El capo inconscientemente empujó el hombro de la gastada chamarra de uniforme con la punta de una bota reluciente.

—Este era un joker de la jungla… –su voz se apagó.

Don Carlo apartó la mirada. Se sobrepuso, tomando fuerzas del conocimiento casi sagrado de lo que debía hacer. Se inclinó hacia el sobrio rostro del Carnicero.

—Estas cosas que hacemos… –dijo–. Es triste, muy triste. Pero a veces tenemos que atacar y hasta destruir el modo de vida que amamos para preservarlo.

♥

A pesar de su ataque de bravura –*¿Por qué estoy tratando de impresionar a esta mendiga harapienta?*– Jack tardó un rato en meterse en los túneles. El largo trayecto de regreso al parque le había devuelto su cojera y un dolor considerable. Cada vez que oía un ruido, se quedaba paralizado. La gata tricolor hizo gala de una considerable paciencia. Se adelantaba alrededor de un metro y medio y volvía si estaba despejado. Jack deseaba desesperadamente poder hablar con ella.

Ahora los sonidos no eran imaginarios. Se hicieron más fuertes. Jack empezó a oír gritos ininteligibles. Saltaba a cada disparo o explosión. Dejó de usar la linterna porque temía que alguien pudiera verlo. La tricolor estaba a pocos centímetros. Jack se había tiznado la cara con lodo para evitar los reflejos.

Justo delante de él unas botas arañaron el suelo de cemento. Empezó a retroceder y se encontró con uno de los cazadores, que estaba tan sorprendido como él.

—¡Qué demonios! ¡Joey! ¡Joey! ¡Tengo uno!

El hombre con el casco metálico y la luz montada sobre él blandió la culata de su arma hacia la cabeza de Jack.

—¿Dónde está, Sly?

La culata del rifle había rozado el cráneo de Jack. Se las arregló para salir a la carrera de la luz y hacia un pasadizo aparentemente sin salida. Jack trató de pegarse a la pared y deseó poder transformarse en algo útil, como cemento o lodo. Mientras ese pensamiento cruzaba su mente, reconoció el ardor que significaba que se estaba volviendo escamoso. Jack se esforzó en combatirlo disminuyendo el ritmo de su respiración y ejerciendo control. Era lo que le faltaba ahora. ¿Dónde estaba la gata?, pensó. *Bagabond me matará si le hacen daño.*

—Tiene que estar aquí abajo, Joey. No hay más sitio donde ir –la voz sonaba como si estuviera a pocos centímetros.

—Tira una granada y sigamos adelante. Se supone que tenemos que sellar su base.

—Oh, Joey, vamos.

—Sly, estás loco, hombre. Vámonos.

Se oyó el sonido de metal rebotando en una roca. Jack entrevió un destello de luz de la granada antes de que la adrenalina le inundara el cerebro. *Merde,* fue su último pensamiento consciente.

El fragor de la explosión fue acompañado por algunos desprendimientos, pero no había penetrado tanto en esa sección. El techo cedió.

—Ve a comprobar, Sly.

—De acuerdo, Joey. Gracias –Sly era conocido por estar tan loco como el Pequeño Renaldo.

¿Por qué a mí?, se preguntó Joey.

—No queda nada. Solo unos harapos y un zapato deportivo. El de la derecha.

—Vamos, pues. Tenemos que cubrir un montón de terreno.

Ninguno de los dos hombres se percató de la gata tricolor que estaba agazapada en una roca que sobresalía del muro, cerca del techo. Envió la escena a Bagabond y se dispuso a reunirse con ella.

♣

Bagabond se quedó pegada, en silencio, contra el muro del fondo del túnel abandonado de la calle 86. Acarició suavemente a la gata tricolor e hizo su mejor imitación de una anciana indefensa. El negro le había advertido de que los mafiosos estaban viniendo, pero estaban detrás de ella cuando trató de retroceder. Demasiados para pelear, así que adoptó una actitud pasiva. Ahora miraba silenciosamente los destrozos que habían hecho en su casa. Su único guardia tenía toda su atención fijada en don Carlo.

—No sé cómo, pero han debido escaparse –dijo el Carnicero a modo de disculpa.

—Quiero capturarlos –dijo don Carlo. Contempló a su alrededor, la enorme pintura sobre terciopelo en su marco de madera barata, con una esquina rota: una manada de leones acechando cebras en la sabana–. *Estaban* aquí –dijo–. Salvajes.

—Don Carlo, señor, yo… –era Joey.

—¿Qué?

—Es María, don Carlo. La encontré dando vueltas por aquí abajo –Joey escoltó a Rosemary hasta su padre. No pareció verlo o registrar nada más. Su rostro estaba vacío, casi plácido. Rosemary era una dócil muñeca de trapo, perdida en algún lugar de los túneles.

Don Carlo la miró con asombro y después con preocupación.

—María, ¿qué pasa, *mia*? Joey, ¿qué le ha ocurrido?

—No sé, don Carlo. Estaba así cuando la encontré.

Bagabond alzó la vista bajo su pelo estropajoso. «Rosemary ¿tampoco podías quedarte al margen de *esto*? Trabajadores sociales… demasiado entrometidos.» Hablaba entre dientes. El guardia se giró al oír sus murmullos, pero meneó la cabeza y volvió a centrar la atención en el alboroto.

—Cuídala por mí, Joey, hasta que acabe con esto –volviéndose hacia el Carnicero, don Carlo dijo–: ¿Sabe algo la vieja?

—Eso es lo que vamos a averiguar –la luz arrancó un destello del estilete del Carnicero mientras se aproximaba a Bagabond. Entonces se paró y escuchó atentamente.

Todos en el túnel estaban escuchando. El rumor que primero solo había parecido otro tren a lo lejos se volvió demasiado fuerte, demasiado rápido. Se oyeron chillidos en el túnel oeste, incluso gritos de dolor cuando el vagón del metro salió de la oscuridad, desplazándose por donde ninguno podría, sin suministro eléctrico, por vías inutilizadas. El vagón resplandecía con una fosforescencia blanca, como un espectro. En el indicador de ruta se leía «cc local». Se paró en medio de la reunión. Los llamativos dibujos de sus costados cambiaban tan rápidamente que era imposible seguirlos.

—¡C. C.! –Rosemary, que había estado al lado de Joey, se zafó de él y corrió hacia el vagón fantasma. Extendió los brazos como si fuera a abrazar aquella cosa, pero al tocar el costado, retrocedió. Entonces, Rosemary alargó una mano para tocar lo que no era metal–. ¿C. C.?

Los colores irradiaron el lugar que había tocado y luego se desvanecieron. El vagón se volvió negro y casi desapareció de la vista de quienes lo observaban. Como había sucedido antes, se revelaron palabras: las letras de las canciones que C. C. había escrito y que solo su mejor amiga, Rosemary, había oído. Los espectadores se habían quedado plantados, demasiado perplejos para moverse.

> Puedes cantar sobre el dolor,
> puedes cantar sobre la pena,
> pero nada traerá un nuevo mañana
> o se llevará el ayer.

En el costado del vagón aparecieron imágenes como si las proyectaran allí. La primera era un ataque, una violación en una estación de metro. Una cama de hospital junto a la que se podía reconocer la figura de Rosemary. Alguien con la bata del hospital bajaba la escalera de incendios.

—¿Así es como escapaste del hospital, C. C.? ¿Por qué huiste? –Rosemary alzó los ojos y habló al vagón como si fuera una amiga.

La siguiente escena mostraba otra estación de metro, otro ataque, pero la persona con la bata del hospital esta vez era testigo del ataque.

Trató de detenerlo y la apartaron violentamente, la tiraron a las vías. Colores de dolor y rabia. La basura y todo lo que no estaba anclado al andén vacío −máquinas expendedoras, periódicos desechados, una rata muerta, *todo*− fue succionado hacia las vías como si entrara en el núcleo voraz de un agujero negro. Un tren con seis vagones entró chirriando en la estación. De repente se le unió otro vagón. El atacante, en plena fuga, entró en el nuevo vagón y la escena se volvió carmesí cuando la sangre bañó el vagón fantasma. Más estaciones de metro, más carmesí. Otro atacante con una chamarra de cuero, una anciana.

—¿Lummy? −Rosemary dio un paso atrás al ver a su prometido atrapado en medio de un atraco−. ¿*Lummy*?

—¡Lombardo! −don Carlo se puso lívido al ver al que iba a ser su yerno entrar en el vagón y ser masacrado−. Joey, María, aléjense de esa... cosa. Ricardo, ¿dónde está el lanzamisiles? Ahora tendrás tu oportunidad. Frederico, mete a esa vieja en el vagón. Quiero que los destruyan a todos. ¡Ahora!

Rosemary forcejeó con Joey mientras se la llevaba, a rastras, de la escena.

—¡Jesús! −dijo, no a ella ni a nadie en particular− Es justo como solía ser en los pueblos. ¡Jesús!

Bagabond avanzó tranquilamente, sosteniendo a la gata tricolor con fuerza. Ricardo apuntó cuidadosamente con el lanzamisiles. Bagabond se enderezó. Dieciocho kilos de gato rabioso, enloquecido, golpearon de lleno en la espalda de Ricardo. Cayó hacia delante mientras el tubo se inclinaba hacia arriba y el cohete que acababa de disparar se dirigía hacia el techo. Explotó en una lluvia de chispas rojas y doradas.

Rosemary se zafó de Joey y corrió hacia el vagón.

El agua empezó a caer en el túnel. Bloques de cemento irregulares comenzaron a desgajarse a lo largo de las junturas selladas y entonces empezó a entrar más agua.

—¡Ricardo, idiota, abriste un agujero en el lago de Central Park! −Frederico el Carnicero gritaba a alguien que ya no era parte interesada. Los mafiosos se dispersaron desordenadamente por los túneles.

—Métete en el vagón. ¡Vamos! −Rosemary agarró a Bagabond.

—María, voy a buscarte. Aguanta −don Carlo luchaba contra la creciente inundación para salvar a su única hija.

—Papá, voy con C. C.

—¡No! No debes. Está maldita –don Carlo intentó llegar más allá y se dio cuenta de que su pierna se había quedado atrapada. Hundió las dos manos en el agua helada en un intento de liberarla y palpó una piel escamosa. Miró hacia abajo y vio una hilera de dientes de marfil. Unos implacables ojos de reptil le devolvieron la mirada.

Rosemary había hecho subir a todo el mundo, hasta el gato negro. El vagón empezó a moverse de regreso al túnel oeste.

—Espera. Jack está ahí atrás. No lo dejemos –Bagabond trató de abrir las puertas. Rosemary la agarró por los hombros.

—¿Quién es Jack?

—Mi amigo.

—No podemos volver –dijo Rosemary–. Lo siento.

Bagabond se sentó en el último asiento, flanqueada una vez más por sus dos gatos y contempló el agua que corría por el túnel, tras ellos, mientras se movían hacia un lugar más elevado.

♠

Mientras el vagón de metro ascendía por la rampa de la calle 86, el flujo de agua sucia lo seguía, lamiendo las ruedas de C. C. Finalmente alcanzó una cuesta en el túnel donde la marea dejó de seguirlos. C. C. se paró, empezó a dar marcha atrás, puso los frenos.

Sus pasajeros se apiñaron en la puerta trasera, tratando de ver lo que habían dejado en la oscuridad.

—Déjanos salir, C. C. –dijo Rosemary–, por favor.

El vagón de metro abrió amablemente sus puertas con un siseo. Los cuatro, las dos humanas y los dos felinos, descendieron a la calzada y se quedaron de pie en esta nueva playa. La gata tricolor olfateó el borde del agua y se alejó. Gimió y miró a Bagabond.

—Espera –dijo la vagabunda. Esbozó una inusual sonrisa solo por un momento.

Lo último que recordaba haber visto era a su padre intentando llegar a ella, luego solo su cara, sus ojos. Finalmente, nada.

—Ahí –dijo Bagabond inexpresivamente.

Todos trataron de ver algo.

—No veo nada –dijo Rosemary.

—Ahí.

Ahora todos vieron algo: unas ondulaciones en forma de v que provenían de un hocico ancho, parecido a una pala. Vieron el par de ojos protegidos por una gruesa membrana emergiendo de las aguas, inspeccionando el grupo que estaba en la orilla.

Los gatos empezaron a maullar emocionados, la tricolor saltaba de un lado a otro, el negro movía la cola como un látigo.

—Ese es Jack —dijo Bagabond.

◆

Al cabo de un tiempo, las aguas volvieron literalmente a su cauce, la inundación remitió, las heridas se curaron, los cuerpos se enterraron y las sufridas brigadas municipales hicieron todo lo que pudieron para arreglar el desastre en el ámbito sindical. Manhattan volvió a la normalidad.

El fondo del lago de Central Park volvió a sellarse y se volvió a llenar. Los informes de avistamientos de monstruos marinos (o, más precisamente, de monstruos lacustres) eran persistentes, pero ninguno se verificó.

Sarah Jarvis, de sesenta y ocho años, por fin se dio cuenta de la cara oculta que sin duda debía de estar al acecho bajo la superficie del presidente. En noviembre de 1972, votó por George McGovern.

La suerte de Joey Manzone mejoró, o al menos cambió. Se mudó a Connecticut y escribió una novela sobre Vietnam que no vendió, y un libro sobre el crimen organizado que sí vendió.

Rosa María Gambione cambió legalmente su nombre a Rosemary Muldoon. Acabó su licenciatura en trabajo social en Columbia y ayuda al doctor Tachyon con la terapia de C. C. Ingresó en la Facultad de Derecho y está considerando hacerse cargo del negocio familiar.

C. C. Ryder todavía es uno de los casos más difíciles del doctor, pero parece que hay algunos progresos en el proceso de regresar su cuerpo y su mente a una forma humana. Sigue escribiendo letras hermosas e incisivas. Sus canciones han sido grabadas por Patti Smith, Bruce Springsteen y otros.

De vez en cuando —sobre todo cuando hace mal tiempo—, Bagabond y los gatos negro y tricolor se trasladan al túnel de metro de

Alfred Beach con Jack Alcantarillas Robicheaux. Es un arreglo cómodo, pero ha requerido unos pocos cambios. Jack ya no caza ratas. Un lamento habitual en el comedor victoriano es «¿Qué es esto? ¿*Otra vez* pollo?».

♣ ♦ ♠ ♥

Interludio cuatro

De «Miedo y asco en Jokertown»
Rolling Stone, 23 de agosto de 1974

por el doctor Hunter S. Thompson

L LEGA EL ALBA A JOKERTOWN. PUEDO OÍR EL RUMOR DE LOS camiones de basura bajo mi ventana en el Hostal South Street, aquí junto a los muelles. Es el final del trayecto, para la basura y para todo lo demás, el culo de Estados Unidos, y estoy cerca del final de mi trayecto, también, tras una semana paseando por las calles más viles y venenosas de Nueva York... cuando alzo los ojos, una mano con garras asoma por el alféizar y un minuto después le sigue una cara. Estoy seis plantas por encima de la calle y este imbécil, que rebosa *speed*, entra por la ventana como si no pasara nada. Quizá tiene razón; esto es Jokertown y la vida aquí es rápida y miserable. Es como vagar por un campo de concentración nazi en un mal viaje; no entiendes la mitad de lo que ves, pero igual te mueres del miedo.

La cosa que se acerca a mi ventana mide más de dos putos metros, tiene unos brazos larguiruchos con tres articulaciones que le cuelgan tanto que sus garras hacen muescas en el suelo de madera, una tez como la del conde Drácula y un hocico como el del Lobo Feroz. Cuando sonríe, toda la maldita cosa se abre mostrando un palmo de dientes verdes. El angelito escupe veneno, lo que es un talento si tienes que moverte por Jokertown por la noche.

—¿Tienes algo de *speed*? —me pregunta mientras baja de la ventana. Divisa la botella de tequila en la mesita de noche, la agarra con una de sus ridículas manos y le pega un buen trago.

—¿Tengo pinta de ser un tipo que se mete anfetas? –digo.

—Supongo que tendremos que arreglarnos con las mías, pues –dice Croyd, y saca un puñado de su bolsillo. Se toma cuatro y las hace bajar con un poco más de mi Cuervo Gold...

...imagínense que a Hubert Humphrey le hubiera tocado ser un joker, la imagen de Hube con una trompa en medio de la cara, como un gusano rosa flácido donde debería estar su nariz, y se hacen a la idea de cómo es Xavier Desmond. Su pelo es fino o se le ha caído, y sus ojos son tan grises y llenos de bolsas como su traje. Ha estado en esto desde hace diez años y está claro que lo está desgastando. Los columnistas locales lo llaman el alcalde de Jokertown y la voz de los jokers, eso es todo lo que ha conseguido en diez años, él y su penosa Liga Antidifamación Joker: un par de titulares falsos, cierto estatus como la mascota joker preferida de Tammany, invitaciones a unas pocas fiestas en el Village cuando las anfitrionas no pueden conseguir un as en tan poco tiempo.

Está en la tarima, con su traje de tres piezas, sujetándose su mierda de sombrero con la trompa, por el amor de Dios, hablando sobre solidaridad entre jokers, y las elecciones y policías jokers para Jokertown, soltando el rollo como si realmente importara. Detrás de él, debajo de una bandera colgante de la LADJ, está la cuadrilla más lamentable de patéticos perdedores que se puedan imaginar. Si fueran blancos serían «tíos Tom»,* pero los jokers aún no han inventado un nombre para ellos, pero lo harán, pueden apostar su máscara. Los fieles a la LADJ están muy pesados con lo de las máscaras, como los buenos jokers de todas partes. No solo pasamontañas ni tampoco dominós: baja por Bowery o Christie Street o párate un rato delante de la clínica de Tachyon y verás adornos faciales surgidos de alguna pesadilla provocada por el ácido: máscaras de pájaros con plumas y calaveras y caras de rata de cuero y capuchas de mono y brillantes máscaras de lentejuelas individualizadas, «máscaras de fantasía», que salen por unos cientos de dólares. Las máscaras son parte del color de Jokertown y los turistas de Boise y Duluth y Muskogee se aseguran de comprar una de plástico o dos para llevárselas a casa como *souvenir*, y todos los reporteruchos medio-ciegos-por-la-borrachera que deciden escribir otro artículo descerebrado sobre los pobres jokers jodidos hablan de las máscaras de inmediato. Miran tan intensamente a las máscaras que no se dan cuenta de los deslucidos

---

* La expresión alude a la novela de Harriet Beecher Stowe, *La cabaña del tío Tom* (1852). Durante los años setenta, en plena lucha por los derechos civiles, el término se usaba de forma peyorativa entre la comunidad negra en referencia a los individuos de raza negra complacientes con los blancos y su poder. *N. de la T.*

trajes del Ejército de Salvación y los vestidos descoloridos que llevan los jokers enmascarados, no se dan cuenta de lo viejas que son las máscaras que portan, y por supuesto que no reparan en los jokers más jóvenes, los que visten con cuero y Levi's, los que no llevan máscara. «Este es mi aspecto», me dijo esa tarde una chica más fea que un tiro de mierda a la salida de un rancia sala porno de Jokertown. «Me importa una mierda si a los nats les gusta o no. ¿Se supone que he de llevar una máscara para que a una puta nat de Queens no se le revuelva el estómago cuando me mira? Que se joda.»

Quizás un tercio de la muchedumbre que escucha a Xavier Desmond lleva máscaras. Quizá menos. Cada vez que se detiene para recibir una ovación, la gente con las máscaras aplaude, pero se ve claro que les cuesta, incluso a ellos. El resto solo escucha, espera con una mirada tan fea como sus deformidades. Hay un infame grupito de jóvenes aquí fuera, y muchos de ellos visten los colores de los pandilleros, con nombres como PRÍNCIPES DIABLOS, FRIKIS ASESINOS y HOMBRES LOBO. Me quedo a un lado, preguntándome si Tack va a aparecer como ha anunciado, y no veo quién lo empieza, pero de repente Desmond se calla, justo en medio de una aburrida afirmación sobre cómo los ases y los jokers y los normales son todos hijos de Dios bajo la piel, y cuando vuelve a mirarlos, lo están abucheando y tirándole cacahuates, están arrojándole cacahuates salados aun con la cáscara, que rebotan en su cabeza y en su pecho y en su maldita trompa, tirándoselos al sombrero, y Desmond solo está ahí plantado, con la boca abierta. Se suponía que era la voz de esta gente, lo leyó en el *Daily News* y *Jokertown Cry*, y el viejo mamón no tiene ni puta idea de lo que está pasando ahí abajo…

…justo pasa de la medianoche cuando salgo del Freakers para echar una meada en la banqueta, imaginándome que es una apuesta más segura que el baño de caballeros, y la posibilidad de que me encuentre un policía patrullando por Jokertown a estas horas de la noche es tan remota que da risa. El farol está roto, y por un momento me parece que Wilt Chamberlain está allí plantado, pero cuando se acerca veo los brazos y las garras y el hocico. La piel como marfil viejo. Le pregunto cuál es el puto problema y me pregunta si no soy el tipo que escribió el libro sobre Los Ángeles, y media hora después estamos los dos sentados al fondo de un bar abierto veinticuatro horas en Broome Street mientras una mesera le sirve litros de café negro. Tiene una larga melena rubia y bonitas piernas, y en su uniforme rosa dice *Sally*, y da gusto verla hasta que reparas en su cara. Me descubro mirando al plato cada vez que se acerca, lo que me pone enfermo y me entristece y me jode. Hocico está contándome que nunca aprendió álgebra, y que no hay problema conmigo que cuatro dedos de meta fina no pueda solucionar, y después de que comento eso, Hocico me enseña los dientes y menciona que desde luego hay escasez de meta de la buena últimamente, pero que justo resulta que sabe dónde poner la mano en una poca…

…«Estamos hablando de *heridas*, de heridas de verdad, sangrantes, infectadas, de las que no se curan con un maldito curita, y eso es por lo único que Desmond ha levantado la trompa, solo por un maldito montón de curitas», me explicó el enano, después de que me saludara con el apretón de manos de los Hermanos Revolucionarios de la Droga, o lo que se supusiera que era esa maldita cosa. Para un joker, no le tocó una carta tan mala –había enanos mucho antes del wild card–, pero sigue estando bastante jodido.

«Ha estado a punto, esperando a que pase algo, desde hace diez años, y lo único que pasa siempre es que los nats se cagan en él. Bueno, pues se *acabó*. Ya no vamos a pedir más, se lo estamos diciendo, el JSJ *lo está diciendo* y lo pegaremos en sus preciosas orejas si hace falta.» JSJ es Jokers para una Sociedad Justa, y tiene en común con la LADJ lo mismo que una piraña con uno de esos pececillos blancos de ojos saltones que ves nadando en las peceras que hay en los consultorios de los dentistas. JSJ no tiene al capitán Tacky o Jimmy Roosevelt o el reverendo Ralph Abernathy ayudándolos en su comité directivo: de hecho, ni tiene un comité directivo ni vende membresías a ciudadanos preocupados ni tampoco a ases comprensivos. Hube se sentiría condenadamente incómodo en un mitin de JSJ, con trompa en la cara o sin ella…

…incluso a las cuatro de la mañana el Village no es Jokertown, y eso es parte del problema, pero sobre todo es que Croyd está con los cables cruzados, loco por la puta meta y, hasta donde puedo decir, no ha dormido en una semana. En algún lugar del Village está el tipo con el que nos vamos a encontrar, un proxeneta medio negro y as de los pies a la cabeza, que se supone que tiene a las chicas más dulces de la ciudad, pero no podemos dar con él, y Croyd sigue insistiendo en que las calles están cambiando a nuestro alrededor, como si estuvieran vivas, y fueran traicioneras y fueran por él. Los coches frenan cuando ven a Croyd bajar de la acera tambaleándose con esas zancadas de sus piernas larguiruchas y con triple articulación, y vuelven a acelerar cuando los mira y les gruñe. Estamos delante de un delicatessen cuando se olvida del chulo al que se supone que hemos de encontrar y decide que, en cambio, tiene sed. Mete sus garras en la persiana de acero, da un pequeño gruñido y simplemente la arranca entera de la fachada de ladrillos y la usa para romper el escaparate de cristal... a la mitad de la caja de cervezas mexicanas oímos las sirenas. Croyd abre el hocico y escupe a la puerta, y esa mierda venenosa llega a los cristales y empieza a arder. «Vuelven a perseguirme», dice con una voz llena de pesimismo y odio y rabia por el rollo del *speed* y paranoia. «Todos me persiguen.» Y me mira y eso es todo lo que hace falta, sé que estoy de mierda hasta el cuello. «Tú los trajiste aquí», dice, y le digo que no, me agrada, algunos de mis putos mejores amigos son jokers, y las luces rojas y azules están fuera, delante, cuando se pone de pie de un salto, me agarra y grita: «No soy un joker, *cabrones*, soy un puto *as*», y me tira por la ventana, la *otra* ventana, en la que el cristal laminado está todavía intacto. Pero no por mucho tiempo... mientras estoy tirado en la cuneta, sangrando, hace su propia salida, directamente por la puerta principal, con un *six-pack* de Dos Equis bajo el brazo, y los polis le espetan un par de tiros, pero él solo se ríe de ellos y empieza a trepar... sus garras dejan profundos agujeros en el ladrillo. Cuando llega al tejado aúlla a la luna, se baja la bragueta y se mea encima de todos nosotros antes de desaparecer...

Hilos

por Stephen Leigh

LA MUERTE DE ANDREA WHITMAN FUE POR COMPLETO OBRA del Titiritero. Sin sus poderes, la hosca lujuria que un chico retrasado de catorce años sentía por una vecina más joven jamás habría estallado en una rabia al rojo blanco. Por sí mismo, Roger Pellman nunca habría atraído a Andrea a los bosques detrás de la Escuela del Sagrado Corazón en las afueras de Cincinnati, ni le habría desgarrado la ropa a la joven aterrorizada. Nunca habría metido aquella extraña dureza en Andrea hasta que sintió una lánguida, poderosa liberación. Nunca habría mirado a la niña ni el hilillo de sangre oscura entre sus muslos, ni sentido una repugnancia irresistible que le hizo agarrar la enorme roca plana que estaba a su lado. Nunca habría usado aquella piedra para golpear la rubia cabeza de Andrea hasta convertirla en una masa irreconocible de carne desgarrada y hueso partido. Nunca habría vuelto a casa desnudo, con su sangre salpicándole todo el cuerpo.

Roger Pellman no habría hecho nada de eso si el Titiritero no hubiera estado escondido en los recovecos de su pobre mente dañada, alimentándose de las emociones que encontraba allí, manipulando al chico y amplificando la fiebre adolescente que azotaba su cuerpo. La mente de Roger era débil y maleable y abierta; la violación del Titiritero no fue menos brutal que la de Roger contra Andrea.

El Titiritero tenía once años. Odiaba a Andrea, la odiaba con la horrible furia de un niño mimado, la odiaba por haberlo traicionado y humillado. El Titiritero era la fantasía vengativa de un chico infectado por el virus wild card, un chico que había cometido el error de confesar a Andrea su afecto por ella. Quizá le había dicho a la chica, que era más grande que él, que algún día se casarían.

Andrea había abierto los ojos desmesuradamente al oírlo y se había alejado de él riéndose tontamente. Había empezado a oír las burlas, entre susurros, al día siguiente en la escuela y supo incluso, mientras el rubor ardía en sus mejillas, que se lo había dicho a todos sus amigos. A todo el mundo.

Cuando Roger Pellman le arrebató la virginidad a Andrea, el Titiritero había sentido débilmente, en su propia carne, aquel excitante calor. Se había estremecido con el orgasmo de Roger; cuando el chico estampó la piedra en el rostro lloroso de la chica, cuando oyó el crujido sordo del hueso, el Titiritero había jadeado. Se tambaleó con el placer que le embargaba.

Seguro en su propia habitación, a casi medio kilómetro de distancia.

Su abrumadora reacción a aquel primer crimen le asustó y al mismo tiempo le atrajo. Durante meses después de aquello, fue utilizando su poder poco a poco, temeroso de volver a estar tan arrebatadamente fuera de control. Pero como todas las cosas prohibidas, el ansia pudo más que él. En los siguientes cinco años, por varias razones, el Titiritero emergería y mataría siete veces más.

Pensaba en aquel poder como en una entidad separada de él. Oculto, era el Titiritero: una maraña de hilos colgando de sus dedos invisibles, con su colección de grotescas muñecas haciendo cabriolas en sus extremos.

TEDDY, JIMMY AÚN EN DISPUTA
HARTMANN, JACKSON, UDALL ESPERAN COMPROMISO
New York Daily News, 14 de julio de 1976

HARTMANN PROMETE VOTO SOBRE
LOS DERECHOS JOKERS EN EL PROGRAMA
The New York Times, 14 de julio de 1976

El senador Gregg Hartmann salió del elevador en el vestíbulo del Aces High. Su séquito se presentó en el restaurante tras él: dos hombres del Servicio Secreto; sus asistentes John Werthen y Amy Sorenson, y cuatro reporteros cuyos nombres había conseguido olvidar en el camino. Habían subido apretujados en el elevador. Los dos hombres con lentes oscuros habían refunfuñado cuando Gregg insistió en que subieran juntos.

Hiram Worchester estaba allí para recibir al grupo. Hiram tenía una presencia imponente, un hombre de un notable volumen que se movía con sorprendente ligereza y agilidad. Se movía con facilidad por la zona alfombrada de la recepción, con la mano extendida y una sonrisa asomando entre su barba. La luz del sol poniente se derramaba por los enormes ventanales del restaurante y relucía en su cabeza calva.

—Senador –dijo jovialmente–, me alegro de volver a verlo.

—Y yo a ti, Hiram –después Gregg sonrió con pesar, señalando al grupo que había detrás de él–. Ya conoces a John y Amy, creo. El resto de este zoológico se tendrá que presentar él mismo. Ahora parecen mi séquito permanente.

Los reporteros rieron entre dientes; los guardaespaldas se permitieron unas sonrisas leves, huidizas.

Hiram sonrió abiertamente.

—Me temo que ese es el precio que ha de pagar por ser candidato, senador. Pero tiene buen aspecto, como es habitual. El corte del saco es perfecto –el enorme hombre se apartó un paso de Gregg y lo miró de arriba abajo con aprobación. Después se acercó y bajó la voz, con aire conspirador–. Debería darle a Tachyon algunas pistas respecto a su atuendo. La verdad, lo que el buen doctor lleva esta noche... –sus ojos de color avellana miraron al cielo con fingido horror y después Hiram rio–. Pero no necesita oír mis parloteos; su mesa está lista.

—Entiendo que mis invitados ya llegaron.

Aquello hizo que las comisuras de los labios de Hiram se fruncieran.

—Sí, la mujer está bien, aunque me parece que bebe demasiado para mi gusto, pero si el enano no estuviera aquí bajo su protección ya lo habría echado a la calle. No es que haya hecho *alguna escena*, pero es espantosamente rudo con los empleados.

—Me aseguraré de que se comporte, Hiram –Gregg meneó la cabeza, pasándose los dedos por su pelo rubio ceniza. Gregg Hartmann era un hombre de apariencia mediocre y poco distinguida. No era ni uno de los políticos apuestos y bien arreglados que parecían ser la nueva generación de los setenta ni los del otro tipo, los orondos y

autosatisfechos políticos de la vieja escuela. Hiram sabía que Gregg
era una persona amigable, natural, que se preocupaba de verdad por
sus electores y sus problemas. Como presidente de SCARE, Gregg se
había mostrado compasivo con todos quienes estaban afectados por
el virus wild card. Bajo el mandato del senador varias leyes restric-
tivas concernientes a los infectados por el virus se habían relajado,
suprimido de los libros o ignorado judicialmente. La Ley de Control
de Poderes Exóticos y la de Reclutamiento Especial aún eran efec-
tivas legalmente, pero el senador Hartmann había prohibido a sus
agentes que las cumplieran. Hiram se maravillaba a menudo de la
habilidad de Gregg en el manejo de las delicadas relaciones entre
el público y los jokers. «Amigo de Jokertown», era como le había
apodado *Time* en un artículo (junto a una fotografía de Gregg estrechando la mano de Randall, el portero de La Casa de los Horrores: la
mano de Randall era la garra de un insecto y en medio de la palma
había un racimo de ojos húmedos, horribles). Para Hiram, el senador era un Buen Hombre, algo extraño, una anomalía entre los políticos. Gregg suspiró e Hiram pudo entrever el profundo cansancio
tras la afable fachada del senador.

—¿Qué tal va la convención, senador? –preguntó–. ¿Qué posibilidades tiene la plataforma por los derechos de los jokers?

—Estoy luchando por ella todo lo que puedo –respondió Gregg y
echó un ojo a los reporteros; observaban la conversación con sin-
cero interés–. Lo descubriremos en unos pocos días, cuando haya
que votar.

Hiram percibió la resignación en los ojos de Hartmann; aquello
le dio toda la información que necesitaba: fracasaría, como todo lo
demás.

—Senador –dijo–, cuando esta convención se acabe espero que
vuelva a pasar por aquí. Prepararé algo especial para usted, para hacerle saber que su trabajo es apreciado.

Gregg dio una ligera palmadita en la espalda a Hiram.

—Con una condición –respondió–. Tienes que asegurarme que
tendré un reservado en la esquina. Para mí. Solo –el senador rio por
lo bajo. Hiram le respondió con una sonrisa.

—Es suyo. Ahora, esta noche, le recomiendo la carne en vino tinto: es exquisita. Los espárragos están extremadamente frescos y he

hecho la salsa yo mismo. De postre, debería probar el mousse de chocolate blanco.

Las puertas del elevador se abrieron tras ellos. Los hombres del servicio secreto se giraron recelosos cuando salieron dos mujeres. Gregg les hizo un gesto y estrechó la mano de Hiram una vez más.

—Tienes que ocuparte de tus otros huéspedes, amigo mío. Llámame cuando acabe toda esta locura.

—Necesitará un chef en la Casa Blanca, también.

Gregg rio a carcajadas al oír eso.

—Tendrás que hablar con Carter o Kennedy al respecto, Hiram. Esta vez, soy caballo perdedor.

—Pues están dejando perder al mejor –replicó Hiram. Se fue.

El Aces High ocupaba el mirador del Empire State Building. Desde los enormes ventanales, los comensales podían contemplar las vistas de la isla de Manhattan. El sol se acercaba a la línea del horizonte más allá del puerto; la cúpula dorada del Empire State Building proyectaba reflejos en el comedor. En aquel atardecer verde y dorado, no era difícil divisar al doctor Tachyon, sentado en su mesa habitual junto a una mujer que Gregg no reconoció. Hiram tenía razón, lo vio inmediatamente: Tachyon llevaba una esmoquin de deslumbrante color escarlata adornado con un cuello de satén verde esmeralda. Lentejuelas púrpura trazaban atrevidos estampados en las mangas y los hombros; gracias a Dios, sus pantalones estaban ocultos, pero una banda de naranja irisado podía atisbarse bajo el saco. Gregg lo saludó, Tachyon asintió:

—John, por favor, lleva a nuestros invitados a la mesa y haz las presentaciones por mí. Estaré en un segundo. Amy, ¿podrías venir conmigo? –Gregg se abrió paso entre las mesas.

El cabello hasta los hombros de Tachyon era de un rojo tan improbable como el de su saco. Se pasó una fina mano entre las enredadas mechas mientras se levantaba para recibir a Gregg.

—Senador Hartmann –dijo–. ¿Puedo presentarle a Angela Fascetti? Angela, es el senador Gregg Hartmann y su asistente, Amy Sorenson; el senador es el responsable de buena parte de la financiación de mi clínica.

Tras unas pocas palabras de cortesía, Amy se excusó. A Gregg le complació ver que la compañera de Tachyon tomaba la indirecta sin necesidad de que Amy interviniera y que se iba de la mesa con ella. Gregg esperó hasta que las dos mujeres estuvieran a unas pocas mesas de distancia y entonces se volvió hacia Tachyon.

—Pensé que te gustaría saber que hemos confirmado que hay un infiltrado en tu clínica, doctor. Tus sospechas estaban en lo cierto.

Tachyon frunció el ceño, profundas arrugas hendieron su frente.

—¿KGB?

—Probablemente –respondió Gregg–. Pero en cuanto sepamos quién es, será relativamente inofensivo.

—Aún sigo queriéndolo fuera, senador –insistió Tachyon educadamente. Juntó las manos ante su cara y cuando miró a Gregg, sus ojos violeta estaban llenos de un viejo resquemor–. Ya he tenido bastantes dificultades con tu gobierno y las anteriores cacerías de brujas. No quiero tener nada que ver con otra. No te ofendas, senador; has sido un buen hombre con quien trabajar y me has ayudado mucho, pero preferiría mantener la clínica completamente al margen de la política. Mi deseo es ayudar a los jokers, nada más.

Gregg solo pudo asentir ante eso. Se resistió al impulso de recordarle al doctor que la política que él decía querer evitar también pagaba algunas de las facturas de la clínica. Su voz estaba cargada de simpatía.

—Ese también es mi interés, doctor. Pero si sencillamente despedimos a ese hombre, la KGB tendrá un nuevo infiltrado en unos pocos meses. Hay un nuevo as trabajando con nosotros; hablaré con él.

—Haz lo que quieras, senador. No estoy interesado en tus métodos mientras a la clínica no le afecte.

—Veré qué pasa –al otro lado de la habitación Gregg vio a Amy y Angela regresando hacia ellos.

—¿Estás aquí para reunirte con Tom Miller? –inquirió Tachyon arqueando una ceja. Señaló disimuladamente con un golpe de cabeza la mesa de Gregg, donde John ya estaba haciendo las presentaciones.

—¿El enano? Sí. Él…

—Lo conozco, senador. Sospecho que es el responsable de mucha de la violencia y la muerte que ha habido en Jokertown en los últimos meses. Es un hombre amargado y peligroso, senador.

—Es precisamente por eso por lo que quiero adelantarme a él.

—Te deseo suerte –comentó Tachyon secamente.

JSJ PROMETE VIOLENCIA SI LA PROPUESTA ES RECHAZADA
The New York Times, 14 de julio de 1976

Sondra Falin experimentó sensaciones encontradas cuando Gregg Hartmann se acercó a la mesa. Supo que era inevitable afrontar esta dificultad esta noche y quizás había bebido más de lo que debería. El licor le ardía en el estómago. Tom Miller –«Gimli», como prefería que lo llamaran en la JSJ– se removió a su lado, y ella le puso una mano temblorosa en los gruesos músculos de su antebrazo.

—Quítame tus putas zarpas de encima –rezongó el enano–. No eres mi maldita abuela, Sondra.

La observación la lastimó más que cualquier otra que pudiera haberle hecho; solo pudo contemplar su mano; la piel seca, llena de manchas, que colgaba flácida sobre unos frágiles huesos; las articulaciones inflamadas y artríticas. *Me mirará y me sonreirá como a una extraña y no puedo decírselo*. Las lágrimas le abrasaron los ojos; se las limpió violentamente con el dorso de la mano, después vació la copa que había ante ella. Glenlivet: le abrasó al descender por su garganta.

El senador les sonrió. Su sonrisa era algo más que la herramienta profesional de un político: la cara de Hartmann era natural y abierta, suscitaba confianza.

—Perdonen mi grosería por no haber venido directamente –dijo–. Me gustaría decirles que estoy muy contento de que los dos hayan accedido a reunirse conmigo esta noche. ¿Es usted Tom Miller? –dijo Gregg, girándose hacia el rostro barbudo del enano, con la mano tendida.

—No, soy Warren Beatty y esta es Cenicienta –replicó Miller con acritud. Tenía acento del Medio Oeste–. Enséñale tu zapatilla, Sondra –el enano ladeó la cabeza con beligerancia hacia Hartmann, haciendo caso omiso intencionadamente de la mano.

Sondra sabía que la mayoría de la gente habría ignorado el insulto. Habrían retirado la mano y fingido que no la ofrecieron.

—Me encontré con el señor Beatty anoche en la fiesta de *Rolling Stone* –dijo el senador. Sonrió, su mano era el centro de atención de la mesa–. Hasta me las arreglé para estrecharle la mano.

Hartmann esperó. En el silencio, Miller refunfuñó. Por fin el enano agarró los dedos de Hartmann en su propia mano, cerrada en un puño. Con el contacto, a Sondra le pareció ver que la sonrisa de Hartmann se enfriaba por un instante, como si el contacto le hubiera dolido un poco.

—Mucho gusto –dijo Hartmann. No había el menor sarcasmo en su voz, solo auténtica calidez, un alivio.

Sondra comprendió cómo había acabado enamorándose de este hombre. *No eres tú quien lo ama; solo es Succubus. Es la única que Gregg conoce. Para él solo eres una mujer vieja y arrugada cuya política está en cuestión. Nunca sabrá que Succubus es la misma persona, no si quieres conservarle. Lo único que jamás verá es la fantasía que Succubus construye para él. Eso es lo que Miller dijo que teníamos que hacer y lo obedecimos, ¿no?*

No importa lo mucho que te duela.

Ahora llegó su turno de estrechar la mano de Gregg. Sintió que sus dedos temblaban al tocarse; Gregg también lo notó, pues una débil expresión de simpatía pareció jalar de las comisuras de su boca. Con todo, solo había curiosidad e interés en sus ojos azul grisáceo; ningún reconocimiento más allá de eso. El humor de Sondra se oscureció de nuevo. *Se está preguntando qué cosas horribles afectan a esta anciana. Se pregunta qué fealdad hay dentro de mí, qué horrores podría revelar si me conociera.*

Hizo un gesto para que le trajeran otro vaso de whisky.

Su humor siguió hundiéndose durante la comida. El esquema de la conversación parecía estar claro. Hartmann introducía un tema y Miller le respondía con un sarcasmo y un desdén injustificados, lo que a su vez el senador pasaba por alto. Sondra escuchaba el intercambio sin unirse a él.

El resto de comensales sentía evidentemente la misma tensión, así que el escenario era cosa de los dos protagonistas, los otros solo insertaban sus líneas como si siguieran el guion. La cena, pese a la constante solicitud de Hiram, le supo a cenizas. Sondra bebió más, contemplando a Gregg. Cuando el mousse se dejó a un lado y la conversación se puso seria, Sondra estaba bastante bebida. Tuvo que sacudir la cabeza para despejarse.

—…necesito que me prometa que no habrá exhibiciones públicas –estaba diciendo Hartmann.

—Mierda –respondió Miller. Por un momento Sondra pensó que

de verdad iba a escupirle. Las mejillas cetrinas, hundidas bajo la barba rojiza de Gimli se hincharon y entrecerró los ojos. Después descargó un puñetazo en la mesa, que hizo castañetear a los platos. Los
guardaespaldas se tensaron en sus sillas, los otros comensales saltaron con el sonido.

—Esta es la misma mierda que todos los políticos reparten –rezongó el enano–. jsj la lleva oyendo durante años. Sean buenos y
compórtense como un buen perro y les daremos alguna migaja. Ha
llegado la hora de participar en el banquete, Hartmann. Los jokers
estamos *cansados* de las sobras.

La voz de Hartmann, en contraste con la de Miller, era suave y
razonable.

—En eso estoy de acuerdo, señor Miller, señora Falin –Gregg hizo
un gesto de asentimiento hacia Sondra, y ella, a su vez, solo pudo
fruncir el ceño, notando la tensión de las arrugas alrededor de su
boca–. Por eso exactamente he propuesto al Partido Demócrata aña-
dir la propuesta de Derechos de los Jokers en nuestro programa presidencial. Por eso es por lo que he estado intentado arañar hasta el
último voto que he podido a su favor –Gregg extendió las manos ampliamente. En otra persona su discurso habría parecido vacío, una
falsedad. Pero las palabras de Gregg estaban llenas de las largas, fati-
gosas horas que había pasado en la convención y aquello les otorgaba
sinceridad–. Es por eso que les estoy pidiendo que intenten mantener calmada a su organización. Las manifestaciones, especialmente
las de naturaleza violenta, van a poner a los delegados en su contra,
sobre todo a los más moderados. Les estoy pidiendo que me den una
oportunidad, que se den una oportunidad a *ustedes mismos*. Abando-
nen su plan de marchar hasta la tumba de Jetboy. No tienen permiso;
la policía está particularmente irritable cuando se trata de aglomeraciones, y se lanzarán sobre ustedes si lo intentan.

—Entonces deténgalos –dijo Sondra. El *whisky* le hacía arrastrar
las palabras, ella sacudió la cabeza–. Nadie cuestiona su preocupación. Así que deténgalos.

Hartmann torció el gesto.

—No puedo. Ya he advertido al alcalde de una respuesta de esa
naturaleza, pero es inflexible. Manifiéstense y estarán invitando a
que haya una confrontación. No puedo aprobar que violen las leyes.

—Dame la patita, perrito –dijo Miller con regodeo y después aulló escandalosamente, echando la cabeza hacia atrás. Por todo el comedor, los clientes empezaron a mirarlos. Tachyon los observó con franca rabia y la preocupada cara de Hiram emergió por las puertas de la cocina. Uno de los agentes del servicio secreto empezó a levantarse, pero Gregg le hizo un gesto para que se sentara.

—Señor Miller, por favor. Estoy tratando de plantearles la realidad. El dinero y la ayuda disponibles tienen un límite, y si insisten en enfrentarse con quienes los controlan solo se perjudicarán a ustedes mismos.

—Y yo le estoy contando la puta «realidad» de las calles de Jokertown. Venga, baje y hunda su nariz en la mierda, senador. Eche un vistazo a las pobres criaturas que vagan por las calles, las que no tuvieron la suerte de que el virus las matara, las que se arrastran por la acera sobre muñones, las ciegas o las que tienen dos cabezas o cuatro brazos. Las que babean cuando hablan, las que se esconden en la oscuridad porque el sol les quema, las que sufren un dolor agónico con el más ligero roce –la voz de Miller se elevó, con un tono vibrante y profundo. Alrededor de las mesas, las mandíbulas estaban desencajadas; los reporteros garabateaban notas. Sondra también podía sentirlo, el poder que palpitaba en aquella voz, convincente. Había visto a Miller en Jokertown, ante una multitud que lo abucheaba y en quince minutos los tenía escuchando tranquilamente, de acuerdo con sus palabras. Hasta Gregg se había inclinado hacia delante, fascinado.

Escúchalo, pero ten cuidado. Su voz es la de una serpiente, te fascina y cuando te haya atrapado, se lanzará sobre ti.

—Esa es su «realidad» –apuntó Miller, vibrante–. Su maldita convención solo es teatro. Y se lo digo desde ahora, senador –de repente su voz se convirtió en un grito–, JSJ llevará nuestras protestas a las calles.

—Señor Miller… –empezó Gregg.

—¡*Gimli*! –gritó Miller con voz estridente, carente de todo poder, como si Miller hubiera agotado alguna reserva interior–. ¡*Mi puto nombre es Gimli*! –se había levantado, de pie en la silla. En alguien más, la postura habría parecido ridícula, pero nadie se rio de él–. ¡Soy un puto *enano*, no uno de sus «*señores*»!

Sondra jaló el brazo de Miller; él se zafó de ella.

—Déjame en paz. Quiero que vean lo mucho que los odio.

—El odio es inútil –insistió Gregg–. Ninguno de nosotros los odia. Si supieran cuántas horas hemos invertido en los jokers, todo el trabajo pesado que Amy y John han hecho…

—¡*Usted no vive esa puta vida!* –gritó Miller. Los salivazos salieron de su boca, salpicando el saco de Gregg. Ahora todos los miraban y los guardaespaldas se removieron en sus asientos. Solo la mano de Gregg los contuvo.

—¿No se da cuenta de que somos sus aliados, no sus enemigos?

—Ninguno de mis aliados tiene un rostro como el suyo. Es demasiado normal, maldita sea. ¿Quiere sentirse como uno de los jokers? Entonces déjeme que le ayude a saber lo que es que le tengan compasión.

Antes de que nadie pudiera reaccionar, Miller se agachó. Sus piernas gruesas y potentes lo propulsaron hacia el senador. Sus dedos se curvaron como garras mientras alargaba las manos hacia el rostro de Gregg. Este retrocedió, levantando las manos. La boca de Sondra se había abierto en el inicio de una protesta inútil.

Y de repente el enano se desplomó sobre la mesa como si una mano gigante lo hubiera golpeado desde el aire. La mesa se dobló y se partió bajo su peso, el cristal y la porcelana se desparramaron por el suelo. Miller dio un chillido agudo, lastimero, como un animal herido mientras Hiram, la ira derretida en su rostro enrojecido, casi corría por el comedor hacia ellos, mientras los hombres del servicio secreto jalaban vanamente los brazos de Miller para levantarlo del suelo.

—Maldita sea, esta mierdecilla *pesa* –murmuró uno de ellos.

—¡*Fuera de mi restaurante!* –gritó Hiram. Se abrió paso entre los guardaespaldas y se inclinó sobre el enano. Levantó al hombre como si fuera una pluma: Gimli pareció oscilar en el aire, flotando, moviendo la boca sin articular sonido, con su rostro sangrando por varios de los pequeños rasguños–. ¡*En la vida* vas a volver a entrar aquí! –vociferó Hiram, agitando un dedo regordete ante los ojos atónitos del enano. Hiram empezó a marchar hacia la salida, arrastrando al enano como si jalara un globo y reprendiéndolo sin parar–. Insultas a mi gente, te comportas de un modo abominable, hasta amenazas al senador, que solo está intentando ayudar… –la voz de Hiram se fue apagando cuando las puertas del vestíbulo se cerraron tras él; mientras, Hartmann se sacudió los fragmentos de porcelana de su traje e hizo un gesto con la cabeza a los guardaespaldas.

—Dejen que se vaya. Tiene derecho a estar enfadado: también lo estarían si tuvieran que vivir en Jokertown.

Gregg suspiró y meneó la cabeza mirando a Sondra, que se había quedado boquiabierta detrás del enano.

—Señora Falin, le ruego… si tiene algún control sobre JSJ y Miller, por favor, conténgalo. He dicho exactamente lo que quería decir. Solo ponen en peligro su propia causa. De verdad –parecía más triste que enfadado. Miró los destrozos que había a sus pies y suspiró–. Pobre Hiram –dijo–. Y se lo prometí.

El alcohol que había consumido hacía que Sondra estuviera mareada y lenta. Asintió a Gregg y se dio cuenta de que todos la miraban, esperando que dijera algo. Sacudió su cabeza gris, arrugada.

—Lo haré –fue lo único que pudo mascullar. Después: –Discúlpenme, por favor.

Sondra dio media vuelta y abandonó la habitación, sus rodillas artríticas protestaban.

Podía sentir la mirada de Gregg en su espalda encorvada.

♥

VOTACIÓN SOBRE LOS DERECHOS
DE LOS JOKERS ESTA NOCHE
The New York Times, 15 de julio de 1976

JSJ PROMETE MARCHAR HACIA LA TUMBA
New York Daily News, 15 de julio de 1976

Un sistema de altas presiones se había asentado sobre Nueva York en los últimos dos días como una enorme bestia cansada, haciendo que la ciudad padeciera un calor y un bochorno inusuales. El calor era denso y estaba saturado de humos; se movía en los pulmones como el Jack Daniels que había corrido por la garganta de Sondra: un resplandor ardiente, agrio. Estaba de pie ante un pequeño ventilador posado en su tocador, mirándose al espejo. Su cara se hundía bajo un entramado de arrugas; el pelo seco, gris, estaba empapado de sudor y se pegaba a un cráneo lleno de manchas cafés; los pechos eran bolsas vacías que colgaban sobre su esquelético costillar. Su raída bata estaba abierta y el sudor corría por las costillas. Odiaba esa imagen. Desesperada, volvió a la habitación.

Fuera, en Pitt Street, Jokertown estaba despertándose del todo en la oscuridad. Desde su ventana Sondra podía verlos, aquellos de los que Gimli siempre hablaba, despotricando. Estaba Lambent, demasiado visible por el eterno resplandor de su piel; Marigold, un racimo de pústulas brillantes que se abrían en su piel como flores en cámara lenta; Flicker, deslizándose de la visibilidad a la oscuridad como si lo iluminara una luz estroboscópica. Todos ellos buscaban sus pequeñas comodidades. La visión hizo que Sondra se pusiera melancólica. Al inclinarse contra la pared, su hombro rozó una fotografía con marco barato. La imagen era la de una joven, quizá de unos doce años, vestida solo con un camisón de encaje que se deslizaba sobre un hombro para revelar la curvatura superior de sus pechos pubescentes. La foto era abiertamente sexual: había una inquietante nostalgia en la expresión de la niña y una cierta afinidad con las facciones erosionadas de la anciana. Sondra alargó la mano para enderezar el marco, suspirando. La pintura que había bajo la fotografía era más oscura que la de las paredes, testimoniando cuánto tiempo había estado en su sitio.

Sondra bebió otro trago de Jack Daniels.

Veinte años. En aquel tiempo, el cuerpo de Sonya había envejecido al menos dos veces y media. La niña de la imagen era Sondra, la foto se la había hecho su padre en 1956. La había violado el año anterior, su cuerpo ya mostraba los signos de la pubertad aunque había nacido cinco años antes, en el 51.

Unas cuidadosas pisadas sonaron en la escalera, fuera de su departamento, y se pararon. Sondra frunció el ceño. *Hora de hacer de puta otra vez. Maldita seas, Sondra, por dejar que Miller te convenciera de esto. Maldita seas por acabar preocupándote del hombre al que se supone que utilizas.* Incluso a través de la puerta podía percibir el débil hormigueo de las ansiosas feromonas del hombre, amplificado por sus propios sentimientos hacia él. Sintió que su cuerpo respondía anhelante, comprensivo y relajó su control. Cerró los ojos.

Al menos disfruta de la sensación. Al menos alégrate de que por un ra-tito vuelvas a ser joven. Podía notar los rápidos cambios que recorrían su cuerpo, tensando los músculos y tendones, empujándolos hacia una nueva forma. La columna se enderezó, los aceites impregnaron su piel de modo que perdió su seca aspereza. Sus pechos se irguieron cuando un calor sexual empezó a latir en sus genitales. Se acarició el cuello y encontró que los pliegues y los colgajos habían desaparecido. Sondra dejó caer la bata desde sus hombros.

Ya está. Qué rápido esta noche. Hacía seis meses que eran amantes; sabía lo que se encontraría cuando abriera los ojos. Sí, su cuerpo era joven y esbelto con un vellón rubio entre sus piernas, sus pechos tan pequeños como en la foto. Esta aparición, esta imagen mental de su amante, era infantil, pero nunca inocente. *Siempre lo mismo. Siempre joven, siempre rubia; una visión del pasado, quizá. Una huérfana, una puta-virgen.* Rozó el pezón con la punta de su dedo. Se alargó, engrosando mientras jadeaba al tocarse, excitada. Ya había humedad entre sus muslos.

Llamó a la puerta. Podía oír su respiración, un poco demasiado rápida tras subir los tres pisos y descubrió que su ritmo iba al compás con el suyo. Descorrió el pestillo, abrió la puerta. Cuando vio que no había nadie en el descansillo con él, la abrió completamente y dejó que contemplara su desnudez. Llevaba una máscara: satén azul sobre los ojos y la nariz, debajo, los labios delgados esbozando una sonrisa. Lo conocía, solo necesitaba la respuesta de su cuerpo.

—Gregg –dijo, y la voz era la de la niña en que se había convertido–. Tenía miedo de que no pudieras venir esta noche.

Se metió en la habitación, cerrando la puerta tras él. Sin decir nada la besó, larga, profundamente, buscando su lengua con la suya, acariciándole el costado. Cuando por fin suspiró y se apartó, ella apoyó la cabeza en su pecho.

—Me costó mucho escaparme –susurró Gregg–. Escabullirme por las escaleras de servicio de mi hotel como un ladrón… con esta máscara… –rio, un sonido triste–. La votación no acababa nunca. Dios, mujer, ¿pensabas que te abandonaría?

Sonrió al oírlo y se alejó un pasito de él. Tomando su mano en la suya lo guio entre sus piernas, suspirando cuando su dedo entró en su calidez.

—Te estaba esperando, amor.

—Succubus —jadeó. Ella rio bajito, la risa de un niño.

—Vamos a la cama —le susurró.

Junto al arrugado colchón, le aflojó la corbata y le desabrochó la camisa, mordiéndole suavemente los pezones. Después, se arrodilló ante él, le desató los zapatos, le quitó los calcetines antes de desabrocharle el cinturón y bajarle los pantalones. Le sonrió al acariciar la curva creciente de su pene. Gregg tenía los ojos cerrados. Lo lamió y él gruñó. Empezó a quitarse la máscara y lo detuvo.

—No, déjatela —le dijo, a sabiendas de que eso era lo que él quería que dijera—. Sé misterioso.

De nuevo le pasó la lengua por toda su extensión y se lo llevó a la boca hasta que él suspiró. Empujándolo hacia el colchón y manoseándolo suavemente, lo puso al rojo vivo, siguiendo la senda de sus necesidades, con su lujuria amplificando la suya hasta que estuvo perdida en el agitado y brillante intercambio. Gruñó profundamente y la apartó, poniéndola boca arriba y abriéndole las piernas con brusquedad. La penetró, embistiéndola, sin parar, sus ojos brillaban bajo la máscara; sus dedos clavándose en sus nalgas hasta que gritó. No era suave, su excitación era un remolino en su mente, una tormenta incesante de color, un calor jadeante que sacudía a ambos. Podía sentir cómo iba formándose su orgasmo; instintivamente se vino con aquella erupción de escarlata, sus dientes apretados igual que sus uñas hundidas en su piel y la embistió una y otra vez, una y otra vez...

Gimió.

Podía sentir cómo se vaciaba en ella, y siguió moviéndose debajo de él, en busca de su propio orgasmo un momento después. El torbellino empezó a desaparecer, los colores se fueron apagando. Sondra se aferró a su recuerdo, acaparando la energía para poder mantener esta forma durante un tiempo.

La miraba desde detrás de la máscara. Su mirada recorrió su cuerpo: las marcas en sus pechos, las medias lunas rojas, inflamadas, que habían dejado sus uñas.

—Lo siento —dijo—. Succubus, lo siento mucho.

Lo atrajo a su lado, en la cama, sonriéndole porque sabía que él quería verla sonreír, perdonándole porque sabía que necesitaba que lo perdonara.

Siguió el hilo de su excitación para poder permanecer como Succubus.

—Está bien –lo tranquilizó. Se inclinó para besar su hombro, su cuello, su oreja–. No querías hacerme daño.

Lo miró a la cara, metió la mano bajo su cabeza y soltó las ligas de su máscara. Sus labios se fruncieron en una mueca, sus ojos brillaban llenos de disculpas. *Tócalo, siente el fuego que hay en él. Consuélalo. Puta.*

Esta era la parte que despreciaba, la parte que le recordaba los años en que sus padres habían vendido su cuerpo a los ricos de Nueva York. Había sido Succubus, la prostituta más famosa y más cara de la ciudad entre el 56 y el 64. Nadie sabía que solo tenía cinco años cuando empezó, que el as que le había tocado en la baraja wild card estaba unido a un joker. No, solo les importaba que Succubus se convertiría en el objeto de sus fantasías: hombre o mujer, joven o vieja, sumisa o dominante. Cualquier cuerpo o cualquier forma: un Pigmalión de las fantasías masturbatorias. Un recipiente. Nadie sabía ni a nadie le importaba que Succubus acabara por transformarse en Sondra, que su cuerpo envejeciera con demasiada rapidez, que Sondra odiara a Succubus.

Había jurado, cuando huyó del cautiverio de sus padres doce años atrás, que no volvería a usar a Succubus: Succubus solo daría placer a quienes de otro modo tendrían escasas oportunidades de obtener un poco.

Maldito Miller. Maldito sea el enano por meterme en esto. Maldito por enviarme a este hombre. Maldita sea yo por encontrarme con que Gregg me gusta mucho. Y sobre todo, maldito el virus por obligarme a esconderme de él. Dios, en esa cena en el Aces High ayer...

Sondra sabía que el afecto que Hartmann decía sentir por ella era auténtico y odiaba esa certeza. Pero su preocupación por los jokers también era genuina y su participación en JSJ significaba un compromiso profundo. Conocer al gobierno y especialmente a SCARE era decisivo. Hartmann influía en los ases que estaban empezando a alinearse con las autoridades tras largos años ocultos: Black Shadow, el Agitador, Oddity, Aullador. A través de Hartmann, JSJ había podido canalizar los fondos del gobierno para los jokers: Sondra había descubierto las pujas más bajas por varios contratos gubernamentales;

habían podido filtrar la información a empresas que eran propiedad de jokers. Y, lo más importante, controlaba a Hartmann, por lo que ella podía evitar que Miller convirtiera a JSJ en el violento grupo radical que el enano deseaba. Mientras pudiera hacer pender al senador de las manos de Succubus, podría limitar la ambición de Gimli. Al menos, esa era su esperanza: después del fiasco del Aces High ya no estaba tan segura. Gimli había estado malhumorado y hosco en la reunión de aquella misma tarde.

—Estás cansado, amor –le dijo a Gregg, trazando una línea donde su pelo, de color claro, formaba un pico de viuda.

—Me agotas –respondió. Volvió a esbozar una sonrisa, tentativa y ella rozó sus labios con los suyos.

—Pareces distraído, eso es todo. ¿La convención? –deslizó la mano por su cuerpo, encima del estómago que la edad estaba empezando a ablandar. Acarició la cara interna de sus muslos, usando las energías de Succubus para relajarlo, para hacer que estuviera tranquilo. Gregg siempre estaba tenso y también había un muro en su mente que nunca abría, un débil bloqueo mental que sería inútil contra la mayoría de los ases que conocía. Dudaba que Gregg se hubiera dado cuenta, siquiera, de que ese bloqueo estaba ahí, de que hubiera sido tocado, por poco que fuera, por el virus.

Notó que su pasión resurgía por primera vez.

—No ha ido muy bien –admitió, atrayéndola con un abrazo–. La votación no ha tenido ninguna posibilidad, no con los moderados en contra: todos tienen miedo de una oleada conservadora. Si Reagan puede arrebatarle a Ford la nominación, entonces todo estará en el aire. Carter y Kennedy están totalmente en contra de la propuesta: ninguno de los dos quiere ser prisionero de causas de las que no están seguros. Como los candidatos más destacados, su falta de apoyo ha sido notoria –suspiró Gregg–. Ni siquiera han estado cerca, Succubus.

Las palabras parecieron recubrir su mente de hielo y tuvo que esforzarse por mantener su forma de Succubus. A estas alturas el rumor ya estaría corriendo por Jokertown. A estas alturas Gimli lo sabría; había estado organizando la marcha para mañana.

—¿Puedes volver a introducir la propuesta?

—Ahora no –acarició sus pechos, rodeando su areola con el dedo índice–. Succubus, no sabes cuánto deseaba verte después de todo esto. Ha sido una noche muy larga y frustrante... –Gregg se giró hacia ella y ella se acurrucó cómodamente junto a él, aunque su mente corría a toda velocidad. Murmurando, casi no oyó sus palabras–. Si jsj insiste, le va a ir muy mal.

Su mano dejó de acariciarlo.

—¿Sí? –apuntó.

Pero ya era demasiado tarde. Ya podía sentir la fuerza de su deseo. Sus manos se cerraron alrededor de las suyas.

—Mira –dijo.

Su erección palpitaba contra su muslo. Una vez más empezó a hundirse en él, indefensa. Su concentración la abandonó. Lo besó y su boca ardió; se puso a horcajadas sobre él, guiándolo una vez más. Dentro, atrapada, Sondra clamaba contra Succubus. *Maldita seas, estaba hablando de jsj.*

Después, exhausto, Gregg dijo ya muy poco. Lo único que pudo hacer fue convencerlo para que se fuera del departamento antes de que su forma se desplomara y se convirtiera de nuevo en una anciana.

SENADOR ADVIERTE DE LAS CONSECUENCIAS
MIENTRAS EL ALCALDE PROMETE MEDIDAS
The New York Times, 16 de julio de 1976

CONVENCIÓN PODRÍA RECURRIR
A CANDIDATO REZAGADO
New York Daily News, 16 de julio de 1976

«¡DE ACUERDO! ¡MALDITA SEA! SI NO SE LAS ARREGLAN PARA CAMINAR, BUSQUEN LA CARRETILLA DE GARGANTÚA. A VER, YA SÉ QUE ES ESTÚPIDO, PERO PUEDE EMPUJAR UNA PUTA CARRETILLA, POR EL AMOR DE DIOS.»

Gimli exhortaba a los jokers que se movían sin rumbo desde la puerta trasera de una oxidada camioneta Chevy, agitando los brazos frenéticamente, la cara roja a causa del esfuerzo con que gritaba, el sudor goteando de su barba. Estaban reunidos en el Roosevelt Park, cerca de Grand, el sol abrasaba a Nueva York desde un cielo sin nubes, la temperatura a primera hora de la mañana ya pasaba de los veintitantos grados y posiblemente iba a alcanzar los cuarenta. La sombra de los escasos árboles no aliviaba en absoluto el calor sofocante: Sondra apenas se las arreglaba para respirar. Sentía su edad a cada paso conforme se acercaba a la camioneta y a Gimli, oscuros círculos de sudor bajo los brazos de su vestido veraniego de percal.

—¿Gimli? –dijo, y su voz era algo roto, quebrado.

—¡NO, IDIOTAS! PÓNGANLO AHÍ, DONDE ESTÁ MARIGOLD! Hola, Sondra, ¿lista para caminar? Podría usarte para que mantuvieras el grupo organizado. Te ocuparás de la carretilla de Gargantúa y los lisiados, así tendrás sitio para conservarlo apartado de la masa y podrás hacer que los de delante sigan avanzando. Necesito a alguien que se asegure de que Gargantúa no hará alguna estupidez. ¿Tienes la ruta? Bajaremos por Grand hasta Broadway, después cruzaremos Tomb en Fulton…

—Gimli –dijo Sondra insistentemente.

—¿*Qué pasa*, maldita sea? –Miller se puso la mano en la cadera. Solo llevaba unos pantalones cortos de casimir, que dejaban al descubierto su enorme pecho y piernas y brazos fuertes y regordetes, todo cubierto generosamente por un rizado pelo de color café rojizo. Su voz grave era un gruñido.

—Dicen que la policía se está concentrando a las puertas del parque y está levantando barricadas –Sondra lanzó a Miller una mirada acusadora–. Te dije que íbamos a tener problemas para salir de aquí.

—Sí, mierda. Que se joden, iremos de todos modos.

—No nos dejarán. ¿Recuerdas lo que dijo Hartmann en el Aces High? ¿Recuerdas lo que te dije que mencionó anoche? –la anciana cruzó sus escuálidos brazos encima del andrajoso pecho de su vestido–. Destruirás JSJ si te metes en una pelea aquí…

—¿Cuál es el problema, Sondra? ¿Le chupas el pito a ese tipo y te tragas también su mierda política? –Miller rio y saltó de la camioneta a la hierba marchita. A su alrededor, doscientos o trescientos jokers vagaban cerca de la entrada al parque de Gran Street. Miller frunció el ceño ante la mirada de Sondra y hundió sus pies descalzos en la tierra–. Muy bien –dijo–. Iré a echar un vistazo, ya que te preocupa tanto.

En la puerta de hierro forjado pudieron ver cómo la policía levantaba barricadas de madera en el camino que pretendían tomar.

Varios de los jokers fueron al encuentro de Sondra y Miller cuando se acercaron.

—¿Vas a ir delante, Gimli? –les preguntó uno de ellos. El joker no llevaba ropa, su cuerpo era duro, quitinoso y se movía con unos andares tambaleantes e inestables, y sus extremidades rígidas.

—Te lo diré en un minuto, ¿eh, Peanut? –respondió Gimli. Entornó los ojos, mirando a lo lejos, sus cuerpos proyectaban largas sombras en la calle.

—Porras, antidisturbios, gas lacrimógeno, cañones de agua. Todo el puto equipo.

—Exactamente lo que queríamos, Gimli –respondió Peanut.

—Vamos a perder gente. Les harán daño, quizá los maten. Algunos de ellos no pueden con las macanas, lo sabes. Algunos podrían reaccionar al gas lacrimógeno –comentó Sondra.

—Algunos de ellos podrían tropezarse con sus jodidos pies, también –la voz de Gimli resonó. Calle abajo, varios policías los miraban, señalándolos–. ¿Cuándo decidiste que la revolución era demasiado peligrosa, Sondra?

—¿Cuándo decidiste que teníamos que hacerle daño a nuestra gente para conseguir lo que quieres?

Gimli volvió a mirarla, protegiéndose los ojos del sol con una mano.

—No es lo que yo quiero –dijo lentamente–. Es lo que es justo. Es lo que es decente. Hasta tú lo dijiste.

Sondra apretó los labios, las arrugas se plegaron alrededor de su barbilla. Se apartó un mechón de pelo gris.

—Nunca quise que lo hiciéramos de esta manera.

—Pero aquí estamos –Gimli respiró hondo y después bramó a los jokers que aguardaban–: ESTÁ BIEN. YA CONOCEN LAS ÓRDENES: SOLO SIGAN ADELANTE, NO IMPORTA LO QUE PASE. EMPAPEN SUS PAÑUELOS. PERMANEZCAN EN FILA HASTA QUE LLEGUEMOS A LA TUMBA. AYUDEN A SU VECINO SI LO NECESITA. BIEN, ¡VAMOS ALLÁ!

Su voz volvía a ser poderosa. Sondra la oyó y vio la reacción de los otros; el súbito entusiasmo, los gritos en respuesta. Hasta su propia respiración se aceleró al escucharlo. Gimli ladeó la cabeza hacia Sondra, con un brillo burlón en sus ojos.

—¿Vienes o vas a ir a cogerte a alguien?

—Es un error –insistió Sondra. Suspiró, jalando el cuello del vestido y mirando a los otros, que la observaban. No la apoyaban ni Peanut ni Tinhorn ni Zona ni Calvin o File: ninguno de los que a veces la respaldaban en las reuniones. Sabía que si ahora se quedaba atrás, se desvanecería cualquier esperanza de tener a Miller controlado. Volvió a mirar al parque, a los grupos de jokers que se apiñaban y formaban una tosca hilera: los rostros expresaban cierta aprensión, pero estaban resueltos. Sondra se encogió de hombros.

—Voy –dijo.

—Me alegro *taaaanto*… –dijo Gimli con deliberada lentitud. Resopló burlonamente.

TRES MUERTOS, DECENAS DE HERIDOS
EN LA REVUELTA JOKER

The New York Times, 17 de julio de 1976

No fue bonito, no fue fácil. La comisión de planificación de NYPD había hecho abundantes previsiones que supuestamente cubrían la mayoría de las eventualidades si los jokers *decidían* manifestarse. Quienes estaban a cargo de la operación rápidamente se dieron cuenta de que tales previsiones eran inútiles.

Los jokers salieron del Roosevelt Park a las amplias aceras de Grand Street. Esto, en sí mismo, no era un problema: la policía había cortado el tráfico en todas las calles próximas al parque tan pronto como llegaron los informes de la concentración. Las barricadas estaban al otro lado de la calle a menos de cincuenta metros de la entrada. Se esperaba que los organizadores de la marcha no conseguirían, sencillamente, mantener compacta la protesta o, en caso de que llegaran hasta las hileras de policías uniformados con el equipo antidisturbios, volverían al parque donde la policía montada los dispersaría. La policía alzó las macanas, pero esperando sobre todo no tener que usarlas: eran jokers, al fin y al cabo, no ases. Estos eran los lisiados, los enfermos, los que habían sido alterados y deformados: los residuos inútiles del virus.

Bajaron por la calle hacia las barricadas y algunos hombres de las filas delanteras de la policía les dijeron claramente que "no" con la cabeza. Un enano los guiaba: debía de ser Tom Miller, el activista de

jsj. Los otros habrían dado risa de no ser porque daban pena. El verte-
dero de Jokertown se había abierto y se vaciaba en las calles. Estos no
eran los habitantes más conocidos de Jokertown: Tachyon, Chrysalis
u otros como ellos. Estos eran los individuos tristes que se movían en
la oscuridad, que escondían las caras y que nunca habían salido de las
sucias calles de aquel distrito. Habían acudido a manifestarse por la
insistencia de Miller, con la esperanza de que podrían, con su monstruosidad, hacer que la convención demócrata apoyara su causa.

Era un desfile que podría haber sido la alegría de un espectáculo
de fenómenos.

Más tarde, los agentes señalaron que ninguno de ellos había querido, en verdad, que el enfrentamiento resultara violento. Estaban
preparados para usar la mínima fuerza posible, sin dejar que los manifestantes salieran a las calles del centro de Manhattan. Cuando
las primeras filas de jokers llegaron a las barricadas, iban a arrestar
rápidamente a Miller y después dispersar a los demás. Nadie pensó
que sería tan difícil.

En retrospectiva, se preguntaban cómo habían podido ser tan
condenadamente estúpidos.

Cuando los manifestantes se aproximaron a la barrera de potros
de madera tras los que la policía aguardaba, aminoraron el paso. Durante largos segundos, no sucedió nada en absoluto, los jokers se detuvieron en un irregular silencio en medio de la calle. El calor que
reflejaba el pavimento cubría los rostros con una pátina de sudor;
los uniformes de la policía estaban empapados. Miller miraba ame-
nazador, indeciso, después hizo un gesto hacia delante a quienes lo
seguían. El propio Miller apartó el primer potro; el resto lo imitó.

La brigada antidisturbios formó una falange, uniendo su escudos
de plástico, agarrándose por los brazos. Los manifestantes golpearon
los escudos, empujaron a los agentes y la hilera de manifestantes
empezó a ceder, doblándose sobre sí misma. Los de detrás empujaban, aplastando a los jokers de las primeras filas contra la policía.
Incluso entonces la situación podría haber sido manejable: una cáp-
sula de gas lacrimógeno habría confundido a los jokers lo suficiente
para hacerlos salir corriendo de vuelta a la relativa seguridad del parque. El capitán que estaba al mando dio la señal; uno de los policías
se arrodilló para disparar el cartucho.

Alguien gritó en la multitud. Entonces, como los bolos, la primera fila del escuadrón antidisturbios se vino abajo como si un tornado en miniatura los hubiera barrido. ¡*Dios!* Gritó uno de los policías. «¿Quién diablos…» Ahora los policías habían sacado las macanas; cuando los jokers atacaron las líneas empezaron a usarlas. Un rumor grave estalló estrepitosamente entre los rascacielos que se alineaban en Grand Street, el sonido del caos se desató. Los policías blandieron las macanas con determinación cuando los asustados jokers empezaron a contraatacar, golpeándolos con los puños o con lo que tuvieran a mano. Un joker con poder telequinético lo estaba usando por todas partes sin ningún control: jokers y policías y transeúntes salieron despedidos al azar para acabar rodando por las calles o estrellados contra los edificios. Las bombas de gas lacrimógeno cayeron y explotaron como una niebla cada vez más intensa, sumándose a la confusión. Gargantúa, un monstruoso joker con una cabeza cómicamente pequeña sobre su enorme cuerpo, gimió cuando el gas irritante lo cegó. Jalando una carretilla de madera con algunos de los jokers con menos movilidad, el infantil gigante se volvió loco, la carretilla volcó detrás de él y sus ocupantes se aferraron a los lados desesperadamente. Gargantúa no tenía idea de por dónde huir: corrió porque no se le ocurrió otra cosa. Cuando se topó con las filas de la policía, reorganizadas, golpeó salvajemente las macanas que lo apaleaban. Un golpe de aquel torpe, enorme puño fue el responsable de una de las muertes.

Durante una hora la desordenada batalla se desarrolló tumultuosamente en unas pocas manzanas a la entrada del parque. Los heridos yacían en las calles y las sirenas ululaban, resonando. No fue hasta media tarde cuando se pudo restaurar algo parecido a la normalidad. La manifestación se había abortado, pero con un gran costo para todas las partes.

Aquella larga y cálida noche, los policías que patrullaban Jokertown se encontraron con una lluvia de piedras y desperdicios sobre sus patrullas y las sombras fantasmales de los jokers se movían en los callejones y las bocacalles: atisbos de rostros contraídos por la ira y puños en alto; maldiciones fútiles, frustradas. En la húmeda oscuridad, los residentes de Jokertown se asomaron a las escaleras de incendios y las ventanas abiertas de los bloques de departamentos para arrojar botellas vacías, macetas, basura; golpearon el cofre de los vehículos policiales o se estrellaron contra los parabrisas. Los policías, juiciosamente, se quedaron dentro de las patrullas con las ventanas subidas y las puertas cerradas. Hubo pequeños incendios en edificios abandonados y los equipos de bomberos que acudieron a las llamadas fueron asaltados desde las sombras de las casas cercanas.

La mañana llegó envuelta en un manto de humo, en un velo de calor.

♣

En 1962, el Titiritero había llegado a Nueva York y había encontrado su nirvana en las calles de Jokertown. Había todo el odio y la ira y la pena que jamás habría podido desear, mentes retorcidas y enfermas a causa del virus, emociones que ya habían madurado y aguardaban a ser moldeadas por sus intrusiones. Las calles estrechas, los sombríos callejones, los edificios decadentes infestados por los deformes, los innumerables bares y clubes que alimentaban toda clase de vicios vergonzosos, infames: Jokertown era un filón lleno de potencial para él, y empezó a darse un festín, lentamente al principio, y después más a menudo. Jokertown era suyo. El Titiritero se imaginaba a sí mismo como el siniestro, oculto amo del distrito. No podía forzar a ninguna de sus marionetas a hacer algo contra su voluntad; su poder no era tan fuerte. No, necesitaba una semilla ya plantada en la mente: una tendencia hacia la violencia, odio, lujuria; entonces podía meter su mano mental en aquella emoción y alimentarla hasta que la pasión rompía todas las barreras y surgía en un arrebato. Esos sentimientos eran brillantes y teñidos de rojo. El Titiritero podía verlos incluso mientras se alimentaba de ellos; incluso cuando los llevaba a su propia cabeza y sentía cómo se formaba un calor que era sexual en su intensidad; mientras la palpitante, deslumbrante llamarada del orgasmo llegaba cuando la marioneta violaba o mataba o mutilaba.

El dolor era placer. El poder era placer.

Jokertown era el lugar donde siempre podía encontrarse placer.

HARTMANN LLAMA A LA CALMA
EL ALCALDE DECLARA QUE LOS ALBOROTADORES
SERÁN CASTIGADOS

New York Daily News, 17 de julio de 1976

John Werthen entró en la habitación del hotel de Hartmann a través de la puerta que conducía a la suite.

—No vas a creer esto, Gregg –dijo.

Gregg había estado tumbado en la cama, el saco de su traje tirado descuidadamente por la cabecera, con las manos detrás de la cabeza mientras veía a Cronkite hablar del punto muerto en que estaba la convención. Gregg giró la cabeza hacia su ayudante.

—¿Qué pasa ahora, John?

—Amy llamó desde la oficina de Washington. Como sugeriste, le encargamos el problema del infiltrado soviético de Tachyon a Black Shadow. Acabamos de saber que se ha encontrado al espía en Jokertown. Lo habían colgado de un farol con una nota en el pecho, *atravesada* en el pecho, Gregg; estaba desnudo. La nota describía el programa soviético, cómo están infectando a «voluntarios» con el virus en un esfuerzo para conseguir sus propios ases y cómo simplemente están matando a los que se convierten en jokers. La nota seguía identificando al pobre imbécil como agente. Eso es todo: el forense no cree que estuviera consciente cuando los jokers le hicieron todo lo que le hicieron, pero encontraron partes del tipo a tres calles de distancia.

—Dios mío –murmuró Gregg. Dejó escapar un largo suspiro. Durante un largo minuto se quedó tumbado mientras la voz cultivada de Cronkite seguía hablando sobre la votación final y el obvio punto muerto entre Carter y Kennedy por la nominación–. ¿Alguien ha hablado con Black Shadow desde entonces?

John se encogió de hombros. Se aflojó la corbata y se desabrochó el cuello de su camisa de Brooks Brothers.

—Aún no. Dirá que no pudo hacer nada, ya sabes, y a su manera tiene razón.

—Vamos, John –replicó Gregg–. Sabía perfectamente bien qué pasaría si colgaba al tipo ese con esa nota. Es uno de los ases que cree

498 Wild Cards, el comienzo

que puede hacer las cosas a su manera sin preocuparse por las leyes. Llámale; necesito hablar con él. Si no puede trabajar a nuestra manera, no puede trabajar para nosotros: es extremadamente peligroso –Gregg suspiró y estiró las piernas por encima del borde de la cama, frotándose el cuello–. ¿Algo más? ¿Qué hay de JSJ? ¿Has conseguido contactar a Miller?

John negó con la cabeza.

—Aún nada. Se dice que los jokers van a manifestarse hoy, la misma ruta y todo, justo por delante del ayuntamiento. Espero que no sea tan estúpido.

—Se manifestará –predijo Gregg–. El tipo se muere por ser el centro de atención. Cree que es poderoso. Se manifestará.

El senador se levantó y se inclinó hacia el aparato de televisión. Cronkite se quedó en silencio a media frase. Gregg se quedó mirando por las ventanas. Desde su privilegiada perspectiva en el Marriott Essex House, podía ver la verde franja de Central Park atrapada entre las torres de la ciudad. El aire estaba estancado, inmóvil y la neblina azul de la contaminación velaba los límites más alejados del parque.

Gregg podía sentir el calor incluso con el aire acondicionado de la habitación. En el exterior sería sofocante una vez más. En los laberintos de Jokertown, el día sería insoportable, haciendo que los ánimos, ya prestos a encenderse, se caldearan aún más.

—Sí, se manifestará –volvió a decir, tan débil que John no lo oyó–. Vamos a Jokertown –dijo, girándose hacia la habitación.

—¿Y la convención? –inquirió John.

—Aún faltan días para que lleguen a un acuerdo. Así que de momento no importa. Recojamos a mis dos sombras y vámonos.

¡JOKERS! ¡LES ESTÁN DANDO UNA MALA MANO!
De un panfleto repartido por los militantes de JSJ
en la concentración del 18 de julio

Gimli exhortaba a las multitudes bajo el brillante sol del mediodía. Tras la noche de caos en Jokertown, el alcalde había puesto a la policía de la ciudad en dobles turnos y cancelado todas las salidas. El gobernador había alertado a la Guardia Nacional. Las patrullas acechaban los límites del distrito de Jokertown y se había impuesto el toque de queda para la próxima noche. El rumor de que JSJ iba a intentar de nuevo una marcha hasta la tumba de Jetboy se extendió rápidamente por Jokertown el atardecer anterior y por la mañana Roosevelt Park era un hervidero de actividad. La policía se quedó al margen después de dos intentos fallidos de echar a los jokers del parque, lo que resultó en cabezas rotas y cinco agentes heridos. Simplemente, había más jokers dispuestos a marchar de los que JSJ y la policía habían previsto. Se colocaron barricadas en Grand Street una vez más, y el alcalde arengó a los jokers congregados mediante un megáfono. Fue rotundamente abucheado por los que estaban en las puertas.

Desde el estrado desvencijado que habían erigido, Sondra escuchaba a Gimli mientras la potente voz del enano enardecía la ferocidad de los jokers.

—¡LOS HAN PISOTEADO, ESCUPIDO, VILIPENDIADO COMO A NINGÚN OTRO PUEBLO EN LA HISTORIA! —exclamó, y expresaron su acuerdo gritando. Gimli estaba en éxtasis, su rostro perlado por el sudor, las gruesas hebras de su barba oscurecidas por el calor—. SON LOS NUEVOS NEGROS, JOKERS. SON LOS NUEVOS ESCLAVOS, LOS QUE SUPLICAN SER LIBERADOS DE UNA CAUTIVIDAD QUE NO ES PEOR QUE LA DE LOS NEGROS, JUDÍOS, COMUNISTAS. ¡SON TODO ESTO PARA ESTA CIUDAD, PARA ESTE PAÍS! —Gimli alzó un brazo hacia los muros de Nueva York—. LOS HABRÍAN ABANDONADO EN SU GUETO, LOS HABRÍAN DEJADO MORIR DE HAMBRE. QUIEREN QUE SE QUEDEN EN SU SITIO PARA QUE PUEDAN COMPADECERSE DE USTEDES Y ASÍ ELLOS PUEDAN RECORRER LAS CALLES DE JOKERTOWN EN SUS CADILLACS Y SUS LIMUSINAS Y MIRAR POR LAS VENTANAS DICIENDO: «DIOS, ¿CÓMO ESTA GENTE PUEDE SOPORTAR *VIVIR*?» —la última palabra fue un rugido que reverberó por todo el parque, todos los jokers se alzaron para gritar con Gimli. Sondra contempló a la masa de gente, desperdigada por el césped bajo el sol abrasador.

Habían venido todos, los jokers, saliendo en masa desde las calles de Jokertown. Gargantúa estaba allí, su cuerpo inmenso vendado; Marigold, Flicker, Carmen, cinco mil o más como ellos detrás. Sondra podía sentir la excitación latiendo mientras Gimli los alentaba, con su propia amargura serpenteando como un veneno en el aire, infectándolos a todos. *No*, quería decir. *No, no pueden escucharlo. Por favor. Sus palabras están llenas de energía y brillantez; sí, hace que quieran alzar los puños y levantarlos al cielo mientras marchan con él. Con todo, ¿no se dan cuenta de que este no es el camino? Esto no es la revolución. Esto es solo la locura de un hombre.* Las palabras resonaban en su mente, pero no podía hablarles. Gimli la había atrapado en su hechizo junto con los otros. Podía notar el arco de una sonrisa en sus labios agrietados y a su alrededor los otros miembros del equipo estaban gritando. Gimli permaneció en la parte delantera de la tarima, con los brazos abiertos mientras los gritos se hacían más y más fuertes, mientras un cántico empezaba a surgir de la masiva garganta de la multitud.

¡Derechos para los jokers! ¡Derechos para los jokers!

El ritmo martilleó contra las filas de la policía, en espera, y la inevitable multitud de curiosos y reporteros.

¡Derechos para los jokers! ¡Derechos para los jokers!

Sondra se oyó a sí misma diciéndolo con los demás.

Gimli saltó de la tarima y el fornido enano empezó a guiarlos hacia las puertas. La multitud comenzó a moverse, una turba sin ninguna pretensión de orden. Se dispersaron desde las puertas de Roosevelt Park hasta las calles circundantes. Gritaron provocaciones a las expectantes filas de la policía. Sondra pudo ver las luces intermitentes de las patrullas, pudo oír el zumbido de los camiones con los cañones de agua. Aquel extraño, indefinible rumor que había escuchado el día anterior volvía a elevarse, aún más fuerte incluso que el cántico continuo. Sondra vaciló, sin saber qué hacer. Entonces corrió hacia Gimli, le dolían las piernas.

—Gimli –empezó, pero sabía que su queja era inútil. Su rostro era una mueca de satisfacción mientras los manifestantes salían del parque hacia las calles. Sondra miró las barricadas, la línea donde la policía esperaba.

Gregg estaba allí.

Estaba delante de las barricadas, varios agentes y los hombres del servicio secreto estaban con él. Se había remangado, llevaba el cuello desabrochado y la corbata floja, parecía cansado. Por un momento, Sondra pensó que Miller pasaría de largo ante el senador, pero el enano se detuvo a unos pocos metros del hombre: los manifestantes se pararon, sin orden, inquietos, tras él.

—Apártese del puto camino, senador –insistió Gimli–. Apártese o pasaremos por encima de usted y de todos sus putos guardias y reporteros.

—Miller, esta no es la manera.

—No hay otra manera, estoy cansado de hablar del tema.

—Por favor, deja que hablemos un poco más –Gregg esperó, mirando alternativamente a Gimli, a Sondra y al resto de los miembros de JSJ en la multitud–. Sé que están dolidos por lo que ha pasado con la propuesta sobre los Derechos de los Jokers. Sé que el modo en que han sido tratados en el pasado es vergonzoso. Pero maldita sea, las cosas están cambiando. Odio pedirles que tengan paciencia, pero es lo que se necesita.

—El tiempo se acabó, senador –dijo Miller. Abrió la boca sonriendo; las coronas de sus dientes estaban oscuras y picadas.

—Si siguen adelante, se verificarán los disturbios. Si regresan al parque, puedo hacer que la policía no interfiera más.

—¿Y eso qué bien nos hace, senador? Nos gustaría manifestarnos en la tumba de Jetboy. Es nuestro derecho. Nos gustaría reunirnos en la escalinata y hablar de treinta años de dolor y opresión de nuestra gente. Nos gustaría rezar por los que murieron y dejar que todo el mundo viera, al contemplarnos, cuán jodidamente afortunados fueron los que murieron. Eso es todo: reclamamos los derechos que cualquier persona normal tiene.

—Pueden hacer todo eso en Roosevelt Park. Todos los periódicos nacionales, todas las cadenas lo cubrirán: eso también se los garantizo.

—¿Eso es todo lo que tiene para negociar, senador? No es mucho.

Gregg asintió.

—Lo sé y me disculpo por ello. Lo único que puedo decir es que si vuelves a meter a tu gente en el parque, haré lo que pueda por ti, por todos ustedes –Gregg extendió las manos–. Es cuanto puedo ofrecer. Por favor, dime que es suficiente.

Sondra observó el rostro de Miller. El griterío, las consignas continuaban a sus espaldas. Pensaba que el enano se echaría a reír, que se burlaría de Gregg y se abriría paso a través de las barricadas. El enano arrastró los pies descalzos sobre el cemento, se rascó la mata de pelo de su ancho pecho. Contempló a Gregg con el ceño fruncido, sus ojos hundidos llenos de ira.

Y entonces, sin saber muy bien cómo, dio un paso atrás. Miller bajó la mirada y la tensión en la calle pareció disolverse.

—Está bien —dijo. Sondra casi se echó a reír. Hubo asombradas protestas por parte de los demás, pero Gimli volteó hacia ellos como un oso furioso.

—Maldita sea, cabrones, escúchenme. Vamos a darle a este hombre una oportunidad: un día, no más. No nos va hacer daño esperar un día más.

Con una palabrota, Gimli volvió hacia la multitud, dirigiéndose hacia las puertas del parque una vez más. Lentamente, los demás se dieron la vuelta y lo siguieron. El cántico empezó de nuevo, a medio gas, y luego se extinguió.

Sondra se quedó mirando a Gregg un buen rato y él le sonrió.

—Gracias —dijo Gregg con voz tranquila, cansada—. Gracias por darme una oportunidad.

Sondra asintió. No podía hablarle; temía que intentaría abrazarlo, besarlo. *Para él solo eres una vieja bruja, Sondra. Una joker como los demás.*

¿Cómo lo has hecho? Quería preguntarle. *¿Cómo has conseguido que te escuche cuando nunca me escucha?*

No quería pronunciar las preguntas, no con esta boca de vieja, no con esta voz de vieja.

Suspirando, cojeando, con sus rodillas hinchadas, se retiró.

HARTMANN DESACTIVA DISTURBIOS
CONVERSACIÓN CON EL LÍDER DE JSJ LE CONCEDE PRÓRROGA
The New York Times, 18 de julio de 1976, edición especial

CAOS EN JOKERTOWN
New York Daily News, 19 de julio de 1976

La manifestación de JSJ volvió a Roosevelt Park. El resto de aquel día sofocante Gimli, Sondra y los otros dieron discursos. El mismo Tachyon apareció para dirigirse a la multitud por la tarde y hubo una extraña atmósfera festiva en la reunión. Los jokers estaban sentados en las lomas cubiertas de hierba del parque, cantando o hablando. Se compartió la comida de los *picnics* con los más cercanos, corrió la

bebida y también se compartió. Se podían ver cigarros de mariguana pasando de mano en mano. En cierto sentido, la manifestación
se convirtió en una celebración de la condición de jokers. Hasta los
más deformados se pasearon abiertamente. Las famosas máscaras
de Jokertown, las anónimas fachadas tras las que muchos de sus residentes estaban acostumbrados a esconderse, cayeron durante un
tiempo.

Para la mayoría fue una buena tarde, algo con lo que distraerse
del calor, de la pobreza de su existencia: compartías la vida con tus
compañeros y si tus problemas parecían abrumadores, siempre había alguien más a quien mirar o con quien hablar que te hacía sentir
que las cosas no eran tan terribles después de todo.

Tras una mañana que había parecido condenada a la violencia y la
destrucción, el día se había vuelto apacible y optimista. El ambiente
era de hilaridad, como si se hubiera doblado una esquina y la oscuridad hubiera quedado atrás. El sol ya no parecía tan opresivo. Sondra
descubrió que su propio ánimo había mejorado. Sonrió, bromeó con
Gimli, abrazó y cantó y rio con el resto.

El atardecer trajo la realidad.

Las profundas sombras de los rascacielos de Manhattan se deslizaron sobre el parque y se fundieron con él. El cielo adoptó un tono
azul ultramar y después se estabilizó cuando el resplandor de las luces de la ciudad contuvo la oscuridad total, dejando el parque en una
brumosa penumbra. La ciudad irradiaba el calor acumulado durante
el día a la puesta de sol; no había alivio para el calor y el aire estaba
mortalmente quieto. En todo caso, la noche parecía más opresiva
que el día.

Más tarde, el jefe de policía señalaría al alcalde. El alcalde, a su
vez, señalaría al gobernador cuya oficina afirmaría que ninguna orden se había dado desde allí. Nadie parecía estar seguro de quién
había ordenado la acción. Y más tarde, sencillamente no importó: la
noche del 18 explotó con violencia.

Con un grito y un estruendo de megáfonos, la locura empezó.

La policía montada, seguida por hileras de agentes con macanas,
empezó a barrer el parque de norte a sur con la intención de conducir
a los jokers a Delancey y después devolverlos a Jokertown. Los jokers,
desorientados y confusos ante el inesperado ataque y empujados por

el frenético Gimli, resistieron. Una aglomeración blandiendo macanas los siguió, entorpecida por la oscuridad. Para la policía, cualquiera sin uniforme era un blanco apropiado. Se desplegaron por el parque pegando a todo al que encontraban. Gritos y quejas salpicaron la noche. El intento de Gimli de organizar una resistencia se vino abajo rápidamente, y pequeños grupos de jokers fueron conducidos hacia las calles; cualquiera que se volteara era golpeado o gaseado. Los que cayeron fueron pisoteados. Sondra se encontró en una de estas aglomeraciones. Jadeando, tratando de mantener el equilibrio en la huida, a empujones, se las arregló para dar con un refugio provisional en un callejón de Stanton. Allí, contempló cómo la violencia se propagaba desde el parque hacia las calles.

Breves escenas se sucedieron ante ella.

Un camarógrafo de la CBS estaba filmando cuando una decena de policías en motocicletas empujó a un grupo de jokers hacia una barandilla que protegía la rampa de un estacionamiento subterráneo justo al otro lado de la calle donde se hallaba Sondra. Los jokers corrían; algunos de ellos saltaron por encima de la barandilla. Lambent estaba entre ellos, iluminando la escena con el brillo fosforescente de su piel, un lastimoso objetivo que no podía esconderse de la policía que se le venía encima. Saltó la barandilla con desesperación, sumiéndose en una caída de dos metros. Entonces la policía vio al camarógrafo –uno de ellos gritó: «¡Dame la puta cámara!»– y las motos dieron media vuelta con un estruendo ronco, los faros trazaron arcos entre los edificios. El camarógrafo empezó a correr de espaldas, alejándose de ellos, todavía filmando. Una macana lo azotó cuando la policía lo rebasó; el hombre rodó en la calle, gimiendo mientras la cámara se caía en la acera, con la lente hecha añicos.

Un joker se tropezó en la boca del callejón, obviamente aturdido, sujetándose un pañuelo empapado de sangre en la sien aunque la herida se abría más allá de su oreja, empapando el cuello de su camisa. Era evidente que lo habían golpeado: sus piernas y brazos estaban inclinados en ángulos imposibles, como si un escultor borracho los hubiera pegado a su tronco. El hombre renqueó y se tambaleó, las articulaciones se le doblaron hacia atrás y hacia los lados. Tres policías llegaron rápidamente a su encuentro.

—Necesito un médico –dijo el joker a uno de ellos.

Cuando el agente lo ignoró, lo jaló de la manga del uniforme.

—Ey –dijo. El policía sacó una lata de gas lacrimógeno de la funda de su cinturón y roció su contenido directamente a la cara del joker.

Sondra contuvo el aliento y se adentró aún más en el callejón. Cuando la policía siguió adelante, huyó en la dirección contraria.

Durante la noche, la violencia se extendió a las calles de Jokertown. Una batalla campal se desarrolló entre las autoridades y los jokers. Fue un frenesí de destrucción, una celebración del odio. Nadie durmió aquella noche. Jokers enmascarados se enfrentaron a las patrullas que estaban al acecho, volcando algunas de ellas; autos quemados iluminaban los cruceros. Cerca del frente marítimo, la clínica de Tachyon parecía un castillo bajo asedio, rodeado por guardias armados con la característica figura del doctor correteando, tratando de mantener algo parecido a la cordura en aquella noche. Tachyon, junto con unos pocos ayudantes de confianza, hizo incursiones en las calles para recoger a los heridos, tanto jokers como policías.

Jokertown empezó a desmoronarse, muriendo a sangre y fuego. Los vapores de los gases lacrimógenos flotaban por las calles, acres. Hacia la medianoche, se había convocado a la Guardia Nacional y se autorizó el fuego real. Las oficinas de SCARE del senador Hartmann hicieron un llamado a los ases que trabajaban para ayudar a calmar la situación.

La Gran y Poderosa Tortuga flotó por las calles como una de las máquinas de guerra de *La guerra de los mundos* de George Pal, separando a los combatientes. Como muchos otros ases, pareció no tomar partido en la confrontación, usando sus habilidades para disolver las batallas que se estaban desarrollando sin someter ni a jokers ni a policías. Fuera de la clínica de Tachyon (donde a la una de la madrugada las salas estaban casi llenas y el doctor empezaba a acostar a los heridos en los pasillos), la Tortuga levantó un Mustang destrozado, ardiendo y lo tiró al East River como un meteorito en llamas, que dejó un rastro de chispas y humo. Merodeó por South Street, empujando a los alborotadores y los guardias que estaban ante él como si pasara un arado gigante invisible.

En la Tercera, los guardias dispusieron los jeeps con cubiertas de alambre de tela metálica y habían enganchado grandes armazones de alambre de púas delante de los vehículos. Los usaban para hacer mover a los grupos de jokers de la avenida principal a las calles laterales. Incendios espontáneos provocados por un joker escondido hicieron explotar los tanques de los jeeps, y los guardias salieron gritando, con los uniformes en llamas. Los rifles empezaron a hablar.

Cerca de Chatham Square el sonido de la revuelta empezó a aumentar hasta proporciones inmensas, que destrozaban los tímpanos, mientras Aullador, vestido completamente de amarillo, acechaba las caóticas calles con su boca abierta en un aullido que contenía todo lo que había oído, amplificado y redoblado. Por donde Aullador pasaba, los jokers salían corriendo tapándose los oídos con las manos, huyendo de su torrente de ruido. Las ventanas se quebraron cuando Aullador elevó la frecuencia, los muros se estremecieron mientras sollozaba a baja frecuencia.

—¡PAREN ESTO! –bramó–. PARA DENTRO, ¡TODOS!

Black Shadow, que se había revelado como as apenas unos pocos meses antes, manifestó sus simpatías rápidamente. Observó los conflictos en silencio durante un tiempo. En la calle Pitt, donde un grupo de jokers asediados luchaba con insultos, botellas y la basura que tenía a mano contra un cañón de agua y una brigada de guardias con bayonetas caladas a sus rifles, Black Shadow entró en la refriega. La calle se volvió instantáneamente negra hasta quizás unos seis metros alrededor del as vestido con traje azul marino, máscara y capa de color rojo anaranjado. La noche impenetrable persistió durante diez minutos o más. Del interior del pozo de oscuridad salieron gritos, y los jokers huyeron. Cuando la oscuridad remitió y las luces de la ciudad volvieron a reflejarse en la acera mojada, los guardias yacían en la calle, inconscientes, el cañón vertía un potente chorro de agua en las alcantarillas, desatendido.

Sondra vio este último enfrentamiento desde la ventana de su departamento. La violencia de la noche la asustaba. Para escapar del miedo, giró el tapón de la botella de Jack Daniels de su tocador, vertiendo un largo, intenso trago en su garganta. Jadeó, limpiándose la boca con la mano. Todos los músculos de su cuerpo protestaron. En sus piernas artríticas y sus manos se desencadenaba una agonía cuando se movía. Se fue a la cama y se tumbó. No podía dormir: los sonidos de la revuelta se colaban por la ventana abierta, podía oler el humo de los incendios cercanos y ver las temblorosas llamas bailando en las paredes. Tenía miedo de tener que abandonar el edificio; se preguntaba qué podría tratar de salvar si llegaba a eso.

Se oyó un golpe suave en la puerta de su departamento. Al principio, no estaba segura de haberlo oído. Se repitió, tranquilo y persistente, y gimió al levantarse.

Al acercarse a la puerta supo quién era. Su cuerpo lo sentía. Succubus lo sentía.

—No —se dijo Sondra a sí misma, susurrando—. *No, ahora no* —él llamó a la puerta de nuevo—. Vete, por favor, Gregg —dijo, apoyándose contra la puerta, manteniendo la voz baja para que no pudiera percibir el tono de voz de anciana.

—¿Succubus? —su voz era insistente. Su excitación la jaloneaba y se preguntaba. *¿Por qué ahora? ¿Por qué aquí? Dios, no puedo dejar que me vea así, y no se irá*—. Dame un minuto —dijo, y bajó las barreras que recluían a Succubus. Su cuerpo empezó a transformarse y sintió el remolino de su pasión incitando la suya. Se despojó de las ropas de Sondra, tirándolas a un rincón. Abrió la puerta.

Gregg estaba enmascarado, toda su cabeza cubierta con una grotesca y sonriente careta de payaso. La miró con lascivia mientras se abría paso al interior. No dijo nada; sus manos ya habían desabrochado el pantalón, sacando el pene erecto. No se molestó en desvestirse, obviando por completo los preliminares. La empujó contra el suelo de madera y la penetró, embistiéndola con pesados jadeos mientras Succubus se movía debajo de él, igualando su ferocidad y cooperando con esta violación sin amor. Fue brutal: sus dedos se hundieron en sus pequeños y firmes pechos, sus uñas le abrieron pequeñas medias lunas sangrantes en la piel. Estrujó sus pezones entre el pulgar y el índice hasta que gritó: deseaba su dolor esta noche; necesitaba que temblara y llorara y aún siguiera siendo la víctima voluntaria. La abofeteó en la cara; cuando alzó las manos para evitar que volviera a hacerlo, saliéndole sangre de la nariz, le retorció la muñeca con saña.

Y cuando acabó con ella se quedó de pie, mirándola, la careta de payaso riéndose de ella, con su propia cara ilegible bajo la máscara. Solo podía ver sus ojos, centelleando mientras la miraban.

—Tenía que ser así —dijo. No había disculpas en su voz.

Succubus asintió; lo sabía y aceptaba. Sondra gimió en su interior.

Hartmann se abrochó los pantalones. La parte delantera de su camisa estaba manchada con sangre y fluidos.

—¿Lo entiendes por completo? –le preguntó. Su voz era suave, tranquila; le suplicaba que lo escuchara, que lo comprendiera–. Eres la única persona que me acepta sin que tenga que hacer nada. No te importa que sea un senador. Puedo notarlo. Te preocupas por mí y no tengo que *hacer* que te preocupes. Deseo… –se encogió de hombros–. Te necesito.

Quizás era porque no podía verle la cara. Quizás era su rudeza, cuando antes había sido siempre tan tierno, lo que había suscitado la empatía de Succubus más intensamente que en el pasado. Pero pudo percibir sus pensamientos durante un segundo mientras la tiraba por el suelo y lo que percibió la hizo estremecerse a pesar del terrible calor. Estaba pensando en los disturbios del exterior, y en la mente del senador no había asco ni disgusto; solo había un fulgor de placer, un sentido posesivo de logro. Lo observó perpleja.

Ha sido él. Todo el rato, nos has estado usando y no al revés.

En la puerta Gregg se giró y le habló:

—Succubus, te quiero. No creo que puedas entenderlo, pero es verdad. Por favor, créelo. Te necesito más de lo que necesito al resto.

Tras la máscara pudo ver el brillo de sus pupilas. Se sorprendió al ver que estaba llorando.

De algún modo, entre todas las cosas extrañas de las que había sido testigo esa noche, aquello no le pareció para nada extraño.

♠

El Titiritero descubrió que su seguridad radicaba en el anonimato, en la apariencia de inocencia. Al fin y al cabo, ninguna de las marionetas supo nunca que las había tocado, ninguna de ellas podía contar a nadie lo que había ocurrido dentro de sus mentes. Simplemente se habían… *partido*. El Titiritero solo había dejado actuar sus propios sentimientos; siempre había motivación suficiente para cualquier crimen que sus marionetas cometieran. Si las atrapaban, no importaba.

En 1961, tras graduarse en la Facultad de Derecho de Harvard, se había unido a un prestigioso bufete de Nueva York. Al cabo de cinco años, después de una exitosa carrera como abogado penalista, se pasó a la política. En 1965 fue elegido concejal de la ciudad de Nueva York. Fue alcalde del 68 al 72, cuando se convirtió en senador por Nueva York.

En 1976 vio la oportunidad de convertirse en presidente. En el pasado había pensado en términos del 80 o el 84. Pero la Convención Nacional Demócrata se celebró en Nueva York en el año del Bicentenario y el Titiritero supo que era su momento.

Había establecido las bases.

Se había alimentado muchas veces de la profunda copa de amargura que había en el interior de Tom Miller.

Ahora la bebería del todo.

QUINCE MUERTOS, JOKERTOWN ARDE
The New York Times, 19 de julio de 1976

El sol de la mañana estaba empañado por el humo oscuro. La ciudad se asaba bajo el calor renovado, peor que los días anteriores. La violencia no había acabado con la mañana. Las calles de Jokertown estaban bañadas por la destrucción, llenas de los restos de la turbulenta noche. Los alborotadores habían combatido a la policía y los guardias con técnicas de guerrilla, dificultándoles los movimientos por las calles, volcando coches para bloquear los cruces, provocando incendios, burlándose de las autoridades desde los balcones y las ventanas. La propia Jokertown estaba rodeada de patrullas, jeeps y camiones de bomberos. Los guardias, con todo su equipamiento, estaban estacionados a pocos metros de la Segunda Avenida. A lo largo de Chrystie, los guardias se concentraron alrededor de Roosevelt Park, donde antes se habían congregado los jokers. La voz de Gimli podía oírse en medio de la multitud, arengándolos, diciéndoles que hoy marcharían sin importar las consecuencias. Todos los candidatos demócratas se presentaron cerca de la zona afectada para ser fotografiados con expresiones de preocupación, serias, mientras contemplaban el armazón de un edificio incendiado o hablaban con uno de los jokers menos deformes. Kennedy, Carter, Udall, Jackson: todos se aseguraron de que se les viera y se subieron en sus limusinas de vuelta al Garden, donde los delegados habían emitido dos votaciones inconcluyentes sobre la candidatura. Solo Hartmann se quedó cerca de Jokertown, hablando con los periodistas y tratando sin éxito de sonsacar a Miller de las profundidades de la turba para que negociara.

Al mediodía, con la temperatura acercándose a los cuarenta y la brisa del East River arrastrando el olor a quemado a la ciudad, los jokers salieron del parque.

Gregg nunca había manejado a tantas marionetas antes. Gimli aún era la clave y podía sentir la iracunda presencia del enano quizás a casi un kilómetro entre la multitud de jokers que llenaban Grand Street. En aquel remolino caótico, Miller solo no sería suficiente para volver a activar a los jokers en el momento adecuado. Gregg se había asegurado de saludar a todos los líderes del JSJ en las últimas semanas; cada vez, había utilizado el contacto para adentrarse en la mente que había ante él y abrir caminos que le permitieran acceder a distancia. Una turba era como un rebaño de animales: controla a los líderes y el resto seguirá, inevitablemente. Gregg los tenía a casi todos: Gargantúa, Peanut, Tinhorn, File y quizás unos veinte más. Había ignorado a unos pocos, como Sondra Falin, la anciana le recordaba a una abuelita decrépita y dudaba de su habilidad para influir en la multitud. La mayoría de las marionetas ya tenía miedo, sería fácil usarlo, expandir ese temor hasta que giraran y huyeran. La mayoría era gente razonable, no deseaba la confrontación más que cualquier otra persona. Habían sido incitados a ello: obra de Hartmann. Ahora tendría que deshacerlo, y el proceso lo convertiría en el candidato elegido. El curso de la convención ya se había apartado de Kennedy y Carter. Ahora, con los delegados absueltos de su primer compromiso de voto, eran libres para elegir al candidato de su elección, en la última votación Hartman se había situado en una ascendente tercera posición. Gregg sonrió a pesar de que las cámaras lo enfocaban: los disturbios de la noche anterior le habían proporcionado un placer que jamás hubiera creído que podía experimentar, tanta pasión casi lo había abrumado en una extraña fusión de deseos.

La hilera de guardias empezó a moverse cuando los jokers se aproximaron. Se dispersaron a lo largo de todo Chrystie, gritando consignas y enarbolando pancartas. Los megáfonos vociferaban órdenes e insultos de un lado a otro; Gregg pudo oír las provocaciones de los jokers cuando los guardias formaron una línea de bayonetas. En el cruce con Delancey, Gregg vio el flotante caparazón de la Tortuga volando por encima de los guardias; allí, al menos, los manifestantes eran contenidos sin daños. Más al sur, hacia las puertas principales, donde Hartmann permanecía rodeado de guardias, no era tan fácil.

Los jokers empujaron violentamente a su propia gente, echándolos hacia delante, de manera que la policía ya no podía redirigirlos hacia el parque. Los guardias se vieron forzados a tomar una decisión: usar las bayonetas o hacer retroceder a los jokers con una cadena humana. Escogieron esto último. Por un momento pareció que se había alcanzado un cierto equilibrio; después, las filas de los guardias empezaron a ceder lentamente. Con un grito, un grupo de jokers rompió el cordón y alcanzó la calle. Alborotando, el resto se desparramó. Una vez más se desarrolló una batalla campal, desorganizada y confusa. Hartmann, bastante lejos de la lucha, por el momento, suspiró. Cerró los ojos mientras las impresiones de sus marionetas empezaban a alcanzarlo. De haberlo deseado, se habría dejado llevar en aquel mismo momento, podría haberse hundido en aquel mar de emociones turbulentas y alimentarse hasta saciarse.

Pero no podía esperar tanto. Tenía que moverse mientras el conflicto tuviera alguna forma. Haciendo un gesto a los guardias, empezó a dirigirse hacia las puertas, hacia la presencia de Gimli.

◆

Sondra estaba con el resto de los dirigentes destacados de JSJ. Mientras marchaban a lo largo de la puerta principal, trató una vez más de hablarle a Gimli de la extraña sensación que había percibido en Hartmann la noche anterior.

—Creí que estaba controlando todo esto. Te lo juro, Gimli.

—Justo como cualquier otro jodido político, vieja. Además, pensé que te gustaba.

—Sí, pero…

—A ver, ¿por qué diablos estás aquí?

—Porque soy una joker. Porque JSJ también es mi grupo esté o no de acuerdo con lo que estén haciendo.

—Entonces cállate, maldita sea. Tengo un montón de cosas de las que ocuparme.

El enano la miró y se fue. Iban andando a un paso lento, fúnebre, hacia los guardias. Sondra podía verlos entre los que iban por delante de ella. Después la imagen desapareció cuando los jokers se amontonaron, hacinándose, en las puertas; cojeando, renqueando, abriéndose camino como mejor podían. Muchos de ellos lucían signos de las luchas de la vigilia; cabezas vendadas, cabestrillos: los presentaban ante los guardias como insignias honoríficas. Los cuerpos que había delante de Sondra se detuvieron súbitamente cuando chocaron con la línea de guardias; alguien la empujó por detrás y casi se cayó. Se agarró a la persona que tenía delante, sintiendo su piel correosa bajo las manos, viendo escamas como de reptil cubriendo una enorme espalda. Sondra gritó cuando la aplastaron, tratando de apartar a la gente con brazos débiles, músculos bamboleándose dentro de flácidas bolsas de piel. Pensó que iba a caerse cuando de repente la presión remitió. Se tambaleó. Entonces le dio el sol en los ojos; por un momento quedó cegada. En medio de la confusión pudo ver algunos puños oscilando por delante, acompañados de gritos y alaridos. Sondra empezó a retroceder, tratando de encontrar un modo de eludir el conflicto. La empujaron y, cuando devolvió el golpe, una macana la golpeó en la cabeza.

Sondra gritó. Succubus gritó.

Su visión se perdió en remolinos de color. No podía pensar. Se llevó las manos a la herida y notó una extraña sensación en ellas. Parpadeando para quitarse la sangre que le caía de la cortada de la sien, intentó mirarlas. Eran jóvenes, aquellas manos, e incluso mientras las observaba boquiabierta, confusa, sintió la súbita intrusión de otras pasiones.

¡No! ¡Vuelve adentro, maldita seas! ¡Aquí no, en la calle no, no con toda esta gente alrededor! Desesperada, Sondra trató de controlar de nuevo a Succubus, pero su cabeza resonaba con la conmoción y no podía pensar. Su cuerpo estaba atormentado, cambiando fluidamente en respuesta a cualquiera que estuviera cerca. Succubus tocaba cada una de las mentes y tomaba la forma de sus deseos sexuales. Primero fue mujer, luego hombre; joven y vieja; flaca y gorda. Succubus chilló confusa. Sondra corrió, su forma mutaba a cada paso,

quitándose de encima las manos que trataban de alcanzarla en un extraño y súbito ataque de lujuria. Succubus respondió como debía; siguió el hilo del deseo y lo tejió convirtiéndolo en pasión. En un círculo cada vez más amplio, los disturbios finalizaron cuando tanto jokers como guardias se lanzaron a perseguir el urgente tirón de su deseo. Succubus también podía *sentirlo* e intentó abrirse camino hacia Gregg. No sabía qué más hacer. Él controlaba todo esto, lo sabía desde la última noche. Podía salvarla. La amaba: eso había dicho.

♥

Las cámaras siguieron el avance del senador Hartmann hacia la puerta, donde acababan de iniciarse unas pocas escaramuzas. Cuando sus guardaespaldas trataron de retener al senador, se zafó de sus manos.

—Maldita sea, alguien tiene que intentarlo –se le oyó decir.

—Uh, qué *buen* material –murmuró uno de los reporteros.

Hartmann siguió hacia delante. Los guardaespaldas se miraron entre ellos, se encogieron de hombros y lo siguieron.

Gregg podía sentir la presencia de la mayoría de sus marionetas cerca de la puerta. Con la Tortuga conteniendo a los jokers en la otra punta del parque, Gregg se dio cuenta de que esta iba a ser su mejor oportunidad. Conseguir que Gimli y los otros se retiraran ahora haría que todos se echaran atrás. Si los disturbios seguían esta noche, no importaba: Gregg habría demostrado ampliamente su calma y su sangre fría en una crisis. Los periódicos estarían llenos del relato a la mañana siguiente y todos los canales de televisión otorgarían a su rostro y su nombre un lugar destacado. Eso bastaría para asegurarse la nominación con un gran impulso para la propia campaña. Ford o Reagan: no importaba a quién eligieran los republicanos.

Con expresión adusta, Gregg se dirigió hacia el centro del conflicto.

—¡Miller! –gritó, sabiendo que el enano estaba lo bastante cerca como para oírlo–, ¡Miller, soy Hartmann!

Mientras gritaba tiró de la mente de Miller y atemperó su ira abrasadora, bañándola con un frío azul. Sintió la repentina liberación, sintió los primeros indicios de disgusto del enano al ver lo que lo rodeaba. Hartmann retorció la mente de nuevo, palpando el núcleo de su miedo y deseando que creciera una blancura helada.

Está fuera de control, le susurraba Gregg. *Lo perdiste y no puedes volver atrás a menos que vayas con el senador. Escucha: te está llamando. Sé razonable.*

—¡Miller! –volvió a llamar Gregg. Notó que el enano empezaba a darse la vuelta y Gregg apartó a los guardias que tenía delante para poder ver.

Gimli estaba a su izquierda. Pero mientras Hartmann empezaba a llamarlo vio que la atención del enano se dirigía hacia la otra puerta. Allí, perseguida por una masa de jokers y guardias, Gregg la vio.

Succubus.

Su forma era errática, un centenar de rostros y cuerpos intermitentes mientras corría. Vio a Gregg en aquel mismo instante. Le gritó, con los brazos abiertos.

—¡Succubus! –le respondió a gritos. Empezó a abrirse paso a empellones hacia ella.

Alguien la sujetó por detrás. Succubus se revolvió, alejándose, pero otras manos la tenían ahora. Con un chillido estridente, cayó. Gregg no podía verla en aquel momento. Había cuerpos a su alrededor; empujándose, golpeándose en su furia por estar cerca de ella. Gregg oyó el crujido seco, grotesco, de huesos partiéndose. ¡No! Empezó a correr. Se había olvidado de Gimli, se había olvidado de los disturbios. Al acercarse a ella pudo sentir su presencia, pudo sentir el tirón de su atracción.

Se amontonaron encima de ella, la turba se arremolinó, gruñendo, golpeándola, desgarrando a Succubus y a ellos mismos en un intento de librarse. Eran como gusanos retorciéndose sobre un trozo de carne, con rostros tensos y feroces, sus manos como garras arañando a Succubus, embistiendo. De repente, la sangre brotó a chorro de algún lugar debajo de la hormigueante manada. Succubus gritó: una agonía estridente, sin palabras que súbitamente, de un modo escalofriante, se cortó.

La sintió morir.

Quienes estaban a su alrededor empezaron a alejarse, con expresión de horror. Gregg pudo ver el cuerpo acurrucado en el suelo. Una espesa mancha de sangre se extendía a su alrededor. Uno de los brazos había sido desgajado por completo de su articulación, sus piernas estaban retorcidas en extraños ángulos. Gregg no vio nada de eso. Solo se quedó contemplando su rostro: vio el reflejo de Andrea Whitman en él.

La rabia creció en su interior. Su intensidad barrió todo lo demás. No podía ver nada de lo que lo rodeaba: ni las cámaras, ni los guardaespaldas, ni los reporteros. Gregg solo podía verla a ella.

Había sido suya. Había sido suya sin tener que ser una marioneta, y se la habían arrebatado. Se habían burlado de él, como Andrea se había burlado de él hacía años, como otros se habían burlado de él, otros que también habían muerto. La había amado tanto como se puede amar a alguien. Gregg agarró por el hombro a uno de los guardaespaldas que estaban junto al cuerpo, con el pene saliendo de entre sus pantalones desabrochados. Gregg lo empujó bruscamente.

—¡*Imbécil*! –mientras gritaba, golpeó al hombre en la cara repetidamente–. ¡Maldito *imbécil*!

Su furia salió derramándose de su mente sin restricciones. Fluyó hacia sus marionetas. Gimli bramó, con su voz tan convincente como siempre.

—¿Lo ven? ¿Ven cómo matan?

Los jokers hicieron suyo el grito y atacaron. Los guardaespaldas de Hartmann, temerosos al ver que la violencia se renovaba, arrastraron al senador alejándolo del combate. Los insultó, resistiéndose, tratando de zafarse, pero esta vez fueron inflexibles. Se lo llevaron al coche y a su habitación de hotel.

HARTMANN ENFURECIDO ANTE UN ASESINATO
ATACA A LOS MANIFESTANTES
The New York Times, 20 de julio de 1976

HARTMANN PIERDE LA CABEZA
A VECES HAY QUE DEVOLVER EL GOLPE, DECLARA
New York Daily News, 20 de julio de 1976

Tras el fiasco salvó el pellejo como pudo. Explicó a los reporteros que lo aguardaban que sencillamente había quedado horrorizado por los hechos que había presenciado, por la violencia innecesaria perpetrada contra la pobre Succubus. Se encogió de hombros, sonrió con tristeza y les preguntó si ellos no se habrían conmovido también ante tal escena.

Cuando por fin lo dejaron, el Titiritero se retiró a su habitación. Allí, en la soledad de su cuarto, vio en la televisión la elección de Carter como el próximo candidato presidencial de su partido. Se dijo a sí mismo que no le importaba. Se dijo a sí mismo que la próxima vez sería él. Al fin y al cabo, el Titiritero aún estaba a salvo, aún permanecía oculto. Nadie conocía su secreto.

Mentalmente, el Titiritero levantó la mano y abrió los dedos. Los hilos se tensaron, las cabezas de sus marionetas se alzaron de un tirón. El Titiritero sentía sus emociones, saboreaba la sal de sus vidas.

Por esa noche, al menos, el festín fue amargo y humillante.

Interludio cinco

De «Treinta y cinco años de Wild Card. Una retrospectiva»,
Revista *¡Ases!*, 15 de septiembre de 1981

«No puedo morir aún, no he visto *The Jolson Story*.»

ROBERT TOMLIN

«Son una abominación del Señor, y en sus rostros llevan la marca de la bestia y su número en la tierra es el seiscientos sesenta y seis.»

PANFLETO ANTIJOKER ANÓNIMO, 1946

«Lo llaman cuarentena, no discriminación. No somos una raza, nos dicen, no somos una religión, estamos enfermos y por eso está bien que nos aparten, aunque sepan con toda certeza que el virus wild card no es contagioso. La nuestra es una enfermedad del cuerpo; el suyo, un contagio del alma.»

XAVIER DESMOND

«Que digan lo que quieran. Aún puedo volar.»

EARL SANDERSON, JR.

«¿Es mi culpa que le guste a todo el mundo y que usted no le guste a nadie?»

DAVID HARSTEIN (A RICHARD NIXON)

«Me gusta el sabor de la sangre de joker.»

GRAFITI, METRO DE NUEVA YORK

«No me importa qué aspecto tengan, su sangre es roja como la de todos los demás… bueno, la de la mayoría.»

TENIENTE CORONEL JOHN GARRICK, BRIGADA JOKER

«Si soy un as, no me gustaría ver a una sota.»

TIMOTHY WIGGINS

«¿Quieren saber si soy un as o un joker? La respuesta es sí.»

LA TORTUGA

Soy un joker, estoy loco
y no puedes nombrarme.
Acechando en las calles,
esperando la noche,
soy la serpiente que corroe
las raíces del mundo.

«SERPENT TIME»,
THOMAS MARION DOUGLAS

«Estoy encantado de que me hayan devuelto a *Baby*, pero no tengo intención de dejar la Tierra. Ahora este planeta es mi hogar y quienes han sido tocados por el wild card son mis hijos.»

DOCTOR TACHYON,
A PROPÓSITO DE LA DEVOLUCIÓN DE SU NAVE

«Son los hijos demoniacos del Gran Satán, América.»

AYATOLÁ JOMEINI

«En retrospectiva, la decisión de usar a los ases para garantizar el retorno de los rehenes fue probablemente un error y asumo toda la responsabilidad por el fracaso de la misión.»

PRESIDENTE JIMMY CARTER

«Piensa como un as y puedes ganar como un as. Piensa como un joker y harás el ridículo.»

¡PIENSA COMO UN AS! (BALLANTINE, 1981).

«Los padres de Estados Unidos estamos profundamente preocupados por la excesiva cobertura de los ases y sus hazañas en los medios de comunicación. Son un mal modelo para nuestros hijos, y miles sufren heridas o mueren cada año tratando de imitar sus monstruosos poderes.»

NAOMI WEATHERS,
Liga de Padres de Estados Unidos

«Hasta los niños quieren ser como nosotros. Estamos en los ochenta. Una nueva década, hombre, y somos la nueva raza. Podemos volar y no necesitamos ningún avión falso como el de Jetboy, que era un nat. Los nats aún no lo saben, pero están obsoletos. Esta es la hora de los ases.»

CARTA ANÓNIMA EN *JOKERTOWN CRY*,
1 de enero de 1981

Ghost Girl toma Manhattan

♣ ♦ ♠ ♥

por Carrie Vaughn

Jennifer no sabía a dónde la llevaba Tricia hasta que su amiga la sacó del vagón del metro en la Segunda Avenida, en el andén del Lower East Side. Estuvo cada vez más preocupada durante las últimas cuatro paradas: habían pasado Midtown, Washington Square Park, habían pasado por todos los lugares en los que tenían algo que hacer y Tricia seguía diciendo:

—No, ahí es donde vamos siempre. Quiero probar un sitio nuevo, ¡será *divertido*!

—Trish, ¿estás *loca*? ¿Qué es lo que *vamos a hacer* aquí? —Jennifer se aferró a su amiga con las dos manos y trató de frenar su avance por el vestíbulo embaldosado y por las escaleras que subían a Houston Street. Miró a su alrededor, pegándose aún más a Tricia. Nunca había visto a tantos jokers juntos. La mitad de la gente que había en el andén eran jokers. Había visto jokers antes; una no puede vivir en Nueva York —incluso si no te alejas mucho del campus de Columbia— sin ver jokers. La mayor parte del tiempo solo veías a uno o dos, y eran poca cosa: tenían plumas en vez de pelo o quizás orejas de conejo. Pero aquí todo el cuerpo estaba arruinado, transformado, convertido en algo monstruoso. Un hombre pasó a su lado dejando un rastro de babas en el cemento. Jennifer intentó no mirar.

Tricia la arrastró por las escaleras hasta la calle, donde el caos era mayor.

—Vamos, los Fads tocan en CBGB y de verdad, de verdad que quiero ir, y si te lo hubiera dicho de antemano no habrías venido, ¿verdad? Te habrías puesto de malhumor, en plan estirado, como estás haciendo justo ahora.

—No soy estirada –dijo Jennifer, tratando de no poner mala cara. Nunca había oído hablar de los Fads.

—Vamos, relájate un poco. No va a pasar nada.

Dócilmente ahora, Jennifer caminó con su amiga: aún lo bastante cerca como para que sus brazos se rozaran.

—Mis padres se pondrían como locos si supieran que estoy yendo a un sitio cerca de Jokertown.

Tricia dijo:

—Pues no se lo cuentes. No les digas nada, ¿no?

—No –de hecho, Jennifer no lo hacía. Tenía un enorme secreto que ocultaba absolutamente a todo el mundo. Incluso a Tricia. No podía a decirle que buena parte de los motivos por los que no quería ir era porque estaba segura de que uno de esos días alguien la descubriría. Alguien la miraría y lo *sabría*.

Especialmente alguien en Jokertown. Algunos de ellos no solo tenían deformidades, las cicatrices físicas del virus wild card. Algunos tenían poderes. Algunos podrían leer su mente y lo *sabrían*. Después de eso, Jennifer no sabía qué podría pasar. Nunca había llegado tan lejos cuando pensaba en ello. Era mejor fingir que no pasaba nada.

De no ser por Tricia, Jennifer nunca saldría a explorar la ciudad, para nada. Y al final, solían pasársela bien.

Ante el apremio de Tricia, y confiando en que su amiga no la llevaría *demasiado* lejos por el mal camino, Jennifer se había vestido para una noche de juerga: un minivestido negro sin tirantes, sandalias de tacón alto, su pelo rubio en capas y rociado con laca para que no se moviera. Tricia llevaba mallas de leopardo y una enorme camisa con un cinturón dorado, y sus tacones aún eran más altos.

—¡Aquí es! ¡Aquí es! –dijo Tricia, jalando a Jennifer del brazo para que se diera prisa.

Quizás esperaba algo ostentoso, por la manera en que la estaba llevando Tricia. Como Studio 54. Pero en cualquier otro día Jennifer habría pasado por delante de este sitio sin reparar en él. No era nada, solo una fachada con unos pocos grafitis y un toldo blanco al lado del almacén de un restaurante. Ni siquiera tenía una marquesina. Pero había un montón de gente esperando fuera, compartiendo la acera con un par de jokers indigentes apoyados en una pared de ladrillo.

Con Tricia a la cabeza, se abrieron paso entre la gente de camino a la entrada. Había tanto jokers como nats en el gentío; un as o dos, ¿quién podría decirlo? Jennifer no se lo iba a decir a nadie.

En la puerta un tipo cobraba la entrada, y Jennifer buscaba en su bolso un billete de cinco cuando Tricia le estiró del brazo.

—¿Te sobran cinco? No puedo encontrar los míos –la miraba con expresión suplicante.

Jennifer suspiró y le dio los cinco que le sobraban. Suficientes para un taxi a casa. Pero ya se les ocurriría algo: como siempre.

Dentro, las luces eran intensas; las paredes eran negras y estaban llenas de calcomanías y pintura en aerosol. Una barra discurría por una de las paredes, una puerta se abría al fondo y había un escenario remetido en una esquina. Un grupo estaba tocando. En un cartel escrito a mano enganchado a la pared se leía SONIC YOUTH. Eran realmente jóvenes; uno de los guitarristas era una mujer con el pelo rubio alborotado. Llevaban máscaras y podían ser *punks* o jokers o ambas cosas a la vez. A menos que se acercaran, Jennifer probablemente no sería capaz de decirlo.

La música estaba alta, no era muy bailable y en realidad nadie bailaba. Pero la gente se movía. Un montón, cerca del escenario, saltaba y chocaba entre sí, alargando los brazos hacia el escenario. La guitarrista cantaba, o algo así, letras a gritos que apenas se podían oír por encima de los instrumentos: guitarras atronadoras y unos ritmos demoledores. El sudor le estaba aplastando el pelo. Hacía un calor abrasador bajo todas aquellas luces.

Tricia chilló y empezó a rebotar.

—Eso no es… –inaudible.

—¿Qué? –respondió Jennifer gritando.

—¿Qué hay? –dijo un tipo alto, delgado, pelo oscuro, camiseta negra con el logo de los RAMONES descolorido, moviéndose para llegar ante ellas–. ¿Puedo invitarles unas copas?

Tricia volvió a chillar y entrelazó el brazo con el suyo. Jennifer resopló.

Después de ver un par de tipos con un corte *mohawk* delante, Jennifer había esperado encontrar siniestros *punks* con crestas y chamarras militares, botas de combate y camisetas pintadas con *spray*. Había esperado cadenas y peleas. No era así. Si bien había algunos *punks* de verdad entre la multitud, muchos de los tipos parecían ser mitad *punks* mitad normales, con *jeans* rotos y camisetas negras y expresiones hoscas, pero no llevaban el pelo raro ni toda la parafernalia de metal y las consignas. Muchas de las mujeres no se vestían muy distinto de los hombres, pero otras iban muy arregladas, como Jennifer y Tricia. El pelo de colores chillones y alborotado y enlacado como aureola sobre sus cabezas, faldas cortas y medias de colores, tacones altos y enormes aretes, lápiz de labios rosa y sombras de ojos brillantes. Una pareja absolutamente impresionante estaba en la esquina próxima al escenario. Su pelo era impecable, cortado y peinado como el de los modelos de las revistas. Él llevaba un traje blanco que tenía pinta de ser caro y ella un vestido de coctel negro ajustado, joyas de plata y fumaba con boquilla. Absolutamente engreídos, pero fascinantes de todos modos. Después había un montón de gente normal que estaba de fiesta: chicos jóvenes, normales, universitarios quizá con los ojos un poco vidriosos, buscando el siguiente pasón. A Jennifer le había preocupado destacar, que la gente supiera que no encajaba y la agredieran. Pero no destacó, y nadie la molestó.

Alrededor de un tercio de la gente eran jokers y Jennifer apenas reparó en ellos al principio. Porque no destacaban, tampoco. Algunos llevaban máscaras. O podían ser nats con máscaras. Simplemente no podía decirlo. Y no parecía importar.

Jennifer examinó a una pareja en el otro extremo de la barra. Parecían como el resto de la gente a primera vista, *jeans* y camisetas, sin pretensiones, salvo que eran como unos diez años mayores que la mayoría de la gente que estaba allí.

Entonces Jennifer se quedó sin aliento. Zarandeó a Tricia.

—¿Son Mick Jagger y Jerry Hall?

Tricia estaba bebiendo una copa y derramó parte de algo que olía a gin-tonic por la barbilla, pero se las arregló para mirar de todos modos. Sus ojos se hicieron enormes.

—¡Oh, Dios mío, y está hablando con *David Byrne*!

Jennifer no sabía quien era David Byrne.

♣

Otro grupo tocó antes de que los Fads salieran al escenario. Por entonces, Tricia estaba completamente borracha y Jennifer debía sujetarla para evitar que se cayera encima de la gente. A nadie parecía importarle, y Jennifer trató de no parecer avergonzada, pero no había venido para ser la niñera de Tricia.

Pensándolo mejor, probablemente sí. Probablemente Tricia se lo había pedido porque Jennifer era la responsable y se encargaría de llevarlas enteras de vuelta a casa. Jennifer había estado bebiendo el mismo ron con cola durante una hora. Estaba segura de que Tricia había tomado pastillas. Todo el mundo parecía estar tomando pastillas.

Hacía tanto calor como en un invernadero, lleno de sudor, humo de cigarrillos y alientos alcohólicos.

Pasó una eternidad entre que una banda dejó el escenario y la otra entró, y cuando Tricia se dio cuenta de que los Fads estaban allí, chilló y corrió a la primera fila, empujando para abrirse paso entre la gente, riendo cuando la empujaban a ella. Jennifer gritaba por detrás, pero no podía ni oírse a sí misma.

Los Fads eran tres tipos. Dos de ellos eran jokers, del tipo que resulta intrigante. El cantante tenía el pelo reluciente, finas hebras blancas hasta el cuello, que se encendían en la punta como las lámparas de fibra óptica que venden en las tiendas kitsch. El guitarrista tenía demasiados dedos en cada mano. Demasiados para contarlos porque se movían demasiado rápido sobre las cuerdas del instrumento, creando un extravagante patrón de sonidos. El baterista parecía ser normal, un punk descamisado, con una cresta rubia teñida y un arete en la oreja izquierda.

La supuesta música consistía en un ritmo maniaco y poca melodía. El cantante gritaba. Jennifer no pudo entender mucho de la letra. Algo de odiar a tus padres, quemarlo todo y vagar cuando las bombas vayan a caer.

Por fin, el grupo acabó. Hubo muchos gritos.

—Tengo que ir al baño –anunció Tricia, agarrando la mano de Jennifer y arrastrándola al fondo del club. Jennifer la sostuvo cuando estaba a punto de caer.

—Pero ¿hay baños aquí? –preguntó Jennifer, poco convencida. No estaba segura de querer verlos teniendo en cuenta el aspecto general del local. Tricia se limitó a resoplar, la consabida expresión de «¿Podrías ser un poco menos estirada?».

El sitio era una cueva, paredes negras, grafitis sumándose a la sobrecarga sensorial. Una escalera lateral bajaba, en efecto, a los baños. Jennifer los olió antes de llegar. El olor rancio, sudoroso del resto del club dio paso a un trasfondo de alcantarilla. Arrugó la nariz.

Tricia se mantenía en pie agarrándose a Jennifer mientras la empujaba por la puerta del servicio de señoras. Aquí, apestaba a cloaca, sin adulterar. El suelo estaba pegajoso y Jennifer tenía miedo de mirar los compartimentos de los lavabos y lo que, sin duda alguna, salía de ellos. La porquería −que llegaba a ser perjudicial para la salud− no impedía que un montón de mujeres se acumulara ante el espejo decorado con grafitis, echándose laca en el pelo y retocándose el lápiz de ojos.

Tricia parecía haber olvidado su necesidad de usar, efectivamente, los baños.

Se cayó contra una pared, cubierta con calcomanías y carteles y sonrió a una visión celestial:

—¡Ha sido alucinante, ha sido tan alucinante!

A su lado, una mujer con medias de rejilla, una falda a cuadros y un corsé de cuero sostenía un espejo en posición horizontal, con un par de rayas de polvo blanco pulcramente colocadas en la superficie. Una amiga vestida de un modo similar se inclinó e inhaló la cocaína.

La primera vio que Jennifer las observaba

—¿Quieres un poco? −dijo−. Tengo un montón.

Jennifer negó rápidamente con la cabeza y pensó qué poco sofisticada era en realidad.

—¡Claro, sí, gracias! −dijo Tricia inclinándose mientras la mujer le aguantaba el espejo.

—Tricia… −dijo Jennifer, pero la segunda raya de coca ya se había metido por la nariz de Trish. ¿La noche podía ir a peor?

Tricia se enderezó, con la cara ruborizada, frotándose la nariz y riendo tontamente.

—¡Oh, Dios mío, tengo una gran idea!

—No, otra no −murmuró Jennifer. Estaba respirando por la boca porque el olor parecía empeorar. Se oyó el gorgotear del agua en uno de los compartimentos y algunas de las chicas gritaron.

—Buah, de verdad que no jalaste la cadena de eso, ¿no? ¡Dios!

Tricia agarró la mano de Jennifer otra vez y se encaminó a la puerta.

—Quiero seguirlos.

—¿Seguir a quién?

—¡A los Fads!¡A Tony! ¡Quiero conocerlos!

—¿Tony?

—¡El cantante! ¿No es increíble?

—Trish, ¿sabes qué hora es? ¡Es hora de irnos!

—Solo un minuto, solo tardaré un minuto.

De algún modo, Tricia la guio escaleras arriba y por un pasillo hasta una puerta sin vigilancia. Las paredes estaban cubiertas de viejos carteles y volantes anunciando actuaciones en el local, algunas de años atrás. Guau, ¿The Police tocó aquí? ¿Y Blondie? ¿De verdad? Pero Tricia tenía una misión, sin vacilaciones. Se había soltado, y Jennifer corrió para alcanzarla.

Parecía que habían salido de la muchedumbre, pero la gente volvió a rodearlas al final del pasillo que se abría a la trastienda, los camerinos y el almacén. Jennifer reconoció al cantante: estaba firmando autógrafos en el reverso de los volantes y los boletos de entrada mientras lo que parecía una decena de mujeres, más o menos, se apretujaba a su alrededor. Su pelo reluciente generaba un halo, reflejando la luz en su cara. Los otros dos miembros de la banda estaban en un rincón, entreteniendo a quienes no podían acercarse a Tony. ¿No debería haber sacaborrachos aquí?

—Eh, ¿qué hay?

Tricia se giró y vio a un tipo que estaba detrás de ella, sonriendo. Parecía un poco mayor comparado con el resto de la muchedumbre, treinta en vez de veinte, facciones duras, rostro curtido, perfectamente afeitado, con pelo negro cortado a rape. Llevaba una camiseta blanca ajustada y unos *jeans* que parecían caros pese a estar gastados.

Se le quedó mirando, pestañeando, sin saber siquiera si le estaba hablando a ella.

—Debes de ser nueva por aquí –dijo.

—¿Quién, yo? –dijo, inmediatamente se sintió como una estúpida–. No, estoy aquí con una amiga –la señaló por encima del hombro. Tricia se había bajado el top para exponer medio pecho, que el cantante estaba firmando con un rotulador.

El tipo sonrió abiertamente.

—¿Quieres una? –le mostró una caja metálica redonda, llena de pastillitas blancas.

Otra vez no. Hizo lo posible para sonreír mientras las rechazaba con la mano.

—No, no gracias, estoy bien.

—Me encantan estas fiestas, estos grupos consiguen las mejores drogas.

—Ah –dijo.

—Ese es mi terrible secreto. No me importa mucho la música. No se lo digas a nadie –se acercó a ella y le guiñó un ojo.

¿Le estaba echando los canes? ¿Estaba intentando ligársela? No estaba segura, ni siquiera sabía cómo responder. Estaba horrorizada y halagada al mismo tiempo. Enrojeció tanto que casi podía notar el vapor saliéndole de la cabeza.

—Oh, no lo haré, confía en mí. La verdad es que tendría que ir a buscar a mi amiga… –pero cuando miró el grupo se había ido. Y también Tricia–. ¿Tricia? –la llamó Jennifer. Salió corriendo por la puerta que daba al callejón detrás del club. Un Cadillac destartalado, oxidado estaba allí estacionado. El grupo estaba montando en él, largándose a toda prisa.

El cantante del pelo reluciente sujetaba a Tricia por la cintura, casi la había levantado por los aires, mientras ella se retorcía y lo empujaba. Estaba diciendo algo, gritando tal vez, aunque Jennifer no podía oírla entre los gritos de la multitud y el ruido, aún atronador, del club a sus espaldas.

—¡Tricia! –Jennifer se llevó las manos a la boca y gritó.

Ya la habían metido en el coche, pese a su resistencia.

Jennifer gritó de nuevo.

—¡Tricia! –y bajó estrepitosamente las escaleras de la entrada de artistas, casi tropezándose con sus tacones altos, tratando de perseguir el desvencijado Cadillac. En su lugar, corrió hacia una muchedumbre que no la dejaría pasar. Jennifer era alta; podía ver por encima de casi todas las cabezas. Pero parecía que no podía abrirse paso entre ellas.

Un hombre corpulento –un joker, con colmillos sobresaliendo en su mandíbula inferior y brillantes escamas negras en lugar de pelo– le cortó el paso deliberadamente después de que corriera hacia él. Jennifer intentó esquivarlo, pero dio un paso a un lado para bloquearla.

—Eh, nena, ¿qué prisa tienes?

—Mi amiga –insistió desesperada–. Se llevaron a mi amiga. ¿La viste? No quería ir con ellos, ¡se la llevaron!

Sonrió. Sus colmillos lo hacían parecer como un bulldog.

—Caray, esa chica se la está pasando de miedo.

Jennifer se quedó mirándolo, horrorizada.

—¿La viste? –señaló el coche, que ahora se alejaba con su amiga dentro–. ¡Estaba resistiéndose! Casi se había desmayado, estaba borracha…

El joker rio.

—¿Celosa de que no te escogieran a ti? A lo mejor puedes divertirte conmigo.

—¡Necesita ayuda!

El tipo trató de agarrarla, pero ella se escabulló, golpeándolo en las manos. Él solo reía. El coche dobló la esquina.

Habían raptado a Tricia. En sus narices. En las narices de todo el mundo.

Jennifer recordaba haber visto un teléfono en los baños. Corrió de vuelta al interior y bajó las escaleras. Con la suerte que tenía, lo normal habría sido llegar al teléfono y encontrarse con que estaba roto, pero no. No obstante, puso la mano en algo pegajoso que había en el auricular. Haciendo una mueca, pasó el auricular y su mano por la pared y lo limpió lo mejor que pudo. Encorvándose para tener un poco de privacidad, bloqueando el ruido tapándose el oído, llamó a la operadora.

—Operadora.

—¡Hola! Necesito hablar con la policía –se oyó un clic y el crepitar de la estática. Se mordió el labio, segura de que se había cortado la conexión, hasta que oyó una voz.

—Policía, dígame.

—Hola, ¿sí? ¡Es mi amiga! ¡Raptaron a mi amiga!

—¿Perdón?

Jennifer apenas podía oír. Estaba gritando.

—¡Mi amiga! ¡La han raptado!

—Señora, ¿puede decirme qué ha pasado?

—Estábamos en un club. Unos hombres, unos tipos del grupo, la metieron en su coche. Se resistía, no estaba en sus cabales y se aprovecharon...

—Espere un minuto —ahora el tipo que estaba al teléfono parecía divertido—. Así que estaban de fiesta y ella se deshizo de usted para largarse con el grupo...

—No, se lo estoy diciendo, ¡se la llevaron a rastras! ¡Casi se había desmayado y se la llevaron!

—Señora, ¿dónde está?

Dudó. La cosa no iba bien y estaba a punto de ir peor.

—Estoy en ese club en Bowery...

El operador colgó.

Jennifer gruñó y colgó el teléfono de golpe. ¿Por qué no la había esperado Tricia? ¿Por qué no se había defendido? ¿Y si no volvía a ver a Tricia nunca más? Su amiga podía acabar violada y muerta en una alcantarilla y todo sería culpa de Jennifer.

Lo intentó de nuevo; quizás hablar directamente con una comisaría en vez de con la operadora ayudaría. El problema era que no tenía cambio. Solo unos pocos billetes para la bebida. Suspiró. Después miró a su alrededor para asegurarse de que nadie la observaba.

Con rapidez, apoyó la mano en la parte frontal metálica del teléfono: después, la metió dentro. Su mano se hizo insustancial, atravesando la carcasa como si fuera aire. Palpó un momento y encontró la caja del cambio, cogió algunas monedas y sacó la mano. Las monedas eran semitransparentes como ella. Ahora tenía cambio.

No podía negarlo, ser as significaba que siempre podía usar una cabina telefónica.

Hacía cinco años, cuando tenía catorce, le había pasado por primera vez. Se había derramado encima un vaso de jugo de naranja, lo agarró y se le cayó. El vaso se le deslizó de la mano. Solo que había estado mirándolo: se había deslizado a través de la mano. Se quedó plantada un buen rato, con el vaso roto y el charco de jugo de naranja derramado a sus pies, contemplando el traslúcido perfil de su mano y el piso de la cocina, visible a través de su carne que ya no era sólida. Su madre entró entonces, vio el desastre y le preguntó si todo estaba bien, asumiendo que era un accidente normal. Jennifer había escondido rápidamente la mano detrás de la espalda. Cuando volvió a mirar era sólida. Normal.

Le siguieron cinco meses de miedo y experimentación. Su primer pensamiento fue que se estaba desvaneciendo, que acabaría por desaparecer. Sufrió insomnio, temerosa de que pudiera desaparecer mientras dormía. Pero al final se dio cuenta de que podía controlar el poder. Podía atravesar objetos sólidos. Lo practicó con cajones, taquillas en la escuela, la caja fuerte de su padre. Era un as de primera. No se atrevió a decírselo a nadie.

Metió un par de monedas de diez centavos en la ranura, marcó el número de información y pidió el número de la comisaría de policía más cercana. Habló con alguien que debía de ser el sargento que estaba en recepción, contándole la historia otra vez, tratando de parecer tranquila y desesperada al mismo tiempo para que el agente se la tomara en serio.

Este tipo también le colgó.

Limpiándose las lágrimas, Jennifer subió atropelladamente las escaleras.

Ya había otro grupo tocando. De vuelta a la zona central del club se abrió paso a codazos por un pasillo atestado y se dio de bruces contra un muro de música dura, chirriante que procedía del escenario, sin pararse cuando alguien le gritaba, apartando las manos que la palpaban. Puede que fuera su imaginación, puede que el mundo se hubiera convertido de repente en un lugar más oscuro y ominoso, pero la multitud parecía haberse vuelto más ruidosa. El alboroto delante del escenario se había vuelto más violento. Jennifer se mantuvo en los márgenes y se centró en la parte delantera del club y la puerta abierta, ignorando la masa de gente que la rodeaba y el ácido que le corroía las entrañas.

¿De qué servía ser un as si en verdad no podías hacer nada útil? ¿Si en verdad no podías ayudar a nadie? ¿Por qué no podía tener poderes mentales para saber a dónde la llevaban? ¿O volar, para poder seguir el coche?

Llegó a la puerta delantera y salió al aire relativamente fresco. Una multitud se apiñaba allí, gente que entraba y salía, entreteniéndose. Sin saber qué hacer se apoyó contra la fachada de ladrillos y descansó, apartándose el pelo y limpiándose el sudor de la cara. Quizá si iba a una comisaría en persona. Quizá si podía encontrar a alguien que conociera el grupo. Tenía que haber un mánager o alguien que supiera a dónde podían haber ido.

—Eh, chica, ¿te pasa algo?

Era el tipo de la camiseta blanca y las pastillas. Debía de haber estado fuera todo el tiempo, o a lo mejor acababa de salir por la puerta. Tal vez la estaba siguiendo.

Se recostó en la pared, lo bastante lejos para que no pudiera tocarla y agarrarla. Hacía que le resultara un poco menos sospechoso.

—¿Y a ti qué te importa?

Lo miró, después apartó la mirada, para que no pensara que estaba flirteando con él. La verdad era que no parecía que él estuviera coqueteando. Sin poder evitarlo, respiró hondo y las lágrimas se deslizaron por sus mejillas. Le dijo:

—Mi amiga Tricia. Se ha ido y a nadie le importa, nadie va a hacer nada.

—Te dejó tirada, ¿no? –dijo, con una sonrisa irónica.

—No, no es eso: ¡la raptaron! El grupo se la llevó, estaba borracha y la metieron en el coche. ¡Lo vi todo!

—¿Estás segura de que no decidió irse de fiesta con el grupo?

—¿Sin mí? No haría eso –Jennifer negó con la cabeza para subrayar sus palabras. Aunque para ser justos, no habría puesto la mano en el fuego por Tricia, que estaba muy borracha. Volvió a lloriquear un poco más.

—Eh –dijo el tipo–, sé dónde es la fiesta. Puedo llevarte, si quieres.

—¿De verdad? –dijo, cautelosa. Se imaginó que la metían a *ella* en un coche destartalado…

—Sí, solo es a un par de manzanas de aquí. Conozco al tipo que la hace y con que le enseñes un poco la pierna te dejará entrar sin problemas.

Apartó la mirada, ruborizándose.

—Es como te he dicho, esos tíos tienen las mejores fiestas con las mejores drogas. Vamos a echar un vistazo, ¿de acuerdo?

—¿Estás seguro de que Tricia estará allí?

—Si se fue con el grupo, sí, estoy seguro –bajó de la acera y le ofreció el brazo, un gesto extrañamente dulce, arcaico. Lo siguió, pero no se apoyó en su brazo; parecía más divertido que ofendido por esto.

Anduvieron una manzana así. El ruido del cbgb se fue apagando, reemplazado por el ruido de otros bares, ligeramente distinto, los matices de la música y el aire de la multitud distanciándose de la atmósfera *punk*. Los jokers que vio remoloneando en las puertas y andando por la calle le llamaron la atención. La miraban fijamente y resolvió no devolverles la mirada. Se encogió, tratando de ser discreta.

Al tipo del club no parecía molestarle nada de eso. Andaba con paso tranquilo, cómodo, como si paseara por Central Park en un día soleado.

—¿Cómo te llamas?

—Jennifer –dijo. Después se preguntó si debería haberle contado algo más. Después decidió que era un nombre bastante común, no importaba, no era probable que pudiera buscarla. Entonces se dio cuenta de que estaba paseando por Bowery con un completo desconocido.

—Jennifer. Encantado de conocerte. Soy Croyd.

—Hola –dijo, sonriendo nerviosamente.

—Asumo que no pasas mucho tiempo en esta parte de la ciudad.

—La verdad, no. Voy a Columbia –hizo una mueca. ¿Por qué le había dicho eso?

—¿Sí? Es genial. La facultad, ya sabes. Genial. Y ya estamos aquí. Debería estar justo al final de estas escaleras.

Desde luego, el ruido de la fiesta bajaba desde un patio en la azotea. Jennifer se sintió esperanzada. El grupo estaría aquí, Tricia quizás estaría aquí, y Jennifer podría enojarse con ella por largarse de esa manera. Después quizá podrían volver a casa, por fin, y el zumbido en sus oídos se pararía.

Croyd, educadamente, se hizo a un lado para que pasara y corrió escaleras arriba hacia el almacén que servía de vivienda. No habían invertido mucho en decorar el *loft* de renta baja: los pisos eran de cemento, la barra estaba montada sobre mesas plegables y las paredes necesitaban una mano de pintura. Pero había un equipo de música, un tocadiscos y unos altavoces inmensos que derramaban el mismo tipo de música áspera del club. Nadie bailaba: no había espacio suficiente. Había grupos de gente que parecían hablar –gritar–, pero Jennifer no sabía cómo podían oírse unos a otros. Unas puertas acristaladas a lo largo de una de las paredes se abrían a la terraza y la fiesta continuaba allí.

¿Cómo iba a encontrar a Tricia en medio de este lío?

El tipo que parecía estar a cargo de la barra era un joker. Tenía una altura y una complexión media, pero estaba cubierto de un espeso pelaje azul; no podía ver sus facciones. Su boca y sus ojos solo eran sombras. Parecía mirarla.

—Puedes tomar lo que quieras, pero pon algo en el frasco, ¿de acuerdo?

Le señaló un enorme frasco de conserva, lleno de dinero, en una esquina de la mesa.

—Estoy buscando a mi amiga. Está con el grupo, creo. ¿Los Fads? ¿Están aquí? ¿La has visto?

—¿Los Fads? –dijo, gritando, acercándose. El pelaje alrededor de su boca se onduló.

—¡Sí! Mi amiga, es más baja que yo, pelo castaño, ¿la has visto?

—No los he visto. No han pasado por aquí.

Se le quedó mirando. ¿Y ahora qué?

—¿Estás seguro? Acaban de tocar en un club de esta misma calle, el CBGB...

—Nena, conozco al grupo, sé dónde tocan, no han estado aquí, no he visto a tu amiga. Y ahora, ¿quieres tomar algo o no?

Sin responder, dejó que la gente la apartara de la mesa.

Mirando a su alrededor se dio cuenta de que también le había perdido la pista a Croyd y no sabía si sentirse nerviosa o aliviada. Bueno, pues. Esto no la dejaba en peor situación que antes. Acababa de encontrar a alguien que conocía al grupo y que sabía dónde habían ido. No era una situación totalmente desesperada. Resuelta, se dio la vuelta y empezó a dar codazos para regresar a la improvisada barra. Si el cantinero conocía al grupo, a lo mejor le diría dónde estaban.

Se apartó de su rumbo a la fuerza cuando una mujer se topó con ella. Jennifer se tambaleó sobre sus tacones, pero se mantuvo en pie separando las piernas. Hasta se las arregló para sostener a la mujer, evitando que ambas cayeran al suelo.

La mujer estaba en los veinte años, tenía facciones hermosas, delicadas, pero una expresión cansada, atormentada. Se había comido todo el carmín de sus labios. Llevaba un vestido tejido de cuello amplio.

Jennifer trató de verla a los ojos, pero ella siguió mirándola por encima del hombro.

—¿Estás bien? –preguntó Jennifer.

Cuando Jennifer habló, la atención de la mujer se centró en ella. Apretó los labios, resuelta.

—¿Podrías sujetarme esto? –dijo y metió una llave con un aro y una etiqueta de plástico en la mano de Jennifer.

Sus dedos se cerraron instintivamente a su alrededor. La mujer apartó a Jennifer y desapareció.

—¡Eh! –Jennifer siguió su curso durante un rato, observando su pelo negro bamboleándose en un mar de gente, después desapareció, otra asistente anónima a la fiesta. Jennifer intentó seguirla pero no parecía que pudiese abrirse paso.

Cuando el disparo resonó por el local, Jennifer pensó que era una botella que se había caído de la barra. Solo cuando todo el mundo empezó a gritar y agacharse se dio cuenta de que el ruido no era tan inofensivo. Pero con todos los demás correteando de un lado a otro, presas del pánico, antes de que se diera cuenta de qué estaba pasando, se quedó de pie, mirando a su alrededor como una idiota.

Un grupo de hombres se había detenido en lo alto de las escaleras y se desplegaron. Cuatro de ellos, obviamente, parte de alguna banda, fornidos y duros. Llevaban máscaras, de las baratas que se usan en Halloween y que podían haber comprado en cualquier tienda de descuento en Jokertown. Todos llevaban pistolas; uno había disparado al techo y aún mantenía el arma en alto. Podría haber sido un joker, pues era muy grande, denso casi, piernas y brazos gruesos, músculos impresionantes, apenas si tenía cuello. Otro era obviamente un joker, con los brazos cubiertos de pelo y garras en vez de manos. Los dos restantes podían haber sido normales, o quizá jokers: las máscaras escondían cualquier deformidad que pudieran tener. Una vez más, no parecía importar. Jokers o normales, eran grandes, tenían mal temperamento y estaban furiosos.

Sencillamente, Jennifer sabía que algo así iba a pasar en esta parte de la ciudad. Mataría a Tricia por haberla arrastrado hasta aquí. Si no estaba muerta ya.

—¡Sabemos que estás aquí! –dijo el grandote de la pistola. Avanzó, examinando las caras–. ¡Dánosla y nadie saldrá herido!

El pánico había desplazado a la mayoría de la gente a la azotea. La mujer que había chocado con Jennifer había desaparecido. *Dánosla…* inconscientemente Jennifer miró la llave que tenía en la mano. Y fue un error.

El matón la vio, allí plantada, sosteniendo un pequeño objeto en la mano, sin duda con aspecto insulso y confuso. Su expresión se volvió resuelta, satisfecha y marchó hacia ella.

Su corazón se desbocó, un sudor frío cubrió su piel, dio un paso atrás. Y cayó.

Siguió cayendo.

Por un momento pensó que se estaba desmayando, perdiendo el conocimiento, que su mente se dispersaba en mil pedazos. Su visión se perdió entre sombras y su cuerpo se convirtió en helio, ingrávido, disperso, mareado. Cada poro de su cuerpo estaba mareado, boca abajo. No podía respirar.

Después el mundo volvió, inspiró una bocanada y las paredes pasaron a toda velocidad: realmente estaba cayendo, pero solo durante un segundo, luego se golpeó contra el suelo. Todo había cambiado: ya no había azotea, la sala estaba oscura y no había gente. El hombre de la pistola que se dirigía hacia ella se había esfumado, lo que era un gran alivio.

Pero no, nada de eso había desaparecido. Alzó los ojos al techo descubierto, vigas y rejillas de ventilación lo mostraban. Había caído desde allí. Y estaba desnuda.

Tenía la piel de gallina, brazos, espalda, piernas. Se abrazó las rodillas, acurrucándose para taparse. Todo su cuerpo había traspasado el suelo, como un fantasma. Traspasado su *ropa*. Estaba sentada, desnuda, en el suelo de linóleo de lo que parecía la trastienda de una tienda de licores. Cajas de cartón apiladas, con etiquetas de Coors y Pabst and Hamm's la rodeaban. Por suerte había caído en el pasillo que llevaba de la trastienda a la parte delantera. ¿Qué habría ocurrido si hubiera caído en medio de las cajas apiladas? ¿Si su cuerpo se hubiera vuelto sólido ahí? No podía ni imaginárselo. Se estremeció.

Siguió mirando el techo, sin estar del todo segura de lo que había sucedido, aunque lo sabía, simplemente lo sabía. Como el vaso de jugo de naranja a través de su mano. Todo su cuerpo a través del suelo.

Puedo atravesar las paredes, pensó. Y quería intentarlo, ahí, en ese momento. Solo que estaba desnuda. ¿De qué servía atravesar las paredes si tenías que estar desnuda?

Pero aún conservaba la llave en su puño firmemente cerrado; sus dientes se le clavaban en la carne. Había estado tan concentrada sujetándola que se la había llevado con ella a través del suelo.

Cuando la puerta trasera se abrió de golpe, corrió a esconderse tras una torre de cajas. Oyó los pasos de unas pesadas botas, unos gruñidos, incluso. Los matones habían reventado la puerta, la habían encontrado y ahora le iban a hacer lo indecible. Esperaba que pudiera volver a atravesar el suelo, aunque no estaba segura de cómo lo había hecho la primera vez.

—Eh, chica, Jennifer. ¿Estás ahí? No me digas que te largaste por las alcantarillas.

Era Croyd.

—Estoy aquí. Estoy como… bueno, mis ropas no han venido exactamente conmigo.

—Lo sé, las tengo. ¿Por qué no dijiste que eras un as?

—Porque no se lo he dicho a *nadie*. Nadie lo sabe. Al menos, nadie lo sabía.

—Muy inteligente –dijo, sin inmutarse y para nada sorprendido–. ¿Tienes idea de lo útil que es un poder como ese? Recuerdo cuando en el 53 los federales intentaron encerrarme, pero tuve suerte y me escapé otra vez.

—¿De qué estas hablando?

—No importa. Toma –alargó el vestido hacia ella.

Cuando salió sigilosamente para tomarlo, estaba mirando educadamente hacia otro lado.

Se apresuró a ponerse el vestido. Se las había arreglado para recoger también su sostén y sus medias, por lo que estaba agradecida. Hasta los zapatos. No obstante, sus joyas faltaban. Realmente tendría que descubrir cómo había hecho eso y como podía volverlo a hacer sin perderlo todo. Mientras se ponía el vestido le preguntó:

—¿Qué está pasando? ¿Quiénes eran esos tipos?

—Eso iba a preguntarte, ¿por qué tenían tanto interés por ti? ¿Qué les hiciste?

—¡Nada! Solo choqué y, bueno, esa mujer me dio esto –le mostró la llave. En la etiqueta se veía un número: 51337.

—Tienes una habilidad especial para estar en el lugar equivocado en el momento equivocado, ¿no?

—Solo quería encontrar a Tricia y regresar a casa –dio un saltito mientras deslizaba la correa de su sandalia por el talón.

—Vamos –dijo Croyd–, será mejor que salgamos de aquí.

—¿Qué? ¿Por qué…?

Siguió su mirada nerviosa más allá de la puerta, hacia el callejón y allí dio con la respuesta: los matones los habían seguido. El enorme cuerpo del cabecilla les bloqueaba la salida y parecía más que dispuesto a dispararles, a ella y a Croyd.

Jennifer no sabía si podría colarse por el suelo otra vez. Y si lo hacía aquí, ¿dónde acabaría? Tal vez si pasaba por la pared…

—¡Quietos! –les gritó Croyd. Y lo hicieron. La boca del líder de los matones estaba abierta para hablar, pero permaneció callado. Croyd dejó escapar un suspiro.

Jennifer lo miró. Maravillada, le dijo:

—Tú también eres un as.

Él hizo una mueca.

—Sí, bueno, la cosa es que realmente no lo soy. Más bien una sota.

—¿Una qué?

—Solo dura cinco minutos. Debemos correr ya.

La empujó entre los matones paralizados. Corrieron.

Tomaron un camino tortuoso, girando en cada esquina en un intento de complicarles la persecución. Jennifer no sabía si serviría. Después, una vez más, empezó a sentirse completamente perdida. Quizá si llamaban a la policía, los ayudarían.

No es que pudiera pedir ayuda a nadie. No es que estuviera sola en una calle oscura con un hombre extraño al que no conocía en absoluto. Cómo podía ser tan estúpida…

Croyd dio un giro adicional hacia un callejón al lado de una casa de piedra rojiza a punto de ser demolida, una entrada escondida que no habría detectado ella sola. Les dio la oportunidad de recuperar el aliento.

—Déjame ver eso –dijo Croyd, señalándole la llave que aún tenía en la mano.

Reticente a entregarla, la levantó para que pudiera verla. Al cabo de unos segundos, dijo:

—Parece como si fuera de un apartado de correos.

—¿Y? –dijo Jennifer, aún tratando de recuperar el aliento. Se frotó el pie, donde le estaba saliendo una ampolla.

—Me imagino que es parte de una entrega que salió mal. Probablemente drogas o bienes robados o algo. Supongo que esa mujer tenía que entregar la llave. Supongo que esos tipos tenían que recoger los bienes o el dinero. Estamos en medio de una traición.

—Eso no me hace sentir mejor –dijo ella.

—Conozco a alguien que podría decirnos a dónde nos lleva todo esto –trató de agarrarla; ella la puso fuera de su alcance.

—¿Y qué pasa con Tricia?

—¿Quién?

—Mi amiga, la que raptaron.

—Estoy seguro de que está bien.

—¡Necesito encontrarla!

—Te diré lo que haremos. Tú me ayudas a descubrir qué abre esta llave, y yo te ayudaré a buscar a tu amiga.

—Pues ya has sido de gran ayuda con eso.

—Ey, dame un respiro –dijo, abriendo los brazos en un gesto de leve disculpa–. A esta chica la conozco, no está lejos. Vamos a echar un vistazo y luego te ayudaré a encontrar a Tricia. Sé de un par de sitios más donde podríamos buscarla, ¿de acuerdo?

Ella hizo un mohín y porque no sabía qué más hacer, dijo:

—De acuerdo.

Croyd sacó una pastilla de su cajita y dijo:

—Bien. Vamos allá.

Siguieron adelante. El barrio no mejoraba. No había visto un taxi en varias manzanas. Se encogió de hombros y se preguntó en qué clase de lío se había metido. Trató de tranquilizarse diciéndose que podía salir de cualquier cosa. Si alguien trataba de atarla, sencillamente atravesaría las cuerdas. Podía atravesar paredes, maldita sea.

Croyd había intentado entablar conversación y Jennifer intentaba ignorarlo. Finalmente dijo:

—Mira, solo estoy tratando de ayudar. Podría congelarte y agarrar esa llave y ya está.

—Solo que no lo harás porque estoy segura de que estás tramando algún plan para convencerme de que te ayude a robar un banco

o algo –al ver que no decía nada, resopló–. Ibas a hacerlo, ¿verdad?
–empezó a caminar más rápido.

—Bueno, de acuerdo, a lo mejor sí –dijo, apresurándose para mantener el ritmo. De haber podido andar más rápido con sus zapatos de tacón lo habría hecho–. Pero realmente tendrías que pensar en ello. Un poder como el tuyo no aparece todos los días.

—¿No te enteras? No quiero este poder, ¡ojalá no lo tuviera!

—Vamos, pensaba que todos los niños querían ser un as. Tu foto saldría en los periódicos, irías a cenas de lujo en el Aces High…

—¿Y hacer qué? ¿Ser un monstruo de feria? Soy una chica agradable de una familia agradable de Long Island y solo quiero que me dejen en paz.

—Podrías llamarte Ghost Girl –sugirió.

—¿Ghost Girl?

—Ya sabes, un nombre de as. Algo con lo que los periódicos pudieran referirse a ti. Puedo verlo: Ghost Girl, la famosa as, ladrona de joyas, golpea de nuevo –abrió las manos emulando el titular.

—No me voy a llamar Ghost Girl –seguro que se le ocurriría algo más interesante que eso. Algo más misterioso, más seductor…– ¿Tú tienes un nombre de as?

—El Durmiente –su sonrisa se desvaneció, como si aquello la entristeciera.

—Es un poco raro. Pensé que sería algo así como el Paralizador.

Se encogió de hombros.

—Pues así es como es.

Se paró en una esquina, sin saber hacia dónde dar vuelta. Los faroles de este barrio parecían estar todos rotos. Todos los escaparates tenían pesadas rejas de acero. Aquello no la hizo sentir nada mejor. Si se metía en problemas –en más problemas, en todo caso– ojalá pudiera desaparecer de nuevo.

Estaban propiamente en Jokertown, ahora, no solo en los límites. La gente los observaba. Jennifer iba vestida, pero podría haber ido desnuda por el modo en que la miraban, que la hacía estremecerse.

—Esto no es lo que se dice seguro, ¿verdad? –dijo, encogiéndose.

—¿En serio? Mira, si seguimos caminando, no nos pasará nada.

El esqueleto de un edificio quemado, una mole de acero ennegrecido sobresaliendo de un lecho de escombros se alzaba en la siguiente esquina. Una baja de los disturbios de Jokertown que no había sido reconstruida. Este era otro mundo, por completo, uno al que en realidad no le había prestado atención antes. Y si no fuera por la gracia de Dios… No sabía cómo había contraído el virus wild card. No sabía por qué le había tocado un as y no un joker. No quería pensar en eso.

Hicieron el camino de vuelta a Bowery, pero bastante más al sur. Aquí, la calle estaba casi atestada y Jennifer no se lo había esperado, no en plena noche. Los bares y restaurantes estaban abiertos, merodeaban grupos en un par de esquinas, hasta parecía que había un grupo de mujeres en una manzana: entonces Jennifer averiguó quiénes eran y qué estaban haciendo allí. La música de un equipo de sonido sonaba en un callejón. No había policías a la vista, por supuesto.

Un anuncio de neón brillaba más adelante y Croyd dijo:

—Es ahí. Mi amigo es uno de los meseros.

A una manzana de distancia, Jennifer se paró y lo miró detenidamente.

El enorme anuncio de neón enfrente del edificio mostraba una mujer con seis pechos en chillones rojos y dorados. Las luces parpadeaban en una secuencia; casi parecía que los pechos estaban bamboleándose, con fuegos artificiales baratos estallando a su alrededor. Otro tramo de neón rojo intermitente declaraba FREAKERS. Anodinos carteles impresos anunciaban ¡CHICAS JOKERS! y ¡XXX HOT XXX! La entrada estaba entre las piernas abiertas de la estríper.

—Oh, Dios mío –dijo Jennifer.

—Casi todo el mundo tiene esa reacción –dijo Croyd, sonriendo.

—No creo que pueda entrar ahí.

—Claro que puedes –la agarró del codo y la jaló hacia la calle.

Tuvieron que esquivar el tráfico: había realmente tráfico, incluso a esas horas. Croyd se dirigió con confianza hacia la puerta principal, justo entre las piernas de neón de la bailarina, que proyectaba un extraño brillo rosa sobre la acera. Todos parecían quemados por el sol.

Un joker con lo que parecían unos cuernos de búfalo saliendo de sus sienes y unas brillantes pezuñas negras en vez de manos estaba plantado en la puerta con los brazos cruzados y se adelantó un paso para bloquearles el acceso.

—Eh, Bruce, déjanos pasar, ¿sí? –dijo Croyd.

El portero entornó los ojos.

—¿Y tú eres…?

—Soy Croyd.

—Demuéstralo.

—¿Recuerdas aquella vez, el año pasado, con las gemelas azules y la botella de tequila?

El portero abrió los ojos y esbozó una ligera sonrisa, recordando.

—Oh, sí. Tienes buen aspecto esta vez –se hizo a un lado y Croyd y Jennifer cruzaron la puerta.

—¿Lo conoces? ¿Por qué no te reconoció? –dijo Jennifer.

—Es una larga historia. Vamos a ocuparnos de este asunto de la llave.

Jennifer necesitó unos instantes para que sus ojos se ajustaran a la oscuridad, propia de una cueva, hasta que emergieron a la sala principal, que estaba llena de luces intermitentes y brillantes bolas de espejo. La música de Hall and Oates sonando a todo volumen en el equipo de sonido era casi un alivio. Al menos era más familiar que lo que había oído antes en el club. Al menos podría bailar esto. Y también podía la estríper en el escenario giratorio que había en medio de la sala. La mujer era irreal: alta, elegante, con una impresionante melena rojiza recogida, que le dejaba la cara despejada y caía por su espalda. Eso antes de que te dieras cuenta de la esbelta cola verde de lagarto que caracoleaba tras ella, moviéndose de un lado a otro y después enroscándose de modo seductor en un poste de latón mientras se inclinaba hacia delante y se quitaba el trozo de tela negra que llevaba a modo de sostén.

Jennifer miró a todas partes excepto al escenario y vio un montón de hombres nats disfrutando de sus copas, inclinándose, estudiando a la bailarina con lo que parecía una intensidad obsesiva. Croyd se había acercado a la barra donde estaba hablando con… Jennifer tuvo que mirar dos veces para ver que era una mujer. No tenía cabeza. O mejor, su cabeza parecía surgir en medio de su pecho, de modo que su barbilla descansaba entre sus pechos, acomodada en el escote creado por un sostén negro *push-up*. Una larga cabellera negra caía por la línea recta que había entre sus hombros. Estaba limpiando la barra con un trapo y sonreía a Croyd, que se había apoyado en un codo y le sonreía coqueto.

—¿Qué tal, Sheila?

—Vamos jalando, cielo. Hace días que no se te veía el pelo.

—Ya sabes cómo es esto. He andado por ahí.

—Bueno, esta vez tienes buen aspecto. Espero que estés pensando en disfrutarlo –sacudió la cadera y le hizo un guiño, un movimiento que podría haber sido seductor de no haber tenido aquel aspecto tan… *raro*. Jennifer se cruzó de brazos y trató de estarse quieta. Sheila la mesera la miró de arriba abajo.

—¿Quién es tu nueva amiga?

—Solo alguien a quien estoy ayudando –dijo Croyd–. Jennifer, ¿puedes enseñarle la llave? Es de fiar, te lo prometo.

Con reticencia, Jennifer le tendió la llave.

—¿Puedo? –dijo Sheila y la tomó de su mano cuando Jennifer asintió.

La joker cerró los ojos –y de hecho no podías mirarla a los ojos sin mirarle los pechos– y se llevó la llave a la frente. Hall and Oates acabaron y la joker de cola de lagarto se fue contoneando del escenario, sustituida por una que tenía unas garras escamosas de pájaro en lugar de pies. La siguiente canción: «Superfreak».

Al cabo de un momento Sheila dijo:

—Es de la oficina postal de Doyers. No puedo decir más que eso, me temo –se encogió de hombros, que se elevaron por encima de su pelo, y alargó la mano para entregarle la llave a Croyd. Jennifer la interceptó y se hizo cargo de ella. La joker sonrió.

—Gracias, nena –dijo Croyd–. Te debo una.

—Cuando quieras, cielo.

—¿De qué se trata todo esto? –preguntó Jennifer mientras se alejaban de la barra.

—Sheila es una psicométrica. Puede percibir cosas a partir de un objeto: de dónde viene, a quién pertenece, esa clase de cosas.

—Eso es útil –dijo.

—Tan útil como atravesar paredes. Si realmente lo usaras.

En su esfuerzo para evitar mirar al escenario Jennifer vislumbró una sala privada a través de una puerta. Y soltó una grosería cuando vio al baterista de los Fads allí sentado. Se separó de Croyd y echó a correr.

La estancia era un pequeño salón con un escenario aún más diminuto, privado, decorado con una alfombra de peluche negra y sillas de terciopelo rojo. Las intermitencias de la luz iluminaban los resplandecientes adornos de las paredes y los centelleantes bikinis blancos que llevaban un par de chicas, bailando solo para el baterista. Ninguna de esas chicas era Tricia, lo que en cierto modo era un alivio.

Al acercarse, vio que el tipo extendía la mano para meter un billete en la tanga de una de las chicas. La chica tenía una piel reluciente, parecida a los anillos que cambian de color, que iba pasando del azul al rojo y al naranja. El tipo, desde luego, era el baterista.

Jennifer lo apartó del escenario de un empujón, para poder verle la cara.

Dejó caer el billete.

—¿Qué le hicieron a Tricia?

—¡Eh! –dijo la bailarina, cruzando los brazos a modo de protesta.

—¿Y tú quién eres? –dijo el baterista.

—¿Dónde está el resto de la banda? ¿Dónde está Tricia?

—Ehm… –dijo el baterista.

Jennifer no había acabado.

—¿Y qué estas haciendo aquí? ¿Tenías un montón de admiradoras pegadas a tu culo en el club y ahora estás pagando por esto?

—Da la sensación de ser más sucio cuando pagas –dijo Croyd. Se quedó a un lado contemplando el espectáculo. El baterista se encogió de hombros y expresó su acuerdo con una mueca.

Jennifer estaba a punto de gritar.

—¿Dónde está Tricia?

—Mira, nena, no sabes con quién estás hablando.

—El grupo –dijo Croyd–. ¿Dónde se ha ido de fiesta el resto del grupo? Se llevaron a mi amiga con ellos.

—Oh, sí. ¿Esa chica tan salvaje? ¿Que estaba completamente drogada?

Sí, esa era Tricia. Jennifer suspiró.

—Oh, ehm… probablemente fueron a casa de Tony.

—¿Dónde?

—No voy a decírtelo, lo más seguro es que seas una acosadora loca.

—No, mi amiga Tricia es la que está loca. Solo necesito encontrarla…

—Ehem. ¿Jennifer? –Croyd la tocó en el hombro e hizo que se girara de cara a la puerta.

El fornido matón de la banda ocupaba todo el umbral. Podía ver un brillo asesino en sus ojos, a través de la máscara.

—Hay una puerta de servicio –susurró Croyd–. Vamos a salir…

Suficiente. Jennifer alzó la llave para que aquel tipo enorme pudiera verla, después extendió la mano y la dejó caer por la camisa del baterista.

—Ahora vamos a salir corriendo –dijo, y corrió delante de Croyd hacia la puerta de servicio.

El ruido del caos –muebles volcados, mujeres chillando, de todo– estalló tras ella y por entretenida que fuera la escena, Jennifer no se atrevió a voltear para mirar.

Salieron a un pasillo con camerinos y a otra puerta de servicio que los condujo hasta otro callejón frío y húmedo.

—¿Por qué hiciste eso? –dijo Croyd.

—Porque la llave no es importante, ahora que ya sabemos lo que abre –dijo Jennifer–, pero tenemos que llegar a la oficina de correos antes que ellos.

—¿Qué? ¡Oh! Vamos allá, pues.

Corrieron en silencio. Jennifer seguía esperando gritos y pasos apresurados a sus espaldas. Siguió mirando por encima del hombro, pero parecía que había retrasado a la banda, al menos de momento.

—Deja de parecer tan nerviosa –dijo Croyd en un determinado momento–. Luces sospechosa.

Era fácil decirlo. Trató de no prestar atención a lo que esperaba para abalanzarse sobre ella.

Tenía que distraerse.

—¿Y cómo se roba un banco?

La miró de soslayo.

—¿En serio?

—Sí –su tono hacía de la pregunta un desafío.

—No lo robas. Quiero decir que ya no. Con toda la seguridad y las cámaras que hay ahora no vale la pena. En cambio puedes dedicarte a las cajas de seguridad privadas. A robar viviendas. O camionetas blindadas cuando transportan el dinero. Echas un ojo a la zona, buscas los puntos débiles. Nunca intentes llevarte demasiado. Hay que ser quisquilloso, ¿sabes? Vale más llevarse poco y bueno que toda la tajada. Y una vez que lo tienes, no aferrarse a ello pensando que vas a sacar un buen precio. Resulta que esa es la parte peliaguda: vender bienes robados o blanquear dinero. Pero hay gente por ahí. Ayuda tener contactos.

Asintió pensativamente. Tenía sentido.

—También ayuda tener un as que sea realmente poderoso —añadió Croyd, guiñándole un ojo—. Superfuerza, atravesar las paredes…

Delante de ellos, en la estrecha calle, se oían voces gritando y Jennifer se paró en seco. Quienquiera que fuese parecía furioso y se estaban acercando a toda prisa. La banda los había encontrado, no sabía cómo, se les habían adelantado y cortado el paso…

Croyd la agarró del brazo, la empujó contra la pared, apretó su cuerpo contra el suyo y la besó. Un beso en toda regla, los brazos envolviéndola, atrapándola contra el muro. Mientras una pandilla de adolescentes pasó corriendo, gritándose pullas unos a otros y a ambos. No era ninguna banda. Solo un grupo de muchachos.

Croyd aún estaba besándola. Distrayéndola. Finalmente, lo apartó de un empujón

—¿Qué crees que estás haciendo?

—Supuse que pareceríamos menos sospechosos así —dijo, con una sonrisa más petulante que nunca.

Resoplando, frustrada, volvió a empujarlo, lo abofeteó por si acaso y echó a andar. Él solo rio entre dientes.

Resultó que no tenían que ir muy lejos para llegar a la oficina postal en cuestión. Solo un par de manzanas. El lugar era un edificio moderno de concreto remetido entre viviendas de ladrillo, en la frontera de Chinatown. El pequeño vestíbulo por el que se accedía a los apartados de correos aún estaba abierto, iluminado por una luz débil amarillenta, en la pared del fondo. Si una banda molesta les iba a dar una paliza, este sería el lugar dónde sucedería, pensó Jennifer.

Encontraron el buzón con el número de la etiqueta. Croyd se hizo a un lado.

—¿Te encargas de hacer los honores?

Jennifer miró detenidamente la puerta de color bronce, sin estar segura de querer saber lo que había dentro. Sin estar segura de querer meter la mano, sin poder ver nada. Tal vez estuviera llena de serpientes venenosas o trampas para ratones. Lo más probable es que solo estuviera llena de propaganda.

Respiró profundamente y metió la mano a través de la puerta. Su mano rozó algo irregular, con tacto de papel: un sobre, lleno, lo que parecía alentador. Lo agarró, se hizo traslúcido como el resto de su mano y lo sacó por la puerta.

Ella y Croyd estudiaron un sobre de tamaño grande lleno de dinero. Billetes de cien dólares, decenas de ellos.

—Dios, debe de haber treinta de los grandes –dijo Croyd.

Jennifer nunca había visto tanto dinero junto, salvo en las películas. Por otra parte, Croyd lo examinó minuciosamente y pudo asegurar que era auténtico. ¿De qué se trataba todo esto? ¿En primer lugar, quién era la mujer que le había dado la llave? ¿Qué clase de negocio estaba en marcha? ¿Eran drogas, contrabando, dinero de un rescate, algo que no tenía nada que ver con esto? Su imaginación no daba de sí. Parecía que el dinero le quemaba en las manos.

Frunciendo el ceño cerró el sobre, se lo apretó contra el pecho y abandonó la oficina de correos. Croyd estaba satisfecho con ella.

—No lo has hecho mal del todo para ser tu primera noche como delincuente.

—No soy una delincuente. Voy a llevar esto a la policía.

—¿Qué? Oh no, no vas a hacerlo.

—Te apuesto que sí –la comisaría de Jokertown tenía que estar por ahí cerca, en alguna parte. Si de camino alguien trataba de atracarla, simplemente atravesaría el edificio más cercano.

Croy dijo:

—Esta es la misma policía que te atendió con tanta amabilidad cuando les explicaste lo de tu amiga, ¿no?

—Es lo correcto.

—Cielo, hay cosas correctas y cosas correctas. La policía de por aquí… no es muy correcta que digamos. Puedes llevárselo, te van a hacer un montón de preguntas para saber de dónde lo sacaste y no van a escuchar ninguna de tus respuestas. Vas a acabar en una celda; no es que sea un problema para ti. Pero te abrirán un expediente y eso nunca es algo bueno. Te llevarán a Columbia para luego arrastrar tu culo de vuelta a la cárcel y ya puedes despedirte de tu brillante educación. Por otra parte, estamos manteniendo este dinero fuera del alcance de gente que es mala *de verdad*, el señor Armario Ropero y sus amigos. Yo digo que nos quedemos el dinero, nos compremos un par de botellas de algo bueno, vayamos a mi casa y hagamos una buena fiesta nosotros dos.

Casi dijo sí. Tricia habría dicho sí. Una pequeña parte de ella pensó en lo genial que sería. A pesar de no saber casi nada de Croyd y de no estar segura de que le gustara lo que sabía.

La chica sensata de Long Island ganó. Apretó el paso, alejándose de él y dijo, con un bufido de indignación:

—No.

—Jennifer, me gustas. De verdad que no quiero hacer esto.

—¿Hacer qué? –dijo, mirando por encima del hombro al mismo tiempo que Croyd decía: «¡Congelar!».

♠

Y después, se había ido. Sacudió la cabeza, eliminado los restos de mareo. Justo estaba mirando por encima del hombro y entonces… aquel bastardo. Aquel bastardo despreciable. Se había ido, por supuesto. Solo tenía una ventaja de cinco minutos, pero era suficiente para doblar la esquina y perderse en la noche. No es que planeara perseguirlo. ¿Qué haría si lo atrapaba?

Hasta le había dejado el sobre saliendo del escote de su vestido. Metido allí justo después de haberse llevado el dinero, como si fuera una especie de bote de basura. Probablemente así es como la había tratado, también. Como si se tratara de una gran broma.

Pero no: sacó el sobre, y aún había dinero dentro. Croyd solo se había llevado lo que parecía la mitad del dinero. Ahogó una risita. Una rata bastarda que era un caballero. Qué hombre más extraño.

—¡Eh, tú!

La silueta, ya familiar, del señor Armario Ropero y sus secuaces apareció en la esquina y se dirigió hacia ella.

—¡Que no escape! –gritó el líder.

Corrió. Se le daba cada vez mejor correr con las sandalias. No es que no fuera capaz de seguir con ellas. Pero no podía correr más rápido que esos tipos. No sobreviviría si la atrapaban. Aquello no le dejaba muchas opciones. Viró hacia la pared de su derecha y pensó, *vamos, vamos, vamos…*

Su sostén, sus medias, el dinero. Podía pasar solo con eso. Sostén, medias, dinero, sostén, medias, dinero. Llegó a la pared y siguió adelante.

Disparado por la adrenalina el poder llegó casi con facilidad. Todo su cuerpo se hizo transparente. Podía sentir cómo se volvía etérea, sentir las paredes moviéndose a su alrededor como una brisa helada. Hasta podía sentir el dinero en su mano, como si sujetara una sombra. Y cuando salió, estaba en una sala llena de gente. Jennifer se paró en seco en la alfombra de peluche rojo y se quedó mirando fijamente a la docena de hombres y mujeres bien vestidos, sentados en varias mesas, que, a su vez, la miraban. Parecía como una fiesta fuera de hora en un restaurante. Cerca, un mesero se quedó parado mientras servía un plato de pastel de queso de su bandeja. Varias personas tenían el tenedor a medio camino hacia sus bocas abiertas. Una taza cayó estrepitosamente en una mesa; alguien derramó su café.

Había dejado el vestido y las sandalias detrás, pero aún llevaba el sujetador y las medias. Definitivamente no era una ropa apropiada para el lugar. Se preguntó si estaban esperando algún tipo de entretenimiento. Más importante, de todos modos, era que aún llevaba el sobre de dinero. Apretándolo, se aferró a él. Ignorando el rubor que le recorría por la piel, sonrió ampliamente y saludó al grupo con timidez.

—¡Que la pasen bien, amigos! –después corrió directo a la pared del otro lado de la sala.

—Bueno, esto es Manhattan… –murmuró alguien mientras se escabullía.

Descubrió que su poder no era solo cuestión de atravesar barreras, sino de viajar a través de ellas. No tenía que salir a la acera para acabar en el andén del metro de Grand Street; podía hundirse bajo la acera, atravesar las paredes y emerger donde quisiera. No es que aquello la ayudara mucho, porque cuando salió al andén y volvió a materializarse, dos de los secuaces del enorme matón estaban allí mismo, con máscaras y todo.

De algún modo habían reventado la puerta cerrada del metro. Mientras corrían hacia ella, simplemente dio un paso atrás, de vuelta a la pared, como un fantasma, escondiéndose en la materia sólida.

Quizás podía quedarse allí, formar parte del muro de concreto hasta que se fueran. Pero no, tenía que seguir moviéndose. Si se quedaba quieta podía notar cómo empezaba a dispersarse, sin punto de apoyo. Como si sus células se separaran. La sensación le provocaba mareos, náuseas, así que siguió moviéndose. Salió del metro de vuelta a la calle, pero en vez de mantenerse en la acera, donde la banda sin duda debía de estar buscándola, se movió en diagonal, en línea recta, atravesando edificios y patios. Tenía los pies magullados, llenos de heridas, al correr descalza por lo peor que las calles de la ciudad podían ofrecer. Tembló, todo su cuerpo estaba expuesto al frío.

No estaba muy segura de lo lejos que había llegado. Sobre todo le preocupaba poner la máxima distancia posible entre ella y la banda. Quizás había pasado media hora, por el modo en que ardían sus pulmones. Se sentía como si hubiera pasado medianoche.

Al salir de un edificio en ruinas, divisó el East River, lo que le dio una idea exacta de lo lejos que había llegado. Quizás ahora estaba a salvo.

El mareo nubló su visión y le revolvió el estómago. Se desplomó contra la pared y, en vez de atravesarla, solo cayó apoyándose en ella, arañándose el hombro. Había hecho demasiado, tenía que descansar. Obviamente. ¿Qué pasaría si seguía flotando de aquella manera? ¿Seguiría haciéndose etérea, atravesando paredes hasta que se olvidara cómo volver a ser sólida, hasta que sus moléculas empezaran a revolotear alejándose en la brisa? Podía ver que pasaría eso y la asustaba. Que pudiera imaginárselo tan claramente tenía que ser un mensaje. Su as estaba tratando de decirle algo.

Corrió y en esta ocasión, en vez de atravesar las paredes, tomó el camino más largo, doblando la esquina y luego siguió el río hacia el norte.

La oscuridad reinante y las sombras en las calles se disipaban más adelante, cerca de una puerta custodiada por leones. Leones de piedra. En la esquina de esta gran entrada había otra, una puerta más amplia con una luminosa luz blanca brillando en su interior. La palabra URGENCIAS refulgía en rojo en un anuncio luminoso. Encima de los leones de piedra otro anuncio estaba iluminado por una luz superior: BLYTHE VAN RENSSAELER MEMORIAL CLINIC.

Si no estaba segura en un hospital, no lo estaría en ninguna parte.

Se acercó a la entrada de urgencias, pero dudó cuando divisó a un joker increíblemente alto, de piel verde, delante de la puerta.

Llevaba uniforme (¿dónde encontraba un hombre de casi tres metros un uniforme de seguridad?). Un guardia nocturno.

Decidió evitar la entrada y, en su lugar, rodeó la manzana para penetrar, como fantasma, por la pared posterior. Seguía mareada. Realmente no quería tener que volver a hacer esto durante un tiempo. Por suerte, las luces eran tenues y los pasillos estaban vacíos. Encontró un almacén de suministros que no estaba cerrado donde, como esperaba, halló uniformes médicos. Hasta encontró un par de zapatos de repuesto: zapatucos quirúrgicos, pero le servirían. La camisa y los pantalones verdosos no eran de alta costura, pero la encubrían. Se puso una bata blanca de laboratorio encima de la pijama, por si acaso.

Se dirigió hacia la sala de espera de urgencias y se sentó en la primera silla que encontró.

El sitio no estaba tranquilo. Una voz chirriaba por un altavoz en un pasillo de baldosas, un borracho se estaba quejando con una enfermera en el mostrador y al otro lado de la sala una mujer –con la piel como papel de lija y el pelo como de alambre– estaba tratando de calmar a un niño que lloraba. El bebé estaba envuelto en una mantita y Jennifer no podía decir si era joker o no. Lo más raro era que, pese a todo, la escena era de lo más común. No había música retumbando, nadie la perseguía, nadie la acosaba. Suspiró y con el aliento se fue parte de su ansiedad, se recostó en la silla y se adormiló.

Se despertó con el sonido atronador de una sirena en el exterior: llegaba una ambulancia. Un momento después un par de paramédicos entraron corriendo por la puerta, empujando una camilla. La persona que yacía en ella apenas cabía, sus inmensas extremidades colgaban por encima de los bordes. Sus poderosos músculos se tensaron cuando agarró débilmente a las personas que trataban de ayudarla. Jennifer reconoció la figura del paciente: el matón enorme, el señor Armario Ropero. Sangraba por la camisa, como si hubiera recibido una herida de arma blanca. La camilla desapareció detrás de una cortina mientras un médico y una enfermera corrían a atenderlo.

Jennifer se estremeció en su asiento, abrazándose, tratando de esconderse, temerosa de quién más podía entrar por la puerta y de lo que podría pasar si la encontraban allí. Pero nadie entró. No tenía que volver a atravesar otra pared como si fuera un fantasma. Pero no volvió a relajarse. Siguió mirando fijamente aquella cortina, esperando que el cabecilla de la banda saltara de la cama y la persiguiera.

—Querida, ¿necesitas ayuda?

La voz venía de detrás y se apartó de ella.

Era un hombre bajito, delgado y bastante sorprendente: tenía el pelo rojo metálico recogido en una coleta, bonitas facciones y bajo su bata blanca de laboratorio llevaba una camisa amarillo limón con poéticos volantes y mallas verdes ajustadas.

Lo miró, parpadeando.

—Mis disculpas, no pretendía asustarte –dijo, haciendo un gesto tranquilizador con las manos. Su acento era extraño, exótico y bastante seductor.

—No, está bien, es solo que… solo que estoy cansada.

—Al principio pensé que eras una enfermera, pero no te conozco, ¿verdad?

—No –miró hacia otro lado, riendo por lo bajo.

—Pareces estar en apuros. ¿Puedo hacer algo para ayudarte?

Tenía un rostro amable y una sonrisa dulce. Le gustaba, y resistió el impulso de caer en sus brazos, sollozando y contárselo absolutamente todo.

—No, yo, yo estoy bien. Solo necesito descansar, creo –dijo.

La estudió: tenía unos ojos violeta de lo más extraño. Por un momento pareció que le iba a decir algo, a discutir con ella. Pero frunció los labios y el momento pasó.

—Muy bien, pues. Pero no dudes en pedirlo si necesitas algo.

—Gracias.

Se fue, exudando elegancia pese a la bata de laboratorio blanca, pese a parecer tan exhausto como ella.

El borracho se había sentado a descansar a unos diez asientos de distancia.

—Probablemente te acaba de leer la mente, ya sabes.

—¿Qué? –dijo Jennifer.

—Eso es lo que hace. Lee mentes. Es el doctor Tachyon.

Claro que lo era. Entonces lo supo. La había mirado, leído su mente… y sabía que era un as. Lo sabía todo sobre ella. Y no había dicho nada. Nada había ocurrido. Casi se echó a reír.

Cuando el cielo, más allá de la sala de urgencias, empezó a ponerse pálido, Jennifer decidió que era el momento de irse. Aún no había encontrado a Tricia.

Pero según el baterista, Tricia estaba con Tony. Quizás estaba en la guía telefónica. Quizá podía buscarlo, llamarle, pedir que le dejara hablar con Tricia… seguramente alguien en el CBGB sabría dónde vivía. O su número de teléfono. Aún podía encontrar a Tricia, aún no estaba al final de la línea.

Se dirigió al oeste, de vuelta a Bowery. Los faroles se habían apagado sin que Jennifer se diera cuenta y se oía el rumor de nuevos caminos. Ya era de día. Había estado dando vueltas toda la noche. Vaya aventura. No le quedaba otra más que sonreír.

El tráfico de la mañana fue aumentando, los peatones salían a la acera, los comerciantes levantaban las persianas de sus escaparates. La gente le echaba algún vistazo fugaz –despeinada, con unos tristes zapatos, una pijama de médico y una bata de laboratorio–, pero tampoco se le quedaban mirando fijamente. No parecía normal, pero en esta parte de la ciudad, ¿qué lo era? Decidió que sentirse acomplejada por ello era inútil.

Delante vio el cartel de una cafetería que parecía ser popular, y su estómago rugió. Estaba muerta de hambre y un gran plato de huevos y *hot cakes* parecía el remedio perfecto. Incluso tenía diez de los grandes o algo así en el bolsillo de la bata de laboratorio para pagarse un buen desayuno. Quizá podría invitar a todos los de la cafetería.

Pasó delante del ventanal, hacia la puerta de entrada. Se paró. Retrocedió un par de pasos y miró. Allí, en la mesa del centro, justo al lado de la ventana, estaba Tricia. Sentados con ella estaban los otros tíos del grupo, el cantante y el guitarrista, y otra fan. El guitarrista estaba dando golpecitos en la mesa con sus veinte dedos; el pelo refulgente del cantante parecía apagado y lacio. Estaban bebiendo café y riendo como si no pasara nada. Podían haber estado allí sentados toda la noche.

Jennifer golpeó suavemente el cristal. La alternativa era destrozar la ventana de un puñetazo.

Tricia alzó los ojos, se le desencajó la mandíbula y pestañeó repetidamente, sorprendida.

Jennifer se dirigió hacia la puerta principal y el interior, después hacia la mesa. Tricia aún estaba mirándola, estupefacta. Jennifer se cruzó de brazos. Los otros tres se encogieron al ver su mala cara.

Al final, Tricia espetó:

—Oh, Dios mío, Jennifer, ¿dónde has estado? ¡Te perdiste la mejor fiesta del mundo!

Como si fuera culpa suya haberse perdido la fiesta y no la hubiera abandonado en el barrio más sórdido de la ciudad. Cuántas cosas podría decirle en ese mismo momento.

Jennifer lo pensó un minuto. «De hecho, creo que mi fiesta probablemente ha sido mejor que la tuya.» Agitó los bordes de su bata de laboratorio, dejando ver su nuevo vestuario.

—¿Por qué no me esperaste, Trish? ¿Por qué no me dijiste al menos dónde ibas? He estado buscándote por todos lados.

Tricia se removió en la silla, se encogió de hombros y entornó los ojos.

—Pensé que estabas justo detrás de nosotros, honestamente.

Jennifer no tenía nada que responder. Era más que hora de volver a casa. Se dio la vuelta y se fue. No esperaba que Tricia corriera tras ella, y Tricia una vez más cumplió plenamente las expectativas. Pero la llamó:

—¡Jennifer, espera! Dios, no tienes que ser tan cuadriculada.

Apoyando el hombro en la pared, Jennifer se quedó fuera de la cafetería, demasiado cansada para tener hambre, demasiado embotada para pensar, sin saber qué hacer. Había estado corriendo toda la noche ¿y qué es lo que había conseguido? Ampollas en los pies. Un inesperado aprecio por su as. Y un sobre lleno de dinero.

No podía entregar el dinero a la policía. No se sentiría bien gastándoselo. ¿Qué más podía hacer salvo tirarlo a las alcantarillas para que algún vagabundo lo encontrara y se lo gastara en una borrachera?

O quizá…

◆

Volvió a la clínica de Jokertown. Recordaba haber visto un cartel en la pared, dentro, parecido a una caja fuerte con una ranura en ella. DONACIONES decía el cartel, con un texto más pequeño debajo que decía: ¡CADA PENIQUE AYUDA!

Jennifer se escurrió por la puerta y se deslizó junto a la pared esperando pasar inadvertida. El lugar estaba tranquilo; la enfermera que había visto por la noche estaba tras el mostrador, descansando la cabeza en sus brazos. Debía faltar poco para el cambio de turno.

Rápidamente, Jennifer metió el sobre en la ranura. Le costó un poco: la ranura estaba pensada para monedas y billetes y no para el salario de un año. Pero lo consiguió y el sobre cayó con un satisfactorio ruido sordo.

Por un momento, se quedó mirando la caja. Podía cambiar de opinión. Podía volverlo a sacar. Y de nuevo, no, no podía. Como había dicho Croyd, había cosas *correctas* y cosas correctas, y esto era más correcto que ninguna otra cosa que le hubiera sucedido esa noche.

Por otra parte, necesitaba pagar el boleto del metro para volver a casa. Metió la mano en la caja de donativos, sacó un único billete arrugado. Después recuperó un segundo, para reponer las ropas y las joyas que había perdido. Era justo, ¿no? Ya había medio metido los dedos en la caja en busca de un tercer billete cuando se detuvo. Esto era más que suficiente.

Casi salió corriendo de la sala de urgencias. Con las manos en los bolsillos de su bata, subió por la calle, con la barbilla en alto, sonriendo.

Llega un cazador

♣ ♦ ♠ ♥

por John J. Miller

*Si deseas descubrir la verdad desnuda, no
te preocupes por el bien y el mal.*

SENG-TS'AN, *Hsin-hsin Ming*

I

BRENNAN OBSERVABA CÓMO EL PAISAJE IBA PERDIENDO SU color mientras el autobús descendía desde la tranquila frescura de las montañas al bochorno pegajoso de un día en la ciudad. Interminables estacionamientos de asfalto sustituían a los prados y los campos cubiertos de hierba. Los edificios se hacían más altos y densos cerca de la autopista. Faroles plomizos suplantaban a los árboles en el camellón y a lo largo de la carretera. Hasta el cielo se había vuelto gris y sombrío, amenazando lluvia.

Bajó en la Autoridad Portuaria con los otros pasajeros. Se dispersaron hacia una miríada de destinos, con la mirada ausente propia de los habitantes de las grandes ciudades, sin mirarlo una segunda vez. No es que hubiera nada en él que provocara que la gente lo mirara dos veces.

Era alto, pero no mucho. Su complexión era un poco más que fuerte. Sus manos eran grandes. Bronceado y lleno de cicatrices, venas y nervios sobresalían en sus dorsos como gruesos cables. Su rostro era moreno y delgado y ordinario. Llevaba una chamarra de mezclilla, raída y blanqueada por el sol, una camiseta de algodón oscura, un par de *jeans* frescos y zapatos deportivos negros. Cargaba una pequeña bolsa de mano en la izquierda y un estuche de cuero plano en la derecha.

La calle Cuarenta y dos, en el exterior del edificio de la Autoridad Portuaria, estaba abarrotada. Se mezcló con la marea de tráfico peatonal, dejando que lo llevara a una zona de Manhattan que solo era ligeramente menos sórdida que las zonas más decentes de Jokertown. Se desgajó del enjambre de peatones al cabo de unas pocas manzanas y subió por las decadentes escaleras de piedra del Ipswhich Arms, un hotel descuidado que aparentemente proporcionaba refugio a las prostitutas locales. Aquí eran más baratas y, si solo una fracción de lo que había leído era cierto, mucho más excitantes.

El encargado de recepción lo miró con aire de desconfianza al verlo llegar solo y con equipaje, pero aceptó su dinero y le indicó una habitación que era tan pequeña y sucia como suponía. Cerró la puerta, dejó la bolsa en el suelo y depositó su estuche de cuero en la cama hundida.

La habitación era sofocante, pero Brennan había estado en lugares más calurosos. Se sentía confinado entre las sucias paredes desnudas que lo rodeaban, pero abrir una ventana no lo habría ayudado. Se tendió en la cama y observó el techo destartalado sin ver las cucarachas que corrían por encima de su cabeza. Las palabras de una carta que había recibido la víspera seguían dando vueltas en su mente.

«Capitán Brennan, él está aquí. Lo he visto, pero me temo que me vio y también me reconoció. Venga al restaurante. Sea cauteloso, pero abierto.»

No había firma, pero reconoció la mano elegante, precisa de Minh. No había dirección, pero no la necesitaba. Minh lo había escondido en el restaurante durante varios días cuando había regresado subrepticiamente a Estados Unidos, tres años antes. Y Brennan no tenía duda acerca de a quién se refería su viejo amigo en la carta. Era Kien.

Cerró los ojos y vio un rostro: masculino, enjuto, depredador. Trató de hacerlo desaparecer. Intentó expulsarlo de su mente conjurando desde las profundidades de su conciencia el sonido de una mano dando palmadas. Lo intentó, pero falló. La cara sonreía, burlándose de él. Empezó a reír.

Se sentó en la cama, esperando la oscuridad y lo que pudiera traer.

II

El aire estaba quieto, estancado y tapaba las fosas nasales de Brennan con la miasma de siete millones de personas hacinadas, demasiado juntas. Luego de tres años en las montañas, se le hacía extraña la ciudad, pero aún era capaz de aprovecharse de eso. Un hombre entre miles, al que se veía, pero en el que nadie reparaba, al que se oía, pero del que nadie se acordaba, mientras se dirigía al restaurante de Minh en Elizabeth, cargando con su estuche de cuero.

Era primera hora de la mañana y la calle ya estaba llena de clientes potenciales, pero el restaurante permanecía cerrado. Eso era raro.

El vestíbulo, la única parte del interior del restaurante visible desde la calle, estaba oscuro. El letrero que colgaba por dentro de la puerta exterior de cristal decía «Cerrado. Por favor vuelva a llamar» en inglés y vietnamita. Tres hombres, matones de ciudad, pululaban por la calle, frente al edificio, bromeando entre ellos.

Brennan se dirigió a la esquina, tratando de envolver su repentina aprensión con un manto de calma. Ejecutó una serie de ejercicios de respiración que habían constituido la primera lección de Ishida cuando decidió encauzar su vida estudiando el Camino. Aprensión, miedo, nerviosismo, odio: no le hacían ningún bien. Necesitaba la inefable calma de un remanso en la montaña, intocado, tranquilo.

Kien aún estaba vivo. De eso no tenía duda. Kien era un astuto y despiadado sobreviviente para quien la caída de Saigón había sido simplemente un inconveniente. Le habría llevado cierto tiempo, pero Brennan estaba seguro de que debió de haber tejido una red de agentes tan potente e implacable como la que tenía en Vietnam. Estos agentes, teniendo en cuenta los pocos días que se había tardado en escribir, entregar y reaccionar a la carta, podrían haber dado con el paradero de Minh.

Dobló la esquina y, sin que los demás transeúntes se dieran cuenta, se deslizó hacia un callejón secundario que limitaba con el restaurante de Minh. Estaba oscuro allí, tan silencioso y fétido como la muerte. Se agachó junto a un montón de basura sin recoger, escuchando y observando. No vio nada, mientras sus ojos se ajustaban a la densa penumbra del callejón, salvo gatos callejeros. No oyó nada, salvo su rumor mientras escarbaban en la basura. Había dejado su estuche en el suelo y abrió sus pasadores. Apenas podía ver en la penumbra, pero no necesitaba ninguna luz para ensamblar lo que había en su interior. Montó y sujetó las palas, inferior y superior, a la pieza central y con seguridad y fuerza, fruto de la práctica, deslizó la cuerda por encima del extremo inferior, la metió a través de él, apoyó la pala inferior contra el pie, dobló la superior contra la parte posterior de su muslo y deslizó la cuerda por encima de la punta. Rozó la tensa cuerda con sus dedos y sonrió ante el grave zumbido que produjo.

Sostenía un arco recurvado, de ciento seis centímetros de largo, hecho de capas de fibra de vidrio laminadas alrededor de un núcleo de tejo. Brennan sabía que era un buen arco. Lo había hecho él mismo. Tenía una fuerza de veintisiete kilos, lo bastante poderoso para derribar un ciervo, un oso o un hombre.

El estuche también contenía un guante de cuero con tres dedos que Brennan se puso en la mano derecha y un pequeño carcaj de flechas que enganchó a las pestañas de velcro de su cinturón. Sacó una. Estaba rematada por una amplia punta de caza, con cuatro aletas afiladas como cuchillas. La colocó sin apretar en la tensa cuerda y, más silencioso que los gatos que rebuscaban en la basura sin recoger, se deslizó furtivamente hacia la puerta trasera del restaurante.

Prestó atención, pero no oyó nada. Probó la puerta, encontró que no estaba cerrada y la abrió poco más de un centímetro. Un arco de luz se derramó y se encontró mirando un pedazo de la cocina. También estaba vacía y silenciosa.

Se deslizó a su interior, una silenciosa mancha de oscuridad en la sala de acero inoxidable y porcelana blanca. Agazapado, moviéndose con rapidez, se dirigió a la doble puerta batiente que conducía al comedor y cautelosamente espió a través de la ventana oval de la puerta. Vio lo que había temido ver.

Los meseros, cocineros y clientes estaban acurrucados en un rincón de la sala bajo la vigilante mirada de un hombre armado con una pistola automática. Otros dos sostenían a Minh con los brazos y piernas en cruz contra una pared, mientras un tercero lo estaba moliendo a palos. La cara de Minh estaba magullada y sangrienta, tenía los ojos cerrados por la hinchazón. El hombre que lo estaba golpeando metódicamente con una fusta de cuero, también lo estaba interrogando.

Brennan se retiró de la ventana, apretando los dientes, la furia le inflamaba las venas del cuello y le enrojecía la cara.

Kien había reconocido a Minh y había ordenado que le dieran caza. Minh era uno de los pocos en Estados Unidos que podía identificar a Kien, que conocía que había utilizado metódicamente y sin piedad su posición como general del Ejército de la República de Vietnam para traicionar a su país, a sus hombres y a sus aliados estadunidenses. Brennan, por supuesto, también conocía a Kien por lo que era. También sabía que cualquier posición que se hubiera erigido en Estados Unidos sería respetada por las autoridades, quienes lo escucharían e incluso probablemente le temerían. Brennan, por otra parte, ya que había desertado del ejército asqueado durante la debacle de la caída de Saigón, era un proscrito. Nadie entre las autoridades sabía que había vuelto a Estados Unidos, y quería que siguiera así.

Metió la mano en el bolsillo trasero, sacó una capucha y se la puso, cubriendo su rostro desde el labio superior hasta la coronilla.

Se tomó un momento para respirar hondo, hundir sus emociones en un vacío, en la nada, poner a un lado su ira, su miedo, su amigo, su necesidad de venganza, para olvidarse incluso de sí mismo. Se convirtió en nada para poder serlo todo. No estaba furioso, no estaba tranquilo. Se puso de pie en silencio y cruzó la puerta, se agachó detrás de una mesa y sacó su primer proyectil.

Las serenas, seguras palabras de Ishida, su *roshi*, llenaron su mente como el tañido somnoliento de una gran campana.

«Sé al mismo tiempo el que apunta y el objetivo, el que dispara y el blanco. Sé un recipiente lleno esperando a ser vaciado. Suelta tu carga en el momento adecuado, sin pensar, sin dirección, y de ese modo conocerás el Camino.»

Miró fijamente sin ver, olvidando si sus objetivos eran hombres o balas de heno, disparó el primer proyectil, bajó la mano hasta la aljaba de su cinturón, sacó su siguiente flecha, la colocó, levantó el arco y tensó la flecha mientras el primer proyectil aún estaba moviéndose.

La primera flecha dio en el blanco mientras estaba apuntando al tercer objetivo. Se dieron cuenta de que los atacaban cuando la segunda flecha ya había impactado y había disparado la cuarta. Para entonces era demasiado tarde.

Había decidido el orden de sus objetivos antes de sumergirse en el vacío. El primero fue el hombre que custodiaba a los rehenes con la pistola en la mano. El proyectil le dio en la espalda, en lo alto del lado izquierdo. Se ensartó en su corazón, le atravesó un pulmón y salió por el pecho, unos quince centímetros. El impacto lo lanzó hacia delante, atónito, hacia los brazos del mesero. Ambos se quedaron mirando el proyectil de aluminio sanguinolento que sobresalía de su pecho. El pistolero abrió la boca para insultar o rezar, pero la sangre le salió a borbotones, ahogando sus palabras. Se derrumbó hacia delante, sus piernas dejaron de sostenerlo, y el mesero lo hizo caer.

Los dos que sujetaban a Minh le siguieron. Se dejó caer al suelo mientras trataban de agarrar las armas de sus cinturones. Uno tenía la mano clavada en el estómago antes de que pudiera desenfundar; al otro lo ensartó en la pared. Tiró la pistola y apretó la flecha que lo clavaba como si fuera un insecto. El último, el que había estado interrogando a Minh, se giró violentamente y recibió un impacto en el costado. La flecha trazó un ángulo hacia arriba, se deslizó entre sus costillas, perforó su corazón y siguió horadando hasta que le salió por el hombro derecho.

Habían pasado nueve segundos. El repentino silencio solo se rompió con el llanto dolorido del hombre clavado a la pared.

Brennan cruzó la sala en una docena de zancadas. Los rehenes aún estaban perplejos como para moverse. Dos de los matones estaban muertos. Brennan no sintió placer alguno con sus muertes, como no sentía placer matando un ciervo para tener comida en la mesa. Sencillamente, era algo que había que hacer. Tampoco desperdició su compasión con ellos.

El que había recibido el disparo en el vientre estaba acurrucado en el suelo, inconsciente y en estado de *shock*. El otro, clavado a la pared por la flecha que le había perforado el pecho, aún estaba alerta. El miedo distorsionaba su cara y cuando miró a los ojos de Brennan sus sollozos se convirtieron en un gemido.

Brennan lo miró sin remordimiento. Sacó un proyectil de su aljaba. El hombre empezó a balbucear. Brennan lo remató. La punta de caza cortó la garganta del hombre tan fácil como si fuera una cuchilla. Brennan se apartó desapasionadamente del súbito chorro de sangre, devolvió la flecha a la aljaba y se arrodilló junto a Minh.

Estaba muy malherido. Le habían roto brazos y piernas –debía de haber sido una agonía estar sujeto como estaba– y el daño interno tenía que ser enorme. Su respiración era débil y entrecortada. Sus ojos estaban cerrados por los golpes. Probablemente no verían nada incluso si los hubiera abierto.

—*Ông là ai?* –susurró al notar la suave exploración de Brennan. «¿Quién eres?»

—Brennan.

Minh sonrió con una sonrisa cadavérica. La sangre burbujeaba en sus labios y brillaba en sus dientes.

—Sabía que vendrías, capitán.

—No hables. Tenemos que conseguir ayuda…

Minh negó con la cabeza. El esfuerzo pudo con él. Tosió e hizo una mueca de dolor.

—No. Me estoy muriendo. Tengo que decírtelo. Es Kien. Esto lo prueba. Querían saber si se lo había dicho a alguien, pero no dije nada. No saben nada de ti.

—Lo sabrán –prometió Brennan.

Minh tosió otra vez.

—Esperaba poder ayudar. Como en los viejos tiempos. Como en los viejos tiempos –su mente vagó por un momento y Brennan alzó la mirada.

—Llamen a una ambulancia –ordenó–. Y a la policía. Díganles que hay tres más en la calle delantera. Muévanse.

Uno de los meseros saltó para seguir sus órdenes mientras los otros lo observaban en muda incomprensión.

—Ayudarte –repetía Minh–, ayudarte –guardó silencio por un momento y pareció hacer un esfuerzo supremo para hablar racionalmente y con claridad–. Debes escuchar. Scar secuestró a Mai. Lo estaba siguiendo, tratando de conseguir una pista que me llevara a descubrir dónde se habían llevado a Mai, cuando lo vi con Kien en una limusina. Ve a Chrysalis, al Palacio de Cristal. Debería saber dónde se la llevaron. No… pude… descubrirlo –su última frase quedó interrumpida por un ataque de tos y sangre.

—¿Por qué se la llevaron? –preguntó Brennan suavemente.

—Por sus manos. Sus manos manchadas de sangre.

Brennan limpió el sudor de la frente de Minh.

—Ahora descansa tranquilo –le dijo.

Pero Minh no lo escuchaba. Se levantó, estrujando el brazo de Brennan.

—Encuentra a Mai. Ayuda. Ella.

Se recostó, suspiró. La sangre burbujeaba en sus labios.

—*Tôi met* –dijo. «Estoy cansado.»

Brennan apretó su mandíbula para combatir el dolor y le respondió dulcemente en vietnamita.

—Descansa, pues.

Minh asintió y murió.

Brennan lo dejó con dulzura en el suelo y se sentó sobre los talones, parpadeando aceleradamente. Otra no, se dijo a sí mismo. No otra muerte. Era otra cosa por la que Kien tendría que responder.

Se levantó, miró a su alrededor y no vio más que el miedo en los rostros de las personas a las que había rescatado. No tenía sentido esperar. La policía solo haría preguntas incómodas. Como su nombre. Había un montón de gente a la que le gustaría saber que Daniel Brennan aún estaba vivo y de vuelta en Estados Unidos, Kien solo era uno de ellos.

Tenía que irse antes de que llegara la policía. Tenía que seguir el débil hilo que Minh le había dejado. Chrysalis. Palacio de Cristal.

Pero se paró, se giró hacia los rehenes liberados.

—Necesito un bolígrafo –dijo.

Uno de los meseros tenía un rotulador que entregó a Brennan sin mediar palabra. Se detuvo un momento. Quería que Kien se despertara por la noche empapado en sudor frío, pensando, haciéndose preguntas. No llegaría a él de inmediato, pero con suficientes mensajes, suficientes agentes muertos, lo haría finalmente.

Garabateó un mensaje junto al hombre clavado en la pared por su flecha. Decía «Voy por ti, Kien». Se detuvo antes de firmarlo. Su nombre no serviría. Despojaría del miedo a lo desconocido a sus ataques y daría a Kien, sus agentes y sus contactos en el gobierno una pista demasiado concreta que seguir. Sonrió cuando le asaltó una súbita inspiración.

El nombre en clave de su última misión en Vietnam, cuando Kien los había traicionado a él y a su unidad entregándolos a manos de los norvietnamitas; había sido la Operación Yeoman. Aquel nombre daría que pensar a Kien. Podría sospechar que era Brennan quien estaba tras el nombre, pero no lo sabría con seguridad. Lo corroería por las noches y salpicaría sus sueños con recuerdos de hechos que creía enterrados hacía mucho tiempo. También era un nombre apropiado de un modo tristemente irónico. Le quedaba bien.

Firmó el breve mensaje, *Yeoman*, y después, en un arrebato de inspiración final, dibujó un pequeño as de picas, el símbolo vietnamita de la muerte y la mala suerte, y lo coloreó. Los meseros y los ayudantes de cocina vietnamitas murmuraron para sus adentros al ver la marca, y el mesero que había prestado el rotulador a Brennan se negó a que se lo devolviera con rápidas sacudidas de cabeza, como un pájaro.

—Como quieras –dijo Brennan–. ¿Cómo llego al Palacio de Cristal?

Uno de ellos le dio las instrucciones balbuceando y Brennan volvió a salir, atravesando la cocina, al oscuro callejón. Desmontó su arco, lo colocó en su estuche y desapareció antes de que la policía llegara. Aún con su máscara, recorrió los callejones y las calles oscuras, rebasando a otras figuras fantasmales en la oscuridad. Algunos lo observaban, otros estaban absortos en sus propios asuntos. Nadie trató de detenerlo.

El Palacio de Cristal, en Henry, formaba parte de un hilera de casas adosadas de tres pisos que ocupaba toda una manzana. La mitad de la hilera, más o menos, había sido destruida en la Gran Revuelta de Jokertown, en 1976, y no se había reconstruido. Algunos de los escombros se habían retirado, otros permanecían en grandes pilas amontonadas junto a muros tambaleantes. Al pasar, Brennan vio ojos, si eran humanos o animales no podía decirlo; brillaban entre las grietas y las hendiduras dentro de los escombros. No le tentaba investigarlo. Siguió avanzando por la calle hasta la zona donde el edificio seguía intacto, luego subió la corta escalera de piedra bajo un toldo, atravesó una pequeña antecámara y se encontró en la taberna principal del Palacio de Cristal.

Estaba oscuro, abarrotado y lleno de humo. De vez en cuando se veía a algún joker evidente, como el tipo bajito, mantecoso, con colmillos que vendía periódicos en la puerta y la cantante bicéfala del pequeño escenario, que se las arreglaba para desarrollar agradables armonías a partir de una canción de Cole Porter. Algunos eran bastante normales hasta que uno se acercaba. Brennan reparó en un hombre, normal, casi guapo, solo que le faltaba la nariz y la boca y en su lugar tenía una larga trompa, enroscada, que introdujo como un popote en su bebida mientras Brennan miraba. Algunos vestían trajes que llamaban la atención sobre su extraña condición, como si proclamaran su infección de un modo desafiante. Otros portaban máscaras para esconder sus deformidades aunque algunos de los que llevaban máscaras eran gente normal, *norms*, en el argot joker.

—¿Eres un vendedor?

Brennan tardó un instante en darse cuenta de que la pregunta iba dirigida a él. Miró hacia el final de la barra de madera donde un hombre estaba sentado en un taburete alto, balanceando sus piernas cortas y rechonchas, que no tocaban el piso. Era un enano, de un metro veinte de alto y un metro veinte de ancho. Su cuello era tan alto como una lata de atún y tan grueso como el muslo de un hombre. Parecía tan sólido y carente de expresión como un bloque de mármol.

—¿Esas son tus muestras? –preguntó, señalando el estuche de Brennan con una mano del doble del tamaño de las de Brennan.

—Solo las herramientas de mi oficio.

—Sascha.

Uno de los meseros, un hombre alto, delgado, con un bigotillo y pelo rizado y aceitoso que le caía lánguidamente sobre la frente, se giró hacia el enano. Brennan lo había visto por el rabillo del ojo, mezclando y dispensando las bebidas con increíble rapidez y seguridad. Cuando se giró respondiendo a la llamada del enano, Brennan vio que no tenía ojos, solo piel lisa, sin interrupción, cubriéndole las órbitas. El mesero miró en su dirección y asintió rápidamente.

—Está bien, Elmo, está bien –el enano asintió y apartó los ojos de Brennan por primera vez desde que habían empezado a hablar. Brennan frunció el ceño, estaba a punto de hablar, pero el mesero lo interrumpió. Le señaló el otro extremo de la barra y dijo:

—Ella está allí.

Brennan apretó los labios. El hombre sin ojos sonrió brevemente y se dio la vuelta para mezclar otra bebida. Brennan miró en la dirección que le había indicado el mesero y contuvo el aliento.

Había una mujer sentada en una mesa del rincón con un hombre delgado, negro de piel clara, que llevaba un quimono salpicado con dragones amarillos y bordado con lo que Brennan tomó por fórmulas místicas. Era guapo, excepto por la frente prominente que empañaba su perfil. La silla en la que se sentaba era común. La silla de la mujer tenía el tamaño de un trono, con un marco de nogal negro y cojines de peluche rojo. Dejó la copa de cristal del tamaño de un dedal de la que estaba bebiendo un licor de color miel, miró directamente a Brennan y sonrió.

Llevaba unos pantalones que se ajustaban a su esbelta figura y un chal envolvente que se recogía sobre su hombro derecho, dejando la mitad de su pecho desnudo. Su piel era completamente invisible, exponiendo vagamente los oscuros músculos y los órganos que trabajaban bajo ellos. Brennan podía ver la sangre fluyendo en la red de venas y arterias que recorría su carne, podía ver sus músculos fantasmales, semitransparentes, desplazarse y deslizarse al más ligero movimiento, incluso podía entrever el latido de su corazón dentro de la caja de sus costillas y el aleteo de sus pulmones trabajando regularmente, sin cesar.

Le sonrió. Brennan sabía que la estaba mirando fijamente, pero no podía evitarlo. Parecía demasiado rara para ser hermosa, pero era fascinante. Su pecho expuesto era totalmente invisible, salvo por la fina red de vasos sanguíneos entrelazados y su pezón, grande y oscuro. Su rostro, ¿quién podría decirlo? Sus ojos eran azules; sus pómulos altos, bajo la cobertura del músculo de la mandíbula; su nariz era una cavidad en su cráneo. Sus labios, como el pezón del pecho, eran visibles. Eran sensuales y seductores y se curvaban en una sonrisa sardónica. No tenía pelo con el que esconder su cráneo. Se abrió camino entre la multitud hacia ella y ella lo miró con lo que parecía ser, si es que era capaz de leer su extraña expresión, indiferente diversión. Al beber de su copa, observó el mecanismo de su garganta.

—Perdón –empezó y guardó silencio.

Ella rio. Con buen talante, sin acritud, reproche o ira.

—Perdón garantizado, enmascarado –dijo–. Soy un espectáculo para la vista. Nadie que me ve por primera vez puede actuar como si nada. Soy Chrysalis, dueña y señora del Palacio de Cristal, como supongo que ya sabes. Este es Fortunato.

El negro miró a Brennan y pudo ver la sangre oriental en la forma de sus ojos. Se saludaron inclinando la cabeza, sin palabras. Había

–Brennan lo percibió– un aura de poder alrededor de este hombre. Era un as, de eso estaba súbitamente seguro.

—¿Cómo te llamas? –le preguntó Chrysalis.

Hablaba con un refinado acento británico, lo que habría sorprendido a Brennan de no haber sobrepasado su cuota de sorpresa por aquella noche. Su voz se había vuelto meditabunda, su expresión parecía calculadora.

—Yeoman –dijo Brennan, preguntándose hasta qué punto podía permitirse ser abierto.

—Interesante. Ese no es tu nombre real, por supuesto.

Brennan la miró en silencio.

—¿Te gustaría saberlo? –preguntó su compañero. Fortunato sonrió lánguidamente y ella se encogió de hombros y le respondió con una sonrisa evasiva.

Fortunato miró a Brennan. Sus ojos se volvieron más profundos, más oscuros. Brennan percibió un vertiginoso vórtice de poder creciendo en ellos, un poder que, de repente se dio cuenta, se dirigía hacia él. Montó en cólera, apretando los puños y supo que no podía evitar la habilidad que las esporas habían dado a Fortunato, la habilidad de penetrar en el núcleo de su cerebro. Solo podía hacer una cosa.

Respiró hondo, aguantó la respiración y vació su mente de todo pensamiento. Estaba de nuevo en Japón, frente a Ishida, tratando de responder el acertijo que el *roshi* le había propuesto cuando había querido entrar por primera vez en el monasterio.

—Un sonido se oye cuando las dos manos aplauden, ¿cuál es el sonido de una mano aplaudiendo?

Sin mediar palabra, Brennan había lanzado su mano hacia delante, cerrada en un puño. Ishida había asentido y el entrenamiento de Brennan empezó seriamente. Ahora lo llamaba entrenamiento. Se había adentrado en las profundidades del *zazen*, el estado de meditación en que se vaciaba de todo pensamiento, sentimiento, emoción y expresión. Un instante sin tiempo pasó y, como si lo oyera desde muy lejos, escuchó a Fortunato murmurar:

—Extraordinario –y se retiró.

Fortunato lo miró con un poco de respeto. Chrysalis observó a ambos cuidadosamente.

—¿Estás metido en el zen? –preguntó Fortunato.

—Soy un humilde aprendiz –murmuró Brennan, con una voz que incluso a él le sonaba como si proviniera del distante pico de una montaña.

—Quizá sería mejor que hablara con Yeoman a solas –dijo Chrysalis.

—Como quieras –Fortunato se levantó.

—Un momento –Brennan se agitó, como un perro sacudiéndose el agua, y volvió por completo a la habitación. Miró a Fortunato–. No vuelvas a hacerlo.

Fortunato frunció los labios, asintió.

—Estoy seguro de que volveremos a vernos.

Dejó la mesa, abriéndose camino por la abarrotada sala.

Brennan tomó su silla mientras Chrysalis lo contemplaba con lo que parecía ser una expresión calculadora.

—Es extraño que no haya oído hablar de ti antes –dijo.

—Acabo de llegar a la ciudad.

Su mirada se había vuelto penetrante, cautivadora. Fue con cierto esfuerzo como Brennan apartó la mirada de sus ojos, que flotaban, desnudos, en sus huecas órbitas.

—¿Por negocios? –preguntó. Brennan asintió y ella dio un sorbo a su bebida, suspiró y dejó la copa–. Ya veo que no estás de humor para charlar un poco. ¿Qué quieres de mí?

—Tu mesero –empezó–. ¿Cómo se las arregla tan bien sin ojos?

—Esa es fácil –dijo Chrysalis con una sonrisa–. Te la contestaré gratis. Sascha es un telépata, entre otras cosas. No te preocupes. Sean cuales sean los secretos que escondes bajo tu máscara están a salvo. Es un rastreador de superficies. Solo puede leer los pensamientos superficiales. Eso hace que su trabajo sea más fácil y el Palacio de Cristal más seguro. Le dice a Elmo quiénes son los peligrosos, los locos, los perversos. Y Elmo se deshace de ellos.

Brennan asintió, sintiéndose un poco más seguro. Se alegró de saber que la habilidad del mesero era limitada. No le gustaba la idea de alguien hurgando en su cerebro.

—¿Qué más? –preguntó Chrysalis.

—Necesito saber cosas de dos hombres. Un hombre llamado Scar y su jefe, Kien.

Chrysalis lo miró y frunció el ceño. Al menos, los músculos de su cara se amontonaron. Como su musculatura corporal, parecían

tenues, etéreos, como si lo que hicieran su piel y carne totalmente
invisible les afectara hasta el punto de ser traslúcidos.

—¿Sabes que están conectados? Eso es algo que saben, quizás, tres
personas fuera de su propio círculo. ¿Son amigos tuyos? —un arrebato de ira encendió el rostro de Brennan y ella dio un respingo—. No,
supongo que no.

Sus palabras le trajeron recuerdos de traición y violencia. Sascha dirigió su mirada ciega a un rincón. Elmo se puso de puntillas, estirando
su grueso cuello. En la sala, media docena de personas se habían quedado calladas. Un hombre se apretó las sienes y se desmayó. Gimió
como un perro apaleado mientras sus compañeros de mesa trataban
de sacarlo del trance. Chrysalis apartó su mirada de la de Brennan,
hizo una señal a Elmo y la tensión empezó a disiparse lentamente.

—Son peligrosos, los dos —dijo tranquilamente—. Kien es vietnamita, un exgeneral. Apareció hace unos, mmm, unos ocho años. Rápidamente se introdujo en el tráfico de drogas y ahora controla una
buena parte. De hecho, mete su mano en la mayoría de las actividad-
des ilegales de la ciudad mientras mantiene una sólida fachada de
respetabilidad. Posee una cadena de tintorerías y restaurantes. Hace
donaciones a las organizaciones benéficas adecuadas y a los partidos
políticos. Lo invitan a todos los grandes eventos sociales. Scar es uno
de sus lugartenientes. No informa directamente a Kien. El general
se mantiene muy aislado.

—Cuéntame más cosas de Scar.

—Un tipo de ciudad. No conozco su verdadero nombre. Se llama
Scar por los extraños tatuajes que le cubren la cara. Se supone que
son marcas tribales maoríes.

Brennan debió de parecer incrédulo porque Chrysalis se encogió
de hombros. Vio cómo se movían los músculos y los huesos rotaban
en sus órbitas. El pezón de su pecho descubierto subía y bajaba en
su lecho de carne invisible.

—Se supone que sacó la idea de un antropólogo de NYU que estaba estudiando su banda. Algo sobre las tribus urbanas. Sea como sea,
es un tipo infame. Es el brazo ejecutor de Kien. Insuperable en una
pelea —lo miró con astucia—. Vas a enfrentarte a él.

—¿Qué es lo que lo hace insuperable?

—Se teleporta instantáneamente. Puede desaparecer muy rápido, antes de que nadie pueda moverse, y reaparecer donde quiera. Normalmente detrás de su oponente. Además es extremadamente cruel. Podría ser algo grande, pero le gusta matar. Se contenta con ser uno de los lugartenientes de Kien. No es que le vaya mal –jugueteó con su copa por un momento, luego miró directamente a Brennan–. ¿Eres un as?

Brennan no dijo nada. Se miraron durante un buen rato y después Chrysalis suspiró.

—No tienes nada. Solo eres un hombre, un nat. ¿Qué te hace pensar que puedes con Scar? –repitió.

—Como has dicho, soy un hombre. Secuestró a la hija de un amigo mío. Soy el único que queda para ir tras ella.

—¿La policía? –empezó Chrysalis reflexivamente, luego rio ante su propia sugerencia–. No. Scar, a través de Kien, tiene protección policial suficiente. ¿Asumo que no tienes pruebas sólidas de que Scar tiene a la chica? No. ¿Y qué hay de los otros ases? Black Shadow, Fortunato quizá…

—No hay tiempo. No sé qué le está haciendo. Además –paró un momento y evocó diez años atrás–, esto es personal.

—Eso sospechaba.

Brennan volvió a apartar la mirada de la habitación. Contempló detenidamente a Chrysalis.

—¿Dónde puedo encontrar a Scar?

—Estoy en el negocio de la venta de información y ya te he dado mucha de manera gratuita. Este dato tiene un costo.

—No tengo dinero.

—No necesito tu dinero. Yo te hago un favor, tú me haces otro.

Brennan puso mala cara.

—No me gusta estar en deuda con nadie.

—Entonces busca la información en otro sitio.

La necesidad de hacer algo ardía en Brennan.

—Muy bien.

Bebió un sorbo de su licor y observó la copa de cristal, sostenida por una mano cuya carne era tan clara como la misma copa.

—Tiene una casa enorme en Castleton Avenue, Staten Island. Está aislada y vallada y rodeada de unos terrenos extensos. Le gusta cazar. Hombres.

—¿Lo hace? –preguntó Brennan con mirada pensativa, meditabunda.

—¿Por qué Scar secuestró a la chica? ¿Es especial por alguna
razón?

—No sé –dijo Brennan, negando con la cabeza–. Pensaba que era
para tener a su padre callado porque había visto a Scar y Kien juntos, pero la secuencia de los hechos no cuadra. Minh los vio juntos
cuando estaba siguiendo a Scar, tratando de encontrar pistas sobre
el secuestro. Me dijo que se la habían llevado por sus «manos manchadas de sangre». ¿Eso te dice algo?

Chrysalis negó con la cabeza.

—¿Puede ser un poco menos críptico?

—Está muerto.

Alargó la mano y tomó la suya y algo pasó entre ellas.

—Es probable que no hagas caso a mis advertencias, pero te las
daré de todos modos. Ten cuidado –Brennan asintió. Su mano, invisible sobre la suya, era cálida y suave. Observó la sangre circulando
rítmicamente a través de ella–. Posiblemente –continuó– te gustaría librarte de tu deuda.

—¿Cómo? –preguntó Brennan, afrontando el sutil desafío de su
tono y su expresión.

—Si sobrevives a tu encuentro con Scar, vuelve al Palacio esta noche. No te preocupes por la hora. Te estaré esperando.

Sus palabras eran inequívocas. Le estaba ofreciendo relaciones
que había evitado por mucho tiempo, encuentros de los que no había querido formar parte durante años.

—¿O me encuentras repulsiva? –preguntó con toda franqueza en
medio del largo silencio que se extendió entre ellos.

—No –dijo más secamente de lo que había pretendido–, no es eso,
no lo es en absoluto.

Su voz le sonaba áspera. Se había apartado durante tanto tiempo
del contacto humano que pensar en participar de cualquier tipo de
relación íntima era aterrador.

—Tus secretos están a salvo conmigo, Yeoman –dijo Chrysalis.

Respiró hondo, asintió.

—Bien –ella volvía a sonreírle–. Te esperaré.

Se dio la vuelta sin mediar palabra y la sonrisa se borró de su cara.

—Sí –dijo tan suavemente que solo ella oyó las palabras– puedes hacer lo imposible. Si puedes vencer a Scar.

III

Había, pensó Brennan, dos maneras de proceder. Podía ser sigiloso. Colarse en la mansión de Scar, sin saber qué sistema de seguridad poseía y revolotear de habitación en habitación sin saber siquiera si Mai estaba en el edificio. O simplemente podía entrar, confiar en su suerte, en su temple y en su habilidad para improvisar.

Se quitó la máscara tras abandonar el Crystal Palace y buscó un taxi. El taxista se mostró reacio a llevarlo a Staten Island, pero le enseñó un par de billetes de veinte y el chofer fue todo sonrisas. Fue un trayecto largo, en taxi y en ferry, y Brennan lo pasó envuelto en reminiscencias infelices. Ishida no lo habría aprobado, pero, Brennan lo sabía, no había sido el mejor de los alumnos del roshi.

Hizo que el taxista lo dejara más o menos a una manzana de la dirección de Castleton que Chrysalis le había dado, pagó el servicio y le dio al chofer una propina que acabó con casi todo su efectivo. Mientras el taxi se alejaba se movió silenciosamente en las sombras hasta que estuvo frente a la casa de Scar, al otro lado de la calle. Era como Chryalis la había descrito.

En sí, la casa era una enorme mansión de piedra situada a unos doscientos metros de la calle. Unas pocas luces brillaban a través de las ventanas repartidas en cada una de las tres plantas, pero no había iluminación alguna en el exterior. El muro que rodeaba los terrenos era de piedra, de poco más más de dos metros, coronado por filamentos de cable eléctrico. En la pequeña garita de guardia que había junto a la puerta de hierro forjado solo había un centinela. No parecía que fuera muy difícil romper las medidas de seguridad, pero la mansión era definitivamente demasiado grande como para buscar habitación por habitación.

Tendría que ser la audacia, el temple y la suerte. Mucha suerte, pensó Brennan mientras salía decididamente de entre las sombras.

El hombre de la garita de guardia estaba viendo un pequeño aparato de televisión, una tertulia presentada por una hermosa mujer con alas. Brennan, que no había visto la televisión desde su regreso a Estados Unidos, reconoció, no obstante, a Peregrine, una de los ases más conocidas, la presentadora de *Peregrine's Perch*. Estaba observando a un inmenso hombre barbudo con gorro de cocinero que preparaba alguna receta. Conversaban amigablemente mientras sus grandes manos se movían con una agilidad sorprendente y Brennan cayó en la cuenta de que era Hiram Worchester, alias Fatman, otro de los ases más famosos.

El guardia estaba absorto contemplando a Peregrine, quien lucía un traje indudablemente atractivo, con un escote que le llegaba casi hasta el ombligo. Brennan tuvo que dar unos golpecitos en la caseta para llamar su atención, aunque no había hecho ningún esfuerzo para esconder su avance.

El guardia abrió la puerta.

—¿De dónde ha salido?

—Un taxi –Brennan hizo un gesto vago por encima del hombre–. Le dije que se fuera.

—Oh, oh, claro –dijo el guardia–. Lo oí. ¿Qué quiere?

Brennan estuvo a punto de decir que Kien lo había enviado por la chica, pero se tragó las palabras en el último segundo. Chrysalis le comentó que solo muy poca gente sabía que Kien y Scar estaban conectados. Este esbirro desde luego no era uno de ellos.

—Me envía el jefe. Por la chica –dijo, de un modo tan vago como fue posible y con voz serena y confiada.

—¿El jefe?

—Llama a Scar. Él sabe.

El guardia se giró y tomó un teléfono. Colgó tras unos minutos de conversación en voz baja y tocó un panel que tenía delante. La puerta de hierro forjado se abrió silenciosamente.

—Entra –dijo, volviendo a la televisión, donde Hiram y Peregrine estaban comiendo con deleite crepas de chocolate recubiertas de azúcar. Brennan dudó unos segundos.

—Una cosa más –dijo.

El guardia suspiró, se giró lentamente, aún prestando atención al televisor.

Brennan estrelló la palma de su mano, con fuerza, en un movimiento ascendente contra la nariz del guardia. Sintió cómo el hueso cedía y se rompía por la fuerza del golpe. El hombre empezó a sufrir convulsiones una vez que las astillas de hueso se clavaron en su cerebro y después se desplomó por completo. Brennan apagó de golpe el televisor mientras Fatman y Peregrine se acababan sus crepas, arrastró el cuerpo al patio y lo ocultó detrás de unos arbustos. Con pesar, también dejó allí escondido el estuche de su arco, pero, para no ir completamente desarmado, sacó una cuerda suelta y se la enrolló, sin apretar mucho, alrededor de las caderas, bajo la pretina de sus pantalones.

Recorrió con brío el camino que conducía a la mansión.

Scar necesitaba un jardinero. El exterior se había vuelto salvaje. No habían cortado la hierba en todo el verano, los arbustos estaban descontrolados. Desatendidos, habían desbordado sus límites originales y se habían convertido en una maleza considerablemente densa bajo los espesos árboles sin recortar. Había entre media y una hectárea de bosque más que de jardín y por un momento aquello hizo que Brennan añorara la silenciosa calma de las Catskills. Pero ya estaba en la puerta y recordó qué lo había llevado hasta allí. Llamó al timbre.

El hombre que lo atendió en la entrada tenía la insolencia de un ratero de ciudad, y la pistola que llevaba bajo la axila en una sobaquera parecía lo bastante grande como para cargarse a un elefante.

—Entra. Scar tiene a un cliente. Están con la chica.

Brennan torció el gesto cuando el hombre le dio la espalda y lo condujo al interior de la mansión. ¿De qué se trataba esto? ¿Prostitución? ¿Perversiones sexuales? Quería preguntar al hombre que lo guiaba hacia la parte trasera de la casa, pero sabía que era mejor mantener la boca cerrada. Pronto daría con las respuestas.

Scar cuidaba el interior de la casa un poco mejor que el jardín, pero no mucho. El suelo de parquet estaba sucio y la atmósfera estaba saturada de olores rancios, a Brennan se le revolvió el estómago. Temía respirar demasiado hondo para no encontrarse con que era capaz de identificar algunos de los olores. Una escalinata ascendía hacia las plantas superiores de la mansión, pero se quedaron en el primer piso y se dirigieron hacia la parte trasera del edificio.

Su guía giró a la izquierda, pasó por un detector de metales que pitó una sola vez, y se giró para mirar a Brennan. Él lo siguió. El detector siguió en silencio. El matón asintió y lo condujo a una sala bien iluminada en la que había cuatro personas. Uno era un hombre duro, idéntico, a efectos prácticos, al que había recibido a Brennan en la puerta. Otra era una mujer con una larga cabellera rubia. Llevaba una máscara que le tapaba todo el rostro. Otra era Mai. Confundida, alzó los ojos hacia él cuando entró en la habitación y rápidamente ahogó la expresión de reconocimiento que apareció en su rostro cuando lo vio. Habían pasado tres años desde la última vez. Se había convertido en una mujer hermosa, menuda, delicada, con bonitas facciones, una cabellera densa y brillante y ojos oscuros, muy oscuros. Parecía ilesa, aunque terriblemente cansada. Tenía ojeras y Brennan pudo leer la fatiga en cada uno de sus músculos por su postura.

El último era Scar. Era alto y delgado, vestía una camiseta y una gabardina negra. Su cara era una pesadilla. Los dibujos tatuados en ella, en negro y rojo, la convertían en el rostro bestial, malicioso de un demonio. Sus ojos estaban hundidos en pozos negros, sus dientes en una cueva escarlata. Brennan se sorprendió al ver, cuando Scar le sonrió, que sus dientes no estaban afilados.

—¿Cómo te llamas, hombre? –le preguntó en el cerrado argot de los bajos fondos–. No te había visto antes.

—Archer –mintió Brennan automáticamente–. ¿Qué está pasando aquí?

Scar volvió a mostrarle su sonrisa. Retorcía su cara en extrañas contorsiones que no expresaban en absoluto buen humor.

—Llegas justo a tiempo, hombre. Aquí la hermana iba a demostrar su poder, ¿no?

Todos miraron a Mai, que inclinó la cabeza con silenciosa, agotada resignación.

—¿Puede hacerlo? –preguntó la mujer enmascarada, con una voz extrañamente ansiosa y sibilante.

Scar se limitó a asentir e hizo una señal a Mai. Los dos matones miraban con desinterés. Scar siguió observando alternativamente a Brennan, Mai y la mujer.

—Cuéntale –dijo, mirando detenidamente a Brennan mientras Mai se acercaba a la mujer– que le iba a hablar de ella. Solo estaba comprobando las cosas.

Brennan asintió con impaciencia, distante y con mirada dura por fuera, indeciso por dentro. Mai se dirigió hacia la mujer sin mirar en su dirección. Pasara lo que pasara, pensó, no podía ser tan malo. Parecía estar tomándose las cosas con bastante calma. Decidió esperar.

—Tiene que quitarse la máscara –dijo Mai a la mujer en voz baja. Se hizo un poco hacia atrás y echó un vistazo a los hombres que la miraban, pero obedeció. Brennan observó impasible cómo se quitaba la máscara; Scar lo hizo con una leve, ligera sonrisa. Obviamente, se avergonzaba de su cara. Brennan las había visto peores, pero fue suficiente para suscitar maliciosos susurros entre los hombres de Scar. No tenía barbilla y solo una precaria mandíbula inferior. Su nariz consistía en unas fosas nasales planas situadas encima de su boca sin labios. Su frente era diminuta. Toda su cara se proyectaba hacia delante, como la de los reptiles, de un modo que quedaba reforzado por la colorida textura perlada de su piel. A ojos de todo mundo parecía un lagarto de Gila con una larga melena rubia.

—Solía ser hermosa –dijo, bajando la mirada.

Los hombres de Scar rieron en voz alta, pero Mai tomó las mejillas de piel rugosa entre sus manos y dijo tranquilamente:

—Volverás a serlo.

La mujer alzó los ojos hacia ella, con un mundo de dolor en sus ojos. Mai la miró sosegadamente, su rostro vacío, con la serenidad de una *madonna*. Durante un momento no sucedió nada. La mirada de Brennan iba de ella a Scar, quien lo observaba atentamente, y al revés. Entonces, donde sus manos tocaban la coriácea piel de las mejillas de la mujer, la sangre empezó a caer en pequeños hililllos. Parecía brotar de sus mejillas, de las manos de Mai o de ambas a la vez. Diminutos regueros corrieron entre los dedos de Mai, por el dorso de sus manos, hasta sus muñecas. Mai gimió y Brennan se le quedó mirando mientras su cara se transformaba. Su barbilla retrocedió, su mandíbula se contrajo. Su frente se estrechó y su piel se hizo correosa y con relieve, con bandas en naranja, negro y escarlata. Tardó unos minutos. Brennan observaba apretando los labios. Scar observaba cómo observaba. Sonreía malévolamente, su cara tatuada era una máscara demoniaca.

Las dos mujeres lagartos estaban cara a cara, una rubia, otra morena. La mujer miró a Mai con los ojos muy abiertos, Mai le respondió con una mirada tranquilizadora. Suspiró, largamente, como un

amante tras desfogarse y empezó a cambiar. Su piel perdió su aspereza, su brillante color. Los huesos que había debajo volvieron a su
configuración normal. Sus labios se contrajeron ligeramente, quizás
por el dolor de la metamorfosis, pero no dijo nada. Llevó más rato,
pero la mujer rubia también empezó a cambiar. La piel se le alisó,
se aclaró. Los huesos se movían con fluidez, como si fueran de cera
blanda. Las lágrimas le corrían por sus altas y hermosas mejillas; si
eran de dolor o alegría, Brennan no podía decirlo. La transformación duró algunos minutos. Cuando los finos hilillos de sangre dejaron de fluir, Mai retiró las manos de la cara de la mujer. La mujer
tenía razón. Había sido hermosa y volvía a serlo.

Llorando en silencio, tomó la mano de Mai y le dio un beso en la
palma. Ella le sonrió y se tambaleó, exhausta. Brennan podía ver que
solo la fuerza de su voluntad la mantenía en pie. Cada línea y cada
músculo de su cuerpo proclamaban su cansancio a gritos.

La mujer se inclinó para agarrar una bolsa que había en una mesita cerca de donde estaban y sacó un grueso sobre. Scar hizo una
señal. Uno de sus matones lo tomó con una sonrisa de suficiencia, se
lo guardó en el bolsillo trasero de sus pantalones y escoltó a la mujer
fuera de la habitación.

—¿Qué, hombre? ¿Qué te parece?

—Fantástico –dijo Brennan, aún mirando a Mai–. ¿Qué es, alguna
clase de manipulación genética?

—No tengo ni puta idea –dijo Scar–. Solo oí que curaba a los jokers
de su barrio y me dije ¿por qué tiene que estar curando a esos jokers pobres cuando puede curar a jokers ricos que pagarán un montón? Así que me la llevé.

Brennan apartó la mirada de Mai y miró a Scar a los ojos.

—Vale mucho. Debiste hablarle a Kien de ella. Tendré que llevár-
sela. –Scar frunció los labios tatuados en un gesto de fingida consternación.

—¿Lo harás? Parece que sabes mucho, hombre. ¿Cómo es que no
sabes que le hablé al jefe de ella cuando ese chino nos vio juntos en
la limusina? –se giró, miró a Mai y añadió maliciosamente–: Y ahora el jefe ha hecho que le den una paliza al chino viejo para que no
se lo diga a nadie.

—¿Mi padre? –preguntó Mai.

Scar asintió, sonriendo como un demonio. Mai jadeó, se tambaleó y habría caído si el esbirro de Scar no la hubiera agarrado bruscamente del brazo. Brennan se movió.

Se lanzó al otro lado de la habitación, arrancó la pistola de la sobaquera del hombre, hundió el cañón en su pecho y apretó el gatillo. Se oyó un inmenso rugido cuando la descarga levantó al hombre y lo empotró contra la pared. Dejó una mancha roja al caer al suelo, con los ojos abiertos, incrédulos.

Brennan se giró bruscamente, pero Scar había desaparecido. Vio un destello en los límites del campo de visión y sintió un dolor agudo cuando Scar lo cortó en la muñeca, provocando que soltara la pistola. Scar esquivó el movimiento del brazo de Brennan, pateó la pistola al otro lado de la habitación y desapareció en silencio, por completo.

Reapareció entre Brennan y la pistola, sonriendo como un maniaco.

—¿Necesitas una pistola para enfrentarte a Scar? ¿Qué eres, una especie de nat loco? –dijo–. ¿Qué nombre quieres en tu tumba? –metió la mano en el bolsillo de su gabardina y con un movimiento de muñeca, practicado, abrió una navaja de quince centímetros.

Desapareció de nuevo y de repente Brennan sintió un dolor penetrante en el costado. Oyó el grito de Mai, se tiró al suelo, rodó y se puso de pie. La sangre le corría por el costado, donde Scar le había asestado una herida larga, superficial, por las costillas. Apenas tuvo tiempo de levantarse antes de que Scar volviera a aparecer, le abriera la mejilla de un corte y se esfumara inmediatamente. Era como Chrysalis había dicho. Era rápido y preciso teletransportándose. Y disfrutaba con su trabajo.

—Te voy a rajar lentamente, hombre –dijo, apareciendo con lujuria asesina en sus ojos–. Te cortaré hasta que me supliques que acabe contigo –torció la muñeca, sacudiendo la sangre de Brennan del filo de la navaja. La habitación estaba iluminada y cerrada. Brennan estaba atrapado, confinado, y sabía que no tenía la menor oportunidad. Scar lo cortaría a pedacitos, riendo, mientras intentaba llegar a la pistola. Respiró hondo, serenando su agitada mente, sumergiéndose, como Ishida le había enseñado, en un estado de serena tranquilidad y supo qué tenía que hacer. Scar acababa de herirlo en la espalda cuando se giró, corrió y se lanzó por los ventanales del fondo de la habitación. Salió de la luz a un oscuro patio.

Scar sonrió con una auténtica sonrisa de felicidad y fue al patio tras él. Silbó desafinando y observó cómo Brennan corría y cometía el error garrafal de meterse en la espesura.

—¡Ey, nat! –gritó–. ¿Dónde estás, hombre? Te diré algo. Si me das una buena caza, te cortaré poco y acabaré contigo rápido. Si me decepcionas, te cortaré las pelotas. Ni la chinita podrá hacerte crecer un par nuevo.

Scar se rio de su chiste, después siguió a Brennan en la oscuridad. Al cabo de un momento se detuvo y escuchó. No oyó nada salvo el viento en los árboles y, distantes, algunos coches circulando en calles alejadas. Su presa se había esfumado, había desaparecido en la noche. Scar puso mala cara. Algo iba mal. Se adentró en la arboleda.

Y de la nada, un fantasma silencioso entre las sombras, Brennan salió de su escondite, con su cuerda de nylon encerada alrededor de sus puños. La enrolló alrededor de la garganta de Scar desde detrás, tiró y retorció. Carne y cartílago magullados y Scar desapareció. Reapareció a unos pocos metros, apretándose su tráquea aplastada. Trató de aspirar el aire, pero no llegó nada a sus fatigados pulmones. Abrió la boca para decir algo a Brennan, maldecirlo o suplicarle, pero no le salieron las palabras. Volvió a desaparecer, pero reapareció un microsegundo después en el mismo sitio, con su cara tatuada crispada por el dolor y el miedo, la concentración perdida, sin control. Brennan observó cómo aparecía y desaparecía intermitentemente entre los árboles, con la desesperación en la cara, teletransportándose a lo loco, sin sentido. Finalmente apareció vomitando sangre por la boca, se apoyó tambaleante contra un árbol, dejó caer su navaja y cayó de espaldas. Brennan se acercó cautelosamente, pero estaba muerto. Se agachó sobre él y sacó el rotulador que el mesero le había dado en el restaurante de Minh. Dibujó un as de picas en el dorso de la mano derecha de Scar y, para asegurarse de que Kien no lo pasaría por alto, colocó la mano sobre la cara marcada de Scar.

Regresó silenciosamente entre los árboles, como el fantasma de un animal del bosque. Mai lo estaba esperando en el patio. No pareció sorprendida cuando vio que era él quien emergía de entre los árboles. Lo conocía y sabía qué podía hacer.

—Capitán Brennan, ¿está Padre realmente muerto?

Asintió, incapaz de pronunciar las palabras. Pareció encogerse, más frágil, más cansada, si es que eso era posible. Cerró los ojos y las lágrimas cayeron silenciosamente bajo sus párpados.

—Vamos a casa.

La guio hacia la acogedora oscuridad de la noche.

IV

La dejó después de que hubiera vendado sus heridas, con la promesa de pasar a visitarla cuando pudiera, en su interior brotaba la tristeza hacia ella y mezclándose con la pena que él mismo sentía por la muerte de Minh. Otro camarada, otro amigo, muerto.

Kien tenía que caer. Estaba en sus manos, las de un único hombre, solo, que nada más tenía la fuerza de sus manos y la astucia de su mente. Llevaría mucho tiempo. Necesitaba una base desde donde operar y equipo. Arcos especiales, flechas especiales. Necesitaba dinero.

Volvió a adentrarse en las sombras de la noche de Jokertown, esperando a que se acercara cierto tipo de hombre, un vendedor ambulante que intercambiaba paquetes de polvo por billetes verdes arrugados en una sudorosa desesperación.

Respiró hondo. La noche apestaba con los innumerables aromas de siete millones de personas y una miríada de esperanzas, miedos y desesperación. Ahora era uno de ellos. Había dejado las montañas y regresado a la humanidad, y sabía que ese regreso le traería decepciones y penas y esperanzas perdidas. Y consuelo, decía una parte de él, maravillándose ante el cálido roce de la carne invisible y la contemplación de un corazón visible latiendo más y más fuerte con creciente pasión.

Un ruido súbito, el sonido de unos pasos arrastrándose suavemente, le llamó la atención. Un hombre pasó a su lado. Vestía ostentosamente para ser un barrio pobre, y caminaba con desenvoltura arrogante. A este era al que esperaba.

Brennan se deslizó silenciosamente entre las sombras, siguiéndolo. El cazador había llegado a la ciudad.

♣ ♦ ♠ ♥

Epílogo

La tercera generación

♣ ♦ ♠ ♥

por Lewis Shiner

Jᴇᴛʙᴏʏ ʜᴀʙíᴀ ʙᴀᴊᴀᴅᴏ ᴅᴇʟ ᴄɪᴇʟᴏ ᴄᴏɴ sᴜ ᴅᴇsʟᴜᴍʙʀᴀɴᴛᴇ ᴀᴠɪóɴ-cohete, con líneas de velocidad tras las alas combadas hacia atrás. Los cañones de veinte milímetros atronaron con una caligrafía desigual y el tiranosaurio se tambaleó cuando los proyectiles lo perforaron.

—¿Arnie? ¡Arnie, apaga esa luz!

—Sí, mamá –dijo Arnie. Metió el especial de cincuenta y cuatro páginas *Jetboy en la isla de los dinosaurios* de vuelta a su funda de plástico. Apagó su lamparita de lectura y cruzó con el cómic la familiar oscuridad de su dormitorio para guardarlo en el armario.

Tenía la colección completa de *Jetboy Comics* en una de las cajas de cartón encerado que usaban para empaquetar pollos en las tiendas de comestibles. En la estantería de encima había apilados cuadernos de notas llenos de recortes sobre la Gran y Poderosa Tortuga y Aullador y Jumpin' Jack Flash. Y a su lado estaban los libros de dinosaurios, no solo los que son para niños con dibujos toscos, sino libros de texto sobre paleontología y botánica y zoología.

Escondida al fondo de otra caja de cómics estaba la revista *Playboy* y Peregrine salía en ella. Últimamente, al mirar aquellas fotografías Arnie se había sentido extraño, como nervioso y excitado y culpable, todo al mismo tiempo.

Sus padres conocían sus obsesiones, excepto *Playboy*, por supuesto. Solo era el asunto del wild card lo que les molestaba. El abuelo de Arnie había estado en la calle aquel día, había visto con sus propios ojos cómo Jetboy pasaba a la historia en una explosión. Un año más tarde, la madre de Arnie había nacido con un nivel bajo de telequinesis, justo lo suficiente para desplazar una moneda unos pocos centímetros por encima de un hule. A veces Arnie deseaba que hubiera sido simplemente normal, mejor que tener un poder que no servía para nada.

Se lo había hecho explicar a su abuelo una y otra vez.

—Quería morir –decía el anciano–. Vio el futuro y no estaba en él. Ya no había lugar para él.

—Calla, abuelo –decía la madre de Arnie–. No hables así delante de Arnie.

—Sé lo que vi –decía el anciano, y meneaba la cabeza–. Yo estaba allí.

Arnie se deslizó en silencio de vuelta a su cama y se tendió boca abajo, agradablemente consciente de la presión en su ingle. Pensó en la Isla de los Dinosaurios. No tenía ninguna duda de que era real. Los ases eran reales. Los alienígenas eran reales: habían traído el wild card a la tierra.

Se dio la vuelta tumbándose de costado y acercó las rodillas al pecho. ¿Cómo debía de ser? Cuando tenía ocho había viajado a Utah con sus padres y los había hecho parar en Vernal. Habían ido al Prehistoric Nature Trail y Arnie había corrido delante de ellos para estar, solo, con los modelos de dinosaurio de tamaño natural. La Isla de los Dinosaurios debía de parecerse a eso, pensó, las colinas escarpadas cubiertas de maleza; el *diplodocus*, tan grande que podía pasar por debajo de su vientre; el *estrutiomimo*, como una enorme avestruz escamosa; el *pteranodon* agazapado, como si acabara de planear para aterrizar.

Con los ojos cerrados podía ver cómo se movían, ahora, no solo los míseros dinosaurios que puedes ver en la tele, sino también los especiales: el pequeño y feroz *deinonychus*, «garra terrible». O el horrible y voluminoso anquilosaurio, un sapo de diez metros, con cuernos y una macana en su cola que podía hacer mella en una placa de acero.

Y en lo profundo de su cerebro, inflamado por la rica y turbulenta sopa endocrina en la que flotaba, el virus wild card se cernió sobre una célula, se detuvo, entregó su mensaje alienígena y murió. Y así, una y otra vez, siguió, girando en espiral a lo largo de los años, en una doble hélice de miedo y éxtasis, mutilación y cambios maravillosos...

Apéndices

La ciencia del virus Wild Card

Extractos bibliográficos

♣ ♦ ♠ ♥

…espantoso más allá de lo imaginable, peor en muchas maneras de lo que vimos en Belsen. Nueve de cada diez afectados por este patógeno desconocido mueren horriblemente. Ningún tratamiento ayuda. Los supervivientes no son mucho más afortunados. Nueve de cada diez de ellos se transforman de alguna manera, por un proceso que ni siquiera puedo empezar a entender, en algo más: a veces ni siquiera remotamente humano. He visto a hombres convertirse en muñecos de goma, a niños a quienes les salían cabezas… no puedo seguir. Y lo que es peor es que aún están vivos. Aún están vivos, Mac.

Lo más extraño de todo, quizás, es el diez por ciento de supervivientes, uno por ciento de quienes de hecho contrajeron la enfermedad. No muestran ningún síntoma externo de cambio. Pero tienen… tengo que llamarlos poderes. Pueden hacer cosas que los humanos normales no pueden hacer. He visto a un hombre surcando el cielo como un v-2, haciendo piruetas y aterrizando fácilmente sobre sus pies. Un paciente enloquecido rompiendo una pesada camilla de acero como si fuera papel de seda. No hace ni diez minutos una mujer atravesó la pared del pequeño despacho de lo que otrora fue un almacén donde me he encerrado para darme un respiro de unos minutos. Una mujer desnuda, hermosa, como una *pin-up*, resplandeciente con una luz rosada que parecía provenir del interior de su cuerpo, sin dejar de sonreír con una sonrisa carente de expresión.

No tengo una crisis nerviosa, Mac. Aún no he perdido el juicio por culpa de la locura o la morfina. Aún no. Incluso si soy afortunado y una noche concilio el sueño una o dos horas, los horrores llenan mis sueños, así que casi me alegro de salir de mi catre y enfrentarme a la realidad de lo que ha pasado aquí. Estas cosas están sucediendo, son reales. Quizá leas sobre ello algún día, por ti mismo, si los de arriba no consiguen cerrar la tapa. No sé cómo han podido... esto es Manhattan, por el amor de Dios, y el número de víctimas, decenas de miles. Gracias a Dios no es contagioso. Gracias a Dios por eso. Hasta donde puedo entender, solo se desarrolla en aquellos directamente expuestos al polvo o lo que sea; y no en todos ellos, o tendríamos un millón más. Así las cosas, la cuarentena es imposible, incluso un saneamiento adecuado. Tenemos un brote de gripe en nuestros pabellones, esperamos el tifus de un momento a otro...

Dicen que una especie de extraterrestres está detrás de todo esto, hombres del espacio exterior. A juzgar por lo que hemos visto, no me parece descabellado. He oído decir en las altas esferas que han atrapado a uno. Espero que sea verdad. Deseo que metan a ese bastardo en el sumario con los capos nazis en Núremberg, que lo cuelguen como el animal que es...

Carta personal del capitán Kevin McCarthy,
Cuerpo Médico del Ejército de Estados Unidos,
21 de septiembre de 1946.

Los relatos de los hechos dejan claro que el recipiente que contenía el xenovirus Takis-A explotó a una altitud de 30,000 pies, dentro de la llamada corriente en chorro. En su estado latente el virus está encapsulado en una cubierta duradera de proteína, las «esporas» a las que tan a menudo y de forma incorrecta se refiere la prensa, que sometida a experimentación ha demostrado ser resistente a temperaturas y presiones extremas como para permitir su supervivencia en condiciones naturales desde varios centenares de metros bajo el océano hasta los límites superiores de la estratosfera. Las partículas virales fueron arrastradas por el Atlántico en la corriente de chorro, precipitándose a intervalos azarosos en forma de gotitas de lluvia o depositándose naturalmente; los mecanismos precisos aún esperan demostración u observación. Esto explica la tragedia del *Queen Mary* en medio del Atlántico (17 de septiembre de 1946), así como los subsiguientes brotes en Inglaterra y en el Continente. (Nota: persisten los rumores de un brote a gran escala en la URSS, pero el régimen de Jrushchov continúa manteniendo un silencio tan absoluto sobre este asunto como el de sus predecesores.)

El viento y las corrientes oceánicas proporcionaron al virus dispersión a corto plazo por un área considerable del este de Estados Unidos (mapa 1). Mucho más alarmante han sido las subsiguientes irrupciones del virus, pese al hecho de que no parece ser infeccioso, ampliamente distribuidas tanto en el tiempo como en la distancia geográfica. Solo en 1946 hubo más de una veintena de brotes registrados y casi cien casos aislados, extendiéndose claramente por Estados Unidos y el sur del Canadá (mapa 2).

La ubicación de la mayoría de los principales brotes internacionales proporciona una pista sobre un posible patrón: Río de Janeiro (1947), Mombasa (1948), Port Said (1948), Hong Kong (1949), Auckland (1950), por nombrar unos pocos de los más notorios: todos ellos destacados puertos marítimos. El problema es cómo explicar las apariciones del virus, generalmente en incidentes aislados, en localidades tan alejadas del mar como los Andes peruanos y los remotos altiplanos de Nepal.

Como nuestra investigación revela, la respuesta reside claramente en la durabilidad de la cubierta de proteína. El virus puede ser transportado por muchos medios, humanos, mecánicos, animales o naturales, y sobrevive indefinidamente hasta que es expuesto a agentes destructivos como el fuego o agentes químicos corrosivos. La mayoría de los brotes en Estados Unidos y las ocurrencias relativamente significativas en puertos de mar han sido rastreados de manera convincente (McCarthy, *Informe al Departamento de Salud*, 1951) en objetos que esperaban ser fletados en los muelles y almacenes del distrito de Manhattan afectado. Otros han sido atribuidos a las precipitaciones de partículas virales en recipientes y vehículos en circulación. Los individuos, incluso pájaros y animales (que nunca se han visto afectados), pueden portar las partículas sin saberlo. El brote nepalí al que anteriormente nos hemos referido, por ejemplo, puede rastrearse hasta un *naik* del clan Gurung, cuyo regimiento, los Rifles del rey Gurkha, estuvo implicado en el intento de contención de la terrible violencia comunal del 10 al 13 de agosto en Calcuta, India, en la que las comunidades hindú y musulmana se culparon mutuamente por un brote del virus, con una pérdida de vidas estimada en veinte mil; el propio cabo Gurkha nunca desarrolló la enfermedad.

…cuántos depósitos de virus latentes existen aún, en forma de polvo en los tejados, concentrado en el sedimento de ríos y alcantarillas, yacente en depósitos en la tierra, aún arrastrados en la corriente de chorro, no se pueden determinar. Cuán seria es la amenaza que aún supone para la salud pública es igualmente indeterminada. En este contexto, la incapacidad del virus para afectar a la vasta mayoría de la población debería tenerse en cuenta…

Goldberg y Hoyne,
«El virus wild card: persistencia y dispersión»,
en Schinner, Paek y Ozawa (eds.),
Problemas de bioquímica moderna.

La capacidad del virus wild card para alterar la programación genética de su huésped se parece a la de los herpesvirus terrestres. Es, no obstante, mucho más completa, alterando el ADN de todo el cuerpo del huésped en vez de afectar y manifestarse en una localización determinada, *e.g.*, los labios o los genitales, como sucede con la familia de los herpes.

Sabemos que el xenovirus Takis-A afecta a un porcentaje mayor de la población del que originalmente supusimos, quizás hasta 0.5%. En muchos casos el virus simplemente añade su propio código al del ADN del huésped, pero existe solo en forma de información: otro rasgo que comparte con los virus herpéticos. Puede permanecer pasivo e indetectable indefinidamente, o algún trauma o estrés en el huésped puede provocar que se manifieste, por lo general, con resultados devastadores. Acumulándose como lo hace para «reprogramar» el código genético del huésped (ya sea de forma activa o pasiva), es verdaderamente hereditario, como los ojos azules o el pelo rizado.

Anticipando, por lo que parece, sus efectos predominantemente letales, los científicos taquisianos que crearon el virus lo diseñaron para perpetuarse como, en efecto, un «gen wild card» recesivo. Recesivo porque es un gen dominante, que produce mutaciones letales en 99% de su progenie y hace que otro 9% no pueda o difícilmente pueda reproducirse, solo sobreviviría unas pocas generaciones incluso si, como se estima, 30% de los afectados por el ADN modificado por el xenovirus portan la forma latente.

El wild card, pues, sigue las reglas convencionales de la herencia y los rasgos recesivos. Solo en casos en los que ambos progenitores portan los códigos virales existe la posibilidad de producir una descendencia afectada; incluso así la posibilidad es de uno entre cuatro, contra 50% de posibilidades de producir un portador sin riesgo de manifestar el virus, y otra posibilidad de uno a cuatro de que un descendiente no porte el código…

MARCUS A. MEADOWS,
Genetics, enero de 1974, pp. 231-244.

Pese a la paranoia contra los rojos de los últimos años de la década de 1940 y los primeros años de la década de 1950 y los «descubrimientos» del Comité de Actividades Antiestadunidenses, a los ases no les fue mucho mejor tras la Cortina de Acero que en este país; de hecho, les fue considerablemente peor. El punto de partida fue establecido por Trofim D. Lysenko, un experto semianalfabeto de la ciencia estalinista, alegando que el supuestamente alienígena «wild card» era simplemente una máscara de la diabólica experimentación burguesa capitalista-imperialista. En Corea se hizo firmar a los estadunidenses capturados una confesión de guerra biológica en aparente intento de explicar el brote del virus que azotó esa nación, norte y sur, en 1951. Mientras, cualquiera que mostrara signos de talento metahumano dentro de la esfera soviética simplemente desaparecía, algunos destinados a campos de trabajo forzados, otros a laboratorios y no pocos a tumbas superficiales.

Con la muerte de Stalin en 1953, llegó una mínima relajación. Jrushchov reconoció la existencia de ases, y empezaron a «disfrutar» del estatus que tenían en Estados Unidos: es decir, tenían el privilegio de servir en el ejército o en la GPU (más tarde KGB) o desaparecer en el archipiélago Gulag. Conforme pasaron los sesenta, las restricciones contra ellos se relajaron, si bien no en la misma medida que en Estados Unidos, y a los superhéroes subvencionados por el Estado se les permitía convertirse en personalidades públicas, como los cosmonautas y las estrellas olímpicas.

¿Por qué el rechazo inicial de una realidad evidente? El régimen de Brézhnev/Kosygin admitió en 1971 que Lysenko era un joker, en quien el virus se había manifestado mediante una monstruosa desfiguración; la existencia de ases era una afrenta personal para el antiguo granjero. En cuanto a por qué Stalin siguió con la campaña antiás, la paranoia desenfrenada de los últimos años del dictador particularmente se considera, en general, una explicación suficiente. No obstante, varios desertores de alto rango en las décadas de los sesenta y los setenta repetían el rumor de que el camarada Nikita, a veces, a altas horas de la noche, de copas con sus inseparables compañeros, se jactaba de haber matado él mismo al antiguo dictador en el sótano de la prisión de Lubianka... *clavándole una estaca en el corazón...*

J. NEIL WILSON,
«De vuelta en la URSS»,
Reason, marzo de 1977.

El xenovirus Takis-A, coloquialmente llamado wild card, era un dispositivo orgánico experimental desarrollado por los Ilkazam, una familia destacada entre los Señores Psi de Takis. Inscrito en su ADN hay un programa que lee el código genético del organismo huésped y modifica ese código a fin de reforzar las propensiones y características del huésped. Dicha optimización satisface como nunca antes la gran inclinación taquisiana para cultivar la *virtù* personal (y por extensión, familiar). Los taquisianos ya poseen potentes poderes mentales; por medio del virus wild card los Ilkazam buscaban producir una multiplicidad de talentos en sus integrantes, asegurando su preeminencia durante muchos años.

El desafío que los investigadores de Ilkazam tuvieron que afrontar fue producir un programa que pudiera identificar y reforzar características deseables; nadie quiere ser un mejor hemofílico. La individualidad bioquímica entre los taquisianos, no obstante, es incluso más marcada que en los humanos, quienes son una de las especies bioquímicamente más diversas de la Tierra. Desarrollar un *software* capaz de discernir las características favorables, un programa «inteligente» y reforzarlas, y que sería implementado en el ADN viral, requería una experimentación a una enorme escala. Dada la naturaleza de la sociedad taquisiana, siempre había sujetos disponibles para las experimentaciones más drásticas; los taquisianos en su conjunto no tienen muchos complejos en insistir para que los sujetos se presten como voluntarios. Sin embargo, incluso Takis carecía de una reserva suficientemente amplia de criminales y enemigos políticos derrotados –una distinción que no se hacía comúnmente en esa cultura– para proporcionar el tipo de base experimental que se necesitaba para desarrollar plenamente un instrumento tan complejo. Por suerte, desde el punto de vista taquisiano, un grupo de criaturas con una composición genética asombrosamente similar se presentó... la Tierra.

...la mayoría de los refuerzos wild card no son favorables para la supervivencia, o son rasgos de supervivencia elevados a dimensiones letales, como programar el sistema de adrenalina y su respuesta de lucha-huida tan alto que el más leve estrés fuerza a la víctima a ponerse a toda marcha, haciéndole estallar en una única explosión de frenesí terminal. Nueve de cada diez supervivientes tenían reforzadas características indeseables, o deseables reforzadas de un modo indeseable. El «joker» cobra forma abarcando desde lo monstruoso a lo doloroso pasando por lo patético o lo simplemente inconveniente. Una víctima podía verse reducida a una masa amorfa hecha de moco, como el conocido residente de Jokertown, Snotman; o podía transformarse a semejanza de un animal, como el tabernero Ernie el Lagarto. Podía adquirir poderes que en otras circunstancias habrían hecho de él un as, como la limitada pero incontrolable levitación del Flotador. La manifestación podía ser bastante menor, como la masa de tentáculos que forma la mano derecha de Dorian Wilde, el decadente poeta laureado de Jokertown.

En ciertos casos, la distinción entre clasificaciones es borrosa, como en el del susodicho Ernie, cuya fuerza ligeramente más que humana y la protección ofrecida por sus escamas son insuficientes para convertirlo en un verdadero as. Otro ejemplo, mucho más horrible, es el trágico incidente de la Mujer en Llamas, a finales de los setenta, en el que el virus afectó a una joven haciendo que su cuerpo ardiera con una llama inextinguible, pero que se regenerara a sí mismo incluso mientras su piel se consumía. La víctima rogó a los transeúntes que la mataran y finalmente murió en la Blythe van

Renssaeler Memorial Clinic, de Jokertown, por lo que parece resultado de una eutanasia: la acusación resultante contra el doctor Tachyon fue revocada. Si su carta era un joker o una reina negra no se puede determinar.

Como está diseñado para interactuar con el código individual de su huésped, no hay dos manifestaciones del wild card que se parezcan. Más aún, su comportamiento difiere de sujeto a sujeto...

...que tantos como diez por ciento de quienes contrajeron el virus sobreviviera a sus efectos es un tributo a la habilidad de los artistas taquisianos del *software* y el *hardware* genético. Para ser una primera prueba a gran escala, entre los sujetos de una población distinta a la población para el que fue originalmente diseñado, la liberación del virus en la Tierra fue un tremendo éxito que habría complacido enormemente a sus creadores, si hubieran conocido su resultado.

La Tierra, por otra parte, tuvo un punto de vista bien distinto.

SARA MORGENSTERN,
"Blues por Jokertown: cuarenta años de Wild Card",
Rolling Stone, 16 de septiembre de 1986

Extractos de las Actas del Congreso sobre Habilidades Metahumanas de la Sociedad Estadunidense de Metabiología

(Hotel Clarion, Albuquerque, Nuevo México,
14-17 de marzo de 1987.)

♣ ♦ ♠ ♥

Conferencia presentada el 16 de marzo de 1987 por la doctora Sharon Pao K'ang-sh'i del Departamento de Metabiofísica de la Universidad de Harvard.

♥

Damas y caballeros de la Sociedad, les doy las gracias. Voy a abordar directamente la cuestión. La investigación desarrollada por nuestro equipo en Harvard indica que las habilidades metahumanas, coloquialmente llamadas «superpoderes», engendradas por el virus taquisiano wild card, son de origen exclusivamente psíquico, y en todos los casos, salvo raras excepciones, se ejercen a través de la instrumentalidad de psi.

(El presidente Ozawa pide orden.)

Entiendo que la afirmación que acabo de hacer puede ser considerada un exceso retórico similar a los que han cometido algunos de mis predecesores, lo que ha provocado que el campo aún incipiente de la metabiofísica sea considerado una pseudociencia del calibre de la numerología y la astrología por un buen número de científicos serios. Pero la honestidad y la presión de las pruebas empíricas me obligan a reiterar: las habilidades metahumanas son formas especializadas de poder psíquico.

Ahora tenemos una mejor idea de qué hace exactamente el virus wild card a sus víctimas. En los llamados ases, el virus parece haber actuado en primer lugar reforzando habilidades psíquicas innatas, lo que orienta toda la evolución del proceso de reescritura del código genético. Esto explica los altos niveles de correspondencia entre las personalidades e inclinaciones de los ases conocidos y sus habilidades metahumanas: por qué, por ejemplo, pilotos entregados como Black Eagle adquirieron poderes incluyendo el de volar; por qué el obsesivo «vengador de la noche», Black Shadow, tiene tal control sobre la oscuridad; por qué el huraño Aquarius presenta una apariencia mitad humana, mitad delfín y puede, de hecho, transformarse en una especie de súper *Tursiops*. La telequinesis a microescala parece ser uno de los mecanismos por el que el wild card efectúa sus cambios, lo que permite que el sujeto elija inconscientemente, o al menos influya, en la naturaleza de la transformación que ella o él experimenta.

Entiendo la magnitud de la conclusión de que la gente podría, en cierto sentido, haber «elegido» ser un joker o una reina negra. La especulación en esa dirección está, sin embargo, más allá del alcance de nuestras investigaciones actuales.

Una de las grandes interrogantes de la época postwild card ha sido precisamente saber cómo el virus alienígena, por muy avanzada que fuera la tecnología que lo produjo, fue capaz de otorgar a ciertos individuos la habilidad de violar leyes naturales bien establecidas, como la conservación de masa y energía, la ley cuadrático-cúbica, la inviolabilidad de la velocidad de la luz en sí misma. Al mismo tiempo que el virus se liberaba, la ciencia era inalterablemente hostil a la existencia incluso de poderes psíquicos: justificable, dada la falta de la obligatoria confirmación experimental de tales fenómenos. Ahora nos hemos visto obligados a aceptar que la gente es capaz de proyectar fuego y rayos, transformarse en animales, volar o inventar aparatos mecánicos que la capaciten para hacer estas y otras cosas similares en violación flagrante de los principios de la mecánica y la ingeniería.

Por supuesto, incluso en 1946 había pistas en los alcances teóricos de la física cuántica. De hecho, la tecnología, moderna entonces, incluyendo las armas nucleares y los dispositivos de fusión en el proceso de desarrollo, estaba basada en su mayor parte en la mecánica cuántica, y mucho del trabajo se estaba haciendo sobre la base de que «sabemos que funciona, pero no sabemos *cómo*». Gracias al impulso de la realidad del wild card, se dio rápidamente una justificación basada en la mecánica cuántica de los poderes psi; la «acción a distancia» sin recurrir aparentemente a la fuerza nuclear fuerte, a la interacción electrodébil o las fuerzas gravitatorias era un rasgo, por ejemplo, de las curiosas interrelaciones entre partículas que han interactuado, postuladas por Einstein, Podolsky y Rosen en su famosa «paradoja» y establecidas con cierta rotundidad por el experimento de Aspect en Francia, 1982...

...Un ejemplo bastante evidente de poder basado en la telequinesia es el cambio de forma. El sujeto –en la mayoría de los casos inconscientemente– reordena sus átomos para producir una estructura general que difiere considerablemente del original: por ejemplo, la trasformación, más bien inquietante, de Elephant Girl en un *Elephas maximus* volador, en aparente violación del principio de conservación de masa y energía. Al menos en el caso de Elephant Girl esto es explicado por una telequinesia subconsciente en el nivel subatómico: la señora O'Reilly puede, aparentemente, convocar a la existencia una nube de partículas virtuales y mantenerlas en una existencia inmensamente mayor a la que habrían tenido en condiciones normales. (Una discusión sobre las partículas virtuales está, por supuesto, igualmente más allá del alcance de esta presentación. Remito a los artículos que tratan, por ejemplo, las partículas que «portan» la interacción fuerte y que por un instante infinitesimal violan el principio de conservación.) Como parte de su restauración a su apariencia original, la señora O'Reilly permite que las partículas virtuales que conforman la masa «fantasma» caigan en la no existencia.

Fue la habilidad de volar de Elephant Girl, desafiando todos los principios aeronáuticos conocidos, lo que encendió la línea de investigación que ha conducido a las conclusiones expresadas en esta ponencia. Dicho llanamente, en Elephant Girl, en Peregrine, en *todos* los ases conocidos, el vuelo o la levitación son una simple variación de la telequinesia. En este sentido, la Gran y Poderosa Tortuga es el arquetipo del as volador, en tanto que se sabe que vuela mediante su habilidad telequinética. Pero ningún truco de la física permitiría a las orejas de Elephant Girl o a las majestuosas alas de Peregrine sostener a un pequeño humano en su vuelo, por no hablar de un elefante asiático adulto. Ellas, como la Tortuga, vuelan solo a través del poder mental...

...las proyecciones de energía proporcionan otro problema espinoso sencillamente explicado, otra vez, por la telequinesia. Jumpin' Jack Flash parece proyectar explosiones de fuego desde las palmas de sus manos y, más aún, puede manipular el fuego que produce de manera muy notable. Pero este individuo no proyecta verdaderamente las llamas, en el sentido de que no son emitidas por su cuerpo; en realidad, estrictamente hablando, no es una llama. Su telequinesia le permite regular el movimiento browniano del aire circundante. Crea un «punto caliente» de partículas altamente excitadas a aproximadamente un micrón de la carne de su mano, y después usa la telequinesia para dirigir la corriente de aire incandescente resultante.

...los poderes relativos al viaje superlumínico presentan una casuística especial. En la mayoría de los casos (y es bueno tener en mente que cada transformación wild card es única), el individuo con capacidad para viajar a velocidad de la luz o más rápido que la luz tiene la habilidad de emular un único fotón, o taquión, en última instancia, que se convierte en un «macrofotón» o «macrotaquión» de manera parecida al dispositivo «macroatómico» de los investigadores de la Universidad de Sussex dirigidos por Terry Clark, que puede emular el comportamiento de un único bosón. Las naves espaciales que transportaron el virus wild card a este planeta, así como al alienígena humanoide conocido como doctor Tachyon, emplearon ese mismo principio para su unidad superlumínica: lo que condujo a acuñar la palabra por la que el único residente no nacido en este planeta es conocido hasta el día de hoy.

El viaje más rápido que la luz ha probado ser solo de una utilidad limitada para los ases hasta la fecha, debido a los límites de duración y los problemas de navegación en grandes distancias, hasta ahora insuperables por nuestra tecnología. O eso inferimos del hecho de que ningún as ha viajado jamás más allá de los límites del sistema solar (órbita actual de Neptuno) y ha vuelto...

...Un rasgo prominente de los llamados *gadgets* −cinturones antigravedad, portales dimensionales, trajes blindados− es el hecho de que ninguno de ellos puede replicarse. Tras su desmontaje y su examen, a menudo encontramos que no tienen ningún sentido mecánico o eléctrico. Cada uno es un resultado irreproducible. Esto explica por qué algunos emprendedores que dominan la fabricación de *gadgets* no han puesto a la venta, digamos, un cinturón personal que vuele a la velocidad de la luz, o un vehículo antigravedad. *Solo el creador puede hacer uno que funcione*. En algunos casos, los componentes consisten en asociaciones absurdas de desechos, hasta e incluyendo corazones de manzana, horquillas y torsos de la muñeca Barbie. Otros consisten solo en el *diagrama* de un circuito que, como la quimérica máquina de Hieronymus, funciona como lo «haría» un circuito de verdad.

…la explicación es, una vez más, una manifestación de una habilidad psíquica. El creador, en efecto, se ha impreso en su trabajo en sentido metafísico (en su actual significado científico). Esta explicación da sentido al fenómeno frecuentemente observado de que parece haber un límite para la creatividad de ciertos «maestros de los *gadgets*», que a veces tengan que desmontar un viejo dispositivo para obtener uno nuevo que funcione. Esta explicación también hace sencillo predecir que los intentos de todos los gobiernos del mundo para replicar el sorprendente androide Modular Man están condenados al fracaso, a menos que uno o más contraten los servicios de talentos «wild card» propios …

…un rasgo que la mayoría de los ases comparten es un metabolismo con una energía más alta que la que poseen los humanos. Algunos parecen capaces de convocar la energía para nutrir sus habilidades desde el interior o (a falta de mejor manera de decirlo) desde el Cosmos. Otros tampoco necesitan fuentes externas de energía para alimentar sus poderes, o se ayudan a sí mismos por la disponibilidad de esas fuentes. El fuerte afroestadunidense conocido como Harlem Hammer, por ejemplo, necesita consumir una cantidad considerable de sales de metales pesados en su dieta para mantener las reacciones de alto nivel de su metabolismo, así como un número de osteófilos como el estroncio-90 o el bario-140, que parecen reemplazar el calcio en sus huesos, otorgándoles una durabilidad y fuerza mayores de lo normal. Jumpin' Jack Flash extrae su fuerza de la exposición al fuego y al calor. Otros derivan su energía extrahumana de «pilas» que generalmente han demostrado que son del mismo tipo que los dispositivos de Hieronymus. Sea cual sea la fuente de energía, aún no se ha descubierto ningún as que pueda evitar agotar sus reservas en un tiempo razonablemente corto por el ejercicio intensivo de sus habilidades metahumanas. Algunos pueden «recargarse» simplemente descansando un rato, otros requieren en efecto una fuente de energía externa. De nuevo, cada caso es único…

Otra confirmación de la hipótesis «psíquica» proviene del caso del llamado Durmiente, quien posee diferentes metahabilidades cada vez que se despierta del sueño. Cualquier otro modelo de funcionamiento del as tendría problemas para explicar este fenómeno…

Mis colegas y yo estamos dispuestos, en suma, a ir tan lejos como para decir que el psi puede explicar todas las habilidades de ases observadas y ninguna otra explicación puede hacerlo…

OCEANO *exprés*

Esta obra se imprimió y encuadernó
en el mes de junio de 2017,
en los talleres de Impregráfica Digital, S.A. de C.V.,
Calle España 385, Col. San Nicolás Tolentino,
C.P. 09850, Iztapalapa, Ciudad de México.